史蒂芬·金

STEPHEN KING

DIFFERENT SEASONS

四季

王瑞徽、趙丕慧——譯

導讀——

因為懂得恐懼，人才學得會溫柔，《四季》是恐怖大師的詩情之作

作家、影評人／馬欣

童年時第一次看史蒂芬．金的小說就印象深刻，因為他筆下的美國往往被他寫出世界盡頭的味道。那時在眾人眼中仍富到滴油的強國，他卻寫出荒地中的人味，堆滿物質與垃圾的浪費之國的荒涼。無論從他早期極短篇的《玉米田的孩子》，那離公路還有一段距離，被遺忘的小鎮上類似邪教的團體；還是《迷霧》裡人心對未知的恐懼，保護也困住人的超市有如現代社會，其中人們莫衷一是更是現代恐慌群像的縮影。

那時你就知道他是個心魔捕獵的高手了，而他筆下的恐懼從不只限於美國，而是一種物質世界裡，在戰爭陰影與工業廢料之中，人心無從歸屬或是排不出去的幽暗面，現代有多少光就困住了多少心魔。

而《四季》，不同於我們熟悉的《鬼店》、《戰慄遊戲》與《牠》。這本書更多了一些詩意，一如書名四季的溫度與隱喻。

這本書的短篇各自改編成了名片《刺激一九九五》、《誰在跟我玩遊戲？》與《站在我這邊》，不同於電影，這本書的書寫風格有美得令人心碎的《純真遠離的秋：屍體》，讀者或許已知這短篇是史蒂芬．金的半自傳小說，那一年夏天幾個男孩的快速長大，這篇他的筆鋒蒼勁有情，在城堡岩的那小地方，河沿著紡織工廠流，裡面半條魚都沒有，鎮裡的大人許多是越戰與韓戰打下來的兵，並不是光榮的戰爭，即使人生走上前線也是蒙了層灰，於是家

暴並不罕見，孩子們在垃圾場冒險也不稀奇。而他們消失了幾天去冒險，大人並沒有發現。

他們那一年一起發現了另一個男孩的屍體、一起差點被火車輾過，他們是那鎮上的更弱勢，但即使一起經歷了「找屍體」的生死歷練，仍然留不住那一年的友情，卻硬生生地長大了。史蒂芬金以淡漠的筆法卻寫出日子是怎麼磨出一個人的。

在發現雷伊那男孩的屍體時，他這樣寫著：「這個孩子永遠不會在春天跟朋友一起肩上扛著麻袋，去撿融雪底下的可回收空瓶；這個孩子不會在今年的十一月一日半夜兩點醒來，跑進浴室，吐出一堆廉價的萬聖節糖果……這個孩子不會把別人打得流鼻血，或是被人打得流鼻血……」在那個貧脊之地，只有拳頭是硬道理的自救不能。史蒂芬．金眼看著兩個朋友想當老大而跟他們漸行漸遠，想脫離城堡岩的克里斯跟他如生命共同體：「我不能看著他沉下去或是自己一個人游。要是他沉下去了，我的另外一面也會跟著沉下去。」那視各種殘酷為習慣的寫法，卻是寫盡最深情的感觸。

第一個故事是《刺激一九九五》的原著，更是寫一群習慣無望的人的希望，敘事者將美國底層的生活描述得活生生，如此優勝劣敗的地方，卻讓他在最後寫出關於希望的詩情，像是第一次看到希望的人的驚喜：「我希望安迪在那裡。我希望我能越過邊界。我希望能見到我的朋友，和他握手。我希望太平洋的水和我夢中看見的一樣湛藍。我希望。」這本書中筆下的人都是從童年就開始匍匐前進的人，歷經挫折，是最有權利放棄努力的人，但他讓我們在這些故事裡看到希望的所在，甚至對生命的美的抒情執念。

最讓人看到不寒而慄的是《納粹學徒》，一個優等生為研究報告，威脅一個老納粹軍官，將當年屠戮的惡都說了出來，原本是惡夢的經歷，卻誘發出內在更大的惡。這故事像心理實驗，讓我回到最早讀史蒂芬．金的經驗，在夏天都可以嚇出一身冷汗，但沒有鬼，而是對惡的無知比鬼更恐怖。

我一直覺得老金是個溫柔的作家，他寫出了每個人的恐懼，就因為知道恐懼，人們才可能因此勇敢，也因此更溫柔一點，他了不起的不是多產而暢銷，他了不起的是隱藏在恐怖之下的始終溫柔的心。

來自各界的好評！

想要一探史蒂芬・金的成功秘訣，你必須把他和馬克・吐溫、愛倫・坡並列，再注入大量菲利普・羅斯和威爾・羅傑斯的大眾魅力。史蒂芬・金的小說觸探了埋藏在所有人心中的神話根源。

——**洛杉磯時報**

沒有躲在衣櫃裡狂笑的魔鬼，沒有在月光下遊蕩的吸血鬼，史蒂芬・金筆下的魔爪從樹叢伸向幸福美滿的日常生活……還有什麼比這更驚悚的？

——**《柯夢波丹》雜誌**

經典的史蒂芬・金，一流的敘事力……故事驚心動魄、氣氛懾人、布局巧妙……史蒂芬・金是一位不斷精進的敘事大師！

——**書評家／約翰・巴克漢**

令人讚嘆的文字可讀性，筆下人物的形象呼之欲出，這讓史蒂芬・金成為爐火純青的說故事高手！

——**休士頓紀事報**

好吧，我們就承認了，史蒂芬・金確實有兩把刷子……這是一本了不起的小說！

——**丹佛郵報**

本書必買，你一定會喜歡……史蒂芬・金創造的人物靈活生動，你幾乎能觸摸得到他們。

——**明尼亞波里星壇報**

出奇制勝之作……史蒂芬・金不愧為恐怖大師！

——**紐約時報**

令人讀得入迷、難以自拔，又充滿樂趣！

——**洛杉磯先鋒觀察報**

四篇小說全都節奏明快，讀來酣暢淋漓……無比成功！

——**《時人》雜誌**

史蒂芬・金具有催眠般的魅力！
——紐約時報書評特刊

《四季》讓人不寒而慄！
——紐波特紐斯每日新聞報

令人著魔的說故事高手……帝王級的驚悚饗宴！
——聖地牙哥聯合論壇報

真好看……充滿驚奇、幽默和洞察力！
——威齊托福爾斯時報記錄新聞

《四季》成為讓人歡喜讚嘆的好理由。
——華盛頓郵報書的世界

《四季》讓人看得屏氣凝神！
——費城詢問者報

太精采了！
——查爾斯頓晚報

· CONTENTS ·

重點是故事本身，而不是說故事的人。

廉價勾當，廉價收費。

——**AC/DC 樂團**

我從小道消息聽來的。

——**諾曼·惠特菲爾德**

一切會過去，一切會消逝，水常流，心常忘。

——**福樓拜**

HOPE SPRINGS ETERNAL

希望泉湧的春

獻給羅司、佛羅倫絲·朵爾夫婦

麗泰・海華絲與裘山的救贖

我想美國每一座聯邦或州監獄，八成都有個像我這樣的角色——我能替你弄到東西，好比香菸、一包大麻，只要你喜歡；或者一瓶用來慶祝你孩子高中畢業的白蘭地；或者隨便什麼東西……我的意思是，只要不是太離譜都行。不過，凡事總有例外。

我剛滿二十歲時進了裘山監獄。在這個快樂的小家族裡，我是少數幾個願意坦白自己幹了什麼事的人。我殺了人。我替年長我三歲的妻子買了高額保險，然後在她父親送我們當結婚賀禮的雪佛蘭雙門轎車的煞車上動了點手腳。事情完全照我的計畫進行，只是我沒料到，她在開車下城堡山到城裡的途中，順道去載了一個鄰居太太和她的小兒子。煞車失靈，車子從小鎮公共綠地邊緣的灌木叢翻落，一路失速往下衝。目睹的人說，當車子撞上南北戰爭紀念雕像底座然後爆炸起火的瞬間，它的時速起碼有五十哩。

我也沒料到自己會被逮，但就是被逮了，於是我免費入住到裘山監獄。緬因州沒有死刑，可是地方檢察官硬是讓我以害死三條人命的罪名受審，於是我被判了三個無期徒刑，一個服滿再接下一個，這也決定了我將有很長、很長一段時間沒機會得到假釋。法官說我犯下了「駭人聽聞的滔天大罪」，的確也是，不過事情早就過去了。你可以翻一下《城堡岩呼聲報》的泛黃報紙檔案，和當年有關希特勒、墨索里尼和羅斯福總統不斷成立的新機構的新聞一比較，宣告我被判刑的斗大標題顯得可笑又陳舊。

你問我是不是被矯治了？我甚至不懂矯治是什麼意思，至少我不懂它在現行的監獄和懲戒制度下的意義。我想，那多半是政客的語言。也許它有別的意思，也許這表示我還有機會去尋找答案，不過那是以後的事了……有時囚犯們會盡量不去想的事。當年我年輕英俊，生長在鎮上的貧民區，而我讓住在卡賓街優雅老住宅區的一個漂亮但個性陰沉固執的女孩懷了孕。她父親同意我們的婚事，只要我願意在他的眼鏡公司工作，並且「力爭上游」。我發現他真正的用意是要把我關在他家裡，受他控制，就像一隻還不受管束、可能會咬人的不討喜的寵物。最後，不斷累積的恨意終於大到讓我採取了行動。如果再來一次，我或許不會這麼做，但我不敢說這是因為我悔悟了。

總之，我要說的不是我自己，我要說的是一個名叫安迪．杜法蘭的傢伙的故事。不過，在我把安迪的故事告訴你之前，我得先解釋一下關於我自己的幾件事，這不會花去你太多時間。

我說過，我在裘山替人買辦各種東西將近四十年，而且不只是像高級香菸或酒這類走私貨，雖說這些東西總是最受歡迎的。我還有幾千樣東西可以帶給在這裡服刑的囚犯，其中有些是完全合法的，只是不該出現在這種你應當要受懲罰的地方。有個傢伙因為強暴一個小女孩進監獄，他還自爆自己做了另外幾十件案子。我替他弄來三塊粉紅色佛蒙特州大理石，他用它們雕了三尊漂亮的人像：一個嬰兒，一個大約十二歲的男孩，和一個留鬍子的年輕男子。他稱他們是「**耶穌的三個時期**」，而這三尊雕像如今被供在一個當過本州州長的人的客廳裡。

又或者，這裡有一號人物，羅伯．艾倫．柯特。如果你生長在麻塞諸塞州北部的話，或許會記得他。一九五一年，他企圖搶劫機械瀑布市的第一莫肯特銀行，可是搶劫演變成一場屠殺——最後死了六個人，其中兩個是他的同夥，三個是人質，另外一個是挑錯時間抬起頭來，結果一眼挨了子彈的年輕州警。柯特收藏了一堆錢幣，當然他們不可能讓他帶進來，可是靠著他母親和一個開過洗衣車的中間人的幫忙，我把它們弄進來給他了。我對他說：小羅，你一定是瘋了，想把一堆錢幣放在這個到處是賊的石頭旅館裡。他看著我笑了笑，然後說：放心，我知道該把它們藏在哪裡，安穩得很。他說得沒錯。一九六七年羅伯·柯特死於腦腫瘤，直到現在那批錢幣都沒被發現。

我替人家弄來情人節巧克力；我替一個名叫歐麥利的狂熱愛爾蘭人弄來三支麥當勞在聖派翠克節販售的綠色奶昔；我甚至替一夥人——二十人努力集資租了影片——安排放映《深喉嚨》和《瓊斯小姐內心的魔鬼》午夜場……儘管後來我為這次越軌行為被關禁閉一週，但這是在獄中當一個小買辦必須承擔的風險。

我也弄過參考書、黃色書刊，還有觸電握手器、癢癢粉之類的整人小道具，而且不止一次安排讓長期坐監的人拿到他老婆或女友的內褲——我想你應該知道，在無數個時間有如利刃劃過的漫漫長夜裡，牢裡的漢子們會拿這類物品做什麼用。這些東西可不是免費的，有些項目索價還相當高，不過我這麼做並非全為了錢。錢對我有什麼用處？我永遠不可能擁有凱迪拉克汽車，或者在二月飛到牙買加去度過兩週假期。我這麼做和一個好肉販只賣新鮮肉品是一樣的道理。我的風評不錯，我想保住它。只有兩樣東西是我拒絕經手的：槍枝和重型毒品。我絕不會幫任何人自殺或者殺害別人。我腦子裡的殺戮已經夠我折騰一輩子了。

沒錯，我經手的品項差不多和尼曼—馬庫斯百貨公司的目錄一樣豐富，所以當一九四九年安迪·杜法蘭來找我，要求我把女神麗泰·海華絲[1]送進牢房時，我說沒問題。確實沒問題。

一九四八年，安迪剛來裘山時是三十歲。他是個外表整潔的小個子，有著沙褐色頭髮、小而靈巧的雙手、臉上戴著金邊眼鏡。他的手指甲總是剪得很短，而且總是很乾淨。對一個男人留下這印象有點怪，不過在我眼中這就是安迪，他永遠給人一種應該打上領帶的感覺。入獄前，他是一家波蘭大銀行信託部的副經理。以他的年紀來說，這算是一份好差事，尤其當你考慮銀行多半很保守的時候。再加上當你北上來到新英格蘭六州，這保守還得乘上十倍，因為這裡的人不會輕易把錢交給別人，除非這人又禿又跛，不停扯著褲管來讓自己看來收斂端正些。而安迪，他是因為謀殺妻子和她的情夫進來的。

相信我之前說過，監獄裡的每個人都是無辜的。當然，他們也讀那本聖典，就像電視上那些宗教狂熱分子讀《啟示錄》一樣虔誠。他們全是鐵石心腸的法官、無能的律師、警方陷害或狗屎運的受害者。他們也讀經文，但是你可以在他們臉上看見不一樣的經文。多數罪犯都是對自己或別人沒有好處的低等人，他們的最大厄運就是被他們的母親生下來。

在裘山這麼多年來，當人家告訴我他是無辜而我真心相信的，只有不到十個人，安迪．杜法蘭正是其中一個，雖說我是經過多年才確信他的無辜。如果一九四七到四八年，波特蘭最高法院如火如荼審理這案子的期間，我也在陪審團席的話，我肯定也會投票判他有罪。

那是非常轟動的一個案子，是那種具備所有要素的煽情案件。一個交遊廣闊的美女（死了），一個當地的運動好手（也死了），以及被告席上的傑出年輕實業家。這些，再加上報紙暗指的各種醜聞，檢察單位認為這案子非常簡單明瞭，而審理之所以拖了那麼長一段時間，完全是因為負責本案的地方檢察官計畫去參選眾議員，他希望普羅大眾能多看看他那張臉。他開庭時有如一場華麗的法律馬戲表演，儘管氣溫在零度以下，還是有不少人在清晨四點跑

1. 編註：Rita Hayworth，1918-1987。美國著名女演員，是二十世紀四〇年代紅極一時的性感偶像，被稱為「愛之女神」或「美利堅愛神」，她亦以極為出色的舞蹈技巧而名噪一時。

去排隊，等著入席旁聽。

安迪不曾抗辯的檢察官的起訴犯罪事實如下：他有一個妻子，琳達．柯林斯．杜法蘭；一九四七年她表示想到法爾茅斯山鄉村俱樂部去學高爾夫球；她確實上了四個月的高爾夫球課；她的指導教練是法爾茅斯山高爾夫球專家葛倫．昆汀；一九四七年八月底，安迪得知妻子和昆汀暗通款曲；一九四七年九月十日，安迪和琳達．杜法蘭發生激烈爭吵，兩人爭論的起因是她的不忠。

他作證說，琳達坦承她很高興他發現了。「偷偷摸摸，」她說，「真的很痛苦。」她告訴安迪，她打算到雷諾去申請快速離婚。安迪對她說，到雷諾免談，在地獄見面倒是可以。接著她離家，到昆汀位在高爾夫球場附近的出租小別墅去和他一起過夜。次日早晨，清潔婦發現兩人陳屍床上，分別身中四槍。

最後這個事實對安迪尤其不利。在開場陳述和結辯時，那位懷有政治抱負的檢察官都針對這點作了盡情發揮。「安迪．杜法蘭，」他說，「並不是一個試圖向出軌妻子進行熱血報復的屈辱丈夫。」「如果是這樣，」檢察官說，「就算不能被寬恕，也該得到諒解，但他的做法是一種更加冷酷的報復類型。」「想想看！」檢察官的聲音在法庭中迴盪，「四槍加四槍！不是六槍，而是八槍！**他一直射擊到彈匣空了……然後停下來填裝子彈，然後再對著兩人繼續開槍！他四槍，她四槍。**」波特蘭《太陽報》發出怒吼，波士頓《紀事報》則封他為「無差別殺手」。

路易斯頓市懷斯當舖的一名職員作證說，就在雙人謀殺案發生前兩天，他賣了一把六發子彈容量的點三八特種軍警型手槍給安迪．杜法蘭。一名鄉村俱樂部的酒保作證說，九月十日晚上七點左右安迪進來，在二十分鐘內灌下三杯純威士忌，而當他從酒吧凳子上站起來時，他告訴酒保，他準備前往葛倫・昆汀的房子，接下來會發生什麼事，看報紙就知道了。另一名距離昆汀別墅大約一哩距離的漢迪－皮克商店的店員在法庭上說，安迪在同一天晚上八點四十五分左右來到店裡，他買了香菸、三夸脫啤酒和一些擦碗巾。郡法醫作證說，昆汀和杜法蘭女士的遇害時間是在九月十日晚上十一點到十一日凌晨兩點之間。司法部長辦公室負責這案子的警探作證，距離小別墅不到七十碼的地方有個路邊休息區，九月十一日下午，警方從這塊區域得到三件物證：第一件，兩只空的一夸特裝納拉甘塞特啤酒瓶（上面有被告指紋）；第二件，十二個菸蒂（全都是 Kool 薄荷菸，被告喜好的品牌）；第三件，一組車輪胎紋（和被告那輛一九四七年普利茅斯車的胎紋和磨耗情況完全相符）的翻印石膏模。

昆汀的小別墅客廳沙發上攤著四條擦碗巾，上頭有好幾個被子彈貫穿的破孔，以及火藥灼痕。警探推測（受到安迪律師的激烈抗議），兇手用布巾裹住行兇手槍的槍口，來降低槍擊的聲響。

安迪・杜法蘭站上被告席為自己辯護，氣定神閒、不帶感情地描述事情經過。他說他早在七月底就開始聽聞關於他妻子和葛倫・昆汀之間那些令人傷心的流言。到了八月底，他實在太難受了，於是著手調查了一下，並在一個琳達原定在高爾夫球課結束後到波特蘭去購物的晚上，跟蹤她和昆汀來到昆汀那棟租來的兩層樓別墅（無可避免地被報紙稱為「愛巢」）。他把車停在路邊休息區，而三小時後，昆汀開車送她回鄉村俱樂部去取她的車。

「你是否要告訴庭上，當時你開著你那輛全新的普利茅斯轎車跟蹤你的妻子？」交叉詢問時，檢察官問他。

「那晚我和一位朋友交換車子。」安迪說。在陪審團眼中，這種冷靜招認自己是如何用盡心計去刺探的態度，對他毫無幫助。

把朋友的車子歸還、拿回自己的車子後，他回到家中。琳達正在床上看書，他問她波特蘭之行如何？她回答說十分有趣，不過她沒發現中意的東西，因此什麼都沒買。「就在這時，我打定了主意。」安迪告訴屏氣凝神的聽眾，說話口吻依然那麼冷靜、淡漠，就像他在整個出庭作證期間的表現一樣。

「從當時一直到你妻子被殺害那晚之間的十七天當中，你的心境如何？」安迪的律師問他。

「我非常痛苦。」安迪冷漠而平靜地說。他敘述著他曾經考慮自殺，甚至在九月八日那天到路易斯頓去買了一把槍，口氣像在背誦一張購物清單。

接著他的律師請他告訴陪審團，案發當晚，他在妻子出門去和葛倫．昆汀會面之後做了些什麼。安迪如實說出……而他給人的印象糟透了。

我認識他將近三十年，我可以告訴你，我這輩子沒見過比他更沉著冷靜的人。做了好事他不會大聲嚷嚷，做了壞事他則是絕口不提。要是他曾經有過心靈的暗夜——如同詩人聖十字若望和其他作家的形容——你也絕不會發現。他是那種一旦決定自殺，就會不留隻字片語地去做，但是會先把所有身後事都安排妥當之後才去執行的人。如果當時他在證人席上落淚，或者聲音哽咽、態度變得猶豫，甚至開始對著那位有意進軍國會的檢察官大吼，我不相信他會像最後結果那樣被判處無期徒刑。就算被判刑，也應該會在一九五四年得到假釋。問題是，他像錄音機那樣敘述他的案情，彷彿在對陪審團說：事情就這樣了，要不要採信隨便你們。結果他們沒有採信。

他說當晚他喝醉了，從八月二十四日以後他就經常酒不離手，而且他的酒量一向不好。當然，光是這點就讓陪審團無法接受，因為他們實在很難想像，這位穿著端正的三件式雙排釦羊毛套裝的冷靜自持的年輕人，會為了妻子和一個小鎮高爾夫球手之間的齷齪小緋聞把自己灌得爛醉。但我相信，因為我看過這六男六女不曾見過的安迪。

在我認識安迪的這整段期間，他一年只喝四次酒。每年他生日前大約一週，接著在聖誕節前兩週左右，他會在放風場和我碰面。每次他都會託我替他弄一瓶傑克丹尼爾威士忌。他買酒的錢和這裡大部分犯人用來買東西的錢是同樣的來源——奴隸工資，再加上一點他自己的錢。一九六五年以前，你在獄中的勞動所得是每小時一角，到了一九六五年，他們把它一口氣提高到兩角五分。我偷運酒的佣金是一成，當你把它加入購買像黑標傑克這類高級威士忌的額外花費，你就會知道安迪．杜法蘭每年四次的飲酒，是用他在監獄洗衣房中多少個鐘點的血汗換來的。

九月二十日他生日那天早上，他會大喝一杯，到了晚上熄燈後再喝一杯。第二天他會把剩下的酒還給我，讓我和其他人分著喝。至於另一瓶酒，他會在聖誕節晚上為自己倒一杯來喝，然後在新年除夕再喝一杯，剩下的同樣交給我，並且交代要我傳給別人。一年四杯——這就是一個曾經被酒瓶刺傷，而且傷到見血的男人的習性。

他告訴陪審團，十日晚上他醉得太厲害，只能斷斷續續記得一些片段。那天下午，在去找琳達理論之前，據他說「我多喝了一杯壯膽」。

他還記得，她離開去和昆汀會面之後，他決定去找他們當面問清楚。前往昆汀小別墅的途中，他晃進鄉村俱樂部，又匆匆喝了幾杯。他說他不記得曾經告訴酒保，「接下來會發生什麼事，看報紙就知道了」，或者曾經對他說過任何話。他記得到漢迪－皮克商店買了啤酒，可是不記得買了擦碗巾。「我要擦碗巾做什麼？」他問。有家報紙報導，這句話讓陪審團中的三位女士打了冷顫。

後來，很久以後，他針對那個作證說他買了擦碗巾的員工作了些推測，我認為他的話很值得注意。「假設，他們在查訪目擊證人的過程中，」某天在放風場，安迪說：「他們遇上這個當晚賣啤酒給我的傢伙。這時距離事發已經三天，這案子的許多事證已被各大報紙廣為報導。也許他們以眾欺寡，五、六個警察，加上司法部長辦公室派來的那傢伙，再加上檢察官助理。記憶是很主觀的東西，紅毛，他們可以先試探地問『他有沒有可能買了四、五條擦碗巾？』然後步步進逼。如果一群人要你想起某件事，它的說服力可是非常強大的。」

我同意很有可能。

「可是，還有一個更強大的。」安迪繼續用一種沉思的神情說：「我想他起碼說服了自己。可以吸引鎂光燈，被記者追著問東問西，照片上了報紙……當然，重頭戲是他在法庭上的表現。我的意思不是說他蓄意捏造情節，或者作偽證，我認為他很可能通過測謊，或者用他母親的名字發誓說我買了那些擦碗巾。可是……記憶這東西實在是太主觀了。

「我只知道，雖然連我的律師都認為我說的起碼有一半是謊言，他也從沒採信過擦碗巾的事。光想就覺得荒誕到了極點！當時我喝得爛醉，醉得根本不可能想到要把槍聲滅音。如果是我做的，我會直接開轟。」

他把車開到路邊休息區，停了車。他喝了啤酒，抽了幾根菸。他看著昆汀房子樓下的燈光暗下，接著他看著樓上亮起一盞燈……過了十五分鐘，那盞燈也熄了。他說他可以猜到接下來的情節。

「杜法蘭先生，接著你是不是走向葛倫・昆汀的房子，把那兩人殺了？」律師怒喝。

「不，我沒有。」安迪回答。他說，到了午夜他就清醒了，同時開始有宿醉頭痛的感覺，所以他決定回家去好好睡一覺，第二天用比較成熟的態度去面對這整件事。「這時，我一路開車回家，開始想，最明智的做法就是乾脆讓她到雷諾去辦快速離婚。」

「謝謝你，杜法蘭先生。」

檢察官起身。

「你用最快速的方式把她『離』了，是嗎？你用一把裹著擦碗巾的點三八左輪手槍把她『離』了，是嗎？」

「不，先生，我沒有。」安迪輕聲說。

「接著你殺了她的情夫。」

「不對，先生。」

「你是說你先對昆汀開槍？」

「我是說我沒有射殺他們兩個。我喝了兩夸脫啤酒，抽了警方在路邊休息區發現的那麼多的香菸，然後我開車回家，上床睡覺。」

「之前你對陪審團說，在八月二十四日到九月十日這段期間，你經常想要自殺？」

「是的，先生。」

「意念強烈到去買了一把左輪手槍？」

「是的。」

「如果我說你看來不像會自殺的類型，杜法蘭先生，會不會讓你太困擾？」

「不會的，」安迪說：「但是在我看來，你也不像是感覺特別敏銳的人，而且我非常懷疑，如果我**真的**想自殺，我會跑去跟你商量。」

這話引來庭內一陣竊笑，但並沒有讓他在陪審團心中得分。

「九月十日那晚，你有沒有把你的點三八左輪手槍帶在身上？」

「沒有。我作證時說過了。」

「噢，是啊！」檢察官嘲諷地一笑，「你把槍丟進河裡了，是嗎？皇家河，在九月九日那天下午。」

「是的，先生。」

「案發前一天。」

「是的，先生。」

「真方便，不是嗎？」

「無所謂方不方便，這只是實話。」

「你聽過明奇中尉的證詞吧？」明奇中尉的小組在龐德路橋附近的河道，也就是安迪作證他丟棄槍枝的地方打撈搜索，但警方沒找到槍。

「是的，先生。你也知道我聽過。」

「那麼你應該聽見他告訴庭上，他們打撈了三天，卻沒找到槍。這也相當方便，不是嗎？」

「撇開方便性不談，事實是他們沒找到槍。」安迪冷靜地答道：「但是我想向你和陪審團指出，龐德路橋距離皇家河流入雅茅斯灣的地方非常近，水流十分湍急，那把槍很可能被沖入海灣了。」

「所以我們無法把警方從你妻子和葛倫．昆汀先生染血的遺體上所採集到的子彈膛線，拿來和你那把槍的槍管膛線進行比對。是這樣的，對吧？杜法蘭。」

「對的，先生。」

「這也相當方便，不是嗎？」

根據報紙所刊載，這話讓安迪表現出微妙的情緒性反應，那是他在整整六週的審判期間難得展露出來的。一抹淡淡的苦笑掠過他的臉。

「既然我在本案中是無辜的，而且既然我說的關於我在案發前一天把槍丟進河裡也是事實，那麼對我來說，始終沒找到槍絕對是不方便的。」

檢察官連著攻擊他兩天，他又把漢迪－皮克商店員工關於擦碗巾的證詞唸給安迪聽。安迪重申他不記得買了那些東西，但承認他也不記得他**沒有**買。

安迪和琳達．杜法蘭曾在一九四七年初簽了一份共同保險合約，此事是否屬實？是的，這是事實。一旦獲判無罪，安迪依約將可獲利五萬元，此事是否屬實？是的。他是否確實懷著行兇的意圖去到葛倫．昆汀的房子，而且**也**確實犯下了兩樁謀殺案？不，這並非事實。那麼，既然沒有盜竊的跡象，他認為發生了什麼事？

「這我無從知曉，先生。」安迪輕聲說。

在一個下雪的週三下午一點，案子交由陪審團討論。三點半，十二名男女陪審員回到法庭上。法警說他們原該早點進場的，會延遲是因為他們去了班特利餐館，用郡預算費用享受了一頓美味的雞肉晚餐。他們認為他有罪，而且各位，要是緬因州有死刑，他肯定會在春天的番紅花從雪地探出頭來之前被處死。

檢察官問安迪他認為發生了什麼事？他避而不答，但其實他內心自有想法，而我也終於在一九五五年某個深夜探出他的口風。我們花了七年時間從點頭之交進展為還算親近的朋友，但是直到一九六〇年左右，我才真正感覺和安迪成了密友，而且我相信我是唯一真正能親近他的人。同樣身為長期徒刑犯，我們從頭到尾都住在同一個囚區，只是我和他隔了半條走廊。

「我怎麼認為？」他大笑，然而聲音不帶一絲詼諧。「我認為那天晚上特別倒楣，我認為一定是剛好有個陌生人經過。也許是我回家以後有人在路上爆胎，也許是竊賊，也許是變態狂。他殺了他們，就這樣，而坐牢的卻是我。」

就這麼簡單。他被判處在裘山監獄度過餘生，或者說是大半輩子。過了五年，他開始申請假釋，但每次都毫無例外地被駁回，就算他是模範囚犯也一樣。在裘山，當你的入獄證明單蓋上**謀殺**的戳記，出獄的許可總是來得格外緩慢，就像河水侵蝕岩石那般悠緩。

審查會議上坐著七個委員，比多數州監獄多了兩個。這七個人，個個心腸硬得像礦泉井抽上來的硬水一樣。你收買不了他們，你奉承巴結不了他們，你哀求不了他們。就這裡的審查委員會來說，有錢也使不上力，**沒人**走得了。而且安迪的案子還有別的因素……關於這部分，我得先回頭說一下我的故事。

早在五〇年代，有個名叫肯德里克斯的模範囚犯來找我借一大筆錢。他花了四年才把它全部還清，而他付給我的利息是情報——在我這一行，如果不能耳聽八方，你就死定了。就拿這個肯德里克斯來說吧，他有管道可以取得這裡的車牌工廠絕對壓印不出來的那類數字紀錄。

肯德里克斯告訴我，一九五七年假釋審查會對安迪．杜法蘭假釋案的投票結果是七對零，五八年是六對一，五九年也是七對零，六〇年是五對二。之後我就不清楚了，我只知道過了十六年，他仍然窩在第五囚區的十四號囚室。當時，也就是一九七五年，他五十七歲。也許到了一九八三年左右，他們會善心大發地把他放了。他們判你無期徒刑，奪走你一輩子的時間——起碼是大半輩子。也許哪天他們會把你釋放，可是……聽著，我知道有個傢伙，他叫薛伍德．波頓，他在牢房裡養了一隻鴿子。從一九四五年到他們放他出去的一九五三年之間，他一直養著那隻鴿子。他可不是準備越獄的惡魔島養鳥人，他就只是養了一隻鴿子。他叫牠杰克。他——我是說薛伍德——出獄的前一天把杰克放了，杰克馬上飛得不見鳥影。可是，就在薛伍德・波頓離開我們這個快樂小家族之後約莫一週，我的一個朋友把我叫到放風場西邊的角落，薛伍德以前就常在那兒活動。有隻鳥像一小團髒床單那樣躺在那裡，看來餓壞了。我朋友說：「那是杰克嗎？紅毛。」是牠沒錯，但那隻鴿子已經僵硬得像坨屎了。

我清楚記得安迪・杜法蘭第一次來找我幫忙，清楚得彷彿昨天才發生一樣。不過那次他不是要我幫他把麗泰・海華絲弄進來，那是以後的事。一九四八年夏天，他來找我是為了別的事。

我的交易大都是在放風場完成的，這次也不例外。我們的放風場很大，比多數放風場都大得多。它是正方形，每一邊九十碼，北側是外牆，兩端各有一座警衛塔，上面的警衛配有望遠鏡和防暴槍。主要入口就在北側，卡車卸貨區位在放風場的南側，共有五個。裘山監獄在工作週非常繁忙，貨進貨出的。我們有汽車牌照工廠，還有一座大型工業洗衣房，負責全監獄加上基特里醫學中心和艾略特療養院的所有衣物的洗衣業務。另外我們還有一座大車庫，一批技工囚犯在裡頭維修獄中、州和市政府的車輛——當然還有獄警、獄政辦公室的私人座駕……還有不止一次，也維修假釋審查委員們的車。

東側有一道布滿細窄小窗子的厚重石牆，第五囚區就在牆的另一邊；西側是獄政辦公室和醫務室。裘山一直不像大部分監獄那樣擁擠，而在四八年，這裡只住了約三分之二滿，但任何特定時間總有八十到一百二十人在放風場活動——丟足球或棒球、擲骰子、閒扯淡、進行交易。到了週日，這裡就更擠了。每逢週日，這裡感覺就像鄉村假日……只差沒有女人。

安迪第一次來找我就是在週日，當時我剛和一個常幫我忙的傢伙——艾摩・阿米特吉談完事情。安迪走過來時，我們正談妥了一台收音機。我當然知道他是誰，他是出了名的勢利眼、怪人。大家都說他是個麻煩人物，說這話的其中一人是包格斯．戴蒙，一個難纏的壞蛋。安迪沒有室友，我聽說他就喜歡這樣，儘管大家已經在談論說，他認為他的屎聞起來比別人的香。但是既然我有機會親自瞧瞧，也就不必理睬那些謠言了。

「哈囉，」他說：「我是安迪．杜法蘭。」他伸出手，我們握了手。他不是一個會浪費時間交際的人，他很快切入正題，「我知道你有管道可以拿到各種東西。」

我承認我不時能找到某些物品。

「你是怎麼辦到的？」安迪問。

「有時候，」我說：「東西就是會到我手中，我也無法解釋，除非因為我是愛爾蘭人。」

他衝著這話微微一笑，「不知道你能不能替我弄一支岩槌？」

「那是什麼？你要這東西做什麼？」

安迪一臉詫異，「動機也是你生意的一部分？」一聽這話，我便可以了解為何他是出了名的勢利鬼，喜歡裝模作樣的那類人。不過，我感覺他的問題帶著一絲幽默。

「告訴你吧，」我說：「如果你要的是牙刷，我絕不會多問，我會直接向你報價。因為，你知道的，牙刷不是致命的物品。」

「你對致命的物品很排斥？」

「沒錯。」

一顆黏了防滑膠帶的棒球朝我們飛來，只見他靈敏轉身，在半空把它接住。那是傳奇三壘手梅爾榮（Frank Malzone）會讚賞的一次接球動作。安迪「啪」地一下把球彈回它的來處，只是手腕輕鬆俐落地一轉，但這一拋同樣力道十足。我看見許多人邊做自己的事，邊斜眼瞄著我們，說不定連塔上的警衛也在看。我不想誇口，不過每座監獄都有幾個有影響力的囚犯，小的大概四、五個，大的二、三十個。在裘山，我算是頗具分量的人，而我對安迪．杜法蘭的看法將會大大影響他日後的服刑歲月。他大概也明白，可是他並沒有對我磕頭拍馬屁，這點讓我很敬重。

「很合理。我就告訴你那是什麼，還有我為什麼需要它。岩槌的外觀就像小型的鶴嘴鋤，大約這麼長。」他舉起兩手，相隔一呎左右。就在這時，我第一次注意到他那修剪工整的指甲。「槌子頭的一端是尖銳的小鑿子，另一端是扁平的槌頭。我要這東西是因為我喜歡石頭。」

「石頭。」

「蹲下來說。」他說。

我順著他，我們像印第安人那樣弓著身體蹲下。安迪捧起一把放風場的泥土，讓它從乾淨的雙手之間篩過，一團細緻的粉塵流了下來，剩下幾顆小石子。其中一、兩顆閃閃發亮，其餘的黯淡而單調。這些黯淡的石子當中有一顆是水晶，但除非你把它擦亮，不然看不出來，而這時它會散發漂亮的奶白色光澤。安迪把它擦乾淨，然後丟過來給我。我接住，說出它是水晶。

「是水晶沒錯，」安迪說：「你看，還有雲母、頁岩、沾了泥沙的花崗岩。這裡有一顆石灰石粒料，是當初他們開山蓋這座監獄時留下的。」他把小石子丟開，拍拍手上的塵土。「我是個石頭迷。應該說……以前是石頭迷，在我入獄前。我想重拾這嗜好，小規模的。」

「放風場的週日探險？」我問，邊站了起來。傻念頭，不過……看著那一小片水晶讓我的心微微抽動了一下。我也不清楚那是什麼，我想只是和外界的一點連結吧。在放風場不太會想起這類東西，水晶應該是在湍急的小河裡才會撿到的東西。

「週日到這兒來探險，強過週日沒得探險。」他說。

「你可能會把岩槌這種東西扎進某人的腦殼。」我說。

「我在這裡沒有仇家。」他輕聲說。

「沒有?」我笑笑,「話別說得太早。」

「萬一遇上麻煩,我不必用到岩槌就能解決。」

「說不定你想逃走?從圍牆底下鑽出去?因為,如果你……」

他禮貌地大笑。當我在三週後看見那支岩槌,終於明白為什麼。

「你也知道,」我說:「如果有人看見你帶著這東西,他們會馬上把它沒收。就算只是看見你拿著湯匙,他們都會把它拿走。你打算怎麼做,往這裡的地上一坐,然後咚咚地開始敲打?」

「噢,請相信我會做得比這高明。」

我點頭,反正這部分根本不關我的事。有人雇用我替他取得某樣物品,但等東西到手之後,能不能保有它是他的事。

「這東西要花多少錢買?」我問。我開始喜歡他那種寧靜、低調的作風。如果你像我這樣在動盪中熬了十年,你也會對那些大吼大叫、愛吹牛或聒噪長舌的人感到厭煩。是的,我想我可以說自己從一開始就相當欣賞安迪這個人。

「一般寶石礦物商店賣八塊錢,」他說:「不過我知道你們這一行都會加收一點成本以外的費用。」

「目前我的收費是成本加一成,不過危險物品的收費得提高一些。想取得你說的這種小工具,需要多一點油水才推得動。就十塊錢吧。」

「那就十塊吧。」

我看著他，笑笑。「你有十塊錢？」

「有的。」他輕聲說。

很久以後，我才發現他手頭有五百多塊錢，那是他夾帶進來的。當你入住這座大旅館，會有個服務生奉命讓你彎下腰，對著你的後庭仔細檢查，可是那個部位相當複雜……而且，咱們就別說得太露骨了，總之一個意志堅決的人可以在那裡頭塞進不少東西……並且深藏不露，除非你剛巧遇上一個認真戴上橡膠手套、卯起來探勘的服務生。

「很好。」我說：「那你應該知道，萬一你被逮到持有我給你的東西，該要怎麼做。」

「我知道。」他說。從那雙灰眼睛的細微變化中，我看出他完全明白我想說什麼。那是微小的閃電，他那獨特的諷刺性幽默的閃現。

「萬一你被逮，你必須說那是你撿到的，總體來說就是這樣。他們會把你關個三、四週禁閉……當然，你還會失去你的玩具，你的紀錄也會留下污點。如果你洩漏我的名字，你和我從此不會再有交易往來，就算只是一雙鞋帶或一包 Bugler 菸絲都別想，而且我還會派幾個人去把你狠狠揍一頓。我不喜歡暴力，但你得明白我的立場。我絕不允許走漏風聲，搞到無法收拾，那我就真的完了。」

「是的，我想也是。我了解，你不必擔心。」

「我從不擔心，」我說：「在這種地方，擔心沒有半點好處。」

他點點頭，走開了。三天後，在洗衣房的上午休息時段，他在放風場朝我走來。他沒說話，甚至沒看我一眼，只是把一張開國元勳亞歷山大．漢彌爾頓的照片塞到我手中，動作俐落得有如耍紙牌戲法的高明魔術師。他這個人的適應力真的很強。我已經拿到他要的岩槌，那東西在我牢房裡放了一個晚上，而它的外觀就跟他描述的一般無二。那不是越獄的工具

（一個人恐怕得花上六百年，才能用這把岩槌在牆底挖出通道來），但我還是覺得有些不安。如果拿它的尖鑿子敲進某人的腦袋裡，這人肯定再也無法收聽《菲伯麥吉和莫利》（Fibber McGee and Molly）廣播節目。安迪已經和那群「姐妹淘」不對盤了，只希望他要這把岩槌，不是為了對付他們。

最後，我相信自己的判斷。次日一早，趁著起床號響起前二十分鐘，我將那把岩槌連同一包駱駝牌香菸塞給厄尼，一個在一九五六年出獄前一直負責清掃第五囚區的模範老囚犯。他二話不說就把東西塞進上衣。之後整整十九年，我沒再看過這把槌子，而到了那個時候，它已經磨損得不成樣子了。

接下來的週日，安迪又在放風場朝我走過來。告訴你，這天他的模樣真是嚇人，他的下嘴唇腫得像夏季香腸，右眼腫到幾乎睜不開，一邊臉頰出現好幾道可怕的刮痕。他肯定又和那些「姐妹淘」槓上了，可是他提都沒提。「謝謝你的工具。」他說著走了開去。

我好奇地看著他。他走了幾步，看見泥地裡有東西，便彎身把它撿起。除了技工幹活穿的制服之外，監獄囚服是沒有口袋的，但那顆小石子消失在安迪的袖子裡，而且沒掉下來。這點讓我佩服……他讓我佩服！儘管麻煩纏身，他仍然繼續過他的日子。有太多人做不到、沒辦法或不願意，其中有些人還是自由之身。而且我注意到，儘管他的臉看來像被龍捲風掃過一樣，他的兩隻手仍然乾乾淨淨的，指甲修剪整齊。

接下來六個月我不常見到安迪，因為有很多時候他是被關禁閉的。

這裡要提一下「姐妹淘」。

在許多監獄，他們被叫做公牛酷兒（bull queer）或監獄蘇西（jailhouse susie），最近的流行稱呼則是「殺手皇后」（killer queen），可是在裘山他們一概被稱作「姐妹淘」。我也不清楚為什麼，但是撇開名稱不說，我想其實沒什麼不同。

當今，獄中多數人對這裡面雞姦行為盛行的現象，可說早就習以為常了，也許某些年輕、長得俊美纖瘦的新來的菜鳥除外——但是就像異性戀一樣，同性戀的型態和種類也是千奇百怪。有些男人難以忍受無性生活，於是找上其他男人，免得瘋掉，但結果往往就是兩個根本上是異性戀男人之間的妥協。只是有時候我會懷疑，哪天他們回到妻子或女友身邊，是不是可以如他們所想的那樣，依然是個異性戀者。

也有一些男人在獄中「轉性」了，以現在的流行說法，這些人是「發浪」（go gay）或「出櫃」。他們多半（但並非絕對）扮演女性，而為了得到他們「芳心」的競爭，可說是異常激烈。

這時就不能不提「姐妹淘」了。

他們在監獄群體中扮演的是相當於強暴者在外界社會的角色，他們通常是犯罪手段殘酷而被處以重刑的長期徒刑犯。他們的獵物是那些年輕、柔弱和沒經驗的人……或者，就安迪．杜法蘭的例子來說，是看起來好欺負的人。他們的獵場是淋浴間、洗衣房內幾台工業洗衣機後方那個隧道般的狹窄空間，有時候是醫務室，至於演講廳後方那間衣櫃大小的放映室也曾不止一次發生強暴事件。多數時候，只要他們願意，「姐妹淘」以暴力奪取的其實都可以免費得到，因為那些被施暴的人往往對他們產生「迷戀」，類似少女對法蘭克．辛納屈、貓王或勞勃．瑞福的情愫。可是對「姐妹淘」來說，只有以暴力手段強取才有樂趣可言……我想這一點以後也不會改變。

因為他個子小、長相清秀（或許再加上他那種獨特的讓我欽佩的沉著特質），打從安迪進來的第一天開始，「姐妹淘」就盯上他了。如果這是童話故事，我會告訴你安迪打了漂亮的一仗，最後他們終於饒了他。真希望我能這麼說，但我不能，畢竟監獄不是童話世界。

他的第一次發生在淋浴間，是他加入裘山監獄這個快樂家族之後不到三天的事。據我了解，這次是在一陣撩撥打鬧中結束。他們喜歡在行動前先摸清你的底細，就像胡狼先確認獵物是否像牠的外表那般孱弱無力。

安迪回擊，讓一個名叫包格斯．戴蒙的高大魁梧的「姐妹」嘴角染血——多年後，這人也不知去向了。一名警衛出手阻止，才讓事情沒鬧大，可是包格斯發誓要他好看，而他也做到了。

第二次是在洗衣房的洗衣機後面。過去幾年，這個滿是灰塵的侷促空間發生過不少事，警衛們也都曉得，但都放任不管。這裡十分昏暗，散置著一包包洗衣漂白劑和一桶桶 Hexlite 觸媒劑——如果你的手是乾的，這東西就像鹽巴一樣無害，但如果是濕的，可就像電池酸液一樣要命了。警衛們不喜歡到那裡去，那裡沒有空間可以施展。而他們到這地方來工作，獄方教導他們的第一件事就是，絕不能讓囚犯把你圍堵在一個沒有退路的地方。

這天包格斯不在，但是從一九二二年起就開始在洗衣房擔任監工的韓利．貝克斯告訴我，他的四個朋友在。安迪拿著一大匙灼人的觸媒劑擋住他們一陣子，威脅要是他們敢靠近，就把它丟向他們的眼睛。可是他後退著繞過那些巨大的 Washex 四槽洗衣機時，被其中一台絆倒了。機會來了，幾個人撲了上去。

我想輪姦二字是世代相傳、沒有太大改變的一個用語，那四個「姐妹」對他做的就是這檔子事。他們把他按倒在洗衣機變速箱上，其中一人拿一支飛利浦螺絲起子對著他的腦門，一夥人開始辦事。那會造成撕裂傷，但不算嚴重——你會問，這是我的經驗之談？我真希望不是。你會流一陣子血，但如果你不希望有蠢蛋問你是不是來了月經，最好用一疊衛生紙墊在內褲內側的後部，直到血止住。這種情況其實很像月經，會持續個兩、三天，一點一滴地流，然後就停了。那不會造成損傷，除非他們用更過火的方式對你。雖然不會造成肉體損傷，但強暴終究是強暴，遲早你必須看著鏡子裡的臉孔，決定該如何看待自己。

安迪獨自面對這些，就像那許多年當中他始終獨自面對一切。他得到的結論，肯定和在他之前的人是一樣的，也就是對付那群「姐妹淘」只有兩種方式，和他們對抗然後投降，或者直接投降。

他決定反抗。洗衣房事件經過後大約一週，當包格斯和他的兩名同夥又找上他（「聽說你破身了。」據當時也在場的厄尼的敘述，包格斯這麼對他說。）安迪和他們開打。他打斷一個叫魯斯特．麥布萊的傢伙的鼻梁，這人是個肚子圓凸的農夫，因為毆打他的繼女致死而服刑。我樂得補充一句，後來魯斯特死在牢裡。

他們上了他，那三人。完事後，魯斯特和另一個傢伙——他的名字好像是派特．弗尼斯，我沒有十足把握——迫使安迪跪下來，包格斯．戴蒙則走到他面前。那陣子他經常帶著一把珍珠柄的剃刀，握柄的兩側都刻有「戴蒙珍珠」幾個字。他把剃刀打開，說道：「我要把我的褲襠拉開了，男大姐，我給你什麼你就得吞什麼。等你吞完我的，你得吞魯斯特的。你打斷他的鼻子，他總該得到一些補償。」

安迪說：「只要你把你的什麼東西塞進我嘴裡，就別想再拿出來。」

「包格斯像看見瘋子那樣看著安迪。」厄尼這麼對我說。

「不，」他對安迪說，當他是笨小孩那樣慢吞吞地說話：「你不了解我說的。你敢作怪，我就把這剃刀整個插進你耳朵裡，懂吧？」

「我了解你說的，不過你恐怕不了解我的話。無論你把什麼塞進我嘴裡，我都會把它咬掉。你當然可以將那把剃刀插進我的腦袋，但是你得要知道，突發的嚴重腦損傷會讓受害者同一時間排尿拉屎……加上狠狠咬緊嘴巴。」

他抬頭看著包格斯，露出他慣有的淡淡微笑。老厄尼說，他就好像他們只是和他討論股票債券，而不是把他逼到了絕境；就好像他正穿著他的三件式銀行工作服，而不是跪在骯髒的雜物間地板上，褲管褪到腳踝邊，大腿內側淌下血滴。

「事實上，」他又說：「我知道這種咬的反射動作的力道之大，必須用鐵橇或千斤頂搖桿才能把受害者的嘴給撬開。」

時值一九四八年二月底的這個晚上，包格斯沒有放任何東西到安迪嘴裡，魯斯特．麥布萊也沒有。而且據我所知，之後也一直沒人這麼做。但那三人倒是做了一件事——他們把安迪打到差點沒命，最後四個人全進了禁閉室，但這之前，安迪和麥布萊先進了醫務室去療傷。

這夥人到底有多少次對他動粗？我不清楚，但我猜魯斯特相當早就沒了興致——整整一個月戴著鼻夾板是會讓人沒胃口的——而那年夏天，包格斯也突然變得安分了。

這件事非常奇怪。六月初的某個早上，當早餐點名時不見包格斯的人影，大家發現他在囚室裡，遭到痛毆。他不肯說是誰幹的，或者那些人如何進入他的囚室，但是就我的經驗，我知道，除了替囚犯帶槍進來，獄警幾乎可以被收買去做任何事。當年他們的待遇相當微薄，現在也一樣，而且當時既沒有電子門鎖系統、閉路電視監視器，也沒有可以控制監獄各區電力的主控開關。在一九四八年，每個囚區都有它的看守人，當守衛的可以輕易被收買，讓人——也許兩、三個人——進入囚區，甚至進入戴蒙的囚室。

當然，這種事非常花錢，但不是依照外界的標準。監獄裡是小規模經濟，當你在這裡待了一陣子，手上的一元紙鈔就能抵得上外界的二十塊錢。我推測，如果這次任務完成了，某人肯定花了不少零頭——給守衛，就說十五元吧，幾個打手則每人給兩、三塊錢。

我沒有說是安迪·杜法蘭，不過我知道他進來時身上帶了五百元，況且他在正常世界中是個銀行主管，他比我們這些人更了解該如何發揮錢的力量。

我還知道一件事：這次挨揍之後——三根肋骨折斷、眼睛出血、背部扭傷加上髖部脫臼——包格斯·戴蒙再也沒去招惹安迪。事實上，在那之後他幾乎沒敢再招惹任何人。他就像夏天的一陣強風，到處狂吹，可是一點都不刺骨。事實上，你可以說他已經變成了「小咖」姐妹。

包格斯·戴蒙的故事就說到這裡。要不是安迪搶先一步遏止（如果先採取行動的是包格斯），這個人恐怕遲早會殺了安迪。可是安迪和「姐妹淘」之間的恩怨還沒結束，他們會平靜一陣子，接著又起爭端，雖說並不嚴重，也不算頻繁。胡狼喜歡容易對付的獵物，而這裡多得是比安迪·杜法蘭更弱的對象可供挑選。

他總是和他們拚命，我記得是這樣。我想他也知道，只要你有一次毫不反抗地任他們擺布，下次要不反抗地任由他們擺布，就會變得順理成章了。所以安迪臉上偶爾會出現瘀青，還有在戴蒙被毆之後六或八個月，他斷了兩根手指。是的，還有一九四九年底的某天，他因為顴骨碎裂被送到醫務室，可能是被人用一大段包著法蘭絨、末端尖銳的水管打傷的。他總是奮力抵抗，而結果就是被關禁閉。但是我不認為被單獨監禁對安迪來說是一件苦事，事實上，他很樂於獨處。

「姐妹淘」是他努力想適應的一群人，到了後來，在一九五〇年，這些人幾乎完全停止活動了。關於這部分，我會在適當的時候說明。

一九四八年秋天的某個清晨，安迪和我在放風場見面，問我可不可以替他買一打磨石布。

「那是什麼東西？」

他告訴我那是石頭迷的用品，是一種擦碗巾大小的磨光布，有厚厚的襯墊，一面平滑，一面粗糙，平滑那面類似細緻的砂紙，粗糙那面幾乎像工業鋼絲絨一樣粗硬。（安迪的囚室裡有一盒這種東西，不過他不是向我拿的，我猜大概是他從洗衣房摸來的。）

我對他說這筆交易可行，結果我從上次替他買岩槌的同一家寶石礦物商店弄到了東西。這次我向安迪索取平常的一成服務費，一毛都沒多拿，因為我看不出這些七吋見方的襯墊布有什麼致命或危險的地方。磨石布，錯不了。

大約過了五個月，安迪問我可不可以替他把麗泰．海華絲弄進來。這段談話是在演講廳觀賞影片的當中進行的。如今我們每週都可以看一到兩次電影，可是當時電影欣賞是每月一次的活動。我們看的電影通常都具有道德教化的意味，這次放映的《失落的週末》（The Lost Weekend）也不例外，它的訓誡是喝酒很危險，算是一種我們可以從中得到安慰的訓誡。

安迪想辦法坐到我旁邊。影片放映到一半，他微微湊過來，問我可不可以替他把麗泰．海華絲帶進來。老實告訴你，我覺得好笑。他一向沉著穩重，可是這晚他神經兮兮的，幾乎有點難為情，就好像他在要求我替他弄一堆特洛伊保險套，或者那種在雜誌廣告中聲稱能「為你增進獨處樂趣」的羊皮襯裡的小道具一樣。他像是精力過剩，再也按捺不住了。

「沒問題，」我說：「冷靜，別冒汗。你要大張或小張？」當時麗泰是我的頭號情人（幾年前是貝蒂．葛萊寶），有兩種尺寸，一塊錢可以買到小麗泰，兩塊五角可以買到大麗泰，四呎高，十足的女人。

「大號。」他說著，沒看我。告訴你，這天晚上他太有趣了，好像一個試圖冒用哥哥的兵役卡闖入狂歡秀場的小孩。「你辦得到嗎？」

「熊會不會在樹林裡拉屎？別緊張，當然可以。」這時觀眾正衝著銀幕上的畫面鼓掌叫囂——有一大堆蟲子從牆上衝出來，攻擊患有嚴重酒毒性譫妄的男主角雷米蘭。

「需要多久？」

「一週，也許更快。」

「好吧。」他的口氣相當失望，像是巴不得我長褲裡已經塞了一張。「多少錢？」

我報給他批發價，這次我禁得起只收他成本費。他是個好顧客，他的岩槌和石頭磨光布讓我賺了不少。況且他是個好人——在他和包格斯、魯斯特和其他人發生事端的那些個晚上，我不止一次在想，不知道什麼時候他會拿那把岩槌劈開某人的腦袋。

海報是我買賣的大宗，僅次於菸酒，通常排在大麻菸前面一點。在六〇年代，各式海報的生意熱絡得不得了，很多人想要吉他之神亨德里克斯、巴布．狄倫——那張熱門的《逍遙騎士》電影海報——的時髦海報。但主要還是美女，一個接一個的畫報女郎。

安迪找我說話之後過了幾天，一個常和我做生意的洗衣房司機送來六十多張海報，大部分是麗泰．海華絲的。也許你還記得這張照片，我記得可清楚了，麗泰穿著——算是有穿衣服——泳衣，一手放在後腦，眼睛半閉，嘟著的紅潤嘴唇微張。他們說這叫麗泰．海華絲，還不如直接叫它發騷女郎。

為免你覺得奇怪，我必須告訴你，監獄管理單位完全知道這裡的黑市。他們當然知道。他們對於我所做的生意的了解，說不定不亞於我自己。他們容忍它是因為，他們了解監獄就像一只巨大的壓力鍋，總得要有個排氣孔讓蒸汽發散出去。他們偶爾會來一次突擊搜查，過去一年我也曾被關過一、兩次禁閉，可是對於海報這種東西，他們總是假裝沒看見，得饒人處且饒人。而且當某個可疑傢伙的囚室出現一張麗泰．海華絲的大型海報時，想當然，那肯定是他的親友寄來的。當然，囚犯親友寄來的所有愛心包裹都會被打開來，所有物品也都會被一一登錄，可是誰會為了麗泰．海華絲或愛娃．嘉納的畫報這類無害的東西，專程回頭去盤點清單？當你活在壓力鍋裡，你得學會給彼此留一條活路，不然遲早會有人在你的喉結上方劃出另一張嘴來。你得學會給別人留餘地。

這次仍然是讓厄尼把海報從我的六號囚室帶到安迪的十四號囚室。厄尼帶回一張紙條，上頭是安迪慎重的筆跡，只有「謝謝」二字。

稍後，當他們放我們魚貫而出去吃早餐時，我瞥了下他的囚室，看見擺著華麗泳裝姿態的麗泰出現在他臥鋪上方，一手放在後腦，眼睛半閉，柔軟光滑的嘴唇微張。海報的位置剛好讓他在熄燈後，仍然可以藉著放風場的鈉弧光燈的強光看見。

然而在明亮的清晨陽光中，只見他臉上一道道暗沉的斜線，那是他僅有的一道細狹窗口的鐵柵投下的陰影。

現在，我要告訴你一九五〇年五月中究竟發生了什麼事，讓安迪和「姐妹淘」之間持續三年的大小衝突終於劃下句點。這次事故最後也讓他被調離洗衣房，轉往圖書館，並且從此在那裡工作，直到今年稍早離開我們這個快樂的小家庭。

你或許注意到了，直到現在我告訴你的事，大多都是聽來的——有人看見事情發生，告訴了我，而我又告訴你。其實，有許多時候我把事情大大簡化了，而且描述（或者即將描述）

的只是第四、第五手情報。這裡的情況就是這樣。這裡充斥著各種小道消息，如果你想凡事搶先一步，就非得利用它不可。當然，你也要知道該如何從一大堆謊言、流言和「但願是這樣」的粗糠中，篩選出真相的穀粒。

或許你也已得到一種印象，那就是我所描述的不只是人，更是傳奇，而我得承認，這說法的確有幾分真實性。在我們這些認識安迪有一段時間的長期徒刑犯看來，他身上帶有一種奇幻的成分，幾乎是一種神話魔力，如果你了解我的意思的話。我轉述的那個關於安迪拒絕為包格斯·戴蒙口交的事件是神話的一部分，他不斷和「姐妹淘」抗爭是一部分，而他得到圖書館工作的經過也是一部分……但是這其中有個重大差異，那就是最後這件事發生時我在場，我目睹了整個經過，我用我母親的名字發誓那完全是真的。一個被定罪的謀殺犯的誓言或許不算什麼，可是相信我，我從來不說謊。

這時安迪和我的關係已經進展得十分良好，這人真的讓我驚嘆連連。回想起海報事件，我發現有個環節忘了交代，也許我該說一下。他把麗泰的海報掛上之後過了五週（這時我早就忘了這事，忙別的交易去了），厄尼把一只白色小盒子穿過我囚室的鐵柵遞給我。

「杜法蘭給的。」他低聲說，繼續推著掃把刷。

「謝了，厄尼。」我說著，悄悄塞給他半包駱駝菸。

我掀開盒蓋，好奇會是什麼東西。裡頭塞著很多白色棉花，而底下……

我翻了老半天。有好一陣子，我幾乎不敢去碰它們，那實在太美了。牢裡非常欠缺美好的東西，而真正讓人遺憾的是，很多人似乎根本不懷念它們。

盒子裡有兩塊水晶，都仔細擦亮了。它們被削成漂流木的形狀，內部有看來像黃金微粒的黃鐵礦的小光點。如果不是這麼重，倒是很適合做成一對男裝的袖釦——它們看來就是這麼相配。

要花多少工夫才能創作出這兩樣東西？熄燈後不眠不休地苦幹，肯定是這樣的。首先要又刮又削地做出形狀，接著是用他的磨石布沒完沒了地擦拭、拋光。看著它們，我心中湧起一股暖流，那是任何男人或女人望著美麗事物時都會有的感覺，因為那是用了心努力完成的，也是真正把我們和動物區分開來的一個地方吧，我想。同時，我還有另一種感覺，對這個人的可怕執著起了敬畏之心。可是直到很久以後，我才真正了解安迪．杜法蘭的執著程度。

一九五〇年五月，獄方決定把車牌工廠屋頂鋪蓋的瀝青整個翻新。他們希望在天氣變熱之前完成，便同時徵求志願者加入這項為期大約一週的工程。總共有七十多人報名，因為那是戶外工作，而能在天氣舒爽的五月到戶外幹活，大家簡直求之不得。他們抽籤選出九到十個，安迪和我剛好也在裡頭。

接下來一週，我們會在早餐後列隊走出到放風場上，前後各由兩名警衛看守，再加上崗哨塔上的守衛透過望遠鏡，緊盯著場上的所有活動。

清晨列隊上工時，我們當中會有四個人共同扛著一個大型伸縮梯。我常被迪基．貝茲——他也負責扛梯子——把這種扶梯叫成任意梯的說法給逗樂。我們會把它架在那棟低矮廠房的側面，然後開始用接力的方式，把一桶桶熱燙的瀝青送上屋頂。萬一被這東西濺上身體，包準你夾著屁股跑向醫務室。

這次工程有六名守衛負責監控，全都是基於安全考慮挑選的。對他們來說，這就像放了一週的假，因為比起窩在熱得冒汗的洗衣房或車牌工廠，或者在荒涼的野外監控一群囚犯砍伐做紙漿用的木材或灌木，這時的他們根本是在五月的陽光下度假，背靠在屋頂的矮護牆上，你一句我一句地閒聊。

他們甚至不需要多費心注意我們，因為圍牆南邊的崗哨塔非常近，近到上面那些傢伙可以把他們嚼的菸草吐到我們身上。如果屋頂上那些忙著鋪蓋瀝青的人當中有誰敢輕舉妄動，他們只消四秒就可以用點四五口徑的機關槍把人對半轟開，所以那六名守衛只是坐在那裡，輕鬆歇著。他們只缺了幾打泡在碎冰裡的啤酒，否則就真的快活似神仙了。

其中有個傢伙名叫拜倫．海利。在一九五〇這一年，他已經在裘山監獄待得比我久了，事實上比最後兩任典獄長的任期加起來都還要久。一九五〇年，掌權的是一個叫喬治．唐納希的一板一眼的新英格蘭區東部佬，他擁有獄政管理學位。據我了解，除了任用他的那些人，沒人喜歡他。聽說他只對三件事有興趣——蒐集出書用的統計數字（這本書後來由一家叫「光明面評論」的新英格蘭小機構出版，或許還是自費），每年九月贏得獄內棒球錦標賽的是哪一支球隊，以及推動緬因州的死刑合法化。一個堅定的死刑擁護者，這就是喬治．唐納希。一九五三年他被革職，因為他被揭發在監獄車庫經營折扣修車業務，將利潤和拜倫．海利、葛雷．史戴莫兩人瓜分。當時海利和史戴莫無事脫身——因為這兩人是懂得明哲保身的老鳥——可是唐納希只能走人。沒人難過他離開，但也沒人高興葛雷．史戴莫取代了他的位置。他是個小個子，有一副冷硬心腸和冰冷的棕色眼睛。他老是緊抿著嘴角苦笑，就好像他很想去洗手間但又去不了一樣。在史戴莫擔任典獄長期間，裘山發生許多暴虐酷刑，而儘管我沒有證據，但我相信監獄東邊的灌木叢林裡發生過五、六樁深夜埋屍的事件。唐納希是壞蛋，但葛雷．史戴莫是個冷酷、卑劣而無情的人。

他和拜倫．海利是好友。身為典獄長的喬治．唐納希不過是個裝腔作勢的傀儡，真正掌控獄政的是史戴莫，以及躲在他背後的海利。

海利是個長著稀疏紅髮、走路慢吞吞的高個子，他很容易曬紅，喜歡大聲說話，要是你沒迅速迎合他的指令，他會狠狠賞你一棍。在我們上屋頂工作的第三天，他和一個名叫默特．安威索的警衛聊天。

海利剛得到一個大好的消息，這會兒正在發牢騷。這就是他的作風——他是個對誰都沒好話的不知感恩的人，一個深信全世界都與他為敵的人。這世界騙取了他的青春歲月，這世界也將樂得騙取他剩餘的歲月。我見過一些我認為近乎聖潔的獄吏，我想我知道原因：他們能夠看出他們自己的人生——不管有多麼貧窮艱困——以及州政府聘他們來看守的這些人的人生之間的差別。那些獄警能在心中形成關於痛苦的比較，其他人則不能，或不肯。

對拜倫．海利來說，其實根本沒有比較的基礎。他可以舒爽、悠哉地坐在溫暖的五月陽光底下，厚著臉皮哀悼自己的好運氣，而不到十呎外，有一群正在揮汗幹活、被一桶桶熱燙瀝青灼痛雙手的人——一群平日就必須賣命工作，以致這一刻感覺像在**緩刑**中的人。也許你還記得那個老問題，你的回答將界定你的人生觀的那個問題，而對拜倫．海利來說，答案肯定是**半空，杯子是半空的**。永遠不變，阿門。如果你給他一杯冰涼的蘋果汁，他會想著醋；如果你告訴他，他的妻子對他一向忠貞，他會告訴你，那是因為她是個醜八怪。

這會兒他坐在那裡和默特．安威索聊天，聲音大到我們全聽得一清二楚，而他寬闊的白色額頭已經開始被太陽曬紅了。他在環繞著屋頂的矮牆上方揮舞著一隻手，另一手則按著他的點三八左輪手槍的槍柄。

我們全跟著默特一路聽故事。原來海利的哥哥在十四年前離家去了德州，之後他們一家就再沒有他的消息。他們都以為他死了，這樣也好，可是大約一週半前，有個律師從奧斯汀來了長途電話，似乎是海利的哥哥在四個月前過世了，並留下大筆遺產。（「有些渾球就是運氣好到沒天理。」車牌工廠屋頂的這位感恩典範這麼說。）錢是挖石油和租借油礦賺來的，總計近百萬。

不過，海利沒有變成百萬富豪——果真如此的話，即使是他也會開心吧，起碼會開心一陣子——但是這位哥哥留下了相當可觀的遺產給緬因州家鄉還活著的人，只要還找得到的人，每人分得三萬五千元。還不錯，就像賭賽馬走運，贏了賭金一樣。

可是對拜倫．海利來說，人生永遠是半杯水，他花了大半個上午向默特抱怨他的這筆橫財會被政府偷走多少。「到頭來，剩下的錢只夠我買輛新車。」他承認說：「然後呢？你還得花錢繳這輛車子的稅金、維修費，你的小孩會纏著要你開敞篷車載他們……」

「而且年齡夠大的還會搶著**開**。」默特說。老默特．安威索非常識時務，沒把只要長眼睛都能看得出來的事實給戳破。既然這筆錢這麼讓你心煩，那麼拜倫老弟，我就替你擔下了。畢竟，交朋友不就是為了分憂解勞？

「沒錯，搶著開車，搶著**學**開車，真是要命。」拜倫說著打了個哆嗦。「然後，到了年尾會是什麼狀況？要是你把稅算錯了，剩下的錢不夠支付超額的部分，你還得從自己的口袋掏錢出來，甚至得向那些摳門的借貸公司借錢。但你知道，他們還是會查你的帳，所以根本沒差，而且一旦政府查你的帳，他們會拿走更多。誰能跟山姆大叔[2]對抗？他會把手伸進你的衣服裡，把你的奶榨到乾癟為止，最後吃虧的永遠是你。真是豈有此理。」

他陷入沉默，一臉鬱悶，想著繼承這三萬五千元將會帶給他多少不幸。安迪．杜法蘭原

2. 編註：山姆大叔（Uncle Sam）是美國的綽號和擬人化形象，一般被描繪成穿著馬甲禮服、頭戴星條旗紋樣的高禮帽、身材高瘦、留著山羊鬍、帥氣、精神矍鑠的老人形象。

本在不到十五呎外，拿著大油漆刷塗瀝青，這時他把刷子往桶子裡一丟，朝默特和海利坐著的地方走了過去。

我們一下子繃緊神經。我看見另一名獄警，提姆．楊布洛，悄悄將手移向他佩戴槍枝的位置。崗哨塔上，有人撞了下同伴的臂膀，兩人一起轉過身來。一時間我以為安迪會中槍，或者挨棍子，或者兩者一起。

接著，他問海利，聲音極盡輕柔，「你信任你的妻子嗎？」

海利盯著他看，一張臉開始漲紅，而我知道這不是好兆頭。再過三秒他就會抽出警棍，用粗鈍的那端往安迪的心窩——腹腔神經叢就在那兒——敲下。力道夠大的話，那是會要你命的，可是他們才不管。就算那沒要了你的命，也會讓你癱瘓好一陣子，忘了自己當初究竟打算出什麼奇招。

「老弟，」海利說：「我只給你一次機會把那支刷子撿起來，然後你得用倒栽蔥的姿勢下屋頂去。」

安迪看著他，冷靜、沉著。他眼神冰冷，像是沒聽見對方的話。我真想教他認清楚狀況，給他上一堂速成課，而這堂速成課就是，你**絕不能**讓警衛們察覺你聽見了他們的談話，你**絕不能**擅自闖入他們的談話，除非他們問你問題（這時你必須說出他們想聽的，然後再閉上嘴）。黑人、白人、紅人、黃人，在獄中都沒有差別，因為我們全被打上一模一樣的烙印。在獄中，每個囚犯都是黑鬼，如果你想在海利、葛雷．史戴莫這類人手上活命，就得習慣這觀念，因為這些人要殺掉你，真的就跟看你一眼一樣容易。當你人在獄中，你就屬於國家，如果你忘了這點，那是你的不幸。我曾經認識許多少了眼睛、腳趾和手指頭的人；我曾經認識一個少了龜頭的人，而他自認運氣好，只失去這麼點。我真想告訴他一切都太遲了，即便他可以回頭去把油漆刷子撿起來，可是這天晚上還是會有一個傻大個在淋浴間等著他，準備把他的腿打到抽筋，痛得他滿地打滾。那種傻蛋只要一包香菸或三支 Baby Ruth 巧克力棒就能收買了。最重要的是，我想告訴他，別把事情鬧到無法收拾。

我只能裝作沒事，繼續在屋頂上塗抹瀝青，就和其他人一樣，先保自己的小命要緊。只能這樣了。它已經殘破不堪了，而在裘山，永遠有「海利們」樂得一口氣把它打爛。

安迪說：「也許我沒說清楚。你是不是信任她其實不重要，問題是，你相不相信她會在你背後搞鬼，扯你後腿。」

海利起身、默特起身，提姆．楊布洛也站了起來。海利的臉紅得像磚牆一般，「你只有一個問題，」他說：「就是得數一下你身上還剩幾根骨頭沒斷。不過，你可以在醫務室裡慢慢數。來吧，默特，咱們把這笨蛋丟下去。」

楊布洛掏出手槍，我們其他人繼續拚了命地塗瀝青。烈陽罩頂。他們就要動手了，海利和默特就要把他從屋頂上扔下去了。可怕的意外編號 81433-SHNK 囚犯杜法蘭不慎踩空，從扶梯墜下。真不幸。

他們把他架住，默特抓右手臂，海利抓左手臂。安迪沒反抗，眼睛始終盯著海利那張紅通通的臉。

「如果你管得住她，海利先生，」他繼續用冷靜、從容的語氣說：「你沒有理由不獨享那筆錢。最後比分，拜倫．海利先生三萬五千分，山姆大叔零分。」

默特開始把他往屋頂邊緣拉過去，海利卻站著不動，一時間安迪活像夾在兩人中間的拔河繩。接著海利說：「等等，默特。你這話什麼意思？老弟。」

「我的意思是，如果你管得住你的妻子，就把這筆錢給她。」安迪說。

「你最好說清楚點，老弟，不然就下屋頂去。」

「國稅局（ＩＲＳ）允許每個人一生可以餽贈配偶一筆錢。」安迪說：「額度高達六萬元。」

海利注視著安迪，表情像被斧頭劈中似的。

「不會吧，」他說：「免稅？」

「免稅，」安迪說：「國稅局一分錢都別想碰。」

「你怎麼會知道這種事？」

提姆．楊布洛說：「他以前在銀行上班，拜倫，我想他是真的懂。」

「閉嘴，鱒魚。」海利說著，看都沒看他。楊布洛頓時紅了臉，閉上嘴。有些獄警因為他的厚嘴唇和凸眼睛而叫他鱒魚。海利仍然盯著安迪，「你就是那個槍殺自己老婆的聰明銀行員。我為什麼要相信像你這樣的聰明人？就為了被關進這裡，然後跟著你一起敲石頭？這麼一來你就高興了，對吧？」

安迪輕聲說：「如果是因為逃稅入獄，你會被關進聯邦監獄，而不是裘山監獄。可是你不會坐牢，因為免稅配偶贈與是一個法律漏洞，我辦過幾十件……不對，是幾百件。主要為了方便一些想把小企業移轉的人，或者那些突然發了橫財的人，就像你一樣。」

「我認為你在撒謊。」海利說道，但是看得出來他沒說真話。某種神情在他臉上緩緩浮現，一種加在他那長而醜陋的面容、曬得焦黑的稀疏眉毛之上，顯得怪誕的神情。當那神情出現在拜倫．海利那張臉上時，是看來近乎猥褻的一種情感。那是希望。

「不，我沒有撒謊。當然，你也沒有理由聽信我的話。找個律師吧。」

「那些吃人肉不吐骨頭的惡棍！」海利大喊。

安迪聳聳肩。「那麼去國稅局，他們會告訴你同一件事：不收費。事實上，你根本不需要我來告訴你，你自己肯定就能把這事情給調查清楚。」

「你這雜碎！我不需要一個投機取巧的殺妻銀行員來告訴我，樹林裡的熊都在哪裡拉屎——我有鼻子。」

「你需要一個稅務律師或者銀行員來替你辦理贈與手續，這倒是得花上一筆錢。」安迪說：「或者……如果你有興趣的話，我很樂意替你辦理，不收費，只要你給我的工作夥伴們每人三瓶啤酒。」

「工作夥伴。」聞言，默特迸出一陣粗嘎的狂笑，拍了下膝頭。老默特就愛拍膝蓋傻笑。希望有一天他在世界上某個還沒有麻醉劑的蠻荒地帶死於腸癌。「工作夥伴，會不會太逗了？工作夥伴！你根本沒有……」

「他媽的閉上你的鳥嘴。」海利大吼，默特立刻閉嘴。海利回頭看著安迪，「你說什麼？」

「我說我只要求你給我的工作夥伴們每人三瓶啤酒，如果這算公道的話。」安迪說：「我覺得，春天到戶外幹活，如果能來瓶啤酒的話，會感覺比較像個人。這只是我的意見。大家會很歡迎，相信你也會贏得他們的感激。」

後來我和那天上屋頂工作的幾個人聊天——雷尼．馬汀、羅根．聖皮耶和保羅．朋善是其中三個——當時我們都看出一件事，也都有同樣的**感覺**：突然間，安迪占了上風。腰間佩著槍枝、手上拿著警棍的人是海利，他背後有葛雷．史戴莫，史戴莫背後的整個獄政體系，以及那背後的整個政府力量為他撐腰，然而在亮閃閃的陽光下，那些東西突然間變得不重要了。我感覺一顆心在我胸口狂跳，這是一九三八年我和另外四個人被一輛卡車載著通過監獄大門，接著踏上放風場的那一刻以來，頭一次有這樣的感覺。

安迪用一雙冷靜、清澈的眼睛看著海利，這已經不再只是三萬五千元的事了，這一點我們都同意。我在腦中反覆回想當時的情景，我知道那不是。那是男人之間的較勁，而安迪鎮住了他，就像一個壯漢在腕力賽中把較弱對手的手腕壓在桌上。要知道，在那一刻，海利大可以採納安迪的建議，但依然向默特下令，要他把安迪頭下腳上地丟到屋頂下。

他可以。**但他沒那麼做**。

「我的確可以替你們每個人弄幾瓶啤酒，」海利說：「幹活的時候來瓶啤酒，滋味確實不賴。」這個傻大個竟然變得寬宏大量了。

「那我就教你一個國稅局絕不會透露給你的招數。」安迪說著，眼睛眨也不眨地看著海利。「如果你有**信心**，就把錢贈與你的妻子。如果你認為她有一丁點會出賣或背叛你的可能，我們可以另想辦法……」

「出賣我？」海利厲聲說：「出賣**我**！銀行大爺，就算她吞下一整車的瀉藥，沒有我的准許，她連個屁都不敢放。」

默特、楊布洛和其他獄警很捧場地一陣大笑，但安迪連嘴角都沒動一下。

「我會把你需要的表格列出來，」他說：「你可以到郵局去買，我會替你填好，然後讓你簽名。」

事情聽起來十分重大，海利的情緒高漲起來，然後他掃視了一下周遭其他人，大喊：「你們這些蠢蛋在看什麼？快幹活啊，該死！」他回頭看著安迪。「過來一下，銀行大爺。你仔細聽好，如果你敢耍什麼花招，我保證七天內會派人到 C 淋浴區，把你打得滿地找牙。」

「是的，我懂。」安迪柔聲說。

他是真懂。後來證明，他懂得比我多得太多，甚至比我們任何一個人懂得更多。

就這樣，在工程結束的前一天，一九五〇年春的某天上午十點，為車牌工廠屋頂塗瀝青的一班囚犯坐成一排，喝著裘山監獄有史以來最冷酷的獄吏所供應的黑標啤酒。啤酒有點溫熱，但仍然是我這輩子喝過最美味的。我們坐在那兒喝著，陽光落在我們肩頭，就連海利臉上那半好笑、半輕蔑的表情——好像他正在看猴子而不是人喝啤酒——都破壞不了這感覺。這段啤酒休息時間持續了二十分鐘，而在這二十分鐘裡，我們感覺像個自由人，就好像我們只是輕鬆喝著啤酒，替自家房子的屋頂塗瀝青。

唯獨安迪沒喝。之前我說過，他每年只喝四次酒。他蹲在陰影裡，兩手垂在膝蓋之間，望著我們露出淺笑。有趣的是，很多人記得他這個模樣，更有趣的是，在安迪．杜法蘭收服了拜倫．海利的當時，究竟有多少人參與了那個工作小組。我想我們這夥人頂多九到十個吧，可是到了一九五五年，肯定有兩百個了，也許更多……如果你相信他們的說法。

所以說，如果你要我爽快地回答你，這會兒我說的究竟是關於一個人的故事，或者是圍繞著這個人所虛構出來的所有傳奇，就像圍繞著一顆砂粒生成的珍珠？我得說，答案介於兩者之間。我唯一能確定的是，安迪．杜法蘭和我，或者我進來後認識的任何一個人都不一樣。他用他的後庭夾帶了五百元進來，可是不知怎麼地，這個蒼白的渾球也把別的東西帶了進來。也許是一種自我價值感，或者一種他終將得到勝利的感覺，又或者只是一種自由意識，即使是在那些討人厭的灰色圍牆之內，但那是一種他隨身帶著的內在亮光。我只知道他曾經失去那亮光一次，而那也是故事的一部分。

到了一九五〇年大聯盟世界大賽期間——你應該記得，這年「神童隊」（Whiz Kids）費城人隊以零勝四敗輸掉比賽——安迪和「姐妹淘」之間已經平靜無事了。史戴莫和海利下了指令，只要安迪．杜法蘭來向他們兩人中的任何一個，或者他們小圈子內的其他獄吏告狀，就算只是他內褲出現一滴血，保證當天晚上會讓裘山的所有「姐妹淘」頭痛失眠。他們沒有反抗。之前我提過，監獄裡不難找到十八歲的偷車賊、縱火狂或者專門動小孩歪腦筋的傢伙。從發生在車牌工廠屋頂那件事之後，安迪和「姐妹淘」就各走各的路，互不侵犯了。

當時他被派到圖書室，在一個名叫布魯克斯．哈特倫的頑固老囚犯手下工作。哈特倫早在二〇年代就得到這差事，因為他擁有大學學歷。畜牧學位是沒什麼大不了，可是在裘山這種學識水平偏低的機構中，大學學位太罕見了，只能說乞丐沒得挑吧。

一九五二年，老布魯——早在柯立芝當總統的年代，他在接連賭輸好幾場牌局之後犯下殺害妻女的罪行——得到假釋。這次政府還是老樣子，千算萬算一直拖到他能夠在社會中立足的最後一點機會消失了才放他走。當他穿著波蘭套裝和法國皮鞋，一手握著假釋文件，另一手拿著灰狗巴士車票，搖搖擺擺地走出監獄大門那天，他已經六十八歲，還患有關節炎。他是哭著離開的。裘山是他的一切，面對牆外的世界，布魯克斯心中的恐懼不亞於十五世紀下西洋的那些迷信的東方水手。在獄中，老布魯一直是相當重要的人物，他是圖書室總管，一位受過教育的人。可是如果他到基特里鎮的公共圖書館去求職，他們連張借書證都不會發給他。聽說他在一九五二年住進了自由港的一家貧困老人收容所，而且在那裡活了比我料想的還多了六個月的時間。是的，我想政府對老布魯的懲罰夠本了。他們訓練他適應了茅房的生活，然後把他踢出去。

安迪接續老布魯的工作，擔任圖書室總管二十三年之久。他用了和對付拜倫．海利同樣的意志力，替圖書室爭取他要的書。我看著他把一個羅列著《讀者文摘》選書和《國家地理雜誌》的小房間（裡頭仍然瀰漫著松節油的味道，因為一九二二年以前，這房間是用來儲藏油漆用品的，而且通風始終不佳），慢慢轉變成新英格蘭區最棒的監獄圖書室。

他是一步步達成的。他先在門口放了一只意見箱，耐心地篩掉許多像「多點色情書」、「十大簡易傷病逃獄法」之類的冷建議，抓住牢友們真正有興趣的書單。接著他寫信到紐約的三個大型讀書會，獲得其中兩個——文學協會讀書俱樂部（The Literary Guild）和每月一書俱樂部（The Book of the Month Club）——的回應，願意將他們的主要選書以低廉的價格寄送給他。他發現牢友們對肥皂雕刻、木工、魔術技法和單人紙牌戲這類小嗜好的訊息需求非常殷切，他盡可能蒐羅了和這些主題相關的書，還有兩大監獄食糧——賈德諾（Erie Stanley Gardener）、拉穆爾（Louis L'Amour）的小說。囚犯們似乎對法庭推理小說和西部冒險故事百看不厭，當然，他也在借書辦公桌底下藏了一箱相當火辣的平裝書，小心翼翼地出借，並且確保對方會歸還。即使如此，每次有這類新書進來，總是很快就被翻爛了。

一九五四年，他開始寫信給位在奧古斯塔的州議會。當時的典獄長是史戴莫，他常假裝安迪是吉祥物之類的東西，老是窩在圖書室和安迪閒聊，有時候還會慈愛地攬著安迪的肩膀，或者戳一下他的屁股。不過他誰也騙不了，安迪．杜法蘭不是任何人的吉祥物。

他對安迪說，也許他在外界是銀行員，可是他的那段人生已成過眼雲煙，他最好認清牢獄人生的現實。在奧古斯塔那群自大的共和黨扶輪社成員看來，監獄和矯正單位只有三種支出可以動用納稅人的錢：第一種是建更多圍牆，第二種是蓋更多牢房，第三種是雇用更多獄警。在州參議院看來，史戴莫解釋說，托馬斯頓、裘山、匹茲菲爾德和南波特蘭監獄裡關的全都是地球上的人渣，他們坐牢就是為了受罪，而且老天有眼，他們非受罪不可。所以，如果他們的麵包裡有幾隻象鼻蟲，又有什麼好大驚小怪的？

安迪露出他一貫的泰然自若的淺笑，問史戴莫，如果水不斷滴在水泥塊上，滴個一百萬年，將會如何？史戴莫大笑，拍一下安迪的背，「你沒有一百萬年，老兄。如果有，相信你會帶著同樣的傻笑活下去。就寫你的信去吧，我甚至可以替你寄信，只要你自己付郵票錢。」

安迪真的去做了，而且他得到最後的勝利，儘管史戴莫和海利已無緣親眼見到。在一九六〇年以前，安迪每一次的圖書館基金申請案照例都被打了回票，但這年他收到一張兩百元支票——州議會認可這筆經費或許是希望他能閉嘴，從此消失，但他們的希望落空了。安迪覺得他總算取得初步成功，於是加倍賣力地爭取，從每週一封信變成每週兩封。一九六二年他得到兩百元，接下來十年之內，圖書室每年都會固定收到七百元，而到了一九七一年，補助款增加到了一千元整。這和一般小鎮圖書館的經費比起來不算什麼，我想，可是一千元能買不少賈德諾的梅森探案故事和傑克・羅根西部冒險系列（Jake Logan Westerns）的二手書。到了安迪離開時，你可以走進圖書室（已經從原先的油漆用品儲藏室擴大成三個房間），找到任何你想看的書。萬一找不到，極有可能安迪也會替你弄到。

你會問，這種種的好運，是否只是因為安迪告訴拜倫・海利如何替他那筆意外的遺產節稅而帶來的？答案是，是的……但又不是，也許你可以自己猜出究竟是怎麼回事。

許多說法流傳開來，好比說裘山供奉著自己的小財神。一九五〇年春末和夏天，安迪為那些想讓自己的孩子受大學教育的警衛設立了兩個信託基金，他還為另外幾位想在股市的普通股小試身手的獄警提供建議（結果他們頗有斬獲，其中一位甚至大賺了一筆，在兩年後提早退休）。我敢說他必定也為當時的典獄長——闊嘴喬治・唐納希——提供建議，幫他設計了一套避稅手段，時間就在唐納希被革職之前，我想當時他肯定正做著出書大賣的發財夢。一九五一年，安迪為半數裘山的獄吏填寫報稅表，到了一九五二年，幾乎所有獄吏都來找他幫忙。他得到的報酬或許是監獄裡最值錢的一種錢幣：單純的善意。

後來，在葛雷．史戴莫接掌典獄長辦公室之後，安迪變得更加重要——但如果我試圖說出它的前因後果，那多半只是猜測。有些事我了解，有些事我只能推測。我知道有些囚犯受到各式各樣的特別關照，譬如囚室裡有收音機、特殊的探視禮遇之類的，外界有些人付費讓他們享有這些特權。那些人被囚犯們稱作「天使」。比如說，有個牢友突然被特許週六上午不必到車牌工廠上工，那你大概就知道那傢伙在外界有個天使吐出了一筆錢來成就這件事。它的運作方式通常是，這位天使先買通某個中階獄吏，再由這名獄吏去上下打通各個管理階層。

還有迫使典獄長唐納希去職的折扣修車服務事件。有一陣子它轉入地下，接著在五〇年代末期變本加厲地重現。一些經常到獄中做工程的包商會送回扣給高層官員，這我相當確定，而且我敢說，獄方採買、安裝在洗衣房、車牌工廠內的各種裝備，以及一九六三年打造的搗礦機的供應廠商也都這麼做。

在六〇年代末期，各種藥物的交易十分猖獗，而同一批管理官員也涉嫌從中獲利。林林總總加起來，那是一筆為數可觀的不法收益。當然，數額或許不像阿蒂卡（Attica）或聖昆丁（San Quentin）這些大型監獄中流竄的黑錢那麼驚人，但也不算小錢。可是錢這種東西遲早會變成麻煩，你總不能直接把錢塞進皮夾，然後在你想在後院蓋一座游泳池或者加蓋房子的時候，掏出一堆縐巴巴的二十元紙鈔和髒髒舊舊的十元紙鈔來付帳。當你的錢多到某個程度，你就得解釋它們是怎麼來的……而如果你的解釋無法讓人信服的話，很可能連你自己都會淪為囚犯。

這時就需要安迪的幫忙了。他們把他調離洗衣房，安插在圖書室。可是換個角度來看，其實他並沒有真的離開洗衣房，只不過他們要他清洗的東西從髒床單變成了髒錢。他把錢轉成了股票、債券、免稅市政公債……太多太多了。

車牌工廠屋頂事件經過大約十年，有一次他告訴我，他對自己所做的事感覺很坦蕩，並沒有良心過不去的問題。不管有沒有他，這場騙局都會繼續下去。他又說，他不是自願到裘山來的，他只是一個走了霉運的無辜受害者，不是傳教士或善心人士。

「況且，紅毛，」他帶著他慣有的淺笑對我說：「我在這裡所做的，和我在外頭做的其實沒有太大不同。告訴你一個不成文的原則：一個人或公司需要多少專業的財務協助，端看這個人或公司想要詐騙的人或企業有多少。

「掌管這地方的人，多半都是些愚蠢又粗暴的怪物。掌管外面世界的也是一群粗暴的怪物，但他們沒那麼蠢，因為外界對能力的要求稍微高一點。不多，但高一點。」

「可是毒品，」我說：「我不想干涉你的事，可是他們的做法讓我很不安。紅中、興奮劑、鎮靜劑、戊巴比妥……現在他們連所謂的第四級毒品也弄進來了。那種東西我死都不會去碰，想都別想。」

「是啊，」安迪說：「我也不喜歡毒品，向來如此。不過話說回來，我也不怎麼喜歡香菸或酒。可是我不推銷毒品，也不會把它們帶進來，就算進來了我也絕不賣。這麼做的多半是那些獄吏。」

「可是……」

「是啊，我知道，這當中的界線太模糊了。歸結起來，紅毛，有些人怎麼也不肯弄髒自己的手，這叫聖徒，只有鴿子飛到你肩上，拉了你一身屎。有些人剛好反過來，情願在污泥裡打滾，只要有錢賺什麼都肯幹：槍、彈簧刀、海洛因，管他的。你可曾碰過牢友跑來找你，企圖收買你？」

我點頭。過去幾年有過幾次，畢竟我是熟門熟路的人。他們覺得，既然你能替他們弄到電晶體收音機的電池、成箱的 Luckies 香菸或者一包大麻菸，你當然也可以幫忙找到動刀動槍的人。

「你當然碰過，」安迪贊同地說：「但你不願去做。因為像我們這種人知道自己有第三種選擇，除了假裝高尚或者同流合污之外的另一條路，也是世間所有成熟大人選擇的一條路：你努力保持平衡走過泥巴坑，盡量不讓污泥給沾上。你懂得兩害相權取其輕，並且努力表現出你的善意。我想，衡量自己過得好不好的方法就是，看自己晚上睡得好不好……還有都做些什麼樣的夢。」

「善意，」我說著大笑：「這我太清楚了，安迪。人可以心懷善意，然後一路走進地獄。」

「可別那麼想，」他說著，變得陰鬱起來，「地獄就在這裡，就在衮山。他們販賣毒品，而我教他們如何處理賺來的錢。但我也有圖書室，而且我知道起碼有二十幾個人利用圖書室裡的書通過了高中同等學力測驗。也許等他們離開了這裡，就能爬出泥巴坑了。一九五七年我們需要第二個房間時，我得到了，因為他們想讓我開心。我工資低廉，這是折衷辦法。」

「而且你還有了自己的私人牢房。」

「沒錯。我比較喜歡這樣。」

五〇年代，監獄人口呈緩慢成長，在六〇年代大為暴增，因為全美每個大學生年紀的孩子都想嘗試毒品，加上抽一點大麻菸就算觸法的可笑刑罰。可是在這段期間，安迪一直沒有牢友，除了一個名叫諾瑪丹的高大沉默的印第安人（和衮山的所有印第安人一樣，他也被叫做酋長），但是諾瑪丹沒有待太久。很多別的長期徒刑犯以為安迪瘋了，但安迪只是笑笑。他一個人住，他喜歡這樣……而且就像他說的，他們想讓他開心，反正他工資低廉。

牢獄時光十分緩慢，有時候你確信時間停了，但它還在走。時間流逝，在一大堆叫喊著**醜聞**、**自肥**的混亂報紙標題中，喬治．唐納希黯然去職。史戴莫接了他的位置，而接下來六年當中，裘山有如煉獄。在葛雷．史戴莫的治理下，醫務室的病床和禁閉翼房的小室永遠是滿的。

一九五八年的某天，我望著我帶進囚室的一只小整容鏡子裡的自己，看見一個四十歲的男人回望著我。一個小伙子在一九三八年入獄，有一頭濃密紅髮的小伙子，悔恨自責得快瘋了，只想著要自殺。那個小伙子不見了，紅髮灰白了，而且逐漸稀疏，他的眼睛四周也開始出現小細紋。那天我看見自己內心有個苦等著出獄的老人，我感到害怕。沒有人想在獄中變老。

史戴莫在一九五九年初離開。之前就有好幾個採訪記者到處刺探，試圖挖出子虛烏有的犯罪事件，其中一個甚至用假名追查了四個月。他們準備再度扯出**醜聞**、**自肥**的指控，可是就在他們對他使出致命一擊之前，史戴莫先溜了。這我可以理解，真的，完全可以。如果他受到審判並且定罪，最後很可能被關進這裡。果真如此，他或許活不到五小時。之後的拜倫．海利提早兩年離開，因為那傻子心臟病發，早早就退休了。

安迪不曾受到史戴莫事件波及。一九五九年初他們指派了新的典獄長，還有一名新的副典獄長，以及一名新的警衛長。接下來八個月，安迪只是一名普通囚犯。也就是在這期間，那位高大的混血帕薩馬科迪族人，諾瑪丹，成了安迪同住一室的牢友。接著事情重演，諾瑪丹搬了出去，安迪再度享有獨居的奢華。領導人的名字變了，營私圖利依舊。

有一次我和諾瑪丹談到安迪。「好人一個。」諾瑪丹說。很難聽清楚他說什麼，因為他患有兔唇和顎裂，說起話來含糊不清。「我喜歡和他住。他不會取笑我，可是他不要我待在那裡，我看得出來。」說著聳聳肩。「我很高興能離開。那間牢房風很大，老是冷颼颼的。他不准別人碰他的東西。無所謂。他是好人一個，從來不會取笑我。可是風很大。」

如果我記得沒錯，麗泰．海華絲的海報在安迪的囚室一直掛到一九五五年。接著是瑪麗蓮．夢露，《七年之癢》電影中的經典場景，她站在地鐵通風口上方，裙襬隨著暖氣流飄起。瑪麗蓮的海報一直掛到一九六〇年，邊緣相當破爛了，安迪才把她換成了珍．曼絲菲。原諒我的用語，珍真是個波神。才過了一年左右，她被換成一個英國女演員，好像叫黑澤爾．考特吧，我也不確定。一九六六年她退場，換上在安迪牢房度過破紀錄六年光陰的拉蔻兒．薇芝。最後掛在那裡的是一名叫琳達．朗絲黛的漂亮鄉村搖滾歌手的海報。

有一回我問他，那些海報對他究竟有何意義？他古怪又詫異地看我一眼，「怎麼，它們對我的意義就和它們對大部分囚犯的意義是一樣的，我想。」他說：「自由。你看著那些漂亮女人，感覺你幾乎……還不到，但幾乎……可以跨過去和她們在一起。自由。這就是為什麼我最喜歡拉蔻兒．薇芝的海報，不只是她，還有她站立的那片海灘，看來像在墨西哥，某個寧靜的地方，人可以聽見自己在想什麼。你對照片沒有過這樣的感覺嗎？紅毛，覺得你幾乎可以跨過去？」

我說我從沒這麼想過。

「也許有一天你會明白我的意思。」他說。他說得沒錯，多年後我總算明白他的意思……而這時，我頭一個想起的是諾瑪丹，想起他說的，安迪的囚室老是冷颼颼的。

一九六三年的三月底、四月初之間，安迪發生了可怕的事。我說過，他身上有種特質，是大部分囚犯——包括我在內——欠缺的。你可以說那是一種沉著鎮定的感覺，或者一種內在的平和，或甚至是一種相信漫漫長夜終將結束的堅定信念。隨你怎麼說，總之安迪・杜法蘭似乎永遠那麼篤定。他身上找不到多數無期徒刑犯坐了幾年牢之後常有的那種消沉、鬱悶。在他身上嗅不出一絲無奈，直到六三年的嚴冬。

這時典獄長又換了人，是一個名叫山姆・諾頓的人。清教徒神學家因克瑞斯和科頓・馬瑟（Increase & Cotton Mather）父子與這位山姆・諾頓，肯定可以相處融洽。據我了解，從來沒人看過他綻露一絲笑容。他有一只艾略特鎮浸禮降臨教會三十年前的紀念章。身為我們這個快樂家族的頭目，他的主要改革是確保每個新進的囚犯都有一本《新約聖經》。他的辦公桌上有一塊小匾牌，嵌著耶穌是我救主的金色字體柚木。牆上有一幅刺繡，也許是他妻子的作品，上頭寫著：**主的審判即將降臨**。後面這句對我們大部分人來說毫無意義，因為我們覺得審判早就來了，而且我們很願意老老實實地作證，畢竟岩石掩護不了我們，枯樹也無法給我們遮蔽。這位山姆・諾頓先生無論遇上什麼狀況都能引用幾句《聖經》，每當你遇見這樣的人，我能給你的最佳忠告就是咧嘴傻笑然後用雙手護住你的卵蛋。

比起葛雷・史戴莫時期，這時候送醫務室的人少了，而且據我了解，深夜埋屍事件也中止了，但這不表示諾頓不主張懲罰，禁閉室總還是擠滿了人。許多人掉牙，不是因為被毆打，而是因為麵包和水的飲食。有人開始把這叫做嗑糧灌水，例如「我上了山姆・諾頓的嗑糧灌水列車了，小子們。」

這人是我見過的監獄高官當中最卑鄙的偽君子。之前我提過的營私圖利現象仍然十分猖獗，可是山姆・諾頓加入了自己的新招數。這些安迪全都瞭如指掌，而因為這時我們的交情已相當不錯，他曾對我透露了其中一部分。每當安迪提起這些事，臉上總是浮現一種好笑又厭惡的驚異表情，就好像他告訴我的是某種醜陋、掠奪成性的蟲子的故事。這種蟲子，光憑牠的醜惡和貪婪，與其說可怕，不如說是可笑。

諾頓典獄長設立了「外役監」，這東西你或許早在十六、七年前就在報紙上看過，甚至《新聞週刊》也曾經報導過。在媒體的描述下，它似乎是一種極為先進、可行的教養和矯治做法：許多囚犯到戶外砍伐紙漿木、維修橋梁和堤道、建造馬鈴薯倉庫。諾頓把它叫做「走出戶外」（Inside-Out）計畫，而且應邀到新英格蘭區各地的扶輪社、同濟會（Kiwanis）去演講，尤其是在他的照片登上《新聞週刊》之後。囚犯們戲稱這是「道路結幫」，只是據我了解，他們當中沒有一個人曾經受邀到同濟會或麋鹿忠誠團（Loyal Order of Moose）去表達自己的意見。

諾頓可說無役不與，戴著他的三十年教堂紀念章威風現身。從砍紙漿木、挖疏洪溝一直到替高速公路埋設新的涵洞，諾頓都在那裡，並且猛撈油水。撈錢的方法有千百種——人力、物資等，太多太多了，可是他還有別的法子。本地的工程業者怕死了諾頓的「走出戶外」計畫，因為監獄勞工等於奴工，你不可能和它競爭。因此，在擔任裘山典獄長的十六年期間，持有《新約聖經》和三十年教堂紀念章的山姆．諾頓從辦公桌底下收了不少厚厚的信封。收了信封之後，他會在競標中出高價，或者不參加競標，或者謊稱他的外役勞工全到外地去作業了。我常覺得奇怪，諾頓竟然沒有被雙手反綁、腦袋中好幾槍，棄置在麻州某條公路邊的一輛福特雷鳥的後行李廂裡。

總之，就像那首小酒館老歌說的：天啊，錢就這麼滾滾而來。有個舊清教徒信念，諾頓想必十分贊同——想知道哪些人受到上帝的眷顧，只消查看一下他們的銀行戶頭。

安迪．杜法蘭是他做這些事的得力助手、沉默夥伴。監獄圖書室是安迪獲取好運的人質，諾頓很清楚，也樂得加以利用。安迪曾告訴我，諾頓最喜歡的格言之一是：魚幫水、水幫魚（One hand washes the other），因此安迪給了他許多忠告和有益的建議。我不確定諾頓的「走出戶外」方案是不是他一手策劃的，但是我敢說他替那個滿口耶穌的渾球處理了不少黑錢。他提供好的建言，提出有用的建議，於是錢到處流轉，然後……這狗崽子！圖書室會添購一批新的汽車維修手冊、一套新的葛羅里百科全書、教人如何準備學校成績測驗的參考書。當然，還有更多賈德納和拉穆爾的小說。

我深信，那件事之所以會發生，是因為諾頓不想失去他的得力助手。說得更明白點，它會發生，是因為他害怕安迪一旦脫離袃山監獄之後會怎麼做——安迪將會抖出多少對他不利的事。

這件事是我在七年當中，這裡一點、那裡一點聽來的，有些是聽安迪說的，但並非全部。他向來避談這段往事，這也怪不了他。總之，我從五、六個消息來源得到這件事的許多片段。我說過囚犯只不過是奴隸，但奴隸有個特性：樣子傻傻的，但耳朵可靈光了。我聽了許多掐頭去尾、攔腰擷取的東西，但我要告訴你的是從頭到尾的完整故事。聽完之後，你或許會明白為何他有大約十個月的時間活在愁雲慘霧之中，天天恍惚度日。我認為直到一九六三年，也就是他掉入這個甜蜜的賊窟十五年之後，他才了解關於他的案子的真相。我認為，直到遇見了湯米．威廉斯，他才明白情況有多糟。

一九六二年十一月，湯米．威廉斯加入我們這個快樂的袃山家族。湯米自認是個道地的麻塞諸塞州人，可是他並不覺得自豪。在二十七年的人生中，他在新英格蘭區到處犯案坐牢，他是個職業竊賊。或許你也有同感，我覺得他真的該換個行業。

他是已婚男人，他的妻子每週都來探視他。她有個信念，認為只要湯米得到高中學歷，他的情況就會好轉，她和他們的三歲兒子也會跟著變好。她說服了他，於是湯米．威廉斯開始頻頻造訪圖書室。

對安迪來說，這種事他早已駕輕就熟了。他安排湯米接受一連串高中同等學力測驗，湯米會溫習他在高中時期及格的一些科目——不多——然後去參加測試。安迪還安排他參加函授課程，選修一些他不及格或者因為休學而錯過的科目。

他或許不是安迪幫助完成學業的學生當中最優秀的，我也不清楚最後他有沒有取得高中學歷，但這部分不在我的故事中。重點是，他變得非常喜歡安迪，就像大部分人深入了解安迪之後都會有的反應。

有幾次他問安迪：「像你這麼聰明的人，在這毒窟裡做什麼？」這問題差不多等於問對方：「像你這樣的好人，怎麼會淪落到這種地方？」可是安迪不是那種會輕易吐實的人，他只會笑一笑，然後把話題導向別的地方。很自然地，湯米跑去問了別人，而當他終於知道安迪的案情，我猜這個年輕人也受到了極大的震撼。

他問的人，是他在洗衣房一起操作蒸汽燙衣摺衣機的夥伴。囚犯們把這種裝置叫絞肉機，因為只要你一個不留神，真的會被捲進去絞成肉醬。這個夥伴名叫查理．萊斯洛，因為謀殺罪被判十二年徒刑。他樂得把安迪謀殺案的審判細節向湯米重溫一遍，起碼這可以讓他把燙好的衣服從機器拉出來、堆進籃子裡的工作，不再那麼枯燥無味。他正說到陪審團拖到午餐過後，終於要作出有罪裁決的部分，絞肉機的故障警鈴突然響了，機器嘎吱嘎吱停止運轉。之前他們從另一頭把剛洗乾淨的艾略特療養院的床單送進去，這會兒機器正把烘乾、燙得平整的床單，從湯米和查理所在的這一頭，以每五秒一件的速度吐出來。他們的工作就是把它們接住、摺好，然後放上鋪有乾淨牛皮紙的推車。

可是湯米・威廉斯呆站在那裡，盯著查理・萊斯洛，嘴巴一路垂到胸口。他站在大堆的床單中，那些床單原本乾乾淨淨地被送出來，這時早被洗衣房地上的污水浸得髒兮兮了——在洗衣房裡，地板上多得是爛泥穢物。

於是，這天的監工何莫・杰塞衝了過來，劈頭就是一頓怒罵，擺明了要找他麻煩。湯米看也沒看他一眼，繼續對查理說話，彷彿何莫——他痛毆過的人不計其數——根本不存在。

「你說那個職業高爾夫球手姓什麼？」

「昆汀。」查理回答，開始困惑、氣惱起來。後來他說，那孩子的臉簡直和白旗一樣白。「葛倫・昆汀，我想。大概是吧。」

「喂喂喂！」何莫・杰塞大聲咆哮，脖子紅得跟雞冠一樣。「把這些床單放進冷水裡！快！快點，天啊，你……」

「葛倫・昆汀，我的天！」湯米・威廉斯說著，但他沒能往下說，因為何莫・杰塞已經拿警棍往他的耳後敲下了。湯米倒在地板上，撞斷了三顆門牙。等他醒來，他已經在禁閉室裡被罰關禁閉一週，搭上山姆・諾頓出名的麵包和水列車，外加紀錄卡上多了一個污點。

那是一九六三年二月初的事。出了禁閉室之後，湯米・威廉斯又去問了六、七個長期徒刑犯，聽到的故事也都大同小異。我知道，是因為他也來問我了，可是當我問他為什麼想知道時，他卻沉默不語。

後來，有一天他到圖書室去，把他得到的情報一股腦向安迪・杜法蘭傾吐。然後頭一次——至少是在他帶著彷彿初次買保險套的孩子的靦腆，為了麗泰・海華絲的海報來找我之後的第一次——也是最後一次，安迪失去了鎮定……只是這次他整個失控了。

那天稍晚我見到他，他那樣子活像一腳踩中耙子的耙齒，狠狠摔了一跤，重重撞上了眉心。他兩手抖個不停，我和他說話，他沒回應。當天傍晚，他找到了獄警長，比利．漢倫，預約了次日和諾頓典獄長的會面時間。後來他告訴我，他一整夜都沒闔眼，聽著冬天的寒風在屋外呼嘯，望著來來回回掃射的搜索燈，在他的牢籠——早在杜魯門當總統時就成為他的家——的水泥牆上投下長而游移的影子，努力想理出個頭緒。他說那感覺就像湯米拿出了一把鑰匙，這把鑰匙剛好可以打開他後腦袋裡的一只籠子，和他的牢房一樣的籠子。只不過這籠子關的不是人，而是一隻老虎，這隻老虎的名字叫希望。威廉斯拿出的鑰匙打開籠子，老虎出來了，不管願不願意，開始在他腦子裡闖蕩。

四年前，湯米．威廉斯在羅德島被捕，當時他駕著一輛裝滿贓貨的車子。湯米供出共犯，檢察官配合，讓他得到輕判約二到四年，並扣除已服刑時間。服刑十一個月後，他原來的牢友出獄，來了一個名叫艾爾伍德．布萊奇的新人。布萊奇因為持械竊盜被捕，被判刑六到十二年。

「我從沒見過那麼神經質的人，」湯米告訴我，「像那樣的人實在不該當竊賊，尤其不能拿槍，因為一點聲音就能讓他嚇得彈到三呎高，下來時或許還會砰砰開幾槍。有天晚上我差點被他勒死，因為走廊裡有個傢伙拿錫杯狂敲自己囚室的鐵柵欄。

「我和他一起住了七個月，後來他們把我放了。你知道，扣掉我已經服刑的時間，還有減刑什麼的。也不能說我們真的談過話，因為，你要知道，你根本沒辦法跟艾爾．布萊奇說話。只有**他**能和**你**說話，但從頭到尾都是他在說，嘩啦嘩啦說個不停。如果你想插一句話，他會對你揮拳頭、翻白眼。每次他這麼做我就冒冷汗。他是個彪形大漢，頭幾乎禿了，一雙綠眼珠深陷在眼窩裡。老天，我可不想再看到他了。

「每天晚上他都說個沒完，他成長的地方，他逃離的那些孤兒院，他幹過的差事，他釣過的女人，讓他輸光光的骰子賭博，我就只是聽他發牢騷。我這張臉不值錢，可是你知道，我可不希望它走樣了。

「據他自己說，他偷過的地方不下兩百個。我真的很難相信，像他這樣有人放個響屁就像鞭炮一樣被嚇得跳起來的傢伙，怎麼可能？可是他發誓那是真的。好……聽我說，紅毛，我知道有些人聽到一點風聲就開始渲染、編故事，但是在我還沒聽說這個叫昆汀的職業高爾夫球手之前，我就曾經想，如果艾爾．布萊奇到我家偷東西，被我發現了而我竟然還能活著，那我肯定是他媽的全世界最走運的人了。你能不能想像他正在某位女士的臥房裡翻她的珠寶盒，而她在睡夢中咳了幾聲，或者突然翻身？光想到這些我就頭皮發麻。我用我老媽的名字發誓，真的是這樣。

「他還說他殺過人，找他麻煩的人。至少他是這麼說的，而且我相信他。他那樣子真的很像會殺人，他真是他媽的神經緊張！好像一把鋸掉撞針的手槍。我認識一個傢伙，他有一把鋸掉撞針的史密斯—威森特種軍警型左輪手槍，已經沒有殺傷力，大概只能用來嚇人。那把槍的扳機靈敏得不得了，如果這傢伙——這人叫強尼．卡拉罕——如果他把唱機的音量調到最大，然後把槍放在喇叭上，它就會發射。艾爾．布萊奇就是這樣的人，我實在想不出更好的形容詞了。他賄賂了一些人，這點我倒從不懷疑。

「有天晚上，為了起個話頭，我問：『你殺了誰？』你知道，就當開玩笑。他聽了大笑說：『有個傢伙正為了我殺的兩個人，在緬因這裡坐牢呢。死的是這傢伙的妻子和一個蠢蛋。我潛入他們的房子，那男的突然找我麻煩。』

「我不記得他有沒有告訴我那女人姓什麼，」湯米往下說：「也許他說了，可是在新英格蘭區，杜法蘭這個姓太普遍了，就像史密斯或瓊斯在國內其他地方那麼普遍，因為這裡有很多法國佬。杜法蘭，拉維斯科，戈雷特，布蘭，誰會記得法國人的名字？但是他說了那個男人的名字，他說那人叫葛倫・昆汀，是個蠢蛋，一個職業高爾夫球手。他說他覺得那個人家裡可能放了不少現金，說不定有五千元那麼多。在當時，那可是一大筆錢呢！他對我說。於是我問他：『那是什麼時候的事？』他說：『戰後，戰後不久。』

「於是他闖了進去，開始翻東翻西，那兩人醒了，男的開始找他麻煩。這是艾爾的說法。也許那傢伙只是開始打鼾，這是我說的。總之，艾爾說昆汀和某個大律師的妻子搞上了，結果這個律師被關進了裘山監獄，然後他狂笑了一陣子。老天，當我拿到出獄通知的時候，我真是高興到不行。」

你可以想像，安迪聽了湯米說的這些之後，為什麼會兩腿發軟，為什麼他會想立刻去見典獄長。四年前，湯米認識艾爾伍德・布萊奇的時候，艾爾正在服六到十二年徒刑。等到一九六三年安迪聽見這件事，他可能就快出獄……或者已經出獄了。這正是安迪反覆思考的兩種可能：一方面認為布萊奇或許還在獄中，另一方面又擔心，他早像一陣風不知去向。

湯米的故事和事實有若干出入，可是，現實生活不正充滿謬誤？布萊奇告訴湯米，被關進牢裡的是一名大律師，而安迪是一個銀行員。不過，這是教育程度不高的人很容易混淆的兩種職業，而且別忘了，布萊奇讀這案子的剪報，和他向湯米・威廉斯描述這事之間，相隔了整整十二年。他還告訴湯米，他從昆汀藏在衣櫥裡的一只小型提箱裡找到一千多元，但是警方在安迪受審時作證說，屋內沒有遭竊的跡象。關於這點我有些想法。首先，如果你偷走了現金，而屋主死了，除非有人告訴你原先屋內有多少錢，不然你怎麼知道有沒有東西被偷？

第二，誰曉得這部分布萊奇有沒有撒謊？說不定他不想承認他殺了兩個人卻什麼也沒得手。第三，也許屋內確實有遭竊跡象，但是警方要不是忽略了——警察中也有蠢的——要不就是刻意隱瞞，免得壞了檢察官的好事。記得吧，那位地方檢察官正在參加國會議員選舉，他需要判罪定案來拉抬選情。一樁沒破案的竊盜謀殺案，對他可沒有半點好處。

可是在這三種可能當中，我最喜歡第二個。我在裘山期間曾經認識幾個艾爾伍德·布萊奇——有著一雙狂熱眼睛的扳機手。這些人總希望別人以為他們每次搶劫都有相當於「希望之星」藍鑽的斬獲，不管他們實際上是不是只為偷一支兩元的天美時錶加上九塊零錢，因而失風被逮並且去坐牢。

還有一件事，讓安迪毫不懷疑湯米故事的真實性。布萊奇不是隨機攻擊昆汀的，他說昆汀是「一個有錢的蠢蛋」，還**知道**昆汀是職業高爾夫球手。連著好幾年，安迪和妻子每週會有一、兩次到鄉村俱樂部去喝酒和吃晚餐，安迪發現妻子的外遇事件之後，更是經常窩在那裡借酒澆愁。鄉村俱樂部有一座遊艇碼頭，一九四七年，有個兼差的操作手在那裡工作了一陣子，負責給船加油、保養引擎，此人相當符合湯米對艾爾伍德·布萊奇的描述。彪形大漢，頭幾乎禿了，一雙凹陷的綠眼睛。一個看人的眼神像在評估你有幾兩重，讓人渾身感到不自在的男人。「他沒待太久，」安迪說，「要不是他辭職了，就是布里格——管理遊艇碼頭的人——要他走路。但你絕不會忘了見過他，他太惹人注目了。」

於是，某個風雨交加的日子，安迪去見了諾頓典獄長。這天，大片烏雲從灰色圍牆上方的天空掠過，監獄外的田野中，最後的殘雪開始融化，露出去年的枯黃草坪。

典獄長在行政翼房有一間寬闊的辦公室，辦公桌後方有一道門通往副典獄長辦公室。那天副典獄長外出，可是有個模範囚犯在那理。他是個半跛的人，名字我忘了。所有牢友，包括我在內，都叫他契斯特，借用影集《荒野大鏢客》主角麥特·狄倫那位囚犯夥伴的名字。當時契斯特應該正忙著給植栽澆水、給地板打蠟。我猜那天植栽一定很渴，而唯一上了蠟的是那道連接門的鑰匙孔板，被契斯特的髒耳朵磨得油亮亮的。

他聽見典獄長室的大門開了又關，接著是諾頓的聲音，「早，杜法蘭。有事嗎？」

「典獄長……」安迪說。後來老契斯特告訴我們，他幾乎聽不出那是安迪的聲音，因為變化太大了。「典獄長……有件事……有件事實在太……太……我真不知道該從哪裡說起。」

「那麼，何不從頭說起？」典獄長說，語氣親切溫柔得像是在說，讓我們翻到《詩篇》第二十三篇然後齊聲朗讀。「通常這是最有效的方式。」

於是安迪照著做。他先為諾頓重溫了一遍導致他入獄的犯罪細節，接著他把湯米·威廉斯對他說的話一五一十地告訴了典獄長，他還把湯米的名字說了出來。以事情的後續發展來看，這似乎不是明智之舉，可是我倒想問，如果不這麼做，他還有什麼別的辦法可以取信於人？

當他說完，諾頓沉默了好一陣子。我可以想像他的樣子，坐在背後牆上掛著的李德州長照片底下，往後靠著辦公椅背，兩手合成尖塔狀，紅褐色的嘴唇緊抿，額頭皺成一路通往他頭頂的階梯狀，那枚三十年的紀念章散發著圓熟的光澤。

「的確，」最後他說：「我從沒聽過這麼慘的事。可是我要告訴你，真正讓我吃驚的是什麼，杜法蘭。」

「是什麼？先生。」

「你竟然會信以為真。」

「先生？我不懂你的意思。」後來契斯特說，十三年前在車牌工廠屋頂上英勇擊潰拜倫·海利的安迪·杜法蘭，這時竟然結巴了。

「怎麼說，」諾頓說：「依我看，事情再清楚不過了。這個叫威廉斯的小伙子顯然對你十分欽佩，事實上，他對你相當著迷。他聽了你的悲慘故事，很自然地想要……這麼說吧，想讓你開心。他太年輕了，也不是頂聰明，可以想見他並不了解這麼做會讓你陷入何等困境。所以我的建議是……」

「你以為我沒想過？」安迪說：「問題是，我從來沒有向湯米提過那個在碼頭工作的人，我從來沒有向任何人提過……我根本把這事給忘了！可是湯米對他這位牢友的形容……他們是**同一人**！」

「說真的，這方面，你或許有點掉入選擇性認知的陷阱了。」諾頓說著輕笑幾聲。選擇性認知這類用語是從事監獄管理和矯治工作的人的必修知識，一有機會他們就會掛在嘴上。

「這跟那完全無關，先生。」

「那是你的觀點，」諾頓說：「但我不這麼認為。況且我要提醒你，當年有個這樣的人在法爾茅斯山鄉村俱樂部工作這件事，完全是你的一面之詞。」

「不，先生，」安迪再度打斷他，「不是這樣的，因為……」

「總之，」諾頓不理會，跋扈地高聲說：「我們暫且從另一個角度來看，如何？假設——純粹只是假設——真有這麼一個名叫艾爾伍德．布雷奇的傢伙。」

「布萊奇。」安迪堅定地說。

「布萊奇，當然。就說他是湯米．威廉斯在羅德島的牢友，極有可能他早就出獄了。極有可能。我們就連他遇見威廉斯的時候到底服了多久刑期都不清楚，對吧？只知道他必須服刑六到十二年。」

「沒錯，我們不清楚當時他已經坐了多久的牢。可是湯米說，他這個人就愛使壞、胡鬧，我想他還在牢裡的機會相當大。就算他已經出獄了，獄方總會留有他的最後通訊地址，還有他親人的名字。」

「可是幾乎可以確定，都不會有下文。」

安迪沉默片刻，接著迸出一句：「但總是個**機會**，不是嗎？」

「是啊，當然。姑且這麼說吧，杜法蘭，假設布萊奇確有其人，而且目前仍然被穩當地安置在羅德島州監獄。如果我們把這爛攤子帶去給他，他會怎麼說？難道他會撲通跪下，白眼一翻說：『我幹的！我幹的！請務必給我的刑責加上無期徒刑』？」

「你怎麼會如此愚鈍？」安迪說著，聲音低得契斯特幾乎聽不見。可是典獄長的聲音他倒是聽得很清楚。

「什麼？你說我什麼？」

「**愚鈍！**」安迪大叫：「你是存心的？」

「杜法蘭，你已經占用了我五……不對，七分鐘。我今天的行程非常滿，所以我想這次小會晤只能就此結束，而且……」

「難道你不知道，鄉村俱樂部會保留當年所有的工作卡？」安迪大喊：「他們會有報稅表、工資年結表（W-2）和失業補償申請表，而上面都會有他的名字！有些當年的員工目前還在，也許包括布里格。只過了十五年，不是八輩子！他們會記得他！**他們會記得布萊奇！**只要我能讓湯米作證布萊奇告訴他的全部屬實，讓碼頭管理員作證布萊奇的確曾經在鄉村俱樂部工作，我就可以聲請重啟偵查！我可以……」

「警衛！警衛！把這人帶出去！」

「你到底有什麼**問題**？」安迪說。後來契斯特告訴我，這時他差不多是在吶喊了。「事關我的清白，我出獄的大好機會，這點你難道看不出來？你起碼可以打通長途電話，去確認一下湯米的說法吧？這樣吧，電話錢我付，我來付……」

接著是兩名警衛抓住他、強行把他拖出去的激烈扭動聲。

「禁閉。」諾頓典獄長冷冷地說。說這話時，他或許還一邊把玩著他那枚三十年的紀念章。「只給麵包和水。」

於是他們把安迪拖了出去。這時安迪已經整個人失控了，繼續對著典獄長嘶吼。契斯特說，即使辦公室的門關上了，他都還能聽見安迪的呼喊：「**事關我的清白！難道你不了解，事關我的清白？**」

安迪在禁閉室搭了二十天的嗑糧灌水列車。這是他第二次遭受關禁閉的打擊，而他和諾頓之間的爭執則讓他在加入我們這個快樂小家族之後，第一次有了污點紀錄。

既然提到關禁閉，我就順便聊幾句關於裘山禁閉室的事。這裡的狀況有點像是回到緬因州在十八世紀初期到中期的艱困拓荒時代，當時沒人浪費時間去研究「監獄管理學」、「矯治」或「選擇性認知」這類東西。當時，人犯受到的是非黑即白的待遇，你要不有罪、要不無罪；如果你有罪，你要不被絞死、要不被關進牢裡。如果你被判入獄，你不是被送到監獄機關。不，你必須用一支緬因省提供的鐵鍬挖掘自己的牢房，趁著日出、日落之間的時間盡力挖出一個又寬又深的地洞。然後他們會給你幾塊皮革和一只水桶，然後你就下去了。進去後，看守人會用鐵柵欄封住洞口，每週一、兩次丟一些穀物或者一片腐肉下去，週日晚上或許會給一杓大麥湯。你得尿在桶子裡，而當看守人在清晨六點左右過來的時候，你必須將同一只桶子遞上去接水。下雨時，你還得用同一只桶子把坑洞裡的積水舀出去……除非你想要像接雨桶裡的老鼠一樣溺斃。

沒人能長久待在人們所說的「土牢」，三十個月已經是不得了的紀錄。而據我了解，有史以來囚犯進土牢而得以生還的最長刑期是由一個人稱「蠻牛男孩」的罪犯創下的，他是一個用生鏽金屬片割掉同學生殖器的十四歲精神變態者。他熬了七年，當然他入獄時是年輕體壯的。

要知道，要是犯了比扒竊、褻瀆神明或者安息日出門時忘了在口袋裡放一條手帕更嚴重的罪行，就得被絞死。如果犯了上述的小罪行或者類似的其他罪行，就得在土牢裡待上三、六或九個月，出來時通常會一臉魚肚白色，面對開闊的空間畏縮不前，眼睛半盲，牙齒很可能因為患了壞血病，在牙槽裡鬆脫晃動，兩腿長滿黴菌。歡樂快活的老緬因省。喲呵呵，來一瓶蘭姆酒！

我想裘山的禁閉室應該遠不及當時的慘況。我想，在人類經驗中，事情依照輕重程度可以分為三種：好、壞和悲慘。當你在黑暗中一步步走向悲慘，也就越來越分不清其中的差異了。

要到禁閉室，你得走下一段二十三級的階梯，來到只聽得到水滴聲的地下室樓層，唯一的光線是幾盞垂掛在天花板下的六十瓦燈泡。這裡的牢房是桶狀的，有點像一些有錢人藏在照片後方的牆內保險櫃。和保險櫃一樣，所有的圓形門都上了鉸鍊，而且都是實心的，沒有裝鐵柵欄。通風口在上方，可是除了一盞六十瓦燈泡之外沒有一點亮光，而這盞燈會在晚上八點由主控開關「啪」一聲關上，比監獄其他地方早一小時。那盞燈泡沒有裝鐵絲網之類的罩子，感覺像是如果你想在黑暗中生活，它也樂得配合。這麼想的人不多……可是過了八點，你根本沒得選擇。你有一張固定在牆上的臥舖，和一間沒有馬桶座的廁所。你有三種方式可以打發時間：呆坐、拉屎或睡覺。不得了的選擇。二十天感覺彷彿過了一年，三十天彷彿兩年，四十天彷彿十年。有時候你會聽見老鼠在通風管裡活動，而在這樣的處境下，沒有最慘，只有更慘。

硬要舉出關禁閉的好處，就是你多得是時間可以想事情。安迪享受嗑糧灌水的同時，有足足二十天的時間可以在裡頭好好思考。結束禁閉之後，他請求再見典獄長一面。請求被否決了。典獄長告訴他，這種會面恐怕「難有成效」。這是你進入監獄管理和矯治工作必須學會的另一個語彙。

安迪耐心地重新提出請求。再提。再提。他變了，安迪．杜法蘭變了。當一九六三年的春天在我們周遭抽芽吐綠，他臉上開始出現皺紋，頭上冒出絲絲白髮，總是掛在嘴邊的淺笑早已了無痕跡。他的眼睛越來越常盯著遠方，而這裡的人都知道，當一個人出現這樣的眼神，表示他在細數自己的牢中歲月，一日日，一週週，月復一月。

他一次又一次提出請求，畢竟如今他也只剩時間了。到了夏天，在華盛頓，甘迺迪總統承諾展開新一波打擊貧窮和公民權不平等的行動，他不知道自己即將在半年後遇刺；在利物浦，一支名為披頭四、日後將在英國樂壇大放異彩的樂團初露頭角，但我想在美國本土還沒有人聽過他們；距離締造一九六七年世界大賽冠軍佳績還有四年的波士頓紅襪隊還在美國職棒大聯盟的谷底苦熬。所有這些事件，正在一個人們可以自由走動的更廣闊的世界裡，如火如荼地發生。

接近六月底，諾頓接見了他。這次對話的經過是大約七年後，安迪本人告訴我的。

「如果是你收賄款的事，別擔心。」安迪低聲對諾頓說：「你以為我會說出去？那等於是自掘墳墓，我也會被起訴……」

「夠了！」諾頓打斷他，一張臉和石板墓碑一樣又臭又冷。他在辦公椅裡往後靠，直到他的後腦勺幾乎碰到牆上那幅寫著**主的審判即將降臨**的刺繡作品。

「可是……」

「別再和我談錢的事，」諾頓說：「不准再在這間辦公室談，除非你想看到圖書室恢復成儲藏室和油漆用具庫房，懂嗎？」

「我只是想讓你安心，沒別的意思。」

「拜託，如果我需要你這種可憐蟲來安撫，那我也該退休了。我同意這次會面是因為我被糾纏得煩死了，我要作個了結。你要相信這則天方夜譚是你的事，別把我扯進去。只要我願意敞開門戶，每週我都可以聽見兩個像你這樣的荒誕故事，牢裡的每個罪人都會跑到我這兒來吐苦水。我對你多了幾分尊敬，可是到此為止。停止，明白了嗎？」

「明白，」安迪說：「可是你知道，我會請個律師。」

「做什麼用？」

「我認為我們可以蒐集足夠證據，」安迪說：「湯米．威廉斯和我的證詞，加上鄉村俱樂部的舊紀錄和員工的佐證，我認為我們很有機會翻案。」

「湯米．威廉斯已經不在本監所了。」

「**什麼？**」

「他已經被轉往其他地方了。」

「轉往**哪裡**？」

「凱許曼。」

聽了這話，安迪沉默下來。他是個聰明人，但即使是蠢蛋，也能嗅出這當中帶有秘密協定的味道。凱許曼是遠在北方阿魯斯圖克郡的一座低度戒護的監獄，那裡的囚犯經常得採集馬鈴薯，工作非常吃重，可是他們的勞動報酬相當好，而且只要他們願意，還可以參加凱許曼職業學院（ＣＶＩ）——一所相當不錯的技職學校——的課程。可是對湯米這種家有妻小的年輕人來說，更重要的是凱許曼監獄有休假計畫……意思是他有機會像正常人那樣生活，至少在週末，他有機會陪孩子組裝模型飛機，和妻子上床，甚至全家去野餐。

諾頓肯定拿這些好處引誘湯米，唯一的條件就是：從此不准再提關於艾爾伍德·布萊奇的事，不然就把你送到位在風景秀麗的一號公路上、關了一批真正的狠角色的湯瑪斯頓監獄去坐牢。到時候和你交歡的不是你的妻子，而是那些老公牛酷兒。

「怎麼會？」安迪說：「為什麼要……」

「為你著想。」諾頓平靜地說：「我向羅德島查證過，他們確實曾經有個名叫艾爾伍德·布萊奇的犯人，可是他獲得所謂的緊急假釋，又一個把罪犯放回街上的荒謬的開明計畫，之後他就不見人影了。」

安迪說：「那裡的典獄長……你和他熟嗎？」

山姆·諾頓朝安迪露出一個冰冷得有如教會執事的錶鍊的笑容。「我認識他。」他說。

「**為什麼？**」安迪追問：「你到底為什麼這麼做？你知道我絕不會說出……你可能推動過的任何事。這點你很**清楚**。所以，**為什麼？**」

「因為像你這樣的人令我厭惡，」諾頓從容不迫地說：「我要你待在這裡，杜法蘭先生，而且只要我擔任袞山監獄典獄長一天，你哪裡都別想去。你知道，你曾經自以為高人一等，而我很擅長從別人臉上看出那種表情。當我第一次走進圖書室，就在你臉上發現它，明顯得幾乎像是用大寫字母寫在你的額頭上。如今那種表情消失了，我覺得很欣慰。不僅僅是因為你對我很有用處，千萬別這麼想。只是說，像你這樣的人得要學會謙遜。真的是，以前常看你在放風場走來走去，那樣子就像在某人的客廳參加雞尾酒會，那種場合中，總有一群追求刺激的人到處走動，垂涎著別人的妻子或丈夫，喝得酩酊大醉。但如今你不再像那樣走動了，而我呢，會看著你，會不會哪天又開始像那樣走動？接下來幾年當中，我會很樂意繼續盯著你。」

「好吧。不過，我的一些逾越本分的活動也會跟著停止，諾頓。投資忠告，詐騙，免費的報稅建議，全部停止。去找 H&R Block 報稅公司幫你申報收入吧。」

諾頓典獄長的臉先是漲得通紅，接著突然沒了血色。「你敢這麼做，就送你進禁閉室，三十天，只給麵包和水。又一個污點紀錄。而且你得考慮這件事：如果現行的一切有**半點**閃失，圖書室馬上關閉。我會親自監督，讓它恢復到你入獄時的光景，而且我會讓你的日子……非常不好過，非常難熬，你的牢獄時光將會淒慘無比。首先，你的豪華單人房沒了，你放在窗台上的那些石頭沒了，而且警衛再也不會保護你對抗那群雞姦狂。你將會……一無所有，明白了吧？」

再明白不過了。

時間不斷流逝——這是世間最古老的把戲，或許也是唯一真正的魔法。可是安迪．杜法蘭變了，他變得冷酷，我也只能這樣形容了。他繼續幫諾頓典獄長進行不法勾當，同時堅守著圖書室，因此表面上一切如常。他繼續喝他的慶生酒和年終節慶酒，也繼續把剩下的酒分給牢友們。我不時替他買新的石頭磨光布，而且在一九六七年幫他買了一支新的岩槌——十九年前我買給他的那支已經完全損壞了。**十九年！**當你像這樣突然說出時，這三個字聽來就像墓門「砰」一聲關閉，然後上兩道鎖的聲音。當年要價十元的岩槌，到了一九六七年已經漲到一支二十二元了。對此，他和我不禁悵然一笑。

安迪繼續忙著切割、琢磨他在放風場找到的石頭，可是這時放風場變小了，一九五〇年原有的範圍，到了一九六二年有一半鋪了瀝青。不過他找到的石頭大概已經夠他忙的了。每當他處理完一顆石頭，就把它小心翼翼放在他囚室那道朝東窗口的窗台上。他告訴我，他喜歡在陽光下欣賞它們，他從泥土裡挖出來然後雕琢成形的地球碎片：片岩、石英、花崗石。用模型黏著劑組合起來的有趣的雲母小塑像、各式各樣的沉積礫岩的磨光、切割方式是那麼巧妙，可以了解安迪為什麼叫它們「千禧三明治」——經過幾十年、幾百年堆積而成的不同物質層。

安迪不時會把那些石頭和小雕塑清掉，以便挪出空間來容納新的作品。他送給我最多——清點一下像是袖釦的，我有五對；還有一尊我提過的那種雲母塑像，細心打造成像是丟標槍的男人的造型；還有兩顆沉積礫岩，層次分明的橫切面磨得光亮。我仍然留著它們，而且不時拿下來把玩，一邊想，如果一個人有足夠時間，而且有心，那麼一點一滴地，他會做出什麼事來。

所以說，起碼表面上一切如常。如果諾頓有意像他說的那樣重重傷害安迪，他就得穿透表面才能觀察出變化。但如果他**真的**看見了安迪的改變，我想諾頓應該會對他和安迪發生衝突後的四年相當滿意。

他曾經對安迪說，他覺得安迪在放風場來回走動的樣子活像參加雞尾酒會。我不會這麼形容，但我了解他的意思。如同我以前說過的，安迪身上像披著件隱形外套那樣披掛著自由，還有他始終不曾培養出坐監的心態。他從來不曾露出呆滯的目光，他也不曾養成其他囚犯常有的那種，在一天結束時，準備走回牢房去面對又一個漫漫長夜的那種步伐，一種拖拖拉拉、垂頭喪氣的步態。安迪總是抬頭挺胸，步履輕盈，彷彿正在回家的路上，等著他的是一桌家常好菜和一個好女人，而不是淡而無味的濕軟蔬菜、有疙瘩的馬鈴薯泥和一、兩片被許多囚犯叫做神秘肉塊的肥膩、難嚼的東西……還有，牆上的拉蔻兒．薇芝畫報。

但在這四年當中，儘管他始終不曾**徹底**變得和其他人一樣，他的確變得沉默、內向，而且經常陷入沉思。這能怪他嗎？所以，高興的或許是諾頓典獄長……起碼他高興了一陣子。

到了一九六七年職棒世界大賽前後，他的陰鬱情緒起了變化。那是紅襪隊成為「夢幻球隊」的一年，這年該隊不再屈居美國聯盟第九，而是一舉奪得冠軍，正如拉斯維加斯賭盤組頭的預測。當那一刻到來——當他們贏得美聯（American League）錦標——整座監獄為之沸騰！許多人有個傻念頭，覺得既然連紅襪隊都能起死回生，可見**任何人**都辦得到。我無法解釋當時的感覺，就像一個前披頭四迷無法解釋**那份**狂熱，但那是真真實實的。當紅襪隊進入賽季最後階段，獄中的收音機全調到了球賽頻道。九月底，當紅襪隊在克里夫蘭接連兩場敗給印第安人隊，氣氛低迷了好一陣子。而當游擊手佩托切里（Rico Petrocelli）以一記高飛接殺終結明尼蘇達雙城隊時，獄中又爆發一陣近乎暴動的興奮歡呼。接下來，當主投隆柏格（Jim Lonborg）在世界大賽第七役吃了敗仗，讓紅襪的美夢功虧一簣，眾人又陷入一片愁雲慘霧。或許只有諾頓一個人樂不可支，那混帳東西！他巴不得所有人都活在懊悔與自責當中。

可是對安迪來說，沒有再度陷入沮喪這回事。他本來就不算是個棒球迷，也許這是原因所在。然而，他似乎感染了那股歡欣鼓舞的風潮，而且這樣的心情並沒有隨著世界大賽最後一役的結束而消失。他從衣櫃拿出他那件隱形外套，重新穿上了。

記得十月底的某個金澄澄的秋日，就在世界大賽結束後幾週。肯定是個週日，因為那天放風場擠滿了「出來散步解悶」的人——丟飛盤，玩傳球，進行以物易物交易。也有人坐在訪客大廳的長桌前，在獄警的密切監控下和親人說話、抽菸、說些善意的謊言或者領取被挑揀過的愛心包裹。

安迪蹲在牆邊，雙手喀啦喀啦轉動著兩顆小石頭，仰起臉朝著陽光。就這時節來說，這天的陽光出奇地溫暖。

「哈囉，紅毛，」他招呼：「過來聊聊吧。」

我走了過去。

「要嗎？」他邊問，邊把我說過的那兩顆仔細磨光的「千禧三明治」中的一顆遞給我。

「當然，」我說：「好漂亮，謝了。」

他聳聳肩，換了個話題。「明年是你的重大週年紀念呢。」

我點頭。到明年我就入獄整整三十年了，我的人生有五分之三是在裘山監獄度過的。

「你覺得你出得去嗎？」

「當然。等到我鬍子花白、腦袋發昏的時候。」

他淡淡一笑，又仰起臉來對著陽光，眼睛閉上。「真舒服。」

「當你知道嚴冬就要來臨，總會有這感覺。」

他點頭，兩人沉默了一陣子。

「等我離開這裡，」安迪終於開口：「我要到一個終年有陽光的地方去。」他說得如此篤定，你會以為他只差一個月就要出獄了。「知道我打算去哪裡嗎？紅毛。」

「不知道。」

「芝華塔尼歐。」他說著，讓這地名像音符一樣從舌尖輕輕滾出。「在墨西哥，距離藍色海灘和墨西哥三十七號公路二十哩左右，就在阿卡普爾科市西北方一百哩的太平洋沿岸。

你知道墨西哥人怎麼說太平洋？」

我說我不知道。

「他們說它沒有記憶，所以我要到那兒去度過我的餘生，紅毛。一個沒有記憶的溫暖小鎮。」他邊說邊撿了一大把小石子。這時他把它們一顆顆丟出去，然後望著它們彈跳著滾過那片再過不久就要被一呎深的積雪覆蓋的棒球場內野的泥地。

「芝華塔尼歐。我打算在那裡開一家小旅館，六間海濱小屋，距離海邊遠一點的地方還有六間，做公路生意。我要雇個幫手帶客人出海去船釣，釣到當季最大馬林魚的人可以得到紀念獎盃，我還會把他的照片掛在旅館大廳。這不是家人度假的地方，比較適合度蜜月……不管是新婚或二度蜜月。」

「你哪來的錢買這麼棒的房子？」我問：「股票帳戶？」

他看著我，笑了笑。「差不多，」他說：「有時候你真讓我吃驚，紅毛。」

「這話是什麼意思？」

「面對災難時，這世上其實只有兩種類型的人。」安迪說，用雙手圍住火柴，點了根菸。「假設有棟房子，擺滿稀有的名畫、雕塑品和精美的老古董，紅毛。假設這房子的主人聽說有一場超級颶風即將來襲，這兩類人當中的一類會往好處想：颶風一定會轉向的，他會這麼告訴自己。沒有哪個頭腦正常的颶風會膽敢摧毀那些林布蘭特名畫、我的兩幅竇加賽馬畫、我的格蘭特．伍德和我的湯瑪斯．班頓。況且，上帝不會允許的。萬一最壞的情況發生，它們也全都保了險。這是一種人。另一種人則是假設颶風將會摧毀他的房子，就算氣象局說颶風已經轉向，這個人也會假定它會繞回來，把他的房子夷為平地。這第二種人知道你可以往好處想，但前提是你必須做好最壞的打算。」

我也點了根菸。「你是說你已經做好萬全的準備？」

「沒錯，我已經準備好迎接**颶風**。我知道情況不妙，我的時間也不多，可是在有限的時間內，我做了安排。我有個朋友——算是唯一支持我的人吧——他在波特蘭一家投資公司工作，大約六年前死了。」

「很遺憾。」

「是啊。」安迪把菸蒂丟開。「琳達和我存了一萬四千元。數字不大，可是當時我們還年輕，還有大好人生等著我們。」他扮了下鬼臉，接著大笑。「當災難到來，我開始把我的林布蘭特名畫拖離颶風的路徑。我把股票賣掉，乖乖付了資本利得稅，申報了所有資產，沒有投機取巧。」

「他們沒有凍結你的財產？」

「我是被控謀殺，紅毛，我沒死！你不能凍結一個無辜者的財產——感謝老天，而且他們過了一段時間才敢指控我犯罪，我的朋友吉姆和我還有一點時間。我遭到重擊，把手上的東西拋售一空，幾乎被剝了層皮。可是當時，比起在股市小失血，我還有更嚴重的事情要擔憂。」

「是啊，我想也是。」

「可是我剛到裘山時，一切都很安穩，仍然相當安穩。在圍牆外，紅毛，有一個人，從來沒人見過他，他擁有社會安全卡和緬因州駕照，還有出生證明。他的名字是彼得．史蒂文斯。很不錯的假名，對吧？」

「他是誰？」我問。我大概知道他會說什麼，我只是無法相信。

「我。」

「你該不會是說，警方拷問你的時候，你還有時間給自己建立一個假身分，」我說：「或者你是在受審期間進行的……」

「不，不是這樣的。假身分是我朋友吉姆幫我安排的。我上訴被駁回之後，他開始著手，到了一九五〇年春天就拿到了幾種主要證件。」

「肯定是相當親近的朋友。」我說。我不確定自己到底相信多少。一點點，很多，或者壓根不信。可是天氣很暖和，太陽露面了，故事又很精采。「這種事百分之百是非法的，建立假身分什麼的。」

「他是非常親近的友人，」安迪說：「我們一起入伍，在法國、德國，占領地。他是我的好友，他知道那是非法的，但他也知道在這個國家建立假身分非常容易，而且穩當得很。他拿了我的錢——已經繳稅完畢、不會引起國稅局關注的錢——然後把它投資在彼得．史蒂文斯身上。他在一九五〇年到一九五一年之間進行，如今這筆錢已經增加到三十七萬元，外加零頭。」

我的下巴掉到胸口時肯定發出了「砰」的一聲，因為他笑了。

「想想從一九五〇年以後人們可能投資的東西，其中兩、三項就是彼得．史蒂文斯投資的項目。如果當年我沒有收手，到現在我的身價或許已經高達七、八百萬，我會有一輛勞斯萊斯……或許還長了像掌上型收音機那麼大的潰瘍。」

他把雙手伸入泥土，又開始篩選小石子。他的手優雅地、不停地動著。

「我只是凡事抱最大的期待，作最壞的打算，如此罷了。假身分只是用來保住我掙來的一點乾淨錢的，是把名畫拖離開颶風的路徑，只是我萬萬沒想到這場颶風……肆虐了這麼久。」

我沉默半晌，一時難以接受這事實：我身邊這個身穿灰色囚服的瘦小男子的身價，竟然超過了諾頓典獄長在他悲慘的下半生可能掙到——甚至靠著招搖撞騙得到——的財富。

「你說你可以請個律師，看來你是說真的。」最後我說。「有這樣的身家，你大可聘用大律師丹諾（Clarence Darrow），或者當今任何一位名律師。你為何不那麼做？安迪。真是的！你大可像火箭一樣飛離開這裡啊。」

他笑了笑，和他之前對我說還有大好人生等著他和他妻子時，臉上掛著的那同樣的微笑。「不行。」他說。

「一個好律師鐵定可以讓凱許曼監獄釋放威廉斯那小子，不管他想不想出來。」我越說越激動。「你可以申請重新開庭，雇用私家偵探去找那個姓布萊奇的傢伙，然後徹底拆穿諾頓的謊言。為何不這麼做？安迪。」

「因為我把自己給困住了。如果我想在獄中處理彼得．史蒂文斯的錢，我連一毛都得不到。我朋友吉姆原本可以替我處理，可是他死了。明白了嗎？」

我明白了。不管那些錢對安迪幫助再大，但其實它等於是別人的錢。就某種意義來說，確實如此。而且如果它所投資的東西突然看壞，安迪也只能眼睜睜看著它猛跌，每天緊盯著《新聞先驅報》的股票債券版。就算沒死，也會少掉半條命。

「告訴你吧，紅毛。巴克斯頓鎮有一大片牧草場。你知道巴克斯頓在哪裡吧？」

我說我知道，就緊鄰著斯卡伯勒鎮。

「沒錯。在那片牧草場的北邊有一道石牆，就如一首佛洛斯特的詩[3]描述的。沿著那道牆的底部，有一塊對緬因州的牧草場毫無用處的石頭。那是一塊黑曜石，在一九四七年以前它一直是我辦公桌上的紙鎮，我朋友吉姆把它放在那裡。石頭底下有一把鑰匙，那把鑰匙可以打開卡斯科銀行波特蘭分行的一只保險箱。」

「這下你麻煩大了，」我說：「你朋友吉姆死的時候，國稅局肯定把他所有的銀行保管箱都打開過。當然，還有他的遺囑執行人。」

安迪笑了笑，輕敲兩下他的腦門。「不錯嘛，腦袋挺靈光的。不過，我們已經針對吉姆在我坐牢期間死亡的可能性做了處置。那只保險箱是用彼得·史蒂文斯的名字租用的，而且擔任吉姆遺囑執行人的法律事務所每年都會寄一張支票給銀行，付清史蒂文斯保險箱的租金。

「彼得·史蒂文斯就在保險箱裡，等著出來。他的出生證明，他的社會安全卡，他的駕照。沒錯，他的駕照已經過期六年，因為吉姆六年前死了，不過只要花五元就可以換新照。還有他的股權證書、免稅市政債券，還有大約十八張面額一萬元的不記名債券。」

我吹了聲口哨。

「彼得·史蒂文斯被鎖在卡斯科銀行波特蘭分行的保險箱裡，安迪·杜法蘭被鎖在袞山的保險箱裡。」他說。「惡性循環。而那支打開我的保險箱、錢和新生活的鑰匙，正壓在巴克斯頓一座牧草場的一塊黑色火山玻璃底下。說了這麼多，我就再告訴你一點別的，紅毛——過去二十年，差不多吧，我一直特別留意報上的新聞，想知道有沒有關於巴克斯頓鎮的新工程案的消息。我常想哪天我會突然讀到他們打算建一條高速公路通過那裡，或者在那裡設立新的社區醫院，或者蓋購物中心，把我的新人生埋在十呎深的水泥底下，或者把它連同大堆的填土棄置在某個偏僻的沼澤裡。」

「老天，安迪，」我脫口說出：「如果這些都是真的，你怎麼還沒瘋掉呢？」

他笑笑。「截至目前，西線無戰事。」

「可是還得等好多年啊。」

「沒錯。不過，或許不像州政府或諾頓典獄長料想得那麼久。我真的沒辦法等太久。我

3. 譯註：請見美國詩人羅伯特·佛洛斯特（Robert Frost）詩作〈修牆〉（Mending Wall）。

不斷想著芝華塔尼歐和我的小旅館，這是我目前唯一的夢想，紅毛，我不覺得這有什麼過分。我沒有殺害葛倫．昆汀，我也沒有殺害我的妻子，一間小旅館……我就這麼點要求。游泳、曬黑、在一間有開放窗戶和**空間**的臥房裡睡覺……這要求並不過分。」

他把小石子扔掉。

「你知道，紅毛，」他隨口說：「像那種地方……我得找個熟門熟路的幫手。」

我考慮了好一陣子。我心中最大的阻礙甚至還不是我們正在一個骯髒的監獄小操場上空談，被一群荷槍實彈的警衛從塔上監控著。「我沒辦法，」我說：「我在外面吃不開。現在的我已經是一個他們所說的制式化的人了。沒錯，在這裡頭，我可以替你弄到你要的東西，可是在外面任何人都可以替你弄到。在外面，如果你想要海報、岩槌、某個特定紀錄或者瓶中船模型組，只要去翻電話黃頁簿。在這裡，**我就是**黃頁簿。我會不知道該怎麼著手，或者該從哪裡開始著手。」

「你低估了自己，」他說：「你很懂得自我教育，而且自食其力，我認為你是個相當出色的人。」

「才怪，我連高中文憑都沒有。」

「我知道，」他說：「可是，光憑一紙證書成就不了一個人。光憑監獄也毀損不了一個人。」

「在外面我應付不來，安迪。我很清楚。」

他站了起來。「你好好考慮吧。」他隨口說，就在這時回監哨子響了。他緩步走開，彷彿他是一個剛向另一個自由人作出提議的自由人。有那麼會兒，光這便讓我有了自由的感覺。安迪就是有這種本事，他會讓我暫時忘了我們是兩個無期徒刑犯，只能仰賴假釋審查委員會和一個愛唱聖詩、希望安迪．杜法蘭留在原處的典獄長的垂憐。畢竟，安迪是隻精通報稅的寵物狗，多麼棒的動物！

可是當晚，在我的囚室裡，我又感覺自己是囚犯了。整個計畫顯得荒誕無比，想像中的碧藍海水、潔白海灘的畫面與其說是愚蠢，不如說是殘酷——像魚鉤拉扯著我的腦袋。我實在沒辦法像安迪那樣穿著隱形外衣。這夜我睡著，夢見大片牧草場中央有一塊巨大的黑色玻璃石，形狀像是一只巨大的打鐵砧。我努力想移動那塊石頭，以便拿到壓在底下的鑰匙，可是它動也不動，它實在太巨大了。

遠遠地，但是越來越近，我聽見警犬的吠叫聲。

這也將我們導向越獄的話題。

當然，在我們這個快樂的小家族中，這種事偶爾會發生。不過在裘山，如果你夠聰明，就絕不會想要翻牆。因為探照燈整夜掃射，用細長的白色手指觸探著監獄的三邊所面對的曠野，和第四邊的發臭沼澤地。的確不時會有囚犯企圖翻過圍牆，但總是會被探照燈逮到。就算逃出去，也會在六號或九十九號公路上搭便車的時候被接走。如果有人想抄小路穿越鄉野，遲早會有農夫看見並且把他們的位置通報給獄方。只有笨囚犯才會翻牆。裘山不是卡農城[4]，可是在鄉下地方，一個身穿灰色囚服大搖大擺走過田野的人，就跟結婚蛋糕上的蟑螂一樣礙眼。

截至目前，做得最成功的——說也奇怪，但說穿了也不奇怪——都是那些一時興起的人。其中有些人是藏在堆滿床單的推車裡出去的，不妨說是白色的囚犯三明治。我剛進來時，這類事件很多，但經過多年，他們算是把這方面的漏洞給堵住了。

4. 譯註：科羅拉多州卡農城（Canon City）的舊州立監獄曾於一九四七年發生十二名人犯集體越獄事件。

諾頓典獄長著名的「走出戶外」計畫也製造了不少脫逃事件。那些人認定了，他們右手邊的風景比左手邊更有吸引力。同樣地，多數事件都發生得非常隨興：趁著某個獄警到卡車內喝水，或者幾個獄警忙著爭辯舊波士頓愛國者足球隊傳球或衝球碼數時，丟下藍莓耙，晃進樹叢裡。

一九六九年，一群戶外囚工在薩巴特斯採收馬鈴薯。那天是十一月三日，工作即將完成。有一位獄警名叫亨利．帕夫——相信我，他早已不是我們這個快樂小家族的成員了——坐在一輛馬鈴薯卡車的後保險槓上吃午餐，卡賓槍擱在膝上。突然，一隻美麗的（人家是這麼告訴我的，不過這種事難免有幾分誇大）公鹿從午後的寒霧中緩緩走出。帕夫追了過去，想像著這個戰利品掛在他的娛樂室牆上的光景。當他追鹿時，他照管的三個囚犯跑掉了，後來其中兩個在里斯本瀑布鎮的彈珠台遊樂場被逮到，而第三人至今下落不明。

最著名的一個案例大概就是希德．奈多了，我想以後也不會有人超越他。事情發生在一九五八年，當時希德在外面劃球場線，準備供週六的獄中棒球比賽使用，正巧三點的回監哨子響了，通知獄警換班。停車場就在放風場外面，監獄電動大門的另一邊。三點一到，大門打開，來上班和準備下班的警衛混在一起，大夥兒相互拍背、嘻笑打鬧、比較保齡球聯賽的得分紀錄，講一些老掉牙的種族笑話。

這時，希德把他的劃線機推出大門，留下一道三呎寬的白線，從放風場上的三壘一路延伸到六號公路另一側的排水渠，後來他們就在那裡發現翻倒在一堆石灰粉裡的劃線機。別問我他是怎麼辦到的。當時他穿著囚服，身高六呎二吋，後面拖著一蓬蓬石灰粉塵。我只能猜測，當時是週五下午，即將下班的警衛們太開心了，準備來上班的警衛則是垂頭喪氣，結果前面那群人興奮得飛上了天，後面那群人沮喪得抬不起頭來……於是讓老希德．奈多趁隙溜了出去。

據我了解，希德至今仍然逍遙法外。這些年來，安迪．杜法蘭和我常拿這位仁兄的大逃亡開玩笑，而當我們聽說劫機勒索贖金的事件——就是劫機犯從後門跳傘逃脫的那樁案子——安迪一口咬定劫機犯庫柏（D. B. Cooper）那傢伙的真實身分就是希德．奈多。

「他口袋裡說不定還裝了一把石灰粉當幸運物，」安迪說：「那個走運的雜種。」

可是你要了解，像希德．奈多的案例，或者囚工在薩巴特斯馬鈴薯田的警衛監控下成功脫逃的事件，這些人就像贏得監獄版的愛爾蘭彩券，簡直是集萬千幸運於一身！像安迪這樣的老實人，就算再等九十年也別想越獄成功。

也許你還記得，之前我提過一個叫韓利．貝克斯的傢伙，洗衣房裡的盥洗室領班。他在一九二二年來到袞山，三十一年後死在監獄的醫務室。研究逃獄和逃獄未遂事件是他的嗜好，也許是因為他始終沒那膽子冒險一試。他會告訴你千百種越獄計畫，全都是不切實際的狂想，也都曾經在袞山被試驗過。我最喜歡的是畢佛．莫里森的故事。他是一個試圖在車牌工廠地下室徒手打造滑翔機的擅闖民宅犯人。他使用的設計圖來自一本名為《現代男孩的樂趣與探險指南》的一九〇〇年左右出版的書。畢佛神不知鬼不覺地造好了，總之故事是這麼說的。只是他發現，地下室沒有夠大的門可以讓那玩意兒通過。聽韓利說這故事，你會笑到肚子疼。類似的有趣故事他知道一籮筐——不對，好幾籮筐。

說到袞山逃獄事件的細節，韓利可說了解得鉅細靡遺。有一次他告訴我，在他坐監的期間，**他聽說的**逃獄未遂事件超過四百次。在你點頭然後往下讀之前先仔細想想。**四**百次逃獄！也就是說，韓利．貝克斯在袞山坐牢並且追蹤這方面紀錄的期間，平均每年有十二點九次逃獄未遂事件。每月一逃俱樂部。當然這些逃跑計畫多半是倉促成事，結局通常也都是警衛抓住某個鬼祟可憐蟲的臂膀，咆哮道：「**你想**去哪裡？不知死活的渾球。」

韓利說被他歸為較嚴肅的逃獄大約有六十件，包括一九三七年——也就是我入獄的前一年——的「大越獄」。當時新的行政部門正在興建，有十四名囚犯利用一間門鎖不牢靠的棚屋裡的施工機具逃了出去。緬因州南方的居民因為這十四個「兇狠罪犯」陷入驚慌，其實這些人怕得要命，不知所措的程度不亞於一隻在公路上被大卡車頭燈嚇得無法動彈的長耳野兔。這十四人沒有一個逃掉。其中兩個人被射殺——開槍的不是警察或監獄人員，而是市民——可是沒有一個人成功脫逃。

從一九三八年我入獄，到安迪第一次向我提到芝華塔尼歐的那個十月天之間，有多少人**成功**逃走？我的情報加上韓利的，大概是十個。十個人成功越獄。儘管這種事很難說得準，不過我猜，這十人當中起碼有一半目前正在其他像裘山這類知識水平較低的機構服刑。因為人**的確**會被制式化。當你剝奪一個人的自由然後教他在牢房裡生活，他往往會失去他的多維度思考的能力。他就像之前提過的大耳野兔，在越來越逼近、無疑會把牠撞死的卡車的頭燈照射下僵住不動。剛出獄的囚犯往往會找個沒有絲毫成功機會的爛工作……為什麼？因為這會讓他回監獄，回到他熟悉事情運作方式的地方。

安迪不是這種人，但我是。去看太平洋的想法**聽起來**很棒，可是我怕實際到了那裡會讓我嚇得半死——它太大了。

總之，就在我們談到墨西哥和彼得．史蒂文斯先生的那天，我開始相信安迪已經有了某種表演失蹤戲法的構想。我向上帝祈求，如果這是真的，他會小心點，然而，我不會下注賭他有機會成功。要知道，諾頓典獄長密切盯著安迪。對諾頓來說，安迪不僅僅是一個帶有囚犯編號的蠢蛋，他們之間有工作關係，可以這麼說。而且，他有腦袋也有善心，諾頓下決心要利用前者，摧毀後者。

就像外面有正派的政客——會被收買的那種——這裡也有正派的獄警，如果你有識人之明，而且你打算花錢消災，我想你很有機會收買幾個願意睜隻眼閉隻眼的人幫助你越獄。我不會告訴你說這類事情從來沒發生過，可是安迪．杜法蘭沒辦法這麼做。因為，我說過，諾頓緊盯著他。安迪知道，監獄人員也都知道。

沒人會提報安迪去參加走出戶外計畫，因為名單必須交給諾頓典獄長去查核。再說安迪也不會像希德．奈多那樣採取一時興起的脫逃方式。

如果我是他，肯定會被那把鑰匙的事折磨得半死，每晚要是能闔上眼睛兩小時，就該謝天謝地了。巴克斯頓和裘山只有不到三十哩的距離，近在咫尺卻又遙不可及。

我仍然覺得，他最好的出獄機會是雇個律師然後爭取重新開庭。在諾頓的掌控下只有這個辦法。也許他們只要替湯米．威廉斯安排一次舒適休假，就能讓他閉嘴，這我不敢肯定。也許一個夠強悍的密西西比老律師可以讓他開口……也或許這位律師不必多費勁就能辦到。威廉斯是真心喜歡安迪。我不時會把這些想法向安迪提起，而他總是笑笑，眼睛望著遠方，說他會好好考慮。

顯然他也考慮了不少別的事。

一九七五年，安迪．杜法蘭逃出了裘山監獄。他一直沒被捕獲，我也不認為他們逮得到他。事實上，我根本不認為安迪．杜法蘭這號人物還存在這世上。但我相信，墨西哥芝華塔尼歐有個名叫彼得．史蒂文斯的人，或許在主誕生一九七六年後的今天，經營著一家嶄新的小旅館。

我要把我知道的，以及我的想法告訴你。我也只能這麼做了，對吧？

一九七五年三月十二日，照著獄中除了週日以外的每日作息，第五區的所有囚室門在清晨六點半打開。而這一區的所有牢友也照著他們週日以外的每日作息，在囚室門在他們背後「砰」一聲關上之際走向前，在長廊裡排成兩列。他們魚貫地走向囚區大門，由兩名警衛清點人數，然後準備前往餐廳去吃燕麥粥、炒蛋和油膩培根肉當早餐。

一切如常進行，直到在囚區大門的人數清點。應該有二十七人，這時卻只有二十六人。通報警衛長之後，第五區的牢友獲准去吃早餐。

警衛長，一個名叫理查．貢亞的相當不錯的傢伙，還有他的副手，一個叫大衛．柏克斯的快活的傻子，他們兩人立刻趕到了第五囚區。貢亞下令重新打開所有囚室門，他和柏克斯一起走過長廊，邊用警棍拖過鐵柵欄，舉著手槍。像這樣的情況，通常是有人在夜裡發病，嚴重到早上沒辦法走出囚室。較罕見的情況是，有人死了……或者自殺。

可是這次，他們找到的是一個謎團，而不是病人或死者。他們沒發現半個人。第五囚區共有十四間牢房，兩側各七間，全都相當整潔——在裘山，髒亂囚室的懲罰是探訪權利的限制——而且空蕩蕩的。

貢亞的第一個推測是人數清點有誤，或者有人惡作劇。因此，第五囚區的牢友沒有像平常那樣，吃完早餐後就去上工，而是被遣回牢房，一路嘻笑打鬧。例行作息的變化總是受歡迎的。

所有囚室門打開，囚犯們走了進去，門跟著關上。有個大老粗大喊：「叫我的律師來，叫我的律師來，你們這些人把這裡搞得像他媽的監牢。」

柏克斯說：「閉嘴，不然我操死你。」

大老粗：「我操了你老婆，柏克斯。」

貢亞：「全部給我閉嘴，不然今天你們別想出去。」

他和柏克斯又從頭開始清點人數。沒走多遠，他們停住。

「這是誰的牢房？」他問右邊的夜間守衛。

「安迪．杜法蘭。」守衛回答。這就夠了。日常程序一下子中斷，這下麻煩大了。

在我看過的所有監獄電影中，每次一發生越獄，警報器馬上嗚嗚響起。在裘山這種事從沒發生過。貢亞做的第一件事是聯絡典獄長，再來是下令展開全面搜索，最後是向位於斯卡伯勒的州警局通報可能有人越獄。

這是例行程序。規定中並不包括搜索嫌疑逃犯的囚室，因此沒人這麼做。當時沒有。他們幹嘛那麼做？這是所見即所得的情況。一個方形小房間，窗口和拉門上有鐵柵欄，裡頭有一只馬桶和一張空床鋪，窗台上擺著許多漂亮的石頭。

當然，還有海報。當時是琳達．朗絲黛。海報就掛在床鋪的上方。那裡一直掛著海報，同一個位置，掛了二十六年。當某人——結果是諾頓典獄長本人，也算是一種完美的報應吧——往海報後面一看，簡直驚呆了。

可是他們直到當晚六點半才這麼做，那是安迪被通報失蹤將近十二小時之後的事，而距離他實際脫逃或許已經過了二十個小時。

諾頓震怒。

我有可靠的消息來源——當天剛好在行政部門的走廊裡給地板打蠟的模範囚犯，契斯特。

那天他不需要把耳朵貼在房門鑰匙孔上，他說你從檔案室都可以清楚聽見典獄長對理查·貢亞訓話。

「你是什麼意思？你很『滿意他不在監獄範圍內』？這是什麼意思？意思是你沒找到他！你最好找到他！最好是！去找他！聽見沒？快去找他！」

貢亞說了什麼。

「不是在你值班時發生的？這是你的說法。在**我**看來，沒人知道究竟是什麼時候，或者是怎麼發生的。我要你今天下午三點把他帶到我辦公室，否則人頭落地！我保證，我**一向**說到做到。」

貢亞又說了什麼，激得諾頓更加光火。

「不是？那你瞧**瞧這個**！瞧這個！認得這東西吧？昨天晚上第五囚區的紀錄，包括每一名囚犯！昨晚九點鐘杜法蘭還關在裡頭，他不可能現在就跑得不見人影！**不可能！快去給我找人！**」

可是到了下午三點，安迪仍然沒有下落。諾頓本人衝到了第五囚區——我們其他人幾乎在這裡關了一整天。我們有沒有被盤問？在這漫長的一天當中，我們不斷被一群急得火燒屁股的苦惱獄吏詢問。我們都說了同樣的話：我們什麼都沒看到，什麼都沒聽到。而據我了解，我們都說了實話。至少我是。我們唯一能說的是，在入監以及一小時後的熄燈時刻，安迪都在他的囚室裡。

有人打趣說，安迪從鑰匙孔流出去了。說這話的傢伙因此蹲了四天禁閉室。他們太焦躁了。

於是諾頓走過來——悄悄逼近——用那雙幾乎把我們牢籠的回火鋼柵欄擦出火花來的藍色眼睛怒瞪著我們。那眼神就好像他認定我們全都有份。也許他真的這麼想。

他走進安迪的囚室，打量了一圈。一切維持在安迪離開時的狀態，床單掀開，但沒有睡過的痕跡。窗台上一堆石子……但少了幾顆。他把最喜歡的帶走了。

「石頭。」諾頓咬著牙說，然後手一揮，把石子嘩啦嘩啦掃下窗台。已經超時工作的貢亞畏縮了一下，但沒說話。

諾頓的目光落在琳達．朗絲黛的海報上。琳達越過肩膀回眸，雙手插在淡黃褐色緊身長褲的後口袋裡。她穿著繞頸背心，一身健康的深褐色肌膚。那海報肯定大大冒犯了諾頓身為浸禮教徒的感性。看他怒視著它的樣子，我想起安迪說過的，他幾乎可以跨過照片，去到那女孩身邊的話。

他果真這麼做了，如假包換——而只差幾秒鐘諾頓就要發現了。

「爛東西！」他咆哮，手一抓把海報從牆上撕下。

揭露了那個裂縫，水泥牆上的破碎洞口。

貢亞不肯進去。

諾頓下令——老天，諾頓命令理查．貢亞爬進洞口的聲音肯定整座監獄都聽見了——但貢亞直接了當地拒絕了。

「不從就把你開除！」諾頓尖叫。他像個熱潮紅發作的女人般歇斯底里，完全失去平常的冷靜，頸子漲成絳紅色，兩條青筋從額頭爆出，上下跳動。「我說到做到，法國佬！我會把你開除，而且保證你再也無法在新英格蘭區的其他監所找到工作。」

貢亞默默把配槍交還給諾頓，槍柄朝外。他受夠了。他已經加班兩小時，眼看就要滿三小時，他實在受夠了。感覺就好像，安迪從這個快樂小家族的叛逃，讓諾頓內心存在已久的某種秘密的非理性一下子爆發開來……這晚他真的瘋了。

當然，我並不清楚那份秘密的非理性會是什麼。但我知道當晚，當灰暗的深冬天空的最後一絲亮光褪下，有二十六個囚犯聆聽著諾頓和理查．貢亞之間的小爭吵，包括我們這些見識過許多行政官員——有的強硬，有的軟弱——來來去去的長期和無期徒刑犯。而且我們都知道，山姆．諾頓典獄長已經緊繃到超過工程師叫做「斷裂點」的程度。

而且，老天作證，我彷彿可以聽見遠遠地從某處傳來安迪．杜法蘭的笑聲。

最後諾頓要一個值晚班的瘦小傢伙爬進藏在安迪的琳達．朗絲黛海報後方的洞口。這名瘦小的守衛叫做羅里．崔蒙特，他在智力方面的表現不算太傑出，或許他以為他會因此贏得一枚銅星勳章什麼的。結果發現，諾頓能找到一個身高、體格和安迪相近的人進去那裡，真是很幸運。要是他們派了一個大屁股的傢伙——就像多數獄警的身材——這人肯定會卡在裡頭，就像上帝創造綠茵一樣確定……而且到現在還在那裡。

崔蒙特帶著一條細線尼龍繩進去，那繩子是某人從自己車子的後行李廂找來的。他把它繫在腰上，一手拿著盞使用六顆電池的大型手電筒。這時候，貢亞——已經改變辭職念頭，而且看來是唯一還能正常思考的人——找出了一疊建築藍圖。我很清楚他在藍圖上看見了什麼：一道橫切面像三明治的牆壁，整面牆有十呎厚，截面的內、外層分別有四呎厚，中間的夾層是兩呎寬的管道空間，好戲大概就在這裡了……在許多方面。

崔蒙特的聲音從洞內傳出，聽起來空洞、沉悶。「典獄長，這裡面好臭。」

「別管！繼續走。」

崔蒙特的小腿進了洞口。不久他的腳也消失了。他的手電筒的昏暗光線來回晃動。

「典獄長，這裡面的氣味真的很糟。」

「我說了，別**管**那個。」諾頓大叫。

崔蒙特的悲慘聲音傳出：「跟屎一樣臭。老天，真的就是，是**屎**，老天，讓我出去，我快吐了，該死，真的是屎，**我的天啊……**」接著傳來無疑是羅里．崔蒙特把他的最後幾餐嘔了出來的聲音。

夠了。我實在忍不住。這一整天——不，過去三十年——的種種一股腦湧上來，我笑到都快炸開了，從我還是自由人開始就不曾有過的笑，我想都沒想過會在這灰色圍牆內發出的笑。而且**天啊**，這感覺太棒了！

「把那傢伙帶出去！」諾頓典獄長尖叫。我笑得太厲害了，不清楚他指的是我還是崔蒙特。我笑個不停，抱著肚子，兩腳亂踢。就算諾頓威脅要拿槍把我當場擊斃，我都停不下來。

「**把他帶出去！**」

各位鄉親好友，結果我直接進了禁閉室，在那裡待了整整十五天。幾乎不可能活著出去。但我不時想起不太聰明的可憐的老羅里．崔蒙特狂喊著**該死！真的是屎！**接著想像安迪．杜法蘭一身高級套裝、開著自己的車子往南方揚長而去的畫面，我又忍不住想笑了。這十五天關禁閉的期間，我可以說過得輕鬆自在，也許是因為有一半的我是和安迪．杜法蘭在一起的，涉過糞水然後從另一邊乾乾淨淨現身的安迪．杜法蘭，直奔太平洋的安迪．杜法蘭。

我從五、六個管道聽說了那晚接著發生的事。其實能說的不多。我猜後來崔蒙特大概也認命了，覺得反正午餐和晚餐都吐光了，再來也沒什麼好怕的了，於是他繼續往前。他不必擔心會從囚區牆壁斷面的內、外層之間的管道豎井掉下去。那裡頭太窄了，崔蒙特必須弓起身子才能通過。後來他說他只能半憋著氣，而且他終於明白被活埋會是什麼感覺。

他在豎井底部發現一條大污水管，一條三十三年前埋設的瓷管，連接第五囚區的十四個馬桶。管子破了，在排水管的粗糙破口旁邊，崔蒙特發現安迪的岩槌。

安迪自由了，但這自由得來不易。

那條管子比崔蒙特剛剛爬下來的豎井還要狹窄。羅里・崔蒙特沒有進去，而據我了解，始終沒有人進去。裡頭一定恐怖到了極點。就在崔蒙特檢視裂口和岩槌的時候，一隻老鼠從排水管跳出來。後來他發誓那老鼠幾乎像一隻可卡獵犬那麼大，猴子爬樹似地，他慌慌張張沿著窄小通道回到安迪的囚室。

安迪進了那條污水管。也許他知道它注入一條和監獄西側的沼澤地相距五百碼的溪流。我想他知道。監獄建築藍圖就在那裡，安迪會想辦法看一下的。他是個有條不紊的傢伙，應該會知道或者發現，連接第五囚區的污水管是裘山最後一條沒有通往新建的污水處理廠的污水下水道，而且他也會知道必須趁著一九七五年中去做，不然就永遠沒機會，因為到了八月他們就要把我們的管線轉接到新的污水處理廠了。

五百碼，五座足球場的長度。只差一點就一哩了。他爬了這麼一大段距離，也許手上拿著一支筆型手電筒，也許除了幾盒火柴之外什麼都沒帶。他爬過了我無法想像也不願想像的爛泥穢物，也許老鼠就在他面前到處奔竄，甚至爬到他身上，就像這類小動物一旦在黑暗中待久了常會有的大膽行徑。他的臂膀需要有足夠空隙才能不斷往前移動，而且遇上了管線銜接的地方，說不定還得拚命硬擠過去。換作是我，早就被不斷來襲的幽閉恐懼症給逼瘋了。可是他辦到了。

在污水管的盡頭，他們在管線注入的那條黏滯、污染溪流的岸邊發現一組泥濘的足印。

一支搜索小組在兩哩外找到他的囚服——那是一天以後的事。

你或許也想到了，這事成了報上的大新聞。可是在監獄方圓十五哩的範圍內，沒人出面通報車子或衣服被偷，或者在深夜發現裸男的行蹤，也沒有農場的狗吠叫。他從污水管爬出來，然後像縷煙似地消失了。

可是我敢說，他是消失在通往巴克斯頓的方向。

那難忘的日子過後三個月，諾頓典獄長辭職了。我非常欣喜地向你報告，他破產了，春天已離他遠去。在他的最後一天，他垂著頭、拖著腳步走出來，有如一個蹣跚走向醫務室去拿止咳藥的老囚犯。接替他職位的是貢亞，對諾頓來說，恐怕沒有比這更無情的諷刺了。目前山姆·諾頓住在艾略特鎮，每週日到浸禮教會參加禮拜，苦思安迪·杜法蘭究竟是憑什麼把他擊敗的。

我原本可以告訴他的，這問題的答案是單純。有些人有，山姆，有些人沒有，而且永遠不會有。

這就是我所知道的一切，而現在我要告訴你我的想法。我或許有些細節弄錯了，但我願意用我的手錶和錶鍊打賭，我的故事大體上相當真實，因為以安迪這個人的作風，事情不外乎一、兩種可能。而且，有時候我仔細思考這件事，總會想起諾瑪丹，那個瘋癲的印第安人。「好人一個，」和安迪同住了六或八個月之後，諾瑪丹曾經這麼說：「我很高興能離開。那間牢房風很大，老是冷颼颼的。他不准別人碰他的東西。無所謂。他是好人一個，從來不會取笑我。可是風很大。」可憐的老瘋癲，他知道得比我們任何人都多，而且比我們更早知道。

而且安迪足足花了八個月才把他弄出去，再度一個人獨占囚室。諾頓典獄長上任後，要不是有諾瑪丹和他同住了八個月，我相信安迪早在尼克森下台前就恢復自由了。

我認為事情是從一九四九年開始的，不是因為那把岩槌，而是因為麗泰・海華絲的海報。我告訴過你，他來要求我替他弄海報時緊張得不得了，緊張不安而且充滿壓抑不住的興奮。當時我以為他只是難為情，安迪這個人絕不讓別人發現他的弱點，發現他想女人……尤其還是個幻想中的女人。但現在我覺得我錯了，現在我覺得安迪的興奮是因為別的因素。

諾頓典獄長最後在海報——那張海報上的女孩在麗泰・海華絲的照片拍攝那年甚至都還沒出生——後方發現的洞口究竟是怎麼來的？安迪・杜法蘭的毅力和埋頭苦幹，沒錯，這點絕對不容懷疑。但是這個公式中還有另外兩個元素：大量的運氣，還有WPA[5]混凝土。

我想運氣就不需要解釋了，而至於WPA混凝土，我查了一下。我花了點時間和幾張郵票，先是寫信到緬因大學歷史系，接著寫給學校提供給我的一個人，那傢伙是當年建造裘山監獄最高戒護翼房的WPA工程的領班。

這排包括第三、四和五囚區的翼房是在一九三四到三七年之間建造的。當今，人們很少會像看待汽車、燃油爐和火箭推進器那樣，把水泥和混凝土看成「技術發展」產業，其實它們的確是。現代水泥直到一八七〇年左右才被發明，而現代混凝土則是到二十世紀初才出現。攪拌混凝土是一種和做麵包同等精細的作業，你可能會調配得太稀或太稠，砂漿拌得太乾或太濕，砂石也是同樣情形。而在一九三四年，混拌這東西的技術遠不如今天的講究。

第五囚區的牆壁相當堅固，但並不那麼乾燥、硬實。事實上，那些牆壁相當潮濕，而當長期受潮之後，它們會滲水，甚至滴水。出現裂縫是常有的事，有些深達一吋，而且照例只是塗上灰泥遮蓋。

於是安迪．杜法蘭進了第五囚區。他是緬因大學商學院畢業的，但他同時也修了兩、三門地質課程。事實上，地質學成了他的主要嗜好，我猜它正好投合他那堅忍、一絲不苟的天性。這地方經歷過一萬年的冰河期、百萬年的造山運動。千年來，許多板塊在地表底下互相擠壓。**壓力**。安迪曾經告訴我，地質學就是一門研究壓力的學問。

當然，還有時間。

他有時間研究那些牆壁。大量的時間。當囚室門關上，燈暗下，也沒別的東西可看了。

剛入獄的人往往難以適應監獄的禁閉生活。他們會得焦躁熱，有時候還得被拖到醫務室去服用幾次鎮靜劑才能恢復正常。我們不時會聽見這個快樂小家族的某個新成員猛敲自己牢房的鐵柵欄，大叫大嚷著要出去……叫喊持續不了多久，就會有其他牢房的人開始鼓譟：「小鮮肉，嘿嘿小鮮肉，小鮮肉呀小鮮肉，今天又來了個小鮮肉！」

一九四八年安迪剛到裘山時並沒有嚴重失控，但這並不表示他不曾感受到許多類似的情緒。他或許相當接近瘋狂邊緣，有些人是這樣，有些人則是整個陷入精神錯亂。原有的生活一轉眼消逝無蹤，曖昧不明的夢魘在眼前無止盡地蔓延。漫長的煉獄時節。

所以你說，他怎麼辦？他拚了命想找點事情做，來轉移他那焦躁不安的心。是的，即使是在獄中，你也能找到許許多多解悶的方法。似乎一說到消遣娛樂，人的腦子永遠充滿無限的可能。我向你提過那個雕塑好手和他的「耶穌的三個時期」塑像。有蒐集錢幣的——老是被竊賊偷走收藏品；有集郵的；有個傢伙蒐集來自三十五個不同國家的明信片——而且我要

5. 譯註：公共事業振興署（1935-1943），Works Progress Administration，簡稱ＷＰＡ。為大蕭條時期美國總統羅斯福創立的政府機構，在全國各地興建公園、學校等公共工程，提供大量就業機會。

告訴你，要是他發現你亂碰他的明信片，他會把你的眼睛戳瞎。

安迪對石頭產生興趣，還有他囚室的牆壁。

我想一開始，他充其量只是想把他的名字縮寫刻在麗泰·海華絲海報即將掛上的那片牆面。他的名字縮寫，或者幾行詩句。沒想到他發現的是出奇脆弱的混凝土。也許他開始刻名字縮寫時，一大塊混凝土掉了下來。我可以想像他躺在床鋪上，觀察著那塊剝落的混凝土，把它拿在手上翻來覆去。別管你悲慘的一生，別管你倒了八輩子楣、被揑造罪證然後送到這地方來拘禁。把那些全忘了，瞧瞧這塊混凝土。

過了幾個月，他或許覺得，試試看能從牆上挖下多少碎塊，應該滿有意思的。可是你總不能大剌剌地開始挖牆，然後在每週例行檢查（或者經常起出許多暗藏的酒、毒品、色情照片和槍械的突檢）到來時，對獄警說：「這個嗎？放心，老兄，我只是在我牢房的牆上挖個小洞。」

不，他不能這麼做。於是他來找我，要我幫他弄一張麗泰·海華絲的海報，而且不是小號，是大號海報。

當然，後來他有了岩槌。記得我在四八年替他弄來那小器具時，曾經暗想，一個人恐怕得花上六百年，才能用那東西在牆上打出洞來。話是沒錯，不過安迪只要挖牆的**一半**厚度，而且雖說混凝土很軟，還是耗掉他兩支岩槌和二十七年的時間。

當然，這當中他因為諾瑪丹的緣故而浪費了將近一年，而且他只能在晚上進行，最好是在深夜，趁著所有人——包括值夜班的守衛——都睡著時加緊地挖。可是我懷疑，讓他進度緩慢的主因是為了處理那些挖下來的牆土。他可以把磨石布包在槌頭上來降低工作時的噪音，問題是，那些混凝土碎片和偶爾掉下來的大塊牆面又該怎麼處理？

我猜他一定是把那些土塊敲成碎屑，然後……

我還記得我替他弄來岩槌之後的那個週日，我記得當時我看著他走過放風場，他的臉頰由於和「姐妹淘」之間的最近一次爭執而腫脹著。我看見他站起來，撿起一顆石子……石頭消失在他的袖口。長袖內袋是一種監獄老把戲，藏在袖子裡面，或者褲腳的內側。我還有另一個記憶，非常強烈但有點分散，也許看過不止一次。這個記憶就是，在某個沒有一絲風的燠熱夏日，安迪．杜法蘭走過放風場。沒錯，無風……只是在安迪腳下似乎有一小股微風，揚起了團團飛沙。

也許他在長褲膝蓋以下的部分藏了幾個暗袋。你把袋子裝滿廢土，然後走來走去，兩手插在褲袋裡。等你覺得穩當或沒人注意時，就輕扯一下褲袋。當然，長褲口袋是用細繩或強韌的線連接著那些暗袋的。你走路的時候，廢土就從褲管裡嘩嘩流了出來。二次大戰期間，一些試圖挖坑道逃脫的戰俘就用過這一招。多年過去，安迪將他的牆土一把一把地運送到放風場。他和一任又一任的監獄高官周旋，他們以為他是為了讓他的圖書室持續擴展。我毫不懷疑這是原因之一，可是安迪的主要目的是讓第五囚區十四號牢房保持單人居住的狀態。

我懷疑他對越獄這件事有具體計畫或者抱有希望，起碼一開始沒有。他或許以為那道牆是十呎厚的堅固混凝土，而且就算他一路破牆而出，也會從放風場三十呎外的地方鑽出來。可是我說過，我不認為他會過度操心越獄這件事。他的推想或許是這樣：我大概每七年會有一呎的進展，所以我得花七十年才能把牆穿透，到時候我已經一百零一歲了。

如果我是安迪，這會是我的第二種推想：反正我一定會被逮到，並且蹲好一陣子禁閉室，更別提會在紀錄上留下一個特大號的污點。畢竟每週都有例行檢查，加上兩週左右一次的突襲檢查，而且通常是在夜間。他必定認為事情撐不了多久，遲早會有某個獄警往麗泰．海華絲海報的後方窺探，看安迪有沒有把削尖的湯匙把手或者大麻菸用膠帶黏在牆上。

對這第二種推想，他的反應肯定是**管他的**！他說不定還玩起了小競賽：被他們發現之前我能挖多深？監獄生活很苦悶，也許最初那幾年，擔心會在半夜海報沒貼上的當中突然遇上臨檢的危機或驚奇感，為他的生活增添了幾分刺激。

我也相信，光憑運氣他絕不可能逃脫成功。不可能持續二十七年。然而我不得不相信，在最初兩年——直到一九五〇年五月中，當他協助拜倫．海利處理他那筆天外飛來的遺產的節稅問題時——他的確是靠著運氣走過來的。

也可能當時他憑藉的不光是運氣。他有錢，也許他每週都塞了點錢給某人，讓對方多寬待他一些。只要數字對了，多數守衛都會配合的。錢進了他們的口袋，囚犯保住了他的自慰照片或捲菸。而且安迪是模範囚犯——安靜，應對得體，有禮貌，不暴力。只有狂人和暴徒的牢房才會每六個月至少一次被翻個兩翻，床墊拉鍊被拉開，枕頭被拿走、割開，連馬桶的出水管都被仔細地用探測器探查。

接著，在一九五〇年，安迪成了比模範囚犯更重要的人物。一九五〇年，他變成極具價值的利器，一個報稅表寫得和報稅公司一樣好的謀殺犯。他提供免費的不動產規劃建議，替人設定避稅手段、填寫貸款申請表（有時頗有創意）。記得他坐在圖書室辦公桌前，耐心地向一個想買一輛二手德索托（DeSoto）的獄警逐段逐段地解說汽車貸款契約書的內容，告訴那個人契約中哪裡好、哪裡不好，解釋著一個人可以向人貸款而不被綁死，勸他別去找那些信貸公司，因為這年頭，這類公司有時幾乎就等於合法的高利貸商。他說完時，那個獄警把手伸出去……然後迅速縮回。他一時間忘了和他打交道的是一個吉祥物，而不是人。

安迪熟悉稅法和股市變化，因此他並沒有像許多人那樣，因為坐了一陣子牢而變成一個沒用的人。他開始獲得圖書室的經費，而他和「姐妹淘」之間的戰爭也結束了，沒人認真搜索他的牢房。他是個優秀的黑鬼。

後來，在相當接近年終的某日——約莫在一九六七年十月——這份長年的嗜好突然有了轉變。某晚，當他正在深達腰部的洞裡，拉蔻兒．薇芝的海報垂懸在他臀部上方，他的岩槌的尖鑿想必一下子整個陷入混凝土裡。

他大概把一些大塊混凝土拖回房內，但也許他聽見有其他碎塊掉進豎井裡，來回彈跳，鏗鏗撞上豎管。當時他是否知道他即將發現那條豎井，或者他完全驚呆了？我不知道。當時他或許已經看過監獄建築藍圖，或許還沒看過。就算還沒有，可以確定的是不久後他便會設法看到。

他一定忽然意識到，他玩的不只是一場小比賽，而是一場高風險的競賽，一場關係到他的人生和他的未來的最重大的競賽。即使當時他也還無法確定，但想必他心中已有了譜，因為差不多就在那個時候，他第一次向我提起了芝華塔尼歐。突然之間，那個無聊的牆洞不再只是一種消遣，而是他的師傅——如果他知道坑洞底部有一條污水管，而且一路從外牆底下穿過的話。總之，果然如此。

他在巴克斯頓某一片牧草場的石頭底下藏有鑰匙的事已讓他擔憂了好多年，這下他又得擔心某個好奇的警衛會查看他的海報後方，讓整件事曝光；或者來了個新牢友，或者他會在住了這麼些年之後，突然被轉往其他牢房。接下來七年他必須時時提防這些狀況。我只能說，他肯定是地表最冷靜的人之一。活在這樣巨大的不安之中，換作是我早就瘋了，然而安迪繼續玩這一局。

他必須揹著被揭穿的可能性繼續熬過八年——不妨說是被揭穿的**機率**，因為無論他如何小心地堆疊對自己有利的紙牌，身為州監獄的囚犯，他能運用的牌實在不多。所幸他受到神的厚愛，有很長一段時間，大約十八年間，他一直安然無事。

我能想到的最可怕的諷刺是，萬一他獲得假釋。你能想像嗎？一般來說，在假釋犯正式被釋放的前三天，他會被轉到輕度戒護翼房，接受完整的體能和一連串職業測驗。在這同時，他的舊牢房會被徹底清空。這麼一來，安迪非但得不到假釋，還會被打入地下禁閉室去關好一陣子，接著回地面上繼續坐牢……在另一間牢房。

既然他在一九六七年就挖到了豎井，為何一直等到一九七五年才行動？

我不清楚，但我可以提出幾種相當合理的猜測。

首先，他應該會變得比以往更加謹慎。他太聰明了，不會卯起來向前推進，試圖在六個月，或甚至十六個月之內出去。他一定會一點一點地繼續把可以爬行的空間擴大。那年他喝新年除夕慶祝酒的時候，牆洞是一個茶杯的大小；到了一九六八年他喝生日酒的時候是餐盤大小；到了一九六九年棒球季開始時，是上菜盤的大小。

我一度認為他的進度應該比實際狀況更快才對——我是說在他穿透牆壁之後。在我看來，與其把土塊敲碎，然後用我之前描述的暗袋伎倆帶出牢房，還不如直接把它丟到豎井裡。他所花的大量時間讓我相信他不敢這麼做。他或許覺得噪音會引起某人的懷疑，或者，如果當時他知道污水管的事——如我所想的——那麼他或許會擔心掉落的混凝土塊會在他準備好之前把它撞破，搞砸整個囚區的下水道系統，導致獄方展開調查。不用說，一旦開始調查，一切就毀了。

儘管如此，我猜，到了尼克森宣誓就職第二任總統的時候，牆洞應該已經大到可以讓他鑽過去了……或許更快。安迪是個小個子。

那他為什麼不走？

這時候，有根據的猜測就派不上用場了，從現在起，猜測的範圍會擴大一些。一種可能是牆洞裡堆滿了碎屑，他必須把它清乾淨。但也應該不至於拖那麼久。所以，到底為什麼？

我想也許安迪怕了。

我曾經盡我所能向你解釋，身為一個制式化的人是怎麼回事。一開始你無法忍受被四面牆包圍，接著你學著忍受它們，接著你學會接受它們……然後，當你的身心靈適應了模型尺寸的生活，你開始喜歡上它們。有人告訴你什麼時候用餐，什麼時候寫信，什麼時候抽菸。如果你在洗衣房或車牌工廠上工，每過一小時你可以分配到五分鐘去盥洗室。坐了三十五年牢，我每隔一小時的休息時間是二十五分鐘，坐了三十五年牢，我只有在這個時段才會有想要小便或拉屎的衝動：每隔一小時的二十五分鐘時段。如果因為某種緣故沒辦法去，那股需求會在三十分鐘後消失，然後在下一個鐘頭過後的二十五分鐘休息時間再度湧現。

我想安迪或許一直和那隻猛虎——制式化症候群，還有那股不斷滋長的、一切只是白費力氣的恐懼——纏鬥不休。

有多少個夜晚，他躺在海報下方，思考著那條污水管線，心中明白他只有這麼一次逃亡機會？建築藍圖或許可以告訴他那條管子的管徑有多大，可是無法告訴他進到管子裡會是什麼狀況——他是否能順利呼吸而不被悶死，那些老鼠是否又肥又兇，非但不退縮還會攻擊人？而且藍圖也無法告訴他，一旦或者如果他真能到達管子的盡頭，等著他的會是什麼。有個笑話，比得到假釋更好玩：安迪鑽進污水管，在穢臭不堪的黑暗中爬了五百碼，結果在管子盡頭遇上一整面粗鐵絲網。哈哈，這個夠狠。

他肯定想過這些問題。果真他鴻運當頭，成功逃了出去，他能不能找到幾件便服，並且脫離監獄一帶而不被發現？最後，假設他鑽出污水管，在警報器大響之前逃出了裘山，到了巴克斯頓，翻開那塊石頭……發現底下是空的？不見得是多麼驚心動魄的狀況，像是去到那片牧草場，卻發現那地點豎立著一棟高聳的公寓大樓，或者被改造成一座超市停車場。也許只是有個喜歡石頭的小孩，注意到那塊火山玻璃，把它翻開，發現那支銀行保險箱鑰匙，把它連同石頭帶回家當作紀念了。也許有個十一月的獵人踢開那塊石頭，讓鑰匙露了出來，結果一隻偏愛發亮物品的松鼠或烏鴉把它叼走了。也許是某年春天的洪水衝破了那道石牆，把鑰匙沖走。任何情況都有可能。

因此我想——也許是瞎猜——安迪按兵不動好一陣子。畢竟，只要不賭就不會輸。他有什麼東西好輸的呢？你問。首先，他的圖書室。再來，平和寧靜的監獄制式化生活。還有未來取得他的新身分的所有機會。

但是，就如我告訴你的，他終究行動了。他去做了……我的天！這是不是一次漂亮的壯舉？你告訴我吧！

可是，他**逃掉**了嗎？你問。後來呢？他去到那片牧草場，翻開石頭……始終認為石頭在那裡，然後呢？

我無法把那個場景描述給你聽，因為我這個制式化的人仍然待在這制度內，而且還會待上好多年。

可是我要告訴你一件事。一九七五年夏末，正確地說是九月十五日，我收到一張從德州的一個小鎮麥納利所寄來的明信片。這個小鎮位在邊界的美國領土上，正對著墨西哥的波爾韋尼爾。這張明信片的訊息面是空白的，可是我知道，我打從心裡知道，就像我知道人終有一死。

他從麥納利越過了邊界。德州麥納利。

這就是我的故事，傑克。我從沒想過把它全部寫下來得花多少時間，或者會寫成多少頁。我在收到那張明信片之後開始寫，總算在今天，也就是一九七六年一月十四日寫完。我用了三枝鉛筆，磨到只剩一小截，寫完了一整本信紙簿。我小心翼翼藏著這些信紙……不過，反正沒幾個人看得懂我的潦草筆跡。

這激起了許多塵封已久的記憶。寫自己的事很像是拿一根樹枝伸進清澈的河水，把河底的泥巴攪渾了。

才怪，你寫的不是你自己的事，我聽見觀眾席的角落裡有人說。**你寫的是安迪·杜法蘭的事，你在你所說的故事中不過是個小角色。**但是你要知道，不只是這樣。我寫的**全是**我自己，每一字每一句。安迪是我的一部分，他們永遠關不住的那個部分，一旦監獄大門為我開啟，我穿著廉價套裝、口袋裡裝著二十元私房錢走出去的那一刻，將會感到雀躍的那個部分。不管其他部分的我有多衰老、殘破或恐懼，這個部分的我都會感到歡喜。我想，只不過安迪的這個部分比我更強大，也運用得更好。

獄中有一些和我一樣的人，記得安迪的人。我們很高興他離開了，但也有一點哀傷。有些鳥就是不該被關在籠子裡，就這樣。牠們的羽毛太鮮亮，牠們的歌聲太甜美狂熱，於是你只好把牠們放了，或者當你打開籠子準備餵食，牠們就從你身邊飛走了。你的某個部分——一開始就知道拘禁牠們是錯誤的那個部分——充滿了歡喜，然而，你居住的地方還是因為牠們的離去，變得乏味、空虛了。

這就是我的故事，我很高興把它說了出來，儘管結局不太確定，儘管被鉛筆激起的那些記憶（就像樹枝攪起河泥）讓我感覺有點傷感，而且甚至比我還要老。謝謝你聽我說。還有，安迪，如果你真如我所想的到了南方，替我在天黑後抬頭看一下星星，觸摸一下沙子，涉一下海水，感覺一下自由。

我怎麼也沒想到我會再度說起這個故事，可是這會兒，一疊翻舊了、摺好的信紙放在我面前的桌上。我追加了三、四頁，寫在一本新的信紙簿上。我在店裡買的信紙簿——剛才我走進波特蘭市國會街的一家商店買的。

我以為我已在一九七六年一月的某個陰冷的日子，完成了我在裘山監獄的故事。現在是一九七七年五月，我坐在波特蘭市布魯斯特旅館的廉價小房間裡，做一些補充。

窗戶敞開，流進來的車聲顯得那麼巨大、刺激而嚇人。我必須不時瞄一下窗口，向自己保證上面沒有鐵柵欄。我夜裡睡得很不安穩，因為這張旅館床鋪——和這房間一樣廉價——似乎太大又太奢華了。我每天早上六點半準時醒來，感到迷失、恐懼。我的夢很可怕，我有一種彷彿自由落體的怪異感覺，那滋味既恐怖又令人興奮。

我的人生發生了什麼事？你猜得到嗎？我獲得了假釋。經過三十八年照例接受審查和照例被否決（在這三十八年當中，我先後請的三位律師都死了），我的假釋申請終於獲准了。我想他們大概覺得，到了五十八歲的年紀，我大概已經衰老得不會構成危害了。

我差點就把你之前看過的書信給燒了。他們搜查即將出獄的假釋犯的仔細程度不下於對新進「小鮮肉」的檢查。除了含有足以讓我立刻被送回去、再蹲個六、八個月牢房的爆炸性內容之外，我的「回憶錄」還包含了別的東西：我所知道的安迪．杜法蘭所在城鎮的名字。

墨西哥警方會很樂意和美國警方配合，而我不想為了得到自由——或者為了不願放棄自己花了大量時間和心血寫成的故事——而讓安迪失去他的自由。

然後我想起一九四八年安迪入獄時帶進去的五百元，於是我用同樣的方法，把我寫的安迪故事帶了出來。為了保險起見，我仔細重寫了所有提到芝華塔尼歐的頁數。萬一那些信紙在我接受他們所說的「體外搜查」的當中被發現，我將馬上被遣返獄中……但是警方將會跑到一個叫拉斯英特魯德的秘魯海岸小鎮去尋找安迪。

假釋委員會幫我找了個工作，在南波特蘭市史普魯斯商場的 FoodWay 超市擔任「倉儲室助理」——意思是我成了一個普通老送貨員。你知道，世上只有兩種送貨員，老的和年輕的。無論哪一種，都沒有人會多看一眼。如果你在那家 FoodWay 購物，我說不定曾經替你把雜貨送到車上……不過你必須是在一九七七年三到四月間去購物的，因為那是我待在那裡的時間。

剛開始我根本不覺得自己適應得了外界的生活。我曾經形容監獄社會就像是外面世界的縮小版，可是我沒料到外界事物移動得如此**快速**，人們的行動**飛快**。甚至連說話都更快、更大聲。

這次調適前所未有地艱難，直到現在我都還辦不到……還早得很。就拿女人來說吧。過了四十年幾乎忘了女人占人類半數的日子，突然間在一個充滿女人的地方工作。老婦人、穿著T恤——上面印著朝下的箭頭和「嬰兒在此」字樣——的孕婦、乳頭從襯衫浮凸出來的瘦女人——在我入獄的年代，這樣穿著的女人會被逮捕並且接受精神狀態審訊——這些高矮胖瘦不一的女人。我發現自己無時無刻處在半堅硬狀態，暗暗罵自己是下流的糟老頭。

上洗手間也是一個問題。當我想去盥洗室（如廁的衝動總是在一小時過後的二十五分鐘內到來），我總是忍不住想要找老闆商量。知道自己可以在這個過於明亮的外在世界自由上廁所是一回事，可是過了這麼多年每次上廁所都要找警衛商量，不然就得因為過失而被罰蹲兩天禁閉室的生活，要一下子調整自己的內心認知到這個事實……卻又是另一回事。

我的老闆不喜歡我。他是個年輕人，約莫二十六、七歲，看得出來他對我十分嫌惡，就像嫌惡一條匍匐著爬到人身上討拍的諂媚又卑屈的老狗。老天，連我都嫌惡自己。只是……我也奈何不了自己。我很想告訴他：**這就是過了一輩子牢獄生活的結果，年輕人。它讓每個握有權力的人變成主子，你則變成每個主子的狗。也許你知道自己成了一條狗，即使是在獄中，但既然其他穿灰色囚服的人也都是狗，所以好像也沒什麼大不了。但是到了外面，可就不同了。**我無法把這告訴像他這樣的小伙子，他不會懂的。我的假釋官——一個留著紅色大鬍子、肚裡裝了一大堆波蘭笑話的高大爽朗的前海軍官兵——同樣不會懂。每週他會和我見面大約五分鐘。「你不會回牢裡吧？紅毛。」每次講完了波蘭笑話，他都會問。我總是說不會，然後談話結束，直到下一次見面。

收音機流出音樂。當年我入獄時，各種大樂團正開始蓬勃發展，如今每一首歌聽來都像和打炮有關。好多車子。剛開始時，我每次過街都感覺自己像在玩命。

不只這樣——所有一切都那麼怪異可怕——但你大概已經懂了，或起碼抓到了一點眉目。我開始想要做點什麼，以求能回去。當你在假釋中，機會可說無處不在。說起來慚愧，可是我開始想去偷點錢，或者到 FoodWay 超市偷東西，什麼都行，只要能回到那個你知道一天當中會有些什麼事發生的寧靜所在。

如果我不曾認識安迪，或許真會這麼做。可是我不斷想著他的事，花了那麼多年，耐著性子用岩槌挖鑿水泥，只求能得到自由。我想著這個，越想越羞愧，於是再次放棄這念頭。你會說他比我更有理由追求自由——他有新的身分和一大筆錢。可是你知道，不盡然如此。

因為他並不確定那個新身分是否還在，而沒有新身分，他根本無法動用那些錢。不，他只是想得到自由，而如果我捨棄了自己擁有的，就等於不把他費盡苦心追求的一切放在眼裡。

於是我開始利用休假時間，一路搭便車到巴克斯頓小鎮。這時候是一九七七年四月初，田野中的雪正逐漸融化，北上展開新球季的棒球隊進行著我相信是上帝唯一認可的一種球賽。每次踏上旅程，我都會在口袋裡帶著一只 Silva 指南針。

巴克斯頓鎮有一大片牧草場，安迪說過，**在那片牧草場的北邊有一道石牆，就如一首佛洛斯特的詩描述的。沿著那道牆的底部，有一塊對緬因州的牧草場毫無用處的石頭。**

白費力氣，你說。像巴克斯頓這樣的鄉間小鎮會有多少座牧草場？五十？一百？根據個人經驗，我會把數字再提高一些，如果你把安迪入獄時可能還是牧場，如今已變成農耕地的區域也算在內的話。就算我找到了那片牧草場，我可能也不會知道。因為我可能忽略了那塊黑色的火山玻璃，或者更可能的是，安迪把它放進口袋，帶走了。

所以，我同意你。白費力氣，毫無疑問。更糟的是，對一個假釋中的人來說，這麼做非常危險，因為有些牧場明白豎立著禁止入侵告示牌。而且我說過，如果你敢越軌，他們會樂得把你抓回去關。白費力氣……可是花二十七年鑿一面空白的混凝土牆不也是一樣？況且，當你不再是一個買辦好手，而是一個老送貨員時，有個嗜好讓你可以從新生活暫時解脫出來，也未嘗不是好事。而我的嗜好就是尋找安迪的石頭。

於是我搭便車到巴克斯頓，然後步行。我聽著鳥啼、在涵洞裡奔流的春天融雪，一邊檢視著從消褪的雪中露出來的瓶瓶罐罐——全都是無用的不可回收品。很遺憾，從我鋃鐺入獄後，這世界似乎變得揮霍無度了——一邊尋找牧草場。

多數牧草場都可以略過，因為沒有石牆。另外一些有石牆，可是我的指南針顯示它們的方位不對，不過我還是從那些牧場走過。出外踏青真舒服。每當這種時候，我是真心覺得自由，而且平靜。有個週六，一隻老狗陪我一起散步，某天我還看見一隻熬過冬天的瘦巴巴的鹿。

接著來到四月二十三日，就算我再活個五十八年都難以忘懷的一天。那是一個暖和的週六下午，我沿著一條路走，一個在橋上釣魚的小男孩告訴我這條路叫老史密斯路。我帶了裝在FoodWay 購物紙袋裡的午餐，坐在路邊的石頭上享用。吃完後，我小心翼翼把剩菜掩埋妥當。這是我老爸臨終前教我的，當時我只是個和那位為我指路的釣魚男孩差不多大的孩子。

兩點左右，我的左方出現一大片草原。草原盡頭有一道石牆，大致向西北方延伸。我走了過去，嘎吱嘎吱踩過潮濕的草地，然後開始沿著石牆走。一隻松鼠在橡樹上斥責我。

走到距離終點四分之三的地方，我看見那塊石頭。錯不了。黑色玻璃，光滑有如絲綢。一顆在緬因州的牧草場派不上用場的石頭。有好一陣子，我就那麼盯著看，不知為什麼好想哭。那隻松鼠一路跟著我，吱吱叫個不停。我的心怦怦狂跳。

鎮定下來之後，我走向石頭，在它旁邊蹲下——我的膝蓋關節有如雙筒獵槍劈哩啪啦響——伸手去觸摸。是真的。我沒有把它撿起來，因為難說底下藏著什麼東西。我可以不知道石頭底下有什麼就離去。我本來就沒打算把它帶走，因為那東西不屬於我——我感覺把這石頭從草原上拿走將是最嚴重的偷竊行為。不，我把它拿起來只是為了好好感覺一下，感受它的重量，還有，我想，為了藉由觸摸它那絲綢般的觸感，來證明它是真的。

我久久注視著那底下的東西。我的眼睛看見了，但是我的腦袋一時無法跟上。那是一只信封，細心地包了一層塑膠袋以便防潮。上面是安迪的清秀筆跡所寫的我的名字。

我拿起信封，把安迪所安置的，以及更早由安迪的朋友所安置的那塊石頭留在原地。

親愛的紅毛：

如果你看見這封信，表示你出來了。不管透過什麼方式，你出來了。而既然你已經追蹤到了這裡，也許你會願意再走遠一點。我想你還記得小鎮的名字，對吧？我會需要一個好人來幫我推動我的計畫。

同時，喝杯酒幫我慶祝一下，好好考慮我的提議。我會一直等著你來。記住，希望是一種好東西，紅毛，或許是全世界最好的，而好東西是永遠不死的。我希望這封信能找到你，找到平安的你。

你的好友

彼得．史蒂文斯

我沒有在草原上看信。一股恐懼突然湧上來，一種想趁著沒人發現前趕緊離開那裡的急迫感。說句玩笑話，我很怕被逮住小辮子，百口莫辯。

我回到旅館房間，讀了信，邊聞到一陣陣老先生們的晚餐氣味從樓梯間飄上來——牛肉意粉，米型意粉，麵條意粉。你可以打賭，不管美國的老人們——收入穩定的那種——今晚吃什麼，肯定都是某一種義大利麵。

我打開信封，讀了信，然後把頭埋在臂彎裡，哭了起來。信中附了二十張嶄新的五十元紙鈔。

此刻我在布魯斯特旅館，就法律層面來說算是一個逃犯——罪名是違反假釋。我想大概沒人會設下路障來追捕這類通緝犯，但問題是，接著我該怎麼做？

我有這份手稿。我有一只大約醫生包大小、裝有我的所有家當的小行李袋。我有十九張五十元、四張十元、一張五元、三張一元紙鈔和一些零錢。之前我用一張五十元紙鈔買了這本信紙簿和一包香菸。

問題是，接著我該怎麼做？

但其實非常清楚。你永遠只有兩種選擇：忙著生活，或者忙著死亡。

首先，我要把這份手稿放回行李袋，然後我要把它扣好，抓起外套，下樓，結帳離開這家廉價旅館。然後我要走路到住宅區的酒吧，把五元紙鈔放在酒保面前，要他給我兩杯傑克丹尼爾純威士忌，一杯給我、一杯給安迪．杜法蘭。除了一、兩杯啤酒，這將是我從一九三八年以來，第一次以自由之身喝酒。然後我要賞酒保一元小費，誠懇地謝謝他。然後我要離開酒吧，沿著春天街走到灰狗巴士站，買一張途經紐約市到艾爾帕索的車票。等我到了艾爾帕索，我要買一張前往麥納利的車票。等我到了麥納利，我想我大概就會知道，像我這樣的壞蛋大叔能不能找到法子越過邊界，進入墨西哥。

我當然記得小鎮的名字。芝華塔尼歐。這名字太美，想忘記都難。

我發現自己很興奮，太興奮了，顫抖的手幾乎握不住鉛筆。我想，這是只有自由人，一個即將展開一趟結局難測的旅程的自由人，才感受得到的興奮感。

我希望安迪在那裡。

我希望我能越過邊界。

我希望能見到我的朋友，和他握手。

我希望太平洋的水和我夢中看見的一樣湛藍。

我**希望**。

SUMMER OF CORRUPTION

墮落的夏

獻給伊蓮娜·科斯特和賀伯·施納爾

納粹學徒

1

當他踩著他的二十六吋高把手 Schwinn 單車經過郊區住宅街道，看起來就和所有美國小孩沒兩樣。他是陶德・鮑登，十三歲，五呎八吋高，一百四十磅的健康體重。他的頭髮是甜熟玉米的顏色，一雙藍眼珠，一口整潔白牙，微微曬黑的皮膚看不見一絲冒出青春痘的痕跡。

在陽光和樹蔭下，他騎過距離他家三個街區的地方，臉上帶著放暑假的欣喜笑容。他看來像是那種會去送報打工的孩子，而事實上他也真的做過——他送過聖多納托《號角報》。他看來也像是會賣賀卡來賺外快的孩子，而他也真的做過。那些卡片的內側印著你的名字——**傑克與瑪莉・柏克**，或**唐與莎莉**，或**默奇森夫婦**。他看來像是那種會邊工作邊吹口哨的孩子，而他經常這麼做，事實上他口哨還吹得相當好。他老爸是年薪四萬元的建築工程師，他母親大學時主修法文，在陶德的父親急需一名法文家教時遇見了他。她利用餘暇替人打字。她把陶德所有的舊成績單保存在一只檔案夾裡，她最喜歡的是他四年級的最後一張，上頭有厄普蕭女士的潦草字跡：「陶德是天資聰穎的優等生。」而他確實也是，成績單上不是 A 就是 B。如果他表現得更好——例如清一色 A——他的朋友或許就會覺得他有點怪。

此時單車在克萊蒙街九六三號前煞住，他下了車。那是一棟謹慎地隱在土地後方的小平房，房子是白色的，有著綠色百葉窗和綠色裝飾邊框。它的前院有一道悉心灌溉修剪的樹籬。

陶德把遮住眼睛的金髮一撥，牽著 Schwinn 單車，沿著水泥小徑走向門前台階。他還在微笑，笑得那麼開朗、亮麗而且充滿期待。他用一隻穿著耐吉跑鞋的腳把自行車支架踩下，然後把台階最底層的一份摺疊好的報紙撿起來。不是《號角報》，而是《洛杉磯時報》。他把報紙夾在臂膀下，登上台階。台階上是一道沒有窗口、外面設有一扇裝了門鎖的紗門的厚重木門。右手邊的門框上有門鈴，門鈴下方有兩塊小木牌，工整地用螺栓固定，還加了一層塑膠保護膜來防止發黃或長水斑。德國式的效能，陶德心想，又笑開了一點。這是成年人的想法，而每當這種時候，他總是暗暗慶幸自己能有這樣的思維。

上方的小門牌寫著**亞瑟．丹克**。

下方的牌子寫著**謝絕募捐、謝絕傳道、謝絕推銷**。

陶德按下門鈴，仍然笑著。

他隱約聽見嗡嗡的沉悶鈴聲從小屋內的深處傳出。他鬆開手指，微微歪著頭，注意聽有沒有腳步聲。沒有動靜。他看一眼他的天美時手錶（他賣客製化卡片換來的小獎賞之一），十點十二分。這傢伙應該已經起床了。陶德每天最晚七點半起床，即使放暑假也一樣。早起的鳥兒有蟲吃。

他又等了三十秒。看屋內依然毫無動靜，他靠向門鈴，一邊看著天美時手錶上的滑動式秒針。他在門鈴上按了足足七十一秒，終於聽見慢吞吞的腳步聲。從輕柔的**沙沙**聲推斷，應該是拖鞋。他對推理非常入迷，他目前的野心是長大後當一名私家偵探。

「好啦！好啦！」偽裝成亞瑟．丹克的男子氣呼呼地大喊：「我來了！別按了！我來了！」

陶德鬆開門鈴按鈕。

沒有窗口的大門的另一頭響起一陣鎖鍊的鏗鏗碰撞聲，接著門打開來。

一個穿著浴袍的駝背老人站在那裡，透過紗門往外看。他的指間夾著一根悶燒的香菸。陶德覺得這人看來有如愛因斯坦和科學怪人的混合體，頭髮又長又白，但有點泛黃，而且是不討喜的尼古丁色而不是象牙色。他的臉又皺又鬆垮，一雙睡眼浮腫著，而且陶德嫌惡地發現，他已經好幾天沒刮鬍子了。陶德的父親總喜歡說：「刮鬍子能讓早晨亮起來。」陶德的父親每天都刮鬍子，不管當天要不要上班。

那雙往外探看的眼睛充滿警戒，但眼窩凹陷，而且泛著紅光。陶德突然覺得失望透了。這傢伙看來**的確**有點像愛因斯坦，**也的確**有點像科學怪人，但其實他更像那些常在鐵路車場晃來晃去的髒酒鬼。

不過，陶德提醒自己，這人才剛起床。今天之前陶德見過丹克幾次（當然他非常小心，無論如何不讓丹克看見**他**），而在公開場合的丹克看來非常乾淨清爽，像個不折不扣的退休官員，可以這麼說，儘管他已經七十六歲了——如果陶德在圖書館查閱過的文章中關於他生日的說法正確的話。在陶德跟蹤他到他購物的 Shoprite 超市，或者到巴士路線上的三家電影院之一的那些日子——丹克沒有車子——他總是穿著他三套細心保養的套裝中的一套，無論天氣有多暖和。如果天氣陰霾，他會帶一支摺疊傘，把它像輕便手杖那樣夾在臂膀下。有時候他會戴一頂短簷紳士帽。在那些外出的日子裡，丹克總是把鬍子刮得很乾淨，而他的白色八字鬍（用來掩蓋他的矯正不完全的兔唇）也總是梳理得很整齊。

「小毛頭。」這時他說，聲音濃重、惺忪。陶德再度失望地發現，他的浴袍褪色了，而且很邋遢，有一邊圓角領片翹起，搖搖晃晃戳弄著他鬆垂的頸肉。左側領片上沾了一小塊可能是辣醬或A. 1.牛排醬的東西。他身上還有股香菸和酒臭味。

「小毛頭。」他又說：「我什麼都不需要，孩子。看看門牌。你識字吧？你當然識字，所有美國小孩都識字。別討人厭了，孩子。祝你愉快。」

門眼看就要關上。

他原本可以就此打住。很久以後的某個晚上——難以成眠的夜晚——陶德回想著。光憑第一次近距離看見那個人，看見他收起光鮮面孔——連同他的傘和帽子一起掛在衣櫥裡了，不妨這麼說——的樣子所帶來的失望，就讓他很想罷手了。事情可以在那一瞬間結束，讓瑣碎、無關緊要的門栓碰撞聲像一把利剪那樣切斷接下來發生的一切。可是，就像那人說的，他是一個美國男孩，而且一向被教導鍥而不捨是一種美德。

「別忘了你的報紙，杜桑德先生。」陶德說著，禮貌地遞上《洛杉磯時報》。

擺動的門突然停住，距離門框還有幾吋。一種緊繃、警戒的表情掠過庫爾特．杜桑德的臉，旋即消失。那表情或許帶有幾分恐懼。很棒，他讓那表情消失的方式，可是陶德第三次感到失望。他不期待杜桑德表現很棒，他期待杜桑德表現**超棒**。

真的，陶德無比嫌惡地想，**啊，真是的**。

他又把門拉開，一隻因為關節炎而扭曲的手打開紗門鎖。那隻手把紗門推開到剛好讓它可以像蜘蛛一樣鑽出來，抓住陶德遞上的報紙的邊緣。男孩嫌惡地看見老人的手指甲又長又黃而且粗硬，那是一隻大部分清醒的時間都夾著香菸的手。陶德覺得抽菸是一種惡劣又危險的習慣，他說什麼都不可能養成的一種習慣。杜桑德能活這麼久，還真是不可思議。

老人拉扯著。「把報紙給我。」

「沒問題，杜桑德先生。」陶德放開報紙。蜘蛛手把它抽走。紗門關上。

「我姓丹克，」老人說：「不是什麼杜─桑德。顯然你不識字，很遺憾。祝你愉快。」

門又開始關上。陶德急忙透過越來越窄的門縫說道：「一九四三年一月到六月，伯根─貝爾森（Bergen-Belsen）集中營；一九四三年六月到一九四四年六月，奧斯威辛（Auschwitz）集中營；帕汀，**副指揮官……**」

門再度停住。老人那張蒼白浮腫的臉懸在門縫間，像一只充氣不足的綯綯的氣球。陶德笑了。

「你趕在蘇聯軍隊進入之前離開帕汀，到了布宜諾斯艾利斯。有些人說你在那裡賺了大錢，利用你從德國帶出來的黃金投資毒品交易。總之，一九五〇年到一九五二年你在墨西哥市，接著……」

「孩子，你腦袋壞了。」一根患有關節炎的手指繞著一隻變形的耳朵打圈圈，然而那張缺牙的嘴卻驚恐不安地顫抖著。

「一九五二年到一九五八年，我不清楚。」陶德說完，笑得更開了。「我想大概沒人知道，至少是沒人說出來。但是有一名以色列探員發現你在古巴，在一家大飯店擔任接待員，時間就在卡斯楚占領古巴之前。他們在反叛軍進入哈瓦那之前跟丟了你。一九六五年你突然在西柏林現身，他們差點就把你抓住。」他把最後兩個字一口氣吐出：gotcha，邊說邊把手指捏成一隻蠕動的大拳頭。杜桑德的目光落在那雙形狀優美、營養良好的美國人的手上，一雙天生就該用來組合紙箱賽車和 Aurora 模型玩具的手。兩者陶德都做過。事實上，前一年他和他老爸才剛組合了一艘鐵達尼號。花了將近四個月，最後陶德的父親把它擺在辦公室裡了。

「我不懂你在說什麼。」杜桑德說。由於沒裝假牙，他的話帶著一種陶德很不喜歡的濕軟聲音，聽起來很不可靠。電視劇《霍根英雄》（Hogan's Heroes）裡的柯林克上校看起來還比較像納粹軍官，不過，當年的他想必是厲害角色。在《男人行動》雜誌的一篇關於死亡集中營的文章中，作者稱他為「帕汀的嗜血魔頭」。「快滾吧，孩子，不然我要報警了。」

「哎呀，你最好叫警察來，杜桑德先生。或者 Herr[6] Dussander，如果你比較喜歡這個稱呼的話。」他仍然笑著，露出一口打從出生就開始飲用氟化水，並且在差不多同樣長的時間內每天用三次 Crest 牙膏刷亮的完美牙齒。「一九六五年以後，再也沒人見過你……直到兩個月前，被我在市區的巴士上發現。」

「你瘋了。」

「所以，如果你想報警，」陶德笑著說：「請便。我在門廊上等。不過，如果你不想馬上叫他們來，何不讓我進去？我們可以聊聊。」

老人久久注視著笑盈盈的男孩。鳥群在樹間鳴啼；在隔壁街區，一具除草機隆隆運轉著；更遠處，在較繁忙的街道上，汽車喇叭呼嘯著屬於自己的生活和商業節奏。

無論如何，陶德突然起了疑惑。他該不會弄錯了吧？他這方面會不會犯了錯誤？他想應該不會，但這可不是學校課業，是真實的人生。因此，當杜桑德說「你願意的話可以進來一下，但只是因為我不想給你惹麻煩，懂嗎？」他感覺鬆了口氣（**稍微**鬆了口氣，後來他確認）。

「我懂，杜桑德先生。」陶德說著打開紗門，進了門廳。杜桑德隨手關了門，把天光隔絕在外。

6. 譯註：德語的「先生」之意。

屋內有股酸腐和淡淡的麥芽味，就像陶德和朋友開派對之後，他母親沒來得及開窗戶通風，到了次日早晨屋子裡常有的氣味。可是這裡的味道更糟，這是經年累月、根深柢固的，一種混合了酒精、油炸食物、汗臭、舊衣服的氣味，加上類似 Vicks 止咳藥或曼秀雷敦軟膏的藥物臭味。走廊裡一片漆黑，而杜桑德又站得太近，他的腦袋潛伏在浴袍衣領裡，有如等待著某個受傷動物放棄靈魂的禿鷹的頭。在這瞬間，撇開那殘椿般的鬆垮肉體，陶德比之前在街上看見他時，更清楚地看見了這個人穿著黑色納粹黨衛軍（SS）制服的模樣。他感覺突來的一陣恐懼有如小刀劃過他的腹部。**輕微**的恐懼，後來他修正。

「我必須告訴你，萬一我有什麼不測……」他才開口，杜桑德緩步從他身邊走過，進了起居室，他的拖鞋**沙**－**沙**－拖過地板。他朝陶德輕蔑地招了下手，陶德只覺得一股熱流湧上他的喉頭和臉頰。

陶德跟了上去，他的笑容頭一次動搖了。事情和他想像中不太一樣，但一定會順利進行的，情況將會趨於明朗。當然會，一向都是如此。他走進起居室，又露出了微笑。

又一次失望……失望透了！但是他早該料到的。當然這裡頭沒有希特勒額髮下垂、眼睛緊迫盯人的肖像畫，沒有裝在木盒裡的勳章，沒有掛在牆上的儀式劍，壁爐上沒有魯格（Luger）手槍或華瑟刑警用手槍（PPK Walther）（事實上，連壁爐都沒有）。不過，陶德對自己說，這個人除非瘋了才會把這些東西放在大家看得到的地方。但你還是很難把電影或電視劇裡的那些場景拋到腦後。相較下，這間起居室看來就像一個靠著拮据退休俸過活的獨居老人的起居室。假壁爐貼著假石磚，上方掛著 Westclox 時鐘；小架子上擺著一台摩托羅拉黑白電視機，它的兔耳狀天線的末端包著鋁箔紙來加強訊號接收；地板上鋪著灰色地毯，它的絨毛都磨禿了；沙發旁邊的雜誌架陳列著《國家地理雜誌》、《讀者文摘》和《洛杉磯時報》。沒有希特勒肖像或儀式劍的牆上掛的是一幀裝框的公民證，和一張戴著滑稽帽子的女人的照片。後來杜桑德告訴他，這種帽子叫做鐘形帽（cloche），在二〇、三〇年代相當流行。

「我的妻子，」杜桑德感傷地說：「她在一九五五年得了肺病死了。當時我在埃森的曼契勒汽車維修廠工作，我難過極了。」

陶德仍然保持微笑。他穿過客廳，似乎是想仔細瞧瞧照片中的女人。可是他沒看照片，卻伸手去觸摸一盞小桌燈的燈罩。

「**住手！**」杜桑德厲聲大吼。陶德後退了一小步。

「吆喝得好，」他誠懇地說：「很有威嚴。是伊爾絲・科赫（Ilse Koch）叫人用人皮做燈罩，對吧？據說她還做了用小玻璃管塞囚犯肛門的實驗。」

「我不懂你在說什麼。」杜桑德說道。電視機上有一包 Kool 香菸，沒有濾嘴的。他把菸遞給陶德，「來一根吧？」他問，咧嘴一笑。那笑容真可怕。

「不了，抽菸會讓人得肺癌。我父親以前也抽菸，可是他戒掉了。他加入了終結菸癮（Smokender）計畫。」

「是嗎？」杜桑德從浴袍口袋掏出一根火柴，無所謂地在電視機的塑膠殼上擦出火花。一邊噗噗噴著煙霧，他一邊說：「你能不能給個理由，為什麼我不該打電話報警，把你這會兒對我的各種荒謬指控告訴他們？一個理由就好，說快點，電話就在走廊裡。你父親肯定會打你屁股，你會被罰坐在墊子上吃晚餐一週左右，嗯？」

「我父母從不打小孩，體罰不但解決不了事情，還會製造更多問題。」陶德突然眼睛發亮。「你有沒有打過她們？那些女人？你有沒有脫掉她們的衣服，然後……」

低嘆一聲，杜桑德朝電話走去。

陶德冷冷地說：「你最好別那麼做。」

杜桑德轉身，用一種幾乎沒有因為沒戴假牙而受影響的慎重語氣說：「讓我告訴你這麼一次，孩子，就這麼一次，我的名字是亞瑟．丹克，從來就沒改變過，甚至不曾因為移民美國而更改過。事實上，亞瑟是我父親幫我取的名字，因為他非常崇拜亞瑟．柯南．道爾，從來就不是什麼杜—桑德，或希姆來，或聖誕老人。大戰期間我是預備上尉，我從來不曾加入納粹黨，我在柏林戰役中奮戰了三週。我承認，在三〇年代末期剛結婚的時候，我曾經支持過希特勒。他解決了經濟大蕭條，重拾了我們在令人痛心的凡爾賽不平等條約的遺害中失去的若干尊嚴。我想我支持他主要是因為我找到了工作，而且又有菸草了，當我想抽菸的時候再也不必到水溝裡去瞎撈。在三〇年代末期，我覺得他是一個偉人。從某種角度來看，或許他真的是。可是到頭來他終究是個狂人，以一種像是占星家的突發奇想指揮軍隊。他甚至讓他的狗布朗迪吃毒藥，只有瘋子才做得出來。到頭來他們全都是瘋子，餵自己的家人吃毒藥，一邊唱納粹黨歌。一九四五年五月二日，我的軍團向美國人投降，我記得有個叫海克梅爾的士兵給我一支巧克力棒，我哭了。沒有理由再戰下去了，戰爭已經結束，事實上早在二月就結束了。我被拘留在埃森，受到非常好的待遇。我們用收音機收聽紐倫堡大審的經過，當戈林（Hermann Wilhelm Göring）自殺，我用十四根美國香菸跟人家交換了半瓶烈酒，喝得爛醉。被釋放之後，我在埃森的汽車維修廠做換輪胎的工作，一直到一九六三年退休。後來我移民到美國，到這裡來是我畢生的心願。一九六七年我成為合法公民，我是一個美國人，我有投票權。沒有布宜諾斯艾利斯，沒有毒品交易，沒有柏林，沒有古巴。」他逐字唸出Koo-ba。「好啦，你走吧，不然我要打電話了。」

看陶德動也不動，他進了走廊，拿起電話。陶德還在起居室，站在擺著小檯燈的桌邊。

杜桑德開始撥號。陶德看著他，心跳開始加速，直到在胸口怦怦狂跳。撥了四個號碼，杜桑德轉身，看著他。他肩膀鬆垂，放下電話。

「小毛頭，」他低聲說：「一個**小毛頭**。」

他笑開了，但相當節制。

「你是怎麼發現的？」

「一點運氣加上大量努力，」陶德說：「我有個朋友，名叫哈洛．佩格勒，不過大家都叫他狐狸。他老爸的車庫裡存放了大批雜誌，大疊大疊的，全都是戰爭雜誌，非常舊。我想找新出刊的，可是學校對面的報攤老闆說，那些雜誌社大都停止營運了。那些雜誌刊登的主要是德國佬——我是說德國士兵——還有日本人虐待女人的照片，還有關於集中營的文章。我愛死了那些集中營的東西。」

「你……愛死了。」杜桑德注視著他，一手上下摩挲著臉頰，發出類似砂紙的細小聲響。

「你知道，入迷了。我看得津津有味，非常有興趣。」

他還記得在狐狸家車庫那天的事，就跟他生命中的其他事情一樣清楚——或許更清楚，他覺得。他記得五年級的時候，在職業介紹日（Careers Day）之前，安德森女士（因為她的大門牙，同學們都叫她蟲蟲）曾經告訴他們要尋找她所說的**你的偉大志趣**。

「那是一瞬間的事，」蟲蟲安德森狂熱地說：「你第一次看見某樣東西，馬上就知道你已經找到**你的偉大志趣**。就像鑰匙『喀』一聲轉開門鎖，或者第一次墜入愛河。這就是為什麼職業介紹日這麼重要，各位同學，也許就在這天，你找到了**你的偉大志趣**。」接著她說起自己的**偉大志趣**，結果不是教五年級生，而是蒐集十九世紀的明信片。

當時陶德覺得安德森女士是在鬼扯，可是在狐狸家的車庫那天，他忽然想起她說的話，心想也許她說的不無道理。那天吹著聖安娜（Santa Anas）焚風，東邊發生了灌木叢火災。他記得焚燒的氣味，炙熱又泥濘。他記得狐狸的小平頭，還有黏在他髮梢的 Butch 髮蠟細屑。**他什麼**都記得。

「我知道這裡有漫畫書。」狐狸說。那天他母親宿醉頭痛，把他們趕出屋子，好圖個清靜。「很棒，主要是西部牛仔故事，但是也有《恐龍獵人：石之子》（Turok: Son of Stone），還有……」

「那是什麼？」陶德問道，指著樓梯下方一堆鼓起的紙箱。

「啊，那個不好看，」狐狸說：「都是些真實的戰爭故事，很無聊。」

「我可以看一下嗎？」

「當然。我去找漫畫。」

可是等到胖狐狸佩格勒找到漫畫書，陶德已經沒興趣看了。他忘我了，整個人入迷了。

就像鑰匙「喀」一聲轉開門鎖，或者第一次墜入愛河。

真的就像那樣。當然，他知道那次戰爭——不是目前正在進行的，美國人被一群愛穿黑長褲的東南亞人打得屁滾尿流的蠢戰爭[7]——而是二次大戰。他知道美國人戴著有網罩的圓鋼盔，德國佬戴的是方形的。他知道美國人打贏大部分的戰役，而德國人在終戰前發明了火箭，把它們從德國發射到倫敦。他甚至還知道一些關於集中營的事。

所有這些，以及他在狐狸家的車庫樓梯底下的這批雜誌上看見的東西這兩件事之間的差異，就像**聽說**細菌這東西，以及親眼**看見**細菌在顯微鏡底下活生生蠕動兩者間的差異。

裡頭有伊爾絲．科赫，裡頭有鉸鍊沾滿煤灰的爐門打開來的焚化爐，裡頭有身穿黨衛軍制服的軍官和穿著條紋制服的囚犯。低俗舊雜誌的味道就像聖多納托東邊失控的灌木叢大火的氣味，而且他感覺得到舊紙張在他手指腹下碎裂瓦解。他翻著紙頁，不再是在狐狸家的車庫，而是被困在某個時間的交叉口，努力想應付一個念頭：**他們真的幹了這些事，有人真的幹了這些事**，而且**有人讓他們幹了這些事……**他開始頭痛，一種混合了憎惡和興奮的頭痛，他的眼睛又熱又緊繃，但他繼續讀下去，而就在一張顯示一個叫達豪（Dachau）的地方的大堆糾纏人體的照片底下的一欄印刷字體當中，一個數字吸引了他的目光。

6,000,000

他想：**有人弄錯了，有人多加了一個或兩個零，那是洛杉磯人口兩倍的人數！**可是，接著，在另一本雜誌（封面是一個女人被鐵鍊拴在牆上，一個身穿納粹制服的男人握著一支火鉗逼近她，臉上帶著獰笑）裡頭，他又看見了：

6,000,000

他頭痛得更厲害了，嘴巴乾澀。遠遠地，他依稀聽見狐狸的聲音，說他要進屋去吃晚餐了。陶德問狐狸，可不可以在用餐時，讓他留在車庫看雜誌？狐狸略顯困惑地看他一眼，聳聳肩，說當然可以。於是陶德留下來，埋頭在一箱箱關於戰爭真相的舊雜誌裡，直到他母親

7. 譯註：作者此處指的應該是發生於一九五五年至一九七五年間的越南戰爭。

來電話，問他**到底**要不要回家。

就像鑰匙「喀」一聲轉開門鎖。

這些雜誌都說發生的種種很不幸，但所有的文章都在雜誌末有續篇，而當你翻到後面的頁數，那些感嘆不幸的文字四周滿滿刊登著廣告，而這些廣告推銷的是德國刀具、腰帶和鋼盔，還有神奇鋼架、保證有效的生髮藥。這些廣告推銷的是飾有納粹黨徽的德國國旗、納粹魯格槍，和一種叫坦克攻擊的遊戲，此外還有通訊課程、靠著賣增高鞋給矮子賺大錢的致富機會。他們說那些事很不幸，但看來有很多人根本毫不在意。

就像墜入愛河。

是啊，那天的事他記得很清楚，太清楚了。他記得當天的所有一切——釘在後面牆上泛黃的過期年曆、水泥地板上的油污、雜誌用橘色細繩紮成一捆的樣子。他記得每次他想起那個難以置信的數字時，他的頭就痛得更厲害了點。

6,000,000

他記得當時他想：**我要知道發生在那些地方的所有一切，所有一切。我要知道何者比較真實，是那些文章，還是他們登在文章旁邊的廣告**。

他記得，當他終於把那些紙箱推回樓梯底下，突然想起蟲蟲安德森女士，心想：**她說對了，我已經找到我的偉大志趣**。

杜桑德久久凝視著陶德，然後他穿過起居室，在一張搖椅上重重坐下。他又看著陶德，難以分析男孩臉上那種略帶夢幻、略帶鄉愁的神情。

「是……啊，那些雜誌引起我的興趣，可是當時我覺得，他們說的有很大一部分是……你知道，鬼扯。於是我跑到圖書館，找到更多資料，其中有些寫得更詳細。本來那個討厭的圖書館員不讓我看那些東西，因為那是屬於成人圖書區，可是我告訴她那是寫學校報告用的。如果是為了學校作業，他們就得讓你看。不過她打了電話問我父親。」陶德輕蔑地翻了個白眼。「她似乎以為我父親不知道我在幹嘛，如果你明白我的意思。」

「他知道？」

「當然。我父親說小孩子應該盡早發現人生的真相——不管是好是壞，這樣他們才能準備好面對它。他說人生是一隻老虎，你必須抓住牠的尾巴，如果你不了解這隻野獸的天性，牠就會把你吃了。」

「唔……」杜桑德說。

「我老媽也是這麼想。」

「唔……」杜桑德一臉茫然，有點摸不著頭緒。

「總之，」陶德說：「圖書館的東西真的很棒。他們起碼有一百本關於納粹集中營的書，就在我們聖多納托市的圖書館。一定有**很多**人喜歡讀這類書吧？裡頭的照片不像狐狸老爸的雜誌那麼多，不過有些內容真的很恐怖，像是座位上有許多尖針凸出來的椅子，用鉗子拔金牙，從淋浴器放出來的毒氣。」陶德搖頭。「你們這些人真的做得太過分了，知道嗎？你們真的是……」

「恐怖。」杜桑德沉重地說。

「我**真的**寫了一篇研究報告，你知道我得到什麼成績？A⁺。當然我很小心，寫這類東西必須講究方法，你必須很小心。」

「是嗎？」杜桑德問。他又用顫抖的手拿出一根菸。

「是啊。圖書館的那些書，它們讀來都有一種特別的感覺，就好像那些作者為了寫那些東西，吐到快掛掉了。」陶德皺著眉頭，整理著思緒，試圖把它說出來。由於語調（tone）——用於寫作時——這字眼還未被納入他的詞彙庫，使得他更難表達出來。「感覺就好像他們寫書的時候全都嚴重睡眠不足，我們必須小心點，免得類似的事又發生。我寫報告的時候很小心，我想老師給我Ａ，完全是因為我讀了那些資料，卻沒有把我的午餐吐出來。」陶德又一次得意地笑了。

杜桑德大口吸著沒有濾嘴的Kool菸，只見菸頭微微抖動。當他從鼻孔噴出絲絲煙霧，他咳了起來，發出潮濕、空洞的老人咳嗽聲。「真不敢相信我們有這樣的對話，」他說著湊向前，細細打量陶德，「孩子，你聽過『存在主義』嗎？」

陶德不理會他的問題。「你見過伊爾絲．科赫嗎？」

「伊爾絲．科赫？」杜桑德說著，聲音小得幾乎聽不見，「我見過她。」

「她漂亮嗎？」陶德急切地問。「我是說……」他用兩手比劃著沙漏的形狀。

「你應該看過她的照片吧？」杜桑德問：「像你這樣的aficionado？」

「什麼是af...aff...」

「Aficionado，」杜桑德說：「就是狂熱者，一個……對某件事著迷的人。」

「是嗎？真酷。」陶德咧著嘴笑，一時有點困惑、心虛，但立刻又得意洋洋起來。「我當然看過她的照片，可是你也知道那些書裡的照片是什麼狀況。」他的口氣好像杜桑德全都看過。「黑白照片，很模糊，而且都是快照，那些人沒有一個知道自己……你知道，被拍照

存證了。她真的很豐滿嗎？」

「她又矮又胖，而且皮膚粗糙。」杜桑德簡短地說，然後把抽了一半的香菸在一只塞滿菸蒂的 Table Talk 派餅盤裡捻熄。

「天啊。」陶德拉長臉。

「純屬運氣。」杜桑德注視著陶德，若有所思地說：「你在一本戰爭探險雜誌上看見我的照片，又剛好在巴士上坐在我旁邊。哼！」他一拳打在椅子扶手上，但沒什麼力道。

「不是的，杜桑德先生。我還做了很多努力，非常**多**。」陶德身體前傾，真誠地補充。

「噢？是嗎？」粗濃的眉毛一揚，傳達出客氣的懷疑。

「真的。我是說，我剪貼簿裡的照片起碼都有三十年了，畢竟當時是一九七四年。」

「你還做了……剪貼簿？」

「對啊，先生！很棒呢，有好幾百張照片。哪天我拿給你看，你會羨慕死的。」

杜桑德厭惡地皺著一張臉，但什麼都沒說。

「最初看見你的那幾次，我根本沒有把握。後來，有個下雨天，你上車時穿著一件光滑的黑色防水衣……」

「原來。」杜桑德悶聲說。

「對啊。狐狸家車庫裡的雜誌有一張你穿著類似外套的照片，圖書館的書上也有一張你身穿黨衛軍大衣的照片。那天我一看見你，就對自己說，『錯不了，那是庫爾特．杜桑德。』於是我開始盯你的梢。」

「你**什麼**？」

「盯你的梢，跟蹤你。我的志向是成為像偵探小說主角山姆．史培德（Sam Spade）或者電視上的曼尼斯（Mannix）那樣的私家偵探。總之，我超謹慎的，我不想讓你心生警覺。想不想看照片？」

陶德從後褲袋抽出一只牛皮紙信封，汗水已經把封口蓋黏住了。他小心翼翼把它剝開，眼睛閃閃發光，有如一個想著生日或聖誕節，或者準備在國慶日放鞭炮的男孩。

「**你拍了我的照片？**」

「噢，當然。我有一台小相機，柯達相機，又薄又扁，剛好可以貼在手掌心上。只要抓到竅門，你可以把相機握在手中，將手指張開一點，讓鏡頭露出來，對著你要拍的對象，然後用大拇指按下快門鈕。」陶德羞怯地大笑。「我抓到了竅門，可是有好幾張照片連我的手指頭也拍進去了。可是我堅持不懈。知道嗎？我認為一個人只要夠努力，沒有什麼做不到的。很老套，不過是真的。」

庫爾特．杜桑德臉色發白，身子縮進浴袍裡。「你那些照片交給照相館沖洗了嗎？孩子。」

「嗄？」陶德先是一臉震驚，接著充滿不屑。「才沒有！你以為我是傻子嗎？我老爸有一間暗房，我從九歲起就開始自己沖洗照片了。」

杜桑德沒說話，但稍微安下心，臉上又有了血色。

陶德交給他幾張光面相紙，粗糙的邊緣證實它們是自家沖洗的。杜桑德看著照片，臉色有點陰沉。一張是他直挺挺坐在市區巴士的靠窗位置，手上拿著一本最新出版的詹姆士．密契納（James Michener）小說，《百年風雲》（Centennial）。一張是他在德文大道巴士站，臂膀下夾著雨傘，頭向後仰，那姿態讓人想起威風凜凜的戴高樂。還有一張是他站在莊嚴劇院的入口遮棚下排隊，安靜、站得筆直，他的身高和舉止在一群站得歪歪斜斜的青少年和滿頭髮捲、面無表情的家庭主婦中顯得異常顯眼。最後一張是他在查看自己的郵箱。

「拍這張的時候我好怕被你發現，」陶德說：「風險是一定有的，因為當時我就在對街。啊，真的是。希望我買得起一台有長鏡頭的Minolta相機，總有一天……」陶德一臉渴望。

「你無疑已經準備好一套說法了，以防萬一。」

「我打算問你有沒有看見我的狗。總之，照片沖洗出來以後，我拿來和這些比較了一下。」他交給杜桑德三張影印照片。這些照片他全都看過許多次，第一張是他在帕汀安置營的辦公室裡。照片被修剪過，因此只能看見他還有他辦公桌旁邊的立杆上的納粹旗。第二張是他入伍那天拍的。最後一張是他和希姆萊[8]的得力手下海因里希．古魯艾克握手。

「當時我相當確定，可是因為你留了八字鬍，我看不清楚你有沒有兔唇。但我必須弄清楚，於是我找到了這個。」

他把信封裡的最後一張紙遞上。這張紙被摺疊過很多次，摺痕裡積了污垢，四角缺損粉碎了——那是紙張在一個不愁沒事做或沒地方去的小男孩的口袋裡待了很長一段時間必然會有的結果。那是一張以色列對庫爾特．杜桑德發出的通緝傳單。雙手握著它，杜桑德回想著那些不安分、拒絕被活埋的屍體。

「我採了你的指紋，」陶德笑著說：「然後把它和傳單上的指紋比對。」

杜桑德呆瞪著他，脫口說出德語的「該死」。「不會吧！」

「真的。去年聖誕節我爸媽送我一組指紋採集工具，那不是玩具，是真的。包含粉末、三種用於不同表面的刷子，還有採印指紋用的特殊紙張。我爸媽知道我長大後想當私家偵探。當然，他們以為等我長大了就會改變想法。」他無所謂地把肩膀一聳然後放下，將這念頭甩

8. 譯註：海因里希．希姆萊（Heinrich Luitpold Himmler, 1900-1945），納粹德國的內政部長、黨衛軍隊長，納粹二號首領。

開。「書中解釋了關於紋型、相似度的型態和數量等所有知識。它們叫**特徵點**，必須有八個特徵點相符才能把指紋當作呈堂證供。

「總之，有一天，趁你去看電影，我跑到這裡，把指紋粉末刷在你的郵箱和門把上，然後盡可能採集了所有指紋。很聰明，對吧？」

杜桑德沒說話，他緊抓著兩邊椅子扶手，缺牙、鬆垂的嘴巴顫抖著。陶德不喜歡這樣。他那樣子好像就快哭了，不用說，這太荒謬了。帕汀的嗜血魔頭哭了？不如說雪佛蘭汽車公司破產或者麥當勞不賣漢堡而改賣魚子醬和松露算了。

「我得到兩組指紋，」陶德說：「其中一組和通緝海報上的指紋完全不同，我猜大概是郵差的。剩下的就是你的了。我找到超過八個特徵點，總共有十四個很棒的指紋。」他咧著嘴笑。「就這樣，我確定了。」

「你這小**混蛋**。」杜桑德說著，有那麼一會兒，他眼裡迸出危險的光芒。陶德微微起了哆嗦，就像之前在門廳那樣。接著，杜桑德又整個人鬆垮下來。

「你對誰說了？」

「沒有。」

「連你那個朋友也沒說？那個叫兔崽子佩格勒的？」

「狐狸。狐狸佩格勒。沒有，他是個大嘴巴。我沒告訴任何人，我誰都信不過。」

「你要什麼？錢？恐怕沒有。我在南美倒是賺了點錢，不過和浪漫又危險的販毒無關。在巴西、巴拉圭和聖多明哥曾經有個叫『同袍網』的組織，是一些大戰逃兵組成的，我加入他們的圈子，在礦產和錫、銅、鋁土等礦砂方面做得還不錯。後來情況有了變化，出現民族主義和反美主義者。我本來可以撐過變局的，可是後來維森塔爾[9]的手下發現我的行蹤。厄運永遠追逐著厄運，孩子，就像狗追逐著發情的母狗。我有兩次差點被他們逮住，有一次我聽見那些猶太雜種就在隔壁房間。」

「他們絞死了艾希曼[10]。」他低聲說，一手摸向脖子，眼睛睜得大大的，有如一個聽著恐怖故事最高潮的小孩的眼睛。也許是《糖果屋》（Hansel and Gretel），或者《藍鬍子》（Bluebeard）。「他已經老了，危害不了任何人了，而且遠離政治，但他們還是把他絞死。」

陶德點頭。

「最後，我去找了唯一能幫我的人。他們幫過其他人，而我不能再逃亡了。」

「你去找奧德薩[11]？」陶德急切地問。

「黑手黨。」杜桑德冷淡地說，陶德的臉又拉長了。「他們做了安排，假證件、假護照。想喝點飲料嗎？孩子。」

「好啊。你有可樂嗎？」

「沒有可樂。」他發音成口樂（Kök）。

「牛奶？」

「好吧。」杜桑德通過拱廊，進了廚房，一盞日光燈嗡嗡亮起。「我目前靠股票的股利過活，」他的聲音傳來，「我用另一個假名在戰後買的股票。不瞞你說，是透過緬因州一家

9. 譯註：西蒙・維森塔爾（Simon Wiesenthal, 1908-2005），猶太裔奧地利建築師，猶太人大屠殺倖存者，歷經五個集中營。一生致力於追查納粹黨人、蒐證，並將之送上法庭。

10. 譯註：阿道夫・艾希曼（Adolf Eichmann, 1906-1962），前納粹黨衛軍少校，二戰中對猶太人大屠殺的主要執行者之一。

11. 譯註：ODESSA，傳說中的納粹逃亡組織的代號，為德文Organisation der Ehemaligen SS Angehörigen的縮寫，意思是「前黨衛軍成員組織」。

銀行買的，替我經手的那位行員在我買股票之後一年，就因為殺害妻子去坐牢了……人生有時候真是奧妙，孩子。嗯？」

冰箱門打開，然後關上。

「那群黑手黨騙子不知道我有股票，」他說：「今天黑手黨到處都是，可是當年，他們的活動範圍最北只到波士頓。要是他們知道，肯定也會全部拿走。他們肯定會將我搜刮一空，然後把我丟到美國，在這兒靠社會福利金和食物券過活。」

陶德聽見廚房食櫃門打開，聽見液體倒入杯子的聲音。

「一點通用汽車，一點美國電話電報公司，一百五十股露華濃公司，這就是那個行員的選股。他姓杜法蘭——我記得，因為那和我的姓有幾分相似。看來他的殺妻手法不像他選擇成長股那麼高明，這叫**情殺**，孩子。這只證明了所有男人都只是識字的蠢驢。」

他回到起居室，拖鞋沙沙作響。他端著兩只綠色塑膠水杯，看來很像有些加油站開幕時發送的禮品，通常只要加滿油就能免費獲贈杯子一只。杜桑德把一只水杯推給陶德。

「到美國的最初五年，我靠著這位杜法蘭替我安排的股票投資組合，生活相當寬裕。可是後來我為了買這棟房子還有大索爾（Big Sur）海岸附近的一棟小屋，把鑽石火柴的股份賣了。接著是通貨膨脹、經濟大蕭條。我賣了那間小屋，股票也一支接一支脫手，其中有些獲利極佳，我真後悔當初沒多買一點。不過話說回來，我算是相當幸運的，因為那些股票用你們美國人的說法就是，投機股……」他從缺牙的嘴發出嘶嘶聲，啪地彈了一下手指。

陶德覺得很無聊，他不是來聽杜桑德抱怨錢的事，或者閒扯股票的。陶德腦子裡從來不曾出現勒索杜桑德的念頭。錢？他要錢做什麼？他有零用金，他可以送報打工。就算他在某一週的金錢需求超過他的收入，也總是可以替鄰居的院子除草來賺外快。

陶德把牛奶杯拿到嘴邊，猶豫起來。他的微笑又閃現，一種得意的笑容。他把加油站的贈品杯遞向杜桑德。

「**你**先喝。」他狡獪地說。

杜桑德注視他片刻，無法理解，接著充血的眼睛一翻。「Grüss Gott[12]！」他拿過杯子，喝了兩口，然後遞還杯子。「沒有呼吸困難，沒有喉嚨發緊，沒有苦杏仁味。是牛奶，孩子，**牛奶**。向奶酪農場公司買的，紙箱上有微笑乳牛的照片。」

陶德戒慎地盯著他看了會兒，然後喝了一小口。的確，**喝起來**像牛奶，錯不了，可是不知怎地，他已經不怎麼口渴了。他放下杯子。杜桑德聳聳肩，拿起自己的杯子，喝了一口，嘖嘖咂著嘴唇。

「**酒**？」陶德問。

「波本威士忌，遠古（Ancient Age）酒廠，便宜又美味。」

陶德撫弄著他的牛仔褲縫線。

「所以說，」杜桑德說：「如果你想要有自己的『投機股』，你必須了解，你挑了一支不值錢的股票。」

「嗄？」

「勒索，」杜桑德說：「《曼尼斯》（Mannix）、《檀島警騎》（Hawaii Five-O）和《巴納比瓊斯》（Barnaby Jones）之類的電視劇不都是這麼說的？敲詐。如果這是你……」

陶德聽了大笑，孩子氣的爽朗笑聲。他搖頭，想說話，但忍不住笑個不停。

12. 譯註：德語的「祝福你」之意。

「不是。」杜桑德說，突然臉色灰白。兩人談到現在，他的恐懼也到達了頂點。他又喝了一大口酒，眉頭緊蹙，打著哆嗦。「我知道不是……起碼不是金錢的敲詐。可是，儘管你笑了，我還是聞出這裡頭有敲詐的味道。到底是什麼？你為什麼要特地過來，糾纏一個老人？也許，真像你說的，我曾經是一名納粹黨人，甚至是黨衛軍，但如今我只是個老人，我必須使用肛門栓劑才能順利如廁。所以，你到底想怎樣？」

陶德再度嚴肅起來。他帶著毫無保留、充滿懇求的率直注視著杜桑德。「怎樣……我想聽聽當時的事，就這樣。這就是我要的，真的。」

「**聽**當時的事？」杜桑德複述著，一臉茫然。

陶德湊向前，曬黑的手肘擱在穿牛仔褲的大腿上。「當然。行刑隊，毒氣室，焚化爐，那些被迫挖自己的墳墓，然後站在洞口等著往下跳的人。還有……」他伸出舌頭，舔著嘴唇。「體檢，實驗，所有一切，所有恐怖的東西。」

杜桑德帶著一種驚異的超然神情注視著他，就像替一隻產下雙頭小貓的母貓接生的獸醫會有的表情。「你這惡魔。」他輕聲說。

陶德哼著鼻子說：「根據我寫報告時看的那些書，**你才是**惡魔，杜桑德先生，不是我。是你把人送進焚化爐，不是我。在帕汀，原本是每天兩千人，你到那裡之後變成每天三千人，在蘇聯軍隊到達那裡並且制止你之前是每天三千五百人。希姆萊說你是高效率的專家，還頒給你動章。你竟敢說我是惡魔，**天啊！**」

「這完全是美國人編造的惡劣謊言，」杜桑德說。他被激怒了，他砰地放下杯子，波本酒濺上他的手和桌子。「問題不是我造成的，我也解決不了，我只是接受上級的指示和命令行事。」

陶德笑得更開朗了，幾乎是傻笑。

「是的，我知道美國人是怎麼扭曲事實的，」杜桑德嘀咕著說：「和你們的政客比起來，我們的戈培爾[13]簡直像是在幼兒園玩圖畫書的小孩。那些人滿口仁義道德，卻把尖叫的小孩浸在水裡，讓老婦人被燃燒的汽油彈攻擊。抵制入伍的人被叫做懦夫和『反戰分子』。抗拒命令的人不是去坐牢就是被逐出國門。那些參加反對出兵亞洲的示威遊行的人當街挨警棍。濫殺無辜的士兵獲得總統頒贈勳章，在戰地刺殺兒童、焚燒醫院，而後在夾道群眾和彩旗中光榮歸國。他們獲得各界邀宴，獲贈榮譽市鑰和職業足球賽優待門票。」他朝陶德舉起杯子。「只有戰敗的人才會因為奉令行事而被當成戰犯審判。」他喝了一口，然後開始咳嗽，咳得臉頰泛紅。

聽著這些，陶德坐立不安起來，就像那晚他聽見雙親討論電視上的不知什麼新聞的時候——老好人華特．克朗凱（Walter Klondike），他父親這麼稱呼那位主播。他對杜桑德的政治活動的興趣，就像對他的股票，可說興趣缺缺。他的想法是，人編造政治，以便達成某些目的。就像去年他想在莎朗．艾克曼的衣服底下摸索一番，莎朗說他想這麼做實在太壞了，儘管從她的語氣聽起來，這建議讓她有點興奮。於是他告訴她，他長大以後想當醫生，然後她就答應他了。這就是政治。他只想聽當年那些德國醫生是如何讓女人和狗交配，把同卵雙胞胎分別放進兩個冰箱，來觀察他們是否會同時死亡，或者其中一個會活得久一點，還有電擊治療、無麻醉手術，還有恣意強姦女人的德國士兵。其他都只是為了萬一事情被人

13. 譯註：約瑟夫．戈培爾（Paul Joseph Goebbels, 1897-1945），納粹德國宣傳部長，被稱為「宣傳天才」，以鐵腕捍衛希特勒政權，維持第三帝國體制。

揭發，用來遮掩恐怖東西的無聊廢話。

「如果我不遵從命令，必死無疑。」杜桑德急喘著，上身在椅子裡前後搖晃，弄得椅子彈簧嘎吱嘎吱作響。他渾身散發著淡淡的酒氣。「蘇聯戰線一直都在，nicht wahr[14]？我們的領導人是一群瘋子，的確，可是人會不會和瘋子爭辯……尤其當其中最瘋狂的一個擁有撒旦般的運氣。他以僅僅幾吋之差逃過了一次巧妙的暗殺行動，而那些密謀暗殺的人被用鋼琴線慢慢地勒死，他們痛苦掙扎的過程被拍成電影，用來教化菁英階層……」

「耶！酷！」陶德興匆匆大叫：「你看了這部電影嗎？」

「看了。我們全都看了那些不肯或不能在起風前逃跑、靜靜等待風暴過去的人會有什麼下場。當時我們做的事是對的，在那個當下、那個地點，那麼做是對的。我還會再做一次，可是……」

他的目光落在杯子上。杯子空了。

「……可是我不想談，連想都不願去想。我們當時那麼做的唯一動力是為了活命，而說到生存，通常都不會太好看。我經常作夢……」他緩緩從電視機上的盒子裡拿出一根菸。「是的，有很長一段時間我經常作夢，一片黑暗，還有黑暗中的聲音。曳引機引擎，推土機，槍托咚咚敲擊著可能是冰凍泥地或者人類頭骨。哨子，警報器，槍擊，尖叫。家畜運輸車在寒冷的冬天下午轟隆隆打開車門。

「然後，在我的夢中，所有聲音戛然而止……許多眼睛在黑暗中張開，像雨林中的野獸的眼睛閃閃發亮。有很多年我住在叢林邊緣，我想這是為什麼我在夢中聞到的是叢林，摸到的也是叢林。當我從這些夢境醒來，總是滿身大汗，一顆心在胸口亂撞，用一隻手塞住嘴巴才能免得叫出聲來。然後我會想：**夢是現實**，巴西、巴拉圭、古巴……這些地方才是夢境。

在現實中，我仍然在帕汀。蘇聯軍隊一天比一天逼近，有些俄羅斯士兵回想，一九四三年他們必須靠著吃冰凍的德國人屍體維生。如今，他們渴望著喝熱騰騰的德國人的血。有許多傳言，孩子，有些人在進入德國之後真的這麼做了，割斷囚犯的喉嚨，用靴子喝他們的血。我會驚醒然後想：**這工作必須繼續下去，只要我們在這裡所做的一切沒被抓到證據，或者證據極少，讓不願相信這種事的世人可以不必去相信。我會想：這工作必須繼續下去，這樣我們才能活命。**」

陶德帶著極大興趣凝神聽著這些。很不錯，但他相信日後還會有更精采的。杜桑德需要的只是一點刺激。真的，他太幸運了，很多像杜桑德這年紀的人都已經老糊塗了。

杜桑德深吸一口菸。「後來，那些夢消失之後，有一段日子我常覺得我看見了從帕汀來的人。不是警衛或軍官同袍，而是囚犯。記得大約十年前的一個下午，在西德，高速公路上發生意外，每個車道都大塞車。我坐在我的 Morris 車裡，聽著收音機，等著車陣移動。我望向右邊，隔壁車道有一輛非常老舊的 Simca，開車的人盯著我看。那人大約五十歲，臉色很難看。他臉頰上有一道疤，一頭花白的短髮，剪得很糟。我別開目光，好幾分鐘過去，車子依然動彈不得。我開始不時朝 Simca 車裡的男人瞄上幾眼。每次我這麼做，他總是正盯著我看，臉色死白，眼睛深陷在眼窩裡。我開始相信他在帕汀待過，他去過那裡，並且認出了我。」

杜桑德伸手擦著眼睛。

「當時是冬天，那人穿著大衣，可是我相信如果我下車，走過去，要他脫去外套然後拉起他的襯衫長袖，一定會看見他臂膀上的編號。

14. 譯註：德語的「不是嗎」之意。

「後來車流終於恢復暢通，我驅車遠離那輛 Simca。如果車子再多塞個十分鐘，我肯定會下車，然後把那老人也拉下車。我會痛毆他一頓，不管他身上有沒有烙上編號。我會痛毆他，因為他不該那樣盯著我看。

「在那之後不久，我離開了德國，再也沒回去過。」

「算你幸運。」陶德說。

杜桑德聳聳肩，「到哪裡都一樣。哈瓦那，墨西哥市，羅馬。你知道，我曾經在羅馬待了三天，我會在咖啡館發現有個男人越過他手上的卡布奇諾注視著我……旅館大廳裡有位女士對我似乎比對她的雜誌更有興趣……餐廳裡的一個服務生不管給哪一桌上菜，都不斷盯著我瞧。我會相信這些人是在打量我，而當晚夢會回來──各種聲音，叢林，眼睛。

「可是到了美國之後，我把它拋在腦後。我常去看電影，我每週一次到餐館用餐，而且總是選那種裝有日光燈的乾淨又明亮的速食餐廳。如果待在家裡，我就玩拼圖遊戲、看小說──多半是壞小說──或看電視。晚上，我會一直喝酒喝到睡著，那些夢就不再來找我了。當我在超市、圖書館或菸草店發現有人盯著我看時，我會認為那一定是因為我的樣子很像他們的祖父……或者某個年長教師……或者多年前住在某鎮的一個老鄰居。」他朝陶德搖了搖頭。「不管當年在帕汀發生了什麼事，那都是別人的事，與我無關。」

「太棒了！」陶德說：「全部說給我聽。」

杜桑德眼睛緊閉，接著緩緩睜開。「你不懂，我不想談那些。」

「你非說不可。如果你不說，我就告訴大家你是誰。」

杜桑德直盯著他，臉色灰白。「我就知道，」他說：「我遲早會遇上敲詐。」

「今天我想聽煤氣爐，」陶德說：「他們死了以後你們怎麼烤他們。」他笑得開懷而燦爛。「可是，把你的牙齒收起來，你收起牙齒比較好看。」

杜桑德照做了，他把煤氣爐的事告訴陶德，直到陶德回家吃晚餐的時間到來。每次他試圖含糊地蒙混過去，陶德會嚴肅地皺著眉頭，問一些具體的問題來讓他回到正題。杜桑德邊說邊猛喝酒。他沒笑。陶德一路笑。陶德的笑夠他們兩個人用。

2

一九七四年八月。

無雲的明媚天空下，兩人坐在杜桑德家的後門廊上。陶德穿著 Keds 牛仔褲和小聯盟上衣，杜桑德穿著鬆垮的灰色上衣，和用吊帶撐住的走樣的卡其長褲——酒鬼打扮。陶德心裡輕蔑地想，它們看起來就像市區救世軍二手商店的愛心捐贈品。他真的得想辦法改變一下杜桑德的居家穿著。現在有點令人倒胃口。

兩人吃著大麥克漢堡，那是陶德放在單車置物籃帶來的，他甚至騎得飛快免得變涼了。陶德用塑膠吸管喝著可樂，杜桑德喝著波本威士忌。

他的老人聲音忽起忽落，猶豫不決，有時幾乎聽不見。那雙和以往一樣帶著血絲的褪色藍眼睛，始終不平靜。旁觀者可能會以為他們是一對祖孫，而後者正在接受某種成年禮，一種傳承。

「我只記得這些了。」不一會兒杜桑德停住，咬了一大口漢堡，麥當勞秘製醬汁沿著他的下巴滴落。

「你不止這點本事。」陶德輕聲說。

杜桑德猛吞一大口酒。「他們的制服是紙做的。」他終於開口，近乎咆哮。

「當一個囚犯死亡，他的制服就傳給別人，只要還能穿。有時候一套紙制服前前後後可以給多達四十名囚犯穿著。我因為力行節約得到高分。」

「古魯艾克給的？」

「希姆萊。」

「可是帕汀有一家成衣廠，你上週告訴我的。你們為什麼不向他們訂製制服呢？囚犯也可以自己做衣服啊。」

「帕汀的成衣廠是專做德國士兵制服的，至於我們……」杜桑德一時有些支吾，接著勉強自己往下說：「我們不在復興大業之內。」他把話打住。

陶德笑得開朗。

「今天聽夠了嗎？拜託，我喉嚨好痛。」

「那就別抽那麼多菸，」陶德說，仍然笑嘻嘻地，「再多講一些制服的事。」

「誰的制服？囚犯還是黨衛軍？」杜桑德的聲音充滿無奈。

陶德笑著說：「都要。」

3

一九七四年九月。

陶德在自家廚房，給自己做一份花生醬和果醬三明治。要進入廚房，你得登上一段十來級的階梯，來到一個擺滿閃亮鍍鉻和不鏽鋼廚具的加高區域。從陶德放學回家之後，他母親的電動打字機的敲擊聲就一直持續著，她正替一個研究生打一份碩士論文。這個研究生留著短髮，戴著厚厚的眼鏡，以陶德的淺見，看來就像外太空生物。論文的主題是加州薩琳娜斯谷地在二次大戰後的果蠅效應之類的東西。這時打字機聲音停了，她從書房走出來。

「陶德寶貝。」她向他招呼。

「莫妮卡寶貝。」他回喊一聲，還算熱絡。

就一個三十六歲的少婦而言，他母親相當好看，陶德心想。一頭摻雜著幾絲灰白的金髮，高大窈窕，這時她穿著深紅色短褲和暖威士忌色的薄上衣——上衣在她胸部下方率性地打了個結，露出她那平坦、沒有皺紋的小腹。她的頭髮用一只土耳其藍髮夾隨意挽在後腦，一支打字橡皮擦插在髮際。

「在學校過得如何？」她問他，登上階梯進了廚房。她草草和他親了下嘴唇，然後往早餐台邊的高腳椅坐下。

「好極了。」

「會再登上榮譽榜吧？」

「當然。」事實上，他認為他今年第一學期的成績會掉一級。他花太多時間和杜桑德廝混了，而當他沒跟那個老德國人在一起時，也總是想著他所說的那些事。有那麼一、兩次他夢見杜桑德告訴他的那些東西，但他還應付得來。

「優等生。」她說，撥弄著他的蓬鬆金髮。「三明治好吃嗎？」

「好吃。」他說。

「能不能替我做一份，拿到我書房？」

「不能。」他說著站起身。「我答應丹克先生傍晚過去，唸一小時左右的書給他聽。」

「還是《魯賓遜漂流記》？」

「不是。」他給她看一本厚厚的書的書脊，那是他花兩角在一家舊貨商店買的。「《湯姆瓊斯》。」

「我的天啊，好傢伙！你得花一整個學年才能把它讀完，陶德寶貝。你不能起碼找一本精簡版嗎？就像那本《魯賓遜漂流記》？」

「或許可以，但是這本他想聽完整的。他說的。」

「喔。」她看了他一會兒，然後摟著他。這是她少有的親暱舉動，讓陶德有點不自在。「你真是好孩子，花這麼多課餘時間為他伴讀。你父親和我都覺得這真是……真是了不起。」

陶德謙虛地垂下眼睛。

「而且不想讓別人知道，」她說：「為善不欲人知。」

「噢，我那群要好的同學……他們可能會覺得我是怪胎。」陶德說，謙虛地低頭微笑。「做那些善事。」

「別這麼說。」她心不在焉地告誡，接著又說：「你想丹克先生會不會願意找一天過來和我們一起晚餐？」

「也許吧，」陶德含糊地說：「我該滾蛋了。」

「好吧。晚餐六點半準時開動，別忘了。」

「不會的。」

「你父親得加班，因此今晚還是只有你跟我，好嗎？」

「太棒了，寶貝。」

她帶著慈愛的微笑目送他離去，暗暗希望《湯姆瓊斯》這本書裡頭沒有他不該看的內容，畢竟他才十三歲。她想應該是沒有。他成長的這個社會，像《閣樓》之類的雜誌，幾乎任何人都可以取得，只要他有一元兩角五分，而任何小孩也一樣，只要他搆得著書報架的頂層，可以趁店員大喊著要他放下東西然後滾蛋之前，迅速瞄上幾眼。在這個人們篤信要愛你的鄰人這信念的社會，她不認為一本兩百年前的書會污染陶德的思想——儘管她推測那位老先生或許會相當樂在其中。就像迪克常說的，對一個孩子來說，整個世界宛如一座實驗室，你必須讓他們四處探索。如果一個小孩擁有健康的家庭生活和摯愛的雙親，他甚至會有足夠的力量去試探一些詭秘的角落。

這會兒她所知道的最健康的一個孩子出門了，踩著他的 Schwinn 單車上了街道。我們把這孩子教得不錯，她心想，轉身去做她的三明治。要是沒教好就真的該死了。

4

一九七四年十月。

杜桑德瘦了。他們坐在廚房裡，破舊的《湯姆瓊斯》擺在兩人之間鋪了油布的桌上（心思細密的陶德用一部分零用錢買了這本書的學生學習指南，並且仔細讀了全部的摘要，以防萬一他母親或父親問起這本書的情節）。陶德吃著他在超市買的 Ring Dings 巧克力蛋糕，他也替杜桑德買了一個，可是他碰都沒碰一下，只是不時一邊喝著波本酒，一邊愁眉苦臉看著蛋糕。陶德討厭見到像 Ring Dings 這麼美味的東西被浪費掉，要是他不趕快吃，陶德就要問他給不給自己吃了。

「所以，東西是怎麼運到帕汀的？」他問杜桑德。

「用鐵路貨運車廂，」杜桑德說：「帶有醫療用品標記的貨運車廂。裝在看來像棺材的長板條箱裡，大概是為了配合形狀吧。囚犯們把板條箱卸下，堆放在醫務室。過後，我們的人再把它們搬進貯藏棚。他們都在晚上行動，那些貯藏棚就在淋浴間後方。」

「你們都用齊克隆B（Zyklon-B）嗎？」

「不是，我們有時候也會收到別的東西，好比實驗用毒氣。最高司令部一向對增進效率很感興趣。有一次他們寄來一種代號為PEGASUS的毒氣，一種神經毒。謝天謝地他們沒再寄來，那東西……」杜桑德看見陶德身體湊向前，看見那雙銳利的眼睛，他突然打住，握著加油站的贈品杯隨意比劃著。「效果不是太好，」他說：「很……無趣。」

可是陶德完全沒上當。「它有什麼效果？」

「毒死他們……你以為還能怎樣，讓他們在水上行走？那會把人毒死，就這樣。」

「告訴我。」

「不。」杜桑德說著，再也無法掩飾心中的恐懼。他已經多久不曾想起PEGASUS了？十年？二十年？「我不告訴你！我拒絕！」

「告訴我。」陶德又說，舔著手指上的巧克力糖霜。「告訴我，不然，你知道後果。」

是的，杜桑德心想，我知道後果。我的確知道，你這墮落的小惡魔。

「那會讓他們跳舞。」他不情願地說。

「跳舞？」

「和Zyklon-B一樣，它是從淋浴蓮蓬頭灑下來的。他們會……會開始跳來跳去，有些人會尖叫，大部分人會大笑。他們會開始嘔吐，還有……不由自主地排便。」

「哇，」陶德說：「拉在身上，嗯？」他指著杜桑德盤子裡的Ring Dings蛋糕。他的已經吃完了。

「你要吃嗎？」

杜桑德沒回答，被回憶籠罩的眼睛霧濛濛的。他的臉好遙遠、好冷，有如一顆不轉動的星球的陰暗面。在他內心深處湧起一股混合了嫌惡和鄉愁——可能嗎？——的古怪莫名的感覺。

「他們會開始全身抽搐，從喉嚨發出高亢、怪異的音調。我的手下……他們把PEGASUS叫做阿爾卑斯山歌毒氣（Yodeling Gas）。最後，他們會倒在地上，就那樣躺在自己的穢物中，他們躺在那裡，是的，他們躺在水泥地上，鼻子出血，尖叫著，唷得雷伊……唱個不停。可是我撒了謊，孩子，這毒氣不會要他們的命，要不因為毒性不夠強，要不因為我們沒耐性在那兒等著看結果。大概就這樣吧，像那樣的男男女女反正也活不了多久。最後我會派五名手下帶步槍進去，結束他們的苦難。萬一被發現，我的紀錄會很難看，這點我毫不懷疑——畢竟Fuehrer[15]已經宣布每顆子彈都是國家資源，這麼做會被認為是浪費彈藥。可是我信得過那五個人。有一段時間，我以為我這輩子再也忘不了他們發出的那些聲音，唷得雷伊……和笑聲。」

「是啊，我想也是。」陶德說著，兩口解決掉杜桑德的Ring Dings。不浪費，不多求，在陶德抱怨吃剩菜的幾次罕見的情況下，陶德的母親曾經這麼說。「很棒的故事，杜桑德先生。每次我一激你，你總是說得很好。」

陶德對他微笑，而不可思議地——肯定不是因為他真的想這麼做——杜桑德發現自己也笑了。

15. 譯註：德語的「元首」之意。

5

一九七四年十一月。

迪克·鮑登——陶德的父親——的外貌像極了一個名叫洛伊德·波奇納（Lloyd Bochner）的電影電視演員。他——鮑登，不是波奇納——今年三十八歲，他是一個喜歡穿著常春藤名校風格襯衫，和通常是深色純色套裝的瘦削單薄的男子。到建築工地時，他會穿戴著卡其裝和頭盔，那是他在和平隊（Peace Corps）工作期間，到非洲協助設計建造兩座水壩留下的紀念物。在家中書房裡工作時，他會戴上那副會巧妙地溜到鼻尖、讓他看來像個大學系主任的半框眼鏡。此時，當他拿著兒子第一學期的成績單，輕敲著光滑的書桌玻璃表面時，他就戴著那副眼鏡。

「一個B，四個C，一個D。一個**D**，看在老天份上！陶德，你母親沒表現出來，可是她真的好難過。」

陶德垂下眼睛，沒有笑容。當他父親罵人，絕對不是好事。

「老天，你從來沒拿過這麼爛的成績。初級代數拿了D？怎麼回事？」

「我也不知道，父親。」他謙恭地望著膝蓋。

「你母親和我認為，你花在丹克先生身上的時間或許多了點，不夠努力用功。我們認為你應該把它縮減到每個週末一次，起碼等到我們看見你在課業上……」

陶德抬頭。有那麼一瞬間，鮑登覺得他似乎在兒子眼裡看見一種狂妄、病態的怒氣。他睜大眼睛，手指抓緊陶德的淡黃色成績單……然後發現那只是平常的陶德，正坦率但有點不開心地望著他。那股怒氣是否真的存在過？當然沒有。可是這一刻讓他相當不安，讓他無法確定究竟該如何繼續下去。陶德沒有生氣，而迪克．鮑登也不想惹他生氣。他和兒子是好友，向來都是，而迪克希望能維持現狀。他們之間沒有秘密，一點都沒有（除了迪克．鮑登有時會和他的秘書搞點小外遇這件事，不過你通常不會把這種事告訴你十三歲的孩子，對吧？……況且那對他的**家庭**生活毫無影響）。在當今這個謀殺犯逍遙法外、高中孩子注射海洛因，而初中生——和陶德同齡的孩子——罹患性病的荒誕世界中，親子間開誠布公是必要的。

「不，父親，別那麼做。我是說，不要因為我犯的錯而懲罰丹克先生。我是說，沒有我他會很失落的。我會改進的，真的。代數課……我只是一開始被難倒了，可是我到班．特里曼家去，我們一起做了幾次功課以後，我就開始懂了。我只是……我也不知道，剛開始有點慌了手腳。」

「我覺得你花太多時間陪他了。」鮑登說道，可是有點心軟了。你很難拒絕陶德，不忍讓他失望，而且他所說的，別為了陶德的失敗而懲罰那老人這句話……該死，還真有道理。這位老先生是那麼渴望他的探訪。

「代數老師史托門先生嚴格得不得了，」陶德說：「很多同學拿到D，還有三、四個人拿到F呢。」

鮑登若有所思點著頭。

「週三我不會再去了，直到我的成績進步為止。」他讀懂了他父親的眼神。「而且每天放學後我不到校外活動了，會留下來唸書，我保證。」

「你真那麼喜歡這位老先生？」

「他真的很棒。」陶德誠懇地說。

「那……好吧。我們就照你的方式試試，強棒。可是一月我就要看見你的成績有大幅進步，了解？我考慮的是你的未來。也許你會覺得，初中就開始思考這種問題太早了，但是並不會，完全不會。」就像他母親喜歡說**不浪費**、**不多求**，他父親則是喜歡說**完全不會**。

「我了解，爸爸。」陶德嚴肅地說。君子之約。

「那就快點出去，好好開始看書吧。」他把半框眼鏡推上鼻梁，拍拍陶德的肩膀。

陶德臉上綻露開朗燦爛的微笑。「好的，爸爸！」

鮑登帶著自豪的笑容目送陶德離去。萬中選一的好孩子。剛才陶德臉上浮現的不是怒氣，這點可以確定。也許是嘔氣……但不是最初他自以為看見了的強烈情緒。如果陶德真的生氣，他會知道的。他對他兒子的一切瞭若指掌，向來如此。

為人父的職責解除，吹著口哨，迪克·鮑登攤開一卷藍圖，彎身開始工作。

6

一九七四年十二月。

來給按著門鈴不放的陶德應門的那張臉，憔悴而蠟黃。七月還很濃密的頭髮，如今已從瘦削的眉骨逐漸往後退，看來毫無光澤又脆弱。原本就消瘦的杜桑德如今顯得枯槁……儘管，陶德心想，和那些被遣送到他手中的囚犯比起來，他距離枯槁遠得很。

杜桑德來開門時，陶德的左手放在背後。這時他伸出手來，將一只包裝好的盒子遞給杜桑德。「聖誕快樂！」他大喊。

杜桑德先是退縮開來，這時他把禮物接過去，臉上沒有喜悅或驚訝的表情。他小心翼翼拿著，像是擔心裡頭裝有炸藥。門廊外正下著雨，雨已經斷斷續續下了將近一週，陶德是把禮物藏在外套裡帶來的，它用華麗的銀箔紙和緞帶包裝。

「什麼東西？」兩人走進廚房，杜桑德問，不帶一絲熱情。

「打開來看啊。」

陶德從夾克口袋拿出一罐可樂，把它放在鋪著紅白格子油布的餐桌上。「最好把窗簾拉下。」他小聲地說。

猜疑立刻浮上杜桑德的臉。「哦？為什麼？」

「這個……難說會不會有人偷看。」陶德笑著說：「這些年來你不都是這樣過來的？在別人看見你之前發現對方？」

杜桑德把廚房的窗戶遮簾拉下，為自己倒了一杯波本酒，然後拉掉禮物的緞帶。陶德的包裝手法和一般男孩包裝聖誕禮物的方式差不多——男孩們腦子裡有比這更重要的事，像是足球、街頭曲棍球，還有跟某個到家裡過夜的好友同蓋一條毯子、縮在沙發角落、邊笑邊一起觀看週五夜晚的《怪獸電影》（Creature Feature）頻道。盒子上有很多粗糙的摺角，很多不平整的摺線，很多 Scotch 膠帶，在在顯示出對這樣一種細膩事務的不耐煩。

杜桑德忍不住有點感動。後來，當恐慌稍稍消退，他想：**我早該料到的**。

那是一套制服。黨衛軍制服，連同一雙軍靴。他木然地從盒子的內容物一直看到它的硬紙板蓋子：彼得高級服裝商，一九五一年創始老店。

「不，」他柔聲說：「我不穿。到此為止，孩子。我死都不會穿的。」

「想想他們是怎麼對待艾希曼的，」陶德莊重地說：「他年紀都那麼大了，而且遠離政治。你不是這麼說的嗎？況且我花了一整個秋天才存夠了錢買呢，連靴子在內花了八十多塊錢。再說，一九四四年你倒是不介意穿。一點都不介意。」

「小雜種！」杜桑德高高舉起一隻拳頭。陶德一點都不畏縮，穩住腳步，兩眼發亮。

「來啊，」他輕聲說：「來打我啊，你一次都沒碰過我。」

杜桑德把手放下，嘴唇顫抖。「你這邪惡的小魔王。」他嘀咕著。

「把它穿上。」陶德請求。

杜桑德的雙手移向浴袍的腰帶，停在那裡。一雙溫馴、哀求的眼睛凝視著陶德。「拜託，」他說：「我只是個老人，如此罷了。」

陶德緩慢但堅決地搖頭，眼睛仍然炯炯發亮。他喜歡看杜桑德哀求。他們必然也這樣哀求過他吧？帕汀的囚犯們。

杜桑德讓袍子落到地上，赤裸著站在那裡，只穿著拖鞋和寬鬆短褲。他的胸膛塌陷，肚子微微鼓脹，他的手臂是骨瘦如柴的老人臂膀。可是那套制服，陶德心想，那套制服將會起到神奇的效果。

杜桑德緩緩拿起盒子裡的軍服上衣，開始把它穿上。

十分鐘後，他穿戴著全套黨衛軍制服站在那裡。那頂軍帽有點歪斜，肩部軟塌，但黨衛軍的骷髏頭徽章清晰可見。杜桑德有一種隱密的威嚴——起碼在陶德看來是如此——是之前沒有的。儘管他身體鬆垂，儘管他兩腳歪斜，陶德還是很開心。這是杜桑德第一次展現出他在陶德心目中該有的樣子。老了，沒錯；失意落魄，的確。可是再度穿上制服，他不再是一個盯著老舊黑白電視機——兔耳形接收天線還包著鋁箔——裡的《勞倫斯威爾克秀》（The Lawrence Welk Show）來打發餘生的老人，而是庫爾特・杜桑德，帕汀的嗜血魔頭。

至於杜桑德自己，他只覺厭惡、不自在……加上一種微弱、隱晦地鬆了口氣的感覺。他一方面瞧不起這最後一種感覺，認知到這是迄今男孩已握有對他的心理掌控權的最佳明證。他是男孩的囚犯，而每當他發現自己又熬過一次屈辱，每當他感覺到這份隱約的安心感，男孩的權力就又增長了。然而他覺得鬆了口氣。只不過是一堆布料、鈕釦和按釦……但這是贗品。褲襠是拉鍊，原本應該是鈕釦。軍階標誌錯了，縫工十分草率，靴子是人造皮革做成的廉價品。畢竟只是一套虛有其表的軍服，**傷**不了他的，不是嗎？不會的。它……

「帽子戴正。」陶德吆喝。

杜桑德嚇一跳，錯愕地看著他。

「把帽子戴正，阿兵哥！」

杜桑德照著做，下意識自豪地輕輕轉了下帽子——他當年身為Oberleutnant[16]的招牌動作——而撇開它的粗製濫造不說，這的確是一套中尉制服。

「兩腳併攏！」

他照著做，把兩邊腳踝「啪」一下漂亮地收攏，不假思索做出正確的動作，彷彿隨著浴袍的滑落，中間這一大段歲月也跟著消失於無形。

「Achtung[17]！」

他迅速採取立正動作。陶德突然害怕起來——真的害怕。他感覺自己好像巫術學徒，讓掃帚活了過來，卻還不具備足夠功力讓它們靜止下來。那位過著貧困但風雅生活的老先生不

16. 譯註：德語的「中尉」之意。
17. 譯註：德語的「立正」之意。

見了，杜桑德來了。

接著他的恐懼被一種刺痲的權威感取代。

「**向後轉！**」

杜桑德俐落轉身，波本酒拋到腦後，四個月來的折騰拋到腦後。他面對濺滿油污的爐子，再度聽見自己兩隻腳踝咔嗒一聲撞在一起。更遠處，他可以看見當年他學習軍職的那所軍校的灰濛濛的練兵場。

「**向後轉！**」

他再次轉身，這次沒有確實執行命令，有點重心不穩。換作以前，肯定被記過十次，加上被軍棍頭猛戳肚子，痛得死去活來。他在內心暗笑。這孩子不懂這麼多門道。確實是。

「**起步走！**」陶德大喊，眼神灼熱、閃閃發光。

杜桑德的肩膀突然沒了勁，整個人又鬆垮下來。「不，」他說：「拜託……」

「**一，一，一二一，快！**」

帶著壓抑的聲音，杜桑德開始踢著正步通過褪色的廚房亞麻地板。他右轉避開桌子，接近牆壁時再度右轉。他的臉微微昂起，面無表情。他的腿用力往前蹬，然後重重放下，震得水槽上方吊櫃裡的廉價瓷器喀啦喀啦響。他的兩條手臂前後小幅擺動。

活動掃帚的意象又浮現在陶德腦海中，那股驚恐也跟著回來了。他忽然想到，他並不希望杜桑德樂在其中，而且，也許，只是也許，他想讓杜桑德出洋相的成分，甚至還大過於他想看他真情流露。可是不知怎麼地，儘管這人年紀大了，廚房裡擺滿一角商店的便宜貨，但他看起來一點都不荒唐可笑。他看起來非常嚇人。對陶德來說，壕溝和焚化場裡的屍體第一次有了真實性，在德國寒冷的春雨中泛著魚肚白的交纏的手臂、腿和軀體的照片，不再只是恐怖電影裡的戲劇場景——比如說，用百貨公司的假人模特兒堆成的屍體塚，一幕戲拍完就會被布景和場景管理員收走的——而是一個巨大、難以理解而又邪惡的鐵錚錚的事實。一時間他似乎可以聞到一股淡淡的、略帶焦煙味的腐臭。

恐懼讓他一下子清醒過來。

「停！」他高喊。

杜桑德繼續踢正步，眼神空洞、茫然。他的頭抬得更高，喉嚨上瘦巴巴的筋肉也繃緊了，下巴高傲地昂起，薄刃般的鼻子猥瑣地突出。

陶德感覺腋下滲出了汗水。「**止步！**」他大叫。

杜桑德煞住，右腳在前，左腳跟上來，活塞似地一踏，和右腳靠攏。有那麼一瞬間，冰冷的木然表情仍然占據他的臉——機械而無意識的——接著被困惑取代，繼之而起的是沮喪。他又整個人鬆弛下來了。

陶德暗暗鬆了口氣，一時間對自己有些惱火。到底誰是老大？接著他心中再度漲滿了自信。**是我，老大是我。他最好別忘了**。

他又露出笑容。「不錯嘛。不過，再多練習一下，你會表現得更好。」

杜桑德一言不發站著，不停喘息，頭低垂著。

「你可以把它脫掉了。」陶德寬大地補充，同時忍不住懷疑，他是否真希望杜桑德再度把它穿上。不過，他只懷疑了片刻。

7

一九七五年一月。

最後一聲放學鐘響後，陶德獨自離開學校，牽了單車，往公園騎去。他找到一張沒人的長凳，把他的 Schwinn 單車的腳架立好，然後從長褲後口袋拿出他的成績單。他四下瞄了一圈，看附近是否有人，但舉目所見，只有池塘邊的一對正在親熱的高中生，還有兩名來回傳遞著一個紙袋、模樣粗魯的醉漢。討厭的髒酒鬼，他想，但是令他心煩的不是那兩個醉漢。他打開成績單。

英語：C，美國歷史：C，地球科學：D，社區與你：B，初級法語：F，初級代數：F。

他難以置信地盯著那些成績。他早知道不會太好，但這簡直糟透了。

也許這樣也好，他內心突然有個聲音說，**甚至說不定你是故意讓成績變差，因為一部分的你希望這事結束，渴望它結束，免得發生不幸。**

他草草把這念頭拋到一旁。不會發生不幸的。杜桑德受他支配，完全受他支配。那老人以為陶德有個朋友握有一封信，但他不清楚是哪個朋友。要是陶德出了事——**任何事**——那封信就會到警方手中。他一度以為杜桑德還是會冒險一試，可是他已經老得跑不動了，就算搶先一步起跑也一樣。

「該死，他歸我掌控。」陶德悄聲說，重重捶了一下大腿，力道大得足以讓肌肉糾結成一團。自言自語很糟糕，瘋子就常會自言自語。大約六週以來他養成了這習慣，而且似乎改不過來。他好幾次發現有人為此奇怪地看著他，其中幾個是老師，伯尼．艾弗森那混蛋甚至大刺刺地問他是不是腦袋壞了。陶德差一點就出手給那娘娘腔的嘴巴一拳，而這類事情——爭吵、扭打、出拳——可都不是好事。這類事情容易招來別人的異樣眼光。沒錯，自言自語很糟糕，可是……

「夢也很糟。」他悄聲說。這次他沒抓自己的小辮子。

最近他的夢非常可怕。在夢中，他總是穿著制服，儘管式樣各異。有時候是紙制服，他和幾百個形容枯槁的人一起排隊，空氣中瀰漫著焚燒的焦味，他可以聽見推土機引擎斷斷續續的隆隆聲。接著杜桑德會從隊伍中出現，指著這個那個人。這些人留了下來，其他人列隊朝著焚化爐走去。其中有些人踢打、掙扎著，可是多數人都極度營養不良，而且太過疲憊了。接著杜桑德站在陶德面前，兩人眼神交會了漫長、令人麻木的一段時間，接著杜桑德舉起一支褪色的雨傘對準陶德。

「把這個帶到實驗室去。」杜桑德在他夢中說，嘴唇翹起，露出他的假牙。「把這個美國**男孩**帶走。」

在另一個夢中，他穿著黨衛軍制服，他的軍靴擦得像鏡子般光亮，黨衛軍的骷髏頭和閃電標誌亮閃閃的。可是他站在聖多納托大道的中央，所有人都看著他。人們開始指指點點，有些人開始大笑，其他人則一臉驚愕、憤怒或憎惡。在這個夢中，一輛舊車子在一陣猛烈的吱嘎聲中煞住，杜桑德往外凝視著他，一個看來有兩百歲而且幾乎變成乾屍、皮膚皺得像泛黃羊皮紙卷的杜桑德。

「我認得你！」夢中的杜桑德尖聲大叫。他環顧了一圈旁觀者，然後回頭看著陶德。「你是帕汀的負責人！大家，看啊！這就是帕汀的嗜血魔王！希姆萊的效率專家！我譴責你，謀殺者！我譴責你，屠夫！我譴責你，孩童兇手！我譴責你！」

在另一個夢中，他穿著條紋囚服，由兩名看來貌似他雙親的警衛帶領著通過一條石牆長廊，兩人都佩戴著顯眼的猶太六芒星黃色臂章。一名牧師走在他們後面，唸著《聖經．中命記》。陶德越過肩膀往後看，發現那個牧師是杜桑德，他穿著黨衛軍的黑色軍官制服上衣。

到了石廊的盡頭，一道雙扇門打開，裡頭是一個玻璃牆面的八邊形房間，房間中央有一具絞刑台。玻璃牆的後方站著一列列瘦弱憔悴的男女，全都帶著同樣的陰鬱單調表情觀看著，他們的每一條手臂上都烙著一個藍色編號。

「沒關係，」陶德小聲對自己說：「沒事，真的，一切都在掌控中。」

那對正在親熱的男女瞥了他一眼。陶德兇狠地看著他們，吃定他們不敢吭一聲。最後他們終於回頭望向別處。那男孩是在咧著嘴笑嗎？

陶德站起身，把成績單塞進後褲袋，跳上單車。他朝兩個街區外的一家藥局騎去，在那裡買了一瓶消字液，和一支藍色細字筆。他回到公園（那對親熱的男女已經走了，可是兩個醉漢還在，臭氣熏人），把他的英語成績改成B，美國歷史改成A，地球科學改成B，初級法語改成C，初級代數改成B。至於社區與你，他把成績消去然後再照原樣寫上去，好讓整張成績單有統一格式（uniform）。

制服，是啊。

「不用擔心，」他小聲自語著：「他們會滿意的，他們一定會滿意的。」

這個月的某個深夜，大約兩點多，庫爾特．杜桑德在一片感覺無比逼近而可怖的黑暗中驚醒，和床褥拉扯著，不停喘氣、呻吟。他感到窒息，恐懼得幾乎麻痺，感覺好像一塊沉重的石頭壓在胸口，他懷疑自己是不是心臟病發作了。他在黑暗中摸索著床頭燈，開燈時幾乎把燈撞落床頭桌。

我在自己的房間裡，他想，我在自己的臥房裡，在聖多納托，在美國加州。瞧，同樣的褐色窗簾遮住同樣的窗口，擺滿從瑟倫街書店買來的廉價紙本書的同樣的書架，同樣的灰色地毯，同樣的藍色壁紙。沒有心臟病發，沒有叢林，沒有監控的眼睛。

然而恐懼依然像一件發臭的毛皮黏附在他身上，一顆心依然怦怦跳個不停。夢又回來了。他就知道它會回來，只要那孩子繼續纏著他，這是遲早的事。可惡的小毛頭。他以為男孩所說的保命信只是唬人的，而且唬得不是很高明，只是從電視偵探節目看來的東西。那孩子會把這麼一封重要的信託付給哪個朋友？沒有，就這樣。至少他是這麼想的。如果他能**確定**……

他的雙手在關節炎的痛楚中啪地闔上，接著緩緩張開。

他拿起桌上的一包菸，拿火柴在床柱上一擦，點了一根。時鐘的指針停在兩點四十一分。這夜他別想再睡了。他吸了口菸，然後在一陣痛苦的痙攣中把它咳出來。除非他下樓去喝一、兩杯，或三杯，不然別想再睡。再說，約莫六週以來，他已經喝太多了。他已不再是一個可以一杯接一杯灌酒的年輕小伙子，就像三九年他在柏林當軍官的休假期間那樣。當時空氣中瀰漫著勝利的氣息，到處可以聽見最高元首的聲音，看見他那雙熾熱、威嚴的眼睛……

小毛頭……可惡的小毛頭！

「老實……」他大聲說出，自己的聲音在靜悄悄的房內響起，把他嚇了一跳。他沒有自言自語的習慣，但這並不是第一次。記得他在帕汀的最後幾週裡頭不時會這麼做，當時情勢對他們極為不利，而在東方，俄軍的氣勢逐月逐日高漲。當時他會自言自語也是很自然的事。壓力太大了，而處在壓力下的人常會做些怪事——從長褲口袋裡握住自己的睪丸、咔嗒咔嗒碰撞牙齒……沃爾夫（Karl Wolff）就是出了名的咬牙狂，會邊咬牙邊咧著嘴笑；霍夫曼

（Heinrich Hoffmann）喜歡喀喀扳手指、拍大腿，唱出一連串他本人似乎渾然不覺的快速繁複的旋律。至於他，庫爾特．杜桑德，偶爾會自言自語。可是現在……

「你又開始有壓力了。」他大聲說。這次他意識到自己在說德語。他已經很多年沒說德語了，然而這時候這語言顯得那麼溫暖、令人安心。它撫慰他，讓他放鬆，聽起來甜美而神秘。「是的，你處在壓力之下，因為那孩子的緣故。可是老實面對自己吧，在這凌晨時刻說謊嫌太早了，其實你並不全然後悔把事情告訴他。一開始你很怕那孩子不能或不肯守密，怕他會告訴某個朋友，而那個朋友會告訴另一個朋友，而那個朋友會告訴兩個人。可是，既然他已經守密了這麼長一段時間，他應該會繼續下去。如果我被帶走，他將會失去他的……故事書。對他來說我就是這東西？大概是吧。」

他沉默下來，可是他的腦子繼續運轉。他一直很孤單，沒人了解他有多孤單。有好幾次他認真考慮要自殺，他不適合隱居。他聽見的唯一的人聲來自收音機，唯一來造訪他的人在骯髒的電視螢幕的另一頭。他是個老人，儘管他很怕死，他更怕自己成為一個孤獨老人。

他的膀胱不時會作弄他，他會在走到浴室的半途發現他長褲上滲出深色污斑。天氣濕冷時，他的關節會先抽痛，接著開始哀號。有些日子，他從天亮到天黑之間會吃光一整罐關節炎止痛藥……而阿斯匹靈也只能減輕疼痛，就連從書架上拿書、轉換電視頻道這類動作，都變成一種痛苦的嘗試。他的視力很糟，有時候會打翻東西，擦破小腿的皮膚，撞到頭。他活在恐懼中，怕自己摔斷骨頭，無法打電話求救，也怕自己到了醫院，卻有某個醫生對丹克先生的空白醫療史起疑，而發現他的真實過往。

那孩子舒緩了他的一部分痛苦。每次男孩來，他就會回想過去。他對那段日子的記憶反常地清晰，他吐出一大串彷彿沒完沒了的人名和事件，甚至這天那天的天氣。他記得佩著機關槍駐守在東北方崗哨塔上的二等兵亨雷，還有他眉心的粉瘤。有些人叫他「三眼」，或「老獨眼龍」。他記得帶了張女友裸照的凱賽爾，照片中的女人躺在沙發上，兩手放在腦後，凱賽爾還向想看照片的人收費。他記得那些醫生的名字，還有他們的實驗——疼痛閥值（thresholds of pain），垂死男女的腦波，生理遲緩，外加幾十種。**幾百**種。

他想他對那孩子說話的方式和一般老人沒兩樣，不過他大概比多數老人幸運些，因為他們的聽眾大都表現出不耐煩、冷漠或者十足的無禮。**他的**聽眾永遠聽得津津有味。

為此付出作惡夢的代價，會太高嗎？

他把香菸捻熄，躺在那兒望著天花板片刻，然後把兩腿伸到地板上。他和那孩子十分可憎，他想，互相滋養著……吞噬著彼此。如果連他自己的肚子都不時會被他們在他午後廚房裡分食的陰暗但油膩的食物弄得發酸，那麼，這孩子的肚子又會如何？他睡得好嗎？可能不太好。最近杜桑德覺得那孩子的臉色有些蒼白，而且比他剛闖入杜桑德生活的時候消瘦了許多。

他通過臥房，打開衣櫥門。他把衣架推到右邊，伸手到暗處，拉出那套假制服。它像禿鷹皮那樣垂掛在它的手臂上，他用另一隻手碰觸它。碰觸……接著輕輕撫摸著。

過了不知多久，他把它拿下來，穿上，慢慢整裝，沒看鏡子，直到整套制服的鈕釦全部扣上，腰帶也繫上（假褲襠的拉鍊也拉上）。

這時，他看著鏡子裡的自己，點了點頭。

他回到床上，躺下，又抽了根菸。抽完菸，睡意也來了。他關掉床頭燈，不敢相信竟然可以如此輕鬆。但是五分鐘後，他睡著了，這次一夜無夢。

8

一九七五年二月。

晚餐後，迪克．鮑登拿出一瓶杜桑德私心覺得很難喝的干邑白蘭地。不過當然，他笑得很開朗，並且大力稱讚了一番。鮑登的妻子給孩子沖了一杯麥芽巧克力。用餐當中，那孩子出奇地安靜。不安？沒錯。不知何故，那孩子極為不安。

從杜桑德和陶德走進鮑登家的那一刻起，迪克和莫妮卡．鮑登夫婦就喜歡上他了。男孩告訴他的雙親，丹克先生的視力比表面上看來還要糟糕（這麼說來可憐的老丹克先生恐怕需要一隻導盲犬了，杜桑德冷冷地想），因為這說明了男孩為何需要花大量時間為他閱讀。關於這點杜桑德非常小心，而且認為自己做得毫無破綻。

他穿著他最高級的一件套裝，而儘管這晚相當潮濕，他的關節卻很乖順，只是偶爾抽痛幾下。為了某種荒謬的理由，那孩子要他別帶雨傘出來，但杜桑德還是堅持帶了。總地來說，他認為這是十分愉快而且相當刺激的一晚。不管干邑白蘭地有多難喝，畢竟他已經有九年不曾受邀晚餐了。

用餐當中，他談到埃森的汽車維修廠、德國的戰後重建——鮑登問了幾個相當聰明的這方面的問題，而且似乎對杜桑德的回答很是欽佩——以及一些德國作家。莫妮卡問他為何到了老年才到美國來，杜桑德裝出恰到好處的近視眼憂傷表情，解釋著關於他那虛構的妻子之死的事。莫妮卡．鮑登聽了深表同情。

此時，邊喝著可笑的干邑白蘭地，迪克．鮑登說：「如果這問題太過私密，丹克先生，請不要回答……不過我很好奇，你在戰時是做什麼的？」

男孩的身體微微繃緊了。

杜桑德笑笑，伸手摸索著他的香菸。其實他完全看得見香菸在哪裡，可是他不能有半點失誤，這點很重要。莫妮卡把菸放在他手中。

「謝謝妳，親愛的女士。晚餐美味極了，妳真是廚藝高超，連我妻子都比不上呢。」

莫妮卡向他道謝，顯得有點慌亂。陶德氣惱地看她一眼。

「完全不會。」杜桑德說著，點了根菸，回頭對著鮑登。「從一九四三年起我屬於預備部隊，就跟所有老得無法當現役軍人的健全男人一樣。當時滅亡的凶兆已然浮現，不管是對第三帝國，或者對創造它的那群狂人來說。當然，尤其是那位狂人。」

他把火柴吹熄，一臉嚴肅。

「當希特勒失勢，真是一大解放，大大地解放。」他試圖消除敵意地看著鮑登，十足坦率。

「當時人要很小心，避免流露出這類情感。不能聲張。」

「我想也是。」迪克．鮑登恭敬地說。

「是的，」杜桑德嚴肅地說：「不能聲張。我記得有天晚上，我們四、五個朋友下了班，到一家當地的拉茲克勒餐館喝一杯。當時不一定經常有烈酒，連啤酒都不一定有，結果當晚兩種都有。我們幾個都是認識二十年以上的老朋友，我們的夥伴之一漢斯．哈斯勒隨口提到，也許最高元首思慮不周，才會想對俄軍開啟第二戰線。我說：『老天，漢斯，說話當心啊！』可憐的漢斯臉色發白，馬上換了個話題。然而，過了三天，他不見了，從此我再也沒見過他。據我了解，當晚和我們同桌的其他人也都沒再見過他。」

「真糟糕！」莫妮卡屏息著說：「再來點白蘭地吧？丹克先生。」

高。』」

「不了，謝謝，」他笑著對她說：「我妻子的母親告訴她一個諺語：『人絕不可過度清

陶德微微攢起的眉心又稍稍鎖緊了點。

「你想他會不會被送到集中營了？」迪克問：「你朋友海斯勒。」

「哈斯勒。」杜桑德溫柔地更正，但他的臉色變得嚴峻。「許多人被送去了。那些集中營……德國人民將背負著這恥辱千百年，那真的是希特勒的遺產。」

「噢，這麼說太嚴苛了。」鮑登說著點燃菸斗，吐出一團嗆鼻的櫻桃味菸絲的煙霧。「根據我讀過的資料，大多數德國人並不知道當時發生什麼事，奧斯威辛集中營一帶的當地人還以為那是一家香腸工廠。」

「啊，好可怕。」莫妮卡說著朝丈夫使著眼色，做出「別再說了」的表情。然後她回頭，笑著對杜桑德說：「我好喜歡菸斗的香氣，丹克先生，你也是吧？」

「是啊，我也喜歡，女士。」杜桑德說。其實，他剛好被嗆得差點壓不住想偷偷打噴嚏的衝動。

鮑登突然伸手越過餐桌，拍拍兒子的肩膀。陶德嚇一跳。「你今晚好安靜啊，兒子。你還好吧？」

陶德露出不自然的笑，似乎在父親和杜桑德之間左右為難。「我很好。要知道，這些故事我大部分都聽過了。」

「陶德！」莫妮卡說：「你真是……」

「這孩子只是老實罷了，」杜桑德說：「一種男人往往不得不捨棄的男孩特權。對吧，鮑登先生？」

迪克．鮑登大笑，點了點頭。

「也許可以請陶德現在就陪我走回我的住處，」杜桑德說：「相信他還有功課要做。」

「陶德是個優秀的好學生。」莫妮卡說，幾乎是無意識的口吻，同時帶著幾分困惑地看著陶德。「成績一向不是A就是B，可是上學期卻拿了一個C。不過，他答應三月的法語成績一定會有進步。對嗎？陶德寶貝。」

陶德又露出不自在的笑，然後點了下頭。

「不需要走路，」迪克說：「我很樂意載你一程。」

「我走路是為了透透氣、活動一下筋骨，」杜桑德說：「真的，我堅持走路……除非陶德不想走。」

「噢，不，我想出去走走。」陶德說。他的雙親微笑看著他。

杜桑德打破沉寂時，他們已接近他住處的街角。天空正下著細雨，他撐傘為他們兩人遮雨。他的關節炎仍然靜悄悄的，還在打瞌睡。太神奇了。

「你就像我的關節炎。」他說。

陶德抬起頭來。「嗄？」

「今晚你話不多。你的舌頭到哪兒去了？孩子。被貓叼走了？還是鷗鷺？」

「沒事。」陶德含糊地說。他們轉進杜桑德的街坊。

「也許我猜得到。」杜桑德說，不無惡作劇的味道。「你來接我的時候，你很怕我會說溜嘴……用你們的說法，露出馬腳。但你還是決定帶我去你家晚餐，因為你已經找不到藉口可以搪塞你父母了。結果一切順利，你卻很不安。難道不是這樣？」

「有差別嗎？」陶德說，不悅地聳聳肩。

「為什麼不該順利？」杜桑德問：「你還沒出生前，我就開始裝模作樣了。你的保密工作做得非常好，這點我要肯定你，我要非常鄭重地肯定你。可是今晚你看見了嗎？他們喜歡我，他們**喜歡**我！」

陶德突然怒吼：「你根本不需要那樣！」杜桑德整個人愣住，盯著陶德看。

「不需要嗎？**真的**？我以為那是你要的啊，孩子！這麼一來，他們肯定不會反對你繼續來『唸書』給我聽了。」

「你真的把一些事情看得太理所當然了！」陶德激動地說：「也許我從你那裡得到的東西已經夠了，不必再來了。你以為有人**強迫**我到你這髒兮兮的房子來，看你像那些在舊鐵路車場遊蕩的老酒鬼那樣喝悶酒？你是這麼想的嗎？」他的嗓子拉高，聲音變得尖細、顫抖又歇斯底里。「告訴你，根本沒人**強迫**我。如果我想來，我就來，如果我不想來，我就不會來。」

「聲音放低點，會被人聽見。」

「誰理你啊？」陶德說，又開始走了起來。這次他故意走出雨傘外面。

「對啦，沒人強迫你來，」杜桑德說，接著故意試探著說：「老實說，我還寧可你離我遠一點。相信我，孩子，我一點都不排斥獨自喝悶酒，真的。」

陶德輕蔑地看著他。「你就愛這樣，對吧？」

杜桑德只是含糊地笑笑。

「放心吧。」他們到達通往杜桑德家門前露台的水泥步道。杜桑德在口袋中摸索著鑰匙，而關節炎在他的手指關節點燃一抹暗紅，接著消退，等候著。杜桑德終於知道它在等什麼了：等他再度落單，然後它又會發作。

「告訴你吧。」陶德說，似乎喘得厲害。「如果他們知道你是誰，如果我告訴他們，他們會吐你口水，然後把你這瘦巴巴的老頭踢出去。」

杜桑德在細雨濛濛的黑暗中看著陶德。那孩子叛逆地仰起臉對著他，然而他臉色蒼白，眼窩泛黑而且微微凹陷——是那種在眾人沉睡的深夜長時間沉吟苦思的臉色。

「果真如此，相信他們對我將只有嫌惡。」杜桑德說。儘管他私心覺得，鮑登先生可能會暫時忍住嫌惡，問一些他兒子問過的問題。「沒錯，只有嫌惡。問題是，如果我告訴他們你知道我的身分已有八個月之久，卻什麼都沒說，他們對你會有什麼觀感？」

陶德無言，在黑暗中注視著他。

「你想的話就來看我，」杜桑德無所謂地說：「不想來就待在家裡。晚安，孩子。」

他走上他的門前台階，留下陶德獨自站在雨中，嘴巴微張，目送著他。

次晨，吃早餐時，莫妮卡說：「你父親很喜歡丹克先生呢，陶德。還說他讓他想起你的祖父。」

陶德含著吐司咕噥了幾句。莫妮卡看著兒子，懷疑他是否沒睡好。他看起來好蒼白，而且他的成績莫名其妙退步了。陶德**從來不**拿C的。

「你最近還好嗎？陶德。」

他茫然注視了她一會兒，接著堆起一臉燦笑，迷惑她……安撫她。他的下巴沾著一滴草莓醬。

「當然，」他說：「好得不得了。」

「陶德寶貝。」她說。

「莫妮卡寶貝。」他回說。兩人大笑起來。

9

一九七五年三月。

「小貓，小貓，」杜桑德說：「過來，小貓咪。貓咪？貓咪？」

他坐在後門廊上，右腳邊放著一只粉紅色塑膠碗，裡頭裝滿了牛奶。時間是下午一點半，這天相當悶熱，而且煙霧瀰漫。西邊的雜木林大火讓空氣中飄散著和時節有些不合的秋天氣息。如果那孩子要來，應該再過一小時就會到了。可是最近他不怎麼常來了，不像以前每週來七天，有時候他只來四天，或五天。某種直覺逐漸在他心中湧現，而這直覺告訴他，那孩子自己也有了麻煩。

「貓咪，貓咪。」杜桑德哄誘著。那隻流浪貓在院子另一頭，坐在籬笆邊的雜草叢裡。牠是一隻公貓，全身的毛就跟牠所在的草堆一樣雜亂。每次他說話，貓的耳朵就向前豎起，牠的眼睛緊盯著那只裝滿牛奶的粉紅碗。

也許，杜桑德想，那孩子的課業出了問題，或者作了惡夢，或者兩者都有。

最後這項讓他忍不住想笑。

「貓咪，貓咪。」他輕聲呼喚。貓的耳朵又向前翹起。牠沒動，還沒有，可是牠繼續盯著牛奶。

不用說，這陣子杜桑德為自己的問題苦惱不已。大約三週以來，他一直像穿著風格奇特的睡衣那樣穿著黨衛軍制服睡覺，而那套制服趕走了他的失眠和惡夢。他睡得跟伐木工一樣沉，不過只有一開始時。接著那些夢又回來了，不是一點點地，而是一股腦回來，而且比之前更糟。跑步的夢，還有眼睛的夢。跑過一座多雨的陌生叢林，沉重的樹葉和潮濕的蕨類拍打著他的臉，留下感覺像是汁液——或血液——的滴流。一直跑一直跑，發光的眼睛始終緊跟著，無情地凝視著他，直到他來到一塊林中空地。在黑暗中，與其說看見，不如說他感覺到空地另一端的陡峭小山。位在山頂的是帕汀，它的低矮水泥建築物、圍著鐵絲網和電網的工作場地，還有像《世界之戰》（War of the Worlds）影集裡的火星戰艦那樣巍然聳立的崗哨塔。在中央，巨大煙囪冒出的滾滾濃煙升上天空，在那些磚頭圓柱底下是熔爐，已經燒得很旺，準備運轉了，有如魔鬼的兇惡眼睛在夜裡閃閃發亮。他們告訴那一帶的居民，帕汀的囚犯在製造衣服和蠟燭，當然當地人是不相信的，就像奧斯威辛一帶的居民不相信那裡的集中營是一家香腸工廠。不過那無所謂。

在夢中，他越過肩膀回頭看，終於看見**他們**從暗處出現，那些不安分的死者，**猶太人**，步履蹣跚地朝他走過來，藍色編號在他們伸長的手臂的暗紫色皮膚上閃耀，他們的雙手像鷹爪那樣彎起，他們的臉不再冷漠沒有表情，而是充滿恨意、復仇的怨念，殺氣騰騰。許多孩童在他們母親身邊奔跑，許多老人由他們的中年子女攙扶著。所有人臉上的共同表情是渴望。

渴望？是的。因為在夢中，他知道（他們也一樣）只要他能爬上那座小山，他就安全了。在山下這些濕地和沼澤低地上，在這座叢林中——這裡的夜間植物流出的是血液，而不是汁液——他就像一頭被追捕的野獸……獵物。可是在山上，他是指揮官。如果這裡是叢林，那麼山頂的集中營就是動物園，所有野生動物都安穩地關在籠子裡，而他這個管理員的工作是決定哪一隻要餵養、哪一隻可以存活、哪一隻要交給活體解剖者、哪一隻要用搬運貨車送到屠宰場。

他開始奔上山丘，以惡夢特有的緩慢速度奔跑著。他感覺第一雙骷髏的手勒住他的頸子，感覺到他們冰冷惡臭的氣息，聞到他們的腐味，聽見他們拉下他時發出的終於得救——不只近在眼前，而是伸手可得——的鳥叫般的勝利呼喊。

「貓咪，小貓咪，」杜桑德呼喚著：「牛奶喔，好喝的牛奶。」

貓咪終於過來了。牠走到後院的半途，又坐了下來，但是因為擔憂而微微抽動著尾巴。牠不信任他，可是杜桑德知道貓聞得到牛奶，因此他充滿自信，牠遲早會過來的。

帕汀從來就沒有違禁品的問題。有些囚犯進去時在屁眼裡夾帶了裝有他們貴重物品的小麂皮袋（他們的貴重物品往往談不上貴重——照片、一束頭髮、假珠寶），有時會用木棒拚命往裡面推擠，直到連那個被他們叫做「臭拇指」的模範囚犯的修長手指都搆不著為止。他記得有個女人帶了一顆小鑽石，結果發現是瑕疵品，根本不值錢。可是那東西在她家族中是母親傳給長女、流傳了六代的寶物（至少她是這麼說的，不過當然，她是猶太人，而猶太人都愛撒謊）。到帕汀之前，她把它吞進肚子，等它隨著糞便排出，她又把它吞下。她反覆這麼做，最後那顆鑽石割破她的內臟，她開始出血。還有許多別的小計策，儘管多半只是夾帶些小物品，像是一包菸草或一、兩個緞帶髮飾。總之，在杜桑德用來訊問囚犯的房間裡有一台電子爐，和一張與他家中的餐桌相仿、鋪著紅格子桌布的家庭餐桌。那只爐子上隨時有一鍋滾得軟爛的燉羊肉，每當發生疑似走私事件（什麼時候沒有？），嫌疑集團的一個成員會被帶到這房間。杜桑德會讓他們站在爐子旁邊，飄散著濃郁的燉肉香氣的位置。他會柔聲問他們是**誰**，誰藏著黃金？誰藏著珠寶？誰藏著菸草？誰給那個叫紀凡妮的女人避孕藥？是誰？他從不曾明確承諾給他們吃燉肉，可是那香氣總能讓他們鬆口。

當然，警棍也能達到相同的效果，或者用槍管戳他們的胯下，可是燉肉……十分文雅。

是的。

「貓咪，小貓咪。」杜桑德呼喚。貓的耳朵向前豎起。牠起身一半，接著想起很久以前曾經被踢，或者被火柴燒觸鬚，於是牠又蹲坐回去了。可是牠很快就會再度移動的。

他找到了紓解惡夢的方法。說穿了，其實就只是穿上那套黨衛軍制服……不過效力大大提升了。杜桑德對自己相當滿意，只是遺憾以前竟然沒想過這麼做。他想他得感謝這孩子提供了這個讓他平靜下來的新法子，讓他發現，克服過往恐懼的關鍵不是抗拒，而是凝視，甚至是某種類似朋友的擁抱的東西。的確，在去年夏天男孩意外造訪之前，他已經有很長一段時間不曾作惡夢了，可是如今他相信，他已經和他的過往建立微妙的關係。之前他被迫放棄自己的一部分，如今總算失而復得了。

「貓咪，貓咪過來。」杜桑德呼喚著，臉上綻露一抹微笑，一種親切的笑容，一種安撫的笑容，那是一種已經安然度過人生險境、來到一個安全地帶，相對完整而且還具有若干智慧的老人的笑容。

蹲坐著的公貓站了起來，只稍稍猶豫了一下，然後輕靈優雅地快步通過最後一段後院草坪。牠登上台階，最後一次朝杜桑德投去不信任的一瞥，牠那咬痕累累、結痂的耳朵垂下了，接著牠開始喝起了牛奶。

「**好喝的**牛奶。」杜桑德說著戴上一直放在他大腿上的 Playtex 橡膠手套。「**好喝的**牛奶給**好**貓咪。」這雙手套是他在超市買的。他站在快速結帳的隊伍裡，一些婆婆媽媽帶著讚許、甚至猜測的眼神看著他。電視上有這種手套的廣告，它是有袖口的，而且柔軟得不得了，你可以戴著它撿起一枚一角錢硬幣。

他用一根綠色手指摩挲貓的背部，安撫地對牠說話。牠的背脊隨著他的撫摸節奏微微弓起。

就在牛奶喝光之前，他將貓一把抓住。

牠在他緊握的雙手中變得無比生猛，不停扭動、抽搐，用爪子刨抓著手套。牠的身體柔軟地來回擺動，杜桑德毫不懷疑，只要牠的牙齒或爪子掃中他，最後的贏家肯定是牠。這是個身經百戰的老兵。只有老兵能一眼認出老兵，杜桑德心想，咧著嘴笑。

把貓遠離他的身體小心翼翼舉著，臉上帶著痛苦的笑，杜桑德用一條腿推開後門，進了廚房。貓不停嚎叫、扭動，撕扯著橡膠手套，野性的三角形腦袋猛地往下衝，咬住一根綠色拇指。

「討厭的貓。」杜桑德罵了句。

烤爐門敞開著，杜桑德把貓丟進去。牠的爪子脫離手套時發出尖刺般的撕裂聲。杜桑德用一隻膝蓋砰地把門甩上，引發一陣關節炎的劇動。然而他繼續咧著嘴笑。他呼吸急促，幾乎喘不過氣來。他把身體緊貼在烤爐上好一陣子，頭垂懸著。那是瓦斯烤爐，他很少用它來做特別的東西，頂多做一頓電視晚餐，或者殺死流浪貓。

透過瓦斯烤爐，他隱約聽見貓撓抓、哭號著要出來。

杜桑德把溫度控制鈕轉到五百度，烤爐的指示燈點燃兩排嘶嘶作響的瓦斯，發出清脆的**啪！**一聲。貓停止哀號，開始尖叫。聽起來……是的……幾乎像小男孩的聲音，處於極度痛苦中的小男孩。想到這裡，杜桑德笑得更開了，他的心在胸口怦怦跳動。貓在烤爐裡亂刨亂抓，瘋狂地旋轉，不停尖叫。不久，一股炙熱、毛皮的焦味開始從烤爐滲出，飄進了廚房。

半小時後，他用一支烤肉叉把貓的遺體刮掉，叉子是他花兩元九角八分錢從一哩外的購物中心的 Grant´s 超市買來的。

烤焦的貓屍體進了一只空麵粉袋，他把袋子拿到地窖，這裡的地板一直沒鋪上水泥。杜桑德很快回到樓上，他拿 Glade 芳香劑噴灑廚房，直到整個房間充滿人工松木香。他把所有窗戶打開來。他清洗了烤肉叉然後把它吊在壁掛板上，然後他坐下來，等著看男孩是否會過來。他笑了又笑。

就在杜桑德認定這天下午陶德不會來了之後五分鐘，他來了。他穿著印有學校代表色的運動外套，頭戴聖地牙哥教士隊棒球帽，臂膀下夾著課本。

「好噁，」他走進廚房，皺著鼻子，「什麼味道？臭死了。」

「我用了烤爐，」杜桑德點了根菸，說：「結果把晚餐烤焦，只好丟掉。」

後來，在同月的某一天，陶德比平常提早到來，比放學時間早得多。杜桑德坐在廚房裡，用一只杯緣印有**這是你的毛小孩，呵呵呵！**字樣的破損、褪色的杯子喝著遠古波本酒。他把搖椅搬進廚房，在那裡邊搖邊喝，邊喝邊搖，拖鞋啪啪碰撞著褪色的亞麻地板。他看來興高采烈。他已有好一陣子沒有作惡夢了——從遇見那隻耳朵被咬傷的公貓之後——直到昨晚。可是昨晚的惡夢格外恐怖，這點無法否認。**他們**在他爬到山丘半途的時候把他拖下來，然後開始對他說一些不可告人的事，接著他便把自己喚醒了。在回到真實世界的最初的激烈翻騰過後，他很有自信，他可以隨時讓惡夢結束。也許這次一隻貓不夠用了，但總是還有狗收容所。是的，還有狗收容所。

陶德突然衝進廚房，臉色蒼白、油亮又緊繃。他瘦了，的確，杜桑德心想。而且他眼裡有一種杜桑德一點都不喜歡的怪異空茫感。

「你必須幫我。」陶德突然挑釁地說。

「真的?」杜桑德溫和地說，突來的一陣不安在心中浮現。他不動聲色，看著陶德用一種又急又兇猛的肩上傳球姿勢，把一堆書甩到桌上。其中一本旋轉著滑過防水桌巾，成帳篷形狀降落在杜桑德腳邊。

「是啊，他媽的一點都沒錯!」陶德尖聲說:「你最好相信!因為這是你的錯!全都是你的錯!」狂熱的紅暈湧上他的臉頰。「你非幫我不可，因為我抓到你的小辮子了!你被我逮個正著!」

「我會盡力幫你的。」杜桑德平靜地說。他想都沒想，熟練地將雙手交疊在身體前方，就像以前他常做的那樣。他在搖椅裡傾身向前，直到下巴移到交疊雙手的正上方，就像以前那樣。他的表情冷靜而友善，帶著詢問的味道，完全看不出他心中的不安正逐漸高漲。像那樣坐著，他幾乎感覺到他背後的爐子上正燜煮著一鍋燉羊肉。「告訴我有什麼問題。」

「這就是問題。」陶德兇惡地說著，把一只文件夾丟向杜桑德。它打中他的胸口，彈落在他大腿上。他頓時對自己心中竄起的怒火——有股衝動想要起身，狠狠給那孩子一巴掌而感到詫異。然而，他仍然一臉平和的表情。他看出那是男孩的成績單，儘管學校似乎費盡苦心想隱藏事實。它不叫學校成績單或成績通知單，卻叫做「學期進步報告」。他不以為然地哼一聲，把它打開來。

半張打了字的紙張掉了出來，杜桑德把它放到一邊，準備稍後再看，然後回頭，先把注意力放在男孩的成績上。

「你似乎退步了呢，孩子。」杜桑德說，不無雀躍之情。這孩子只有英語和美國歷史及格，其他學科的成績都是F。

「不是我的錯，」陶德怨恨地咬著牙說：「是**你的**錯。你說的那些**故事**害我作惡夢，你知道嗎？每次我坐下來打開書本，就開始想當天你告訴我的那些，我記得的下一件事就是，我母親對我說該上床睡覺了。反正不是我的錯！**不是！聽見沒？不是！**」

「我聽得非常清楚。」杜桑德說，開始讀那張塞在陶德成績單裡的字條。

親愛的鮑登先生、女士：

附上本便條是為了建議我們針對陶德的第二、第三學期成績會面討論。鑑於陶德之前在學校的優異表現，他最近的成績顯示他有了某種可能會危及他學業表現的問題，而這類問題往往可以透過坦誠、開放的討論獲得解決。

我必須指出，儘管陶德上半學年的成績是及格的，但是他的學年總成績可能仍將不盡理想，除非他的第四學期成績能有大幅進步。萬一學年成績不及格，將會需要暑期特別輔導，以避免留級，同時導致重大的排班排課問題。

同時我也要提醒，陶德屬於升學組，而他在本學年的表現遠遠低於大學錄取標準，而且也低於SAT大學學力測驗的標準。

我保證將會妥善安排對雙方方便的會面時間。以這類案例來說，基本上越快越好。

艾德華．弗蘭奇　敬上

「這個艾德華．弗蘭奇是誰？」杜桑德問，把字條塞回成績單內（一方面仍然驚異於美國人對無聊話的喜愛，寫了這麼一封曲折委婉的書信，只為了通知這對夫婦他們的兒子快被退學了！）然後再度交疊著雙手。他對災難的預感前所未有地強烈，可是他拒絕屈服。若是一年前他肯定會認命，一年前他會準備接受災難。現在可不同了，但是這可惡的孩子還是給他帶來了禍害。「是校長嗎？」

「橡皮艾德？拜託，不是啦，他是輔導諮詢員。」

「**輔導**諮詢員？是做什麼的？」

「你看過紙條了，」陶德說，近乎歇斯底里，「應該猜得出來啊！」他快步在房裡走來走去，不時朝杜桑德投去銳利、急促的一瞥。「我說什麼都不會被退學，絕對不會。我不要參加暑期輔導班。今年夏天我爸媽要去夏威夷，我要跟他們一起去。」他指著桌上的成績單。「你知道如果我爸看見了會怎麼樣嗎？」

杜桑德搖頭。

「他會逼我說出一切，所有一切。他會知道是你造成的。不可能是其他原因，因為其他事情都沒有改變。他一定會追問到底，要我把真相一五一十說出來。到時候……到時候我就……麻煩大了。」

他憤憤瞪著杜桑德。

「他們會盯著我。該死，他們會要我去看醫生。我也不知道，我怎麼會知道呢？可是我不想惹爸媽討厭，我不想參加討厭的暑期輔導班。」

「也不想去感化院。」杜桑德說道，語氣極為平靜。

來回走動的陶德煞住，表情凝結，原本就蒼白的臉頰和額頭更加沒了血色。他瞪著杜桑德，試了兩次才能開口：「**什麼**？你剛剛說**什麼**？」

「親愛的孩子，」杜桑德裝出極有耐心的樣子說：「我聽你嘮叨訴苦了半天，發現你只是在抱怨一件事：**你**麻煩大了，**你**可能會露出馬腳，**你**可能會陷入窘境。」發現男孩專注聽著，他終於若有所思地啜了口酒。

「孩子，」他往下說：「這真是一種非常危險的態度，不管是對你或者對我，但是對我的潛在危害顯然大得多。你擔心你的成績單，哼！**去你的**成績單！」

他用一根發黃的手指一彈，把它從餐桌打落地板。

「我擔心的是我的**人生**！」

陶德沒回答，只繼續用略帶瘋狂的白眼瞪著杜桑德。

「以色列人不會顧及我已經是七十六歲的老人，而且要知道，在他們那裡死刑還是很常見的，尤其當受審的人是一個待過集中營的納粹戰犯。」

「你是美國公民，」陶德說：「美國不會讓他們把你抓走的。我看了很多這方面的書，我……」

「你看書，可是你沒長**耳朵**！我**不是**美國公民！我的證件是從**黑手黨**那兒取得的。我肯定會被遣送出國，而不管我在哪裡下飛機，以色列秘情局（Mossad）肯定會在那裡等著我。」

「希望他們**能**把你絞死。」陶德喃喃說，雙手揑成兩隻拳頭，低頭凝視著它們。「當初我真的是瘋了才會跟你攪和在一起。」

「確實是。」杜桑德淡淡笑著說：「但你已經和我攪和在一起了。我們必須活在當下，孩子，而不是活在『早知如此，何必當初』的懊惱中。你得要了解，如今你我的命運已經交織在一塊兒，密不可分了。如果你像你說的那樣『揭我的瘡疤』，你想我會忍著不揭你的瘡疤？帕汀死了七十萬人，在多數世人眼中我是個罪犯，是個惡魔，你們的八卦報紙甚至會說我是屠夫。但是所有這些你也有一份，孩子。你握有一個非法移民的犯罪紀錄，卻沒有舉發他。而且，如果我被抓，我會把你的事情全抖出來。當那些記者把麥克風塞到我面前，我將會一次又一次吐出你的名字。『陶德．鮑登，沒錯，這就是他的名字……』多久是嗎？將近一年。他想知道一切……所有的恐怖情節。沒錯，用你們的說法就是這樣：『所有的恐怖情節』。」

陶德停止呼吸，他的皮膚近似透明。杜桑德衝著他笑，啜著波本酒。

「我想他們會把你關進牢裡，他們會說那是感化院或矯正機構，總之會取個時髦名稱，就像這張『學期進步報告』。」他彎起嘴角。「但無論他們怎麼稱呼，那裡的窗口肯定裝有鐵柵欄。」

陶德舔濕嘴唇。「你是個騙子。我會告訴他們我剛剛才發現，他們會相信我而不是你。這點你最好搞清楚。」

杜桑德依舊帶著淺笑。「你剛才似乎說過，你父親會讓你把真相一五一十供出來。」

陶德緩緩開口，當一個人心中同時浮現理解和言語時的說話方式。「也許不會，也許這次不會。這可不像拿石頭打破窗戶那麼簡單。」

杜桑德暗暗蹙起眉頭。他想這孩子的判斷是對的，在緊要關頭，他或許真的可以說服他父親。畢竟，面對如此難堪的真相，哪個做父母的不想被說服呢？

「也許吧，也許不是。可是你要怎麼解釋你唸了那麼多書給半盲的丹克先生聽？我的視力或許大不如前，但只要戴上眼鏡，我還是能看清楚書上的小字。我可以證明給他看。」

「我會說你愚弄我！」

「是嗎？問題是，我愚弄你又是為了什麼呢？」

「為了……為了博取友誼。因為你很孤單。」

這話，杜桑德思忖著，倒是相當接近事實，頗有說服力。有一度，一開始時，這孩子用這招或許還可能成功，可是現在他很狼狽，現在他就像一件已經不堪穿用的舊外套那樣散成一堆線頭。這時要是有個小孩在街上發射玩具槍，這孩子不嚇得跳起來，像女孩那樣尖叫才怪。

「而且你的成績單也對我有利，」杜桑德說：「造成你成績嚴重退步的不是《魯賓遜漂流記》，不是嗎？孩子。」

「閉嘴，行嗎？別再說那個了！」

「不，」杜桑德說：「我偏要說。」他把火柴在瓦斯烤爐門上擦出火花，點了根菸。「直到我讓你看清楚一個簡單的事實。不論好壞成敗，我們是分不開了。」他透過飄流的煙霧看著陶德，沒有笑容，那張皺巴巴的老臉十足陰險。「我會拉你下水，孩子，千萬別懷疑。只要有一點風聲洩漏出去，我就把一切掀開來，這是我對你的承諾。」

陶德悶悶不樂地瞪著他，沒回應。

「好。」杜桑德輕快地說，帶著一種終於把無奈的不快甩掉的人的神態。「問題是，我們該如何處置眼前的狀況？你有沒有什麼想法？」

「這個可以解決成績單的問題。」陶德說著從外套口袋拿出一瓶消字液。「關於那張討厭的字條，我不知道。」

杜桑德讚許地看著消字液。他自己也曾修改過幾次單據，次數多到達到空想的地步……而且遠遠、遠遠超過了。而且……很像他們目前的處境——當時他處理的是發貨清單，列出戰爭掠奪物的清單。每週他會檢查一箱箱的貴重物品，這些都是要用看來像裝了輪子的大保險箱的火車車廂運回柏林的。每一只箱子側面都附有一只牛皮紙信封，裡頭是一張裝箱內容物的核實清單。好多戒指、項鍊、頸鍊，好多的金粒。然而，杜桑德也有一箱自己的貴重物品——不貴重的貴重物品，但也不是毫無價值的。玉、電氣石、蛋白石，幾顆有瑕疵的珍珠，還有工業用鑽石。當他看見準備運往柏林的某樣物品很吸引他，或者看來像是不錯的投資，他就會把它拿出來，用他自己箱子裡的某樣東西取代，然後用消字液把清單上的品項改成他的。他成了相當專業的偽造高手，一種在戰後不止一次派上用場的才能。

「很好，」他對陶德說：「至於另一個問題……」

杜桑德又搖起了搖椅，啜著酒。陶德拉了張椅子坐到餐桌前，開始處理他剛才一言不發從地上撿起來的成績單。杜桑德表現出來的沉靜對他起了作用，只見他默默苦幹，低頭用心修改成績單，就像任何一個決心達成上帝賦予的使命的美國男孩，不管這使命是種玉米、在小聯盟國際大賽中投出完封對手的一局，或者偽造自己的成績單。

杜桑德望著他的頸背，從髮尾和T恤的圓領之間露出來的一片微微曬黑的潔淨皮膚。他的目光從那裡飄向他存放著幾把屠刀的第一只流理台抽屜。猛地一刺——他很清楚刀該從哪裡插入，那孩子的脊椎就會被切斷。他的嘴將永遠被封鎖。杜桑德遺憾地笑笑。一旦男孩失蹤，將有大堆疑問被提出。太多疑問了，而且有些會衝著他而來。即使沒有和朋友通信，他仍然承受不起嚴格的審查。真可惜。

「這個叫弗蘭奇的，」他輕敲著那張紙條說：「他和你雙親平常有沒有往來？」

「他？」陶德的語氣帶著一絲輕蔑。「他去的那些地方都是我爸媽從來不去的。」

「他可曾以專業身分和他們會面？以前他可曾和他們討論事情？」

「沒有。在這之前，我在班上一直都是名列前茅。」

「那麼他對他們了解多少？」杜桑德說，出神凝視著已幾乎空了的酒杯。「當然，他很了解**你**，他無疑握有你的所有紀錄可以運用，最早可以一直推到你在幼兒園操場的打架史。可是他對**他們**了解多少？」

陶德將筆和小瓶消字液收起來。「這個嘛，他知道他們的名字，這是一定的，還有他們的年齡。他也知道我們是衛理公會教徒。填資料的時候不必寫這項，可是我爸媽都有寫。我們不常上教堂，不過他知道我們是教徒。他必須知道我父親是做什麼的，這項也在表格裡。每年他們都要填寫一次，我想大概就這些了。」

「他會不會知道你雙親在家有什麼問題？」

「這是什麼意思？」

杜桑德灌下杯子裡剩下的波本威士忌。「小口角、爭吵什麼的。你父親睡沙發，你母親猛喝酒。」他眼睛發亮。「離婚的前兆。」

陶德氣憤地說：「從來沒發生過這種事！不可能！」

「我沒說發生過，可是想想，孩子，假設你家的情況就像人家說的，有如『乘著電車衝向地獄』。」

陶德皺眉看著他。

「要是那樣，你會為他們擔心的。」杜桑德說。「擔心得不得了。你會沒胃口，你會睡不好，最可悲的是，你的學校成績會一落千丈，不是嗎？當做父母的在家出了問題，最可憐的總是孩子們。」

男孩的眼裡閃現理解，除了理解，還有類似無言的感激的東西。杜桑德很滿意。

「是的，當一個家庭瀕臨破碎的邊緣，真是一種不愉快的情況。」杜桑德莊重地說，又倒了些波本酒。他已有幾分醉意。「白天的電視劇多得是這樣的情節，惡言相向、背後中傷還有謊言。最重要的是，還有傷痛。傷痛，孩子。你不明白你的雙親正經歷什麼樣的苦楚，他們已經被自己的問題弄得焦頭爛額，幾乎沒時間理會他們兒子的問題。比起他們的麻煩，他的麻煩似乎不算什麼，嗯？哪天，等傷口逐漸痊癒，他們無疑會把較多的心力放在他身上，可是目前，他們唯一的權宜辦法就是讓孩子的慈祥祖父去和弗蘭奇先生會面。」

陶德的眼睛逐漸發亮，亮到近乎熾熱。「也許行得通。」他咕噥著：「也許，是啊，也許行得通，也許……」他突然住口，眼神又黯淡下來。「不，行不通。你長得不像我，一點都不像……橡皮艾德說什麼都不會相信的。」

「Himmel!Gott im Himmel![18]」杜桑德大喊，站了起來，穿過廚房（腳步有點不穩），打開地窖門，拿出一瓶新的遠古波本酒。他旋開瓶蓋，倒了一大杯。「就一個小男孩來說，你真是個Dummkopf[19]。有哪個做祖父的會長得像孫子？呃？我有白頭髮，你有白頭髮嗎？」

他又走回餐桌，以驚人的敏捷動作伸手抓住一大撮陶德的金髮，迅速拉了一下。

「夠了！」陶德怒喝，但忍不住笑了。

「況且，」杜桑德說著坐回搖椅，「你是金髮藍眼珠，我的眼睛是藍色，而我的頭髮在變白之前也是金色。你可以把你的家族史全部告訴我，你的叔伯姨嬸們，你父親的同事，你母親的小嗜好。我會記住的，我會用功把它記住。過兩天或許就忘光了，畢竟這陣子我的記性就像裝滿水的布袋一樣，可是我會記得夠久的。」他陰沉地一笑。「我年輕時逃過納粹獵人的追捕，瞞過了希姆萊本人。如果我沒辦法糊弄一個美國公立學校的教師，我乾脆把自己用裹屍布包一包，爬進墳墓去算了。」

「或許吧。」陶德緩緩說，杜桑德看出他已經接受了。他眼裡閃著安心的光芒。

「**當然**……不！」杜桑德大叫。

他開始咯咯大笑，搖椅跟著吱嘎吱嘎前後晃動。陶德困惑地看著他，有點害怕，但不一會兒也跟著大笑起來。在杜桑德的廚房裡，兩人笑了又笑，杜桑德坐在吹進陣陣溫暖加州微風的敞開的窗口，陶德則是以餐椅的兩隻後腳支撐著往後倒，讓椅背靠在烤爐門上，那門的白色琺瑯由於杜桑德常在那裡擦亮火柴，出現許多黯淡、燒焦般的交叉刮痕。

「橡皮艾德」弗蘭奇（陶德向杜桑德解釋過了，會有這綽號是因為他在雨天時總會在運動鞋外面加上橡膠鞋套）是個老愛做作地穿著Keds帆布鞋到學校的瘦小男子。有點不拘小節，他認為這可以讓他受到他負責諮詢的一百零六個十二到十四歲之間的孩子的喜愛。他有五雙Keds帆布鞋，顏色從飆速藍到爆米花黃不等，全然沒發覺大家在背地裡給他取的綽號不只有橡皮艾德，還有球鞋控、搞怪男，大家很常起鬨說「搞怪男來了」。在大學時期，大家都叫他肛門臉，要是發現這樁可恥的往事已被傳開來，他不羞死才怪。

他很少打領帶，偏愛高領毛衣。打從六〇年代中期他就一直這樣穿，當時大衛・麥考倫（David McCallum）在電視影集《打擊魔鬼》（The Man from U.N.C.L.E.）的高領衫造型讓這種衣服蔚為流行。據說在大學時，他的同學一發現他穿過中庭走來，就會說：「肛門臉穿著打擊魔鬼毛衣走過來了。」他主修教育心理學，私心自認是無人能及的輔導諮詢員。他和孩子們**關係**極好，他可以跟他們**直來直往**地交談，他可以和他們一起唱**饒舌**歌，然後暗暗同情他們也許需要做一點放聲尖叫練習來**擺脫困境**。他了解他們的煩惱，因為他知道身為一個老是**被人惡整**卻**無力還擊**的十三歲**可憐蟲**是什麼滋味。

問題是，回想他十三歲時的種種實在是一種煎熬。他想，這大概是成長在五〇年代必須

18. 譯註：德語的「天啊！天上的神！」之意。
19. 譯註：德語的「傻瓜」之意。

付出的最大代價吧。之後便進入被戲稱為肛門臉的六〇年代的艱困新局面。

此時，當陶德．鮑登的祖父走進他的辦公室，隨手把卵石紋玻璃門在背後穩穩地關上時，橡皮艾德恭敬地站起，但很謹慎地沒有繞過桌子去迎接這位老先生。他意識到他的帆布鞋。有時候老一輩的人並不了解，運動鞋是面對那些有教師焦慮的孩子的一種心理輔助——也就是說，有些老年人就是無法認可一個穿 Keds 帆布鞋的輔導諮詢員。

這位老先生十分體面，橡皮艾德心想。一頭白髮整齊地往後梳，身上的三件式套裝潔淨無瑕，鴿灰色的領帶打得完美無缺。他的左手拿著一支收攏的黑色雨傘（從週末開始便一直飄著細雨），那姿態幾乎像是軍人。幾年前，橡皮艾德和妻子一度對桃樂西．賽兒絲（Dorothy Sayers）著迷不已，讀了可以到手的她的所有作品。此時他想到，眼前的老先生活脫脫就是她筆下的貴族神探彼得．溫西爵爺（Lord Peter Wimsey）。七十五歲的溫西，而他的忠僕邦特和夫人海莉特．凡恩早已歸西。他暗暗提醒自己，回家後要把這事告訴珊卓。

「鮑登先生。」他恭謹地說，伸出手去。

「幸會。」鮑登說著和他握手。橡皮艾德留意著避免使出平常和學生父親們會面時慣用的堅決、強勁的力道，因為從老先生小心翼翼的動作看來，他的手顯然患有關節炎。

「幸會，弗蘭奇先生。」鮑登又說，然後坐了下來，謹慎地把長褲的膝頭部分往上提。他將雨傘立在兩腳之間，然後倚靠著它，那模樣儼然是飛來棲息在橡皮艾德．弗蘭奇辦公室裡的一隻極盡溫文儒雅的老禿鷹。

他說話帶有一點鄉音，橡皮艾德心想，但並不是溫西爵爺會有的那種英國上流社會的清脆口音，而是比較普遍，比較屬於歐陸的。總之，他和陶德的相似程度十分驚人，尤其是鼻子和眼睛。

「很高興你能過來。」橡皮艾德對他說，坐回自己的位置上。「雖然說這種情況通常是由學生的母親或父親……」

當然，這只是開場白。近十年的諮詢工作經驗告訴他，當出面參加會談的是叔叔、阿姨或祖父，通常意謂著家裡有了麻煩，而最後毫無例外地會被證明正是學生問題根源的那類麻煩。對橡皮艾德來說，這是值得寬慰的事。家庭問題很不幸，但是對陶德這種聰明的孩子而言，萬一涉及嚴重的染毒問題，那才真的麻煩大了。

「是啊，當然。」鮑登說，裝出既憂傷又憤怒的表情，「我兒子和媳婦問我可不可以來一趟，和你討論一下這件令人遺憾的事，弗蘭奇先生。陶德是個好孩子，相信我，他成績退步的問題只是暫時的。」

「當然，我們都這麼期待，對吧？鮑登先生。想抽菸的話請便。學校禁菸，但我不會說出去的。」

「謝謝。」

鮑登先生從外套內袋掏出一包壓得半扁的駱駝菸，把剩下的最後兩根彎曲的香菸中的一根放進嘴裡，然後摸出一根鑽石牌藍頭火柴，在他的一隻黑皮鞋後跟上擦亮，點燃了香菸。他吸第一口時咳了幾聲老人常有的濕咳，然後把火柴甩熄了，將變黑的火柴棒放進橡皮艾德拿出來的菸灰缸。橡皮艾德看著這場幾乎和老先生的皮鞋同樣有條不紊的儀式，整個入迷了。

「該從哪裡說起才好？」鮑登說道，沮喪的臉透過一團團繚繞的煙霧望著橡皮艾德。

「這個嘛，」橡皮艾德親切地說：「你知道，光從你代替陶德的雙親過來的這個事實，我就多少明白了一些。」

「是啊，我想也是。好吧。」他交疊雙手，駱駝菸從他右手的第二和第三根手指之間探出來。他挺直腰桿，揚起下巴。橡皮艾德腦子裡有種類似普魯士帝國的東西逐漸成形，讓他憶起小時候看過的那所有的戰爭電影的東西。

「我兒子和媳婦的家裡有些問題，」鮑登說，字字咬得精準無誤，「相當嚴重的問題，可以這麼說。」他那雙年老但亮得出奇的眼睛看著橡皮艾德打開放在他面前的辦公桌墊正中央的檔案夾。裡頭有幾張紙，但是不多。

「你認為那些問題影響了陶德的學業表現？」

鮑登傾身向前約莫六吋，他的藍眼睛始終盯著橡皮艾德的褐色眼睛。先是一陣凝重的停頓，接著鮑登說：「做母親的貪杯。」

他重拾之前的筆直姿勢。

「噢。」橡皮艾德說。

「沒錯。」鮑登回答，冷峻地點頭。「那孩子告訴我，他有兩次放學回家，看見她趴倒在餐桌上。他知道我兒子對她的喝酒問題有什麼觀感，因此這種時候，那孩子總是自己用微波爐加熱晚餐，然後勸她盡量喝黑咖啡，好讓她在迪克回家前清醒過來。」

「真糟糕。」橡皮艾德說道，儘管他聽過更糟的——海洛因成癮的母親，一時興起開始搞自己的女兒……或兒子的父親。「鮑登女士可曾考慮尋求專業協助來解決她的問題？」

「那孩子努力勸她接受，說這是最好的辦法。我想她大概很羞愧，如果她能有多點時間……」他吸菸時做了個小動作，在空中留下一個逐漸消散的煙圈。「你了解嗎？」

「是的，當然。」橡皮艾德點點頭，暗暗佩服他吐煙圈的技巧。「你兒子……陶德的父親……」

「他也有責任，」鮑登厲聲說：「老是加班，沒回家吃晚餐，常在夜裡突然趕到公司……

告訴你吧，弗蘭奇先生，他娶的不是莫妮卡，而是他的工作。我從小被灌輸家庭第一的觀念。難道你不是？」

「當然是。」橡皮艾德誠懇回答。以前他父親在洛杉磯一家大型百貨公司擔任夜間警衛，他真的只在週末和節日才見得到老爸。

「這是問題的另一個層面。」鮑登說。

橡皮艾德點頭，想了想。「你的另一個兒子呢？鮑登先生。呃……」他低頭看著檔案。「陶德的叔叔，哈洛。」

「哈洛和他妻子黛博拉目前住在明尼蘇達，」鮑登一臉真誠地說：「他在那裡的大學醫學院有一份教職，分不開身，而且這麼要求對他也不公道。」他臉上出現公正無私的表情。「哈洛和他妻子的婚姻相當美滿。」

「原來如此。」橡皮艾德又看了下檔案，然後把它闔上。「鮑登先生，很感謝你的坦誠相告，我也會對你坦白的。」

「謝謝。」鮑登僵直地說。

「在諮詢的領域裡，我們能為學生做的十分有限。本校有六名諮詢員，每個人得輔導一百多個學生，我最新的一位同事赫本得負責一百一十五個。在我們的社會中，這年紀的孩子幾乎每個都是問題學生。」

「的確。」鮑登用力把菸蒂壓進菸灰缸，再度交疊著雙手。

「有時候我們會遇上一些嚴重的問題，家庭環境和毒品是最常見的兩種。起碼陶德沒染上甲基安非他命（speed）、麥司卡林（mescaline）或五氯苯酚（PCP）之類的東西。」

「上帝不容。」

「有時候，」橡皮艾德往下說：「我們實在是無能為力。很令人沮喪，但這是活生生的事實。通常最早被剔除在我們運作的這個機器外的是那些班上的麻煩精，那些行動緩慢、沉默寡言的孩子，那些連試都不肯試的孩子。他們只是渾渾噩噩，在那兒等著體制把他們一個接一個年級往上推，或者等自己長大，可以不必經過父母准許就休學，然後去從軍，或者在快洗小子洗車廠找份工作，或者和男友結婚。你了解嗎？我話說得直白。正如他們說的，我們的體制並不全然像大家吹捧的那樣。」

「我很欣賞你的率直。」

「可是，當你看見這個機器開始壓垮像陶德這樣的孩子，真是很令人難過。他去年的平均成績是九十二分，這使得他在全班的百分等級中高居第九十五位。他的英語平均分數甚至更好，而且他顯露出寫作的天分，這對一個以為文化是開始於看電視、結束在社區電影院的年輕世代來說，真是非常特別的一件事。我和陶德去年的作文教師談過，她說陶德的學期論文是她教書二十年來見過最優秀的，主題是二戰期間的德國死亡集中營。她史無前例地給了他A^+。」

「我讀過那篇文章，」鮑登說：「寫得非常好。」

「同時他也在生命科學和社會科學方面表現出高於一般水準的能力，而儘管他不會成為本世紀的偉大數學奇才之一，但我手中握有的他的所有筆記顯示他老老實實下了工夫……直到今年。簡單地說就是這樣。」

「是的。」

「我真的**不想**見到陶德就這樣一蹶不振，鮑登先生。還有暑期班……唉，我說了，我會對你坦白。暑期班對陶德這樣的孩子可說有害無益，一般的初中暑期班就像動物園，龍蛇雜處，加上一大堆傻鳥，對陶德這樣的孩子來說實在是損友。」

「的確。」

「所以咱們得設個停損點，對吧？我建議鮑登夫婦到城裡的諮詢中心去進行一系列諮商。當然，一切都是保密的。那兒的負責人哈利．阿克曼是我的好友。而且我覺得，這事不該由陶德去向他們提出，我認為你去比較合適。」橡皮艾德咧著嘴笑。「或許到了六月一切就能回到正軌，這也不無可能啊。」

鮑登對這提議顯得十分驚恐。

「我認為，如果我去向他們提出這建議，他們可能會因此對那孩子心生不滿，」他說：「目前情況非常敏感，他們的反應可能會兩極化。這孩子答應我會加倍用功，他對於自己成績退步非常憂心。」他淡淡一笑，讓艾德．弗蘭奇有點參不透的笑。「你想像不到的憂心。」

「可是……」

「他們也會對我不滿，」鮑登加緊進逼，「一定會的。莫妮卡本來就覺得我太好管閒事。我也不想啊，可是你也看到這情況了，我覺得最好先別去管它……暫時。」

「我處理這種事很有經驗。」橡皮艾德對鮑登說。他在陶德的檔案夾上交疊雙手，真誠地望著老人。「我真的認為找人諮詢是目前的首要之務。請你了解，我對你兒子和兒媳婚姻問題的關注完全取決於它是否會對陶德產生影響……而目前看來，它的影響相當大。」

「我也提個建議吧，」鮑登說：「我相信你們有一套做法，可以用來警告父母他們孩子的成績退步了？」

「有的，」橡皮艾德謹慎地附和說：「進步說明卡，IOP卡。當然，孩子們把它叫做不及格卡。他們只有在某一科的成績低於七十八分時才會收到這種卡片。換句話說，我們會把ＩＯＰ卡發給那些某一科成績得到Ｄ或Ｆ的學生。」

「好極了，」鮑登說：「那麼，我的建議是這樣的：只要這孩子拿到一張這種卡……就算只有**一張**……」他舉起一根扭曲的手指。「我就去向我兒子和媳婦提關於諮詢的事。而且我要加碼……」他發音成**價碼**。「只要他在四月收到……」

「事實上我們是在五月發出的。」

「是嗎？如果到時候他收到一張，我保證他們就會接受找人諮詢的建議。他們很擔心他們的兒子，弗蘭奇先生，不過目前他們被自己的問題弄得焦頭爛額，根本……」他聳聳肩。

「我了解。」

「所以說，我們得給他們一些時間把自己的問題給解決。拎著自己的鞋帶把自己提起來（pull oneself up by one's own bootstraps）……美國人是這麼說的，不是嗎？」

「是的，大概是吧。」橡皮艾德對他說，說話前先想了一下……同時瞥了下時鐘，他發現五分鐘後他還有另一個預約。「我接受這建議。」

他起身，鮑登跟著站起來。兩人再次握手，橡皮艾德小心留意著老人的關節炎。

「不過說真的，我必須告訴你，很少有學生能藉著短短四週的課程，擺脫掉長達十八週的混亂，有太多地方需要補強，太多了。我猜到時候你還是得兌現你的保證，鮑登先生。」

鮑登再度露出淡淡的、令人不安的微笑。「是嗎？」他只回了這麼一句。

會談過程中，有些東西困擾著橡皮艾德，他利用在自助餐廳的午餐時間細想這件事。而那位「彼得爵爺」端正地把雨傘夾回臂膀下然後離去，已是一個多小時前的事了。

他和陶德的祖父起碼談了十五分鐘，或許將近二十分鐘，然而在艾德的印象中，那位老先生一次都不曾提起自己孫子的名字。

陶德氣喘吁吁地騎著單車進入杜桑德家的步道，踩下停車腳架。學校十五分鐘前才放學。他一個箭步躍上門前台階，拿鑰匙開門，沿著走廊匆匆進了光線明亮的廚房。他的臉是充滿希望的陽光和陰鬱烏雲的混合體。他在廚房門口站立片刻，胃和聲帶糾結著。只見杜桑德膝上一杯波本酒，坐在搖椅裡晃啊晃的。他仍然穿著他最體面的一套衣服，儘管領帶拉下了兩吋，襯衫的第一顆鈕釦也鬆開了。他面無表情地看著陶德，蜥蜴般的眼睛半睜著。

「如何？」陶德終於開口。

杜桑德繼續賣關子，在陶德感覺起碼有十年那麼久的關子。接著，杜桑德慎重地把酒杯放到桌上的遠古酒瓶旁邊，然後說：「那傻子什麼都信。」

陶德把憋了許久的氣一股腦吐出，輕鬆不少。

他還沒來得及再吸一口氣，杜桑德補了句：「他要你那煩惱不安的可憐爸媽到城裡接受他的一個朋友的諮商，而且相當堅持。」

「天啊！你怎麼……你是怎麼……你怎麼處理的呢？」

「我腦筋動得快，」杜桑德回說：「就像《咲 -Saki-》漫畫裡的天才麻將少女，急中生智一向是我的強項之一。我答應他，只要你在他們發出不及格卡的五月拿到一張卡，你爸媽就會去進行婚姻諮商。」

陶德的臉瞬間沒了血色。

「你**什麼**？」他幾乎尖叫起來。「從期中考開始以來，我已經有兩次代數和一次歷史測驗不及格了！」他走進廚房，淌著汗水的蒼白臉孔亮晃晃的。「今天下午有一堂法語測驗，我同樣不及格……鐵定是這樣。我滿腦子只想著那個討厭的橡皮艾德，還有你能不能應付得來。你應付得太好了，真的。」他尖刻地下結論。「只要拿到一張不及格卡？我說不定會拿五、六張呢。」

「為了不啟人疑竇，我也只能這麼做了。」杜桑德說：「這個弗蘭奇傻歸傻，也只是在盡他的職責罷了。現在你也得盡你的責任。」

「這是什麼意思？」陶德的臉醜惡而可怕，聲音充滿挑釁。

「你得好好用功。接下來四週你得拚死拚活努力讀書。此外，到了週一你得去找你的每一位教師，為你截至目前的糟糕表現向他們道歉。你得……」

「不可能！」陶德說：「你沒搞清楚，老兄，這是**不可能**的。我的科學和歷史課已經落後至少五週，代數課差不多落後十週。」

「一樣。」杜桑德說，又倒了些波本酒。

「你以為你很聰明，是嗎？」陶德對他大吼。「我不受你指揮。你發號施令的日子早就過去了，**你明白嗎？**」他突然降低聲量。「如今你屋子裡最有殺傷力的東西是殼牌驅蟲條。你只不過是個一吃墨西哥捲餅就放臭屁的衰弱老頭子，我敢說你還會尿床。」

「聽我說，小毛頭。」杜桑德輕聲說。

這話讓陶德氣憤地猛一回頭。

「今天以前，」杜桑德小心翼翼地說：「有可能，只是有那麼**一丁點**可能，你可以告發我而保住你自己的清白。我不相信以你目前的焦慮狀態能夠做到這點，但是無所謂，技術上還是可能的。可是現在情況不同了。今天我化身為你的祖父，維多‧鮑登。沒人會相信我這麼做沒有經過你的……怎麼說來著？……默許。如果這時事情被揭露，孩子，你就說什麼都無法脫身了，你再也沒有後路，而我今天已把這問題搞定了。」

「我希望……」

「你**希望**！你**希望**！」杜桑德咆哮。「別再管你希望什麼了，你的願望令我作嘔，你的願望就跟水溝裡的一堆堆狗屎一樣一文不值！**現在我唯一想知道的是，你到底了不了解我們目前的處境！**」

「我了解。」陶德含糊地說。他在杜桑德對他大吼時捏緊了拳頭，他可不是被罵大的。這時他鬆開雙手，木然地發現他在掌心掐出了幾個半月形的血痕。那些傷口本來恐怕會更慘，他想，不過最近四個月他養成了咬指甲的習慣。

「很好。那麼你就乖乖去向老師們道歉，然後用功讀書。在學校的空閒時間你要讀書，午餐時間你要讀書，放學後你要到這兒來讀書，週末你也要到這兒來努力看書。」

「不要在這裡，」陶德迅速說：「我要在家裡。」

「不行。在家你會跟以前一樣偷懶，作白日夢。如果是在這裡，必要時我會緊盯著你，監督你。這麼做也是保護我自己的利益，我可以問你題目，替你複習課本。」

「如果我不想來，你總不能強迫我。」

杜桑德喝了口酒。「話是沒錯，不過，這麼一來情況將會繼續惡化。你會一落千丈，而這個輔導員，弗蘭奇，將會期待我兌現承諾。如果我不那麼做，他將會聯絡你的雙親。他們會發現慈祥的丹克先生應你的要求冒充你的祖父，他們會發現你的成績單被竄改了，他們……」

「啊，別再說了，我會過來的。」

「你已經來了。就從代數開始吧。」

「門都沒有！現在是週五下午！」

「從現在起你**每天**下午都要讀書。」杜桑德柔聲說：「從代數開始。」

陶德瞪著他，但不一會兒便垂下眼睛，胡亂從書包裡摸出代數課本。杜桑德在男孩眼裡看見殺氣。不是比喻，是真正的殺氣。他已有多年不曾看見這種陰沉、灼熱而猜忌的眼神，可是他怎麼也忘不了。他想，要是他盯著這孩子潔白、毫無防備的後頸那天，他手邊恰好有面鏡子，肯定會在自己眼裡看見同樣的東西。

我得保護自己才行。他有點驚駭地想：**人往往輕忽自己所處的險境。**

他喝著波本酒，搖著搖椅，監視男孩讀書。

將近五點，陶德騎著單車回到家。他累極了，眼睛痠痛、渾身虛脫而且莫名地感到氣憤。每次他的眼睛稍微飄離開課本——充滿集合、子集、有序對、笛卡爾座標這些東西的令人惱火又費解的無聊世界，杜桑德那尖銳的老人嗓音馬上響起。其他時候他整個人靜悄悄的……拖鞋踩在地板上的惱人的啪啪聲，還有搖椅的吱嘎吱嘎響除外。他坐在那裡，像一隻等待著獵物斷氣的禿鷹。他當初為什麼會栽進這裡頭的？他**怎麼會**蹚這渾水？真是一團糟，糟透了。這天下午他有了點進展，在聖誕假期前讓他傷透腦筋的一些集合論，他一下子弄懂了，幾乎像是鑰匙喀啦一下轉開了。但是，他還是很難想像他能以D的成績勉強通過下週的代數測驗。

世界末日就在四週後。

他在轉角看見一隻藍樫鳥躺在人行道上，牠的嘴喙緩緩地一張一合。牠拚命想撐起牠的鳥腿然後飛走，但只是徒勞。牠的一隻翅膀被壓傷了，陶德猜想大概是被經過的車子撞了，然後像彈珠那樣被彈到人行道上。牠抬起一隻圓眼珠凝視著他。

陶德久久看著牠，輕抓著單車高把手的一邊。白天的熱氣已消散了一部分，空氣感覺有點冷。他猜他的同學大概都跑到胡桃街上的貝比魯斯棒球場去鬼混了，也許玩玩簡易的棒球，很可能是連續打擊，或者幾個人輪流丟打接球。這是每年棒球熱逐漸回溫的季節，有些人談著要把自己的球伴組織起來，去參加非正式的市聯盟比賽，當然也有不少家長樂得把孩子拖去參賽。不用說，陶德一定是投手。他一直是少棒聯盟的明星投手，直到去年他的年齡超過了青少棒聯盟的資格限制。**原本該是投手**。

那又如何？他只好對他們說不。他只好對他們說：**各位，我跟一個戰犯牽扯不清，我逮住了他的小辮子，後來……哈！說出來你們會嚇死，各位，後來我發現他抓住我的小辮子的力道跟我抓住他的一樣強勁。我開始作奇怪的夢，冒冷汗。我的成績一落千丈，我開始竄改成績單，免得被我爸媽發現。這下好了，我這輩子頭一次這麼用功啃書。我不怕被禁足，我怕的是被送進感化院。這就是為什麼今年我不能再和你們一起玩棒球。事情就這樣了，各位。**

一抹淡淡的笑浮上他的嘴角，一點也不像他以前那種咧著嘴的笑，倒比較像是杜桑德的。裡頭沒有陽光，是陰鬱的笑容。裡頭也沒有樂趣，沒有自信，只是說：事情就這樣了，各位。

他極為緩慢地騎著單車從那隻樫鳥身上輾過去，聽見羽毛發出類似報紙被壓碎的劈啪聲，以及牠那中空的小骨架在牠體內斷裂的清脆聲音。他倒退，又一次輾過去。牠還在抽搐著。他再度輾過去，一根沾了血的羽毛黏在他的前輪胎上，忽上忽下、忽上忽下地打轉。這時那隻鳥已靜止不動了，那鳥兒已經歸西，那鳥兒已經打卡下班，那鳥兒已經去到天上的巨大鳥舍，可是陶德仍然不斷一前一後輾壓著牠那破碎的軀體。他就這麼持續了將近五分鐘，那抹淺笑始終掛在他臉上。**事情就這樣了，各位。**

10

一九七五年四月。

老人站在園區通道上，笑盈盈地對著上前來招呼他的大衛．克林傑曼。空氣中瀰漫的狂亂吠叫——或者毛皮和尿的氣味，或者在籠子裡不停狂吠嚎叫、來回衝撞、往鐵網上蹦跳的上百種不同品種的流浪狗——似乎一點也影響不了他。克林傑曼當場認定這位老先生是愛狗人士，他的笑容那麼親切可人。他小心翼翼朝大衛伸出一隻因為患了關節炎而扭曲的腫脹手掌，克林傑曼懷著同樣的心情和他握手。

「哈囉，先生！」他大聲說：「吵死了，對吧？」

「沒關係，」老人說：「真的。我是亞瑟．丹克。」

「我姓克林傑曼，大衛．克林傑曼。」

「幸會，先生。我是在報上看到的，真不敢相信，你這裡有狗讓人免費認養。也許我弄錯了，老實說我覺得我八成是弄錯了。」

「沒錯，我們的確有狗可以讓人免費認養。」大衛說：「如果不這麼做，我們就得殺了牠們。六十天，這是政府給我們的期限。真可恥。到辦公室裡來吧，安靜些，味道也好聞些。」

在辦公室裡，大衛聽了一個熟悉（但仍然相當感人）的故事。亞瑟．丹克先生已經七十幾歲，他在妻子死的時候來到加州。他不富有，但非常悉心地照管自己僅有的一切。他很孤單，他唯一的友伴是偶爾到他家來唸書給他聽的男孩。在德國時，他曾經養了一隻漂亮的聖伯納，如今，在聖多納托，他擁有一棟有著寬廣後院的房子，院子圍了籬笆。他在報上看到……不知道他是否可以……

「我們沒有聖伯納，」大衛說：「這種狗很搶手，因為牠們對小孩非常溫柔……」

「噢，我了解，我不是那個意思……」

「不過我倒是有一隻未成年的牧羊犬。你覺得如何？」

丹克先生眼睛發亮，像是要哭出來了。「太好了，」他說：「真是太好了。」

「狗本身是免費的，不過有幾項別的費用，犬瘟熱和狂犬病疫苗注射，城市狗牌照，總共大約二十五塊錢，這是對一般人而言，不過針對六十五歲以上的人，政府會補貼一半，這是加州銀髮族計畫的一部分。」

「銀髮族……我算是嗎？」丹克先生說著大笑。有那麼會兒——無聊得很——大衛突然感到一陣涼意。

「噢……應該是吧，先生。」

「非常合理。」

「當然，我們也這麼認為。同樣的狗，到寵物店買得花上一百二十五元，可是大家喜歡到店裡，而不是這裡。當然，他們買的是一堆證件，不是狗。」大衛搖頭。「但願他們能了解，每年有多少好端端的動物被拋棄。」

「如果你們沒有在六十天內替牠們找到合適的家，牠們就會被處死？」

「是的，我們會讓牠們安樂死。」

「讓牠們……？抱歉，我的英語……」

「這是都市法令，」大衛說：「不容許成群的狗在街上亂跑。」

「你們會槍殺牠們。」

「不，我們會給牠們毒氣。非常人道，牠們感覺不到痛苦。」

「是啊，」丹克先生說：「這想來一定是的。」

在初級代數課堂上，陶德坐在第二排第四個桌位。他坐在那裡，等著史托門先生發還試卷，他努力讓自己不動聲色。可是他那咬爛了的指甲又刺進了手掌心，整個身體似乎緩緩冒出腐蝕性的汗來。

別抱太大希望。真的別傻了，你說什麼都不可能及格的。你知道**你不及格**。

然而，他就是沒辦法徹底打消那傻念頭。好幾週以來，這是第一個讓他感覺自己真的寫了像樣的東西，而不是亂答一氣的代數測驗。他知道因為焦慮（焦慮？不，說得精準些，根本是恐慌）的緣故，他表現得或許不是太好，可是說不定……唉，如果代數老師是別人，而不是心中有一道耶魯大學枷鎖的史托門……

停！他命令自己。有那麼一瞬間，無比可怕的瞬間，他覺得自己在課堂上大聲喊出了那幾個字：你考砸了！你知道你考砸了，世界上沒什麼改變得了這事實。

史托門面無表情地把他的試卷還給他，繼續往前走。陶德把它正面朝下放在他專用的傷痕累累的桌子上。有好一陣子，他覺得自己連把它翻開來看的決心都沒有。最後，他猛地把它翻開，力道大得把試卷扯破了。他盯著它，舌頭貼著上顎，心臟幾乎要停了。

試卷頂端畫圈子似地寫著83這個數字，在它底下是成績等級：C^{+}。成績等級下方是一行簡短的評語：**大有進步！我比你更覺得安慰。仔細檢查錯誤，其中至少有三處是算錯而非觀念有誤。**

他的心跳又加速，快了三倍。他整個安下心來，但感覺一點都不清爽，反而卻很悶熱、複雜而又怪異。他閉上眼睛，不理會教室內鬧烘烘討論考試的雜音，腦子裡開始進行從這裡那裡多拿一點分數的預備戰鬥。陶德在眼皮內看見一片紅色，像血流那樣隨著他的心跳節奏怦動著。在這一瞬間，他對杜桑德的恨意飆到了最高點，他的雙手緊捏成拳頭，他真的好希望、好希望杜桑德那皺巴巴的雞脖子就在他的手掌心裡。

迪克和莫妮卡有兩張床，中間隔著一張擺著盞漂亮的仿造蒂芙尼檯燈的床頭桌。臥房是真材實料的紅木裝潢，幾面牆清爽地陳列著許多書。在房間那頭，蹲在兩只象牙書擋（一對用後腿站立的公象）之間的是一台圓形的 Sony 電視機。這時迪克正戴著耳麥看強尼．卡森（Johnny Carson）的節目，莫妮卡則讀著這天讀書會寄來的麥可．克萊頓（Michael Crichton）新書。

「迪克？」她把一張書籤（上頭寫著**我讀到這裡睡著了**）夾進克萊頓的書裡，然後把它闔上。

電視上，諧星巴迪．哈克特（Buddy Hackett）剛把所有人逗得哄堂大笑。迪克笑了。

「迪克？」她提高聲音。

他拉掉耳麥。「什麼事？」

「你覺得陶德還好嗎？」

他注視她片刻，眉頭一皺，輕輕搖頭。「Je ne comprends pas, cherie[20]。」他的蹩腳法文是他們之間的一種笑話。當年他法文死當，他父親額外寄給他兩百元，讓他去請一位法文

20. 譯註：法語的「我不明白，親愛的」之意。

家教。他找到了莫妮卡・戴洛，隨意從一堆貼在工會布告欄上的名片挑了她的名字。到了聖誕節她已經戴著他送的別針……而他的法文也拿到了C。

「唉……他瘦了。」

「他看來的確有點瘦長。」迪克說。他把耳麥放在腿上，它持續發出細小尖銳的聲音。

「他長大了呀，莫妮卡。」

「這麼快？」她不安地問。

他大笑。「很快。我在青少年時期一下子長高七吋，從一個五呎六吋的十二歲矮子搖身一變為妳現在看見的這個六呎一吋高的壯碩美男子。我母親說，在我十四歲的時候，妳可以在夜裡聽見我長高的聲音。」

「幸好你不是每個部位都長那麼大。」

「這得看妳怎麼用它。」

「今晚想用它嗎？」

「這娘們變大膽了。」迪克・鮑登說著把耳麥往房間盡頭一扔。

事後，他正要昏睡過去。

「迪克，他常作惡夢。」

「惡夢？」他含糊地說。

「沒錯。我有兩、三次在夜裡下樓到洗手間去，無意間聽見他說夢話。我不想把他叫醒。很可笑，不過我祖母說過，如果你在一個人作惡夢的當中突然把他叫醒，會把他搞瘋掉的。」

「她是波蘭客（Polack）對吧？」

「波蘭客，是啊，波蘭客，說得真好！」

「沒別的意思。妳為什麼不用樓上的洗手間？」那是他兩年前親手蓋的。

「你曉得的，沖水聲會把你吵醒。」她說。

「那就別沖水。」

「迪克，髒死了。」

他住嘴。

「有時候我進到他房間，發現他全身冒汗，床單都濕了。」

他在黑暗中咧嘴一笑。「一定的。」

「**這話**是什麼……噢。」她輕輕打他一下。「這也很髒。況且他才十三歲。」

「下個月就滿十四歲，不算太早。或許有點早熟，但這年齡不算太早。」

「你是幾歲開始的？」

「十四、十五吧，我也記不得了，不過我記得我醒來，以為自己死掉，上天堂了。」

「可是陶德還不到你當時的年齡。」

「這種事越來越早了。一定和牛奶有關……或者氟化物。妳可知道去年傑克森公園裡新蓋的那所學校，它的所有女盥洗室都設有衛生棉自動販賣機？那還只是**初中**呢。現在的六年級生平均才十一歲，妳是幾歲開始的？」

「我不記得了。」她說：「我只知道陶德說的夢話聽起來不像是……不像是死掉上了天堂。」

「妳有沒有問過他關於夢的事？」

「問過一次，大約六週前。那天你和那個討厭的厄尼．賈科伯一起打高爾夫球去了。」

「這位討厭的厄尼．賈科伯準備在一九七七年把我升為完全合夥人，只要他沒有在那之前和他的混血美女秘書搞到掛。況且，打高爾夫球的果嶺費一向是他付的。陶德是怎麼說的？」

「他說他不記得了，可是他臉上……蒙了一層陰影。我覺得他**其實**記得。」

「莫妮卡，我對我那死去的青春年少的事一件也記不得，不過有件事我倒是記得很清楚，就是春夢並非總是愉快的。事實上，它們很可能極度不愉快。」

「怎麼會呢？」

「罪惡感。各式各樣的罪惡感，有些或許是從嬰兒時期就開始的，當時他就清楚知道尿床是不對的。還有性這件事。誰曉得是什麼誘發了春夢？在巴士上捕捉到的感覺？在自修室瞥見某個女孩的裙底風光？我不知道。我唯一記得的一個春夢是我從ＹＭＣＡ游泳池的三尺跳板跳下來，進水時掉了泳褲。」

「那種事讓你興奮？」她問，咯咯輕笑起來。

「是啊。所以說，如果那孩子不想和妳談有關他的寶貝的問題，別為難他。」

「可是我們拚了命教他不要有那些無謂的罪惡感。」

「這是免不了的。他從學校帶回這些東西，就像他一年級把感冒帶回家一樣。從他朋友那裡，或者老師們對某些主題吞吐閃躲的態度，也許我父親也有一點責任。夜裡別碰那裡，陶德，不然你的手會長出毛來，你會瞎掉，你的記性會變差，不久你的小弟弟會發黑然後爛掉。所以要小心啊，陶德。」

「迪克．鮑登！你老爸絕不會……」

「他不會才怪，他**就是**會。就像妳那位波蘭客祖母告訴妳說，把正在作惡夢的人叫醒會把他搞瘋掉。他還要我在公共洗手間一定要先把馬桶座擦乾淨才坐下，免得染上『別人』的細菌。我猜他真正想說的是免得染上梅毒。我敢說妳祖母一定也對妳說過同樣的話。」

「不，是我老媽，」她心不在焉地說：「她還要我一定要沖水，所以我才到樓下去上廁所。」

「到現在我還是會被吵醒。」迪克咕噥著說。

「什麼？」

「沒事。」

這次，當她再度呼喚他的名字，他已昏昏沉沉地幾乎要睡著了。

「**又怎麼了？**」他問道，有點不耐。

「你會不會覺得……噢，算了，你睡吧。」

「不，說吧，把話說完。我又醒了，我會不會覺得什麼？」

「那個老人，丹克先生，你會不會覺得陶德聽了太多他的事了？也許他……噢，我也不知道……向陶德灌輸了太多他自己的故事？」

「最恐怖的一個故事，」迪克說：「是埃森那家汽車維修廠的營業額創下最大跌幅的那天。」

「只是突然想到。」她說著，有點不自然。她在她那側翻過身去，被子窸窣作響。「抱歉吵到你。」

他一手放在她裸露的肩頭。「告訴妳一件事，寶貝。」他說著，停頓好一陣子，謹慎思考，斟酌著字句。「有時候我也很擔心陶德，雖然和妳擔心的事不同，但一樣是擔心，對吧？」

她翻身對著他。「擔心什麼事？」

「我成長的環境和他非常不一樣。當年我父親開了家店，雜貨商維多，大家都這麼叫他。他有一本冊子，裡頭寫滿了欠他錢的人的名字，還有欠他多少錢。妳知道他叫它什麼？」

「不知道。」迪克很少提起他的童年，她一直認為那是因為他的童年過得並不快樂。這時她聽得非常仔細。

「他叫它左手簿子。他說右手負責做生意，可是右手絕不能知道左手幹了些什麼事。他說萬一右手知道了，它或許會抓起切肉刀，把左手給剁下來。」

「我從沒聽你提過。」

「嗯，我們剛結婚時我對老頭子不是太喜歡，老實說直到現在我對他還是有許多不滿。我不懂為什麼我必須撿人家丟在舊衣回收箱裡的長褲穿，而馬佐斯基太太卻可以賒帳買火腿，就憑她丈夫下週就會找到工作的那個老掉牙的故事。比爾．馬佐斯基這該死的酒鬼唯一做過的工作就是緊抱一瓶十二分錢的麝香酒，免得它飛走。

「那段日子，我唯一的希望就是遠離那些鄰居，遠離我老爸的生活方式。因此我努力拿好成績，從事一些我並不喜歡的運動，拿到了加州大學洛杉磯分校的獎學金。而且我確保自己各科都維持在前十分之一的名次，因為當時各大學唯一的左手簿子是為那些打過仗的軍人保留的。我老爸寄錢給我買教科書，此外我唯一向他拿錢就是因為我初級法文被當，慌張寫信回家那次。我遇見了妳。後來我從住在同一街區、欠父親錢的郝雷克先生那裡知道，我父親為了湊足兩百元家教費，聲請了扣押郝雷克的車子。

「如今我有了妳，而我們有了陶德，我始終認為他是個極為優秀的孩子，我也努力想讓他擁有他需要的一切……能幫助他成為一個優秀男人的所有一切。我曾經嘲笑那個說一個父親要他的孩子比他強的老笑話，可是當我年紀越來越大，它變得越來越不好笑，而且越來越真實。我絕不希望陶德必須撿人家丟在舊衣回收箱裡的衣服穿，好讓某個酒鬼的老婆可以賒帳買火腿。妳了解嗎？」

「是的，我當然了解。」她輕聲說。

「後來，大約十年後，就在我老爸終於受夠了和那些都市更新人員抗爭之前，他發作了小中風，在醫院住了十天。一些街坊鄰居，義大利佬、德國佬，甚至在一九五五年左右開始移入的一些黑人……他們替他付了醫藥費，每一分錢都付清了。我真不敢相信，而且他們還幫忙看店，像費歐娜．卡斯泰拉諾就找了她的四、五個失業中的朋友過來輪流值班。我老爸回去時，發現帳目已完全平衡了。」

「哇。」她悄聲說。

「妳可知道他怎麼對我說？我老爸？他說他一直很怕老去——活在恐懼、痛苦之中，孤孤單單。他怕必須到醫院去，再也應付不了龐大的開支。怕死。他說中風以後他不怕了，說他可以好死了。『你是說死得快活嗎？爸。』我問他。『不，』他說：『我不相信有誰可以死得快活，阿弟。』他習慣叫我阿弟，到現在還這麼叫，我想這是我對他不爽的另一個原因。他說他不相信有誰可以死得快活，但你可以死得自在。這話我一直銘記在心。」

他若有所思地沉默了好一陣子。

「過去五、六年，我對我老爸逐漸有了些了解，也許是因為他住在聖雷莫，眼不見為淨。我開始覺得，也許左手簿子的想法也不錯。那時候我正好開始擔心陶德，我一直很想告訴他，也許生活不只是我能夠帶你們去夏威夷玩一個月，或者能買新長褲，而不是把人家丟到舊衣回收箱的那種有樟腦丸味道的衣服給陶德穿。我怎麼也想不出該怎麼告訴他這些，但我想他或許知道。這讓我安心不少。」

「你指的是唸書給丹克先生聽？」

「沒錯。他那麼做並沒有得到什麼，丹克沒能力付他錢，他就只是個老人，遠離所有可能還活在人世的親戚朋友。他正是我父親害怕成為的那種人，但是陶德出現了。」

「我倒是不曾從這角度去想。」

「妳有沒有注意過，每次妳一提起那老人，陶德的反應？」

「他總是變得非常安靜。」

「的確，他會舌頭打結，一臉尷尬，好像做了什麼糟糕的事，和以前我老爸每當碰上有人感謝他讓他們賒帳的時候的反應一模一樣。我們不過是陶德的右手，妳、我還有其他的一切——房子，太浩湖滑雪之旅，車庫裡的福特雷鳥，他的彩色電視，全都是他的右手，而他不希望我們知道他的左手在做什麼。」

「既然這樣，你不覺得他太常跟丹克見面了？」

「親愛的，瞧瞧他的成績！如果他退步了，我肯定會第一個跳出來說：喂，夠了，你別太超過。如果有問題，第一個影響的會是他的成績，可是他的成績如何？」

「從第一次退步之後，又恢復以前的水準了。」

「所以我們到底瞎操什麼心？聽著，寶貝，明早九點我還得開會，再不睡我會沒精神的。」

「當然，你睡吧。」她寬容地說。當他翻過身去，她輕吻了下他的後肩胛。「愛你喔。」

「我也愛妳。」他暢快地說，閉上眼睛，「沒事的，莫妮卡。妳想太多了。」

「我想也是。晚安。」

兩人睡著了。

「別老看著窗外，」杜桑德說：「外頭沒有好玩的東西。」

陶德賭氣地看著他。他的歷史課本攤開在桌上，露出一張泰迪・羅斯福攻上聖胡安山頂的彩色插圖。無助的古巴人在泰迪騎乘的馬兒蹄下奔走四散。泰迪咧嘴笑著美國式的露齒微笑，一個知道上帝在天國而一切都只是強欺弱的人會有的那種笑容。陶德沒有咧著嘴笑。

「你喜歡逼人做苦工，對吧？」他問。

「我喜歡自由自在，」杜桑德說：「看你的書。」

「吸我的屌。」

「在我小時候，」杜桑德說：「要是說了這種話，一定會用肥皂把嘴巴洗乾淨。」

「時代不同了。」

「是嗎？」杜桑德啜著波本酒。「看書。」

陶德瞪著杜桑德。「你只不過是個該死的酒鬼，你曉得吧？」

「看書。」

「**閉嘴！**」陶德啪地把書闔上，清脆的步槍爆裂聲在杜桑德廚房中響起。「反正我絕對讀不完的，這次測驗來不及了。還剩下五十頁鬼歷史，一直要讀到第一次世界大戰。明天我會在二號自修室準備小抄。」

杜桑德厲聲說：「絕對不可以這麼做！」

「為什麼不行？誰能阻擋我？你嗎？」

「孩子，看樣子你一時還無法理解我們所冒的風險。你以為我真喜歡逼你把你那流鼻涕的屁孩鼻子湊在書本前面？」他提高嗓子，咄咄逼人地展開攻擊。「你真以為我喜歡聽你鬧脾氣，聽你的幼稚咒罵？『吸我的屌』」杜桑德用一種讓陶德暗暗紅了臉的尖細假音粗魯模仿著，「『吸我的屌，那又怎樣，誰理你啊？明天我偏要做，吸我的屌！』」

「你就是**喜歡**！」陶德吼回去。「沒錯，你**喜歡**！你只有在找我麻煩的時候才覺得自己不是行屍走肉！所以幫幫忙，饒了我吧！」

「如果你被逮到考試看小抄，你想會有什麼結果？他們第一個會通知誰？」

陶德低頭看著自己被咬爛了的手指甲，沒說話。

「誰？」

「拜託，你明知道的，橡皮艾德，還有我爸媽。」

杜桑德點點頭。「還有我，我想。繼續用功吧，小抄的事想想就好，千萬別做。」

「我討厭你，」陶德木然地說：「真的討厭死了。」可是他重新打開書本，泰迪．羅斯福從書上朝他咧著嘴笑。泰迪揮舞軍刀、騎著馬躍入二十世紀，古巴人在他——也許是在他那兇猛的美國式獰笑——前面潰散開來。

杜桑德又搖起了搖椅，雙手握著裝有波本酒的茶杯。「這才是乖孩子。」他近乎溫柔地說。

陶德在四月最後一天晚上，第一次作了春夢，他在窗外大樹枝葉間的一陣陣竊竊私語的雨聲中醒來。

夢中，他在一間帕汀的實驗室裡。他站在一張長長的矮桌前，一個有著驚人美貌的豐滿年輕女孩被用夾具固定在桌上。杜桑德在協助他。杜桑德全身上下只穿著一件白色屠夫圍裙。當他轉身去打開監測儀器，陶德看見他的兩片瘦巴巴的屁股像兩塊扭曲的白色石頭那樣互相輾壓著。

他遞了東西給陶德，陶德馬上認出那是什麼，儘管他從不曾真的見過。那是一只假陽具，它的頂端是光滑的金屬，有如無情的烙鐵，在他頭頂的螢光燈光下一閃一閃的。那只假陽具是中空的，從裡頭爬出一條黑色電線，電線尾端連著一只紅色橡膠球。

「動手吧，」杜桑德說：「元首說沒關係，他說這是你用功讀書的獎賞。」

陶德低頭一看，發現自己是赤裸的。他的小陰莖整個勃起了，唐突地豎立在他稀疏細軟的陰毛叢裡。他把假陰莖套上，相當緊但裡頭有些濕滑。那種摩擦感相當舒適。不，不只舒適，快活極了。

他低頭看那女孩，感覺自己的思緒有了奇特的轉變，彷彿滑入一條完美的槽溝。突然間一切都順當了，門全部打開來，他可以進入了。他用左手握著紅色橡膠球，爬上桌子，略微停頓，斟酌著角度，在這同時他的鐵人刺矛也從他那瘦小的男孩軀體往上、往外探，自行調整著角度。

遠遠地，他隱約聽見杜桑德背誦著：「第八十四次測試，電流、性刺激和新陳代謝。實驗基礎是蒂森（Thyssen）負增強理論。實驗對象是一名猶太女孩，年紀大約十六歲，身上沒有傷疤，沒有識別標記，沒有已知的殘疾……」

她在假陽具的頂端碰觸她時尖叫起來。陶德發現那叫聲聽起來很舒坦，還有她那試圖掙脫——或者，就算掙脫不了，起碼把雙腿併攏起來——的白費力氣的掙扎。

這就是他們無法刊登在雜誌上的關於戰爭的東西，他心想，但它確實存在。

他突然往前衝，粗蠻地將她的腿分開。她像火球那樣迸出淒厲的尖叫。

在最初的試圖排拒他的激烈扭動和努力之後，她一動不動地躺在那裡，忍受著。假陽具的潤滑內側在陶德勃起的器官上來回拉扯、滑動。無比歡愉，無比快活。他的手指把玩著左手裡的橡膠球。

遠遠地，杜桑德背誦著脈搏、血壓、呼吸、α腦波、β腦波、衝程次數。

當高潮在他體內逐漸到達頂點，陶德變得靜止不動，緊捏著橡膠球。他原本閉著的眼睛突然睜開，暴凸著。她的舌頭在她嘴巴的粉紅空穴中顫動，她的雙臂雙腿敲打著，然而真正的活動在她軀幹內部，起起伏伏，震動著，每一條肌肉……

（噢，每一條肌肉，每一條肌肉牽動、緊縮、閉鎖著每一條每一條肌肉，而高潮時的感覺實在是……）

（銷魂）

噢，是的，真的是……

（外面的世界雷聲隆隆）

他在那聲音和雨聲中醒來。他縮成黝黑的一團側躺著，心跳和短跑選手一樣猛烈。他的下腹部沾了溫熱、黏膩的液體。有那麼瞬間，他驚恐地想著他要流血死掉了……接著他明白了那是什麼，同時產生一股發暈、噁心的厭惡感。精液，洨汁（Come），精（Jizz），叢林蜜汁（Jungle-juice），所有從學校圍牆、更衣室還有加油站盥洗室牆外聽來的字眼。他一點都不想要這些。

他的雙手無奈地捏成拳頭。夢中高潮的過程又浮上腦海，這時變得那麼蒼白、愚蠢而且嚇人。可是神經末梢的刺激感還在，從尖峰慢慢消退。那最後一幕——此時已褪色——非常噁心，卻又莫名地讓人上癮，好像毫無防備地咬了一口熱帶水果，然後發現（有點太遲了）這水果之所以嚐起來甜滋滋的，完全是因為它爛掉了。

這時他想到了。他想到他該怎麼做。

只有一個辦法能讓他重新振作起來。他必須殺掉杜桑德。只有這個辦法。遊戲結束，故事也說完了。這是生死之戰。

「殺了他，一切結束。」他在黑暗中悄聲說。窗外樹間飄著雨，他肚子上的精液漸漸乾了。小聲說出來讓它變得真實。

杜桑德一向會在陡峭的地窖樓梯上方的架子存放六、七成滿的遠古波本威士忌。他會走到地窖門，把它打開（通常已經喝得半醉了），走下兩級樓梯。然後他會探身出去，一手放在架子上，用另一手抓起一瓶新酒的瓶頸。地窖的地板沒有鋪水泥，不過泥土相當硬實，而且杜桑德帶有一種陶德如今想起來與其說是德國，不如說是普魯士作風的機械化效率——他每兩個月都會把它上一層油，來防止蟲子在泥土裡繁殖。不管有沒有鋪水泥，老骨頭都會一下子摔斷的。而老人發生意外是難免的。屍體檢驗將會顯示「丹克先生」在「墜落」前喝了一肚子的酒。

出了什麼事？陶德。

他沒來應門，於是我用他給我的鑰匙開了門。有時候他會睡著。我進了廚房，發現地窖門是敞開的。我走下樓梯，他……他……

當然，接著是眼淚。

會成功的。

他會重新振作起來的。

有好一陣子，陶德就那麼躺在黑暗中，聽著雷聲逐漸往西邊退去，退向太平洋，聽著神秘的雨聲。他以為他會整夜醒著，反覆思考這件事。可是沒多久他睡著了，而且一夜無夢，一隻拳頭蜷縮在下巴底下。五月的第一天早上他醒來，幾個月以來頭一次睡飽了。

11

一九七五年五月。

對陶德來說，這是他這輩子最漫長的一個週五。他一堂課接一堂課坐在那裡，什麼都沒聽見，只等著最後五分鐘到來。這時老師會拿出他或她的一小疊不及格卡，把它們發下去。每次老師拿著那些卡片走近陶德的桌子，他便渾身發冷。每次他或她經過他而沒有停下，他便感覺一陣陣暈眩和莫名的激動。

代數課最糟了。史托門走近……遲疑著……就在陶德相信他會走過去時，他把一張不及格卡面朝下放在陶德的桌上。陶德冷冷看著它，什麼感覺都沒有。如今真的發生了，他只覺得冷。**好了，就這樣了，他想。一局定勝負。除非杜桑德能想到別的說法。大概沒有。**

興趣缺缺地，他把不及格卡翻過來，想看看他的成績和C差多少。一定很接近，可是鐵石心腸的史托門肯定不會讓任何人好過的。他看見成績欄是空白的，字母等級和分數欄都一樣。評語欄中是這段文字：**很慶幸我不必真的發卡給你！查斯．史托門。**

暈眩感又來了，這次更加兇猛，在他腦袋裡轟轟作響，讓它感覺有如一只充滿氦氣的氣球。他拚命抓住桌子的兩側，執迷地緊守著一個念頭：**你不會昏倒，不會昏倒，不會昏倒。**漸漸地，暈眩感消失了，接著他必須忍住一股衝動——他想要衝過走道去追史托門，把他轉過身來，用他握在手上的剛剛削尖的鉛筆把史托門的眼睛戳出來。在這當中，他小心翼翼地不露聲色，而他內在僅有的一點跡象是一邊眼皮裡的一絲微弱的抽搐。

十五分鐘後，大家放學準備迎接週末。陶德緩緩繞過校舍大樓到了單車停車架，低垂著頭，兩手插進口袋，書本夾在右臂彎，無視於周遭奔跑、叫喊的同學。他把書丟進單車置物籃，開了鎖，騎著單車離去。前往杜桑德家。

今天，他想著。**今天就是你的死期，老傢伙**。

「如何？」陶德進廚房時，杜桑德在杯子裡倒了些波本酒，問他：「被告從受審席回來了，他們怎麼說呢？犯人。」他穿著浴袍和拉高到小腿中間的羊毛襪。那樣的襪子，陶德心想，一定很容易套進去吧。他瞥了眼杜桑德正在喝的那瓶遠古波本酒，已經喝到只剩三隻手指寬的量了。

「沒有D，沒有F，沒有不及格卡，」陶德說：「六月我還是得修改幾個學科的成績，不過或許只要修改平均成績。如果我繼續努力，這學期或許有希望全拿A或B。」

「噢，你會進步的，」杜桑德說：「我會監督你。」他喝了口酒，又在杯子裡倒了些波本。「應該要慶祝一下。」他有點口齒不清，雖然幾乎聽不出來，可是陶德知道這老混蛋已經醉到不行了。是的，就是今天。今天非動手不可。

但他異常冷靜。

「慶祝個屁。」他對杜桑德說。

「恐怕快遞小弟還沒把鱘魚子醬和松露送來，」杜桑德沒理會他，自顧自說：「這年頭求人不如求己，我們要不要邊等邊吃點 Ritz 餅乾配 Velveeta 乳酪？」

「好啊，」陶德說：「無所謂。」

杜桑德起身（一隻膝蓋撞上桌子，痛得他齜牙咧嘴），走向冰箱。他拿出乳酪，找出抽屜裡的刀和櫥櫃裡的盤子，再從麵包盒中拿出一盒 Ritz 餅乾。

「全部都仔細注射了氰化氫。」他把乳酪和餅乾放到桌上，對陶德說。他咧嘴一笑，陶德發現這天他又把假牙拿掉了。儘管如此，陶德也對他微笑。

「你今天好安靜，」杜桑德大喊：「我以為你應該會一路翻筋斗進來。」他把最後一點波本酒倒進杯子，輕啜著，咂著嘴唇。

「我大概是驚呆了。」陶德說著，咬著餅乾。他早就不再抗拒杜桑德給的食物了。杜桑德以為陶德有個朋友持有一封信——當然，其實並沒有。他有一堆朋友，可是他對他們沒**那麼**信任。他想杜桑德應該早就猜到了，可是他知道杜桑德不至於大膽到用謀殺這種極端的手段來驗證他的猜疑。

「今天要聊什麼？」杜桑德喝下最後一口，問說：「我放你一天假，今天不必看書，如何？嗯？」每次喝酒，他的口音就變得濃重，一種讓陶德越來越討厭的口音。但現在他覺得那口音還過得去。他覺得一切都還過得去。他感覺整個人非常冷靜，他看著自己的雙手，即將使力一推的雙手，它們看來一如往常。沒有發抖，它們很冷靜。

「隨你喜歡，」他說：「我無所謂。」

「要不要聽我們製作特殊肥皂的故事？還是我們做的強迫性同性戀實驗？還是你想聽我當年傻傻地回柏林之後，是如何逃出來的？告訴你，過程真的很驚險。」他做著刮臉頰鬍碴的手勢，然後大笑。

「都好，」陶德說：「真的。」他看著杜桑德檢查了下空酒瓶，然後起身，一手拎著它。杜桑德把它拿到回收桶，丟了進去。

「不，不說那些了，」杜桑德說：「你似乎沒什麼心情聽故事。」他若有所思地站在回收桶旁邊好一會兒，然後穿過廚房，朝地窖門走去。他的羊毛襪在凹凸不平的亞麻地板上沙沙拖行。「我想，今天我要改說一個恐懼老人的故事。」

杜桑德打開地窖門。這時他背對著餐桌，陶德則悄悄地站了起來。

「他很怕……」杜桑德往下說：「一個奇妙地和他成為朋友的男孩，一個小男孩。他的母親叫這個男孩『優等生』，而老人也已經發現他是優等生……儘管或許和他母親想的不太一樣。」

杜桑德摸索著牆上的老式開關，試著用他那扭曲笨拙的手指把它打開。陶德走過——幾乎是滑過——亞麻地板，沒踏上任何一個會嘎吱嘎吱作響的地方。他對這廚房熟悉得就像自己家，或許更熟悉也說不定。

「一開始男孩並不是老人的朋友。」杜桑德說。他終於開了燈。他帶著老酒鬼的戒心走下第一級樓梯。「一開始老人非常不喜歡這男孩，後來他漸漸……喜歡和男孩作伴，儘管心中依然帶有強烈的厭惡。」這時他看著酒架，但手仍然扶著欄杆。陶德很冷靜，不，此時他很**冷酷**地走到他背後，評估著猛力一推，讓杜桑德的手脫離欄杆的機會。他決定等杜桑德把身體探出去時再說。

「老人的樂趣一部分來自一種勢均力敵的感覺，」杜桑德繼續若有所思地說：「要知道，男孩和老人彼此掐住對方的死穴，兩人都知道對方的某些不欲人知的秘密。後來……啊，後來老人看出事情起了變化。是的，他漸漸失去支配力，失去一部分或全部，這要看男孩究竟有多絕望，以及多聰明。某個失眠的漫漫長夜，老人想到，他必須想辦法重新找回對男孩的支配權。那是為了保命。」

這時杜桑德鬆開欄杆，在陡峭的地窖樓梯上方探出了身體，可是陶德仍然沒有動作。那股深入骨髓的冰冷離他而去，取而代之的是一種充滿憤怒和困惑的紅潤臉色。當杜桑德抓住一瓶新酒，陶德惡意地想，老人的地窖真是全市最臭的，不管地板有沒有上油，那氣味簡直像底下死了什麼東西。

「於是老人立即下了床。老人睡那麼多幹嘛？沒差。他坐在小書桌前，思索著他是如何巧妙地讓男孩被他自以為的罪行絆住而難以自拔。他坐在那裡想著最近男孩是多麼用功，拚了命想讓課業成績回復以往的水準。還有，一旦他的成績進步了，老人是不是繼續活著也就不重要了。要是老人死掉，男孩就自由了。」

他說著轉過身來，握著那瓶新的遠古波本酒的瓶頸。

「知道嗎？我聽見了，」他近乎溫柔地說：「打從你拉開椅子站起來開始。你不像你想的那麼輕巧，孩子。起碼現在不是。」

陶德沒吭聲。

「就這樣！」杜桑德喊了聲，退回廚房，順手把地窖門緊緊關上。「老人把事情經過寫了下來，對吧？從頭到尾一件不漏。等他寫完，天也快亮了，他那患有關節炎——**該死**的關節炎——的手痛得厲害，可是他感覺到幾週來不曾有過的舒暢。他覺得**安心**。他回到床上，一直睡到下午三點左右。事實上，要是再睡晚一點，他肯定會錯過他最愛的電視影集《杏林春暖》（General Hospital）。」

他回到搖椅前。他坐下，拿出一把有著黃色象牙把手的舊摺疊刀，開始吃力地切割波本酒瓶口的封蠟。

「第二天，老人穿上他最體面的一套衣服，去了他開立支票和儲蓄帳戶的銀行。他和一個行員談了一下，那個人極為熱心地回答了老人的所有問題。他租了一個銀行保險箱。那位行員向老人解釋說，他將保有一支鑰匙，銀行也將保有一支。若要打開保險箱，需要兩支鑰匙一起。除了老人本身，任何人要使用老人的鑰匙，都必須持有一封老人親自署名，而且經過公證的授權書。只有一種情況例外。」

杜桑德咧開缺牙的嘴，衝著陶德那張蒼白僵硬的臉微笑。

「這個例外就是當保險箱租用人死亡的時候。」他說，一逕看著陶德，一逕微笑著。他把摺疊刀放回浴袍口袋，旋開波本酒瓶的蓋子，倒了一點新酒在杯子裡。

「然後呢？」陶德聲音沙啞地問。

「然後保險箱會當著一名行員和一位國稅局代表的面被打開來，裡頭的東西被逐一清點。在我的箱子裡，他們看見的其實只有一份十二頁的文件，和稅務無關……但非常有意思。」

陶德兩隻手的手指悄悄爬向彼此，緊扣在一起。「你不可能那麼做。」他說道，聲音充滿驚恐和難以置信，活像突然看見有人在天花板上走路。「你不可能……不可能那麼做。」

「孩子，」杜桑德慈藹地說：「我已經做了。」

「可是……我……你……」他的聲音突然拔高成痛苦的哀號。「你那麼**老**！難道你不知道你很**老**了？你會死的！**你隨時都會死掉**！」

杜桑德起身。他走向櫥櫃，拿出一只小玻璃杯。這杯子以前裝過果凍，許多卡通人物圍繞著杯口跳舞。那些卡通人物陶德全都認得，是《摩登原始人》的弗萊德和威瑪．弗林史東、班尼和貝蒂．羅伯、佩絲和班班。那是他從小看到大的卡通。他看著杜桑德用一條洗碗巾幾乎是儀式性地擦拭著果凍杯子，看著杜桑德把它放到他面前，看著杜桑德倒了一點波本酒在杯子裡。

「這是幹嘛？」陶德低聲說：「我又不喝酒。喝酒是像你這種酒鬼的專利。」

「舉起你的杯子，孩子。今天是特別的日子，你要喝酒。」

陶德注視他好一陣子，然後舉起玻璃杯。杜桑德用手上的廉價陶杯和他輕碰一下。

「我向你敬酒了，孩子，健康長壽！祝你我健康長壽！Prosit[21]！」他一口吞下波本酒，然後放聲大笑。他前後搖晃，穿著襪子的雙腳碰撞著亞麻地板，不停狂笑，陶德感覺這時候的他實在像極了禿鷹，穿浴袍的禿鷹，吃腐屍的有害野獸。

「我討厭你。」他低聲說。這時杜桑德笑到嗆了起來，臉轉成黯淡的磚紅色，那聲音聽來像是他正同時咳嗽、大笑和窒息死掉。陶德很害怕，迅速起身去拍他的背，直到咳嗽緩和下來。

「Danke schon[22]，」他說：「喝你的酒。對你有好處。」

陶德喝了一口，味道像是其糟無比的感冒藥，而且讓他的內臟燒了起來。

「真不敢相信你整天都在喝這種東西。」他說著把杯子放回桌上，哆嗦了兩下。「你應該把它戒掉。戒酒**還有**戒菸。」

「你這麼關注我的健康，好窩心。」杜桑德說。他從之前放入摺疊刀的同一個浴袍口袋掏出一包縐縐的菸。

「我也同樣擔心你的健康呢，孩子。報上幾乎每天都有單車騎士在繁忙的路口出事死亡的新聞。你應該戒了它，你應該走路，或者跟我一樣，搭巴士。」

「你操你自己去吧！」陶德大吼。

「孩子，」杜桑德說，又倒了些波本酒，然後狂笑起來，「我們正在互相操對方呢！你沒發現嗎？」

約莫一週後的某天，陶德坐在舊鐵路車場一座廢棄的貨運月台上。他把煤渣石一塊接一塊丟過鏽蝕、雜草叢生的鐵軌。

為什麼我不乾脆殺了他？

因為他是講道理的孩子，合乎邏輯的答案擺第一。他找不到理由這麼做，杜桑德遲早會死，而且以他的生活習慣來看，或許快了。但是，不管是他殺了杜桑德，還是老人心臟病發死在浴缸裡，事情都會傳出去的。起碼他還能享受緊勒那老禿鷹脖子的快感。

遲早——這兩個字挑戰了邏輯。

也許他遲遲不死，陶德心想。**抽菸也罷，喝酒也罷，他是個頑強的老渾球。他已經撐了這麼久，所以……說不定還能撐更久。**

從底下傳出含糊的哼一聲。

陶德跳起來，原本握在手中的煤渣石撒得一地。吸鼻子的聲音又傳來。

他停住，正要跑開，可是呼嚕聲消失了。九百碼以外，在這片散落著廢棄建築物、生鏽的鍊式圍欄和碎裂扭曲的月台，遍地雜草和垃圾的封閉空地的前方，一條八線道高速公路劃過地平線。公路上來往的車子在陽光下閃閃發亮，有如外來品種的硬殼甲蟲。那裡是八線道的車流，這裡除了陶德和幾隻鳥，還有剛才哼了一聲的不知什麼東西之外，什麼都沒有。

他小心翼翼彎下腰，兩手扶著膝蓋，往貨運月台底下探看。有個醉漢躺在泛黃的雜草、

21. 譯註：德語的「祝健康」之意。
22. 譯註：德語的「謝了」之意。

空罐子和髒舊的酒瓶當中。看不出這人的年紀，陶德估計大概在三十歲到四百歲之間。他穿著沾有乾掉的嘔吐物的破爛T恤、對他來說嫌大的綠色長褲，和龜裂到不像樣的灰色皮革工作鞋。那些裂痕像痛苦叫喊的嘴巴那樣綻開。陶德覺得他身上的氣味很像杜桑德的地窖。

醉漢泛紅的眼睛緩緩張開，興趣索然地矇朧注視著陶德。在這同時，陶德想起他口袋裡的釣魚人款瑞士軍刀。那是他將近一年前在雷東多海灘一家運動用品店買的。到現在他都還能清楚聽見當時招呼他的那名店員的聲音：**你再也找不到比這更好的刀子了，孩子，像這種刀子哪天或許會救你一命呢。我們每年都會賣出一千五百支瑞士刀。**

每年一千五百支。

他將手放進口袋，抓住刀子。在他腦中，他看見杜桑德的摺疊刀沿著波本酒瓶的瓶頸周圍慢慢切割，劃開了封蠟。過了會兒，他發覺他勃起了。

冰冷的恐懼襲向他。

那醉漢伸手往乾裂的嘴唇一抹，然後用被尼古丁染成永久的暗黃色的舌頭舔了一下它們。「有一角錢嗎？孩子。」

陶德面無表情地看著他。

「我要到洛杉磯去，買巴士車票還缺一角錢。有個職缺在等著我，一個工作機會。像你這樣的好孩子肯定有一角錢，搞不好有兩角五分。」

是的，先生，你可以用這種刀來清理藍腮魚……真的，必要時你可以用它清理馬林魚。我們每年都會賣出一千五百支這種刀，美國每一家運動用品店或陸海軍用品店都有出售，而如果你打算用它來除掉某個骯髒、噁心的老酒鬼，絕對沒人能追查到你，絕對沒人。

醉漢的聲音突然降低，變成一種私密、曖昧的耳語：「給一塊錢我替你口交，保證爽死你。你會連腦髓都噴出來，孩子，你會……」

陶德將手從口袋伸出來。他不確定手中有什麼，直到它打開來。兩枚兩角五分硬幣，兩枚五分錢鎳幣，一枚一角錢，還有幾枚一分錢。他把一堆零錢丟給醉漢，然後溜掉。

12

一九七五年六月。

剛滿十四歲的陶德．鮑登把單車騎上杜桑德家的步道，踩下停車腳架。一份《洛杉磯時報》躺在最底部的台階上，他把它撿起。他看著門鈴，門鈴底下寫著**謝絕募捐**、**謝絕傳道**、**謝絕推銷**等簡潔告示的牌子還在老位置上。當然，他早就不按門鈴了，他有鑰匙。

附近傳來一個割草小弟發出的喀嚓喀嚓的聲音。他看了下杜桑德的院子，發現它的確需要除一下草。他得提醒老人找個使用除草機的小弟。最近杜桑德常忽略這些小事，也許是因為衰老的關係，也可能是因為腦袋被遠古波本酒浸泡太久，起了不良影響。一個十四歲男孩似乎不該有這種大人的想法，但陶德早就習以為常了。這陣子他有不少大人的想法，大部分都不怎麼高尚。

他開門進去。

當他走進廚房，一眼看見杜桑德微側著身體癱在搖椅裡，桌上放著杯子，旁邊是一只半空的酒瓶，那股冰涼的恐懼感一下子湧了上來。一根燒成一長條灰燼的香菸躺在一只美乃滋瓶蓋裡，蓋子裡有好幾個被捻熄的菸蒂。杜桑德的嘴鬆開，臉色蠟黃，一雙大手軟軟垂掛在搖椅扶手上。他看來似乎沒有呼吸了。

「杜桑德，」他說，口氣有點嚴厲，「該起床打拚囉，杜桑德。」

當老人抽動一下，眨著眼睛，最後坐了起來，他總算鬆了口氣。

「是你？這麼早？」

「學期的最後一天，老師讓我們提早放學。」陶德說著，指著美乃滋瓶蓋裡的香菸。「你再這樣下去，遲早會把房子燒了。」

「也許吧。」杜桑德無所謂地說。他胡亂摸出一包菸，從包裝甩出一根（差點滾下桌子，還好被杜桑德及時接住），好不容易把它點燃。接著是一連聲的咳嗽，陶德厭惡地皺緊眉頭。當老人劇烈地咳起來，陶德以為他會開始嘔出一些灰黑色的肺組織碎塊到桌上……說不定還會一邊吐一邊獰笑。

最後咳嗽緩和了些，杜桑德總算能開口說話。「你拿的是什麼？」

「成績單。」

杜桑德拿過去，打開來，手伸得長長地拿著它，以便看清楚。「英語……A。美國歷史……A。地球科學……B^{+}。社區與你……A。初級法文……B^{-}。初級代數……B。」他把它放下。「好極了。你們是怎麼說的？你保住一條小命了，孩子。你還需要修改最後一欄的平均分數嗎？」

「法文和代數，不過頂多加個八、九分吧。我想我修改成績的事應該不會被發現，而且我覺得這都要感謝你。這不是什麼光榮的事，不過這是事實。所以，謝了。」

「好感人的演說啊。」杜桑德說著又咳了起來。

「我想，從現在起我可能不會常來看你了。」陶德說。杜桑德突然停止咳嗽。

「是嗎？」他說得相當客氣。

「是的，」陶德說：「六月二十五日我們要到夏威夷度假一個月，九月我會轉學到城市另一頭的學校，我必須搭巴士上學。」

「噢，是的，為了Schwarzen[23]的事。」杜桑德說著，漫不經心地看著一隻蒼蠅緩緩爬過紅白格子防水桌布。「二十年來，這個國家一直在擔憂、抱怨黑人的事，可是我們知道解決辦法……對吧？孩子。」他衝著陶德露出缺牙的微笑，陶德低下頭，那股厭惡感再度在他胃裡翻攪。恐懼，憎恨，還有一股想要做一件事──這事太可怕了，他只能在夢中仔細盤算──的欲望。

「聽著，你大概不知道，我打算上大學，」陶德說：「我知道那是很久以後的事，但我已經在思考了，我甚至知道該主修哪一科。歷史。」

「令人欽佩。無法從過去學到教訓的人是……」

「唉，閉嘴。」陶德說。

杜桑德馬上住口，相當友善。他知道男孩還沒說完……還早。他坐在那裡，盤著雙臂，看著他。

「我可以把我放在朋友那裡的信收回來，」陶德脫口而出：「你知道吧？我可以拿給你看，然後當著你的面把它燒了，只要……」

「只要我把放在銀行保管箱的某份文件撤掉。」

「呃……是的。」

他吐出一聲長長的、空洞而又哀傷的嘆息。「我說孩子，」他說：「你還是沒搞懂整個

23. 譯註：德語的「黑人」之意。

狀況。打從一開始你就沒搞懂。部分因為你是個孩子，但又不盡然……打從一開始你就是個老小孩。其實真正的淘氣鬼——以前是，現在也一樣——是你那荒謬的美國式的自信，它不容許你思考你的所作所為可能帶來的後果……即使到了現在依然如此。」

陶德正要開口，杜桑德堅決地舉起一隻手，儼然是全世界最老的交警。

「不，別頂撞我。這是事實。高興怎麼做隨你，離開這房子，滾出這裡，再也別回來。我擋得了你嗎？不，我當然擋不了。到夏威夷盡情玩樂，別管我一個人坐在這悶熱、油煙嗆鼻的廚房裡，等著看今年瓦茲城[24]的黑人會不會又開始殺警察、燒掉他們的破房子。我阻止不了你，就像我阻止不了自己一天天老去。」

他緊盯著陶德，逼得陶德別過目光。

「我打從心底不喜歡你，說什麼我都無法喜歡你。你硬是找上門來，你是一個不速之客，你迫使我打開了一些最好是秘而不宣的墓穴，因為我發現有些屍體是被活埋的，其中有幾個甚至還有若干氣息。

「你越陷越深，可是我有沒有因此可憐你？老天！是你自己鋪的床，要是你睡不好，我該可憐你嗎？不，我不可憐你，但我逐漸有點佩服你了。所以別再拿這問題來考驗我的耐性了。我們可以把我們的信和文件拿回來，在這廚房裡把它銷毀，可是事情不會就此結束。事實上，我們的處境只會越來越糟。」

「我不懂你的意思。」

「當然，因為你從沒考慮過你引起的這一切會有什麼後果。可是仔細聽好，孩子，如果我們把你那封信燒了，就在這瓶蓋裡，我怎麼知道你有沒有另外影印一份？或兩份？三份？市區的圖書館有一部 Xerox 影印機，只要一枚五分錢鎳幣，任何人都能影印一份。花一塊錢，你可以在二十個街區的每個街角張貼一張我的死刑執行令的影本。綿延足足兩哩的死刑執行令，孩子！想想看！你倒是告訴我，我怎麼知道你沒這麼做？」

「我……這個，我……我……」陶德發現自己有些錯亂，於是強迫自己打住。突然間他感覺臉頰發燙，而且沒來由地想起一件發生在他七、八歲那年的事。當時他和一個朋友從市郊的舊運輸外環道路底下的一條排水涵管鑽過去。陶德的朋友——比他瘦小——輕輕鬆鬆鑽了過去……可是陶德卡住了。突然間，他意識到頭頂上那層厚厚的岩石和泥土，那大片黑黝黝的**重量**，而當一輛開往洛杉磯的半掛拖車從上面駛過，大地開始震動，波紋涵管也在一陣低沉、不成調子且透著不祥的音符中跟著顫動起來的時候，他開始大哭，發瘋似地掙扎，拚了命想往前衝，兩腿亂蹬亂踢，扯著嗓子呼救。最後他又開始移動，而當他終於奮力爬出管子，他暈倒了。

杜桑德剛剛勾勒了一種過於原始，以致他連想都沒想過的欺騙伎倆。他感覺臉頰發燙得更厲害了，他心想：**我絕不哭**。

「再說，你又怎麼知道我沒有把我的保險箱文件影印了兩份……燒掉一份，另一份還留在那裡頭？」

困住了。就像小時候卡在涵管裡，我又被困住了，可是這次你要向誰呼救？

他的心在胸口怦怦狂跳，他感覺手背和後頸冒出了汗水。他憶起在涵管裡的種種，污水的氣味，冰涼、羅紋狀金屬的觸感，當卡車從頭頂經過時地動山搖的感覺。他憶起當時的淚

24. 譯註：一九六五年八月，位於南洛杉磯的瓦茲區（Watts）發生非裔美國人暴動事件，造成三十四死，逾四千萬財物損失，人稱「瓦茲大暴動」（Watts riots）。

水有多麼滾燙、絕望。

「即使我們可以找到公正的第三者作證，懷疑依然存在。這問題無解，孩子，真的。」

困住了。困在涵管裡。這次別想脫身了。

他只覺得世界一片灰暗。**不哭，不會暈倒**。他強迫自己振作。

杜桑德喝下一大口酒，然後越過杯口看著陶德。

「現在，我再告訴你兩件事。首先，如果你在這件事上的角色曝光，你受到的懲罰將相當輕微，甚至有可能——不，不只這樣，是**極可能**消息根本不會出現在報上。有一次我拿感化院的事嚇唬你，當時我怕你可能會崩潰然後供出一切。可是我真那麼相信？不，我只是嚇嚇你，就像一個做父親的拿夜魔人嚇孩子，好讓他在天黑前回家。我不相信他們會把你送進感化院，因為在這個國家，他們只會打打殺人犯的手腕，讓他們在監獄裡看兩年的彩色電視，然後讓他們回到街上去繼續殺人。

「但它還是會毀了你一輩子，畢竟會留下紀錄……還有閒言閒語。人總愛說閒話，他們絕不會容許像這樣的精采醜聞凋零，它會被裝瓶保存，就像紅酒。當然，隨著年歲漸長，你的罪責會跟著你一起增長，你的沉默會變得更可惡。如果事情現在傳開來，大家會說『他還只是個孩子！』……不像我，他們不知道你是個**老**小孩。可是如果在你念高中的時候，關於我的事爆發了，連同你早在一九七四年就知道我的過去卻**保持沉默**這件事，大家又會怎麼說？恐怕會很難聽。如果是在你上大學之後爆發，那就太不幸了。至於對一個事業剛起步的年輕人……世界末日。你了解我說的第一點嗎？」

陶德沉默不語，但杜桑德似乎很滿意，點了點頭。

他邊點頭邊說：「第二，我不相信你**握有**一封信。」

陶德努力擺出撲克臉，可是他非常擔心自己因為吃驚而睜大了眼睛。杜桑德正熱切觀察著他，而陶德突然間赤裸裸地意識到，這個老人曾經盤問過數百、甚至**數千**人，他是箇中高手。陶德感覺自己的腦殼彷彿成了櫥窗玻璃，而裡頭所有的東西全都以超大字母閃現著。

「我問自己，有誰讓你如此信任？你的朋友都是些什麼人……你都跟誰一起廝混？這個自負、冷靜自持的小**男孩**會把他的信託付給誰？答案是，沒人。」

杜桑德的眼睛微微泛黃。

「我有好幾次仔細觀察你，評估著各種可能。我了解你，我也了解你的性格——不是全部，因為一個人說什麼都不可能百分之百知道另一個人心裡在想什麼。至於你出了這屋子之後都做些什麼或者見些什麼人，我了解得非常有限。於是我想，『杜桑德，說不定你錯了。熬了這麼多年，難道你要為了誤判一個孩子而被逮甚至處死？』如果年輕個幾歲，我或許會賭一下——賠率很高，勝算很低。你知道，我覺得很奇怪，當人越來越老，關於生死應該看得更開才對……然而，人只會變得越來越保守。」

他密切注視著陶德的臉。

「我還有一件事要說，然後你就可以走了。我要說的是，儘管我懷疑你那封信的存在，千萬別懷疑我的文件是否存在。**我向你提過的那份文件確實存在**。如果今天……或明天……我死了，一切都將公諸於世。**所有一切**。」

「那我還有什麼指望。」陶德說著發出茫然的一聲輕笑。「難道你沒看出來？」

「有的。時間會過去，而當時間拖得越久，你對我的支配也將越來越不值錢，因為不管我的性命和自由對我有多重要，美國人——甚至以色列人——將會越來越沒興趣把它們奪走。」

「是嗎？那他們為什麼不把赫斯（Rudol Hess）那傢伙放了？」

「要是美國人握有對他的唯一監禁權——那些打幾下殺人犯的手腕就放他們走的美國人——他們**會**放了他的。」杜桑德說：「難道美國人會讓以色列人把一個八十歲老人大老遠引渡回去，然後把他絞死，就像他們對艾希曼那樣？我想不會。在一個把消防員搭救樹上貓咪的照片登在城市報紙頭版的國家，人們不會做這種事。

「不會的。在我對你的支配越來越強的同時，你對我的支配只會越來越弱。沒有什麼狀況是靜止不變的。然後，當時機成熟——如果我活得夠久的話——當我認定你所知道的一切已經傷不了我了，到時我就會把那份文件銷毀。」

「可是在這當中你可能會遇上很多事！意外、疾病……」

杜桑德聳聳肩。「『上帝的意旨便是甘露，只要是上帝的意旨，我們便會遇上，而只要是上帝的意旨，我們便要暢飲它。』[25]要發生什麼事由不得我們。」

陶德久久注視著老人，注視了好一陣子。杜桑德的說法有破綻，肯定有的，可以讓他們兩人或者陶德一個人找到出路，一種逃生口，一種叫停的方法，就像玩躲貓貓的時候——停，各位，我的腳受傷了，大家別躲了，出來吧，遊戲結束。一種關於未來歲月的黑知識在他眼眸的深處顫動著，他感覺得到它在那裡，等著以有意識思維的形式誕生出來。無論他到哪裡，無論他做什麼……

他想起一個頭上頂著一只鐵砧的卡通人物。到他高中畢業那年，杜桑德是八十一歲，事情還不會結束。等到他拿到學士學位……杜桑德是八十五歲，那時候他仍然會覺得自己還不算老。等到他完成碩士論文、讀完研究所，杜桑德是八十七歲……杜桑德可能依然覺得不安心。

「不，」陶德含糊地說：「你說的那些……我承受不了。」

「我的孩子。」杜桑德溫柔地說。陶德第一次、同時惶恐地聽出，老人說頭兩個字時微微加重了語氣。「我的孩子……你必須承受。」

陶德凝視著他，他的舌頭在嘴裡膨脹、變厚，直到感覺像是它塞滿了他的喉嚨，讓他說不出話來。然後他轉身，跌跌撞撞衝出了房子。

杜桑德面無表情地看著這一切，當門砰地關上，男孩的腳步聲停止，意謂著他已經騎上了單車，這時他點了根香菸。當然，事實上沒有保險箱，也沒有文件，可是那孩子相信這些東西真的存在，而且深信不疑。這下他安全了。事情結束。

可是並未結束。

當晚他們兩人都作了謀殺的夢，兩人都在混雜的恐怖和興奮中驚醒。

陶德在熟悉的下腹部黏膩感中醒來。距離這些事已很遙遠的杜桑德穿上黨衛軍制服，然後躺回床上，等候奔馳的心靜下來。那套制服做工粗糙，已經開始磨損了。

在杜桑德的夢中，他終於到達山頂的營地。寬闊的大門為他滑開來，然後一等他進入，立刻在它的鋼軌上隆隆地關閉。大門和營地四周的圍籬都通了電，但在他後面追趕的那些瘦骨嶙峋、赤裸裸的人一波接一波撲向圍籬。杜桑德大聲嘲笑他們，他趾高氣昂地來回走動，胸膛鼓得高高的，他的棒球帽以完美的角度歪戴著。濃烈惡臭的人肉焦味瀰漫在夜色中，而他在南加州醒來，想起了南瓜燈，還有吸血鬼尋找藍色火焰的夜晚。

25. 譯註：出自《聖經．馬太福音》。

在鮑登一家預定飛往夏威夷的前兩天，陶德回到廢棄鐵路車場，以前人們常從這裡搭上前往舊金山、西雅圖和拉斯維加斯的火車，有些老年人也常在這裡搭乘電車到洛杉磯。

他到那裡時已將近黃昏。在九百碼外的高速公路彎道上，大部分車子此時都亮著停車燈。儘管天氣很溫暖，陶德仍然穿著薄外套。外套底下，一把用舊毛巾包裹的屠刀塞在腰帶裡。刀子是他在一家折扣百貨商店買的，就是那種周圍有著廣大停車場的大型商店。

他看了看一個月前躺著一名醉漢的月台下方。他的腦子轉了又轉，可是什麼畫面都沒打開。這一刻，他腦子裡只有濃淡不一的黑色調。

他看見的是同一個醉漢，也可能是另一個。他們看上去都差不多。

「喂！」陶德說：「喂！你要錢嗎？」

醉漢翻過身來，眨著眼睛。他看見陶德燦爛開朗的笑容，也跟著笑開來。轉眼間，屠刀落下，在颯颯刀風、森森刀氣中削過他布滿鬍碴的右臉頰。鮮血飛濺。陶德看見刀刃出現在醉漢張開的嘴裡……接著刀尖在醉漢的左邊嘴角卡住片刻，將他的嘴拉扯成一種歪著嘴笑的荒誕形狀。接著切出咧嘴笑容的是刀子，他把醉漢當萬聖節南瓜那樣雕刻。

他刺了醉漢三十七次。他一路數著，三十七次，從第一刀開始數，這次劃過醉漢的臉頰，接下來將他那試探性的微笑變成可怕的咧笑。過了第四刀，醉漢停止了尖叫。第六刀之後，他不再手忙腳亂地試圖掙脫陶德。然後，陶德直接爬進月台底下，補足剩下的。

回家的路上，他把刀子丟進河裡。他的長褲沾滿血跡，他把它扔進洗衣機，設定冷洗功能。洗完後，上面還殘留著淡淡的污痕，可是陶德沒放在心上。久了就會褪色的。第二天，他發現他幾乎無法把右手臂舉到肩膀的高度。他對他父親說，他一定是在公園和朋友玩撒胡椒粉遊戲，不小心拉傷了。

「到了夏威夷就沒事了。」迪克・鮑登說，搓搓陶德的頭髮。果然，等他們度完假回來，他的手臂已經好端端的了。

13

又到了七月。

精心穿著他的三件套裝中的一件（不是最體面的那件）的杜桑德站在巴士站，等候當天的最後一班社區巴士回家。這時是晚上十點四十五分，他剛看完電影，一部他非常喜歡的輕快膚淺的喜劇片。從早上收到郵件之後，他的心情一直很好。男孩寄來一封明信片，一張威基基海灘的亮面彩色照片，背景是高聳的骨白色飯店。背面有一段簡短的信息。

親愛的丹克先生：

天啊，這裡太棒了。我每天都游泳，我父親抓到一條大魚，我母親正在趕她的看書進度（笑話）。明天我們要去看火山，我會小心不掉進去。希望你無恙。

祝永遠健康

陶德

他正對著信尾的祝語淡淡微笑，一隻手碰觸他的手肘。

「先生？」

「什麼事？」

他警覺地轉身——即使在聖多納托，攔路搶劫這種事也不是沒發生過——衝鼻而來的氣味讓他眉頭一皺，那聞起來像混合了啤酒、口臭、乾掉的汗水，或許還加上麝香的味道。那是一名穿著寬鬆長褲的酒鬼。他——它——穿著法蘭絨襯衫和非常舊的懶人鞋，鞋子用髒兮兮的膠帶黏緊了。在這七拼八湊裝扮的上方，隱隱浮現一張有如上帝之死的臉。

「你有多餘的一角錢嗎？先生。我必須到洛杉磯去，有個職缺在那兒等著我，我還差一角錢才能買特快巴士車票。要不是因為機會難得，我絕不會求人的。」

杜桑德原本皺著眉頭，這時他的微笑又占了上風。

「你真的只想搭巴士？」

醉漢虛弱地笑笑，不太理解。

「假設你和我一起搭巴士回家，」杜桑德提議，「我可以請你喝杯酒、吃頓飯，讓你洗個澡、睡個覺。我要求的回報就只是聊聊天。我年紀大了，一個人住，有時候真的很想有個人陪伴。」

隨著情況趨於明朗，酒鬼的笑容也一下子爽朗起來。原來是一個對貧民窟有興趣的老同性戀。

「一個人住？很無奈，對吧？」

杜桑德用禮貌的笑回應他露骨、諂媚的咧笑。「我只要求你在巴士上離我遠一點，你的味道有夠嗆。」

「既然這樣，也許你不希望我把你家給熏臭了？」酒鬼帶著突來的、微醺的尊嚴說。

「來吧，巴士就快來了。在我後面一站下車，然後往回走兩個街區，我會在街角等你。明早我再看看能擠出多少閒錢來。也許兩元吧。」

「也許給個五元。」酒鬼快活地說。他的尊嚴、微醺等等的全被拋到腦後。

「再看看吧。」杜桑德不耐地說。他已經聽見逐漸接近的巴士傳來低沉的柴油引擎嗡嗡聲。他把兩角五分車錢塞進醉漢的髒手中，然後頭也沒回地緩緩走開幾步。

當社區巴士的頭燈掃過斜坡，酒鬼仍然拿不定主意。當那個老同志頭也不回上了巴士，他仍然站在那裡，低頭皺眉看著那枚兩角五分硬幣。酒鬼走了開去，然後——在最後一秒鐘——他突然掉頭，就在車門關上之前登上了巴士。他把兩角五分硬幣放進投幣箱，那表情像是孤注一擲，下了一百元賭注的人。他經過杜桑德身邊，除了瞄他一眼什麼都沒做，然後坐在巴士的後面座位。他打了下盹，等他醒來，那個有錢的老同志不見了。他在下一站下車，也不知道是不是這一站，他其實也不在乎。

他往後走了兩個街區，在路燈下看見一個昏暗的形體。是那個老同性戀沒錯。老傢伙看著他走近，像立正那樣筆直站著。

有那麼一瞬間，酒鬼恐懼地起了寒意，很想轉過身去，忘掉這整件事。

這時老人抓住他的臂膀……他的手勁意外地強大。

「很好，」老人說：「很高興你來了，我的房子就在附近，很快就到了。」

「也許給個十元。」酒鬼說，乖乖被拉著走。

「也許給個十元，」老同志附和著，大笑起來，「誰知道呢？」

14

建國兩百週年。

從夏威夷回來到一九七五年夏天的期間，陶德去看了杜桑德五、六次。那個夏天他和雙親到羅馬旅行了一趟，當時當地鑼鼓喧天、旗幟飄揚的景象和觀賞高桅帆船等慶祝活動正逐漸進入高潮。

這幾次造訪相當低調，而且談不上愉快。兩人發現他們從頭到尾都客客氣氣的。他們之間沉默多過言語交流，而他們的實際對話無聊到足以讓一個調查局幹員打瞌睡。陶德告訴老人，這陣子他偶爾會跟一個叫安吉拉．法羅的女孩約會。他對她不是很著迷，但她是他母親一位朋友的女兒。老人則是告訴陶德，最近他對編織碎布地毯發生興趣，因為有文章說這類活動對關節炎很有幫助。他拿了幾件他的作品給陶德看，陶德也盡責地加以讚美。

男孩長高不少，不是嗎？（嗯，長了兩吋。）杜桑德戒菸了嗎？（沒有，不過他不得不少抽一點，最近咳得太厲害了。）他的學業還好嗎？（很有挑戰性，但也很有趣；他的各科成績已經全部達到Ａ或Ｂ，他的太陽能設計也在科學博覽會進入州決賽，目前正在考慮上大學改主修人類學而不是歷史。）今年杜桑德找誰替他修剪草坪？（住在同一條街的蘭迪．錢伯斯——好孩子，但又胖又溫吞。）

這一年當中，杜桑德在廚房裡解決了三個酒鬼。他在市區巴士站和他們接觸大約二十次，給出請吃飯喝酒、供洗澡睡覺的提議七次。他被拒絕了兩次，另外兩次，醉漢直接拿了杜桑德給他們當作車錢的兩角五分硬幣走掉了。幾經思考，他找到了解決辦法。他買了一本巴士票價優惠券，總共兩元五角，可以搭十五次巴士，並且禁止在當地酒類商店使用。

最近，在天氣較熱的日子裡，杜桑德會發現有股難聞的氣味從他的地窖飄上來。每當這種時候，他就會把所有門窗關得密不透風。

陶德．鮑登發現有個酒鬼在沼澤路一片空地後方的一條廢棄排水涵管裡呼呼大睡——這時是十二月，正值聖誕假期。他在那裡站了片刻，兩手插著口袋，看著酒鬼，一邊顫抖。他在五週當中回到這片空地六次，始終穿著薄夾克，拉鍊拉到一半，來隱藏塞在腰帶上的一把工匠牌鐵鎚。最後，在三月的第一天，他又遇到了那個酒鬼——同一個或者另一個，而且這人真是吊兒郎當。一開始他先用鎚頭的扁平端，然後，不知什麼時候（他真的記不得了，一切全浸在朦朧的紅色中），他換成了鎚頭的尖爪端，把酒鬼的臉整個抹除了。

對庫爾特・杜桑德來說，這些酒鬼是用來安撫眾神——他終於認可……或者重新承認了祂們的存在——的一種半諷刺性的贖罪品。酒鬼很有意思，他們讓他感覺生氣勃勃。他開始覺得他在聖多納托度過的那許多年，在這個有著藍色大眼睛、開朗的美國式笑容的男孩出現在他家門口之前的那些年，他等於是過著未老先衰的生活。他初到這裡時剛過六十五歲，而現在的他感覺比當時年輕多了。

一開始，安撫神的想法肯定會嚇到陶德……但最終或許會被接受。在鐵路車場的月台下刺殺那個醉漢之後，他原以為自己的惡夢會加劇，甚至可能會逼他發瘋。他以為自己會經歷沒完沒了的磨人罪惡感，最後在突然的全盤供出或自殺中結束一切。

然而，這些情況非但沒發生，他還跟雙親去了夏威夷，度過了這輩子最愉快的假期。

去年九月，他帶著神清氣爽的嶄新心情展開高中生活，彷彿有個全然不同的人跳進了陶德・鮑登的皮囊。一些他從童年開始就沒什麼特別印象的東西——黎明後的陽光，漁船碼頭遠方的大海景色，黃昏時街燈亮起的那一瞬間，人們在市區街道上匆忙趕路的景象——如今這些事物以一系列明亮的浮雕形式再度印入他腦中，影像清晰得有如電鍍畫面。他在舌尖品味著生命，就如直接從酒瓶啜飲美酒一般。

在他看到廢棄涵管裡的醉鬼，但是還沒把他殺掉之前，惡夢又開始了。

他最常作的一個惡夢是跟他在廢棄鐵路車場刺死的那個醉漢有關的。放學後，他衝進家門，一句快活的**嗨！莫妮卡寶貝！**剛喊出口，隨即凍結，因為他一眼看見死掉的醉漢癱在一排浮雕轉角長椅上。他坐在那裡，身穿沾有穢臭嘔吐物的襯衫和長褲，癱倒在他們的全實木餐桌上。鮮血流過明亮的磁磚地板，血跡在不鏽鋼流理台上逐漸乾涸，幾只天然松木櫃上也有血手印。

冰箱旁邊的留言板上夾著一張他母親寫的字條：**陶德——去購物，三點半回。**Jenn-Air組合爐具上方那只時髦的太陽光芒造型時鐘的指針指著三點二十分，而這會兒醉漢趴死在轉角椅上，像是舊貨商店下層地窖裡的某種不斷滲漏的可怕遺物，而且到處都是血跡，於是陶德開始動手清理，擦拭每一個露出的平面，一邊朝那個死掉的醉漢吆喝他必須**走人**，不准再來**煩**他，可是醉漢只是軟軟癱在那裡，動也不動，咧嘴對著天花板笑，一條條血流從他污穢皮膚上的刀刺傷口湧出。陶德從壁櫥裡抓起 O-Cedar 拖把，拿它在地板上瘋狂地來回滑動，意識到他並沒有真的把血吸乾，而只是把它稀釋，弄得到處都是，可是他停不下來。正當他聽見母親的克萊斯勒城鄉旅行車駛入車道，他發覺那個醉漢是杜桑德。他從惡夢中驚醒，渾身冒汗，氣喘吁吁，兩手緊抓著被子。

可是，當他終於又在廢棄涵管中找到那個酒鬼（那個或者另外一個），並且用鐵鎚處置他之後，那些惡夢就消失了。他覺得自己大概不得不再度殺人，也許不止一次。真糟糕，不過話說回來，那些人早就失去他們做為人類的用處了。當然，他們對陶德還有點用。而陶德呢，就跟他認識的所有其他人一樣，只不過是隨著年齡的增長不斷調整自己的生活方式，來滿足自己的特殊需求。真的，他和別人沒什麼不同。活在世上，你必須走自己的路。如果你想繼續往前，就必須靠自己。

15

高三這一年的秋天，陶德在聖多納托市美洲獅足球隊擔任殿衛，並且成為全美足球聯會球員。那年的第二學期，也就是在一九七七年一月底結束的那個學期，他贏得美國退伍軍人協會愛國徵文競賽。這項競賽開放給所有選修美國歷史課程的都市高中生參加。陶德的作品主題是「一個美國人的責任」。那年的棒球季，他是學校的明星投手，贏得四場比賽，一場都沒輸。他的被打擊率是零點三六一。在六月的頒獎大會上，他獲選為年度最佳球員，由海恩斯教練親自頒贈獎牌給他（海恩斯教練曾經把他拉到一旁，要他繼續練他的曲球，「因為那些黑鬼打不到曲球，鮑登，沒有一個打得到」）。當陶德從學校打電話通知母親他即將領獎時，莫妮卡．鮑登喜極而泣。典禮結束後，迪克．鮑登在辦公室耀武揚威了兩週，忍著不向人誇耀。那年夏天，他們在大索爾租了一間小木屋，在那裡待了兩週，陶德玩浮潛玩瘋了。

同一年，陶德殺死四個遊民：他用刀刺其中兩個，連續重擊另外兩個。他已經養成在這種如今被他看成狩獵探險的行動中，穿上兩條褲子的習慣。有時候他會搭上市區巴士，尋找理想的地點。他發現最好的兩個是位在道格拉斯街的聖多納托貧民救濟會，還有歐幾里得街救世軍分會附近的街角。他會緩緩走過這兩個街區，等著人來討錢。每當有酒鬼向他走來，陶德會告訴他，他想買一瓶威士忌，如果酒鬼能買到，陶德會和他分著喝。他會說，他知道有個地方很適合喝酒聊天。當然，每次都是不一樣的地方。他壓抑著想要回到鐵路車場或者沼澤路空地後方的排水涵管的強烈欲望。重新審視以前的犯罪現場是不明智的。

在這同一年，杜桑德減少抽菸，照喝遠古波本威士忌，看電視。陶德偶爾來訪，不過他們的對話越來越枯燥無味。兩人逐漸疏遠了。這年杜桑德迎來他的七十九歲生日，而陶德也滿十六歲了。杜桑德說，十六歲是年輕人最美好的一年，四十一歲是中年人最美好的一年，而七十九歲是老人最美好的一年。陶德禮貌地點頭。杜桑德醉得很厲害，饒舌得讓陶德有些不自在。

在陶德的一九七六到七七學年期間，杜桑德處決了兩名醉漢。第二個生命力意外地強韌，即使在杜桑德把他灌得爛醉之後，他還能蹣跚地走過廚房，半把牛排刀從他的頸背突出來，血汩汩淌下他的襯衫前襟，流到地板上。在廚房裡東倒西歪繞了兩圈之後，酒鬼終於找到了門廳，差點逃了出去。

杜桑德站在廚房裡，驚呆地睜大眼睛，看著酒鬼一路呻吟、喘息著朝門口走去，從門廳一側的牆壁彈到另一側，把廉價的 Currier & Ives 複製畫撞倒在地上。直到酒鬼摸著了門把，杜桑德才一下子清醒過來。他急忙穿過廚房，甩開工具抽屜，抓起一支肉叉。他把肉叉舉在面前跑過走廊，將它插進酒鬼的背部。

杜桑德高踞在那人身旁，急喘著，他的衰老心臟的奔馳速度快得嚇人……就像他很喜歡的週六晚上的《緊急動員》（Emergency!）影集裡的病患心臟病發作時的心跳。但終於，它慢慢恢復成正常的節奏，於是他知道自己會沒事。

有一大灘血跡等著他收拾。

那是四個月之前的事，在那之後，他再也不曾到市區巴士站去物色對象。他對最後這一次自己差點把事情搞砸感到恐懼……可是，當他回想起自己在最後關頭的處理方式，一股自豪油然而生。最後酒鬼終究沒能走出大門，這才是重點。

16

一九七七年秋天，就在高四第一個學期的期間，陶德加入了步槍社團。到了一九七八年六月，他已經具備射手資格。他再度打進足球聯會比賽，在棒球季中贏了五場，輸掉一場（會輸是兩次失誤和一次失敗跑壘的結果），並且獲得校史上第三高的榮譽獎學金。他向柏克萊大學提出申請並且馬上被錄取。到了四月，他知道自己將是畢業典禮上的畢業生第一代表，或者第二代表。他非常渴望當第一代表。

在高四的下半年，一種奇怪的衝動突然降臨到他身上——對陶德來說，它不只非理性，而且令人恐懼。他似乎清楚而堅定地掌控著它，**這點**起碼讓人感到安慰，可是這種念頭竟然會產生，本身就很讓人害怕。他已經對自己的生活作了安排，一些事情也都解決了。他的生活像極了他母親那間明亮、陽光充足的廚房，所有表面都包覆著鉻金屬、美耐板或不鏽鋼，彷彿只要按下按鈕，一切便如常運作的一個地方。當然，這間廚房裡有一些深邃、陰暗的櫥櫃，但是有很多東西可以往裡面塞，而且它們的門總是緊閉的。

這個新的衝動讓他想起那個夢：他放學回家，在他母親乾淨明亮的地方發現死掉的、流著血的酒鬼。就好像，在他明亮、悉心的布置下，在他腦中那個一應俱全、井然有序的廚房裡，一個陰暗血腥的入侵者正跌跌撞撞尋找著一個死得醒目的地方。

距離鮑登家四分之一哩的地方就是八線道高速公路，一片長著茂密樹叢的陡坡向下往公路延伸，坡上有許多很不錯的掩體。他父親送給他一把溫徹斯特.30-.30步槍當作聖誕禮物，它有可拆式的望遠鏡瞄準器。在交通尖峰時段，當八線車道全部塞滿，他可以在斜坡上選個位置，然後……他輕易就可以……

做什麼？

自殺？

毀掉他四年來所做的一切努力？你說**什麼**？

不，先生**女士**，門都沒有。

就像他們說的，這只是笑話。

當然……可是那股衝動還在。

畢業典禮前幾週的一個週六，陶德在仔細清空彈匣之後，把槍收進箱子。他把步槍放在他父親的新玩具——一輛二手保時捷的後座。他開車去到那片樹叢濃密、陡峭地下降到高速公路的斜坡。他的爸媽開著他們的旅行車到洛杉磯度週末去了，現已成為正式合夥人的迪克將和凱悅的代表討論在雷諾蓋新飯店的事。

當陶德在臂膀下夾著裝箱的步槍緩緩步下斜坡，他的心臟在胸前怦怦跳動，嘴裡充滿酸澀、刺激的唾液。他來到一棵倒下的樹前，盤腿坐在它的後方。他打開步槍盒，把槍放在枯樹的光滑樹幹上。一根斜斜伸出的樹枝剛好可以用來架住槍管。他把槍托底板抵住右肩的凹點，定睛凝視著望遠鏡瞄準器。

蠢！他內心有個聲音對他叫喊。**天啊，真夠蠢的！萬一被人發現，問題可不是槍有沒有鎖定！你會惹上大麻煩，甚至遇上潑婦對你開槍！**

這時是上午十點左右，車流不多。他把準星對著一輛藍色豐田駕駛座上的女人。女人的車窗搖下一半，她的無袖上衣的圓領子隨風飄動。陶德把準星對著她的太陽穴，空彈射了一槍。這對撞針不太好，可是管他呢。

「砰！」當豐田車駛離，消失在陶德所在的斜坡半哩外的高架道路下方，他小聲說。他用力嚥下鯁在喉間、味道像是黏成一團的一分錢硬幣的腫塊。

這時來了一個開著輛速霸陸 Brat 小貨卡的男子。這人留著蓬亂的灰鬍子，頭戴聖地牙哥教士隊棒球帽。

「你這……你這鼠輩，殺了我的好兄弟的齷齪鼠輩。」陶德低聲說，咯咯笑了兩聲，又一次發射空槍。

他又射了另外五個人，擊錘的空洞碰撞聲破壞了每次「殺人」過後的幻覺。然後，他把步槍放回盒子，帶著它爬上斜坡，一邊壓低身體免得被看見。他把槍盒放進保時捷後座，他的太陽穴燥熱地轟轟響著。他開車回家，到了樓上房間，然後手淫。

17

酒鬼穿著一件破爛鬆散的馴鹿圖案毛衣，那毛衣的顏色是那麼鮮豔，在南加州這地方顯得近乎超現實。他還穿著海軍發行的藍色牛仔褲，褲子的膝部開了大洞，露出毛茸茸的白皮膚和幾塊脫皮的乾痂。他舉起果凍玻璃杯——弗萊德和威瑪、班尼和貝蒂在某種看來像是怪誕的豐年祭的儀式中繞著杯口跳舞——然後把整杯遠古波本威士忌一飲而盡。他此生最後一次咂著嘴唇。

「先生，這酒真夠味。容我這麼說。」

「我喜歡在晚上喝一杯。」杜桑德在他背後附和著，然後將屠刀壓入酒鬼的頸子。一陣軟骨碎裂的聲音，像是小雞腿被人從剛烤好的全雞猛烈地撕開的聲音。果凍玻璃杯從酒鬼手中掉到桌上。它滾向桌子邊緣，它的動作增強了它上面的卡通人物正在跳舞的錯覺。

酒鬼把頭往後甩，想要尖叫，可是除了可怕的嘶嘶哮喘之外，竟發不出一點聲音。他的眼睛越睜越大，接著他的頭黏答答地「砰」一聲撞向杜桑德餐桌油布上的紅白格子圖案。酒鬼的上排假牙床像半可拆式的咧笑那樣，從嘴裡滑出一半。

杜桑德把刀子猛力抽出──他不得不雙手並用──然後越過廚房到了水槽邊。裡頭裝滿熱水、檸檬香的 Joy 洗碗精和晚餐的髒碗盤。刀子消失在大堆柑橘味的肥皂泡中，有如一架小小的戰鬥機潛入雲朵。

他回到餐桌前，停在那裡，一手擱在死去酒鬼的肩上，突然一陣猛烈的咳嗽襲來。他從長褲後口袋掏出手帕，吐了口黃褐色的痰在上頭。他最近菸抽得太兇了。每次他決定要再幹一樁，就會猛抽菸。但是這次進行得很順利，真的非常順利。他本來擔心在上次他處理得一塌糊塗之後，想再嘗試恐怕只是自取滅亡。

現在呢，如果他動作俐落點，應該還來得及看《勞倫斯威爾克秀》（Lawrence Welk Show）的下半場。

他衝過廚房，打開地窖門，然後開了電燈開關。他回到水槽邊，從底下的櫥櫃拿出一包綠色塑膠垃圾袋。他甩開一只塑膠袋，回到癱倒在桌上的酒鬼旁邊。血在桌布上到處竄流，滴在酒鬼的大腿還有凹凸不平的褪色亞麻地板上。椅子上肯定也有，但是所有這些他都會清理乾淨的。

杜桑德抓住酒鬼的頭髮，把他的頭往上拉。它沒骨頭似地軟軟抬起，不一會兒，酒鬼懶懶地向後仰，像是在理髮院準備洗頭的男人。杜桑德將垃圾袋套到酒鬼頭上，往下拉到肩膀、臂膀，一直到手肘。最多只能拉到這裡了。他解開死掉的洗頭客的腰帶，把它從磨損的腰帶孔抽出。他用腰帶圈住垃圾袋口，大約在酒鬼手肘以上兩、三吋的位置，然後把它扣緊了。塑膠袋沙沙作響。杜桑德開始悶聲哼起歌來。

酒鬼腳上穿著骯髒破爛的Hush Puppies便鞋，當杜桑德抓住腰帶，把屍體拖往地窖門口，他的兩隻腳在地板上打開成軟軟的V形。有白色的東西從塑膠袋掉出來，喀啦撞上地板。杜桑德發現那是酒鬼的上假牙床。他把它撿起，塞進酒鬼的前褲袋。

他把酒鬼放在地窖門口，這時酒鬼的腦袋往後垂在樓梯的第二級踏板上。杜桑德繞到屍體旁邊，結結實實踢了它三腳。前兩次屍體略微動了一下，第三次屍體軟趴趴地滑下了樓梯。滑到一半時，兩隻腳越過了頭頂，屍體完成一次特技翻滾。它的肚子撞上地窖的硬泥地，發出響亮的砰一聲，一隻Hush Puppies便鞋飛了出去，杜桑德在心裡提醒自己要把它撿回來。

他下了樓梯，繞過屍體走向工具檯。在檯子左側，一把鐵鍬、一支耙子和一把鋤頭靠著牆一字排開。杜桑德選了鐵鍬。做點運動對老人有好處，做點運動會讓人感覺年輕。

這裡頭的氣味不太好，但他並沒有太過困擾。他每個月都會給這地方撒石灰（在他「處理」完一個酒鬼之後改成每三天一次），而且樓上有一台風扇，他會在特別悶熱的日子裡把它打開，防止氣味飄到屋子裡。他記得納粹指揮官約瑟夫·克拉默（Josef Kramer）常喜歡說：死者會說話，但是你得用鼻子聽。

杜桑德在地窖的北邊牆角挑了個位置，開始幹活。墓穴的尺寸是兩呎半寬、六呎長。當他挖了兩呎，差不多一半深了，第一次劇烈的疼痛有如一陣獵槍爆破襲擊他的胸口，他站直了，瞪大眼睛。接著痛楚傳遍他的手臂……那難以想像的痛楚，就好像有隻隱形的手掐住那裡的所有血管，這時正拉扯著它們。他看著鐵鍬往一旁倒下，感覺膝蓋一軟。在那個可怕的瞬間，他相信栽進墳墓裡的會是他自己。

結果他搖搖晃晃退了三步，跌坐在工作檯上。他露出一臉驚呆——他感覺得出來——他覺得自己現在的表情一定像極了默片演員被旋轉門撞上，或者一腳踩進牛糞時的樣子。他把頭夾在膝蓋間，拚命喘氣。

十五分鐘過去，疼痛逐漸緩和，可是他怕自己站不住。他生平第一次了解到他至今得以倖免的關於衰老的所有事實。他驚恐到幾乎抽噎起來。在這潮濕穢臭的地窖裡，死亡和他擦身而過，它的長袍下襬碰觸了杜桑德。也許它暫時不會回來找他，可是只要他還有一口氣，他絕不死在這裡頭。

他站了起來，雙手仍然捂著胸口，像是想把那個脆弱的機件給撐住。他蹣跚地從工作檯和樓梯之間的寬敞空間走過。他的左腳在死去酒鬼伸出的腿上絆了一下，他驚呼一聲，跪倒在地上。他的胸口起了一陣悶痛。他抬頭看著樓梯——又高又陡，總共十二級，頂部的一方亮光作弄人似地遙遠。「一，」庫爾特·杜桑德用德語數著，嚴酷地把自己拉上樓梯的第一階。「二，三，四。」

他花了二十分鐘，總算踏上廚房的亞麻地板。在樓梯上，有兩次，那痛楚眼看又要發作，而兩次杜桑德都閉上眼睛，靜靜等著，心裡明白如果它像之前一樣劇烈，他說不定會死。兩次痛苦都消失了。

他沿著廚房地板爬向餐桌，避開逐漸凝結的血窪和血痕。他找到桌上的遠古波本酒，吞了一口，閉上眼睛。他胸口緊縮成一團的東西似乎鬆開了點，疼痛也消退了一點。又過了五分鐘，他慢慢摸索著通過走廊。他的電話就放在走廊半途的小桌上。

九點十五分，鮑登家的電話響了。陶德正盤腿坐在沙發上，翻著筆記準備三角期末考。三角對他來說很棘手，就像所有數學一樣，而且恐怕會一直如此。他父親坐在房間對面，翻看支票簿的存根，腿上放著一台攜帶式計算機，臉上帶著幾分疑惑。距離電話最近的莫妮卡正在看陶德兩天前從HBO頻道錄下來的○○七影片。

「喂？」她接聽電話。她眉頭輕輕一皺，把話筒遞向陶德。「是丹克先生，似乎有什麼事讓他激動。或不安。」

陶德一顆心跳上了喉頭，但他的臉幾乎沒有變化。「真的？」他走過去，從她手上接過電話。「嗨，丹克先生。」

杜桑德的聲音嘶啞而急促。「馬上過來，孩子。我心臟病發作，我想情況很不妙。」

「哎呀！」陶德邊說，邊努力整理飛馳的思緒，想看清楚在他腦海裡一下子漲大的恐懼究竟意味著什麼。「真的很有意思，不過現在已經很晚了，而且我正在看書……」

「我知道你不方便說話，」杜桑德用刺耳、幾乎像是吠叫的聲音說：「但是你可以聽。我不能叫救護車或撥打222，孩子……至少還不是時候。這裡很亂，我需要幫忙……意思是**你**需要幫忙。」

「好吧……既然你這麼說……」陶德的心跳達到每分鐘一百二十下，但他的臉卻很平靜，幾乎是恬靜的。他不是一直都知道這樣的夜晚遲早會到來？是的，他當然知道。

「告訴你爸媽說我收到一封信，」杜桑德說：「一封重要的信，懂嗎？」

「是啊，好吧。」陶德說。

「這就對了，孩子。我就知道你很可靠。」

「當然。」陶德說。他突然發現他母親正在看他而不是看電影，於是他勉強擠出笑容。

「再見。」

杜桑德正在說別的什麼，可是陶德掛斷了電話。

「我要去一下丹克先生家。」他對雙親說話，但只看著他母親，她臉上仍然帶著淡淡的憂慮。「要不要我順便幫你們買點什麼？」

「幫我買水管清潔劑，幫你母親買一小包財務責任感。」迪克說。

「很俏皮。」莫妮卡說：「陶德，丹克先生沒……」

「妳到底在菲爾丁百貨店買了什麼東西？」迪克打斷她。

「就壁櫥裡那個九宮格裝飾架，我告訴過你了。丹克先生沒事吧？陶德，他的聲音不太對勁。」

「真的**有**九宮格裝飾架這種東西？我以為那是英國一些寫偵探小說的瘋女人編造出來，方便兇手可以每次都找到行兇鈍器的。」

「迪克，我可以先跟陶德說一下話嗎？」

「當然，請便。可是幹嘛放**壁櫥**裡？」

陶德說：「我想他應該沒事。」他穿上他的字母夾克，拉上拉鍊。「可是他很興奮。他收到他姪子的信，好像是從漢堡、杜塞多夫還是哪裡寄來的。他已經很多年沒有親人的音訊了，現在突然收到這封信，可是他的眼睛不好，不能看信。」

「真**要命**，」迪克說：「去吧，陶德。你就過去，讓老人家安心吧。」

「我以為有人可以唸給他聽，」莫妮卡說：「新的男孩志工。」

「是有一個。」陶德說著，突然恨起他母親，恨她眼裡浮現的那種半靈通的直覺。「也許他不在家，也許太晚了趕不過來。」

「唉，好吧……那就去吧，可是小心點。」

「我會的。真的不需要我順便替妳買什麼？」

「不用了。你的微積分期末考準備得如何了？」

「是三角，」陶德說：「我想還好。我正打算收拾一下去休息了。」這個謊扯得不小。

「你想開保時捷去嗎？」迪克問。

「不，我騎我的單車。」他希望多爭取個五分鐘整理一下思緒，讓心情穩定下來——起碼試一試。以他目前的狀態，他可能會把保時捷開去撞電線杆。

「記得戴上你的反光護膝，」莫妮卡說：「還有替我們向丹克先生問好。」

「好的。」

疑惑依然在他母親眼中，但已不那麼明顯了。他給了她一個飛吻，然後走向停放著他的單車的車庫，他原來的 Schwinn 已經換成一輛賽車型的義大利自行車了。他的心仍在胸口怦怦狂跳，他有股狂暴的衝動，想帶著他的 .30-.30 步槍回屋內射殺他的雙親，然後到那片俯瞰高速公路的斜坡去。他再也不必擔心杜桑德，再也沒有惡夢，再也不必去找酒鬼。他會一直開槍一直開槍，只留下收拾善後用的最後一顆子彈。

接著理智回來了，他朝杜桑德家的方向騎過去。他膝蓋上的反光條忽上忽下地繞圈子，長長的金髮從他的額頭向後飄動。

「**我的老天！**」陶德幾乎尖叫起來。

他站在廚房門口。杜桑德的頭垂在手肘間，面前放著陶杯，額頭上冒出斗大的汗水。可是陶德看的不是他，是血。到處都是——桌上、空的餐椅上、地板上一灘灘的血。

「你哪裡流血？」陶德大叫，終於讓他僵硬的雙腳動了起來，感覺上他彷彿已經在門口站了起碼一千年。**結束了**，他想，**一切徹頭徹尾結束了。氣球飛起來了，寶貝，一直飛向了天空，寶貝，火車嘟嘟嘟，親親寶貝，再會了**。儘管如此，他還是小心地避免踩中血跡。「你不是說你他媽的心臟病發作了！」

「那不是我的血。」杜桑德咕噥著。

「什麼？」陶德停住。「你說什麼？」

「下樓去，你會知道該怎麼做。」

「到底怎麼回事？」陶德問著，腦子裡突然迸出一個可怕的念頭。

「別浪費你我的時間了，孩子。我想你不會對樓下的東西太過吃驚。我想地窖裡的東西你應該早就見識過了。第一手經驗。」

陶德難以置信地繼續盯著他好一會兒，然後他兩步併作一步衝下地窖樓梯。在地下室僅有的一盞燈的微弱黃光下，他乍看以為杜桑德丟了一袋垃圾下來。接著他看見伸出的兩條腿，還有被束緊的皮帶壓在身體兩側的一雙髒手。

「天啊！」他又驚呼，可是這次聲音沒了力道，成了微弱空洞的一聲低語。

他用右手背壓在乾燥得像砂紙的嘴唇上。他閉上眼睛片刻……當他再度睜開雙眼，覺得自己總算鎮定許多。

陶德開始行動。

他看見鐵鍬的把手從對面牆角的一個淺洞中探出來，馬上了解杜桑德心臟突然緊縮的時候正在做什麼。不久，他強烈感受到地窖裡的腐臭，像是爛番茄一樣的氣味。他曾經聞過，只是在樓上味道淡得多……當然，加上過去幾年他很少下樓來。現在他**完全**了解到這種氣味代表什麼，有好一陣子他不得不和自己的咽喉搏鬥。一連串嗆咳、窒息的聲音——因為口鼻被他的手緊緊箝住而變得模糊不清——從他嘴裡傳出。

漸漸地，他又恢復了鎮靜。

他抓住酒鬼的雙腿，將他一路拖到洞穴邊緣。他把腿放開，用左手掌根擦去額頭的汗水，然後動也不動地站了好一陣子，腦子以空前的速度運轉著。

然後他抓起鐵鍬，開始把洞穴挖深。挖到五呎深時，他跳出來，一腳把遊民的屍體踹進洞裡。陶德站在墓穴邊緣，往下看。破爛的牛仔褲、結滿乾痂的骯髒雙手，一個醉漢，錯不了。這出乎意料的情況近乎滑稽，簡直太滑稽了，讓人忍不住想放聲狂笑。

他跑回樓上。

「你還好吧？」他問杜桑德。

「我不會有事的，你處理好了嗎？」

「我正在做，可以嗎？」

「快點，這裡還有。」

「我想去找幾隻豬，然後拿你餵牠們吃。」沒等杜桑德回應，他回到地窖裡。

就在醉漢幾乎完全被掩蓋時，他開始覺得哪裡不太對勁。他注視著墓穴內，一手抓著鐵鍬的把手。醉漢的腿有一部分從土堆伸出來，還有他的兩隻腳尖——一隻破鞋，也許是Hush Puppies，和一隻在塔夫脫（William H. Taft）擔任總統期間很可能是白色的髒兮兮的運動襪。

一隻安靜的小狗（Hush Puppy）？只有**一隻**？

陶德繞過棘手的試煉跑回樓梯下。他狂亂地環顧四周，疼痛開始轟轟撞擊他的太陽穴，無數粗鈍的鑽頭努力想衝出來。他瞥見那隻舊鞋就在五呎外的地方，在幾只廢棄架子的陰影中倒扣著。陶德抓起鞋子，帶著跑回墓穴，把它扔了進去。然後他又開始鏟土。他掩埋了鞋子、腿和所有東西。

當所有泥土都回到洞穴裡，他用鐵鍬反覆拍打，把它壓緊。然後他抓過耙子，在地上來回爬梳，試圖掩蓋這裡的泥土剛被翻動過的事實。不過用處不大，如果沒有好的偽裝，剛挖過土然後重新回填的洞，看起來永遠就像剛挖過土然後重新回填的洞。不過，沒人有理由下到這兒來，不是嗎？他和杜桑德非這麼希望不可。

陶德跑回樓上，開始有點喘不過氣來。

杜桑德的兩隻手肘張開，他的頭軟軟垂在桌上。他的眼睛閉著，眼皮是亮紫色——紫苑的顏色。

「杜桑德！」陶德大叫。他嘴裡有一種灼熱、潮濕的味道，混合了恐懼、腎上腺素和怦動的熱血的味道。「別在我面前死掉，你這老渾蛋！」

「小聲點。」杜桑德說，但沒睜開眼睛。「你會把整條街的人都引來。」

「你的清潔劑放在哪？Lestoil……Top Job……之類的，還有抹布，我需要抹布。」

「東西都在水槽下面。」

這時很多血跡已經乾了。杜桑德抬起頭來，看著陶德爬過地板，先是擦拭亞麻地板上的血窪，接著擦洗滴落在餐椅——醉漢之前坐過的——椅腳上的血漬。男孩難以抑制地咬著嘴唇，幾乎像馬咬著口銜那樣格格嚼著。最後工作完成了，清潔劑的澀味充滿整個房間。

「樓梯下有一箱舊碎布，」杜桑德說：「把沾過血的放在底下，別忘了洗手。」

「不需要你多嘴，我都是被你拖累的。」

「是嗎?那你還真挺得住呢。」一時間杜桑德慣有的嘲諷口氣又回來了,接著痛苦地咬牙,讓他表情丕變。「快點。」

陶德去拿碎布,然後最後一次匆匆爬上地窖樓梯。他不安地從樓梯上俯瞰著底下,然後關掉電燈,把門關上。他到水槽邊,捲起袖子,忍著熱燙的水拚命沖洗雙手。他把手伸進肥皂水……然後拿著杜桑德用過的屠刀走了過來。

「我真想拿它割斷你的喉嚨。」陶德冷冷地說。

「是啊,然後拿我去餵豬。我相信你做得到。」

陶德沖洗刀子,把它擦乾然後收起來。他把剩餘的碗盤迅速洗了,把水放掉,然後沖洗水槽。他擦手時看了下時鐘,十點二十分。

他走向走廊上的電話,拿起話筒,看著它發呆。他總覺得自己忘了什麼東西,就像酒鬼的鞋子之類的可能會壞事的東西。這念頭在他腦海揮之不去。是什麼呢?他不知道。要不是因為頭痛,他或許想得起來。要命的頭痛。他很少忘東忘西,這很令他害怕。

他撥打222,電話響了一聲,一個聲音接聽。

「這裡是聖多納托醫療服務站,你有什麼醫療問題?」

「我叫陶德.鮑登,我在克萊蒙街九六三號。我需要一輛救護車。」

「什麼狀況?孩子。」

「是我朋友,杜……」他咬著嘴唇,力道大得滲出血來,有那麼一瞬間他失神了,被一陣陣腦門傳來的疼痛淹沒。他差點把杜桑德的真名告訴了醫療服務站的這個無名的聲音。

「冷靜,孩子,」聲音說:「慢慢來,你會沒事的。」

「我朋友丹克先生,」陶德說:「他好像心臟病發作了。」

「他有什麼症狀？」

陶德開始描述，但是他一說到胸痛往左手臂蔓延，那人就了解了。他告訴陶德，救護車將在十到二十分鐘內到達，視交通狀況而定。陶德掛斷電話，用雙手的手掌根壓著眼睛。

「好了嗎？」杜桑德虛弱地喊著。

「**是！**」陶德尖叫：「**是，我叫好了！我叫了他媽的救護車了！是是是！給我閉嘴！**」

他更用力地按壓眼睛，眼前先是迸出無意義的閃亮星光，接著是大片的鮮紅。**穩住，陶德寶貝，要酷，要冷靜。面對它。**

他張開眼睛，再次拿起電話。棘手的部分來了，該打回家了。

「喂？」莫妮卡溫柔、有教養的聲音傳來。有那麼一瞬間——只是一瞬間——他看見自己將.30-.30步槍的槍口塞進她鼻子，對著湧出的鮮血扣下扳機。

「媽，我是陶德，叫爸來聽電話，快點。」

他已經很久沒給母親打電話了，他知道她會馬上心生警覺。果然！「怎麼了？出事了嗎？陶德。」

「叫他來聽就是了！」

「可是到底……」

電話那頭一陣急促的說話聲，接著是沉悶的鏗啷一聲。他聽見母親對父親說了什麼。陶德胸有成竹。

「是丹克先生，爸。他……我想是心臟病發作，我十分確定。」

「老天！」父親的聲音停滯片刻，陶德聽見他向妻子複述這消息。接著他回來了。「他還活著嗎？就你的觀察？」

「他還活著，很清醒。」

「很好，感謝老天。快叫救護車。」

「我叫了。」

「二二二專線？」

「對。」

「好孩子。有多嚴重，看得出來嗎？」

「不知道，爸。他們說救護車很快就來，可是……我有點害怕，你可以過來陪我一起等嗎？」

「沒問題，給我四分鐘。」

父親掛斷電話、中止通訊時，陶德聽見母親說了別的什麼。陶德跟著放下話筒。

四分鐘。

他有四分鐘可以完成剩下的工作。四分鐘可以回想他忘了什麼東西，或者他是否**真的**忘了什麼？也許只是太緊張了。天啊，他真希望可以不必打電話給父親。可是這麼做是很自然的，不是嗎？當然是。有沒有哪一件自然的事是他**沒有**做的？哪一件？

「啊，你這笨蛋！」他哀嘆一聲，衝回廚房。杜桑德的頭垂在桌上，眼睛半睜，有氣無力的。

「杜桑德！」陶德大叫，猛力搖晃著杜桑德，老人呻吟起來。「醒醒，醒醒啊，你這臭老頭！」

「怎麼？救護車來了？」

「那封信！我父親就要過來了，他很快就會趕到。**他媽的信在哪裡？**」

「什……什麼信？」

「你告訴我說你收到一封重要的信，我說……」他一顆心往下沉。「我說那是從國外……從德國寄來的。老天！」陶德兩手滑過頭髮。

「一封信。」杜桑德艱難地緩緩抬頭。他那乾癟的臉頰是病懨懨的蒼黃色，嘴唇發紫。

「我想是威利寄來的。威利·弗蘭可。親愛的……親愛的威利。」

陶德看了下手錶，距離講完電話已經兩分鐘了。他的父親不會也**不可能**在四分鐘之內從家裡趕到杜桑德住處，可是開保時捷很快的。很快，就是這樣。一切都發生得太快了，而且還是有哪裡不太對勁，他**感覺**得到，問題是他已經沒時間停下來追查漏洞了。

「沒錯，一封信。我正唸給你聽，你太興奮了，於是心臟病發作。很好，可是信在哪裡？」

杜桑德茫然地看著他。

「那封信！放在哪裡？」

「什麼信？」杜桑德面無表情地問，陶德真想雙手掐住這酒醉老怪物的喉嚨。

「我正在唸給你聽的那封信！威利某某寄給你的信！它在哪裡？」

兩人盯著桌子，彷彿以為信會從那裡蹦出來。

「在樓上。」杜桑德終於說：「去找我的斗櫃，第三個抽屜，抽屜底層有一只小木盒。你必須把它撬開來，因為鑰匙早就被我弄丟了。有幾封我的一個朋友很久以前寄來的信，沒有署名，沒有日期，全部都是德語。可以拿一、兩頁裝裝樣子——用你們的說法。如果你快……」

「你**瘋了**嗎？」陶德狂吼。「我不懂德文！我怎麼可能唸德文信給你聽？你痴呆了嗎？」

「威利怎麼會用英語寫信給我？」杜桑德疲倦地駁斥：「如果你用德語唸信給我聽，**我**

會聽得懂的，即使你不**懂**。當然，你的發音肯定很糟，但我還是可以……」

杜桑德說得對——他又說對了，但陶德不想再聽下去。即使心臟病發，老人還是略勝一籌。陶德跑過走廊到了樓梯間，只在大門口稍稍停了一下，確認他父親的保時捷還沒停在外面。沒有，可是陶德的手錶告訴他時間越來越緊迫，已經過了五分鐘了。

他兩步併作一步跑上樓，衝進杜桑德的臥房。他從沒上來過，甚至也沒興趣上來，有那麼片刻，他只是慌亂環顧著這陌生的領域。接著他看見了斗櫃，一只會被他父親形容為折扣商店現代風的廉價品。他在它前面蹲下，拉開第三只抽屜。它開了一半，然後在凹槽裡往側面抖動了一下，牢牢卡住了。

「去你的。」他悶聲說。他臉色灰白，只有兩邊臉頰和一雙藍眼睛裡閃動著黝黑有如大西洋暴雨雲的暗血紅色光點。「該死，他媽的給我**出來！**」

他死命拉扯，力道大得讓整只斗櫃往前傾，差點壓在他身上，最後總算穩住了。抽屜整個滑了出來，掉在陶德的腿上。杜桑德的襪子、內衣和手帕撒得他一身。他扒抓著留在抽屜裡的東西，翻出一只大約九吋長、三吋寬的木盒。他試著打開蓋子，但沒有動靜。就像杜桑德說的，它被鎖住了。今晚沒有東西可以白拿。

他把掉出來的衣服塞回抽屜，然後把抽屜推回它的長方形凹槽中。它又卡住了。陶德拚命想讓它鬆動，不停來回搖晃，汗水沿著他的臉頰流下來。最後，他終於把它關上。他拿著木盒站起。時間過去多久了？

杜桑德的床是床腳有柱子的那種，陶德將木盒帶鎖的一側用力砸向其中一根柱子。從雙手一路傳到手肘的劇烈震盪讓他痛得咬牙。他看著鎖釦，看上去有點凹陷，但是完好無損。他再次把它往柱子砸下，這回更加用力，不去理會疼痛。只見一塊木屑從床柱上飛出，但鎖釦依然文風不動。陶德忍不住失聲笑了出來，然後把盒子拿到床腳的另一端。這次他把它高高舉到頭頂，使盡全力砸下。這次鎖鬆開了。

當他掀開盒蓋，車頭燈的亮光掃過杜桑德的窗口。

他在盒子裡胡亂翻找：一些明信片，一只相片匣項鍊墜，一張全身上下只穿著黑色鑲荷葉邊吊襪帶的女人的小心摺起的照片，一只舊皮夾，幾套身分證件，一只空的皮革護照夾。盒子底部是一些信件。

車燈越來越亮，這時他聽見保時捷獨特的引擎聲浪。聲音逐漸接近……接著靜止。

陶德抓起三張航空郵件信紙——兩張信紙的兩面都密密麻麻寫著德文——跑出房間。接近樓梯時，他猛然想起他把那只被撞開的木盒留在杜桑德床上了。他折回去，抓過盒子，打開斗櫃的第三只抽屜。

它又卡住，這次發出響亮尖銳的木頭碰撞聲。

屋前傳來保時捷緊急煞車、駕駛座車門打開又甩上的聲音。

陶德隱約聽見自己的呻吟。他把盒子放進歪斜的抽屜，站起來，用腳猛力一踹。抽屜結結實實關上了。他呆立片刻，眨眼看著它，然後匆匆回到走廊。他奔下樓梯，到了樓梯中途，他聽見父親的皮鞋踩在杜桑德門前步道上的急促窸窣聲。陶德翻過樓梯欄杆跳下來，輕輕落地，然後衝進廚房，兩張航空郵件信紙在他手上飄動。

一陣敲門聲。「陶德？陶德，是我！」

同時他聽見救護車警笛聲遠遠傳來，杜桑德已經又陷入了半昏迷狀態。

「進來，爸！」陶德大叫。

他把航郵信紙放在桌上，把它們稍微弄散，做出好像被倉促丟下的樣子，然後回到門廳，開門讓他父親進來。

「他人呢？」迪克．鮑登問，越過陶德進了屋子。

「在廚房裡。」

「你處理得非常好，陶德。」他父親說，給了他一個粗率又尷尬的擁抱。

「只希望我沒漏掉了什麼。」陶德謙遜地說，然後跟著父親通過門廳，進了廚房。

在眾人忙著把杜桑德抬出屋子的混亂中，那封信幾乎被擱在一邊。陶德的父親曾經短暫把它拿起，當醫護人員帶著擔架進來，他又把它放下。陶德和他父親跟著救護車到了醫院，診治杜桑德的醫生毫不質疑地接受了他對整個事發經過的解釋。畢竟「丹克先生」已經八十歲了，他的生活習慣也不算頂好。醫生還針對陶德的靈敏反應和行動，唐突地讚揚了幾句。陶德無精打采地謝謝他，然後問父親可不可以回家。

當他們開車回家，迪克再次告訴兒子他有多麼為他感到驕傲。陶德幾乎沒聽見，他又在想著他的 .30-.30 步槍了。

18

同一天，摩里斯．海瑟摔斷了脊椎。

摩里斯從沒**打算**要摔斷脊椎，他本來只**打算**把房子西側的轉角雨水槽給釘牢。摔斷脊椎是他作夢都想不到的事，他生活中的傷心事本來就夠多了，真的。他的第一任妻子才二十五歲就過世，他們的兩個女兒也都死了。他的哥哥也已經去世，一九七一年死於發生在迪士尼樂園附近的一場不幸車禍。摩里斯本人年近六十，患有早發、快速惡化的關節炎。他的兩隻手都長了疣——醫生才把它們燒掉就又長回來的疣。**此外**他還容易犯偏頭痛，過去幾年裡，隔壁那**驢蛋**羅根動不動就叫他「病貓摩里斯」。摩里斯大聲問他的第二任妻子莉迪亞，要是他動不動就叫羅根「痔瘡羅根」，不知對方會作何感想。

「別說了，摩里斯，」這種時候莉迪亞總是說：「你禁不起開玩笑，你這人**就是**禁不起人家開玩笑。有時候我也奇怪，我怎麼會嫁給一個**沒有**半點幽默感的男人。上次去拉斯維加斯……」莉迪亞曾經對著空蕩蕩的廚房說話，好像有一群只有她看得見的隱形觀眾站在那裡。「我們去看巴迪·哈克特秀，摩里斯竟然**一次**都沒笑。」

除了關節炎、疣和偏頭痛，摩里斯還有莉迪亞，她——上帝保佑她——自從子宮切除手術之後，在最近大約五年裡養成了嘮嘮叨叨的習慣。所以說，就算沒有摔斷脊椎，他的傷心事和問題早已經夠多了。

「**摩里斯！**」莉迪亞大叫，走到後門，邊用擦碗巾擦掉手上的肥皂水。「摩里斯，馬上給我下來！」

「什麼事？」他扭過頭，以便能看見她。他站在接近鋁製扶梯頂端的梯階上，這級梯階上有一張鮮黃色貼紙，上面寫著：**危險！超過此高度可能無預警失去平衡！**摩里斯身穿有著寬口袋的木匠圍裙，其中一個口袋裝滿鐵釘，另一個口袋裝滿重型釘書針。扶梯底下的地面不太平坦，當他活動時梯子會跟著晃動，加上偏頭痛的前奏讓他的頸子發疼。他暴躁地問：「**什麼事？**」

「我說，趁你還沒把脊椎摔斷，快給我下來。」

「快完成了。」

「你在梯子上晃來晃去的，摩里斯，像在船上似的。快下來。」

「少囉嗦！」他氣呼呼地說：「弄完我就下去！」

「你會把脊椎給摔斷的。」她擔憂地重複，然後進了屋子。

十分鐘後，正當他把最後一根釘子敲進雨水槽，向後傾斜到幾乎要失去平衡了，他突然聽見一聲貓的哀嚎，緊接著是兇猛的狗吠。

「搞什麼……？」

他看了下左右，扶梯跟著急劇搖晃起來。就在這時，他們的貓——牠叫寶弟，不叫摩里斯——從車庫轉角衝出來，牠的全身毛髮豎起，綠眼珠張大了。羅根家的小牧羊犬在後面狂追，舌頭吐出，頸繩拖在後頭。

寶弟顯然不迷信不能從梯子下走過的禁忌，只見牠從扶梯底下鑽過去，小牧羊犬緊跟著。

「小心，小心，笨狗！」摩里斯大叫。

扶梯搖晃。小狗的身體側面撞了一下梯子。扶梯翻倒了，摩里斯也跟著在一聲驚恐的嚎叫中倒下。鐵釘和釘書針從他的木匠圍裙飛出來。他有半個身體摔在水泥車道上，劇烈的痛楚從背部傳來。相較於疼痛，當時他倒是沒聽見脊椎折斷的聲音。接著有好一陣子，世界只剩一片灰白。

當視線逐漸清晰，他發現自己仍然半個身體躺在車道上，釘子和釘書針撒了一地。莉迪亞跪在他身邊啜泣。隔壁的羅根也在，臉白得像裹屍布。

「我就說吧！」莉迪亞叨唸著：「我說你會摔下梯子！現在可好，看你這樣子！」

摩里斯發現自己一點都不想看。一種窒悶、怦怦鼓動的疼痛像皮帶一樣勒住他的身體中段，很糟糕。但還有更糟的是：在疼痛帶以下他一點感覺都沒有——毫無感覺。

「等等再哭，」他啞著嗓子說：「先叫醫生。」

「我去打電話。」羅根說著跑進自家屋子。

「莉迪亞。」摩里斯邊說，邊舔著嘴唇。

「怎麼？什麼事？摩里斯。」她湊過去，一滴眼淚落在他臉頰上。很感人，他想，但也讓他退縮，而一退縮，他又痛得更厲害了。

「莉迪亞，我的偏頭痛又發作了。」

「啊，可憐的寶貝！可憐的摩里斯。可是我早**告訴**你……」

「我犯偏頭痛是因為**驢蛋**羅根的狗整晚叫個不停，害我沒辦法入睡。今天那隻狗跑來追我的貓，把我的扶梯撞翻，這下我大概摔斷脊椎了。」

莉迪亞尖叫起來。那聲音讓摩里斯頭皮發麻。

「莉迪亞。」他說，又潤了潤嘴唇。

「什麼事？寶貝。」

「有件事我懷疑了好多年，現在我總算確定了。」

「可憐的摩里斯！什麼事？」

「世界上沒有上帝。」摩里斯說完，暈了過去。

他們把他送到聖多納托的醫院。大約就在平常他坐下來享用莉迪亞準備的寒酸晚餐的同一時間，醫生告訴他，以後他再也無法走路了。這時他們已經給他打上石膏，也做了血液和尿液採樣。凱米曼醫生凝視著他的眼睛，用一支小橡皮鎚輕敲他的膝蓋——可是他的腿沒出現回應敲擊的反射性抽搐。而莉迪亞在旁邊一把眼淚一把鼻涕的，用濕了一條又一條手帕。莉迪亞，這個原本該在家操持家務的女人，無論到哪裡都隨身帶著蕾絲小手絹，以防出現讓她必須哭個沒完的場合。她打了電話通知她母親，她母親將會馬上趕過來。（「很好，莉迪亞。」——只是如果說這世上有誰是摩里斯打從心底厭惡的，大概就是莉迪亞的母親了。）她還通知了拉比。（「很好，莉迪亞。」——只是他已經五年沒踏進過猶太會堂一步，而且也幾乎忘了拉比的名字。）她也通知了他的老闆，雖說他不能過來，還是致上了他最高的同情和慰問。（「很好，莉迪亞。」——只是如果說有誰是和莉迪亞的母親屬於同一類人的，大概就是那個菸斗不離口的**傻蛋**法蘭克．哈斯蓋了。）最後，他們讓摩里斯服了一顆Valium鎮靜劑，然後把莉迪亞帶走。不一會兒，摩里斯逐漸昏迷過去——沒有煩惱，沒有偏頭痛，了無罣礙。要是他們繼續給他這種藍色小藥丸，最後他這麼想著，他可能會重新爬上扶梯，把脊椎再摔斷一次。

當摩里斯醒來——或者該說是恢復意識——天色剛亮，醫院就像他想像中那麼安靜。他感到非常平靜……近乎恬靜。他沒有痛苦，他的身體感覺被包裹著，輕飄飄的。他的床被某種像是松鼠籠的裝置——用不銹鋼條、拉索和滑輪一樣的東西組成——圍繞著。他的雙腿被連接著這個奇妙裝置的纜線固定著；他的背部似乎被底下的什麼東西壓彎了，不過很難說，他只能憑著他的視線角度來判斷。

其他人的情況更糟，他想。在世界各地，其他人的情況更糟。在以色列，巴勒斯坦人殺死一車車的農民，這些農民們犯下的政治罪是進城去看電影。而以色列人對付這種不公不義的方式是向巴勒斯坦人投擲炸彈，把兒童連同一些可能在場的所謂恐怖分子一起殺害。其他人的情況比我更糟……意思並不是說這是好事，別誤會了，但其他人的情況確實更糟。

他吃力地舉起一隻手——他身體某個地方有點痛，但非常微弱——在眼睛前方虛弱地握著拳頭。很好，他的手沒事，他的手臂也沒問題。就算他的腰部以下沒有感覺，那又如何？

世界上多得是脖子以下全部癱瘓的人。有些人患有痲瘋病、有些人死於梅毒。就在此刻，在世界的某個地方，可能有人正走過登機道，進入一架即將墜毀的飛機。是的，他的狀況很糟，但世界上還有比這更糟的事。

很久以前，世界上曾經有過比這**更加**悲慘的事。

他舉起左手臂。它似乎在他眼前飄浮著，沒有實體——一個消瘦老人肌肉消蝕的胳膊。他穿著醫院罩衫，但袖子很短，他仍然可以清楚看見自己前臂上的編號，用褪色藍墨水烙印著：P499965214。更悲慘的是，是的，比在郊區跌下扶梯、摔斷脊椎、被送到乾淨無菌的大城市醫院然後被餵食一顆保證讓你煩惱全消的 Valium 更悲慘的事。

有一些淋浴室，不是普通的悲慘。他的第一任妻子露絲就是死在這種惡劣的淋浴室裡的。有一些充當墓穴的戰壕——閉上眼睛，他依然可以看見一群男人沿著戰壕的洞口排成一列，依然可以聽到步槍齊發的聲音，依然記得他們有如製作拙劣的木偶，砰地向後掉進土坑裡的景象。還有火葬場，同樣不是普通的悲慘，從火葬場源源不斷飄出的甜味充滿在空氣中，那是猶太人有如孤零零的火把那樣燃燒著的味道。老友和親人們的驚恐表情……像風中殘燭那樣融化掉的面孔，彷彿你**眼睜睜看著**融化掉的面孔，越來越淡、越來越淡。然後有一天，他們不見了。去了哪裡？當冷風將火把吹熄，它的火焰去了哪裡？天堂？地獄？光在黑暗中，蠟燭在風中。當約伯終於崩潰並且遭到質疑時，上帝問他：**當我創造世界時，你在哪裡？**如果摩里斯．海瑟是約伯，他會回答：**當露絲快要死的時候，你這笨伯，你，在哪裡？看洋基隊對戰參議員隊？如果你無法專心盡好你的職責，那就少來煩我。**

是的，世上有比摔斷脊椎更悲慘的事，這點他毫不懷疑。可是，哪門子的上帝會讓他在死了妻子、兩個女兒和一堆親友之後，還摔斷脊椎，癱瘓一輩子？

根本沒有上帝，就這樣。

一滴眼淚流下他的眼角，緩緩滑落他的側腦門到了耳朵。病房外面，鈴聲輕輕響起，一名護士嘎吱嘎吱踩著白色膠底鞋經過。他的門半開著，他可以看見外面走廊對面牆上有兩個字：症護，他猜想完整的告示牌大概是「重症護理」。

房間裡有動靜，是床單的沙沙聲。

摩里斯小心翼翼移動著，把頭從房門的方向轉到右邊。他看到旁邊有一張放著水壺的床頭桌，桌子上有兩個呼叫按鈕。桌子再過去是另一張病床，床上有一個感覺上比摩里斯更老、病得更重的男子。他沒有像摩里斯那樣被一只巨大的沙鼠滾輪裝置固定住，但是他床邊立著一個點滴架，架子底下有一台像是監測儀器的東西。男子的皮膚塌陷、泛黃，嘴巴和眼睛周圍布滿深刻的皺紋。他的頭髮是淡黃白色，乾枯而毫無生氣。他薄薄的眼皮帶著瘀青和亮澤，而在他的大鼻子上，摩里斯看見嗜酒者常有的毛細血管破裂現象。

摩里斯移開視線……然後回頭。隨著黎明的光線越來越亮，整座醫院開始甦醒過來，他開始有一種非常怪的感覺，他覺得他認識這名室友。可能嗎？這人看來大約在七十五到八十歲之間，而摩里斯不認為自己認識這麼年長的人，除了莉迪亞的母親以外。有時候摩里斯覺得她是一種比獅身人面像——長得和她極為酷似——還要老的恐怖怪物。

也許這人是他過去認識的人，也許甚至早在他，摩里斯，來到美國之前。也許是，也許不是。可是為何這事突然間變得重要起來了？而且，他對集中營、帕汀的所有記憶又為何在今晚一下子湧了上來，而那些往事都是他一直努力想要——而且多數時候都成功——埋藏的？

他突然起了陣雞皮疙瘩，彷彿踏進一個屍骨難安、冤魂不散的鬧鬼老房子。在那段黑暗歲月結束三十年後的此刻，就在這家潔淨的醫院裡，可能嗎？

他把目光從另一張病床上的老人身上移開，很快地他又開始覺得睏倦了。

覺得這個人眼熟是你的錯覺，只不過是你的腦袋千方百計想要逗弄你，就像以前它也用過同樣的方法逗弄你，那次……

但他不願去想那件事。他絕不允許自己去想那件事。

沉沉睡去時，他想起自己向露絲誇耀過的一件事（但他從不向莉迪亞誇耀，因為莉迪亞不吃這一套，她不像露絲，露絲總是笑盈盈聽著他無傷大雅的吹噓、自誇）：**我對人向來過目不忘。**這正是他證明自己記性的大好機會。如果他確實曾經在某個時間點上和另一張病床上的人相識，也許他會記得究竟是何時……何地。

在他就要睡去，在睡眠的門檻上來回飄移之際，摩里斯想：**也許我是在集中營認識他的。**果真如此，那就太諷刺了。他們稱這叫「上帝的玩笑」。

什麼上帝？摩里斯．海瑟又自問，然後睡著了。

19

陶德以班上第二名的成績畢業。可能是因為他在杜桑德心臟病發那晚準備的三角期末測驗考得太差了，使得他這一科的學期成績被拉低到八十九分，比A^-的平均成績差了一分。

畢業後一週，鮑登一家人到聖多納托綜合醫院去探望丹克先生。陶德在十五分鐘的「謝謝來看我」、「現在感覺如何」的老套問候中侷促不安，因此當鄰床的男子問他是否可以過去一下，他暗暗慶幸能逃離片刻。

「請見諒。」那名男子充滿歉意地說。他全身打了巨大的石膏，而且不知為何被固定在一個高高的滑輪和鐵絲組合的裝置上。「我叫摩里斯・海瑟，我摔斷了脊椎。」

「真糟糕。」陶德嚴肅地說。

「**噢**，他說真糟糕！這孩子說話可真含蓄！」

陶德趕緊道歉，但海瑟舉起手制止，淡淡一笑。他的臉色蒼白、疲憊，就像醫院裡任何一個面對眼前的劇烈人生變化的老人的臉——當然，他們很少有人會好轉。這麼看來，陶德心想，他和杜桑德十分相似。

「沒必要，」摩里斯說：「沒必要回應別人的魯莽談話。你是個陌生人，陌生人有必要承受我的苦惱嗎？」

「沒有人是一座孤島……」陶德才開口，摩里斯大笑起來。

「多恩（John Donne），他向我引用你的詩呢！聰明的孩子！你那位朋友，他的情況很嚴重嗎？」

「醫生說以他的年齡來說，相當不錯。他八十歲了。」

「那麼老了！」摩里斯大叫。「你知道，我們沒怎麼交談，不過從他說過的話聽起來，我猜他是歸化的移民，和我一樣。你知道，我是波蘭人。我是說波蘭裔，老家在拉多姆。」

「哦？」陶德禮貌地說。

「是啊。你可知道在拉多姆，他們怎麼稱呼橘色人孔蓋？」

「不知道。」陶德笑著說。

「豪生（Howard Johnson's）飯店，因為它的橘色屋頂。」摩里斯說著大笑，陶德跟著大笑。杜桑德回頭看著他們，被笑聲嚇一跳，微微皺著眉頭。接著莫妮卡說了什麼，他才又回過頭去對著她。

「你朋友**是**歸化的移民嗎？」

「是啊，」陶德說：「他的老家在德國埃森。你知道那裡嗎？」

「不知道，」摩里斯說：「不過我去過一次德國。我很好奇他有沒有打過大戰。」

「這我就不好說了。」陶德的目光飄向遠方。

「是嗎？沒關係，事情都過去那麼久了，我說戰爭。再過三年，這個國家將會出現一群大戰結束之後才出生，但是依憲法有資格成為總統——總統！的人。對他們來說，敦克爾克奇蹟大撤退（Miracle of Dunkirk）大概跟漢尼拔騎著大象翻越阿爾卑斯山差不多意思。」

「你打過大戰嗎？」陶德問。

「說起來，算有吧。你真是個好孩子，到醫院來探望這麼一個老人……兩個，還有我。」

陶德謙虛地笑了。

「我累了，」摩里斯說：「想睡一下。」

「希望你很快好起來。」陶德說。

摩里斯點點頭，笑了笑然後閉上眼睛。陶德回到杜桑德床邊，他的雙親正準備離開——他的父親不停看著手錶，並且誇張地嚷嚷時間不早了。

過了兩天，陶德單獨回到醫院。這次，全身裹著石膏的摩里斯．海瑟在他的病床上睡得很熟。

「你做得很好，」杜桑德輕聲說：「後來你有沒有回屋子？」

「有。我把那封該死的信燒了。我不覺得有誰會對那封信感興趣，而且我很擔心……我也不知道。」他聳聳肩，無法告訴杜桑德，他擔心那封信幾乎到了迷信的地步，怕正巧有個懂德文的人晃進屋子，發現信中提到的都是些十年甚至二十年前發生的事。

「下次你來，順便替我帶點喝的，」杜桑德說：「我發現沒香菸抽還過得去，可是……」

「我不會再來了，」陶德斷然說：「永遠不會再來。結束了，我們輸贏相抵。」

「輸贏相抵。」杜桑德雙手叉在胸前，笑著說。不是溫柔的微笑……但或許已相當接近不擅此道的杜桑德的最佳表現。「我以為只有賭博時才會這麼說。他們下週就要讓我離開這鬼地方了……至少他們是這麼說的。醫生說我還有幾年可活。我問他幾年，他只是大笑。我懷疑這意謂著不超過三年，也許不超過兩年。不過，我說不定會讓他大吃一驚。」

陶德沒說話。

「不過老實告訴你吧，孩子，我差不多已經不指望能活到下個世紀了。」

「有件事我想問你，」陶德說，定睛注視著杜桑德，「這也是我今天來的目的。我想問你一件你曾經說過的事。」

陶德回頭看了下另一張病床上的人，然後把椅子拉近杜桑德的床。他可以聞到杜桑德的氣息，乾癟得像博物館的埃及展覽室。

「問吧。」

「那個醉漢。你說我也有類似經驗，第一手經驗。這話是什麼意思？」

杜桑德笑得更開了點。「我看報紙，孩子。老人常看報紙，可是看的方式和年輕人不一樣。據說飛機降落遇上危險側風的時候，南美有些機場的跑道盡頭會有禿鷹聚集，你可知道？這就是老人看報紙的方式。一個月前，週日報紙上有一則報導。不是頭版，沒人會關心遊民和酒鬼到把他們的新聞放在頭版，那是專題報導的重點文章，標題是：**有人在暗地跟蹤聖多**

納托遊民？赤裸裸、聳動的報導方式，你們美國人最在行的。」

陶德的手捏成拳頭，藏住被咬爛的指甲。他從來不看週日的報紙，他有更有趣的事可做。當然，在每次的小冒險過後，他都至少會連著七天每天查看報紙，他那些醉漢從不曾進入前三版。想到有人一直在他背後懷疑他，讓他非常惱火。

「那則報導提到幾起謀殺案，極其殘酷的謀殺案。刀刺、棍擊。『非人的暴行』，作者這麼形容，但你也知道記者。這篇悲傷文章的作者也承認，這些可憐人的死亡率很高，而多年來聖多納托的貧窮人口比例又居高不下。無論哪一年，這些人並不全是自然死亡或者死於他們本身的不良習性。謀殺案十分常見，但在多數情況下，兇手往往是已故遊民的同夥之一，而動機也不外乎為了小錢紙牌賭博或者一瓶麝香酒起爭執。兇手通常很樂意認罪，而且充滿懊悔。

「可是最近這些兇殺案都沒有破案。依這位媚俗作者的想法——或者他自以為是的想法——更令人不安的是過去幾年的高失蹤率。當然，他再度承認，這些人只不過是現代社會中的流浪漢，總是來來去去的。問題是，其中有些人沒有去領社福支票或者到臨時工之家領取打零工錢——只在週五支付——就不見了，會不會其中一部分成了『醉漢殺手』的受害者，始終下落不明的受害者？這名媚俗記者問。**呸！**」

杜桑德的手在空中一揮，像在駁斥這種全然不負責任的指控。

「當然，只是一點刺激，在週日早上給人們一點小小的驚嚇。他提到一些昔日的怪物，都是老掉牙的，但還是很嚇人——克利夫蘭軀骸殺人犯、星座殺手、殺害黑色大理花的神秘X先生、彈簧腿傑克。全是鬼扯，可是這讓我不由得想，當一個老人的老友們不再來訪，他會怎麼做？」

陶德聳聳肩。

「於是我想，『如果我想幫這個可惡的媚俗記者——我當然是不願意的——我可以向他解釋幾件失蹤事件。不是被刀刺或棍棒打死的那些屍體，不是**他們**，願他們爛醉的靈魂得到安息；而是一些失蹤者。因為起碼有好幾個失蹤的醉鬼就在我的地窖裡。』」

「那底下有多少個？」陶德低聲問。

「六個，」杜桑德平靜地說：「你幫我處理的那個也算在內，六個。」

「你真的瘋了，」陶德說著，他眼睛底下的皮膚白得發亮。「有時候你的腦袋真是他媽的不太輪轉。」

「『腦袋不輪轉。』很有意思！也許你說對了！可是後來我對自己說：『這個新聞騙子肯定很想把所有兇殺案和失蹤事件全部歸罪給同一個人，也就是他虛構的醉漢殺手。』但是我想這或許並非事實。

「然後我對自己說：『我是否認識某個可能做這種事的人？在過去幾年當中和我一樣承受著莫大壓力的人？同樣在聆聽著古老鬼魂鏗啷鏗啷拖著鐵鍊的聲音的人？』答案是肯定的。我認識你，孩子。」

「我從來沒殺過人。」

他腦中浮現的影像不是那些酒鬼。他們不是人，根本不能算是人。浮現的影像是他自己蹲伏在那棵枯樹後面，眼睛凝視著他的 .30-.30 步槍的望遠鏡瞄準器，準星對著那個開著 Brat 小貨卡、留著髒亂鬍子的男人的太陽穴。

「或許吧，」杜桑德友善地附和：「不過，那天晚上你倒是相當鎮定，我想你的驚訝主要是來自憤怒，因為你被一個虛弱老人拖累而陷入危險的境地。我錯了嗎？」

「不，你沒錯，」陶德說：「我很氣你，現在仍然很氣。我幫你掩蓋罪行是因為你的銀行保險箱放了一些可能會毀掉我人生的東西。」

「不，我沒有。」

「什麼？你說什麼？」

「這跟你『留了封信給朋友』的說法一樣，只是虛張聲勢。你從沒寫過這樣的信，也從沒有過這麼一個朋友。而我呢，也從來沒寫過敘述我們之間的……交往的文件，可以這麼說嗎？現在我對你攤牌了。你救了我一命，不管你這麼做是不是只為了自保，這改變不了你行動迅速又有效的事實。我傷不了你，孩子，我是說真的。我曾經和死亡擦身而過，我非常害怕，但並沒有想像中的可怕。沒有秘密文件。就像你說的：我們輸贏相抵，互不相欠。」

陶德笑了，嘴角詭異地向上拉，一種充滿嘲諷的怪異眼神在他眼中閃動。

「杜桑德先生，」他說：「但願我能相信你。」

傍晚，陶德走到那片俯瞰高速公路的斜坡，走向枯樹，坐在倒下的樹幹上。天色漸暗，晚風十分暖和。車頭燈的亮光穿透薄暮，串成一條條長長的黃雛菊項鍊。

沒有秘密文件。

直到進一步的討論，他才了解到整個情況已經到了無法挽救的地步。杜桑德建議陶德到他家去搜尋保險箱鑰匙，如果他找不到，便可以證明根本沒有銀行保險箱，當然也就沒有秘密文件。問題是，鑰匙可以藏在任何地方——可以放進 Crisco 酥油罐子然後埋起來，可以放進 Sucrets 潤喉片錫罐，然後藏在一塊撬開再釘回去的木板後面。他甚至可以搭巴士到聖地牙哥動物園，把它放在熊展覽區景觀圍牆上的一塊岩石後面。說到這裡，陶德繼續發揮，杜桑德甚至可以把鑰匙丟掉。有什麼不可以？他只需要用一次鑰匙，把他的手寫文件放進去。如果他死了，自然會有人把它拿出來。

對此，杜桑德勉強點著頭，但思考片刻之後，他又提出另一個建議。等他出院回家，他會讓陶德打電話給聖多納托的每一家銀行。他可以告訴每個接電話的行員，他是替他祖父打的。他可以說，可憐的祖父過去兩年急速衰老，現在他忘了他把銀行保管箱鑰匙放哪裡了。更糟的是，他連那是向哪家銀行租的保管箱都記不得了。能不能請他們查一下客戶檔案中是否有他祖父的名字，亞瑟．丹克，沒有中間名縮寫？一旦陶德在這城市的每家銀行都撲了空……

陶德又忍不住搖頭。首先，這樣的故事肯定會啟人疑竇。太多巧合了，他們也許會懷疑這是一場詐騙，並且聯絡警方。即使每家銀行都相信了這說法，也毫無意義。就算聖多納托全市將近九十多家銀行都沒有丹克這個人的保管箱，也不代表杜桑德沒有在聖地牙哥、洛杉磯……或兩地之間的任何城市租用一個。

最後杜桑德放棄了。

「你心中自有答案，孩子。所有答案，但獨獨漏了一個。撒謊對我有什麼好處？我捏造這故事是為了保護自己免受你的傷害，這是動機。現在我只是把它拆穿了。你認為我能得到什麼好處？」

杜桑德吃力地撐起一隻手肘。

「況且，都到了這地步，我要秘密文件做什麼？如果我有心，我躺在這病床上就能毀掉你的人生。我可以向任何一個經過的醫生開口，他們都是猶太人，他們會知道我是誰，或至少知道我以前是誰。可是我為什麼要這樣做？你是個優秀學生，還有大好前途等著你……除非你處理你那些酒鬼的時候不夠小心。」

陶德的臉僵住。「我說過我從來沒……」

「我知道。你從來沒聽說過這些人，也從沒碰觸過他們長滿皮屑和頭蝨的腦袋上的一根毛髮，好吧？很好，好極了。我不想再多說。可是，孩子，請你告訴我：為什麼我要撒這種謊？你也說了，我們已經扯平。但是我告訴你，除非我們彼此信任，我們絕不可能扯平。」

此時，坐在這片往下延伸到高速公路的斜坡上的枯樹後方，望著無數匿名的車頭燈光有如緩慢的曳光彈無止無盡消失在遠方，他非常明白自己在害怕什麼。

杜桑德提到信任，這令他害怕。

杜桑德可能正在內心深處孕育著一朵微小但完美的仇恨之火，這念頭也令他恐懼。對陶德．鮑登這個長相清秀、皮膚光滑的年輕人的仇恨；陶德．鮑登，這個前途一片光明的優等生。

但最讓他害怕的是，杜桑德拒絕說出他的名字。

陶德，即使對一個滿嘴假牙的德國老人，要說出老兄，我總覺得我認識你……口很難嗎？Todd，一個音節，很容易唸，只要把舌頭頂著嘴巴上顎，牙齒稍微放開，舌頭放下，聲音就出來了。然而杜桑德總是叫他「孩子」，就這樣。**沒名沒姓**，瞧不起人。就像集中營編號一樣沒名沒姓。

也許杜桑德說的**是**真話。不，不是也許，是**很有可能**。可是那麼多恐懼……而最大的恐懼就是杜桑德不肯說出他的名字。

可是歸結起來，原因還是他無法狠下心作出最後決定。歸結起來，原因就在一個可悲的事實：即使頻頻造訪杜桑德四年之久，他仍然不知道老人腦袋裡究竟在想些什麼。也許他終究不是一個好學生。

車子川流不息。他的手指渴望握住步槍。他能打中幾輛？三？六？甚至十三？就像那首童謠：到巴比倫有幾哩？大約七十。

他不安躁動起來。

大概只有杜桑德的死才能揭露最後的真相吧。在未來五年當中，甚至更快，三到五年……聽起來像一種刑期。**陶德·鮑登，本庭因你與一名已知戰犯結交，將你判處三到五年徒刑。**三到五年的惡夢和冷汗。

杜桑德遲早會翹辮子。然後，等待開始。每次電話或門鈴響起，他的胃就會一陣糾結。

他沒把握自己挺得住。

他的手指渴望握住步槍，陶德把它們縮成拳頭，然後把兩隻拳頭一起打進他的褲襠。劇痛吞噬了他的腹部，之後他扭動著縮成一團，在地上躺了一陣子，嘴角在無聲的叫喊中繃緊了。痛苦很可怕，但它抹去了沒完沒了的思緒。

至少有那麼片刻。

20

對摩里斯·海瑟來說，那個週日是充滿奇蹟的一天。

他最愛的棒球隊，亞特蘭大勇士隊，接連兩場以七：一和八：〇的比數擊敗強大的辛辛那提紅人隊。莉迪亞——常得意地自誇她有多麼懂得照料自己、最喜歡的一句話是「預防勝於治療」的人——在她朋友珍奈家的潮濕廚房地板上滑倒，扭傷了臀部，目前在家臥床休養。情況並不嚴重，一點都不嚴重，這要感謝上帝（什麼上帝），但這表示她起碼有兩天，甚至長達四天，不能到醫院來看他。

四天沒有莉迪亞的日子！整整四天，他不必再聽她說她當初是如何警告他扶梯會晃動，他在那種便宜梯子上站得太高了。整整四天，他不必再聽她告訴他，她早就說過羅根家的小狗老是狂追他們家的寶弟，遲早會給他們帶來禍害。整整四天，他不必再聽莉迪亞問他，他會不會不高興她一直催促他把保險金申請書交出去？因為如果她不這麼做，他們現在恐怕得去住救濟院了。整整四天，他不必再聽莉迪亞告訴他，許多腰部以下癱瘓的人都仍然過著完全正常——幾乎正常——的生活，真的，城裡每一座博物館和畫廊都有輪椅坡道和樓梯，甚至還有特殊巴士。每次說完這話，莉迪亞總免不了又一陣哭哭啼啼。

傍晚時分，摩里斯滿足地打起盹來。

他醒來時是五點半。他的室友睡著了。他還沒想起來是什麼時候認識丹克的，但他依然確信自己曾經在某個時間見過這個人。他有一、兩次向丹克探問他的事，但後來有一些因素讓他無法和對方更深入地交談，只能聊些不關痛癢的瑣事——天氣，上次地震，下次地震，還有《電視指南》說，這個週末風琴手弗洛倫（Myron Floren）將以特別來賓身分重回威爾克秀。

摩里斯告訴自己，他之所以退縮，是因為這讓他有一種玩腦力競賽的樂趣，而當你從肩膀到臀都打了石膏，腦力競賽會很有幫助。如果你忙著玩小小的心理競賽，就不會花太多時間去想，往後的人生都用導管來排尿會是什麼狀況。

如果他直接問丹克，這場腦力競賽可能會得到快速但令人失望的結果。他們會將兩人過往經歷的範圍縮小到一些共同的經驗——火車旅程，乘船旅程，甚至集中營。丹克也許去過帕汀，那裡曾經有不少德國猶太人。

另一方面，有位護士告訴他，丹克可能再過一、兩週就要出院了。如果到時候摩里斯還想不出答案，他會在心裡宣布輸了比賽，然後直接了當問這個人：**老兄，我總覺得我認識你……**

但他心裡明白，不只是這樣。他有種感覺，一股潛藏的惡感，讓他想起「猴爪」（The Monkey's Paw）這個故事，而在這個故事裡，每一個願望的實現都是某種悲慘命運轉折的結果。一對無意間得到猴爪的老夫婦許願得到一百元，結果他們的獨生子在一次嚴重的磨坊意外中喪生，讓他們獲得一百元慰問金。接著，母親許願兒子回到他們身邊，不久他們便聽見有人拖著腳步走上他們的門前步道，然後敲他們的門。母親欣喜若狂地衝下樓，準備開門讓她的獨子進來。驚恐萬分的父親在黑暗中胡亂翻找著乾掉的猴爪，最後找到了，並且許願兒子再死一次。片刻後母親把門打開，發現門前台階上空蕩蕩的，只有一陣夜風捲起。

一方面摩里斯覺得，也許他**確實**知道他和丹克是在哪裡認識的，可是這份了解就像故事中那對老夫婦的兒子——從墳墓回來，卻已經不是他母親記憶中的樣子，而是以他跌進呼嚕嚕轉動的研磨機器中，被壓碎、攪拌得慘不忍睹的模樣回來的。他感覺他對丹克的了解也許是潛意識裡的東西，猛敲著他的心靈以及他的理性判斷和認知這兩個領域之間的門，吵著要進來……而他的理性部分正狂亂尋找著猴爪，或者心理上的猴爪，尋找著能夠許願讓這份了解永遠消失的護身符。

此時他看著丹克，皺著眉頭。

丹克啊，丹克，我到底是在哪裡認識你的？丹克。是帕汀？這就是為什麼我害怕知道？

可是當然，恐怖事件的兩個倖存者沒必要互相懼怕。當然，除非……

他眉頭一皺。他突然覺得非常近了，可是他的雙腳一陣刺麻，打斷他的專注力，讓他心煩起來。那就像你睡覺時壓到手腳，它們逐漸恢復血液循環時的那種刺麻感。如果沒有討厭的石膏，他就可以坐起來揉一揉兩隻腳，直到刺麻感消失。他就可以……

摩里斯睜大眼睛。

有很長一段時間，他靜止不動躺著，莉迪亞被遺忘，丹克被遺忘，帕汀被遺忘，所有一切都被遺忘，除了他兩隻腳的刺麻感。沒錯，**兩隻**腳，可是右腳感覺強一些。當你感覺到這種刺麻感，你會說**我的腳睡著了**。

當然，你真正的意思其實是，**我的腳醒來了**。

摩里斯摸索著呼叫鈴。他一次又一次狂按，直到護士過來。

護士試圖敷衍了事，畢竟她有過一些不死心的病患。他的醫生不在醫院裡，而護士不想打電話到他家找他。凱米曼醫生是出了名的脾氣暴躁，尤其是在家接到緊急電話的時候。摩里斯不肯罷休。他是個溫和的人，但現在他可不想忍氣吞聲，必要時他準備鬧個天翻地覆。勇士隊連贏了兩場，莉迪亞扭傷了臀部。但所有人都知道，好事總是接二連三。

最後護士帶著一個實習醫生回來，一個叫丁佩爾的年輕人，他的頭髮看起來好像是一個剪刀很鈍的除草小弟剪出來的。丁佩爾醫生從白色長褲的口袋掏出一把瑞士軍刀，將十字螺絲起子頭拉出來，然後拿它從摩里斯的右腳腳趾一路滑向腳後跟。腳沒有蜷曲，但是腳趾抽搐了一下——非常明顯的抽動，太明確了，不可能錯過。摩里斯迸出了淚水。

丁佩爾一臉驚呆，在他旁邊的床沿坐下，拍拍他的手。

「這種事偶爾會發生，」他說（也許是基於他那最遠或許可以追溯到六個月前的豐富實際經驗），「沒有醫生預測得到，但**確實**發生了，而且顯然發生在你身上了。」

摩里斯含著眼淚點頭。

「你顯然並沒有完全癱瘓，」丁佩爾依舊輕拍著他的手，「但我不會妄加預測你的康復會是輕微、部分或者完全，我猜凱米曼醫生也不會。我猜你將必須接受大量的物理治療，其中有些可能不會很舒服，不過總是強過癱……你知道的。」

「是的，」摩里斯含著淚說：「我了解。感謝上帝！」他記得曾經告訴莉迪亞世界上沒有上帝，感覺臉頰充滿滾燙的血液。

「我會讓人通知凱米曼醫生。」丁佩爾說，最後又拍拍摩里斯的手，然後起身。

「你能打電話給我老婆嗎？」摩里斯問。因為，撇開老愛哭喪著臉、不安扭著雙手不說，他對她有了**某種**感覺，也許甚至是愛，一種似乎和有時候很想掐住一個人的脖子無關的感覺。

「好的，我會交代下去。護士，妳能不能……？」

「當然，醫生。」護士說。丁佩爾幾乎掩不住笑意。

「謝謝你。」摩里斯說著，用床頭桌上的面紙盒裡的紙巾擦著眼睛。「真是太感謝了。」

丁佩爾出了病房。在剛才的談話過程中，丹克先生醒了。摩里斯想為他帶來的噪音，或許也為他的眼淚道歉，但最後決定沒這必要。

「我聽到了，恭喜你，」丹克先生說。

「再看看吧，」摩里斯說，但是和丁佩爾一樣，他也掩不住笑意，「再看看吧。」

「冥冥中自有安排。」丹克含糊回了句，然後用遙控器打開電視。這時是五點四十五分，他們看著最後一段的《鄉村大舞台》（Hee Haw），接著是晚間新聞。失業情況惡化，通膨狀況還不算太嚴重。比利・卡特考慮加入啤酒行業。一項新的蓋洛普民調顯示，如果現在就舉行大選，將會有四名共和黨候選人可以擊敗比利的哥哥吉米・卡特。繼邁阿密一個黑人兒童遭到謀殺之後，發生了一連串種族衝突事件，新聞主播稱之為「暴力之夜」。在距離本地較近的地方，一名身分不明的男子被發現陳屍在四十六號高速公路附近的一座果園，生前遭到刀刺及棍棒毆打。

莉迪亞在將近六點半時來電，說凱米曼醫生給她打了電話，根據這位年輕實習醫生的報告，他抱著審慎樂觀的態度。莉迪亞則是審慎地開心。她發誓第二天就來看他，就算會要了她的命也無所謂。摩里斯對她說他愛她。今晚他愛每個人——莉迪亞，頭髮剪得像雜草的丁佩爾醫生，丹克先生，甚至那位在摩里斯掛斷電話時端著晚餐托盤進來的女孩。

晚餐是漢堡、馬鈴薯泥和一種紅蘿蔔和豌豆的混合物，加上一小碟冰淇淋作為甜點。負責送餐的是菲麗絲，一個約莫二十歲的害羞金髮女孩。她也有好消息——她的男朋友找到IBM程式設計師的工作，而且終於向她求婚了。

丹克先生散發著某種讓所有年輕女士窩心的殷勤魅力，表現出莫大的喜悅。「真的，太棒了。妳一定要坐下來，一五一十告訴我們，一件都不能省。」

菲麗絲紅了臉，笑了笑，說她沒辦法。「我們還得送餐到B翼剩下的病房，接下來還有C翼。瞧，都已經六點半了！」

「那就明天晚上吧。我們堅持一定要，對吧？海瑟先生。」

「是的，沒錯。」摩里斯咕噥著，但他的心思早飛到千萬里外了。

（妳一定要坐下來一五一十告訴我們）

用一模一樣的玩笑口吻說出的話，他以前聽過，這點毫無疑問。但是，說的人是丹克嗎？

是他嗎？

（一五一十告訴我們）

文雅男士的聲音，有教養的人，但聲音中帶著脅迫。戴著天鵝絨手套的鐵腕。沒錯。

哪裡？

（一五一十告訴我們，一件都不能省。）

（？帕汀？）

摩里斯．海瑟看著他的晚餐。丹克先生已開始埋頭大吃起來。和菲麗絲的見面讓他心情大好，就像那個金髮小男孩來探望他之後的樣子。

「好女孩。」丹克說道，滿嘴的紅蘿蔔和豌豆讓他的話含糊不清。

「噢，是的……

（妳一定要坐下來）

「……你是說菲麗絲，她真是個……

（一五一十告訴我們）

「甜姐兒。」

（一五一十告訴我們，一件都不能省。）

他低頭看著自己的晚餐，突然想起集中營在經過一段時間以後必然會有的情況。剛開始，你會為了得到一點肉殺人，不管那肉是不是長滿了蛆或者已經腐爛發霉。可是過了一陣子，那種毫無節制的飢餓感消失了，你的胃像一顆灰色小石頭那樣蹲在你肚子裡，你覺得自己再也不會有胃口了。

直到有人把食物擺在你面前。

（「把你知道的一五一十告訴我們，朋友，一件都不能省，你一定要坐下來，把事情經過全部說出來。」）

摩里斯的塑膠醫院餐盤上的主食是漢堡。為什麼它會突然讓他想到羔羊肉？不是羊肉，不是羊肉排骨。羊肉通常很多筋，羊肉排骨通常很硬，一個牙齒爛得只剩牙根的人大概不太會受到羊肉或羊肉排骨的誘惑。不，他想到的會是軟嫩多汁、有著滿滿蔬菜的燉羔羊肉。柔軟美味的蔬菜。為什麼他會想起燉羔羊肉？為什麼呢？除非……

房門「砰」一聲甩開。是莉迪亞，粉紅的臉龐笑盈盈的。她的腋下撐著一支鋁質拐杖，走路的樣子就像《荒野大鏢客》主角麥特．狄倫的夥伴切斯特。「**摩里斯！**」她尖著嗓子招呼。跟在她後面、看來同樣快活得發抖的是住在隔壁的艾瑪．羅根。

丹克先生嚇一跳，掉了餐叉。他悶聲咒罵，然後皺著眉頭把它從地上撿起。

「**太好**了！」莉迪亞幾乎是興奮吠叫著。「我打電話給艾瑪，問她我們可不可以今晚就過來，別等到明天，我已經有拐杖了。『艾瑪，』我說：『如果我連為摩里斯吃點苦都做不到，那我算是什麼樣的妻子呢？』我就是這麼說的，對嗎？艾瑪。」

艾瑪．羅根，也許想起她的小牧羊犬也算惹了一點禍，熱切地點著頭。

「所以我打電話到醫院。」莉迪亞說著脫去外套，準備好好待上一陣子。「**他們**說探病時間已經過了，但是以我的情況，他們可以通融一下，只是我們不能待太久，因為我們可能會打擾到丹克先生。我們不會打擾你吧？丹克先生。」

「不會的，親愛的女士。」丹克先生順從地說。

「坐吧，艾瑪，坐丹克先生的椅子，他用不到。摩里斯，別再吃冰淇淋了，瞧你，像嬰兒一樣滴得滿身都是。沒關係，你很快就能下床走動了。我會餵你吃。咕咕，嘎嘎，嘴張開……過了牙齒，過了牙齦……看哪，肚子，食物來了！……不，什麼都別說，媽咪最清楚了。艾瑪，妳看看他，他幾乎沒剩多少頭髮了，我也不計較，心想他可能再也無法走路了。真是上帝垂憐。我告訴他梯子會搖晃，我說：『摩里斯，』我說：『快點下來，不然你會……』」

她餵他吃冰淇淋，在接下來一小時裡繼續喋喋不休，直到她拄著拐杖，一隻手臂被艾瑪攙扶著，誇張地一跛一跛離開時，燉羔羊肉的念頭和久遠回憶中的人聲是摩里斯．海瑟腦中的最後一件事。他筋疲力竭，要說這是忙碌的一天算是低估了。摩里斯沉沉睡著了。

他在凌晨三到四點之間醒來，嘴裡含著沒叫出聲的吶喊。

他終於知道了。他終於確確實實知道他和另一張病床上的人是什麼時候、如何認識的。

當時他不叫丹克。噢不，完全不是。

他從這輩子最最可怕的惡夢中醒來。夢中，有人送給他和莉迪亞一隻猴爪，他們許願要錢。然後，不知怎地，一個穿著希特勒青年團制服的西聯匯款公司的年輕人出現在他們家。他交給摩里斯一封電報，上面寫著：**遺憾告知兩位女兒死亡句點帕汀集中營句點對此最終解決方案深表遺憾句點指揮官將去函句點告知您一切實情句點請接受我們的一百元帝國馬克支票將於明日存入您的銀行帳戶句點總理阿道夫希特勒簽署**。

一聲莉迪亞發出的淒厲哀號，儘管她根本沒見過摩里斯的女兒，她高高舉起猴爪，許願她們能活過來。房間暗下。突然間，屋外傳來拖拖拉拉、東倒西歪的腳步聲。

摩里斯雙手雙腳趴倒在一片突然瀰漫著濃煙、毒氣和死亡氣味的黑暗中。他尋找著猴爪。還剩下一個願望。如果他能找到猴爪，他就可以許願讓這恐怖的夢消失。他將可以不必看見他的兩個女兒的慘狀——瘦得像稻草人，眼睛是凹陷的傷口，貧瘠的臂膀肉上烙著編號。

一陣捶門聲。

在惡夢中，他狂亂尋找著猴爪，可是毫無所獲。感覺彷彿沒完沒了。然後，在他背後，門突然撞開。**不，他想，我絕不看。我會閉上眼睛，必要的話我會把眼睛挖下來，可是說什麼我都不看。**

但他還是看了，他不能不看。在夢中，彷彿有一雙巨大的手抓住他的頭，把它扭轉過去。站在門口的不是他的女兒，是丹克。一個年輕得多的丹克，一個身穿納粹黨衛軍制服的丹克，有著骷髏頭徽章的帽子歪向一側。他的鈕釦無情閃耀著，他的皮靴拋光到亮得扎人。抱在他懷裡的是一大鍋細火慢滾的燉羔羊肉。

夢中的丹克露出他那陰沉、世故的微笑，說：**你一定要坐下來，把你知道的一五一十告訴我們，就像朋友對朋友，嗯？我們聽說有人窩藏黃金，有人囤積菸草。兩天前施奈貝爾的晚餐根本沒有被下毒，而是被摻了玻璃屑。千萬別假裝一無所知來侮辱我們的智慧。你什麼都知道。所以全部說出來，一件都不能省。**

於是，在黑暗中，聞著燉肉的誘人香氣，他對他們說出一切。他的胃，原本是一塊灰色小石頭，這時成了貪婪的猛虎。言語不由自主從他的嘴唇流出，它們有如狂人滔滔不絕的演說般傾瀉而出，真相和虛妄混淆不清。

布羅丁把他母親的結婚戒指用膠帶貼在他陰囊底下！

（「你一定要坐下來」）

拉斯洛和赫曼．朵斯基曾經密商要突襲三號崗哨塔。

（「把你知道的一五一十告訴我們！」）

瑞秋．塔尼班的丈夫藏有菸草，他送了一些給那個追捕柴克的警衛，他們戲稱叫鼻屎蟲的，因為他老是挖鼻孔然後把手指往嘴裡塞。塔尼班把一些菸草送給鼻屎蟲，求他別搶走瑞秋的珍珠耳環！

（「這根本說不通我想你把兩件事混在一起了不過沒關係真的沒關係我們寧可你把兩件事混在一起也不要漏掉其中一件你一件都不能省！」）

有一個人為了得到兩份配給，把死掉兒子的名字報了上去！

（「說說他叫什麼名字」）

我不知道但我可以指給你看拜託真的我可以把他指給你我會的我會的……

（「把你知道的一五一十說出來」）

我會的我會的我會的我會的……

直到他在一聲火焰般灼熱的吶喊中浮上意識表層。

他渾身止不住顫抖，望著另一張病床上熟睡的形體。他發現自己特別盯著那縮皺、塌陷的嘴巴。沒有牙齒的老猛虎。古老兇惡的離群野象，一隻牙不見了，另一隻在牙槽裡腐爛鬆動。一個老怪物。

「啊，**老天**。」摩里斯．海瑟輕嘆。他的聲音尖細而微弱，除了他自己沒人聽得到。眼淚沿著他的臉頰流下耳朵。「啊，**我的老天**，謀殺了我的妻子和女兒的人，正和我住在同一間病房，**天啊，我的老天**，他就在這裡，和我一起在這房間裡。」

眼淚不斷湧出——憤怒、恐懼的眼淚，熾熱而滾燙。

他顫抖著，等待著早晨，而早晨似乎永遠不會到來。

21

第二天，週一，陶德早上六點起床。當父親穿著字母交織圖案的浴袍和拖鞋下樓，他正懶洋洋撥弄著他為自己準備的炒蛋。

「唷。」他向陶德招呼，越過他走向冰箱去拿橘子汁。

陶德回了一聲，頭也沒抬，繼續盯著一本《第八十七分局》（87th Precinct）警探系列小說。他很幸運地在一家專做帕薩迪納市生意的造景公司找到一份夏季工作。就算他的雙親之一願意把車子借他使用整個夏天（兩人都不願意），這樣的通勤距離還是太遠了，但是他的父親正在離那裡不遠的一個施工現場工作，他可以在上班途中讓陶德在巴士站下車，然後在回家途中到同一地點接他。陶德對這種安排不怎麼熱中。他不喜歡和父親一起下班回家，更是厭惡透了早上和他一起去上班。早晨，當他是什麼和他可能是什麼之間的牆似乎最薄弱時，也是他感覺最赤裸的時候。經過一夜的惡夢，情況就更糟了，但就算夜裡沒有作夢，還是很糟。某天早上，他驚恐地——太突然了，感覺近乎恐怖——了解到，他在認真考慮伸手越過父親的公事包，抓住保時捷的方向盤，把他們的車子轉入兩條快速車道，在清晨的通勤車陣中衝撞出一條血路。

「要不要再吃一個蛋，陶陶？」

「不了，爸，謝謝。」迪克·鮑登習慣吃荷包蛋。怎麼有人受得了荷包蛋？在Jenn-Air鐵板上煎兩分鐘，然後翻面，最後出現在你盤子裡的東西看來就像一只覆蓋著白內障的巨大死人眼，你用叉子一戳就會流出橘色汁液的眼睛。

他把炒蛋推開。他幾乎一口都沒吃。

屋外，報紙啪地落在台階上。

他父親做好早餐，關掉電爐，來到餐桌旁。「今天不餓嗎？陶陶。」

你再叫我一次陶陶，我就把餐刀戳進你的鼻子，爸爸。

「沒什麼胃口。」

迪克慈愛地對兒子笑笑。男孩的右耳朵還沾了一點點刮鬍膏。「是貝蒂．崔斯克讓你沒胃口吧？我猜是這樣。」

「對啦，大概是吧。」他露出蒼白的微笑，當他父親從早餐區走下台階去拿報紙時就消失了的微笑。**如果我告訴你她是個婊子，你會清醒一點嗎？爸爸。如果我告訴你：「噢，對了，你可知道你的好友雷．崔斯克的女兒是聖多納托數一數二的蕩婦？如果她是雙性戀，她會親自己的私處，爸爸。她就是這麼飢渴。一個小蕩婦。讓她吸兩條古柯鹼，她就陪你一整晚。如果你碰巧沒有快克，她仍然會陪你一整晚。如果她找不到男人，她會跟狗做的。」這會讓你清醒一點嗎？爸爸，讓你的一天有個美妙的開始？**

他狠狠把這些念頭甩開，知道它們不會就此消失。

他父親帶著報紙回來。陶德瞥了下頭版標題：**專家表示太空梭無法升空**。

迪克坐下。「貝蒂是個漂亮女孩，」他說：「第一次見到她時，她讓我想起你的母親。」

「是嗎？」

「漂亮……年輕……清爽……」迪克．鮑登眼神朦朧。接著他回神，近乎急切地注視著兒子。「倒不是說你母親現在已經不漂亮了。但是，那個年齡的女孩有一種特別的……光彩，可以這麼說。它會持續一段時間，然後就消失了。」他聳聳肩，打開報紙。「沒辦法，人生嘛。」

她是一個飢渴的婊子。也許她是因為這樣才發光。

「你有好好待她吧？陶陶。」他父親像平常一樣快速瀏覽報紙，兩三下翻到體育版。「沒有爽過頭吧？」

「我們沒問題，爸。」

（要是他再不停止，我就要採取行動了，尖叫，把他的咖啡往他臉上灑，看著吧。）

「雷認為你是個好孩子。」迪克心不在焉地說。他終於翻到體育版，專注地讀起來。早餐桌上有了幸福的寂靜。

他們第一次約會，貝蒂．崔斯克就摸遍他全身。看完電影，他把她帶到本地的情人巷，因為他知道這是自然的發展，他們可以交換口水半小時左右，然後第二天就有精采故事可以告訴各自的朋友。她會翻著白眼，說她是如何抵抗他的攻勢——男生真的很煩人，再說她從來不在第一次約會做那件事，她不是那種女孩。她的朋友會同意，然後一群人列隊前往女盥洗室，開始做女孩在那裡常做的事——補補妝，把衛生棉條當香菸抽等等。

至於男人……唉，你必須懂得親熱。你必須至少攻上二壘，然後努力朝三壘進攻。因為事關名聲、名聲、名聲。陶德一點都不在乎有沒有種馬的名聲，他要的是正常人的名聲。而且，如果你連**試一下**都不肯，消息就會傳開，人家會開始懷疑你不對勁。

因此，他把她們帶到簡山，親吻她們，撫摸她們的胸部，如果她們不反對就更進一步。就這樣。女孩會阻止他，他會溫和地爭吵兩句，然後帶她回家。不擔心第二天在女盥洗室會有什麼閒話，也不擔心有人會認為陶德．鮑登不正常。除了……

除了貝蒂．崔斯克**是**第一次約會就會做那件事的女孩。每次約會都做，不是約會也做。

第一次是在那個可惡的老納粹心臟病發作之前一個月左右。陶德覺得，就一個處男來說他表現得還不錯……一個年輕投手毫無預警地被選中主投年度最重要的比賽，他往往會表現出色，或許是同樣的道理。因為他來不及操心，來不及緊張。

陶德總是能預先感覺到女孩在什麼時候下定決心，要在下一次約會時放開自己。他知道自己很討人喜歡，無論外表或前景都不錯，是婆婆媽媽們眼中的「好對象」。每當他感覺女孩就要在肉體上投降，他便開始和其他女孩約會。不管這說明了他是何種人品，陶德起碼敢對自己坦承，如果哪天他開始和一個生性淡漠的女孩約會，他或許會樂意和她交往很多年。甚至和她結婚。

但是，和貝蒂的第一次非常順利——**她**不是處女，儘管他是處男。她必須幫他把他的陽具放進她體內，但她似乎覺得很理所當然。進行到一半，她突然在他們躺著的毯子上面咯咯笑起來，「我好**喜歡**做愛！」那是其他女孩可能會用來表達她們有多愛草莓漩渦冰淇淋的語氣。

後來的幾次交戰——總共有五次（如果連昨晚也算進去的話，應該有五次半）——就沒那麼美好了。事實上，他們之間的情況可說以指數速度急遽惡化……儘管他到現在都還無法相信貝蒂早就感覺到了這點（要也是昨晚才感覺到）。恰恰相反地，貝蒂應該會覺得她已經找到她夢寐以求的戰車才對。

陶德並沒有感覺到任何他在這種時候應該感覺到的東西。親吻她的嘴唇就像親吻溫熱但是沒煮過的肝臟。嘴裡含著她的舌頭只會讓他懷疑她會帶來什麼細菌，有時候他覺得他可以聞到她的牙齒填補劑的味道，一種像鉻的難聞的金屬味。她的胸部只是兩團肉。就這樣。

在杜桑德心臟病發作之前，陶德又和她做了兩次。兩次他都有勃起困難，兩次他都靠著性幻想才成功：她在他們所有的朋友面前脫得精光，哭個不停。陶德強迫她在他們面前走來走去，一邊大喊：**秀出妳的胸部！讓他們瞧瞧妳的私處，妳這賤人！把屁股扳開！沒錯，彎腰然後扳開！**

貝蒂的讚賞是意料中事。他是個好情人，不是因為他沒問題，而是因為他的問題。勃起只是第一步。一旦勃起，就必須達到高潮。他們做第四次時——就在杜桑德心臟病發之後三天——他對她猛搗猛擊了十幾分鐘。貝蒂．崔斯克以為她死掉升天了。她經歷了三次性高潮，就在嘗試第四次的時候，陶德想起了一個舊的性幻想……事實上，那是他的第一個性幻想。躺在桌上的女孩，身體被箝制，軟弱無助。巨大的假陽具、按壓橡膠球。只是此時，在汗流浹背急著想達到高潮、擺脫這恐怖光景的近乎錯亂的欲望中，桌上女孩的臉換成了貝蒂的臉。這帶來一陣乏味、疲軟無力，他想起碼技術上可以叫做高潮的痙攣。片刻後，貝蒂在他耳邊低語，她的呼吸熱呼呼的，讓人想起果汁口香糖：「愛人，打個電話，隨時奉陪。」

陶德幾乎大聲哀嘆起來。

讓他左右為難的關鍵在於：如果他和一個顯然願意和他發生關係的女孩分手，他的名聲會不會受到影響？人們不會覺得奇怪嗎？一部分的他說不會的。他記得大一那年，他跟在兩個高年級生後面走過長廊，聽到其中一人告訴同伴，他和女友分手了。他的同伴問為什麼？「做膩了。」那人說完，兩人爆發一陣好色的狂笑。

如果有人問我為什麼甩掉她，我只要說做膩了。可是萬一她說我們只做過五次？這樣夠嗎？什麼？……多少？……幾次？……誰會說閒話？……他們會怎麼說？

他的思緒有如飢餓的老鼠，在無解的迷宮中沒完沒了地奔走。他隱約感覺到自己在小題大作，而他對這困境的束手無策讓他心煩了好一陣子。但是了解這點並沒有帶給他改變行為的新動力，於是他陷入極度的沮喪之中。

大學。大學是答案。大學讓他有藉口可以和貝蒂分手，而且沒人能質疑。問題是九月還很遙遠。

第五次，他花了將近二十分鐘才勃起，可是過程讓貝蒂大讚等待非常值得。然後是昨晚，他根本沒戲唱。

「你怎麼了？」貝蒂急躁地問。操弄他鬆弛的陰莖二十分鐘之後，她頭髮蓬亂，沒了耐性。「你是交直流兩用（AC/DC）的雙性戀嗎？」

他差點當場把她勒死。如果他帶了他的 .30-.30 步槍的話。

「啊，我成了小王八蛋（son of a gun）的爸爸！恭喜了，兒子！」

「嗄？」他抬頭，從他的陰鬱沉思走出來。

「你入選南加州高中全明星隊了！」他父親驕傲而欣喜地咧嘴笑著。

「是嗎？」有那麼會兒，他不太懂父親在說什麼，必須思索著那些話的意思。「噢，對，學期結束時海恩斯教練向我提過，說他打算提名我和比利・德萊恩。我真的太意外了。」

「你好像不怎麼興奮，真是的！」

「我只是一時……」

（誰在乎啊？）

「還無法相信。」他卯足勁擠出微笑。「我可以看一下那篇文章嗎？」

他父親越過桌子將報紙遞給陶德，然後站了起來，「我去叫莫妮卡起床。出門前，我們得先讓她看一下報導。」

不，天啊，今天早上我無法同時應付他們兩個。

「不，別叫她。你也知道，如果你把她叫醒，她會沒辦法再入睡。把報紙留在桌上就可以了。」

「好吧，就這麼辦。你這孩子真體貼，陶德。」他說著猛拍一下陶德的背，陶德緊緊閉上眼睛，同時聳著肩膀，擺出逗得他父親大笑的害羞姿勢。陶德睜開眼睛，看著報紙。

四人獲選南加州全明星隊，標題寫著。底下是他們穿著棒球裝的照片——怡景高中的投手和左外野手，蒙佛高中的愛爾蘭裔左投，最右邊是陶德，從棒球帽沿底下大方地對著世人微笑。他讀了文章，發現比利・德萊恩進入了第二組。起碼這點讓人十分開心，德萊恩可以盡情宣傳他是衛理公會教徒直到舌頭掉下來為止，只要他高興。

可是他騙不了陶德。陶德非常清楚比利・德萊恩是什麼人。也許他該把比利介紹給貝蒂・崔斯克，她也是猶太人。這點他很久以前就起疑了，昨天晚上他終於確定，崔斯克一家冒充成白人。一看她的鼻子和橄欖色皮膚——她的老爸更糟——就知道了。也許就因為這樣他才無法勃起：他的陽具比他的大腦更早發現他們之間的差異。這家人想騙誰啊，改姓崔斯克？

「再說一次恭喜，兒子。」

他抬頭，先看到父親伸出的手，接著看見父親傻笑的臉。

你的老友崔斯克是猶太人！他聽見自己衝著父親的臉大吼。**這就是為什麼昨晚我在他那個蕩婦女兒面前陽痿了！這就是原因！**才這麼想著，常在這種時候出現的一個冰冷聲音突然從他內心深處升起，把不斷高漲的非理性情緒啪地隔絕，就像……

（立刻鎮定下來）

關進鐵門。

他拉過父親的手，握了握，然後對著父親自豪的臉誠懇微笑，說：「哎呀，謝了，爸。」

他們把摺回原狀的報紙留在餐桌上，連同一張給莫妮卡的紙條，上面是迪克堅持要陶德手寫並簽名的一行字：**妳的全明星兒子，陶德**。

22

綽號肛門臉、球鞋控、搞怪男、橡皮艾德的艾德・弗蘭奇，他正在聖雷莫這個小而迷人的海濱城鎮參加輔導諮詢員會議。所有輔導諮詢員唯一的共識就是不要有任何共識，因此開這種會議根本是浪費時間，才過一天，他已經對一大堆資料和研討會、討論會感到厭煩了。第二天過了一半，他發現他對聖雷莫也厭煩起來，而在小、迷人、海濱這些形容詞當中，**關鍵**形容詞或許正是**小**。除了壯麗的風景和紅木樹林之外，聖雷莫連一家電影院或保齡球館都沒有，而艾德又不想走進鎮上唯一的酒吧——它有一座停滿小貨卡的泥地停車場，而大部分小貨卡的生鏽保險桿和尾板上都貼了雷根的貼紙。他不怕有人找碴，可是他不想花一整晚看戴牛仔帽的男人，聽點唱機播放洛麗塔・琳恩（Loretta Lynn）的鄉村歌曲。

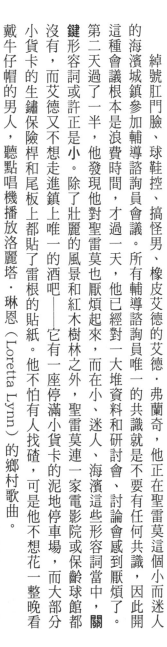

這場難以置信地長達四天的會議終於來到第三天，他在假日飯店二一七號房間內，而他的妻子和女兒在家裡。電視壞了，浴室散發出難聞的氣味。飯店有一座游泳池，可是今年夏天他的濕疹非常嚴重，他的小腿以下看來和痲瘋病人沒兩樣，他絕不會穿泳褲獻醜。在下一場研討會之前，他有一小時空檔（研討會主題是協助語言障礙兒童，意思是在幫助那些口吃或者患有兔唇的孩子，但我們就是不能直接**說**出來。不行，有人會降我們的薪水），他在聖雷莫唯一的餐廳吃過午餐，他一點也不想睡午覺，而電視上的唯一節目是《神仙家庭》（Bewitched）影集的重播。

因此，他坐在電話簿旁，漫無目的地翻了起來，幾乎不曉得自己在做什麼，同時漫不經心想著，他會不會認識某個對小、迷人和海濱這些東西著迷到竟然會住在聖雷莫的人。他想，這就是全世界所有假日飯店的無聊遊客最終都會做的事——尋找一個可以打電話聊天的舊識或親人。就這樣，不然就只能看《神仙家庭》或者床頭的《基甸聖經》了。如果真的找到人，你又會說什麼呢？「法蘭克，你還好嗎？對了，順便問一下，小、迷人或海濱，這裡到底哪一點吸引你？」是的，沒錯，給那人一根雪茄，點燃他的熱情。

然而，當他躺在床上，翻著薄薄的聖雷莫住宅電話簿，隨意瀏覽著各個欄位時，他感覺他**確實**有認識的人住在聖雷莫。書籍推銷員？珊卓的某個姪子或姪女正在這裡參加行軍營？大學的牌友？學生的親戚？似乎有點苗頭了，但他就是想不起來。

他不停翻閱，漸漸覺得睏了。幾乎要睡著時，他突然一震，坐直了身體，整個人清醒過來。

彼得爵爺！

最近ＰＢＳ正在重播神探彼得．溫西爵爺的影集——《證言疑雲》、《殺人廣告》、《九曲喪鐘》。他和珊卓看得很入迷。一個叫伊恩．卡邁克爾（Ian Carmichael）的演員扮演溫西，珊卓對他崇拜得不得了。事實上，那種崇拜的程度讓艾德相當惱火，因為他覺得卡邁克爾一點都不像彼得爵爺。

「珊卓，他的臉型根本不對，還戴了假牙，拜託！」

「哼，」珊卓窩在沙發裡，輕快地回說：「你只是嫉妒。他好**英俊**啊。」

「爹爹嫉妒，爹爹嫉妒。」小諾瑪穿著卡通鴨睡衣，在客廳裡蹦蹦跳跳，一邊唱著。

「妳一小時前就該上床睡覺了。」艾德告訴她，用猜疑的眼神凝視著女兒。「如果我一直注意到妳在**這裡**，我也許就會一直想到妳不在**那裡**。」

小諾瑪馬上侷促不安起來。艾德回頭對著珊卓。

「記得三、四年前，我輔導過一個叫陶德．鮑登的學生，他的祖父到學校和我面談。**那個**人長得才像溫西，非常**老**的溫西，可是他的臉型像極了，而且……」

「溫－西，溫－西，迪－西，吉－西，」小諾瑪唱著：「溫－西，比－西，嘟答嘟答滴……」

「噓，你們兩個安靜，」珊卓說：「我覺得他是最**美麗**的男人。」這女人真令人火大！

不過，陶德．鮑登的祖父退休後不是住在聖雷莫嗎？當然，資料上是這麼寫的。陶德原本是那個學年班上最聰穎的孩子之一，然後突然間，他的成績一落千丈。老先生過來，說了一個婚姻失和的家庭故事，並且說服艾德把事情暫時擱置，看孩子的成績會不會自動變好。依艾德的看法，這種放牛吃草的管教法根本行不通——如果你要一個孩子選擇自食其力或坐以待斃，他或她通常會選擇後者。

但是這位老先生擁有近乎可畏的說服力（或許這點也和溫西相似），艾德同意給陶德一些時間，等到下一次發不及格卡的時候再說。而陶德果然度過了危機。老人一定很受這家人的敬重，一定狠狠教訓了他們一番，艾德心想。他看來不僅可以做到，而且或許也相當樂在其中。然後，就在兩天前，他在報上看到陶德的照片——他入選南加州高中棒球全明星隊。想想每年春季被提名的大約有五百人之多，這絕不是件容易的事。要是沒看見那張照片，他或許怎麼也想不起陶德祖父的名字。

此時他更篤定地翻著電話簿，用手指滑過一欄細小的印刷字。有了！姓鮑登，名維多，里基路四〇三號。艾德撥了號碼，電話那端響了幾次。他正要掛斷，一個老人來接聽：「喂？」

「喂？鮑登先生。我是艾德．弗蘭奇，聖多納托初中的輔導員。」

「有什麼事嗎？」客氣，但僅止於此，顯然沒有認出舊識的味道。這也難怪，老先生又老了三歲（他不也一樣嗎），肯定不時會忘記一些事情。

「你還記得我嗎？先生。」

「我該記得嗎？」鮑登的口氣十分謹慎，艾德不禁笑了。老人忘了事情，但又不好明說他需要人家提醒。他老爸聽力開始退化時也是這樣。

「我是令孫陶德在聖多納托初中的輔導諮詢員。我是來恭賀你的，他上高中以後，在運動方面真是大放異彩，對吧？現在又被選入全明星隊，太厲害了！」

「**陶德**！」老人說著，聲音突然快活起來。「是啊，他的確表現得很好，不是嗎？全班第二名！結果那個第一名的女孩代表畢業生發表了演說。」口氣帶著一絲輕蔑。「我兒子來電話，說要帶我去參加陶德的畢業典禮，但我目前坐著輪椅。去年一月我跌傷了臀部，我不想坐輪椅去參加。當然，我在走廊上掛了他的畢業照！陶德讓他的父母非常光彩。當然，還有我。」

「是的，我們算是幫他度過了難關。」艾德說。他說這話時一邊微笑，只是他的笑帶著些許困惑——陶德祖父的聲音聽起來不太一樣。當然，他們上次談話已經是多年前的事了。

「難關？什麼難關？」

「我們曾經小聊了一下。當時陶德在課業上遇上了問題，在他九年級的時候。」

「我不懂，」老人緩緩地說：「我說什麼都不敢擅自替迪克的兒子陳情，這會惹出麻煩的……喃喃，**難說**會惹出多大的麻煩。你弄錯了，年輕人。」

「可是……」

「哪裡搞錯了，我猜你大概是把我跟其他學生的祖父混淆了。」

艾德有些錯愕。他一時想不出該說什麼，這是他這輩子少有的狀況。就算有誰搞錯，也絕不會是**他**這一邊。

「好吧，」鮑登疑惑地說：「這位先生，多謝你打電話來……」

艾德終於開口：「我就在鎮上，鮑登先生。我是來開會的，諮詢輔導員會議。明早十點左右，最後一份報告唸完會議就結束了，我可不可以到……」他又看著電話簿，「……到里基路去拜訪一下？」

「做什麼呢？」

「我只是好奇。事情已經都過去了，可是大約三年前，陶德的成績大幅退步，成績糟到我不得不寫了封信，連同他的成績單寄到他家，要求和他雙親之一，或者，最理想的狀況，和他的雙親一起面談。結果前來的是他的祖父，一個叫做維多·鮑登的非常和氣的先生。」

「可是我已經說了……」

「是的，我了解。可是我曾經和**某個**自稱是陶德祖父的人交談，這也是事實。我想這已經不重要了，不過眼見為憑。我頂多也只能待上幾分鐘，不會打擾太久的，因為我得趕在晚餐時間前回家。」

「我有得是時間，」鮑登有點哀傷地說：「我整天都在家，歡迎你過來。」

艾德向他致謝，說再見，然後掛了電話。他坐在床尾，若有所思地盯著電話。過了會兒，他起身，從披在椅背上的運動外套裡拿出一包 Phillies Cheroot 雪茄。他該出門了，還有一場研討會，如果他不在場，他們會想念他的。他用假日飯店的火柴點了雪茄，把燒過的菸蒂丟進假日飯店的菸灰缸。他走向假日飯店的窗戶，茫然望著假日飯店的庭院。

這已經不重要了，他這麼告訴鮑登。可是這對他很重要。他不習慣被他的學生耍弄，而這個意外的發展讓他很不高興。實際上，他想這大概仍然只是一種衰老失憶的狀況，問題是，維多．鮑登聽來不像是口水直流的痴呆老人。況且，見鬼了，他的聲音真的**不一樣**。

陶德．鮑登是否騙了他？

他認為這不無可能，起碼理論上是可以的，尤其是像陶德這樣聰明的孩子。別說艾德．弗蘭奇了，他可以騙過**任何人**。他可以在成績不佳期間收到的不及格卡上面偽造他母親或父親的簽名。許多孩子偷偷想出了各種對付不及格卡的偽造技巧。他可以用消字液竄改第二、第三學期成績單上的成績等級，拿給父母看，然後再改回來，讓他的班導師看卡片時不至於發現異狀。其實只要仔細看，塗了兩次消字液的痕跡是很明顯的，問題是每個班導師得負責帶六十名學生，要是能在第一聲下課鈴響以前點名完畢就算幸運了。

至於陶德的班級總排名，在總共十二次成績評比當中，兩次壞成績頂多影響個三分。他其他的學期成績太優異了，足以彌補大部分差距。有多少父母會到學校查看加州教育局保存的學生成績紀錄？尤其像陶德．鮑登這種聰明學生的父母？

蹙眉的皺紋出現在艾德．弗蘭奇原本平滑的額頭上。

那已經不重要了。這的確是事實。陶德在高中的表現極為優秀，世上沒有什麼方法可以偽造九十四分的百分位數。報上說，這孩子準備去念柏克萊大學。艾德猜他的家人一定都非常自豪，而這也是人之常情。依艾德看來，美國人的生活正急遽向下沉淪，取巧的機會主義、走捷徑、浮濫的吸毒、性愛、每況愈下的道德觀。因此，當孩子表現出色，做父母的當然該覺得自豪。

現在已經不重要了——可是他的祖父究竟是誰？

這問題困擾著他。究竟是誰？難道陶德．鮑登跑到電影演員工會的當地分會，在布告欄上貼了一張徵人啟事？**成績欠佳的學子急需老人演員，條件：七十至八十歲，要能成功扮演**

祖父，酬勞依工會標準？絕不可能。況且，有哪個成人會同意這樣的瘋狂陰謀，理由又是什麼呢？

艾德——綽號肛門臉、橡皮艾德——真的不知道。也因為這真的不重要，他把雪茄捻熄，出門去參加研討會。只是他的心思仍在漫遊。

第二天，他開車前往里基路，和維多．鮑登進行了長談。他們談了葡萄，他們談了零售雜貨生意以及那些大型連鎖商店是如何把小商店擠掉，他們談了南加州的政治氣候。鮑登先生給艾德倒了一杯葡萄酒，艾德高興地接受了。他覺得他很需要喝杯酒，即使現在才上午十點四十分。維多．鮑登和溫西爵爺的相似程度就好比機關槍和橡樹棒。維多．鮑登沒有一丁點艾德記憶中的口音，而且他相當胖，而那個自稱是陶德祖父的人瘦得跟竹竿一樣。

離開前，艾德對他說：「賣我一個面子，別向鮑登先生或夫人提起這件事。也許這一切有個完全合理的解釋……但就算沒有，事情也都過去了。」

「有時候，」鮑登舉起酒杯對著陽光，欣賞著它濃郁深沉的色澤，說道：「往事很不安分，不然人為何要研究歷史？」

艾德不自在地笑笑，什麼都沒說。

「但是你不必擔心，我向來不管迪克的家務事。再說陶德是個好孩子，全班第一名……肯定是個好孩子。我說得沒錯吧？」

「完全正確。」艾德．弗蘭奇誠懇地說，然後又要了一杯酒。

23

杜桑德睡得很不安穩。他躺在惡夢的壕溝裡。

他們衝破了圍籬。成千上萬，也許數以百萬計。他們從叢林跑出來，整個人投向帶電的帶刺鐵絲網，這時它開始危險地向內傾倒。有些鐵線鬆脫了，這時在閱兵場的硬泥地上不安地盤捲著，噴出藍色火花。那些人不斷湧來，無止無盡。如今仔細思考——要是他當時就懂得思考——元首果然就像隆美爾所說的那麼瘋狂，認為他總會找到辦法解決掉這些人。那些人有數十億之多，他們充滿了宇宙，他們全都在追趕他。

「老先生，醒醒，老先生。杜桑德，醒醒，老先生，醒醒。」

起初，他認為這是夢裡的聲音。德語口音，肯定是夢的一部分，所以它聽來如此恐怖。如果他醒來，就能逃離它，於是他向上泅泳……

男子坐在床邊的一張倒轉過來的椅子上。一個成年男子。「醒醒，老先生。」這位訪客說。他很年輕，不超過三十歲，簡單金屬框眼鏡後面的眼睛黝黑而好學，一頭棕色長髮垂到衣領。在迷糊當中，杜桑德以為他是那孩子喬裝的。但顯然不是，因為這人穿著相當老式的藍色套裝，對加州的氣候來說嫌太熱了。套裝領子上戴著一只銀色小別針。銀，用來殺死吸血鬼和狼人的金屬。別針是猶太星造型。

「你在和我說話？」杜桑德用德語問。

「還有誰？你的室友已經走了。」

「海瑟？是的，他昨天出院了。」

「你清醒了嗎？」

「醒了。不過你顯然把我錯認成別人了。我叫亞瑟．丹克，也許你走錯病房了。」

「我叫魏斯科普夫，而你叫庫爾特．杜桑德。」

杜桑德想潤一下嘴唇，但沒這麼做，也許他還在夢裡——新的階段，如此而已。**給我一個酒鬼和一把牛排刀，猶太星領針先生，我馬上把你像一陣風那樣吹散。**

「我不知道什麼杜桑德，」他對年輕人說：「我不懂你的意思，要不要我按鈴請護士過來？」

「你懂的。」魏斯科普夫說。他稍稍變換了一下姿勢，將額上的一撮頭髮撥開。這姿勢的平淡無奇驅走了杜桑德最後一絲希望。

「海瑟。」魏斯科普夫說著，指著一旁的空床。

「海瑟，杜桑德，魏斯科普夫……這些名字對我毫無意義。」

「海瑟在給他的房子側面釘上新的雨水槽的時候，從扶梯上摔下來，」魏斯科普夫說：「他摔斷了脊椎，很可能再也無法走路。很不幸，但這並非他這一生唯一的悲劇。他曾經是帕汀的囚犯，在那裡失去他的妻子和女兒。帕汀，由你指揮。」

「我認為你瘋了。」杜桑德說：「我叫亞瑟．丹克，妻子過世後我來到這裡。在那之前……」

「省省吧，」魏斯科普夫舉起手制止，「他沒忘記你的臉。這張臉。」

魏斯科普夫像魔術師變戲法那樣，將一張照片彈到杜桑德臉上。這是那孩子幾年前拿給他看過的兩張照片之一。得意洋洋斜戴著黨衛軍帽、坐在辦公桌前的年輕的杜桑德。

杜桑德緩緩開口，字字清晰地用英語說出：「戰爭期間，我是一名工廠機械師，我的工作是監督裝甲車、卡車驅動軸和動力系統的製造。後來我協助製造了虎式坦克。我的預備役部隊在柏林戰役中被徵召，雖然短暫，但我英勇奮戰。戰後，我在埃森的汽車維修廠工作，直到……」

「……直到你不得不逃往南美，帶著用猶太人的金牙融化的黃金，用猶太人的首飾融化的銀，還有你在瑞士銀行的編號帳戶。你知道，海瑟先生非常開心地出院回家。沒錯，當他在黑暗中醒來，驚覺到自己和誰同住一間病房，確實經歷了一番煎熬。但現在他舒坦多了。他覺得上帝賜給他至高無上的特權，讓他能夠在捕獲人類史上最殘酷的屠夫之一這件事情上發揮功用。」

杜桑德緩緩開口，逐字說出：「在戰爭期間，我是一名工廠機械師……」

「唉，何必多費唇舌？你的證件禁不起檢驗。我知道，你也知道。你被識破了。」

「我的工作是監督製造……」

「製造屍體！不管怎樣，你將在聖誕節前被送往以色列首都特拉維夫。這次美國當局非常合作，杜桑德。美國人想讓我們開心，而你就是會讓我們開心的事情之一。」

「裝甲車、卡車驅動軸和動力系統，後來我協助製造虎式坦克。」

「何必白費力氣？何必拖拖拉拉？」

「我的預備役部隊被徵召……」

「好吧，算了。你會再見到我的。很快。」

魏斯科普夫起身，離開了病房。有那麼會兒，他的影子在牆上晃動，然後消失。杜桑德閉上眼睛。他在想，魏斯科普夫說的這次美國很合作是否屬實？三年前，當美國石油短缺，他不會相信這說法。可是目前伊朗的動盪不安，使得美國加強了對以色列的支持。但這又有什麼關係？

不管怎樣，合法也罷，非法也罷，魏斯科普夫和他的同夥遲早會逮到他。說到納粹分子，這些人絕不會妥協，而說到集中營，他們簡直著了魔。

他渾身顫抖。可是他知道自己該怎麼做了。

24

聖多納托初中所有畢業生的成績紀錄保存在學校北側的一座雜亂的舊倉庫裡，距離廢棄鐵路車場不遠。裡頭陰暗空蕩，瀰漫著蠟、亮光劑和 999 工業清潔劑的氣味。這裡也是學校部門的物資保管倉庫。

下午四點左右，艾德．弗蘭奇帶著諾瑪來到這裡。一個管理員讓他們進去，告訴艾德他要找的東西在四樓，然後讓他們搭上一座爬升緩慢、吱嘎作響、把諾瑪嚇到安靜得出奇的電梯。

到了四樓她就恢復本性了，在堆滿紙箱和檔案的昏暗通道上活蹦亂跳，艾德則是搜尋著，並且終於找到包含一九七五年成績單的檔案。他拉出第二個紙箱，開始翻找 B 開頭的卡片。博克、包斯威克、鮑斯威爾、鮑登，陶德。他抽出卡片，在昏暗的燈光下對著它不耐地搖了搖頭，然後拿著它走向積滿灰塵的氣窗。

「親愛的，別在這裡頭跑來跑去。」他回頭大喊。

「為什麼呢？爹爹。」

「因為巨魔會來抓妳。」他說著，把陶德的成績卡舉到光線下。

他一眼就看出來了。這張在檔案箱裡放了三年的成績單曾經被仔細認真、近乎專業地修改過。

「我的天。」艾德・弗蘭奇低聲說。

「巨魔，巨魔，巨魔！」諾瑪繼續沿著通道跳上跳下，興高采烈地唱歌。

25

杜桑德小心翼翼通過醫院走廊，他的步伐還不太穩。他在白色病患服外面加上他的藍色浴袍。這時是晚上，剛過八點，護士們正要換班，接下來半小時將是一團混亂——他已經觀察到每次換班時總是很混亂。這時候護士站裡的人忙著交換筆記、八卦，還有喝咖啡休息。護士站就在飲水機旁邊的轉角。

他要的東西就在飲水機對面，寬闊的走廊裡沒人注意到他。這時的走廊讓他想起一座又長又空蕩的火車站，在旅客列車出發前幾分鐘的情景。散步的傷患緩慢地來回走動，有的像他一樣穿著浴袍，其他人抓著他們病患服的後襬。紛雜的音樂從五、六個不同病房裡的五、六個電晶體收音機傳出。訪客進進出出。某個病房裡有人大笑，隔著走廊似乎有另一個人在哭泣。一名醫生埋頭讀著一本平裝本小說走過去。

杜桑德走向飲水機，喝了幾口水，用縮成杯狀的手擦了擦嘴，然後看著走廊對面的緊閉房門。這扇門經常是上鎖的……至少理論上是這樣。實際上，他觀察到有時候它既沒上鎖也無人看管，而且多半是發生在一群護士忙著換班、聚集在轉角的半小時混亂時段內。所有這一切，杜桑德是用一個在集中營待過很長一段時間的人的訓練有素、充滿警戒的眼睛觀察到的。他真希望能再觀察這扇沒有掛標示牌的門一週左右，尋找固定模式中的危險破口——他只有一次機會，他不能再等一週。他的蟄居狼人狀態也許再過兩、三天才會被發現，但也可能明天就發生。他不敢再拖延。事情一旦爆發，他將會受到嚴密監控。

他又喝了一點水，擦擦嘴，左右看了看。然後，他毫不遮掩地從容走了過去，越過走廊，轉動門把，走進了藥品室。萬一負責看管的女人碰巧坐在辦公桌後面，那麼他只是近視的丹克先生。抱歉，親愛的女士，我以為是廁所，我真笨。

但是藥品室裡沒人。

他把目光投向左邊架子的頂層，只有眼藥水和滴耳劑。第二層：瀉藥，栓劑。在第三層架子上，他看到速可眠（Seconal）和佛羅拿（Veronal）。他把一瓶速可眠塞進浴袍口袋，然後他走回門口，沒有左右查看就走了出去，臉上帶著困惑的微笑——這肯定不是廁所，對吧？啊，在**那兒**，就在飲水機旁邊。我真笨！

他走向走廊對面標示著「男廁」的門，走進去，洗了手。然後他出了走廊，回到他的半單人病房——自從了不起的海瑟先生出院後，這房間已變成標準的單人病房。在兩張病床之間的桌子上擺著一只玻璃杯和一只裝滿水的塑膠水壺。可惜沒有波本威士忌，真的，太可惜了。但是，不管是喝什麼吞服的，這些藥丸最後都會讓他安穩地昏睡過去的。

「摩里斯．海瑟，salud[26]！」他淡淡笑著說，給自己倒了一杯水。過了這麼多年疑神疑鬼，老是在公園長凳上、餐廳裡或巴士站看見熟悉臉孔的日子，他終於被認了出來，而且被一個他見都沒見過的人舉發。幾乎可說是滑稽。他根本不曾多看海瑟一眼，不管是天外飛來的海瑟還是他摔斷的脊椎。仔細想想，不是**幾乎**，而是太滑稽了。

26. 譯註：西語的「乾杯」之意。

他把三顆藥丸放進嘴裡，和水吞下，又吃了三顆，接著再吃三顆。他看見走廊對面的病房裡，兩個老人正圍著床頭桌，暴躁地玩著克里比奇（cribbage）紙牌遊戲。杜桑德知道其中一人患有疝氣，但另外那個是什麼病來著？膽結石？腎結石？腫瘤？前列腺？年老的悲哀，一籮筐。

他又倒了杯水，但沒有馬上再吃藥丸，因為吃太多可能會毀了他的意圖。他可能會把藥吐出來，然後他們會把他胃裡的殘留物抽出來，讓他活著面對美國人和以色列人所能想出來的各種羞辱。他可不想像哭鬧的家庭主婦那樣一時想不開鬧自殺。等他開始昏昏欲睡時，他會再吃幾顆。那樣就妥當了。

另一個玩紙牌老人的顫抖聲音傳來，微弱而得意：「兩個同花順三得八分，十五點組合牌得十二分，傑克十三分。這樣的得分組合很妙吧？」

「放心，」患有疝氣的老人自信地說：「我先計分，我會先到終點（peg out）。」**先到終點**。杜桑德心想，漸漸睏了。真是十分貼切的說法，美國人對俚語真有一套。我連個響屁都不會放的（I don't give a tin shit）；識相點，不然給我滾（Get hip or get out）；小心我戳你屁眼（Stick it where the sun don't shine）；有錢能使鬼推磨（Money talks, nobody walks）。很棒的俚語。

他們以為逮到他了，可是他會當著他們的面先跑到終點。

無論情況有多荒謬，他發現自己很希望能留一張字條給那孩子。希望能告訴他千萬要小心，要聽一個終於栽了跟頭的老人的勸告。他希望能告訴那孩子，到頭來，他，杜桑德，對他十分敬重——儘管他從來就不喜歡他——而且和他談話比聆聽自己的思緒流動有趣多了。是問題是，任何紙條，不管內容多麼單純，都可能讓人對那孩子起疑，而杜桑德不想這樣。是的，頭一、兩個月那孩子會相當難熬，等著某個政府幹員上門來，質問他關於一份文件的事，那是他們在一個名叫庫爾特．杜桑德——又名亞瑟．丹克——的人所租的一只銀行保管箱裡發現的……可是過了一陣子，那孩子終究會相信他說的是真話。只要他忍著點，那孩子就不會受到無謂的騷擾。

杜桑德伸出一隻彷彿綿延數哩遠的手，拿起水杯，又吃了三顆藥。他把杯子放回去，閉上眼睛，然後深深窩進柔軟無比的枕頭。他從來不曾這麼想睡覺，而這次他將會睡得很久，睡得很安穩。

除非作夢。

這念頭讓他一震。**夢？拜託上帝，不。不要惡夢。不要永恆的惡夢，別讓我再也沒了清醒過來的希望。不要……**

在突來的恐懼中，他掙扎著想醒過來。彷彿有無數隻手——有著飢渴手指的手——從床上熱切地伸出來，將他抓住。

（！不！）

他的思緒在一道陡峭的黑暗螺旋中終止。他沿著這道螺旋不斷下降，有如溜下一道抹了油的滑梯，一直下降到了不知有什麼夢在等著的地方。

他的服藥過量在凌晨一點三十五分被發現，十五分鐘後他被宣告死亡。值班的護士很年輕，對年長的丹克先生那種略帶嘲諷的殷勤態度頗有好感。她淚流滿面。她是天主教徒，她不明白為什麼這麼一位逐漸康復中的親切老先生會做出這樣的事，讓自己的不朽靈魂墜入地獄。

26

在鮑登家的週六早晨，不到九點鐘不會有人起床。這天早上九點半，陶德和他父親在餐桌上看書，喜歡賴床的莫妮卡默默為他們準備炒蛋、果汁和咖啡，但她還處在半夢半醒的狀態。

當報紙「啪」一聲落在門外，陶德正在看一本平裝科幻小說，迪克則專注讀著《建築文摘》。

「要不要我去拿？爸爸。」

「我去。」

迪克拿來報紙，開始喝他的咖啡，然後在看見頭版時嗆了一下。

「迪克，怎麼了？」莫妮卡問，慌忙走向他。

迪克努力想把跑進氣管的咖啡咳出來，而當陶德有點詫異地越過平裝小說上方看著他時，莫妮卡開始捶打他的背。捶第三輪時，她的眼睛落在報紙的標題上，捶擊的手突然停下，像在玩一二三木頭人。她的眼睛睜得大大的，大到幾乎就要掉到餐桌上。

「我的老天！」迪克．鮑登用嗆咳的聲音勉強喊出。

「那不是……？真不敢相信……」莫妮卡開口，然後停住。她看著陶德。「唉，兒子……」

父親也正看著他。

驚慌起來，陶德繞過桌子。「怎麼回事？」

「丹克先生。」迪克說著，卻再也沒辦法說下去。

陶德看了標題，頓時明白一切。標題用深色字體寫著：**納粹逃犯在聖多納托醫院自殺**。

底下是兩張並排的照片，兩張陶德都曾經看過。其中一張是更年輕也更有活力的六年前的亞瑟・丹克。陶德知道那是一個街頭嬉皮攝影師拍攝的，老人把它買下純粹是為了確保它不會碰巧落入有心人手中。另一張是一名坐在帕汀辦公桌前、斜戴著帽子的名叫庫爾特・杜桑德的黨衛軍軍官。

既然他們拿到了嬉皮拍的照片，表示他們到過他家。

陶德匆匆瀏覽了報導，腦子狂亂奔馳著。沒有提到流浪漢，可是屍體遲早會被發現，而一旦它們被發現，肯定是震驚全球的大新聞。**帕汀指揮官故技重施。納粹分子地窖藏屍。他從未停止殺人。**

陶德・鮑登只覺得兩腿發軟。

遠遠地，他聽見母親的淒厲尖叫聲迴盪著，「扶住他，迪克，他昏倒了！」

昏倒了昏倒了昏倒了昏倒了。

這三個字一遍又一遍重複。他隱約感覺到父親的手臂抓住他，然後，有那麼會兒，陶德什麼也感覺不到，什麼也聽不到。

27

艾德・弗蘭奇吃著丹麥麵包，邊打開報紙。他咳了起來，發出嘔吐的怪聲音，然後把支離破碎的麵包噴了一桌子。

「艾德！」珊卓・弗蘭奇緊張起來，問道：「你沒事吧？」

「爹爹嗆到了，爹爹嗆到了。」小諾瑪帶著不安的好心情宣布，然後快活地和母親一起給艾德捶背。艾德幾乎感覺不到捶打，他只顧著瞪大眼睛看著報紙。

「怎麼了?艾德。」珊卓又問。

「他!他!」艾德大叫，手指用力戳著報紙，力道大得他的指甲把第一版撕扯開來。「這個人!彼得爵爺。」

「你到底在說……」

「**這個人就是陶德·鮑登的祖父!**」

「什麼?這個戰犯?艾德，太荒謬了!」

「可是真的是**他**。」艾德幾乎哀號起來。「耶穌基督，**全能的神**，就是**他!**」

珊卓·弗蘭奇定睛看著照片好一陣子。

「他一點都不像彼得·溫西。」最後她說。

28

臉色蒼白如紙的陶德坐在父親和母親之間的沙發上。

坐在他們對面的是一位名叫里奇勒的灰髮、態度客氣的警探。陶德的父親表示他要去報警，但陶德自己去了，他的聲音像十四歲時一樣粗嘎地穿過警局櫃台。

他敘述完畢，沒花多少時間。他用一種讓莫妮卡嚇壞了的機械、呆板語氣說話。沒錯，他十七歲了，可是他在許多方面都還只是個孩子。這事將給他留下一輩子的創傷。

「我替他唸過……噢，我記不得了。《湯姆瓊斯》、《弗洛斯河上的磨坊》（The Mill on the Floss），很無聊的一本書，沒想到我們能讀完。還有幾本霍桑的小說——我記得他特別喜歡《人面巨石》（The Great Stone Face）和《小伙子布朗》（Young Goodman Brown）。一開始我們讀的是《匹克威克外傳》（The Pickwick Papers），可是他不喜歡。他說狄更斯只有在認真的時候才有趣，而匹克威克只是嬉鬧之作。這是他說的，嬉鬧之作。讀《湯姆瓊斯》的時候最愉快，我們兩個都喜歡這本書。」

「那是三年前的事。」里奇勒說。

「是的，我一有機會就會順道過去看他。可是到了高中，我們必須搭巴士到城市的另一頭上學……加上有些同學在找人組球隊……家庭作業也多了……你知道……事情一大堆。」

「你比較沒空了。」

「沒空，是的。高中的課業繁重多了……要有好成績才能上大學。」

「可是陶德是聰明的優等生，」莫妮卡幾乎不由自主地說：「他以全校第二名的成績畢業，我們非常自豪。」

「我想一定是的，」里奇勒帶著溫暖的笑容說：「我有兩個兒子讀怡景高中，他們只要體育能及格就要偷笑了。」他回頭對陶德說：「上高中後，你就沒有再為他伴讀了是嗎？」

「沒有，但我偶爾會唸報紙給他聽。我過去看他時，他會問我報紙標題都寫些什麼。他對水門案的新聞很有興趣，另外他也很注意股市消息，可是股市版的字體常把他搞到快瘋掉……抱歉講粗話，媽。」

她拍拍他的手。

「我也不知道他為什麼對股市那麼有興趣，但就是這樣。」

「他持有一些股票，」里奇勒說：「他就是靠這過活的。他屋子裡還藏有五種不同的身分證件，這人的確相當狡猾。」

「我猜他大概是把股票放在某個銀行的保管箱裡。」陶德說。

「什麼?」里奇勒眉毛一抬。

「他的股票。」陶德說。他父親——同樣一臉困惑——對里奇勒點了點頭。

「他剩下的少數幾張股票證書放在他床下的一只軍用小手提箱裡,」里奇勒說:「連同那張以丹克身分拍攝的照片。他租了銀行保管箱嗎?孩子,他提過這件事?」

陶德想了想,然後搖頭。「我只是覺得人通常會把股票放在那裡。我也不知道,這……這整件事真的……你知道,把我嚇得腦袋不輪轉了。」他極其逼真地頭暈似地搖了搖腦袋。他是真的昏頭了。然而,他感覺自己的自我防衛本能一點點浮現。他感覺到越來越強的警戒心,以及開始湧現的自信。如果杜桑德真的租了一只銀行保管箱來存放他的保命信,難道他不會把股票證書也放在那裡?還有那張照片?

「我們正和以色列人合作處理這案子,」里奇勒說:「透過非常隱密的管道。如果你能夠不對任何媒體記者提這件事的話,我會非常感激。那些以色列人十分專業,有個名叫魏斯科普夫的人希望明天能和你聊聊,陶德,如果你和你雙親同意的話。」

「大概可以吧。」陶德說道,可是一想到即將被那些追逐杜桑德大半輩子的獵犬聞遍全身,一股原始的恐懼湧了上來。杜桑德坦言對那些人相當欽佩,陶德知道只要把這謹記在心,他應該會沒事。

「兩位呢?你們會不會反對陶德和魏斯科普夫先生見面?」

「只要陶德同意就沒問題,」迪克·鮑登說:「不過我們希望到時也能在場。我看過不少關於這些以色列秘情局特工的……」

「魏斯科普夫不是秘情局的人,他是以色列人所說的密探。事實上,他在學校教意第緒文學和英語文法，此外他還寫過兩本小說。」里奇勒笑著說。

迪克舉起一手來回絕。「無論他是什麼人，我不會讓他纏著陶德。根據我從書上看到的，這些傢伙稍嫌太專業了點。就算他答應，但我要你和這位叫魏斯科普夫的人記住，陶德是在幫助這位老先生。他誤上了賊船，可是他並不知道。」

「沒關係的，父親。」陶德蒼白無力地笑著說。

「我只是希望你能盡可能協助我們，」里奇勒說：「多謝你的關切，鮑登先生。相信你將會發現，魏斯科普夫其實是個親切好相處的人。我的問題已經問完了，不過，我想做一點突破，告訴你這些以色列人最感興趣的是什麼。杜桑德心臟病發，接著被送往醫院時，陶德和他在一起……」

「他要我過去唸一封信給他聽。」陶德說。

「我們知道。」里奇勒湊向前，兩隻手肘支著膝蓋，領帶跟著晃出去，成一條垂直線對著地板。「以色列人想知道那封信的事。杜桑德是條大魚，但他並不是湖裡的最後一條──至少山姆．魏斯科普夫是這麼說的，而我相信他。他們認為杜桑德可能認識不少大魚，這些人若還活著的話，可能住在南美居多，但或許有一些分散在十幾個國家……包括美國。你可知道他們曾經在特拉維夫一家飯店大廳逮到一個當年在布亨瓦德（Buchenwald）集中營擔任副指揮官的人？」

「真的？」莫妮卡睜大眼睛。

「真的，」里奇勒點頭說：「兩年前。重點是，以色列人認為，杜桑德要陶德唸給他聽的那封信，很可能是其他大魚寄來的。也許是，也許不是，無論如何他們想查個清楚。」

曾經回杜桑德家去把那封信燒掉的陶德說：「我很願意幫你，或者這位魏斯科普夫，只要我辦得到，里奇勒副隊長，可是那封信是用德文寫的，非常難唸，我覺得好蠢。丹克先生……杜桑德……越聽越興奮，不斷要我把他聽不懂的字拼出來，因為我的發音，你知道，太糟了。但是我猜他大致上能夠了解。記得有一次他大笑然後說：『是啊，是啊，你就會這麼做，對吧？』接著又用德文說了什麼，好像是Dummkopf，我想意思是愚蠢。這是他心臟病發前兩、三分鐘的事。」

他一臉疑惑看著里奇勒，內心對自己的謊言相當滿意。

里奇勒點頭說：「是的，我們了解這封信是用德文寫的。入院醫生聽了你的敘述，也證實了。可是那封信**本身**，陶德……你還記得它在哪裡嗎？」

來了，陶德心想，**決戰關頭**。

「救護車趕到的時候信還在桌上，也就是所有人都離開的時候。我不能在法庭上作證，可是……」

「桌上的確有一封信，」迪克說：「我曾經拿起一張紙來，瞄了一下，我想是航空郵件，不過我沒注意到是德文寫的。」

「那麼應該還在那裡才對，」里奇勒說：「這正是我們想不透的地方。」

「不在嗎？」迪克說：「我是說，當時不在嗎？」

「當時不在，現在也找不到。」

「也許有人闖進屋子。」莫妮卡提醒。

「根本沒必要闖進去，」里奇勒說：「在忙著把他送醫的一片混亂當中，那房子始終沒上鎖。顯然杜桑德自己也沒想到要找人去把它鎖上。他死的時候，他的門鎖鑰匙還在他的長褲口袋裡。從醫療服務站人員把他推出去，一直到今天凌晨兩點半我們把屋子封鎖的這期間，他的房子一直是沒上鎖的。」

「這就對了。」迪克說。

「不，」陶德說：「我知道是什麼讓里奇勒副隊長如此困擾。」是的，他看得很清楚，除非瞎了眼才看不出來。「為什麼竊賊別的不偷，光偷一封信？而且還是一封用德文寫的信？聽起來很不合理。丹克先生沒什麼值錢的家當，可是闖空門的人一定可以找到比那更好的東西。」

「沒錯，就是這樣，」里奇勒說：「算你厲害。」

「陶德曾經立志長大要當偵探。」莫妮卡說著，輕搓幾下陶德的頭髮。他長大以後一直對這動作十分抗拒，可是這時似乎不怎麼在意。天啊，她真不喜歡他臉色那麼蒼白。「這陣子他的興趣轉向歷史了。」

「歷史是一門好學科，」里奇勒說：「你可以當一個調查歷史學家。你讀過約瑟芬・鐵伊（Josephine Tey）的小說嗎？」

「沒有呢，先生。」

「沒關係。我只希望我的兩個兒子除了希望洛杉磯天使隊贏得總冠軍之外，還有更遠大的志向。」

陶德淡淡一笑，沒說話。

里奇勒又嚴肅起來。「總之，我們的推論是這樣的：我們認為有某個知道杜桑德真實身分的人就在聖多納托。」

「真的？」迪克說。

「沒錯。某個知道真相的人，也許同樣是納粹逃犯。我知道這聽起來很像羅勃・陸德倫（Robert Ludlum）的驚悚小說，可是有誰想得到在這麼一個寧靜的郊區竟然住著**一名**納粹逃犯？我們認為，杜桑德被送往醫院時，這位 X 先生偷偷溜進他的房子，拿走了那封罪證確鑿的信。如今它已經被燒成灰燼，在污水管道裡四處漂流了。」

「這也不太合理。」陶德說。

「為什麼呢？陶德。」

「因為，如果丹克先生……如果**杜桑德**有個集中營的老友，或只是某個納粹舊識，他為什麼要我過去唸那封信給他聽？我是說，要是你聽過他是怎麼糾正我，還有我的發音……起碼你說的這個納粹老友會說一口漂亮的德語。」

「有道理。只是這個人也許坐輪椅，也許是個盲人。據我們了解，說不定正是納粹二號戰犯鮑曼（Martin Bormann）本人，根本不敢出門露臉。」

「像這樣既盲又坐輪椅的人，應該不太方便溜出門去偷信。」陶德說。

里奇勒再度露出讚許的表情。「的確。不過，盲人雖然無法看信，偷信是沒問題的。或者也可以雇人去偷。」

陶德想了想，點點頭，但也同時聳了下肩膀，表達他認為這想法太牽強了。里奇勒的推理已經超越羅勃．陸德倫，進入薩克斯．羅默（Sax Rohmer）的神秘境界。可是，這個想法是不是牽強其實一點都不重要，不是嗎？重點是，里奇勒還在到處嗅聞、刺探，而那個猶太人魏斯科普夫也還在到處刺探。信，該死的信！杜桑德的蠢點子！他突然想起他那支收在槍盒裡、躺在涼爽陰暗車庫的層架上的 .30-.30 步槍。他迅速把它逐出腦海，兩隻手掌心卻滲出汗來。

「你可知道杜桑德**生前**有什麼朋友？」里奇勒正問著。

「朋友？沒有。曾經有一位清潔婦，可是她搬家了，他沒有再另外找人。夏天他會雇用除草小弟替他整理草坪，不過今年看來是沒有。他院子裡的草相當長，不是嗎？」

「是的。我們問了好幾個他的鄰居，看來他似乎沒雇人替他除草。他常接到電話嗎？」

「當然。」陶德不假思索地說……一道亮光閃現，一個相對安全的可能逃生口。事實上，在陶德和他來往的這段期間，杜桑德的電話總共才響過五、六次——幾個業務員，一個市調機構問早餐食品的事，剩下都是撥錯號碼的。他裝電話只是為了怕自己萬一生病……果然成真了，願他的靈魂在地獄裡腐爛。

「他每週總會接到一、兩通。」

「他接電話時有沒有說德語？」里奇勒迅速說，似乎很興奮。

「沒有。」陶德說，突然謹慎起來。他不喜歡里奇勒的興奮反應，感覺苗頭不太對，有點危險。他非常確定，突然間，他拚命忍著，免得盜一身冷汗。「他說得不多。記得有幾次他說了『為我伴讀的孩子就在這兒，我再回電給你』之類的話。」

「錯不了！」里奇勒說，猛拍一下大腿。「我用我的兩週薪水打賭，肯定就是這傢伙！」他啪地闔上筆記（就陶德看見的，他除了在上面塗鴉之外什麼也沒寫下），站了起來。「感謝三位的寶貴時間，尤其是你，陶德。我知道這事對你是極大的打擊，但很快就會過去的。下午我們會把那房子徹底搜索一番，從地窖一路搜到閣樓，然後再一路搜回地窖。我們會把所有特殊調查小組帶過去，也許我們會找到一點杜桑德通話對象的線索。」

「但願如此。」陶德說。

里奇勒和他們逐一握手，然後離去。迪克問陶德想不想再回外面打幾局羽毛球，然後吃午餐？陶德說他不想打羽毛球也不想吃午餐，然後低著頭、垂著肩膀上了樓。他的雙親互換了充滿同情和憂慮的眼神。陶德躺在床上，盯著天花板，想著他的 .30-.30 步槍。他想像著把藍化鋼槍管塞進貝蒂・崔斯克黏膩的猶太洞穴——那正是她需要的，絕不會變軟的尖刺。**喜歡嗎？貝蒂。**他聽見自己問她。**夠了就說一聲，好嗎？**他想像她的尖叫聲。最後，一抹可怖的冷笑浮上他的臉。**當然，只消說一聲，婊子……好嗎？好嗎？好嗎？……**

「你認為如何？」魏斯科普夫問里奇勒。剛才里奇勒開車到鮑登家三個街區外的一家小餐館接他。

「我覺得那孩子多少參與了，」里奇勒說：「多多少少，程度不一定。可是他冷靜嗎？如果你把熱水倒進他嘴裡，他可能會吐出冰塊來。我提了幾個讓他不經意露出破綻的問題，可是沒得到可以作為呈堂證供的東西。要是我繼續追問，某個機靈的律師或許會在案子進行一、兩年的當中，以誘惑偵查的理由讓他脫罪，即使他**確實**牽涉在內。我是說，法庭還是會把他當青少年看待，畢竟這孩子才十七歲。在某些方面，我猜他打從八歲開始就算不上是青少年了。他令人發毛，兄弟。」里奇勒塞了根菸到嘴裡，大笑起來——顫抖的笑聲。「我是說，真的令人發毛。」

「他露出什麼破綻？」

「主要是關於電話的事。當我丟出這問題，我看得出來他的眼睛像彈珠台那樣亮了起來。」里奇勒將車子左轉，把他那輛不起眼的雪佛蘭 Nova 開下高速公路入口匝道。在他們右側兩百碼的地方有一片斜坡和一棵枯樹，不久前的一個週六上午，陶德曾經從那裡用他的步槍朝公路上的車流空槍射擊。

「他對自己說，『如果這條子以為杜桑德有個納粹友人住在本市，那他就太離譜了，但如果他**真的**這麼以為，那我就脫離核爆中心了。』於是他說，是啊，杜桑德每週都會接到一、兩通電話，神秘兮兮的，現在我不方便說話，Z-five，再回電給你……之類的。可是過去七年，杜桑德一直享受著超安靜電話費率，幾乎沒有動靜，而且**沒有**長途電話。他沒有每週都接到一、兩通電話。」

「還有呢？」

「他一下子就作出結論，說被偷走的只有那封信，沒別的。他知道只有那封信不見了，因為後來又溜回去把它拿走的人就是他。」

里奇勒把菸捻熄在菸灰缸裡。

「我們**認為**那封信只是個幌子。我們**認為**杜桑德是在掩埋屍體——最新的一具屍體——的時候突然心臟病發的。他的鞋子和褲腳沾了泥土，因此這假設十分合理。這表示他是在心臟病發**之後**，而不是**之前**，要陶德過去。他爬到樓上，打電話給陶德。那孩子急瘋了——不管他平常有多冷靜——臨時編出一封信的故事。不算高明，但是考慮當時的狀況，也不算太差。他趕了過去，替杜桑德清理一片狼藉的現場。那孩子累垮了。醫療站人員來了，他父親也來了，他需要那封信作為道具，於是他跑到樓上，打開那只手提箱……」

「這點你確定嗎？」魏斯科普夫問，點了根自己的菸。無濾嘴 Player's 香菸，里奇勒覺得聞起來像馬糞。英國人竟然抽這種菸，他想，難怪大英帝國會衰亡。

「是的，我們手上的證據多得數不清，」里奇勒說：「箱子上有一些指紋和他在成績單上留下的指紋相符。問題是，那房子裡的每樣物品幾乎都留有他的指紋！」

「不過，如果你和他當面對證，他不慌了才怪。」魏斯科普夫說。

「呃，聽著，兄弟，你不了解這孩子。當我說他冷靜，我可不是說著玩的。他會說杜桑德有一、兩次要他去拿那只箱子，把東西放進去，或者從裡頭拿東西出來。」

「鐵鍬上也有他的指紋。」

「他會說他曾經拿它在後院種一株玫瑰。」里奇勒拿出他的菸，發現已經空了。魏斯科普夫遞給他一根 Player's，里奇勒吸了一口，咳了起來。「它的味道和氣味一樣糟。」他嗆個不停。

「就跟我們昨天午餐吃的漢堡一樣，」魏斯科普夫笑著說：「那種巨無霸漢堡。」

「大麥克，」里奇勒說著大笑：「好吧，文化交流不一定有用。」接著笑容消失。「他看起來非常乾淨清爽，你了解？」

「了解。」

「這可不是印度瓦斯科來的嬉皮博士，長頭髮垂到屁眼，機車靴掛著鍊子。」

「的確。」魏斯科普夫看著周遭的車流，很慶幸開車的人不是他。

「他只是個孩子，一個家庭美滿的白人小孩。我真的很難相信……」

「我以為你們的青少年在十八歲就學會使用步槍和手榴彈了。我是說在以色列。」

「沒錯，可是所有這一切開始的時候他才十四歲。是什麼原因，讓一個十四歲的孩子跟杜桑德這樣的老頭攪和在一起？我想了又想，到現在仍然想不透。」

「我只要知道過程就滿足了。」里奇勒說著把菸彈到窗外。這菸讓他頭痛。

「也許吧。如果他們偶然遇見了，那純粹是運氣，某種巧合、機緣。我認為機緣也是有好有壞的。」

「我不懂你在說什麼，」里奇勒陰鬱地說：「我只知道那孩子就像石頭底下的蟲子，讓人寒毛直豎。」

「我的意思很簡單。換作別的孩子，一定會樂得告訴父母，或者警方，說：『我認識了一個通緝犯，他就住在這個地址，是的，我確定。』然後讓當局接手。還是你認為我錯了？」

「不，我不會這麼說。未來幾天這孩子將會成為鎂光燈焦點，大部分孩子會樂壞了，照片登上報紙，接受晚間新聞專訪，也許學校還會頒贈模範市民獎狀，」里奇勒大笑，「說不定他還會成為《真實人物》的封面人物。」

「那是什麼？」

「算了，你不會有興趣知道的。」里奇勒說。他不得不把聲音稍微提高，因為他的Nova車的兩側各有一輛十輪大卡車經過。魏斯科普夫緊張地左看右看。「不過，你說得沒錯，多數孩子確實是如此。**多數**孩子。」

「可是**這個**孩子除外，」魏斯科普夫說：「這個男孩，也許只是誤打誤撞，識破了杜桑德的假身分。然而，他沒有告訴他的雙親或當局……卻開始和杜桑德交往。為什麼？你說你不在乎，但我認為你在乎。我認為你對這問題困擾的程度不下於我。」

「不是為了勒索，」里奇勒說：「這點可以確定。一個孩子該有的他都有了。車庫裡有一輛越野車，更別提牆上的獵象槍。就算他只是為了找刺激而敲詐杜桑德，杜桑德實際上也沒東西可讓他敲詐。除了幾張股票，他可說是家徒四壁。」

「你有多少把握那孩子不知道你已經發現那些屍體？」

「很有把握。也許下午我會再過去一趟，拿這件事試探他一下。目前情況看來對我們相當有利。」里奇勒輕敲一下方向盤。「如果這一切早一天爆發，我想我會申請搜索令的。」

「搜索這孩子在那天晚上穿的衣服？」

「是啊。如果我們能在他的衣服上找到和杜桑德地窖泥地吻合的泥土採樣，我幾乎認為我們可以揭穿他。問題是，他那晚穿的衣服恐怕已經被洗過不下六次了。」

「另外那些醉漢呢？你的警局在全市各地發現的那些？」

「那些案子由丹・伯茲曼負責。我不認為有任何關聯，杜桑德沒那麼強壯……更重要的是，他已經發展出一套簡單又有效的小詐術，先是承諾說要請他們喝酒吃飯，然後帶他們搭市區巴士回家——該死的市區巴士！——然後在廚房對他們下手。」

魏斯科普夫輕聲說：「我腦子裡想的不是**杜桑德**。」

「你這話是什麼……」里奇勒才開口，接著嘴巴啪地閉上。一陣長長的、充滿疑惑的沉默，只偶爾被他們四周的嗡嗡車流聲打破。接著，里奇勒柔聲說：「喂，喂，少來，拜託饒了我……」

「身為我國政府的幹員，我對鮑登的興趣，真要說的話，僅止於他是否知道杜桑德和納粹地下組織有任何接觸。可是身為一個人，我對這孩子本身越來越感興趣了，我想知道他的行事動機。我想知道為什麼。當我試著自問自答，我發現我越來越常問自己：**不然呢？**」

「可是……」

「我問自己，你是否認為杜桑德參與過的那些暴行構成了他們之間的吸引力的基礎？這念頭十分邪惡，我告訴自己。直到現在，集中營發生過的種種，它們的衝擊力仍然足以讓人噁心反胃。這方面我有切身感受，雖然我的近親當中唯一待過集中營的只有我祖父，而他在我三歲那年就死了。但是，也許德國人當年的作為當中，有某種東西對我們產生了致命的吸引力——某種打開了想像的墓穴的東西。也許我們的擔憂和恐懼有一部分來自一種秘密的認知，也就是在正確——或者該說錯誤——的情況下，我們自己也會樂意建造類似的場所，並且把人關進去。壞的機緣。也許我們內心知道，只要情況允許，那些住在墓穴裡的東西會樂得爬出來。你想他們會是什麼模樣？像留著額髮和光亮鬍鬚、激動呼喊口號的瘋狂希特勒？

像紅色魔鬼、惡魔或者乘著醜陋爬蟲類翅膀飄浮的龍？」

「我不知道。」里奇勒說。

「我想他們大多數看起來和普通會計師沒兩樣。」魏斯科普夫說：「和曲線圖、流程表和電子計算機為伍的腦力工作者，隨時準備把殺人率最大化，以便下次他們可以殺掉兩、三千萬人，而不只是六個。而這些人有的也許長得就像陶德．鮑登。」

「你跟他一樣令人發毛。」里奇勒說。

魏斯科普夫點頭。「這話題本身就令人發毛。在杜桑德地窖裡找到的人和動物屍體……**夠**讓人發毛了，嗯？你可曾想過，也許這孩子一開始只是對集中營抱著單純的興趣？和其他男孩喜歡蒐集錢幣、集郵，或者讀西部匪徒故事的嗜好並沒有太大不同？於是他去找杜桑德，以便直接從馬首獲得第一手資訊？」

「馬嘴。」里奇勒機械地說：「老天，事情到了這地步，我什麼都相信。」

「也許吧。」魏斯科普夫含糊地說，聲音幾乎淹沒在又一輛十輪大卡車的隆隆噪音中。那卡車的側面噴著啤酒品牌BUDWEISER字樣，每個字母足足有六呎高。多麼奇妙的一個國家，魏斯科普夫心想，又點了根菸。**他們不明白我們如何能在半瘋的阿拉伯人包圍下生活，但如果我在這裡住上兩年，肯定會精神崩潰**。「也許吧。也許人不可能身在殺人魔窟當中而不被感染。」

29

那個走進偵查隊辦公室的矮個子把一股臭氣也帶了進來，他聞起來像是爛香蕉、Wildroot

髮蠟、蟑螂屎加上收了一上午垃圾的都市垃圾車的味道。他穿著式樣老舊的人字絨長褲、被扯破的灰色制服襯衫，和前襟拉鍊的一大半像一排矮黑人牙齒垂掛在那裡的褪色的藍色運動外套。他鞋子的鞋面和鞋底用快乾膠黏合在一起，頭上戴著一頂髒得嚇人的帽子。

「老天，快出去！」值班警官大叫：「你沒有被捕，哈普！我對天發誓！我以我老媽的名字發誓！我快窒息了！」

「我要找伯茲曼副隊長。」

「他死了，哈普！昨天的事。我們全都難過得不得了，所以趕快出去，讓我們靜靜哀悼。」

「我要找伯茲曼副隊長！」哈普更大聲地說，一股甜香從他嘴裡飄散出來──一種混合了披薩、薄荷潤喉糖和甜紅酒的發酵香味。

「他到暹羅去辦案了，哈普。你何不離開這裡？到別處去，表演吃燈泡。」

「**我要找伯茲曼副隊長，沒見到人我絕不離開！**」

值班警官衝出房間，五分鐘後他帶著伯茲曼──一名瘦削、有點駝背的五十歲男子──回來。

「把他帶到你辦公室好嗎？丹。」值勤警官哀求著，「拜託行行好？」

「來吧，哈普。」伯茲曼說。一分鐘後，他們來到充當伯茲曼辦公室的三角形小隔間。伯茲曼慎重地打開他僅有的一扇窗戶，開了電風扇，然後才坐下。「需要我幫忙嗎？哈普。」

「那些謀殺案仍然是你負責的，伯茲曼副隊長？」

「你是說遊民？是啊，仍然由我負責。」

「我知道是誰幹的。」

「是嗎？哈普。」伯茲曼邊問，邊忙著點菸斗。他很少抽菸斗，但無論是電風扇或打開的窗戶都無法驅散哈普的氣味。快了，伯茲曼心想，牆上的油漆就要開始起泡然後剝落了。他嘆口氣。

「你還記得我告訴你，波利被你們發現在涵管裡被殺的前一天，他曾經和一個人說話？你記得我對你說過這件事嗎？伯茲曼副隊長。」

「我記得。」好幾個常在救世軍分會和幾個街區外的慈善廚房附近閒晃的醉漢也說過關於兩名遇害遊民——「桑尼」查爾斯．布拉凱和「波利」彼得．史密斯——的類似故事。他們曾經看見有個傢伙在那一帶徘徊，一個年輕人，和桑尼、波利攀談。沒人確切知道波利是否跟著那傢伙走了，可是哈普和另外兩個人指稱看見波利．史密斯和那人一起離去。他們認為那「傢伙」還未成年，他願意用一瓶麝香酒來答謝替他買威士忌的人。另外有幾個遊民指稱看過一個類似的「傢伙」出現在周遭。他們對那「傢伙」的描述極好，尤其來自這麼一群無可懷疑的證人，在法庭上必然站得住腳。年輕，金髮，白皮膚。完美得可以立雕像了。

「昨晚我在公園裡，」哈普說：「我手上剛好有一堆舊報紙。」

「本市的法律是禁止流浪的，哈普。」

「那是我撿來的，」哈普理直氣壯地說：「大家亂丟東西的習慣太糟糕了，我只是在維護環境清潔，他媽的環境清潔。有些報紙是一週前的。」

「是的，哈普。」伯茲曼說。他想起——隱約地——曾經餓得不得了、熱切期待著午餐時間。那似乎是很久以前的事了。

「當我醒來，其中一份報紙跳到我面前，我就那麼直盯盯望著那傢伙，嚇了我一大跳，真的不騙你。就是他，就是這傢伙。」

哈普說著從外套口袋掏出一張縐巴巴、泛黃、水漬斑斑的報紙，把它打開來。伯茲曼湊向前，開始有點興趣了。哈普把報紙放在辦公桌上，讓他可以看清楚標題：**四人獲選南加州全明星隊**。標題底下有四張照片。

「是哪一個？哈普。」

哈普用一根髒手指往最右邊的照片一指。「這個。報上說他叫陶德．鮑登。」

伯茲曼的目光從照片移向哈普，懷疑他的腦袋經過二十年在廉價葡萄酒的滾燙醬汁裡——偶爾用一點烈酒調味——油煎之後，還剩下多少腦細胞沒被煮熟，還能勉強運作。

「你怎麼能確定呢？哈普，照片裡的他戴著棒球帽，我根本看不出來他是不是金髮。」

「他的笑，」哈普說：「他笑的樣子。他和波利一起離開的時候，他也對波利露出一模一樣的人生多美好的笑容。那種笑臉，再過一萬年我都不會看錯。就是他，就是這傢伙。」

伯茲曼幾乎沒聽見他的最後一句話，他在思考，努力地思考。**陶德．鮑登**。他對這名字有種異樣的熟悉感，這感覺讓他困擾的程度甚至超過了一個本地高中明星可能會去騷擾、殺害流浪漢這件事。照理說，這名字應該是他這天早上第一次聽說的。他眉頭緊皺，努力回想著。

里奇勒和魏斯科普夫走進偵查隊辦公室的時候，哈普已經離開，而丹．伯茲曼還在苦思……他們邊倒咖啡邊交談的聲音讓他終於想了起來。

「老天。」伯茲曼副隊長輕嘆一聲，匆匆起身。

莫妮卡原定到超市購物，迪克則要和幾個事業合作夥伴打高爾夫球，但陶德的雙親說要取消下午的活動，留在家裡陪兒子，不過陶德告訴他們，他寧可一個人在家。他打算清理一下他的步槍，想想這整件事，試著理出個頭緒來。

「陶德……」迪克才開口，突然發現自己無話可說。他想如果他是自己的父親，這時候他會建議禱告。可是時代不同了，而這陣子鮑登一家人不太跟得上時代。「世事難料，」由於陶德仍然盯著他，他只好勉強把話說完：「不要想太多。」

「我會沒事的。」陶德說。

雙親出門後，他拿起幾塊破布和一瓶 Alpaca 槍枝潤滑油，把東西放在玫瑰叢旁邊的長凳上，然後回車庫去拿他的 .30-.30 步槍。他帶著槍回到長凳，把它拆開來，帶著土味的玫瑰花香陣陣飄進他的鼻子。他把槍枝徹底清理乾淨，一邊哼著曲子，有時從齒縫間吹一小段口哨，然後他把槍裝回去。就算摸黑他也能輕鬆完成。他的思緒開始漫遊，大約過了五分鐘，他回過神來，發現自己把槍填了子彈。他沒有實槍射擊的念頭，起碼今天沒有，但他還是裝好了子彈。他告訴自己，他也不清楚為什麼。

你當然清楚，陶德寶貝。這麼說吧，時機到了。

就在這時，一輛閃亮的黃色 Saab 駛入他家的車道。陶德感覺下車的那男人有點眼熟，但是一直到他關上車門，走了過來，陶德才看見那雙運動鞋——淡藍色麻布面 Keds 休閒鞋。說到往事大爆發，此時沿著鮑登家的車道走來的，正是搞怪男，橡皮艾德．弗蘭奇。

「嗨，陶德。好久不見。」

陶德把步槍靠著長凳側面，露出開朗迷人的笑容。「嗨，弗蘭奇先生，你怎麼會到我們這鳥不生蛋的地方來呢？」

「你爸媽在家嗎？」

「哎呀，他們不在。你有什麼事找他們？」

「沒事。」艾德．弗蘭奇若有所思停了好一會兒，才說：「不，沒事。我想還是你跟我先談談比較好。總之，當作開場，也許你對這一切能提出完全合理的解釋，儘管我實在很懷疑。」

他從長褲後口袋掏出一張剪報。橡皮艾德還沒遞給他看，他已經知道那是什麼了。這是今天第二次，他看著杜桑德的兩張並排照片。街頭攝影師拍的那張用黑色筆圈了起來。對陶德來說這再清楚不過了，弗蘭奇已經認出陶德的「祖父」。現在他打算把這事告訴全世界，他想要催生這則好消息。花言巧語、老穿著討厭運動鞋的老好人橡皮艾德。

警方將會非常感興趣——不過當然，他們早就在注意了。他現在知道了。那股往下沉的感覺是在里奇勒離開後大約三十分鐘開始的。感覺就好像，他原本乘著一只裝滿笑氣的氣球騰空飛行，突然一支冰冷的鋼箭穿破氣球表皮，現在它正不斷地往下墜。

電話的事是關鍵。里奇勒拋出這問題，滑溜得像溫熱的貓頭鷹屎。**當然**，當時他回說他每週都會接到一、兩通電話，不知死活地一頭栽進了陷阱。就讓他們氣急敗壞地在南加州到處尋找年老體衰的前納粹分子吧。很好。只不過，或許他們已經從貝爾（Ma Bell）電信系統那裡得到另一種說法。陶德不知道電話公司能不能查出一個人的電話有沒有經常使用……可是里奇勒眼裡有一種神情……

然後是那封信。他不經意告訴里奇勒說房子沒有遭竊，里奇勒無疑會認為，只有在一種情況下陶德會知道房子沒有遭竊，就是他回去過……而他確實回去過，而且不止一次，而是三次。第一次是去拿那封信，接下來兩次是為了尋找任何足以讓他入罪的東西。結果什麼都沒找到，就連那套黨衛軍制服都不見了，在過去四年當中的不知什麼時候被杜桑德處理掉了。

然後是屍體。里奇勒始終沒提到屍體。

起先，陶德認為這很好，就讓他們多花點時間搜索吧，他也可以趁機把自己的思緒——

還有他的故事——整理一下。不擔心他掩埋屍體時穿的衣服沾了泥土，因為當晚它們就全部被清洗過了。他親手把它們清洗烘乾。清楚意識到杜桑德可能會死，到時事情將會爆發開來。小心點總沒錯，孩子，杜桑德一定也會這麼說。

然後，他逐漸了解到不妙了。這陣子天氣十分暖和，而溫暖的天氣會讓地窖的氣味更加濃烈。最後一次到杜桑德家時，他不斷聞到一股惡臭。警察肯定會對那氣味感到好奇，而且會一路追蹤到它的源頭。那麼，里奇勒為何要隱瞞這件事？是想留著以後用？留著以便出奇招？而如果里奇勒打算出奇招，無疑表示他已經在懷疑了。

陶德從剪報抬起頭，看到橡皮艾德半轉過身子。他正看著街上，儘管那裡沒什麼好看的。里奇勒或許會懷疑，可是他充其量也只能懷疑。

除非有某種具體證據，可以串起陶德和老人之間的關係。

這正是橡皮艾德·弗蘭奇能夠提供的那類證據。穿著可笑球鞋的可笑男人。這麼一個可笑的人不配活著。陶德碰觸到.30-.30步槍的槍管。

是的，橡皮艾德正是警方欠缺的一個環節。他們永遠無法證明陶德是任何一樁杜桑德謀殺案的從犯。可是，有了橡皮艾德的證詞，他們可以證明兩人是共謀。**這樣**就夠了嗎？噢，不，接下來他們會設法取得他的高中畢業照，開始到處去把它展示給轄區內的遊民看。機會渺茫，可是不這麼做的話里奇勒可擔不起。如果我們不能讓一夥醉漢指認他，也許可以找到另一夥醉漢願意指認。

接下來是什麼？法院。

當然，父親會替他請一大群優秀律師。當然，那些律師會讓他脫罪。太多間接證據了，而且他肯定很討陪審團的喜歡。可是到了那時候，他的人生總歸還是毀了，就像杜桑德說的。

報紙將會大肆報導，一切將被攤在陽光下，就像杜桑德地窖裡那些半腐爛的遺體。

「照片中的這個人是你九年級時到過我辦公室的人。」艾德突然開口，再度轉向陶德。「他自稱是你的祖父，結果證明他其實是一名通緝戰犯。」

「沒錯。」陶德說。他的臉異常地空洞。那是百貨公司人形模特兒的臉，所有的健康、生氣和活力都流失了，剩下的那種空無一物的空茫令人恐懼。

「是怎麼發生的？」艾德問。也許他打算把這問題當成強而有力的指責那樣提出，結果聽起來哀傷、迷惘，而且有種被愚弄的感覺。「怎麼會發生這種事呢？陶德。」

「唉，就一件接一件發生了，」陶德說，緩緩拿起.30-.30步槍。「的確就是這麼發生的，一件……接著一件。」他用拇指把槍的保險栓推到關閉位置，然後拿槍指著橡皮艾德。「聽來愚蠢，但這就是事發經過。就只是這樣。」

「陶德。」艾德睜大眼睛，後退一步。「陶德，你不會……拜託，陶德，我們可以好好談，我們可以討論……」

「你和那該死的德國佬可以在地獄裡好好討論。」陶德說，然後扣下扳機。

槍聲在午後悶熱無風的寂靜中迴盪。艾德．弗蘭奇被重重甩向他那輛Saab。他一手在背後摸索，把一根雨刷扯了下來。他呆滯凝視著它——鮮血在他的藍色高領衫上蔓延開來——然後把它放下，望著陶德。

「諾瑪。」他細聲說。

「好吧，」陶德說：「隨你怎麼說，老大。」說著又對橡皮艾德開了一槍，他的頭幾乎有一半消散成大片鮮血和碎骨。

艾德搖搖晃晃轉身，開始朝駕駛座的車門摸索過去，邊用一種窒息、越來越弱的聲音一遍又一遍唸著女兒的名字。陶德又朝他開一槍，瞄準他的脊椎尾端。艾德終於倒下，他的腳跟在碎石上蹬了幾下，然後靜止下來。

就一個諮詢輔導員來說死得還真慘烈，陶德心想，短暫迸出幾聲大笑。就在這時，一陣尖銳得有如冰錐的刺痛鑽進他的腦袋，他閉上眼睛。

當他再度睜開雙眼，他的感覺是幾個月來——也許是幾年來——不曾有過的暢快。一切都很美好，一切都很清楚明白。空茫的表情消失，一種狂野的美充滿在他臉上。

他回到車庫，拿來所有子彈，少說也有四百發。他把它們放進他的舊背包，然後把它揹起。當他回到陽光下，他興奮微笑著，笑得眉飛色舞——那是男孩們在自己的生日、在聖誕節、在國慶日會有的那種微笑。那是意味著沖天火箭、樹屋、秘密暗號和秘密集會場所的微笑，是重大球賽奪得勝利的餘波。在這種時候，球員們會被狂熱球迷高抬著從球場一路遊行到街上。那是黃毛小子戴著煤斗鋼盔投入戰場的欣喜若狂的微笑。

「**我是世界之王！**」他對著高聳的藍天狂吼，雙手將步槍高高舉在頭頂片刻。然後，把它轉換到右手，他開始朝著高速公路上方那個土地往下延伸、有棵枯樹為他提供掩護的地方前進。

五小時後，天色將黑時，他們才將他制伏。

FALL FROM INNOCENCE

純真遠離的秋

獻給麥克勞

屍體

1

最重要的事通常最難說出口。你會羞於啟齒是因為言語會限縮它——原本事情在你的腦海中似乎無限大，但是一旦訴諸言語就只會把它縮為一般大小。但事情不僅如此，不是嗎？最重要的事情離你埋藏秘密心事的地方太近了，就像是為你的敵人指引一條竊盜寶藏的道路。而你即便說出一切，也可能因此付出沉重的代價——讓別人看你笑話，不明白你究竟在說什麼，或是你為何認為這件事如此重要，最後竟然說著說著幾乎要哭出來。我想，秘密封存起來不是因為缺少敘述人，而是因為缺少一副理解的耳朵。

我第一次看到死人，是在快滿十三歲時。那是一九六〇年，很久以前了……不過有時候我覺得猶在眼前，特別是在我半夜作夢醒來，夢見冰雹打在他睜開的眼睛上。

2

我們曾經在城堡岩的一棵大榆樹上蓋了樹屋，下方則是一片空地。如今那片空地上有一間搬家公司，榆樹也被砍掉了，這可以視為一種進步。那個樹屋就像是某個無名俱樂部，有五個，也可能是六個固定成員，還有一些來鬼混的傢伙。如果要打牌，需要一些新血加入，我們就會讓他們上來玩。我們通常都玩二十一點，輸贏只有幾分錢，不會超過五分，可是如果你手上有二十一點和少於五張牌，就能贏雙倍……拿了六張以下的牌就能贏三倍，儘管只有泰迪會瘋到想拿六張牌來賺大錢。

用來搭建那間樹屋的木板，是我們從卡賓路上「麥基木材暨建材行」後面的垃圾堆搜刮來的，木板上除了裂痕還都是節孔，我們只能拿衛生紙或紙巾塞緊。屋頂是波浪狀鐵皮，那是我們從回收場偷來的，在把東西搬出來時，我們時時刻刻都注意著身後，因為警衛養的狗據說真的是一隻會吃小孩的怪獸。我們也在同一天找到一扇紗門，雖然可以防蒼蠅，但鏽斑也真的很多——我是說，鐵鏽簡直多得太誇張了，不管什麼時候往紗門外看去，都像黃昏一樣。

除了玩牌之外，樹屋也是個抽菸和看裸女雜誌的好地方。那裡有六個底部印著駱駝牌標記的破舊菸灰缸，木牆上釘了許多從雜誌撕下的美女插頁，二、三十副玩到邊角都翹起的紙牌（那是泰迪從他經營城堡岩文具店的叔叔那兒弄來的，他叔叔有次還問他我們在玩什麼牌，泰迪便說我們打算參加克里比奇牌戲比賽，泰迪的叔叔覺得那樣很好），一套塑膠撲克籌碼，還有一疊古老的《偵探大師》命案雜誌，沒事可做的時候我們就會看雜誌打發時間。我們也在地板上蓋了一個約十二乘十吋的密室來藏這些東西，以免誰的父親決定來場確保我們都是好孩子的例行檢查。至於說到下雨天，躲在樹屋裡就像是待在牙買加鐵鼓裡一樣……不過那年夏天卻沒下雨。

那是一九〇七年以來最乾熱的一季，報紙上是這麼說的。而在勞動節週末之前的那個週五以及另一個學年的開始，無論是田野上的秋麒麟草還是小路邊的水溝，全都乾巴巴、可憐兮兮的。那一年，沒有一戶人家的花園是能看的，而「城堡岩紅與白」大展依舊展示出製造罐頭的設備，可惜乏人問津、滿是灰塵。那年夏天，除了蒲公英酒之外，沒有人能釀出什麼來。

那個週五的早上，我跟泰迪、克里斯就在樹屋裡悶悶不樂地抱怨學校就快要開學了，一面玩牌，一邊交換老掉牙的旅行推銷員和法國人笑話。你要怎樣知道有個法國人跑進你家的後院？答案是你的垃圾桶空了，而且你的狗懷孕了。泰迪聞言總會露出一副憤慨的樣子，可是聽見這笑話之後，他也一定是第一個接下去講的人，只是把笑話裡的法國人換成了波蘭人。

榆樹的遮陽效果很好，可是我們還是熱得脫掉襯衫，才不至於讓衣服的汗臭味太重。我們在玩三十一點，那是有史以來最無聊的牌戲，可是天氣實在是太熱了，我們也懶得動腦筋去想更複雜的東西。我們原本湊成了一支還滿不錯的球隊，可是八月中旬之後，很多人就漸漸退出了，天氣實在是太熱了。

我的手氣很好，黑桃慢慢增多。我第一張牌抽到老K，再拿到一張八，變成二十一，然後我的運氣就用完了。克里斯過牌後，我抽出了最後一張，但一點幫助也沒有。

「二十九。」克里斯說著，亮出了一手的方塊。

「二十二。」泰迪說道，一臉嫌惡。

「可惡。」我邊說邊把牌面朝下丟在桌子上。

「高弟出局了，高弟輸光光了。」泰迪大喊大叫，然後發出他的獨門笑聲——**噫噫噫噫**，就像把生鏽的釘子，一點一點從腐朽的木板上拔出來。嗯，他很古怪，我們都知道。他跟我們一樣快十三歲了，可是厚厚的眼鏡和他有時會戴著的助聽器，讓他看起來就像個老頭子。街上的孩子老是想跟他討菸抽，可是他鼓鼓的襯衫口袋裡裝著的，其實是助聽器的電池。

儘管戴眼鏡，耳朵裡又總是塞著肉色的小鈕釦，泰迪還是看不清楚，而且經常會誤會別人說的話。打棒球的時候，你得讓他守在全壘打牆邊，離左外野的克里斯和右外野的比利．葛利爾遠遠的。你只能祈禱不會有人把球打到那麼遠的地方，因為泰迪無論看不看得見球，都會死追不放。他不時會被球打中，有一次他一頭撞上了樹屋旁邊的籬笆，然後就昏了過去。他仰天躺著，眼睛裡只能看見他的眼白，就這樣子持續了差不多整整五分鐘，我簡直嚇壞了。然後他醒了，起身走來走去，不僅鼻子流血，額頭上還有一個好大的紫色腫包，但他堅稱那一球是界外球。

泰迪的視力天生就很差，不過他的耳朵就不是天生的了。想當年，把頭髮剪短，讓兩隻耳朵像壺把一樣露出來是很酷的，那時泰迪就剪了城堡岩第一個披頭髮型——比美國人聽說披頭四的大名還要早四年。他一直蓋住耳朵，那是因為他的耳朵就像兩坨暖呼呼的蠟。

泰迪八歲時的某一天打破了盤子，他爸爸為此大發雷霆，而事情發生的當下，他母親正在南巴黎斯的鞋子工廠上班，等她發現時已經來不及了。

泰迪的爸爸把他揪到廚房後面的大燒柴爐旁，把泰迪的頭按在鑄鐵爐面上大概十秒鐘，然後又揪著泰迪的頭髮，把他的頭拉起來，再換到另一邊。最後他才打電話給中緬因綜合醫院的急診室，叫他們來接他的兒子。他掛上電話就從櫃子裡拿出他的點四一〇獵槍，坐下來看電視，獵槍就擺在大腿上。隔壁的布若司太太過來看泰迪怎麼了，因為她聽見了尖叫聲，結果泰迪的爸爸拿槍指著她。布若司太太差不多是以光速逃出杜尚家，把自己鎖在家裡，然後打電話報警。救護車到來時，杜尚先生讓他們進去，自己走到後門的門廊上警戒，而泰迪則被推上了老舊的別克救護車。

泰迪的爸爸向醫護人員解釋說，儘管天殺的官員們說這一區安全無虞，還是到處都有德國的狙擊手。有個醫護人員問泰迪的爸爸覺得自己能撐住嗎？泰迪的爸爸綳著臉笑，跟他說有必要的話，他會守到地獄改行變成「富及第」冰箱的經銷商。醫護人員向他敬禮，泰迪的爸爸也乾脆俐落地回禮。救護車離開後幾分鐘，州警就抵達了，並且解除了諾曼．杜尚的職務。

他一年多來一直在做奇怪的事，像是開槍射貓和焚燒信箱，而在他對自己的兒子施暴之後，法院很快舉行了聽證會，把他送到托格斯榮民醫院去。如果你是因為精神問題而被開除軍籍的話，就得送到那裡去。泰迪的爸爸過去在諾曼第海灘上衝鋒陷陣，泰迪與有榮焉，因此儘管他父親那樣對他，泰迪還是很以他為榮，而且每週都會跟媽媽一起去探望他。

我們這一掛裡面就屬他最笨吧，我這樣覺得，而且他也很瘋。他敢冒最瘋狂的危險，而且往往能全身而退。他做過最瘋的事情叫「躲卡車」，他會突然衝到一九六號公路上，有時候卡車差個幾公分就會撞上他。天知道他害多少人心臟病發作，但他卻哈哈大笑，不去管衣服被經過卡車帶起的大風吹得獵獵作響。我們都嚇死了，因為他的視力那麼差，不管他的鏡片是不是像可樂瓶底那樣厚都一樣，我們感覺他遲早都會因為誤判情勢而慘死在卡車輪下。還有，你在挑戰他的時候可得要小心，因為泰迪是不肯認輸的人。

「高弟出局了，噫噫噫噫！」

「去你的。」我說著，拿起一本《偵探大師》，讓他們自己去玩牌。我翻到〈他在故障的電梯裡把那個漂亮的女學生踩死〉，讀了起來。

泰迪拿起撲克牌，匆匆看了一眼，說道：「過牌。」

「你這四眼田雞！」克里斯大喊。

「我這四眼田雞有一千隻眼睛。」泰迪嚴肅地說，我和克里斯卻都笑了起來。泰迪瞪著我們，微微蹙眉，彷彿不懂有什麼好笑的。這是他的毛病——他老是說奇怪的話，就像「我這四眼田雞有一千隻眼睛」，而你總摸不清他是**故意**搞笑，或者只是隨口一說。他會看著發笑的人，微微皺著眉頭，彷彿在說：**天啊，這次是又哪裡好笑啦？**

泰迪有同花的三十點——梅花J、梅花Q、梅花K，而克里斯只有十六點，所以他輸了。

泰迪以他笨拙的手法洗牌，而我正讀到書中最噁爛的部分，說到一個紐奧良來的神經病水手，在另一個布林莫爾學院的女生身上跳布里斯托頓足爵士舞，因為他受不了待在密閉的空間裡。這時，我們聽見有人爬上釘在樹幹上的梯子，接著有人敲門。

「誰啊？」克里斯大喊。

「文恩！」他的語氣很興奮，而且上氣不接下氣。

我走到門邊拉開門栓，門「砰」地一聲打開，文恩．泰修就爬了上來。他也是我們的固定成員之一。他全身是汗，通常梳成和他的搖滾偶像巴比．萊戴爾[27]一模一樣的髮型，現在正黏在他的額頭上，一束一束、一團一團的。

「嘿，你們。」他喘著氣說：「等你們聽我說就知道了。」

「知道什麼？」我問。

「先讓我喘口氣，我是一路從我家跑過來的。」

「**我一路跑回家，**」泰迪用極為可怕的小安東尼[28]假嗓子抖抖顫顫地唱：「**只為了說我很抱……歉……**」

「去死啦！」文恩說。

「你也去死吧！」泰迪立刻回嗆。

「你從你家跑過來的？」克里斯不可置信地問：「你瘋了啊？」文恩家在格蘭街上，距離這裡大約有三公里。「外面一定有三十二度。」

27. 譯註：巴比．萊戴爾（Bobby Rydell, 1942-）是美國歌手，一九六〇年代早期的青少年偶像。
28. 譯註：小安東尼（Little Anthony, 1941-）是美國歌手，尖銳的嗓音是其特色。

「很值得。」文恩說。「我的天，你們一定不會相信的。真的。」他拍打著汗濕的額頭，讓我們知道他有多認真。

「好吧，什麼事？」克里斯問。

「你們晚上可以出來露營嗎？」文恩熱情地、興奮地看著我們，眼珠子像兩顆按進了黑色汗水裡的葡萄乾。「我是說，可不可以問你們的爸媽，看能不能到我家後面搭帳篷？」

「應該可以吧。」克里斯邊說，邊拿起牌盯著看，「可是我爸心情不好跑去喝酒了，你們懂的。」

「你一定要來，真的。」文恩說。「真的，你絕對不會**相信**的。你呢？高弟。」

「大概吧。」

像這樣的事我應該都沒問題——其實，整個夏天我就像個「隱形人」一樣。四月時，我哥丹尼斯出車禍死了，那是在喬治亞州的班寧堡，他當時正在受新兵訓練。他跟另一個人開著吉普車要去福利社，結果軍隊的卡車從側面撞向他們，丹尼斯當場死亡，他的朋友到現在還昏迷不醒。丹尼斯在那週就要滿二十二歲了，我甚至已經在格林堡的「達利商行」挑好了一張生日卡片要送給他。

我聽說這消息之後就哭了，在葬禮上哭得又更厲害，我不敢相信丹尼斯已經走了，那個老是敲我的頭、拿橡皮蜘蛛把我嚇哭，或在我摔倒擦破兩隻膝蓋時，會在我耳邊說：「好了，不要哭了，大寶寶！」的讓我**感動**的人居然死了。我既傷心也嚇壞了，沒料到他竟然會死，而同一時間我爸媽的心好像也被他帶走了。對我來說，丹尼斯只能算是我的點頭之交，因為他大我十歲，有他自己的朋友和同學。我們許多年來一起生活，有時他像是我的朋友，有時他也會惡整我，但絕大多數的時候他就是，你知道的，一個跟我一起生活的人。他死的時候已經離開家一年了，其間他只休過兩次假，我們甚至連長相都不相像。後來我花了很多時間才了解，原來我流下的眼淚，大部分都是為我的爸媽流的。絕大多數是為了他們，或是為我自己。

「你到底是在叫什麼啊？文恩。」泰迪問。

「過牌。」克里斯說。

「**什麼？**」聞言，泰迪尖叫，立刻又把文恩拋到腦後去。「可惡的騙子！你什麼牌也沒有，我又沒有給你發牌。」

克里斯冷笑，「你抽牌啊，王八蛋。」

泰迪伸手去拿第一張牌時，克里斯伸手去拿後面壁架上的雲絲頓香菸，我則彎腰拿起我的偵探雜誌。

文恩．泰修突然說道：「你們要不要去看屍體？」

一瞬間，每個人都停下手邊的動作。

3

我們當然都在廣播上聽過這件事。這台機殼有裂痕的收音機是「飛歌」牌的，也是我們從回收場搜刮來的，我們隨時都開著它。我們通常都收聽路易斯頓的ＷＬＡＭ電台，它會播放暢銷金曲和老歌，比如傑克．史考特的〈你到底是怎麼了〉（What in the World's Come Over You）、特洛伊．熊岱爾的〈這一次〉（This Time）、貓王的〈克里奧王〉（King Creole）、羅伊．奧比森的〈只有寂寞的人〉（Only the Lonely）等等，但一旦開始播新聞的時候，我們都會直接在心裡把聲音轉成靜音。新聞播報都在講一堆狗屁倒灶的事情，什麼甘迺迪、尼克森、金門、馬祖的事，還有導彈差距、卡斯楚最後變成了什麼爛貨之類的。不過我們那天倒是很仔細地聽了雷伊．布勞爾的新聞，因為他是跟我們一樣同齡的孩子。

雷伊．布勞爾住在錢伯倫，就在城堡岩東邊六十四公里左右的地方。在文恩一路從格蘭街跑到樹屋的三天前，雷伊．布勞爾跟他母親一個吸大麻的朋友去摘藍莓，直到天黑了他還沒回家，布勞爾夫婦就報了警。警長組織了搜索隊，剛開始只是在他們家附近找，後來又擴大範圍到鄰近的摩頓、德罕、保納爾鎮去找，最後全部的人都動員了，包含警察、副警長、漁獵管理員、志工等人。但是三天過去了，雷伊．布勞爾還是下落不明。聽著收音機裡的報導，想也知道他們是找不到活著的他了，相信最後搜救也只會不了了之。他可能掉進一個砂石坑裡悶死了，也可能在小溪裡淹死了，十年以後或許會有某個獵人發現他的白骨。目前警方已經開始在錢伯倫的各個池塘以及摩頓水庫裡打撈了。

那類的事在今天是不可能會在緬因州西南部發生的，因為大部分地區都蓋了房子，變成郊區，而環繞波特蘭和路易斯頓的住宅區就像一隻巨大的烏賊一樣，伸出觸手向外延伸。樹林仍在，而且越是深入白山，樹林就越茂密，不過這年頭你要是能認定一個方向走上個九公里，就一定會穿越雙線道的柏油路。可是在一九六〇年，錢伯倫和城堡岩之間的整片地區都還沒有開發，有些地方甚至從二次大戰開始前就沒有被砍伐過，因此在當年是有可能走進樹林迷失方向，最終死在裡面的。

4

那天早晨，文恩．泰修鑽到了門廊下去挖土。

我們立刻就知道他說的是怎麼一回事了，不過我大概應該跟你們解釋一下。泰迪．杜尚不算聰明，可是文恩．泰修也絕不會在閒暇時間看「大學盃」益智節目，而他哥哥比利比他還要笨。不過，首先我得告訴你們文恩是在挖什麼。

四年前，文恩八歲，他在他們家的長形前門廊底下埋了一罐零錢。文恩把門廊下的黑暗空間稱作他的「山洞」，他就像在玩什麼海盜遊戲，零錢就是他埋藏的寶藏——不過如果你沒有跟文恩一起玩海盜遊戲的話，你就不能稱它為埋藏的寶藏，你得叫它「戰利品」。他把那罐零錢埋得很深，封死洞口，用多年來飄到門廊底下的枯葉掩蓋住。此外，他畫了一張藏寶圖，跟別的東西一起放在他的房間裡，然後他就把它忘了。大概過了一個月，他想看電影或是做什麼別的事，發現自己沒錢，他就想起了那罐零錢，於是去找他的藏寶圖。可是在這其間，他媽媽進來打掃過他的房間兩、三次，她把他的舊作業、糖果包裝紙和漫畫、笑話書都收走了，有天早晨還拿來生火，於是文恩的藏寶圖就這麼升上廚房的煙囪了。

至少他是這麼以為的。

他決定靠記憶找出錢來，就在門廊底下到處挖，可是一無所獲。他挖了左邊，又挖了右邊，還是什麼也沒找到。他那天放棄了，可從此之後時不時就會再去挖，最後四年過去了。拜託，四**年**耶！你說氣不氣人？你聽了都不知道是該哭還是該笑。

他對這件事有點走火入魔了。泰修家的門廊有整棟屋子的門面那麼長，大約是十二米長兩米寬，他差不多挖遍了每個地方，可能還有兩、三遍，但就是找不到錢。零錢的**數量**慢慢在他的心裡膨脹，他第一次跟我和克里斯說差不多有三塊錢，一年後變成五塊錢，最近則快衝上十塊了，這取決於他的口袋有多空。

我們常常都跟他說我們認為再明顯不過的事情——就是比利知道他埋了錢，已經把玻璃罐挖出來了，但文恩死也不肯信。雖然他討厭比利就像阿拉伯人討厭猶太人一樣，但如果他哥哥因為在店裡偷竊被捕，他可能會歡天喜地地投票贊成處死他。他也不肯直接去問比利，他大概是怕比利會笑他，說：**當然是我拿了，你這個白痴，而且罐子裡有二十塊，全部都被我花掉了**。所以文恩反而是只要一想起來（而且是比利不在家的時候），就會跑到門廊底下去挖，而每次他從門廊底下爬出來時，牛仔褲一定髒兮兮的，頭髮沾了樹葉，兩手空空的。我們拿這件事取笑他，給他起了個綽號叫「一分」——一分．泰修。我想他會帶著消息盡快衝到樹屋來，不僅是想趕緊跟我們說，也是想讓我們知道他的挖寶終於有了一個好結果了。

他那天早晨第一個起床，吃了玉米脆片後，到外頭去用車庫上方釘的舊鐵圈練投籃球，但因為沒有別的事可做，也找不到人玩捉迷藏之類的，他就決定要再去挖他的錢。他鑽進了門廊底下，這時上方的紗門「砰」地一聲打開，他立刻僵住不動，一點聲音也不敢發出。如果門廊前是他爸爸，他就會爬出來；如果是比利，那他就要躲在下面等比利跟他的不良少年朋友查理．霍根離開。

兩種腳步穿過門廊，然後他聽見查理．霍根用顫抖的、愛哭鬼似的聲音說：「我的媽啊，比利，我們要怎麼辦？」

文恩說光是聽見查理．霍根用那種聲音說話——查理可是鎮上的狠角色——就讓他豎起了耳朵。查理可是跟「王牌」梅若和「眼珠」錢伯斯一起混的人，要跟這兩個人混，那你自己也得夠狠才行。

「不怎麼辦。」比利說。「我們就這樣，什麼也不做。」

「我們**非得**做點什麼不可。」查理說著，然後兩人就在門廊上坐下來，正好靠近文恩趴著的地方。「你難道沒**看到**他？」

文恩冒險偷偷再往台階那邊靠近，他以為比利跟查理可能是喝醉了之後撞到了別人。文恩很小心，努力在移動時不要壓到枯葉，否則要是這兩個人發現他躲在底下偷聽，那等他們整完他，你就可以把他的殘骸裝進罐頭裡餵狗了。

「跟我們沒關係。」比利．泰修說。「那個小孩死了，所以跟他也沒關係。就算找到了，誰在乎啊？我就不在乎。」

「那可是收音機上一直在說的小孩啊。」查理說。「就是他，沒錯。布洛克……布勞爾……還是弗勞爾？隨便吧，反正他一定是被火車撞上了。」

「對。」比利說。有擦火柴的聲音，文恩看著火柴落在碎石車道上，聞到了香菸味。「一定是。你還吐了。」

沒人說話，可是文恩察覺到從查理．霍根的身上透露出一股羞愧之情。

「嗯，那兩個女生沒看見。」比利過了一會兒說。「幸好。」聽聲音是他在拍查理的背，給他打氣。「不然的話，她們會從這裡一直說到波特蘭。不過我們閃得滿快的，你覺得她們會知道有什麼不對勁嗎？」

「不會。」查理說。「瑪黎反正也不喜歡走那條穿過墓園的後哈羅路，她怕鬼。」然後，他又用嚇壞了的愛哭鬼的聲音說：「要命喔，真後悔昨天晚上去偷車！就應該像平常一樣去看電影！」

查理和比利和兩個女孩一起出去玩，她們一個叫瑪黎．道赫提、一個叫貝佛莉．湯馬斯。除了嘉年華會的表演秀之外，你絕對看不到這麼粗俗的女孩——滿臉粉刺，還長著鬍子，整體來說就是很糟。有時候他們四個人——要是「小迷糊」布拉科維策或是「王牌」梅若也帶著女孩的話，那就大概會是六或八個人——會從路易斯頓的停車場偷一輛汽車出來，然後一路飆車到鄉間，帶著兩、三瓶「愛爾蘭野玫瑰」紅酒和六罐裝的薑汁汽水。他們會帶著女孩停在「城堡風光」或「哈羅或施洛」，喝「紫色耶穌」調酒，然後找樂子玩。之後，他們會把車子丟在家裡附近。克里斯有時會說那是猴子籠裡的廉價刺激，雖然他們從來沒有失風被捕過，可是文恩一直在祈禱，他真的很想要每週日到監獄去探監。

「要是我們告訴警察，他們會想知道我們為什麼會跑到哈羅去。」比利說。「我們又沒有車，我們兩個都沒有，所以我們最好還是閉上嘴巴，那他們就動不了我們了。」

「我們可以打匿名電話。」查理說。

「他們查得出來。」比利說道，語氣陰森。「《飆風巡警》（Highway Patrol）和《警網》（Dragnet）都是這樣演的。」

「對，對。」查理可憐兮兮地說。「要命，真希望王牌也有去，那我們就可以跟警察說我們是坐他的車。」

「並不是。」

「對。」查理說，嘆了口氣。「你說得沒錯。」他把一根菸屁股彈落在車道上。「我們往前走，在軌道邊小便，對不對？又沒辦法走另一邊，對吧？我還吐在我的新 P. F. Fliers 鞋子上。」他的聲音略微下沉。「那小孩就躺在那裡，對嗎？你有沒有看到他？比利。」

「我看到了。」比利說，又一根菸屁股被彈落在車道上。「我們去看王牌起床了沒，我想要喝酒。」

「我們要告訴他？」

「查理，我們誰也不會說。**誰都不說**。你明白嗎？」

「明白。」查理說。「耶穌基督。我們真不該偷那輛道奇車的。」

「哦，閉上你的嘴，走啦。」

看到兩雙裹在洗得褪色的牛仔褲裡的腿，穿著扣帶在側面的黑皮靴緩緩下了台階，文恩凍住不動，四腳著地（「我嚇得蛋蛋都快縮起來了，我還以為他們又要往家裡面走呢。」他這麼跟我們說。），很確定他哥哥會發覺他躲在門廊底下，然後把他拖出來宰掉——他跟查理．霍根會把上帝好心裝進他腦袋瓜裡的一丁點腦子，從他的招風耳裡踢出來，然後再用他們的黑皮靴踩扁他。不過他們只是向前走，等文恩確定他們真的走遠之後，他才從門廊下爬出來，一路跑到這裡。

5

「你真的是命大。」我說。「不然你一定會被他們殺掉。」

泰迪說：「我知道後哈羅路，那條路到河邊就是死路了，我們以前都去那邊釣魚。」

克里斯點頭。「那裡以前有一條橋，後來山洪爆發，不過那是很久以前的事了，現在只剩下鐵路。」

「小孩子真的有可能從錢伯倫走到哈羅嗎？」我問克里斯。「有三、四十公里耶。」

「我覺得有可能。他可能是走在鐵軌上，就順著鐵軌一直走，或他可能以為可以走出去，甚至必要的時候可以招手讓火車停下來。可是現在只有貨車在跑了——GS＆WM，通到德里和布朗斯維爾——而且現在也不多了。他得一路走到城堡岩才能走出來，天黑以後還可能會有火車來……然後他就……砰！被撞上了。」

克里斯用右拳擊打左掌，發出了砰的一聲。泰迪這個在一九六號公路上經常千鈞一髮閃卡車的老手，露出微覺有趣的表情。但我覺得有點噁心，想像著那個離家那麼遠的小孩，心裡怕得要死，卻乖乖沿著GS＆WM的鐵道走，一點也不敢偏離。事實上，也許那晚間垂懸的樹和灌木中傳來的聲響嚇到他了，說不定那聲音根本是從鐵路路基下的涵洞傳來的。結果火車來了，車頭的大燈可能把他催眠了，等他想要跳開時已經來不及了。也可能是火車來時，他就因為飢餓而暈眩躺在鐵軌上，但不管是哪種情況，克里斯都猜對了，最後的結果就是火車砰地撞上他。他死了。

「那你們要不要去看？」文恩問。他興奮得像蟲子一樣蠕動著，好像急著想去上廁所。我們都盯著他看了長長的一秒鐘，誰也不說話。接著克里斯丟下了手上的牌，說：「要啊！而且我跟你們賭我們會上報！」

「啥？」文恩說。

「啊？」泰迪說著，又露出那種奮勇閃卡車的瘋狂笑容。

「嘿，」克里斯說，俯身越過老舊的牌桌，「我們可以找到屍體，然後報警！這樣一來，我們就會上電視了！」

「這樣好嗎？」文恩顯然是害怕了，「比利會知道我是怎麼發現的，他會把我活活打死。」

「他才不會哩，」我說，「因為找到那個小孩的會是**我們**，不是開著偷來的車子的比利和查理．霍根，那他們就不用再擔心了。他們可能還會頒獎給你呢，一分。」

「是喔？」文恩嘻嘻笑，露出了一口壞牙。他笑得有點恍惚，好像只要是他做的什麼事能讓比利高興，就等於是下巴結結實實地挨了一下。「是喔，你覺得喔？」

泰迪也在嘻嘻笑，但接著他皺眉了，說道：「喔喔。」

「怎樣？」文恩問。他又在蠕動了，唯恐泰迪的心裡真的冒出了什麼反對的意見，又或者是他想起了什麼。

「我們的爸媽。」泰迪說。「要是我們明天在南哈羅發現了那個小孩的屍體，那他們就會知道我們晚上沒有在文恩家後面露營。」

「對。」克里斯說。「他們會知道我們去找那個小孩了。」

「才不會咧。」我說。我覺得既興奮又害怕，因為我知道有個解決的好辦法。兩種情緒相互交纏，害得我既覺得渾身發熱又覺得頭腦脹痛。我拿起撲克牌開始對切洗牌，其實這只是要讓我的手有東西摸罷了。這個洗牌法以及如何玩克里比奇牌戲，就是我從我哥丹尼斯那裡學到的東西。其他小孩很羨慕我會這樣子洗牌，而且大概我認識的人都會要我教他們……只有克里斯例外。我猜只有克里斯知道，教會他們就等於是把丹尼斯的一部分送出去，而我擁有的已經不多了，沒辦法再和別人分享。

我說：「我們就說，我們在文恩家後面露營覺得很無聊，因為以前就露過好幾次了。所以我們決定順著鐵路走，到樹林裡去露營。我敢賭我們連挨打都不會，因為大家會為了我們的發現興奮得要命。」

「我爸還是會揍我。」克里斯說。「他最近脾氣真的很壞。」他悶悶不樂地搖頭。「但是管他的，挨打也值得。」

「好。」泰迪說道，站了起來。他仍然笑得像個神經病，彷彿隨時都會爆出那種高調門、破鑼一樣的笑聲。「那大家就在午餐後到文恩家集合。至於晚飯，要用什麼藉口？」

克里斯說：「你跟我跟高弟可以說我們要在文恩家吃飯。」

「我會跟我媽說我要去克里斯家吃飯。」文恩說。

這樣就行了！除非是發生了什麼緊急事件，或是誰的爸媽湊到了一塊，事情才有可能穿幫。而且文恩家和克里斯家都沒有電話，在那個年頭，有很多家庭仍把電話看作奢侈品，是那些上流階級家庭才會有的東西，而我們都不是位在金字塔頂端的人家。

我爸退休了；文恩的爸在工廠幹活，現在還在開一九五二年份的 DeSoto；泰迪的媽在丹柏利街上有一棟房子，只要有機會就會出租，不過這年夏天沒有房客，一張附家具的出租招貼從六月開始就一直貼在客廳窗戶上，房子依然乏人問津。克里斯的爸沒有一天不在「壞脾氣」，他是個酒鬼，靠救濟金生活，大多數時候都在蘇奇客棧裡，跟「王牌」梅若的父親老梅若和幾個本地的酒鬼一起廝混。

克里斯並不常說起他爸的事，可我們都知道，他討厭他爸爸就跟討厭毒藥一樣。克里斯每隔兩週身上就會出現記號，可能是臉頰烏青、脖子或一隻眼睛紅腫，跟夕陽一樣五顏六色的。有一次他來上學時後腦勺上綁了個亂七八糟的繃帶，但有時候他根本就不來上學，因為他瘸得太厲害了，沒辦法走來上學，那種時候他媽就會幫他請病假。克里斯很聰明，真的很聰明，可是他常常蹺課，而鎮上管蹺課的官員海勒波頓先生就會開著他那輛擋風玻璃一角貼著**不載客**貼紙的黑色老雪佛蘭車，跑到克里斯家。要是克里斯蹺課被波波（我們都這樣叫他……不過當然不會當著他的面叫）逮到，他就會把克里斯拖回學校裡，讓他放學後留校一週。可是如果波波發現克里斯在家裡沒去學校是因為他爸把他痛揍了一頓，那麼波波就會走開，連個屁都不放。我一直到二十年之後，才想到要質疑這一套優先順序。

一年前，克里斯被停學三天。某一天，當值日生的克里斯負責收牛奶錢，後來那筆錢卻不見了，而因為他是那種沒錢沒勢的背景，所以雖然他一直發誓自己沒有偷錢，也沒人相信他。那一次，克里斯的爸爸聽說他被停學，於是打斷了他的鼻梁和右手腕，這讓克里斯在醫院裡住了一夜。沒錯，克里斯的家庭不正常，人人就都認為他會學壞……包括克里斯本人也這麼想。他的哥哥們一點也沒讓鎮上的人失望——老大法蘭克十七歲就逃家去當海軍，結果因強姦及暴力毆打罪在波茨茅斯坐牢；老二理察（他的右眼怪怪的，會抖來抖去，所以大家都叫他「眼珠」）十年級就輟學了，跟查理、比利．泰修和他們的不良少年哥們一塊混。

「我覺得一定可以。」我跟克里斯說。「那約翰和馬提呢？」約翰和馬提．德思班是我們這一幫人裡的另外兩個固定成員。

「他們還是不在家。」克里斯說。「要週一才會回來。」

「喔，太可惜了。」

「那，說定了嗎？」文恩問道，身體仍在蠕動著，他連讓話題轉移個一分鐘都不肯。

「大概吧。」克里斯說。「誰還想打牌？」

沒有人想，我們都太興奮了。我們爬下樹屋，翻過籬笆到空地上，拿文恩貼滿膠帶的老棒球玩了一會兒打擊練習，可是卻感覺一點也不好玩。我們滿腦子只想著那個叫布勞爾的男生被火車撞死了，以及我們要怎麼去找他……或者該說是找他的殘骸。十點左右我們就散了，回家去跟我們的父母編謊。

6

我十一點十五分到家，回家前還先到雜貨店去看小說。我每隔幾天就會去看看有沒有約翰．D．麥克唐納的新書。我身上有二十五分錢，我想如果有新書的話我就要買，可惜只有舊書，而大部分的舊書我已經看過至少六次了。

等我到家，我發現家裡的汽車已經不見了，我才想起我媽跟她的姐妹淘去波士頓聽演奏會了。我媽最愛演奏會了，這有何不可呢？畢竟她唯一的寶貝兒子死了，她總得找件事讓自己分散注意力。我這麼說話大概是滿酸的，但要是你在這裡，你就能了解我為什麼會有這種感覺。

爸爸在後院，正拿水管澆灌那已經幾乎毀掉的菜園。要是你沒辦法從他陰沉的表情看出他是在死馬當活馬醫的話，那麼多看菜園一眼你也會知道的。園中土壤像粉塵一樣灰濛濛的，上頭種的東西都死了，只剩下玉米，但每一株最多就只長出一穗來。爸爸說他永遠也學不會該怎麼給菜園澆水，只能靠老天了。他在某一處澆太多水，因而淹死了植物，而下一排植物卻又因乾渴而奄奄一息。他老是找不到一個中間值，但是他不常談論這件事。他在四月失去了一個兒子，又在八月失去了一片菜園，要是他兩者都不想談，我猜那也是他的權利。讓我煩惱的是，他什麼也不想說了，但這種權利也太離譜了。

「嗨，爸。」我說。我站在他旁邊，把在雜貨店買的蛋糕捲遞向前。「要吃嗎？」

「哈囉，高登。不用了，謝謝。」他繼續澆著無望的灰色土壤。

「今天晚上我要跟一些朋友去文恩．泰修家後面露營，可以嗎？」

「什麼朋友？」

「文恩、泰迪．杜尚，可能還有克里斯。」

我等著他針對克里斯發飆——他可能會說克里斯是損友，是桶子底下的爛蘋果，是小偷，是不良少年。

可他只是嘆了口氣，說：「應該可以吧。」

「太棒了！謝謝！」

我正轉身要進屋去看電視，又被他攔住，「你只想跟這些人在一起，是不是？高登。」

我回頭看他，準備要辯解，可是這天早晨他完全沒有辯論的心情。要是他有的話就好了，我心裡想。他的肩膀下垂，他的臉也垮著面向死亡的菜園，而不是面向我。他的眼中有一種不自然的光芒，可能是淚光。

「唉，爸，他們很好……」

「當然好。一個小偷，兩個弱智。還真是我兒子的好同伴。」

「文恩．泰修不是弱智。」我說道。不過，要幫泰迪說話就比較難了。

「十二歲了還在念五年級。」我爸說。「而且他那次來過夜，隔天週日早晨報紙送來，他竟花了一個半小時看漫畫版。」

我這下火大了，因為我覺得他很不公平。他挑剔文恩就跟他挑剔我所有的朋友一樣，只憑偶爾看見他們就下結論，但大多數時候他們只是匆匆進出我家。他錯怪他們了。而且每次他罵克里斯是小偷就會讓我氣得紅了眼，因為他根本就不了解克里斯。我想跟他辯論，可要是我惹火了他，他就會把我關在家裡。而且他也並沒有真的生氣，不像他有時在餐桌上發火那樣，嗓門大到沒有人有胃口。現在他只是一臉悲傷、疲憊與乏力。他六十三歲了，都可以當我的祖父了。

我媽五十五歲，也不是青春正盛的年紀。她跟爸爸結婚之後就想要立刻生孩子，但是我媽雖然懷孕了，卻又流產了。她前後流產了兩次，醫生說她留不住孩子。每次被他們兩個唸，我就會一字一句聽他們說這些。你知道的，他們想要我覺得我是上帝送來的特別禮物，我卻一點也不知感激我的好運氣，能在我母親四十二歲開始長出白頭髮時受孕，我一點也不知感激她吃的苦頭和犧牲。

在醫生跟我媽說她不可能生孩子之後五年，她有了丹尼斯。她懷孕八個月，然後他就生出來了，八磅重——我爸老是說要是她懷丹尼斯足月的話，寶寶就會有十五磅重。醫生說：

唉，有時候大自然會愚弄我們，可是你們只可能會有這一個孩子。感謝上帝，不要再不知足了。結果十年後，她又懷了我，不但懷足了月，而且醫生還得用鉗子才能把我拽出來。你聽過這種家庭嗎？我來到這個世界，是兩個喝傑瑞多（Geritol）營養素的老人家的孩子，而我唯一的哥哥已經在球場裡打少棒聯賽了，我卻還沒脫離包尿布呢。

在我媽和我爸看來，一份上帝的禮物就夠了。我不會說他們虐待我，他們就絕對沒打過我，可我真的就是一個嚇死人的意外，而我猜邁入四十歲大關的他們，絕對不會像二十歲時那樣偏愛驚喜了。我出生之後，媽動了一個她的姐妹淘稱之為「ＯＫ繃」的結紮手術。我猜，她是想要百分之百確定上帝不會再給她送禮了。等我上大學之後，我發現光是能夠出生而且智力正常，我就是一個奇蹟……不過我覺得我爸在看到文恩花了十分鐘才把「懶兵披頭」（Beetle Baily）四格漫畫裡的對話組接起來時，他是有疑慮的。

還有被忽略這種感覺，我原先一直說不上來是怎麼回事，一直到上中學做《隱形人》的讀書報告後我才了解。當我同意為哈帝老師寫這份讀書報告時，還以為這是科幻小說呢，主角渾身纏著繃帶、戴著墨鏡，在電影裡是由克勞德．雷恩斯[29]所扮演的。等我發現這不是科幻小說後，我想把書退還給哈帝老師，可是她不肯放過我。不過，最後我真的很慶幸讀了這本書。《隱形人》講的是一個黑人，誰也不會注意到他，除非他出了什麼岔子，否則大家都會把他當成是空氣一樣。他說話的時候沒有人回他，他就像黑色的幽靈。我讀出興致以後，就很投入地啃這本書，就像在看約翰．Ｄ．麥克唐納的懸疑小說，因為作者拉爾夫．艾里森寫的就是**我**。餐桌上總是會聽見：丹尼斯，你被三振幾次？丹尼斯，誰邀你去參加莎蒂．霍金斯的舞會？丹尼斯，我想跟你像男人對男人一樣談談我們在看的車。我會說：「把奶油傳過來。」而爸會說：「丹尼斯，你確定你要加入陸軍？」我會說：「拜託哪個人把奶油傳過來好嗎？」媽會問丹尼斯他需不需要她去鎮上幫他買大特價的彭道頓（Pendleton）襯衫，最後我只好自己去拿奶油。我九歲時，有天晚上只是想實驗看看會怎麼樣，於是我說：「拜託把該死的馬鈴薯傳過來。」而我媽說：丹尼斯，葛莉絲阿姨今天打電話來了，她問起你和高登。

丹尼斯從城堡岩中學以優異成績畢業的那天，我假裝生病，待在家裡。我叫史蒂夫．達拉邦特的大哥羅伊斯幫我買了一瓶愛爾蘭野玫瑰，我喝掉了一半，結果半夜三更就吐在床上。

在這樣的家庭環境裡，你應該不是討厭哥哥，就是無可救藥地把他當偶像崇拜——起碼大學的心理課是這樣教的。聽他們在放屁，對吧？以我來說，我對丹尼斯兩種感覺都沒有。我們幾乎不吵架，更不會打架，如果真的有那也太離譜了，你能想像一個十四歲的男孩子故意找碴打他的四歲弟弟嗎？而且我們的爸媽也有點太過寵愛他，不會讓他負擔照顧年幼弟弟的責任，所以他從來不會像別人的哥哥一樣怨恨他們的弟妹。丹尼斯如果帶著我去哪裡，那都是出於自願的，而那些時候也是我記憶中最快樂的時光。

「嘿，丹尼斯，這小鬼是誰啊？」

「是我弟弟，你最好把嘴巴放乾淨一點，戴維斯。他可會把你打得落花流水，高登是很驃悍的。」

他們在我四周聚集，有如龐然大物，高大得不可思議，只是就像一片陽光一樣，他們對我只有一瞬間的興趣。他們是那麼大、那麼老。

「嘿，小鬼！這傢伙真的是你哥哥？」

我害羞地點頭。

29.譯註：克勞德．雷恩斯（Claude Rains, 1889-1967）是美國演員，在銀幕上以獨特的嗓音以及經常扮演反派人物而聞名。

「他是個大混蛋，對不對？小鬼。」

我又點頭，每個人都捧腹大笑，這也包括了丹尼斯。然後丹尼斯拍了兩次手，聲音清脆地說：「走了，我們是要去練習，還是要像一群小女生一樣站在這裡？」

於是他們各就各位，開始在內野傳球。

「去坐在那邊的長椅上，高登。不要吵，不要去煩別人。」

我坐到長椅上。我很乖，我在甜蜜的夏日雲層下感覺自己渺小得不得了。我看著哥哥投球。我沒有去煩別人。

但是這樣的時光並不多。

有時他會在我睡覺前唸故事給我聽，而且他唸得比媽好。媽的故事都是什麼薑餅人和三隻小豬，老是打安全牌，可是丹尼斯給我唸的是藍鬍子和開膛手傑克。他還有另一種版本的《三隻山羊》（Three Billy Goats Gruff），最後贏的人是橋下的巨人。我說過，他還教我打克里比奇，還有對切式洗牌。這聽起來不算什麼，可是，嘿！做人得惜福，我說得對吧？

我漸漸長大後，對丹尼斯的那種手足之愛也被一種近乎冰冷的敬畏所取代了，大約就是一般基督徒對上帝的那種敬畏吧。他死的時候，我只是中等程度的震驚和中等程度的傷心，大概就像是《時代》雜誌上說上帝已死時，一般的基督徒也有的心情吧。我這麼說好了，丹尼斯的死帶給我的傷心就跟我在收音機上聽見丹．布勞克[30]死掉一樣。我看見他們兩個的次數差不多，而且丹尼斯永遠不會有重播。

他被埋在一個密封的棺材裡，上面覆蓋著美國國旗（他們在把棺材塞進土裡之前，把國旗拿掉，摺了起來——摺國旗，不是棺材——摺成三角形，給了我媽）。我爸媽整顆心都碎了，四個月過去還沒辦法讓他們復原，我也不知道他們會不會有恢復成老樣子的一天。丹尼斯的房間就在我隔壁，目前正處於休眠階段，又或者可說是一種時間偏差。常春藤聯盟大學的三角旗仍掛在牆上，他約會過的女生的照片仍然塞在鏡子邊緣，他每天都在鏡子前待上幾個小時，把頭髮向後梳成像貓王一樣的鴨子尾巴。那疊《真實》（True）和《運動畫刊》仍擺在他的書桌上，日期距今越來越遙遠，是那種你在催淚電影裡會看到的畫面。但是我不覺得催淚，而是覺得恐怖。我不會進去丹尼斯的房間，除非是萬不得已，因為我老覺得他躲在門後，或是床底下，或者衣櫃裡。最讓我不敢接近的是衣櫃，要是我媽叫我去拿丹尼斯的明信片保存夾，或是他放在鞋盒裡的照片讓她看，我會想像衣櫃的門緩緩打開，而我則驚恐地像兩腳生了根，跑都跑不動。我會想像他在黑暗中面無蒼白、全身是血，一邊的頭被打扁了，襯衫上沾滿了血和腦漿。我會想像他抬起胳臂，血淋淋的手彎成爪子，用沙啞的聲音對我說：

應該是你的，高登。應該是你的。

7

〈風流城〉，高登・拉辰斯著，原刊登於一九七〇年秋《格林斯朋季刊》第四十五期。承蒙許可轉載。

三月。

30. 譯註：丹・布勞克（Dan Blocker, 1928-1972）演出美國第一部彩色西部連續劇《伯南扎的牛仔》（Bonanza）。該劇從一九五九年起播出。

奇哥雙手抱胸站在窗前，手肘架在窗台上，赤身裸體地眺望著窗外，呼出的熱氣吐在玻璃上成了一團白霧。一股冷風吹著他的肚子，原本右下方的玻璃不見了，現在只拿一片厚紙板擋住。

「奇哥。」

他沒回頭，她也不再說話。他能從玻璃上看見她的影子，她在他的床上坐著，一手拉起毛毯往上扯。她的眼線糊掉了，變成眼底下的兩團黑影。

奇哥把視線從她的影子移向屋外。此時下著雨，一片片的雪融化，露出了光禿禿的土地，他看見了去年的枯草、比利的塑膠玩具和一把生鏽的耙子。他哥哥強尼的道奇車堆在高高的地方，缺了車胎的輪子像樹樁一樣凸出來。他記得以前他和強尼一起維修車子，會聽著路易斯頓WLAM電台的暢銷金曲和老歌，聲音就從強尼的老電晶體收音機傳出來，還有幾次強尼會給他啤酒喝。**她一定會跑得很快，奇哥。**強尼會這麼說。**她會吃掉從蓋茨瀑布到城堡岩這條路上的所有東西，等我們給她裝上赫斯特操縱桿你就知道了！**

但那時是那時，現在是現在。

強尼的道奇車後面就是十四號高速公路，往南通向波特蘭以及新罕布夏，往北，在湯馬斯屯左轉走一號國道就能到加拿大。

「風流城。」奇哥對著玻璃說道，一面抽菸。

「嗄？」

「沒事，寶貝。」

「奇哥？」她的聲音有些迷惘。他得在爸回家之前換床單，因為她流血了。

「幹嘛？」

「我愛你，奇哥。」

「嗯。」

骯髒的三月。**妳是個老妓女**，奇哥心裡想。**骯髒污穢的三月，鬆垮垮的胸部搖來晃去，臉上還帶著雨水。**

「這個房間以前是強尼的。」他突然說。

「誰？」

「我哥。」

「喔。那他人呢？」

「從軍了。」奇哥說。可是，強尼並沒有去從軍。去年夏天他在「牛津平原賽道」上班，有輛汽車失控滑過內場，衝進了修理站，當時強尼正在給一輛雪佛蘭戰馬級卡車換後輪胎。有人大叫要他小心，可是強尼根本沒聽見，而其中一個大叫的人就是強尼的弟弟，奇哥。

「你不冷嗎？」她問。

「不會。嗯，腳冷，有一點。」

而他突然想：**天啊，發生在強尼身上的事，隨時都可能發生在你的身上，那是早晚的事。**不過，他又看見過去的景象浮現：那輛打滑的福特野馬衝來，他哥哥白色的Hanesf T恤襯著他背上的脊椎一節節凹進去；他那時正蹲著，把一個後輪胎卸下來。滑脫的野馬的輪胎橡皮剝落、它垂墜的消音器擦過內場，濺出火花。車子撞上強尼時，他連站起來的時間都沒有，接著就是黃色的火焰爆發。

唉，奇哥心裡想，**也是有可能死得拖泥帶水的**。他想到了他的祖父。醫院的氣味、漂亮年輕的護士端著便盆、最後一口游絲似的呼吸。死掉有什麼好方法嗎？

他打了個哆嗦，想到上帝，他摸了摸脖子上掛著的小小聖克里斯多福銀牌。他不是天主教徒，當然也不是墨西哥人，他的全名是艾德華·梅，朋友都叫他奇哥，因為他的頭髮很黑，而他都擦「百利」髮油，還穿尖鞋、古巴跟靴子。雖然不是天主教徒，但是他戴著這個紀念章，說不定要是強尼戴著這個，打滑的野馬就不會撞上他了。誰知道呢？

他抽菸，瞪著窗外，而在他身後的女子下了床，踩的幾乎是小碎步，快步來到他身邊，很可能是怕他會轉過來看她。她把一隻溫暖的手按在他背上，乳房壓著他的身體，小腹抵著他的臀部。

「喔，**真的**好冷。」

「這地方就是這樣。」

「你愛我嗎？奇哥。」

「那還用說！」他打馬虎眼，接著，又有些認真地說：「妳是櫻桃。」

「這是什麼意……」

「妳是處女。」

那隻手伸得更高，一根手指劃過他後頸。「我說了，不是嗎？」

「不舒服嗎？會痛嗎？」

她笑了。「不會，可是我嚇到了。」

兩人看著窗外的雨，一輛嶄新的奧茲摩比在十四號高速公路上馳過，濺起水花。

「風流城。」奇哥說。

「嗄？」

「那傢伙。他要去風流城，開著他的新風流車。」

她吻了吻她的手指輕輕碰過的地方，而他當她是蒼蠅似地拂開。

「怎麼了？」

他轉向她。她向下瞧了一眼他的陰莖，立刻就又向上看。她迅速伸手遮住自己，後來又想到電影裡不會這樣，就又把胳臂放開，落在身體兩側。她的頭髮是黑色的，她的肌膚是冬天那種白，奶油一樣的顏色。她的乳房結實，小腹則有點太軟了。那是一個缺點，奇哥心裡想，但這提醒了他們這不是電影情節。

「珍？」

「嗄？」他能感覺到自己又昂揚了起來。還沒亢奮，只是昂揚了起來。

「沒關係。」他說。「我們是朋友。」他刻意仔細地打量她，以各種方式觸及她。他又看著她的臉，她整張臉都紅了。「妳介意讓我看嗎？」

「我……不，不介意，奇哥。」

她退後，閉上眼睛坐在床上，向後靠，雙腿分開。他看見了全部的她：她大腿內側小小的肌肉在抽動，像是無法控制，而這個在一瞬間忽然比她緊實的乳房或是她粉紅色的陰部，更讓他感到興奮。他因興奮而顫抖，像立在彈簧上的小丑博佐[31]。愛情或許就如詩人說的一樣神聖，他心裡想，可是性卻像是小丑博佐在彈簧床上跳來跳去。怎麼會有女人看見勃起的陰莖卻不會爆出瘋狂大笑？

雨水擊打著屋頂、擊打著窗戶、擊打著遮蓋窗戶下方破洞的濕透了的硬紙板。他一手按著胸膛，有一會兒就像是舞台上的羅馬人，正打算演說。他垂下冰冷的手。

31. 譯註：小丑博佐（Bozo the Clown）是一九四六年出現在美國的一個童書中人物，後因電視傳播而成為家喻戶曉的丑角。

「張開眼睛。我說了，我們是朋友。」

她乖乖睜開眼睛，看著他，此刻她的眼睛看起來像紫色。雨水流過窗子，在她的臉、她的頸、她的乳房上留下波紋，劃過床鋪。她的小腹繃得緊緊的。這時刻的她完美無瑕。

「喔，」她說，「喔，奇哥，這樣**好奇怪**喔。」她身上竄過一陣冷顫。她不由自主地縮起了腳趾，他能看到她的足弓，是粉紅色的。「奇哥，奇哥。」

他走向她，他的身體在發抖，而她圓睜雙眼。她說了什麼，一句話，可是他沒聽懂，不過現在不是發問的時候。他半跪在她面前僅僅一秒，專注地看著地板，皺眉撫摸她膝蓋以上的大腿，估量著心底的洶湧波濤。它的吸引力奇妙至極。他又停頓了更久。

唯一的聲響是床頭桌上的鬧鐘滴答聲，鬧鐘的銅腳立在一堆蜘蛛人漫畫書上。她的呼吸越來越紊亂，他向上向前衝刺，肌肉平順地滑動。他們開始了，這一次更好。外頭，雨繼續把雪沖刷掉。

半小時後，奇哥把她從淺眠中搖醒。「我們得起來了。」他說。「爸和維吉妮亞很快就要到家了。」

她看著腕錶坐了起來，這一次她並沒有遮掩自己。她整個人的感覺都變了，她並不是變成熟了（雖然她可能自認為是），也沒學到比綁鞋帶更複雜的東西，但是她的感覺還是變了。他點頭，而她羞怯地微笑。他伸手拿床頭桌上的香菸，而她穿上內褲，這時他想到一首老歌的一句歌詞：**繼續吹，吹到我離開……吹你的迪吉里杜藍調**。是羅爾夫．哈里斯[32]的〈綁好我的袋鼠〉。強尼常常唱這首歌，最後的幾句是：**於是我們在他死後曬了他的皮，克萊德，掛在棚屋裡的那張就是**。

她穿上胸罩，開始扣上衣的鈕釦。「你在笑什麼？奇哥。」

「沒什麼。」他說。

「可以幫我拉拉鍊嗎？」

他走過去，仍一絲不掛，幫她把拉鍊拉上，順便吻了她的臉頰。「妳要的話就去浴室化妝。」他說。「只是別弄太久，好嗎？」

她優雅地往前走，奇哥一邊看著她一邊抽菸。她個子很高——比他高——走過浴室門時得稍微低頭。奇哥發現他的內褲在床下，就抓起來丟進了衣櫃裡吊著的髒衣服袋子裡，從五斗櫃裡拿出了另一條穿上。他走回床鋪時滑了一下，幾乎跌在濕透的硬紙板漏進來的一片雨水上。

「要命喔。」他忿忿地低喃。

他環顧這以前是強尼的房間（**要死了，我為什麼要跟她說他去從軍了？**他在心裡納悶……有點不自在），這面纖維板牆薄到他都能聽到爸和維吉妮亞晚上的動靜，而且它還沒有一路蓋到天花板。地板有點微微傾斜，所以房間門必須拿東西擋著才不會關上——要是你忘了，只要你一轉身，房門就會悄悄關上。最遠的一面牆上貼著電影《逍遙騎士》的海報——**兩個男人在尋找美國，卻踏破鐵鞋無覓處**。這間房間在強尼還在的時候比較有活力，奇哥不知道為什麼會這樣，只知道就是這樣沒錯。而且他還知道別的：他知道有時候這房間在晚上會讓他頭皮發麻。有時候他覺得衣櫃門會旋開，強尼會站在那裡，身體如焦炭般扭曲變形，他的黃色假牙從半融化、半燒硬的蠟裡露出來，口中喃喃說：**滾出我的房間，奇哥。還有，你要是敢碰我的道奇，我他媽的會宰了你，你聽懂了嗎？**

32. 譯註：羅爾夫．哈里斯（Rolf Harris, 1930-）是澳洲音樂人。〈綁好我的袋鼠〉（Tie Me Kangaroo Down）這首歌是他一九六〇年的創作，風靡全球。

我聽懂了，大哥。奇哥心裡想。

他文風不動地站了一會兒，看著縐巴巴的床單上沾了一滴滴的血，然後他俐落地一抖，就用毛毯蓋住了床單。好了，就這樣。妳覺得怎麼樣？維吉妮亞，這下子讓妳不痛快了吧？他穿上長褲、技師靴，找到一件毛衣。

她從浴室出來時，他正立在鏡前梳頭髮。她太軟的肚子被毛衣遮蓋住了。她看著床鋪，動手整理了幾下，床鋪馬上就像是細心鋪過，而不是草草遮蓋。

「這樣很好。」奇哥說。

她略微緊張地笑笑，把一綹頭髮塞到耳後。這個動作令人回味無窮。

「走吧。」他說。

兩人穿過了走廊和客廳，珍在電視機上的沙龍照前止步，影中人是他的父親和維吉妮亞、高中時代的強尼、念小學的奇哥，以及寶寶比利——照片中，強尼正抱著比利。照片上全部的人都僵直不動、笑得很假，唯有維吉妮亞例外，她的臉仍是平常那種愛睏、莫測高深的表情。那張照片奇哥還記得，是在他爸爸娶了這個臭女人還不到一個月時拍的。

「這是你爸媽？」

「是我爸。」奇哥說。「她是我繼母，維吉妮亞。走吧！」

「她到現在還是這麼漂亮嗎？」珍問道，邊拿起外套，並把奇哥的防風外套拿給他。

「我老頭大概是這麼覺得吧。」奇哥說。

兩人走出屋子，這裡潮濕通風，風就從牆壁縫隙呼呼地吹著，牆壁簡直形同虛設。這裡有一堆磨光了胎紋的舊輪胎，強尼的舊腳踏車——奇哥十歲時它就變成他的了，而他也立刻就把它騎壞了，還有一堆偵探雜誌、可以回收的百事可樂瓶、一個油膩膩的龐大引擎、一個裝滿了平裝書的橘色板條箱，以及一幅有一匹馬立在綠色草皮上且上面覆滿灰塵的老舊著色畫。

奇哥帶著她繞過這些東西。雨勢沒完沒了地下，奇哥的舊轎車停在車道上的一窪水裡，看起來灰頭土臉的樣子。強尼的道奇車即使高踞在廢物堆上，擋風玻璃用塑膠布蓋住，但格調還是比他的車還要高。奇哥的車是別克，車身烤漆黯淡，還到處是鏽斑。它前座的椅子上覆蓋了一條褐色軍毯，副駕駛座那邊的遮陽板上則釘著一個大圓章，寫著：**我每天都要**。後座放有生鏽的起動器零件，奇哥心想：要是雨停的話，他應該會把它清理一下。說不定裝到道奇車上面？但也可能不會。

別克上充滿霉味，而且他自己的啟動器在車子發動之前也會吱吱嘎嘎很久。

「是沒電了嗎？」她問。

「都是該死的雨害的。」他倒車到馬路上，打開雨刷，又停下一會兒看著房子。這房屋是讓人倒盡胃口的水綠色，遮棚從房屋凸出來，一片亂七八糟的，上面有兩個彎折的角度，鋪著一層防水布，木屋頂看來就像是脫皮了。

收音機大聲響著，奇哥乾脆把它關掉。他的前額隱約痛了起來，那是他週日午後常有的頭痛。他們將車開過農會、義勇消防隊和布朗尼的加油站，只見莎莉．莫理遜的福特雷鳥停在布朗尼的高辛烷汽油泵浦旁，奇哥在轉入舊的路易斯頓路時跟她揮了揮手。

「那是誰啊？」

「莎莉．莫理遜。」

「她很漂亮。」口氣平靜。

他摸出香菸，「她結婚了兩次、離婚了兩次，現在是鎮上公認的狐狸精——要是妳相信在這個狗屁小鎮上流傳的一半八卦的話。」

「她看起來很年輕。」

「她是很年輕。」

「你有沒有……」

他一手滑過她的腿，露出笑容。「沒有。」他說。「我哥可能有，但我沒有。不過我滿喜歡莎莉的。她有贍養費，還有那輛白色大雷鳥，她更不在乎別人怎麼說她。」

他感覺這條路漫長得像永遠也到不了了。右邊的安卓斯科金郡像一片石板般灰藍陰沉，整個被白雪覆蓋住。珍變得沉默，若有所思，車內唯一的聲響是雨刷發出來的。汽車輾過路上的坑洞，地面升起了霧氣，等夜晚降臨，它就會從這些坑洞裡爬出來，占領整條河濱路。

他們進入了奧本，奇哥抄捷徑，轉入米諾大道。四線車道上幾乎不見人與車，所有的郊區房屋看起來都一模一樣。他們看到一個小男孩穿著黃色雨衣走在人行道上，小心地踩著每一個水坑。

「加油。」奇哥小聲說。

「什麼?」珍問。

「沒事，寶貝。繼續睡吧。」

她困惑地笑了笑。

奇哥轉入基斯頓街，駛入其中一棟房屋的車道上，但他沒關掉引擎。

「進來，我請你吃餅乾。」她說。

他抬頭，「我得回去了。」

「我知道。」她抱住他，吻了他。「謝謝你給了我這輩子最美妙的時光。」

他突然微笑，臉孔亮了起來，幾乎像是魔法。「週一見了，珍。我們還是朋友，對吧?」

「明知故問。」她說著，又吻了他……可是當他捧住她毛衣下的一邊乳房時，她卻退開了。「別這樣，我爸可能會看到。」

他放開她，臉上笑容變淡了。她迅速下車，跑步穿過雨幕到達後門，一秒之後她就不見了。奇哥等了一會兒，點燃香菸，這才倒車駛出車道。別克突然間熄火，啟動器好像又吱嘎了好久才終於點著火。這下子回家的路可遙遠了。

等他回到家，他爸的旅行車已經停在車道上。他把車停在旁邊，關掉引擎，默默地坐了一會兒，聽著雨聲，感覺就像坐在鐵鼓裡。

屋子裡，比利正在看《卡爾·史多默和他的鄉下牛仔》（Carl Stormer and His Country Buckaroos）。奇哥進屋時，比利非常興奮地跳起來，「嘿，你知不知道彼特叔叔剛剛說了什麼？他說他跟一大夥人在打仗的時候，擊沉了一艘德國潛艇耶！你下週六要不要帶我去看表演？」

「不知道。」奇哥說著，嘻嘻一笑，「要是你未來一週都在晚餐前親吻我的鞋子，那倒是可以。」他拉扯比利的頭髮，比利又叫又笑地去踢他的小腿。

「別鬧了。」山姆·梅說著，走進房間。「別鬧了，你們兩個，你們也知道你們的母親不喜歡你們在家裡打打鬧鬧的。」他扯下領帶，解開了襯衫的第一個鈕釦。他端著盤子，上頭放了兩、三根裹在白麵包裡的熱狗，山姆·梅還在上面擠上了芥末醬。「你去哪兒了?艾迪。」

「珍家。」

浴室裡有沖馬桶聲，是維吉妮亞。奇哥在想，不知道珍是否在洗手台留下了頭髮，或是唇膏，或是髮夾?

「你應該跟我們去看你的彼特叔叔和安嬸嬸的。」他父親邊說，邊用三口就吃掉一根熱狗。「你越來越像家裡的陌生人了，艾迪。我不喜歡這樣，尤其是在我們還在管你吃、管你住的時候。」

「是馬馬虎虎的吃跟住吧。」奇哥說。

山姆猛地抬頭，起初是傷心，隨即變得氣憤。他說話時，奇哥看見他的牙齒被法式芥末醬染黃了，他隱隱覺得有點噁心。「你的嘴巴，你可惡的嘴巴！你還沒長大呢，小鬼。」

奇哥聳聳肩，剝了一片放在他父親椅子旁托盤上的那條吐司，抹上番茄醬。「反正再三個月我就要離家了。」

「你在胡說八道些什麼？」

「我要把強尼的車子修好，到加州去找工作。」

「喔，是喔。」他是個大塊頭，但卻不是精壯敏捷的那種大塊頭，不過奇哥現在覺得他自從娶了維吉妮亞之後，整個人就縮水了，而且在強尼死後縮水得更嚴重。在他心裡，他聽見自己跟珍說：**我哥可能有，但我沒有。**緊接而來的下一句話是：**用你的迪吉里杜管，吹奏藍調吧！**「你開那輛車連城堡岩都到不了，加州更不可能。」

「你是這麼想的？等著瞧吧！」

一時間，他父親只是看著他，接著他甩出手上的熱狗，而熱狗打中了奇哥的胸口，芥末醬噴到他的毛衣和椅子上。

「你再說一遍，我就打斷你的鼻子，混蛋。」

奇哥把熱狗撿起來，看著它。那是便宜的紅色熱狗，上面沾滿了法式芥末醬，像抹著一點陽光。下一刻，他把熱狗又對準他父親甩過去。山姆站了起來，臉色漲得像舊磚頭那麼紅，額頭上的青筋暴突，而他的大腿撞上托盤，打翻了它。比利此時站在廚房門口看著他們，瞪大眼睛、嘴唇發抖。他手上也拿著一盤熱狗和豆子，結果盤子歪了，豆子汁流淌到地板上。

電視上，《卡爾．史多默和他的鄉下牛仔》以跌斷脖子的速度在吟唱〈長長的黑面紗〉（Long Black Veil）。

「你辛辛苦苦把他們養大，結果他們反而吐你口水。」他父親語重心長地說：「哎呀，世道就是這樣。」他盲目地摸索座位，找到吃了一半的熱狗，握在手裡像被切斷的陰莖。不可思議的是，他又吃了起來……同時，奇哥看見他哭了出來。「哎呀，他們吐你口水，世道就是這樣。」

「那你幹什麼非娶**她**不可？」他脫口大吼，而且還得把剩下的話硬吞回去：**要是你沒娶她，強尼就不會死。**

「關你屁事！」山姆．梅流著淚大吼：「那是我的事！」

「喔？」奇哥吼回去：「是這樣嗎？得跟她住在一起的人是我！我跟比利，我們得跟她住在一起！看著她欺負你！而你甚至不知道……」

「什麼？」他父親說著，聲音突然低沉起來，殘留在他手上的熱狗就像一塊血淋淋的骨頭。「我不知道什麼？」

「你連鞋油和大便都分不出來。」他說著，驚駭於差點從他嘴裡冒出來的話。

「你最好馬上閉嘴。」他父親說：「否則我就會揍得你閉嘴，奇哥。」他只有在非常生氣的時候才會叫他奇哥。

奇哥轉身看到維吉妮亞站在房間的另一頭，仔細地調整裙子，用鎮定的棕色大眼看著他。她的眼睛很美，但其餘的部分就沒那麼美了，沒那麼能夠青春永駐，可是那對眼睛卻還能讓她美上好幾年，奇哥心裡想著，而他覺得那份痛恨又回來了，耳邊再次響起：**於是我們在他死後曬了他的皮，克萊德，掛在棚屋裡的那張就是**的歌聲。

「她把你當傭人一樣使喚，而你根本就沒種搞定她！」

你來我往的叫罵終於讓比利受不了了——他發出驚恐的哀號，丟下了一整盤熱狗和豆子，用雙手摀住了臉。豆子汁濺在他的皮鞋上、噴灑在地毯上。

山姆向前一步，隨即停住。他看見奇哥做出「來啊」的手勢，彷彿是在對他說：**對，來啊，我們就做個了斷，你他媽的還等什麼？**兩人像雕像一樣對峙，最後維吉妮亞開口了，聲音低沉，跟她的棕眼一樣平靜。

「你帶女孩進房間了嗎？艾迪。你知道你父親跟我對那種事的想法。」幾乎像是臨時想起，她又再補充一句：「她掉了手帕。」

他瞪著她，完全無力表達他的感覺。他感覺她很髒，她總是對著別人的背後開槍，她總是偷偷跟在你後面，想割斷你大腿後面的肌肉。

你要的話可以傷害我，那雙平靜的棕色眼睛說。**我知道你知道在他死前發生了什麼事。不過，你也只能靠這一點傷害我，對不對？奇哥，而且還得要你父親相信你。可如果他相信了，他會受不了的。**

他父親像熊一樣撲向了新的話題，「你在我的屋子裡玩女人？混蛋！」

「注意你的用字，拜託，山姆。」維吉妮亞平靜地說。

「所以你才不跟我們去？好讓你能幹……讓你能……」

「**說啊！**」奇哥哭著說：「別讓她幫你說！說啊！說你想說的話！」

「出去，」他呆呆地說：「等你能向你母親和我道歉了再回來。」

「你敢！」他大叫：「你敢再說那個臭女人是我母親！我會殺了你！」

「不要說了，艾迪！」比利尖叫著，聲音模糊，從他摀著臉的兩隻手間漏出來。「不要再跟爹地吼叫了！停，**拜託**！」

維吉妮亞沒有從門口移開，平靜的眼睛仍然盯著奇哥。

山姆踉蹌倒退了一步，後膝蓋撞到了安樂椅的邊緣。他重重坐下，拿毛茸茸的手臂去遮住臉。「你說得出那種話來，我連看都沒辦法看你了，艾迪。你讓我覺得好難過。」

「是**她**害你覺得好難過！你為什麼不承認？」

他不回答，也不看向奇哥，他又去摸索托盤上的熱狗麵包捲，摸索著芥末醬。比利仍然在哭。《卡爾．史多默和他的鄉下牛仔》在唱一首駕卡車的歌曲。「我的貨車老了，可不等於它慢了。」卡爾跟所有西緬因的觀眾說。

「這孩子自己都不知道自己在胡說八道什麼，山姆。」維吉妮亞溫和地說：「不容易啊，他這個年紀，長大不容易啊。」

她在鞭笞他。好，就到此結束。

他轉過身就往門口走，出了那扇門先會通向棚屋，然後才是戶外。他開門時回頭看著維吉妮亞，她也平靜地注視他，聽他叫她的名字。

「什麼事？艾迪。」

「床單沾了血。」他頓一頓，「我破了她的身。」

他覺得她的眼神動了一下，但也可能只是他一廂情願的想法。「拜託你走吧，艾迪。你嚇著比利了。」

他走了。別克一直無法發動，他幾乎就要認命改在雨中走路，這時引擎終於點燃了。他點了根菸，倒車開上十四號公路，用力踩下離合器，在汽車抖動、劈啪叫時加速。發電機的燈威嚇地向他閃了兩次，接著車子就開始不平穩地怠速。最後，他上路了，飛馳在通往蓋茲瀑布的路上。

他看了強尼的道奇車最後一眼。

強尼本來可以在蓋茲紡織廠有份穩定的工作的，但只能做夜班。他不介意上夜班——他曾跟奇哥說——而且薪水也比平原修車廠要高。可是他們的父親上日班，而在紡織廠上夜班就表示強尼會跟她在家裡……單獨在家裡，或是還有奇哥在隔壁房間裡……而牆壁又那麼薄。

我停不下來，她也不肯讓我停，強尼說。**對，我知道他會怎麼樣，可是她……她就是不肯停，我好像也停不了……她老是盯著我，你知道我的意思，你看過她，比利太小還了不了解，可是你看過她……**

對，他看過她，而強尼就是因為這樣才去平原修車廠上班的，他還找藉口跟他們的父親說，這是因為這樣一來，他可以買到道奇車的便宜零件。所以野馬滑過內場、拖著消音器、擦出火花來的時候，他正在換輪胎，而他就是這樣被他的繼母殺死的。所以繼續吹，吹到我離開吧！藍調！因為我們要開著這輛爛別克到風流城去。他還記得橡膠的味道，記得強尼的脊椎一節一節的，從他的白色T恤上投射出像是新月形的影子，記得看見強尼從蹲姿站起身，而野馬車撞上了他，把他夾在野馬與那輛雪佛蘭之間，而雪佛蘭從千斤頂上掉下來，發出空洞的一聲砰然巨響，然後是鮮黃色的火焰、濃濃的汽油味……

奇哥用兩腳踩煞車，轎車在濕漉漉的路肩又跳又抖地停了下來。他伸展身體，打開了副駕駛座的門，把黃色的嘔吐物噴在泥地和雪地上。看見嘔吐物害他又吐了出來，而腦中想到嘔吐物又害他乾嘔了一次。汽車差點熄火，幸好他及時穩住。他坐好，讓顫抖慢慢平復。此時一輛車疾馳而過，那是一輛嶄新的福特，它濺起了許多雨水和雪泥。

「風流城。」奇哥說。「坐在他的新風流車裡。真屌。」

他嚐到嘴唇上以及喉嚨裡的嘔吐味，鼻腔也沾染了味道，但他不想抽菸。丹尼．卡特會讓他借住一晚，明天會有時間做進一步的決定。於是他再次開上十四號公路，繼續前進。

8

夠煽情了吧？

比這個更好的故事還多著呢！我知道……至少超過一、二十萬篇吧。應該在這篇小說的每一頁都要印上**大學創意寫作班習作**的字樣……因為它就是習作，至少在一定程度上來說確實如此。我現在看來，覺得這故事真是既缺乏獨創又一知半解，可說難堪得很：風格學海明威（只是不知為何我們用的時態是現在式——還真他媽的趕時髦！），主題學福克納。還有更**嚴肅**的嗎？還有更**文學**的嗎？

但即使裝腔作勢也掩飾不了事實，事實就是這是一篇和性極其相關的故事，由一個極度生嫩的年輕人寫出來的（我寫〈風流城〉的時候只跟兩個女的上過床，其中一次還早洩，弄得到處都是，但還是比不上故事裡的奇哥）。它對女性的態度超過了敵意，到了一種幾近惡劣的程度——〈風流城〉裡的兩個女人都是蕩婦，第三個則只是個單純洩慾工具，只會說「我愛你，奇哥」和「進來，我請你吃餅乾」之類的話。而奇哥是個叼著菸的勞動階級猛男，簡直就是從布魯斯．史普林斯汀[33]的唱片裡走出來的，只不過史普林斯汀在我的故事刊載在大學文學雜誌

33. 譯註：布魯斯．史普林斯汀（Bruce Springsteen, 1949-）是美國搖滾歌手暨詞曲創作人，他的作品表達了底層人物的生活、夢想與希望，引起廣泛的共鳴，有「工人皇帝」之稱。

上時（我的故事夾在一首名為「我的意象」以及一篇全部以小寫字母寫成的論學院生活的文章之間），還不知道在哪裡呢。這是一篇年輕人的作品，各方面都缺乏自信，也缺乏經驗。

然而，這卻是我寫過第一篇感覺像**我**的故事——在五年的試驗之後，第一篇真的覺得**完整**的，即使把骨架抽掉也仍能站得住腳的，雖然醜陋，卻是有生命的故事。即使現在重讀，我也能看出高登・拉辰斯的真正臉孔隱藏在印刷文字背後，他比現在那個活著的、在寫作的高登・拉辰斯更年輕，也比那個暢銷小說家更理想化——現在的這個人更在乎的是更新他的平裝小說合約，而不在意是否得到更多的好書評。不過，他也不像那個跟朋友一起去看那名叫雷伊・布勞爾的男孩屍體的人那麼年輕，那個高登・拉辰斯正走在光芒幻滅的路上。

不，這不是篇很好的故事，因為作者忙著傾聽別的聲音，卻沒能仔細聆聽發自內心的聲音。但這是我第一次在小說中使用了我知道的地方和我感受到的事，而看著困擾我多年的東西終於以一種新的形式，**一種我能強行控制的形式出現**，讓我喜不自勝。丹尼斯原封不動躲在他那令人發毛的房間衣櫃裡，其實這只是我童年時的幻想，距今早已多年過去了，我以為我把它忘了，然而它卻在〈風流城〉裡，只是微微有些改變……卻仍在**控制之內**。

我抗拒著修改更多、重寫、灌水的衝動，但這股衝動是很強烈的，因為我發現這篇故事現在看來滿難為情的。但是裡頭還是有我喜歡的東西，要是讓這一個長大了的拉辰斯、這個頭髮已經摻有灰絲的拉辰斯改變，就會變得有些低劣。像是強尼T恤上的陰影，或是珍裸體上的水紋，似乎就有說不上來的美。

另外，它也是第一篇我沒拿給父母看的故事，裡頭有太多丹尼、太多城堡岩了。最重要的是，太一九六〇年了。真相你始終都知道，因為如果你拿真相去割自己或是別人，絕對會見血。

9

我的房間在二樓，但二樓的溫度至少有三十二度，到下午還會高達四十三度，即使窗戶全都開著也一樣。我很高興我那晚不在這裡睡覺，而一想到我們要做的事，我就又興奮了起來。我把兩條毯子捲起來，拿舊腰帶綁住，又蒐集了所有的錢，一共是六十八分，然後我就準備出門了。

我從後面樓梯下樓，避開在前面的爸爸，可是我不需要擔心，因為他仍然在菜園裡澆水，在空中製造出無用的彩虹，再從望穿彩虹看過去。

我沿著夏日街往下走，穿過空地到卡賓街去，今天這兒是《城堡岩之聲報》的所在地。我沿著卡賓街走往樹屋的方向，忽然有輛車停在路邊，是克里斯。他下了車，一手拎著舊童軍背包，另一手拎著兩捲用曬衣繩綁好的毛毯。

「先生，謝謝你。」他邊說邊小跑步過來我這邊，這時汽車也開走了。他的童軍水壺帶掛在脖子上，繞過一邊腋下，走動時那水壺一直碰撞著他的大腿，但他雙眼閃著光芒。

「高弟！你要不要看？」

「好啊，看什麼？」

「先下來這裡。」他指著一處介於藍點小館和城堡岩雜貨店之間的狹長空間。

「什麼啊？克里斯。」

「你就過看來啊！」

他跑進了巷子裡，短短幾秒鐘之後（我只需要這麼一點時間就能把判斷力拋到腦後），我也追了上去。那兩棟建築並不是平行的，而是稍微向彼此靠攏，所以越往巷子裡走就越窄。我們在飛來的舊報紙間跋涉，踩過一堆堆閃爍的破啤酒瓶和汽水瓶。克里斯繞到了藍點後面，放下了他的舖蓋捲。這裡擺放了八、九個垃圾桶，臭得不得了。

「咻！克里斯！算了，饒了我吧！」

「饒你的頭啦。」克里斯脫口就說。

「真的，我快吐……」

我陡然住口，什麼垃圾桶的臭味我忽然全忘光了。克里斯把背包打開，伸手到裡面，這時他握著一把大手槍，槍柄是很暗色的木頭。

「你是要當獨行俠還是西斯科小子？」克里斯問道，咧著嘴笑。

「我的媽！你是從哪裡弄來的？」

「從我爸的五斗櫃偷的。是點四五。」

「對，我也看到了。」就我看來那也可能是點三八或點三五七，儘管我讀過一堆的約翰．D．麥克唐納和艾德．麥克班恩，可是我唯一近看過的手槍，只有班納曼警長佩戴的那一把……而雖然所有孩子都求他把槍從槍套裡掏出來，班納曼卻從來不肯。「嘿，你爸要是發現你偷了手槍，他會剝了你的皮。你不是說他隨時都脾氣很壞？」

他的眼珠子溜來溜去。「放心好了，他什麼也**不會**發現，他跟那些酒鬼全都灌了六瓶還是八瓶酒，全都醉死在莫里遜了，一週內都不會回來。該死的酒鬼。」他的嘴唇彎起。他是我們這一夥裡唯一打死也不肯碰酒的人，即使為了表現他有種也一樣。他說他不想長大後變成一個他媽的酒鬼，跟他老爸一樣。而且有一次他私下跟我說，某次德思班雙胞胎帶著從他們老爸那兒偷來的六瓶酒跑來，但人人都嘲笑克里斯，因為他不喝酒，連一口都不碰，他說他**怕死**了喝酒！他說他父親現在是泡在酒缸裡了，他哥哥強暴一個女生的時候也喝得爛醉，而且「眼珠」一天到晚跟「王牌」梅若、查理．霍根、比利．泰修在喝「紫色耶穌」。他問我要是他拿起酒來喝，那他放下酒瓶的機率會有多高？你可能會覺得好笑，一個十二歲的孩子竟然擔心他可能會變成酒鬼？可是克里斯不覺得好笑，一點也不覺得，因為他思索過這種可能，他有充分的理由。

「你有子彈嗎？」

「九顆，盒子裡只剩下這些。他會以為是他自己用掉的，比如喝醉的時候射罐子。」

「那手槍裝了子彈嗎？」

「**怎麼可能**！要命，你以為我是笨蛋啊？」

我終於接過了手槍，我喜歡手心那種沉甸甸的感覺。我能看見自己是《八十七分局》的史蒂夫．卡雷拉在追捕「嗆聲客」，或者是在掩護梅耶．梅耶或克林[34]，讓他們闖入一名走投無路的毒蟲烏煙瘴氣的公寓。我看著一個發臭的垃圾桶，扣下扳機。

咔—砰！

手槍撞擊我的手，火花從槍口冒出來，感覺像我的手腕被震斷了。我的心臟麻木地蹦上了咽喉，我蹲在那裡，抖個不停。金屬垃圾桶的波紋表面出現了一個大洞，像是邪惡魔術師的傑作。

「哇！」我尖聲叫。

克里斯笑得像個瘋子，但那是真的覺得好笑或是嚇到歇斯底里，我分不出來。「你開槍

34. 譯註：這些人物都是艾德．麥克班恩創作的小說《八十七分局》（87th Precinct）系列中的角色。

了，你開槍了！**高弟開槍了！**」他扯著嗓門大喊。「嘿，**高登．拉辰斯在城堡岩開槍！**」

「**閉嘴啦！快點走啦！**」我尖聲叫，一把揪住他的襯衫。

我們跑走時，藍點小館的後門猛地打開，法蘭欣．塔珀穿著白色棉製服務生制服走了出來。「是誰？誰在這後面玩鞭炮？」

我們沒命地跑，繞到雜貨店、五金行，和賣古董、破爛和便宜書的蓋樂里恩商城後面。我們翻過籬笆，手掌心被碎木片刺傷，最後終於從居倫街跑了出來。逃跑的時候，我就把點四五手槍丟還給克里斯，他雖然笑到不行，可還是接住了槍，塞回了背包裡，並扣好背包上的釦子。繞過居倫街的轉角、回到卡賓街上之後，我們就放慢速度用走的，以免顯得可疑，竟然在大熱天跑步。這時，克里斯還在咯咯笑個不停。

「唉唷，你真應該看看你自己的臉。簡直是太妙了，真的太棒了。天大的傑作。」他搖頭、拍大腿，鬼叫著。

「你知道有子彈，對不對？你這個小人！我會有麻煩，那個塔珀看到我了。」

「屁啦，她還以為是鞭炮。再說，老『海咪咪』．塔珀只看得到自己的鼻子，你也知道啊。她覺得戴眼鏡會毀了**她的漂亮臉蛋**。」他一手伸到背後，捶打屁股，又哈哈大笑。

「哼，我不管。你這種做法很卑鄙，克里斯，真的。」

「好了啦，高弟。」他一手按著我的肩膀。「我不知道有子彈，我向上帝發誓，我用我媽的名字發誓，我真的只是從我爸的衣櫃裡拿出來而已。他每次都會把子彈拿出來，上一次他把槍收起來的時候一定是醉得太厲害了。」

「你真的沒有裝子彈進去？」

「真的。」

「你用你媽的名字發誓，如果說謊她就會下地獄？」

「我發誓。」他劃十字架，吐口口水，表情既坦然又懊悔，像唱詩班的男生。可是我們一轉進空地，看到文恩和泰迪坐在舖蓋捲上等我們，他就又笑了起來。他跟他們說了整件事之後，人人都表示反感，然後泰迪問克里斯為什麼覺得他們需要手槍。

「沒為什麼。」克里斯說。「只是我們可能會遇見熊之類的。再說，在樹林裡過夜很恐怖耶。」

這一點大家都同意。克里斯是我們這一夥裡最高大、最強悍的，他說這種話總是能輕易過關。換作是泰迪，即使只是稍稍暗示他怕黑，就會被狠狠嘲笑。

「你把帳篷搭好了嗎？」泰迪問文恩。

「搭好了，我還在裡面放了兩支手電筒，這樣天黑以後就會像是我們真的待在帳篷裡。」

「真聰明！」我說道，拍了文恩的背。他能想到這一點，還真是思慮周密。他嘻嘻笑，臉紅了。

「那我們走吧。」泰迪說。「快點，都快十二點了！」

克里斯站了起來，我們都圍攏過來。

「我們要穿過養蜂人的田，從桑尼加油站後面的家具店走。」他說。「然後就會走到垃圾場旁邊的鐵路，然後我們就穿過鐵路棧橋到哈羅去。」

「你覺得有多遠？」泰迪問。

克里斯聳聳肩。「哈羅很大，我們至少要走個三十公里。你覺得對嗎？高弟。」

「對，甚至可能是四十幾公里。」

「就算是四十公里，我們也應該會在明天下午走到，只要不會有人哀哀叫。」

「我不會哀哀叫。」泰迪立刻就說。
我們都面面相覷了一秒。
「喵。」文恩叫了一聲，我們都笑了。
「那就走吧。」克里斯說著，揹上了背包。
我們一塊走出空地，克里斯則走在我們前方幾步。

10

等我們穿過養蜂人的田地，跋涉上煤渣堤岸到「大南緬因西緬因」鐵軌時，我們都脫掉了襯衫，綁在腰上，全身是汗。我們從堤岸的頂端往下看著鐵路，看著我們必須去的地方。
無論年紀多大，我永遠也忘不了那一刻。我是唯一有手錶的人——那是只廉價的「天美時」，是去年賣「柯羅芙林藥膏」的獎品——指針指著正午，陽光烘烤著我們眼前乾涸、沒有遮蔭的景色。你能感覺到太陽鑽進了你的頭皮下，正煎烤你的大腦。
我們後方是城堡岩，而在長長的山稜上鋪展開來的這片地區就叫「城堡風光」，四周有綠意盎然的公有地。沿著城堡河再往下，可以看見毛紡織廠的一排排煙囪把煙吐向金屬手槍色的天空，將廢水排入河中。我們的左邊是「歡樂家具倉」，我們的正前方是鐵軌，現在被陽光照得明亮刺眼。鐵軌與城堡河平行，河在我們的左邊，右邊則是茂密的灌木叢林地（今天這裡有摩托車小徑，每到週日下午兩點就會有人到這裡飆車）。地平線上有個廢棄不用的舊水塔，鏽跡斑斑，有點嚇人。
那天的正午，我們站在那裡，然後克里斯不耐煩地說：「好了，該走了。」

我們都走在鐵軌旁的煤渣上，每一步都揚起一陣陣黑色的灰塵，因此我們的襪子和運動鞋很快就變黑了。文恩開始唱〈把我滾在苜蓿田裡〉，但很快他就不唱了，總算讓我們的耳根子得以清靜。只有泰迪和克里斯帶了水壺來，我們都大口大口地喝。

「我們可以到垃圾場的水龍頭那裡裝水。」我說。「我爸說那口井沒問題，有快六十米深。」

「好。」克里斯同意了，因為他是強悍的班長。「那邊也正好可以休息個五分鐘。」

「那吃的呢？」泰迪突然問。「一定沒有人記得要帶吃的，我就沒帶。」

克里斯戛然止步。「哇！我也沒帶。高弟，你呢？」

我搖頭，埋怨自己怎麼會這麼笨。

「文恩？」

「沒有。」文恩說。「對不起。」

「那，看我們有多少錢吧。」我說著解開襯衫攤在煤渣路上，把自己的六十八分放上去，零錢在陽光下反射著炫目的白光。克里斯有一張破破爛爛的一元紙鈔和兩分錢，泰迪有兩個二十五分硬幣和兩個一毛硬幣，文恩則不多不少剛好七分錢。

「兩塊三毛七分。」我說。「還不壞。到垃圾場的那條小路盡頭有家店，需要有一個人走去那邊買漢堡和一點汽水，其他的人可以休息。」

「誰去？」文恩問。

「等到了垃圾場再說。走吧。」

我把全部的錢都塞進褲子口袋裡，正要把襯衫綁回腰上，就聽見克里斯大吼：「**火車！**」即使我已經能聽見了，我還是一手按著鐵軌去感覺。鐵軌響個不停，有那麼一會兒我就像是手裡頭握著火車。

「**傘兵跳傘！**」文恩大聲吼叫，笨拙地一邁步就跳下了一半的路堤。文恩最愛玩傘兵了，尤其是遇上了地面柔軟的地方——碎石坑、乾草堆，還有像這樣的路堤。克里斯也跟著他跳。火車現在真的很大聲，可能是筆直朝我們這邊的河流疾衝，要到路易斯頓去。泰迪卻不跳，反而迎向了火車來的方向。他厚厚的鏡片在陽光下閃閃發光，長髮在他的額頭上亂七八糟地翻騰，被汗水濕透了，一綹綹的。

「快點跳，泰迪。」我說。

「不要，我要閃過它。」他看著我，放大的眼睛散發著激亢。「躲火車，懂吧？能躲得過火車，卡車算什麼？」

「你瘋了，你想找死嗎？」

「就像登陸諾曼第！」泰迪大喊，大步走到了鐵軌的中央。他站在一塊枕木上，只能勉強保持平衡。

我目瞪口呆了一會兒，無法相信他居然會笨到這個程度。緊接著我一把抓住他，拖著他就往路堤走，他抗議抵拒，我還是把他往堤岸下推。我跟著往下跳，但仍在半空中，泰迪就狠狠打了我的肚子一拳，打得我肺裡的空氣一口氣吐光，可是我還是能夠用我的膝蓋頂向他的胸骨，在他還能站直之前就把他仰天撞倒。我落地了，大口喘氣，趴在地上，卻被泰迪勒住了脖子。我們一路滾到路堤的底下，彼此又抓又打，克里斯和文恩則只是驚訝地呆呆瞪著我們。

「小王八蛋！」泰迪對著我尖叫。「可惡！誰教你撞我？我要殺了你，你這個王八蛋！」

我現在恢復了呼吸，站起身。我向後退，而泰迪步步進逼，我舉著兩隻手拍掉他的拳頭，半是笑半是害怕。泰迪如果是像這樣子發作，那可不得了！他在這種狀態下單挑過一個大孩子，就算兩條胳臂都被打斷了，他就用咬的。

「泰迪，等我們都看完了我們要看的東西以後，你想躲什麼都隨便你。可是……

啪的一聲正中肩膀，而另一拳則掠過我。

「在那之前，不應該讓別人**看見我們**……

啪的一聲打中我的臉頰，看來我們可能真的要打起來了，要不是克里斯和文恩……

「你這個大白痴！」

他們分別抓住我們，把我們拉開。上方，火車隆隆駛過，噴出廢氣，車輪鏘鄉響。有一些煤渣落下來，打架也結束了……至少我們又能聽見自己在說什麼了。

這只是一列短貨車，最後一節車廂通過之後，泰迪說：「我要殺了他，至少也要送他一個香腸嘴。」他拚命要掙脫，可是克里斯只是把他抓得更牢。

「冷靜點，泰迪。」克里斯靜靜地說，而且一直說到泰迪不再掙扎，只是站在那兒為止。他的眼鏡歪了，助聽器的電線軟軟地落在胸前（他把電池塞在牛仔褲的口袋裡）。

等他完全鎮定下來，克里斯才轉向我，說道：「你幹嘛跟他打架？高登。」

「他想躲火車，但我覺得司機會看到他，並向上通報。他們可能會叫警察來。」

「哼，他忙著在內褲裡做巧克力呢。」泰迪回嘴，不過他好像不再生氣了。風暴過去了。

「高弟只是想做正確的事。」文恩說。「好了吧，和好了吧？」

「和好，你們兩個。」克里斯也附議。

「好，OK。」我說著伸出手，掌心朝上。「和好？泰迪。」

「我躲得過。」他跟我說。「你知道的，高弟。」

「對。」我說，不過想到那個畫面就讓我的心底冷到結冰。「我知道。」

「那好，和好。」

「握手。」克里斯命令道，放開了泰迪。

泰迪一巴掌拍在我手上，力道大到讓我刺痛，然後再翻過來，讓我拍打。

「他媽的沒種的拉辰斯。」泰迪說。

「**喵**。」我說。

「好了，你們兩個。」文恩說。「要不要走啊？」

「要走到哪裡都隨便，只要別走這邊。」克里斯嚴肅地說，文恩手肘往後縮，假裝要打他。

11

我們大約在一點半抵達垃圾場，文恩帶頭走下路堤，發著「**傘兵跳傘！**」的口令。我們大跳躍到了路基，躍過不斷從煤渣路堤一路都有的涵洞滲出來的髒水。在這一小片沼澤區後面就是沙地，到處是垃圾，是垃圾場的外緣。

垃圾場被近兩米高的籬笆圍住，每隔六米就立著一面飽受風雨摧殘的標誌牌，寫著：

城堡岩垃圾場
開放時間：4–8 P. M.
週日關閉
嚴禁進入

我們爬上籬笆，翻過去往下跳。泰迪和文恩帶路往水井走，那水井裝著老式的泵浦，那種會把你的手肘弄得油膩膩的泵浦，而泵浦的把手旁邊擺著一個盛滿了水的豬油罐，像是忘記為下一個來取水的人裝滿一罐子水，是十惡不赦的大罪。鐵把手凸出來的角度像是一隻想要飛上天的獨翼鳥，它曾經是綠色的，但油漆差不多被一九四〇年來抓住把手的幾千隻手磨光了。

垃圾場是我對城堡岩最深的記憶之一，每次想起總讓我聯想到那些超現實畫家——那些人總是畫軟趴趴掛在樹杈上的鐘面，或是維多利亞式客廳立在沙哈拉中央，或是蒸汽引擎從壁爐裡跑出來。在童年時的我眼中，城堡岩垃圾場**沒有**一樣東西看著是真正屬於這裡的。

我們從後面進去。要是從前面走，會有一條寬土路在穿過大柵門後變寬，變成一片半圓形的區域。推土機把這裡推得和飛機跑道一樣平，然後路就忽然在傾倒坑的邊緣打住。打水泵浦（泰迪和文恩現下就站在那裡，吵著由誰來裝水）就在這個大坑的後面，可能有二十四米深，裝滿了各式美國的物品，空了的、破了的，或是壞掉的。東西實在是太多了，連看一看都害我的眼睛痛——也可能真正痛的是你的大腦，因為你實在沒辦法決定該看哪裡。可是你的眼睛又一定會停在某一點上，或是被某個突兀的東西給吸引過去，就跟軟趴趴的鐘面或是沙漠中的客廳一樣。一架銅床架喝醉似地歪在太陽底下；一個小女生的玩偶驚異地看著雙腿間，裡頭的填充物跑出來了；一輛翻倒的斯圖貝克汽車，鍍鉻的子彈型車頭在陽光下閃閃發光，就像是什麼巴克．羅傑斯[35]飛彈；還有個辦公室用的巨型水瓶，被陽光一照變成了熾熱、耀眼的藍寶石。

這裡也有野生動物，不過不是你在迪士尼自然影片，或是可以讓你和溫馴動物相處的動物園中看見的那種。肥大的老鼠和土撥鼠毛皮油油亮亮的，在這個物產富饒的地方慢悠悠地

35. 譯註：巴克．羅傑斯（Buck Rogers）是美國科幻小說家諾倫（Philip Francis Nowland, 1888-1940）創造的小說人物，後發展為極受歡迎的漫畫主角。

走動，大啖腐爛的漢堡和長蟲的蔬菜；海鷗以千計，偶爾會有一隻巨鴉在海鷗群中昂首闊步，像什麼沉吟苦思的牧師。鎮上的流浪狗找不到垃圾桶可以翻，也沒有鹿可以追的話，就會到這兒來找東西吃。牠們是可憐、脾氣壞的一群雜種狗，肋骨突出、咧著嘴吠叫，還會為了一片沾滿蒼蠅的香腸或是一堆在陽光下冒煙的雞內臟而互相攻擊。

但是這些狗從不攻擊米洛．普瑞斯曼，也就是垃圾場管理員，因為米洛的屁股後面一定跟著「斧頭」。斧頭是城堡岩最不常看見卻人見人怕的狗——二十年後，喬．康伯的狗庫丘得了狂犬病之後才奪走這個頭銜。牠是方圓四十里內最兇惡的狗（我們是這麼聽說啦），而且也非常醜，能把大掛鐘都嚇得停掉。小孩子低聲傳說著斧頭的種種卑劣傳奇，有的說牠有一半的德國牧羊犬血統，有的說牠主要是拳師狗，還有個住在「城堡風光」、叫哈利．霍爾的小孩聲稱斧頭是一隻杜賓犬，牠的聲帶被割掉了，所以牠攻擊的時候你聽不到牠的聲音。還有別的孩子聲稱斧頭是一隻恐怖的愛爾蘭獵狼犬，而米洛．普瑞斯曼餵牠吃特調的「甘恩斯」（Gaines）狗食加雞血；同一群小孩也聲稱米洛不敢把斧頭帶出狗窩，除非是讓牠像獵鷹一樣把頭蒙住。

最流行的一種說法是，普瑞斯曼不僅僅訓練斧頭咬人，還訓練牠咬特定的部位，所以哪個倒楣的小孩翻過籬笆到垃圾場裡去尋寶就可能會聽見米洛．普瑞斯曼喊：「斧頭！咬！咬手！」而斧頭就會咬住手不放，咬斷了皮膚和肌腱，流著口水把骨頭咬成粉末，一直到米洛叫牠停才停。謠傳說斧頭可以咬掉一隻耳朵、一隻眼睛、一隻腳或是一條腿……而如果有另一個闖入者不幸被米洛逮到，忠心耿耿的斧頭會聽見恐怖的命令：「斧頭！咬！咬下體！」那這個小孩的下半輩子就可以唱女高音了。米洛本人倒比較常現身，因此一般人也不覺得他不正常。他只是一個智能不足的勞工，靠著修理別人丟棄不要的東西再轉售來貼補他微薄的薪水。

今天並沒有米洛或斧頭的蹤跡。

克里斯跟我看著文恩裝水，而泰迪死命地搖把手。最後清水湧出，總算沒讓他白忙一場。一分鐘後，兩人都把頭鑽在飲水槽下，泰迪仍然使勁地打水。

「泰迪瘋了。」我輕聲說。

「對。」克里斯說，不以為怪。「我敢說他活不過現在一倍的年紀。他爸把他的耳朵燙傷，害他變成這樣，他竟還想要閃卡車簡直就是神經病。不管有沒有戴眼鏡，他根本連屁也看不見。」

「你記得爬樹那次嗎？」

「記得。」

去年，泰迪和克里斯去爬我家後面的那棵大松樹。他們就快爬到頂上了，克里斯卻說沒辦法再上去了，因為上頭的樹枝都腐爛了。泰迪臉上卻出現了那種瘋狂的、頑固的表情，說管他的，他滿手都是松脂，他要往上直到摸到樹梢為止。克里斯好說歹說，他就是不聽，結果他繼續往上爬，而且還真的爬到了——別忘了，他只有三十四公斤左右。他站在上面，用一隻黏滿了松脂的手緊抓著樹梢，大吼「他是世界之王」之類的蠢話，接著只聽見啪一聲，他站立的樹枝斷掉了，他筆直地往下墜。接下來發生的事會讓你確定上帝確實存在。克里斯伸出手，那純粹是反射作用，而他只抓到一把泰迪．杜尚的頭髮。雖然他的手腕整個都腫起來，右手也幾乎兩週都不能動彈，但克里斯還是抓住了泰迪沒鬆手，最後一面尖叫咒罵的泰迪踩住了一根足以支撐他重量的樹枝。要不是克里斯盲目的一抓奏效，泰迪就會一路從樹頂摔下來，那可有三十六米高啊！兩人都爬下來之後，克里斯面色灰白，幾乎因為恐怖的反應而嘔吐。而泰迪則想打他，氣他抓自己的頭髮。要不是我在場當和事佬，他們一定會打起來。

「我三不五時就會夢到那一天。」克里斯說，以極其坦然的表情看著我。「只不過在夢裡，我每次都沒抓到他，只抓到幾根頭髮，而泰迪尖叫著掉下去。很怪吧？」

「很怪。」我同意，而就在那一刻，我們兩個望著彼此的眼睛，看見了讓我們成為朋友的真正原因。然後我們別開臉，看著泰迪和文恩朝彼此潑水，又叫又笑，罵彼此是娘娘腔。

「可是你抓住他了。」我說。「克里斯．錢伯斯絕不會失手，我說得對嗎？」

「即使是在女士們沒把馬桶座掀起來的時候。」他說著，對我眨眼睛，以大拇指和中指做出一個圓形，朝中央吐了一口口水，精準得像是一顆白色子彈。

「吃我的屁，錢伯斯。」我說。

「用一根加味吸管。」他說完，我們兩個都嘻嘻笑。

文恩大喊：「**快來喝水，免得又流回水管裡了！**」

「我跟你比賽跑。」克里斯說。

「這麼熱的天？你昏頭了啊。」

「來嘛。」他說道，仍笑嘻嘻的。「聽我的口令。」

「ＯＫ。」

「**跑！**」

我們賽跑，運動鞋挖起了被陽光烤乾的硬土，我們的身體前傾，比穿牛仔褲飛奔的兩條腿還要快，我們前後揮動的拳頭甚至有了雙影。比賽很激烈，文恩在克里斯那邊、泰迪在我這邊，兩人同時豎起了中指。在這個寧靜、冒煙、惡臭的地方，我們虛脫地哈哈笑。克里斯把水壺拋給文恩，裝滿之後，克里斯跟我都走向泵浦，克里斯先幫我打水，然後我再幫他打水，冰冷的水一瞬間沖洗掉了煤灰和高熱，害我們突然結冰的頭皮先過起一月了。然後我把豬油罐再裝滿，四個人都走向垃圾場中唯一的樹下，那是一棵發育不良的楞樹，距離米洛．普瑞斯曼的防水布窩棚十二米。樹微微向西邊彎，好像它其實是想把根拔起來，就像老太太撩裙襬一樣，然後離開垃圾場，走得遠遠的。

「太爽了！」克里斯說著，哈哈笑，把糾結的頭髮從額頭上撥開。

「爽爆了。」我邊說邊點著頭，自己也仍在笑。

「實在是太好玩了。」文恩雖這麼說，不過他的意思不只是在垃圾場裡胡鬧，或是矇騙我們的父母，或是順著鐵軌走到哈羅去，他指的是以上全部。但我現在覺得他說的還不止這樣，而且我們都知道。一切的一切都在那兒、在我們四周，我們確切地知道自己是誰、要去何方。真了不起！

我們在樹下坐了一會兒，像平常一樣打屁聊天——誰有最佳球隊（當然還是洋基，有曼托和馬利斯）、最好的汽車（五五年的雷鳥，泰迪偏偏說是五八年的科維特）、誰是不屬於我們這一群卻又是城堡岩的狠角色（我們都同意是傑米．蓋倫，他對艾文老師比中指，艾文老師對他吼叫，他就兩手插進口袋，大搖大擺走出教室）、最棒的電視節目（不是《鐵面無私》就是《神探彼得．岡恩》，羅柏特．斯塔克扮演艾略特．內斯或克雷格．史蒂文斯扮演岡恩都很酷），諸如此類的。

泰迪先注意到梣樹的影子變長了，問我現在是幾點。我看了手錶，驚訝地發現已經兩點十五分了。

「嘿。」文恩說。「有個人得去買吃的。垃圾場四點開，米洛和斧頭出來的時候，我可不想還在這裡。」

就連泰迪都同意。他不怕米洛那個有啤酒肚、起碼四十歲的人，可是城堡岩沒有一個小孩子聽見斧頭的大名會不緊緊夾住兩腿的。

「好，」我說，「輸的人去。」

「那就是你啊，高弟。」克里斯笑著說。「你輸到脫褲。」

「你們才脫褲。」我說道，給了每個人一枚硬幣。「丟。」

四枚硬幣飛上天空，四隻手在半空中接住，四個巴掌打在髒兮兮的手腕上。我們拿開手，兩個正面兩個反面。我們又丟了一次，這次四個人都是反面。

「喔，要命喔，都是古徹。」文恩說了等於沒說。四個正面，又叫月亮，就會特別好運；四個反面就叫作古徹，表示運氣非常差。

「放屁！」克里斯說。「那個什麼意義都沒有。再來一次。」

「不要了。」文恩熱切地說。「古徹耶，真的很慘。你們記得克林特．伯瑞肯跟那些傢伙在德罕的瑟若伊山被殲滅嗎？比利跟我說他們為了啤酒在擲硬幣，結果丟出了古徹，後來他們坐上車，結果，砰！一車子死光了。我不喜歡這樣，真的。」

「根本就沒有人信什麼月亮和古徹會怎樣的。」泰迪不耐煩地說：「只有小寶寶才相信，文恩。你到底要不要丟啊？」

文恩丟了，很明顯是心不甘情不願的。這次他、克里斯、泰迪都是反面，我的一毛錢是湯馬斯．傑佛遜。我突然很害怕，就像心裡的太陽被陰影遮住。他們還是古徹，他們三個，彷彿喑啞的命運第二次指著他們。我猝然想到克里斯的話：**我每次都沒抓到他，只抓到幾根頭髮，而泰迪尖叫著掉下去。很怪吧？**

三個反面，一個正面。

接著泰迪發出他那種瘋狂的笑聲，指著我，剛才的感覺就煙消雲散了。

「我聽說只有仙女才會這樣笑。」我邊說，邊對他比中指。

「噫、噫、噫，高弟。」泰迪笑著說：「快去福利社，你這個倒楣鬼。」

我其實沒有那麼不想去，因為我休息夠了，不介意走路去「佛羅里達超市」。

「不要用你媽的寵物的名字罵我。」我跟泰迪說。

「噫、噫、噫，你真是個弱雞，拉辰斯。」

「快點去，高弟。」克里斯說：「我們在鐵路邊等你。」

「你們可不要丟下我自己走了。」我說。

文恩哈哈笑，「丟下你自己去就像帶著施利茲而不是百威啤酒，高弟。」

「喔，閉上你的嘴。」

他們一起高聲唱：「我不閉嘴，我不閉嘴，我看到你就吐了一地。」

「然後你媽媽走過來，舔個精光。」我說，站起來轉身走人，還對他們豎起中指。後來我再也沒交過像我在十二歲時交到的這些朋友。那，你們有嗎？

12

如人飲水，冷暖自知。他們現在這麼說，滿酷的。所以要是我跟你說**夏天**，你就會浮現一串個人印象，與我的截然不同。這樣真的很酷。可是對我來說，**夏天**始終都是代表跑步到「佛羅里達超市」，口袋裡零錢叮叮響，氣溫三十幾度，腳上穿著Keds。夏天這兩個字喚起的畫面是GS＆WM鐵路鐵軌延伸向遠處的某個透視點，被陽光烤得發著白光，閉上眼睛時還是能看到兩條線，只是變成了藍色的。

不過那年夏天除了跋山涉水去尋找雷伊．布勞爾之外還有別的事，只是這件事最主要。「弗利伍茲」樂團（The Fleetwoods）的歌〈翩然走向我〉，還有羅賓．路克（Robin Luke）

唱〈蘇西達令〉，小安東尼（Little Anthony）唱著〈我一路跑回家〉。這些都是一九六〇年夏天的暢銷金曲嗎？是，也不是，但大部分是。在那些漫長的紫色傍晚中，WLAM的搖滾樂漸漸變成WCOU的夜間棒球比賽，時間也隨之變動。我覺得是整個一九六〇年，而那年夏天持續延伸了好幾年，神奇地完完整整保留在一張聲音之網中：蟋蟀美麗的唧唧聲，劈劈啪啪的打牌聲，還有某個孩子奮力踩著腳踏車趕回家吃遲到的冷肉加冰茶晚餐，巴迪·納克斯（Buddy Knox）用平板的德州腔唱著「來當我的派對娃娃，我會跟妳做愛，跟妳……」，還有棒球播報員的聲音跟歌曲混合，再加上最近割過草的清新味：「球數兩好三壞，『白仔』福特俯身……搖頭……好，同意了……福特停住……投出……**打擊出去了！被威廉斯敲中了！再見全壘打！紅襪贏了，三比一！**」泰德·威廉斯在一九六〇年仍在紅襪隊打球嗎？那是當然的——打擊率三成一六，我的英雄泰德。我記得非常清楚，因為最後幾年棒球變得對我非常重要，從我不得不面對現實，接受棒球員也跟我一樣是有血有肉的凡人開始。這份認知是隨著羅伊·坎培內拉（Roy Campanella）翻車，報紙的頭版大肆宣布脆弱的凡人的消息時而來的：他的球員生涯告終，他得坐一輩子輪椅。而在兩年前的一個早晨，我坐在這台打字機前打開收音機，聽見了瑟曼·芒森（Thurman Munson）駕機降落卻失事，那種直擊內心脆弱的衝擊一樣教人難以招架。

當時可以去「寶石戲院」看電影，但電影院早就沒了。以前他們會播放像理查·伊根（Richard Egan）主演的「歌革」（Gog）和奧迪·莫菲（Audie Murphy）主演的西部片（只要是奧迪·莫菲主演的電影，泰迪每一部至少都要看三遍，他深信莫菲差不多就等於是神仙），還有約翰·韋恩的戰爭片。此外還有各種比賽和數不完的囫圇吞的三餐，有草坪得割草，有地方要去，有可以用來擲硬幣的牆壁，有人會拍你的背。而此刻我坐在這裡，試圖透過一個電腦鍵盤，回顧過去那個時代，試圖回想起那年夏天最好與最壞的種種時光。我幾乎能感覺到那個瘦巴巴、髒兮兮的男孩，仍藏在我這個年歲已漸增長的身體裡，依然聽見那些聲響。可是最鮮明的回憶以及那個時代最美的一刻，就是高登・拉辰斯跑在路上，跑向佛羅里達超市，口袋裡的零錢叮噹響，汗水從背脊上流下。

我要了三磅漢堡肉和幾個漢堡捲、四瓶可樂和一支兩分錢的開瓶器。老闆是一個叫喬治・杜塞特的人，他拿了肉之後就靠在收銀機上，一隻火腿似的手按在旁邊有一大罐煮熟蛋的櫃台上，嘴裡叼根牙籤，龐大的啤酒肚把白色T恤撐得像灌飽了風的船帆。我買東西時他就站在那兒緊盯著我，唯恐我會偷東西。他一直等到秤漢堡肉時才開口——

「我認識你，你是丹尼・拉辰斯的弟弟，對不對？」牙籤已經從一邊嘴角跑到另一邊，像是滾珠。他伸手到收銀台後面，拿了一瓶S'OK冰淇淋汽水，仰頭就喝。

「對，可是丹尼，他……」

「對，我知道。真是不幸，孩子。《聖經》說：『活著的時候，我們也正步向死亡。』你聽過嗎？呃，我在韓國也失去了一個兄弟。你長得就像丹尼，有人跟你說過嗎？呃，簡直就像照鏡子。」

「有，先生，有時候。」我悶悶不樂地說。

「我記得那年他入選了明星隊，他打前衛吧？呃，他跑得可真是快啊！老天啊！你大概太小了，不記得。」他望過我的頭頂看著紗門外的酷熱，活像是看見了我的哥哥。

「我記得。呃，杜塞特先生……」

「什麼事？孩子。」他的眼睛仍因回憶而迷濛，唇間的牙籤微微顫抖。

「你的大拇指按在秤上了。」

「**嗄？**」他低頭，嚇了一跳，看見他的拇指牢牢按在白色釉面上。要不是我在他談起丹尼時稍微挪動了一下身體，絞肉就會遮住他的手指，我也無從發現。「哎呀，真的是呢。呃，我大概光是想著你哥哥，都沒留神。」喬治．杜塞特劃了個十字。他把大拇指從秤上拿掉後，指針就跳回六盎斯。他又擺了一點肉上去，然後用白色包肉紙把肉包起來。

「好了。」他咬著牙籤說。「來算帳吧。三磅的漢堡肉，一共是一塊四十四分；漢堡捲，二十七分；四瓶可樂，四十分；一支開瓶器，兩分。總共是……」他在用來裝這些東西的紙袋上計算。「兩塊二十九分。」

「十三。」我說。

他非常緩慢地抬頭看我，皺著眉。「嗄？」

「兩塊十三分。你算錯了。」

「孩子，你……」

「你算錯了。」我說。「你先是把拇指按住秤，然後又多算我錢。杜塞特先生，我本來是要再多買一點 Hostess 小蛋糕的，可是現在算了。」我啪一聲把兩塊十三分按在他面前的施利茲啤酒餐墊上。

他看著錢，再看著我，兩條眉毛皺得快變成一條了，臉上的線條也深得像裂痕。「你是什麼意思?小鬼。」他用低沉的聲音說道,像在說什麼不懷好意的悄悄話。「你是在耍小聰明嗎?」

「不是的，先生。」我說。「可是你不能騙了我還好像什麼事也沒有。要是你的母親知道你騙小孩子，她會怎麼說?」

他把我買的東西塞進紙袋裡，動作僵硬快速，弄得可樂瓶叮叮響。他粗魯地把袋子推給我，不在乎我會不會沒接到，打破了可樂之類的。他黑黝黝的臉漲得通紅，板著一張臉，兩條眉毛擰在一塊。「好了，小鬼，拿去。現在你給我滾出我的店，再讓我看到你，我會把你丟出去。哼，自作聰明的小王八蛋。」

「我不會再來了。」我說著走向門口，推開紗門。炎熱的下午一分一秒流逝，在戶外肅穆地嗡嗡響，像是和著綠色和褐色，充滿了寂靜的光。「我的朋友也都不會再來了，我大概有五十個朋友。」

「你哥哥就不會耍小聰明！」喬治．杜塞特大聲吼。

「**去死啦！**」我吼回去，拔腿就跑，速度飛快。

我聽見紗門砰地打開，聲音響得像開槍，他洪亮的吼聲追著我：「**你敢再來，我就打腫你的嘴巴，小王八蛋！**」

我一直跑過第一道山坡才慢下來，害怕得要死，同時也一直笑，我的心臟在胸腔裡像大電動鎚一樣敲打。我改為快步走，時不時扭頭看後面，就怕他開車來追我。

他沒有這麼做，而我很快就走到了垃圾場的大門。我把袋子塞進襯衫下，攀上大柵門，再從另一邊爬下來，但才穿過了垃圾場區一半，我就看見了我不喜歡的東西——米洛．普瑞斯曼的五六年舷窗別克停在他的防水布棚屋後面。要是米洛看見我，我可就要吃苦頭了，幸好現在到處都沒見到米洛或是斧頭的蹤跡，只是突然間垃圾場後面的鐵絲網籬笆感覺離我非常遙遠。我發現自己真希望剛才我是從外面繞過來的，現在的我已經太深入垃圾場，想轉身出去也來不及了。要是讓米洛看到我爬籬笆，等我回到家我大概就要倒楣了，可是更讓我害怕的還是米洛叫斧頭來咬我。

恐怖的小提琴聲在我的腦海裡響了起來，我一步步走著，想裝得一副輕鬆的樣子，想裝成雜貨紙袋從襯衫下凸出來的我是屬於這裡的，我繼續朝垃圾場和鐵路之間的籬笆前進。

大約距離籬笆十五米時，我正覺得自己會平安過關，不料卻聽到米洛大吼：「喂！喂，你！小鬼！不准靠近籬笆！滾出去！」

最聰明的做法是聽他的話，繞過去，可那時我太死心眼了，所以沒做聰明事，反倒是大叫一聲，拔腳衝向籬笆，踢起漫天塵土。文恩、泰迪、克里斯從籬笆外面的草叢裡跑出來，焦急地瞪著鐵絲網。

「**你給我回來！**」米洛大聲咆哮。「**回來，否則我就放狗了，可惡！**」

我並不認為那是神智清明的撫慰聲音，因此我的腳動得更快了，兩隻胳臂拚命擺動，棕色的雜貨袋碰撞著我的身體。泰迪又發出他那**噫噫噫**的白痴笑聲，聲音直衝雲霄，像是瘋子吹奏的什麼簧樂器。

「跑啊，高弟！快跑！」文恩高聲大叫。

接著米洛大吼：「咬他，斧頭！去咬他，小子！」

我把雜貨袋拋過籬笆，文恩把泰迪推開去接袋子。我聽見後面斧頭追上來了，大地都為之震動，牠一邊擴大的鼻孔呼出火焰，另一邊噴出冰，硫磺從強而有力的下巴往下滴。我用力一蹦就爬上了籬笆一半高的地方，一面尖叫，但不到三秒鐘我就爬到了頂端，縱身就跳——我想都沒想，也沒低頭看可能會落在什麼東西上，結果我差一點就落在泰迪身上，他卻已笑得彎了腰，眼鏡也掉了，還不停笑到流淚。我跌落在他左邊的黏土礫石路堤上，只差幾公分就撞上他，而同時間斧頭也撞上了我背後的籬笆，發出混合著痛苦與失望的嚎叫聲。我向後轉，抱著一隻擦破皮的膝蓋，這才第一次看見大名鼎鼎的斧頭——也上了一課什麼叫聞名不如見面。

牠不是什麼龐大的地獄犬，紅眼睛大放兇光，牙齒凸出像改裝汽車的排氣管。牠只是一隻中型的雜種狗，顏色是非常普通的黑白花色。牠吠叫著，跳來跳去，靠兩條後腿扒著籬笆站立。

這時泰迪在籬笆前走來走去，盛氣凌人，一手轉動眼鏡，把斧頭惹得更生氣。

「咬我啊，臭斧頭！」泰迪引逗牠，牠嘴巴噴出白唾，但除了把鼻子撞得很痛之外，牠什麼也咬不到。牠開始瘋狂吠叫，口鼻部持續噴出白沫。泰迪一直拿屁股去撞籬笆，斧頭一直往前撲，但老是沒瞄準，除了刮傷自己的鼻子，害鼻子出血之外，什麼也沒咬著。泰迪一直在逗牠，故意用討厭的貶低聲音叫牠「臭斧頭」，而克里斯和文恩則虛弱地躺在路堤上，因為笑得太厲害了，幾乎沒有喘息的力氣。

然後米洛．普瑞斯曼過來了，他穿著一身沾滿汗漬的工作服，戴著紐約巨人隊棒球帽，憤怒地撇著嘴。

「夠了，夠了！」他大喊道。「你們這些小子不要再逗牠了！聽見了沒有？**馬上停止！**」

「咬我啊，臭斧頭！」泰迪大喊，在籬笆外昂首闊步，活像是個在校閱部隊的瘋普魯士人。「來啊，咬我啊！咬我啊！」

斧頭抓狂了，我說的是真的抓狂了！牠繞著一個大圈子跑，又吼又叫，口噴白沫，後腿踢起小小的乾土塊。大概繞了三圈，我想是在鼓足勇氣吧，然後牠直接對準籬笆就衝。牠撞上去的時速一定有四十幾公里，不蓋你——牠的嘴唇往後拉，露出了所有牙齒，耳朵在飛速中平貼。整個籬笆都發出低沉的樂聲，鐵絲網不只被撞到柱子都抖動了，而且整個鐵絲網籬笆都向後**伸展**似地。那聲音很像齊特琴——**錚錚錚錚錚**。斧頭發出了一聲被勒住的吠叫聲，兩隻眼睛都沒了眼白，而且牠做了一個極其神奇的倒滾，砰一聲，結結實實仰天摔倒，弄得牠四周的塵土飛揚。牠就這麼躺了一會兒，然後就爬走了，舌頭從左邊嘴巴往外掉。

米洛一看也幾乎氣得爆血管。他的膚色變暗，變成嚇人的李子色，就連小平頭底下的頭皮都變成了紫色的。我愣然坐在泥地上，牛仔褲的兩邊膝蓋都磨破了，心臟仍在怦怦跳，我覺得米洛就像是斧頭的人類版。

「我認識你！」米洛大吼大叫。「你是泰迪．杜尚！我認識你們**每一個**！小子，我會打爛你的屁股，你敢這樣子欺負我的狗！」

「要打就來啊！」泰迪立刻吼回去。「想打我就翻過籬笆啊，死胖子！」

「**什麼？你說我什麼？**」

「**死胖子！**」泰迪開心地大叫。「**豬油桶！肥豬肉！來啊！來啊！**」他跳上跳下，握著拳頭，汗水從頭髮間甩出來。「**誰教你放那隻笨狗咬人！來啊！要打就來啊！**」

「你這個瘋子王八蛋！我會讓你媽到法院去跟法官解釋你是怎麼欺負我的狗的！」

「你罵我什麼？」泰迪聲音粗啞地問。他不再跳上跳下了，現在兩眼瞪得老大，目光呆滯，膚色變得像鉛一樣。

米洛罵了泰迪很多話，不過他輕而易舉就找到一招致命的那個字眼。從那之後，我就一次次注意到人在這方面有很多天賦……能找出內心深處的瘋子按鈕，而且不僅僅是按下去而已，還是拿鐵鎚死命地敲打。

「你爸是瘋子。」他邊說邊咧著嘴笑。「關在托格斯，就是這樣。比茅坑裡的老鼠還瘋、比得了熱病的鹿還要瘋、比長尾貓跑進都是搖椅的房間裡還要瘋。瘋子！難怪你會這副德行，畢竟有個瘋子老頭……」

「**你媽才和死老鼠亂搞！**」泰迪大聲尖叫。「你敢再說我爸是瘋子，我就宰了你，你這個該死的王八蛋！」

「瘋子。」米洛傲慢地說。沒錯，他找到了按鈕。「瘋子的小孩、瘋子的小孩，你爸把玩具藏在閣樓裡，小鬼，真可憐。」

文恩和克里斯這時已經笑完了，可能他們逐漸發現情況不對，想叫泰迪算了，可是泰迪罵米洛說他媽和死老鼠亂搞，他們又歇斯底里起來，躺在路堤上滾來滾去，兩腳亂踢、抱著肚子。「夠了。」克里斯虛弱地說：「夠了，拜託，不要說了。我發誓，我快笑到**爆炸**了！」

斧頭在米洛的後面繞圈，繞出一個很大的8字形，牠的樣子就像是裁判宣布比賽結束，被判定遭到勝利者技術擊倒之後十秒落敗的拳擊手。同時間，泰迪和米洛繼續討論泰迪的父親，鼻子對鼻子，只隔著太老又太胖的米洛爬不上去的鐵絲網。

「你敢再說我爸試試看！我爸打過諾曼第登陸戰，你這個爛人！」

「是喔，那他現在人呢？你這個醜八怪四眼田雞。他在托格斯，不是嗎？他會淪落到托格斯還不是因為**他是神經病！**」

「夠了！」泰迪說。「夠了，老子要宰了你。」他撲向籬笆，開始往上爬。

「你敢就過來啊，討人厭的小雜種。」米洛向後退，笑得不懷好意地等待著。

「不要！」我大喊一聲站了起來，揪住泰迪的牛仔褲把他拉下來。我們兩個都跌跌撞撞退後，摔在地上，他摔在我身上、他壓到了我的下體，我痛得呻吟起來。那東西被壓到再痛不過了，你知道嗎？可是我的兩條胳臂還是牢牢抱住了泰迪的腰。

「放開我！」泰迪哽咽著說，不斷扭動。「放開我，高弟！誰也不能罵我爸爸。**放開，放開！**」

「他是故意的！」我對著他的耳朵叫。「他想叫你翻過去，然後把你打個半死，再把你交給警察！」

「嗄？」泰迪伸長脖子，轉過來看我，一臉茫然。

「你給我閉嘴，小子。」米洛說著又接近了籬笆，兩手抱成了火腿大的拳頭。「他自己的仗讓他自己打。」

「對。」我說。「你也不過比他重兩百多公斤而已。」

「我也認識你。」米洛惡狠狠地說：「你姓拉辰斯。」他指著文恩和克里斯，他們終於站了起來，兩人仍因笑得太厲害而喘個不停。「那兩個是克里斯．錢伯斯和泰修家的笨小子。我會一個個去拜訪你們的父親，除了那個在托格斯的以外。你們都會進感化院，一個也跑不了，不良少年！」

他穩穩站著，長了斑的兩隻大手攤開來，像是想玩繞口令。他用力呼吸、瞇著眼睛，等著我們哭泣或是道歉或是把泰迪交給他，讓他拿去餵斧頭。

克里斯的大拇指和食指彎成了一個O，吐了口口水。

文恩哼著歌，抬頭看天。

泰迪說：「走吧，高弟，免得我吐在這個糞坑裡。」

「喔，你給我走著瞧，你這個髒嘴巴的婊子養的，等著我把你抓到警長那裡。」

「我們聽見了你是怎麼罵他爸爸的。」我跟他說。「我們都是證人。而且你放狗來咬我們，那樣是違法的。」

米洛有點不安的樣子。「你們非法入侵。」

「才怪，垃圾場是公共土地。」

「你們爬籬笆。」

「我當然要爬，你放狗來咬我耶。」我說道，希望米洛不會記得我也是爬大柵門進來的。「不然我該怎麼辦？乖乖站著讓牠把我撕成碎片？喂，走了啦！這裡好臭。」

「感化院。」米洛粗著嗓子說，聲音顫抖。「愛耍小聰明就進感化院。」

「我等不及要跟警察說你是怎麼罵老兵是他媽的瘋子的。」克里斯扭頭喊回去。「你又打了什麼仗？普瑞斯曼先生。」

「**關你屁事！**」米洛尖聲叫。「**你們弄傷了我的狗！**」

「記到你的最高機密單子上，送去給牧師。」文恩嘟囔著說，然後我們全都又爬上了鐵路路堤。

「回來！」米洛喊道，可是聲音變得模糊了，而且他好像也沒了興致。

泰迪在走開時對他比了中指。我們站上了路堤頂之後，我扭頭回望，只見米洛站在籬笆後面，一個戴著棒球帽的魁梧大漢，他的狗坐在旁邊，而他的手指扣著菱形的鐵絲網眼，對著我們咆哮。驀然間，我為他難過！他的樣子就像是最高大的三年級生，誤打誤撞被鎖在遊戲場內，扯開嗓門大吼，叫別人來放他出去。他又喊了一會兒，接著不是放棄了，就是我們已經離開了聽力範圍了。那天我們都沒有再看到或是聽到過米洛·普瑞斯曼和斧頭了。

13

我們討論了一陣子——雖然義正詞嚴，其實心虛著呢——認為我們讓那個恐怖的米洛·普瑞斯曼知道我們不是好惹的。我說了佛羅里達超市的老闆想騙我們，然後我們都陷入了沮喪的沉默之中，只好把事情從頭到尾再想一遍。

以我來說，我在想那個蠢古徹的事也許有點道理。情況不可能會再壞了——事實上我覺得就繼續這樣子下去，不必讓我父母承受一個兒子埋在城堡風光墓園、一個在南溫德罕少年矯治所坐牢的痛苦。等米洛的笨腦袋慢慢想明白了剛才的事件是發生在垃圾場關閉時段，我毫不懷疑他會去報警，然後他就會明白我真的是非法入侵，無論是不是公共土地。也許這樣一來，他把那隻笨狗放來咬我就有十足的權利。雖然斧頭不是傳說中的地獄犬，可要是我沒辦法先跑到籬笆上，牠也絕對有本事把我的屁股咬下來。這一切都把這一天劃開了一道黑暗的口子，而且我的腦子裡還有別的更令人鬱悶的想法——我覺得這件事是不能鬧著玩的，也許我們會倒楣都是我們活該。說不定還是上帝在警告我們，叫我們回家去。我們是要去看一個被運貨火車輾成稀巴爛的小孩，我們究竟是在做什麼？

可是做都做了，誰也不想喊停。

我們就快抵達棧橋了，火車要從這裡過河，泰迪卻忽然哭了起來，就好像是一波天大的巨浪沖破了小心築構起來的內心堤防。不蓋你，它來得就有那麼快、那麼猛！他哭得彎了腰，像被打了，而且他還倒在地上，雙手從肚子向上舉，抱住了他那殘存的耳朵。他哭個不停，哭聲一陣大過一陣。

我們都不知道該怎麼辦。那種哭法不像是當游擊手被平飛球打到，或是玩橄欖球被砸到頭，或是騎腳踏車摔車。他的身體並沒有傷痛。我們稍微走開一些，看著他，手都插在口袋裡。「嘿，兄弟……」文恩的聲音非常薄弱，但克里斯跟我都抱著希望看著文恩。「嘿，兄弟」一向是個很好的開場白，可是文恩之後就沒有下文了。

泰迪俯在枕木上，一手遮著眼睛，現在他像是在跟阿拉禱告——「薩拉米，薩拉米，巴拉巴拉拉。」像大力水手說的那樣，只不過並不好笑。

最後，他的哭聲變小了一些。克里斯向他走去，他是我們這一夥裡最強悍的傢伙（搞不好比傑米．蓋倫還要強，我私心這樣覺得），可他也是那個最會打圓場的人，他在這方面很有天賦。我看過他坐在路邊陪一個擦破膝蓋的小孩子，可他根本就不認識他，然後讓他聊別的事情——要進城來表演的聖地馬戲團（Shrine Circus）或是電視上的哈克狗卡通

（Huckleberry Hound）——最後那個孩子忘了他應該要覺得很痛的。這種事克里斯很擅長。他夠強悍，可以很擅長這種事。

「喂，泰迪，那坨屎說你爸的壞話，你為什麼要在乎？對不對？我是說，拜託！他說什麼根本就不重要，對不對？那坨又老又肥的狗屎。對吧？對吧？」

泰迪用力搖頭。確實是不重要，可是光天化日下聽見這些話，還是很傷心。這是他晚上醒著時，看著一片窗玻璃外偏離中心的月亮，在心裡反覆琢磨的事情；這是他遲緩不全的腦袋也思索過的事情，他想要理出個道理來，好不容易把它歸為幾乎是神聖的事，結果別人卻只是隨隨便便就把他爸當瘋子……這讓他情何以堪？不過，他們怎麼說都隨便他們，他的想法是不會變的。

「他還是有去諾曼第打仗啊，對不對？」克里斯說。他執起泰迪一隻汗濕骯髒的手，拍了拍。

泰迪一面哭一面用力點頭，鼻涕流了出來。

「你覺得那坨狗屎有去諾曼第嗎？」

泰迪使勁搖頭。「**有才怪！**」

「你覺得那個人了解你嗎？」

「才怪！可是……」

「他了解你爸爸嗎？他是你爸爸的弟兄？」

「**才不是！**」憤怒、驚恐。想到這一點，泰迪的胸口上下起伏，又迸出更多嗚咽。他把耳朵邊的頭髮推開了，我能看見褐色的圓形助聽器嵌在他的右耳中間。如果你了解我的意思的話，那助聽器的形狀比起他的耳朵形狀更有樣子。

克里斯平靜地說：「話都可以隨便說。」

泰迪點頭，仍不肯抬頭。

「而且你跟你爸之間無論怎麼樣，都不是別人亂說話可以改變的。」

泰迪不置可否地搖頭，不確定是不是同意克里斯的話。有人重新形塑了他的痛苦，以驚人的簡單字彙重塑了。那勢必……

（**瘋子**）

得要在稍後……

（**他是神經病**）

重新檢視。在深處，在迢迢的無眠夜晚。

克里斯搖晃他。「他是故意惹你的，兄弟。」他以撫慰的聲音說，幾乎像在唱搖籃曲。「他是想激怒你，讓你翻過籬笆，知道嗎？不要上他的當，兄弟，千萬不要。他根本不認識你爸，也什麼都不知道，只在『柔和的老虎』聽到那些酒鬼胡說八道。他只是狗屎，對不對？泰迪。對不對？」

泰迪的哭聲變弱，只剩下吸鼻聲。他擦擦眼睛，留下了兩隻黑色的眼圈，然後坐了起來。「我好了。」他說，而他自己的聲音似乎也說服了他自己。「對，我好了。」他站起來，戴回了眼鏡——在我的感覺裡，他像是給赤裸的臉穿上了衣服。他笑了笑，笑得有點勉強，用胳臂擦掉下唇上的鼻涕。「我是愛哭鬼，對不對？」

「才不是呢，兄弟。」文恩不自在地說。「要是有人亂說我爸的壞話……」

「那你就一定要宰了他們！」泰迪乾脆地說，口氣算得上傲慢。「踢爛他們的屁股，對不對？克里斯。」

「對。」克里斯和善地說，拍了拍泰迪的背。

「對不對？高弟。」

「那還用說。」我說。我忍不住納悶泰迪怎麼會這麼在乎他的爸爸，他爸爸險些就殺了他啊！而我卻好像對自己的老爸不痛不癢的。在我的記憶中，我三歲那年從水槽下找到了漂白水，拿起來喝，他只有那次打過我。

我們沿著鐵軌往下走了一百八十米，泰迪用比較平靜的聲音說：「嘿，要是我害大家不開心，對不起。我在籬笆那邊的表現大概滿蠢的。」

「我其實不太確定這件事好不好玩。」文恩突然說。

克里斯看著他，「你是說你想回家了嗎？」

「不是，不、不！」文恩的五官糾結，陷入深思。「可是去看死掉的小孩子……不應該像開趴踢，對吧？我是說，要是仔細想想，我是說……」他相當慌亂地看著我們。「我是說，我可能會有一點害怕。如果你們懂的話。」

沒有人吭聲，於是文恩往下說：「我是說，有時候我會作惡夢，像……喔，你們記不記得丹尼．諾頓留下的那堆舊漫畫，有吸血鬼和有人被分屍的那種？我的媽，我半夜三更夢到有個人吊死在我家裡，整張臉都是綠色的。你知道吧，就像那樣，而且床底下好像也有東西，要是我把一隻手放到床外面，那個東西就可能……你們知道吧，抓住我……」

大家都點頭，我們都知道晚上作惡夢的滋味。不過，那時要是我知道多年之後我會把這些童年的恐懼和夜間的冷汗寫出來，並賺上一百萬，我一定會哈哈大笑。

「而且我什麼也不敢說，因為我的王八蛋**哥哥**……嗯，你們也知道比利……他會大嘴巴……」他悲慘地聳聳肩。「所以我很怕看到那個小孩子，因為如果他，就、就是，如果他真的很**慘**……」

我吞嚥了一下，瞅了克里斯一眼。他嚴肅地看著文恩，點頭要他往下說。

「如果他真的很**慘**，」文恩接著說，「那我就會夢到**他**，醒過來以為**他**躲在我的床底下，全身是血，好像是被電視上賣的菜刀割過，只剩眼珠和頭髮，可是還會**動**……你們懂的話，還會**動**，知道吧？隨時都會**抓**……」

「天啊！」泰迪嗓音濃濁地說：「幹嘛說這麼恐怖的床邊故事？」

「我**就是**忍不住啊。」文恩說道，為自己辯解。「可是我感覺我們**一定**得去看他，就算會作惡夢。知道嗎？我覺得我們**一定**要去，可是……可是也許不應該這麼開心。」

「對。」克里斯柔聲說：「也許是不應該。」

文恩懇求著說：「你們不會跟別人講吧？我說的不是作惡夢，大家都會作惡夢——我說的是半夜醒過來，以為有什麼躲在床底下。我已經不是小孩了，不應該再怕妖魔鬼怪了。」

我們都說不會說出去，然後窒悶的沉默又籠罩住我們。現在才兩點四十五分，感覺卻很晚了。天氣太熱，也發生了太多事，我們到現在都還沒進入哈羅呢。要是我們想在天黑之前趕個幾里路，就得要快點上路，趕緊走到。

我們穿過了平交道跟一個掛在生鏽高柱子上的號誌，我們都停下來拿煤渣扔頂上的旗子，可是誰也沒打中。大約三點半，我們來到了城堡河以及渡河的ＧＳ＆ＷＭ鐵路棧橋。

14

一九六〇年的城堡河當時有一百多米寬，我後來再回去看過，發現它變窄了不少。他們老是在亂整這條河，想讓它更有利於紡織廠，而且又建了太多攔河堰，河水差不多已經失去了往日的生氣。可是當年城堡河流貫新罕布夏和半個緬因州，整條河只有三處水壩，河水自由奔流，甚至每隔三年的春天，在哈羅或丹佛斯津這兩處，河水就會氾濫，淹沒一三六號公路。

如今正值大蕭條以來西緬因州最乾旱的夏季之末，河面仍然寬廣。我們站在城堡岩的這一邊，哈羅那邊的龐大森林就像是另一個國度，松樹和雲杉在下午的熱氣中綠中帶藍。鐵道距離河面有五十呎，藉由塗了焦油的木柱和棋盤式的木梁結構支撐。用以固定棧橋的水泥栓打入了河床三米深，現在河水極淺，低頭就能看見水泥栓的頂部。

棧橋本身的工程品質並不高——鐵軌橫穿過一條又長又窄的木平台，每一副橫梁間隔大約十二公分，從上往下可以看到底下的河水。棧橋的兩邊，鐵軌離邊緣寬度不到四十六公分，要是有火車通過，或許有足夠的空間不會碰到……可高速貨運火車帶起的風，絕對能把你掃起來，讓你掉到底下淺水裡的岩石堆裡，摔個粉身碎骨。

看著棧橋，我們都感覺到恐懼像螞蟻一樣在我們的肚皮上爬……而恐懼中還混雜了一種冒險的刺激感。這是天大的冒險，回家之後可以吹牛好幾週的事情……**只要**你回得去就行。那種詭異的光又回到了泰迪眼中，我覺得他根本就不是看到GS&WM鐵路棧橋，而是一條漫長的沙灘，泛著白沫的波浪中有一千艘登陸艇擱淺，一萬名大兵在搶灘，戰鬥靴陷入海沙中。他們躍過了一捲又一捲的鐵絲網，朝著地下碉堡扔手榴彈！攻占每一處的機關槍掩體！

我們站在鐵軌的旁邊，煤渣坡向河的凹岸傾斜——路堤止於此，棧橋從此展開。低頭一看，我能看見坡度越來越陡，煤渣換成了參差不齊的醜怪灌木和一片片的灰岩。再下去有一些發育不良的長青樹，樹根外露，在岩盤上虯曲，樹木好像在俯視流水中它淒涼的倒影。

這地方的城堡河真的非常清澈，在城堡岩它就進入了緬因州的紡織廠地帶。可是河面不見有魚躍出，儘管清澈得可以見底，你得再往上游十六公里，往新罕布夏州那邊走才會看到河裡有魚。這裡沒有魚，而且沿著河邊會看到骯髒的舊象牙色泡沫包圍著一些岩石。河水的味道也沒多好聞，感覺像是裝滿了發霉毛巾的洗衣籃。蜻蜓點著河面，自由自在地下蛋，根本不會有鱒魚來吃。拜託，這裡連一條銀光魚都沒有。

「哇。」克里斯輕聲說。

「走啦。」泰迪用那種乾脆傲慢的語氣說。「我們走。」他已經慢慢往前蹭，走在閃亮的鐵軌間的平台上。

「喂，」文恩緊張地說，「你們有誰知道下一班火車什麼時候會來？」

我們都聳肩。

我說：「那邊有一三六公路的橋……」

「嘿，拜託，饒了我吧！」泰迪大喊。「那還要從這邊走九公里耶，然後過去那邊還要再往回走九公里……那會走到天黑耶！要是走這邊，**十分鐘**就可以到了！」

「可是要是有火車來了，躲都沒有地方躲。」文恩說。他沒有看著泰迪，而是看著湍急的河水。

「才不會咧！」泰迪忿忿地說。越過了邊緣，他扶著鐵軌間的木柱。他並沒走多遠——他的運動鞋幾乎不沾地——可是想到要像他一樣，在距離河面十五米高的地方走，火車會在我的頭頂上呼嘯而過，還可能會把什麼熱燙的火花吹進我的頭髮和我的背後……這在在都讓我沒有一丁點豪氣干雲的氣魄。

「看到了吧？簡單得要命。」泰迪說著跳到堤岸上，拍掉手上的泥塵，再爬回到我們旁邊。

「你是說，如果來的是一列兩百節的火車，你就要像那樣吊在那裡？」克里斯問。「就用兩手抓著吊五或十分鐘？」

「你怕了嗎？」泰迪大聲吼。

「沒有，只是問問你會怎麼做。」克里斯嘻嘻笑著說。「冷靜點，兄弟。」

「你們想走就自己去繞路！」泰迪鬼吼鬼叫。「誰鳥你們啊？我會等著你們！我會睡個**午覺！**」

「已經有一班火車過去了。」我不情願地說。「經過哈羅的火車一天可能只有一、兩班。看這個。」我一腳踢了踢從枕木間長出來的雜草。城堡岩到路易斯頓之間的鐵道就沒有雜草。

「看到了吧？」泰迪得意地說。

「可是，還是**有可能**。」我再補充一句。

「對。」克里斯說。他只看著我一個人，兩眼發光。「你敢不敢？高弟？」

「敢不敢先走嗎？」

「好。」克里斯說，擴大視線範圍，納入了泰迪和文恩。「有誰不敢的？」

「**沒有！**」泰迪大喊。

文恩清喉嚨，聲音沙啞，又清一次，以非常細弱的聲音說：「沒有。」還露出虛弱的笑容。

「好。」克里斯說……可我們還是猶豫了一下，即便是泰迪也都提防地望著鐵軌兩端。我跪下來，一手用力按住鐵軌，渾不在意鐵軌燙得幾乎能把我的手燙出水泡來。鐵軌寂然不動。

「好。」我說道，但說話時我的胃裡像有人在撐竿跳，他把竿子深深插進我的身體裡，感覺像是，最後跨坐在我的心臟上。

我們魚貫走上了棧橋：克里斯帶頭，接著是泰迪，第三個是文恩，我殿後，因為是我說敢不敢先走的。我們走在鐵軌間的枕木上，你得小心腳步，無論你有沒有懼高症都一樣。只要踏錯一步，你的鼠蹊就要倒大楣了，說不定還會把腳踝也折斷。

路堤在我們的腳下漸漸消失，每邁出一步都像是讓我們吃了秤砣鐵了心……也讓我們更像是找死的蠢蛋。我看到底下的岩石變成了河水，就停下來向上看。克里斯跟泰迪拉開了很長的距離，幾乎走到橋的一半了，文恩則在他們後面慢吞吞地走，走得搖搖晃晃的，緊盯著腳，步步留神。他就像個老太太在踩高蹺，頭往前伸，看著地下，駝著背，兩臂伸開保持平衡。我扭頭回望。太遠了，我現在只能勇往直前，不僅是因為火車可能會來，而且要是我往回走，我這輩子都會是個膽小鬼。

所以我又往前走。看了漫無止境的枕木一會兒之後，每次都會看見湍流的河水，我漸漸覺得暈眩，搞不清東西南北。每次我把腳放下，部分的大腦就會跟我保證我會從空隙中掉下去，即使我的眼睛能看見的並非如此。

我對內在以及外在的各種噪音變得異常敏銳，感覺像是什麼瘋狂的交響樂團在調音，準備演奏：我的心臟怦怦響，耳朵裡像用刷子在打鼓，肌腱的吱吱聲像是小提琴的弦被調高了一百八十度，河水不斷嘶嘶響，蚱蜢尖銳的鳴叫一聲緊似一聲，山雀單調地叫著，遠處不知哪裡有隻狗在吠叫，我想也許是斧頭吧。城堡河的霉味充斥了我的鼻腔。我的大腿肌肉在發抖，我一直在想要是我趴下來，用四隻腳爬，只怕還安全一點（而且也會更快一點）。可我不會那麼做——我們都不會。要是說「寶石戲院」週六的午後場電影教會過我們什麼，那就是只有魯蛇才用爬的，這是「好萊塢教派」的一個宗旨。好人會抬頭挺胸走路，要是你因為體內腎上腺素激升，肌腱像操得過度的小提琴弦一樣吱嘎叫，要是你的大腿肌肉因為相同原因而發抖，那，能怎麼樣就怎麼樣吧。

我不得不在棧橋的中央停下來一會兒，抬頭看天。暈眩的感覺越來越重了，我看見了枕木魅影——好像就在我的鼻子前面飄浮。影像隨即消失，我又覺得好了一些。我看著前方，看到我差不多快趕上文恩了，他的動作比剛才還要遲緩，而克里斯和泰迪幾乎快走完了。

雖然以後我寫過會讀心、能未卜先知的人，可是就在這一刻，我的第一道也是最後一道特異功能之光亮了起來。我相信只能這麼說，否則我該如何解釋？我蹲下來，握住了左邊的鐵軌，鐵軌在動，動得好兇，我簡直就像是抓住了一束致命的金屬蛇。

你聽過「五臟六腑化成一灘水」嗎？我知道這句話的意思，**具體**的那種意思。這句話恐怕是最精準的一句陳腔濫調了。以後我也嚇壞過，嚇得喪膽，可是卻一點也不像那個時刻，握著在動的熱鐵軌。那感覺就像一時間我喉嚨以下的功能全部癱瘓，不省人事，有細細的尿水流在一側大腿上，我張開嘴巴，但不是刻意的，是嘴巴自己打開的，下巴像活板門一樣往下掉，樞鈕突然被拆除了。我的舌頭黏在口腔上壁，害我呼吸不順。我的全身肌肉都鎖死了，這是最糟糕的一點。我的身體功能癱瘓，可是我的肌肉卻像是上緊了螺栓，害我動彈不得。雖然只有一下子，但是在主觀的時間流裡，那卻像是永遠。

一切的感官都變得敏銳，彷彿我大腦裡的電流發生了什麼功率劇變，每樣東西都從一百一十伏特衝上二百二十。我能聽到附近天空有飛機經過，我甚至有時間希望自己坐在那架飛機上，就坐在靠窗的位置，手裡拿著可樂，愜意地凝視著底下的某調河，發亮得像一條銀帶。我能看見腳下塗了焦油的枕木的每一片碎木頭和每一條溝紋，我能從眼角看見一隻手緊緊握著鐵軌，亮得不正常。鐵軌傳來的振動深深傳入了我的手，即使我拿開手，手都還在振動，神經末梢一遍又一遍踢動彼此，像是在睡眠中一隻手或一隻腳的輕輕顫動，逐漸甦醒。我能嚐到自己的唾液，突然像帶著電，我的牙齦變得又酸又厚。最糟的是，而且也是最恐怖的，是我還聽**不**見火車，不知道它是會從後面還是從前面衝來，或是它有多接近。它看不見、它不出聲，只有鐵軌在顫動，只有這一點預告著它的來臨。雷伊・布勞爾的樣子在我的眼前閃過，血肉模糊，被撞飛在某處的水溝裡，像是一個撕裂的洗衣袋。我們可能會跟他一樣，至少文恩和我會，或者至少是我會。我們自己給自己挖了個坑。

最後的這個想法突破了癱瘓狀態，我倏地站了起來。要是有人看，我可能會像是彈跳音樂盒裡的小丑，可是我覺得自己像個水下男孩，動作慢吞吞的，不是蹦上兩米高的空中，而是浮升到一百五十米之上的水面，移動緩慢，帶著一種恐怖的倦怠，而水卻不乾不脆地分開。

但是最後我終於浮上了水面。

我放聲尖叫：「**火車！**」

最後的一點木然甩脫了，我拔腳就跑。

文恩扭頭向後看，驚訝扭曲了他的五官，幾乎像卡通一樣誇張，清晰得就像迪克和珍[36]上面印刷的字。他看到我一腳低、一腳高地跑，從一塊枕木跳到另一塊枕木上，就知道我不是在開玩笑，馬上也拔腳就跑。

我看到在前方的克里斯離開了枕木，踏上了安全牢靠的路堤，我真是把他恨透了，那份恨就跟四月的樹葉一樣綠得出汁了。他安全了。**那個**王八蛋倒是**安全**了。我盯著他跪下來，抓住鐵軌。

我的左腳險些踩偏，卡進底下的縫隙。我兩手亂擺，眼睛熱得像什麼失控機器的滾珠軸承，幸好我恢復了平衡，繼續奔跑。現在我緊跟在文恩後面，我們通過了中點，而就在這時我聽到了火車聲，是從我們後方來的，從河對岸的城堡岩開來的。一開始是低沉的隆隆聲，後來微微升高變成了柴油引擎的轟隆聲，還有大輪子在鐵軌上輾過的聲音，但更高昂、更險惡。

「噢噢噢，**靠！**」文恩大聲叫。

「跑啊，大小姐！」我大喝，猛捶他的背。

「我不行！我會摔倒！」

「快點跑！」

「**噢噢噢，靠！**」

可是他跑得更快了，像個搖搖晃晃的稻草人，露出光裸曬傷的背，襯衫領子垂在屁股底下搖擺。我能看到他的肩胛上冒出一顆顆的汗珠，都是完美的圓形；我能看到他後頸上的細毛，他的肌肉收縮放鬆、收縮放鬆、收縮放鬆；他的脊椎一節節凸出來，每一節都投射出月牙形的影子——我能看見越靠近他的脖子，那些骨節就越緊湊。他仍然抓著舖蓋捲，我也抓著我的。文恩的腳在枕木上咚咚響，他差點失足，身體往前仆，兩條手臂向前伸，我又捶了他的背一拳，催他快跑。

「**高弟，我不行！噢噢噢，靠……**」

「**快點跑，大笨蛋！**」我大聲咆哮。那，我是不是樂在其中呢？是的！從那之後，我只有在醉得整個人茫茫然的時候，才會有那種獨特的、自討苦吃的經驗。我就像是牲口商把一頭格外優良的母牛趕上市集一樣驅策文恩．泰修，而說不定他也在享受他的恐懼，跟那頭母牛一樣嘶吼，鬼吼鬼叫、滿頭大汗，肋骨上下的起伏像是鐵匠的風箱，高速運作，笨拙地保持平衡，向前疾衝。

現在火車的聲音非常響了，引擎變成了穩定的轟隆聲，通過了平交道（我們剛才停在那

36. 譯註：迪克和珍是美國教育家澤娜．夏爾普（Zerna Sharp, 1889-1981）創造的兩個故事人物。這套系列讀物是小學生的基礎閱讀教材，廣泛應用於英語國家近四十年之久。

兒朝旗子扔煤渣），汽笛聲大作。無論我是否願意，我終於有了我的地獄犬了。我一直在等棧橋在我的腳下抖動，如果抖動了，那就表示火車就在我們的後面。

「**快點，文恩！快點！**」

「喔高、高弟……喔高、高弟……喔高……**噢噢噢，靠！**」

火車的電子喇叭突然響了，拉長聲音，把空氣拍成了碎片。你在電影或是漫畫或是你的白日夢裡看到的東西全都煙消雲散，這時你才知道英雄和懦夫在死亡飛馳而來時，聽見的是什麼。

啌！啌！啌！

說時遲那時快，克里斯到了我們的右下方，而泰迪在他後面，眼鏡反射出日光，兩人都喊著同一個字，那個字是**跳！**可是火車吸走了那個字的每一滴血，只留下了他們的嘴型。棧橋開始抖動，火車衝上了橋。我們縱身就跳。

文恩整個人趴在泥土和煤渣上，而我就落在他旁邊，險些壓在他身上。我並沒能看到火車一眼，也不知道司機是否看見了我們——我幾年後跟克里斯說他可能沒看見我們，克里斯說：「他們可不會沒事按喇叭，高弟。」但也**有可能**啊，他也有可能是沒事按著玩啊。我覺得不過那時，這種論證並不重要。我兩手摀住耳朵，把臉埋進了熱燙的泥土裡，火車經過，金屬輾壓金屬，空氣不斷衝擊我們。我一點也不想看它。這是一列很長的貨運車，可是我連一眼都沒看它。在它完全經過之前，我感覺到有一隻熱熱的手按著我的脖子，我知道那是克里斯。

火車經過之後——在我**確定**它消失了之後——我抬起頭，像是飽受了一天砲擊的士兵從掩體裡出來。文恩仍然趴在泥地上，全身發抖。克里斯盤腿坐在我倆之間，一手按著文恩汗濕的脖子，一手按著我的脖子。

文恩終於坐了起來，全身抖個不停，不由自主地舔嘴唇，克里斯說：「你們覺得我們把可樂喝掉怎麼樣？有人要跟我一起喝嗎？」

我們都覺得現在是時候來瓶可樂了。

15

進入哈羅這邊大約四分之一公里，GS&WM鐵路就會直接穿入樹林。林木茂密的土地也緩緩下降，接上一片沼澤區，蚊子多得不得了，差不多有戰鬥機那麼大隻，可是這裡很涼快……涼快得很舒服。

我們在樹蔭下坐下來喝可樂。文恩跟我把襯衫披在肩上擋蚊子，可是克里斯和泰迪卻直接打赤膊，樣子又酷又冷靜，像個愛斯基摩人坐在冰屋裡。我們坐了還不到五分鐘，文恩就得走進灌木叢裡上廁所，他回來後免不了會被開玩笑、動手動腳。

「火車把你嚇到剉賽啊？文恩。」

「不是。」文恩說。「我們要過來以前我就想剉了，我不剉不行，知道嗎？」

「**文恩恩！**」克里斯和泰迪異口同聲地唱。

「別鬧了啦，我說得是真的。」

「那你不介意我們檢查你的褲子是不是有巧克力噴出來嘍？」泰迪問，而文恩哈哈笑了，明白自己是被捉弄了。

「去死啦。」

克里斯轉向我，「火車嚇到你了嗎？高弟。」

「沒有。」我說著，喝了一小口可樂。

「沒有才怪，少唬爛。」他捶了我的胳臂。

「真的！我一點也沒嚇到。」

「真的？你不怕？」泰迪仔細地盯著我。

「對，我不怕，我是**嚇破膽**了。」

這句話讓大家都笑翻了，連文恩也一樣，我們笑得好厲害，笑了好久。然後我們都躺下來，不再唬爛，只是喝著可樂，安安靜靜的。我的身體覺得暖和，運動過了，跟自己相安無事了，不再有什麼摩擦了。我活著，而且很慶幸還活著。每件事情似乎都變得格外親切，而雖然我從來沒有說出來過，我覺得也不要緊——說不定那種親切感是我只想要自己一個人有的感覺。

我覺得那天我漸漸有點明白，是什麼讓平常人變成敢死隊的。幾年前我花二十塊看埃維爾·柯尼佛[37]飛躍蛇河峽谷，而我太太嚇壞了。她跟我說我要是羅馬人，一定會在羅馬競技場裡吃著葡萄看著獅子咬出基督徒的腸子。其實她錯了，不過我說不上來是為什麼（而且，真的，我覺得**她**以為我是在唬她）。我並不是掏出二十塊錢來，就為了在全國閉路電視上看那個人摔死，雖然我滿肯定就是會出現這樣的結果。我去是因為那種始終藏在我們眼睛後方的影子，因為布魯斯·史普林斯汀在他的一首歌裡說的那種小鎮邊緣的黑暗，而我認為到了某個時候，每個人都會想要挑戰那個黑暗，儘管那個叫上帝的小丑給了我們人類這樣一副老爺車似的身子骨。不……不是**儘管**是這麼一副老爺車似的身子骨，而是**就因為**這麼一副身子骨。

「嘿，說那個故事。」克里斯突然說道，坐了起來。

「什麼故事？」我問出口，雖然我覺得我知道。

只要話題轉移到我的故事上，我總覺得不自在，雖然他們好像都喜歡想要說故事，甚至是想要寫下來……這樣就夠特別了，可以算酷了，像是想要長大後當下水道巡查員，又或者是一級方程式賽車大獎賽的技師。第一個發現我長大後想當作家，發現我想要靠寫作謀生的是瑞奇·簡納，他在一九五九年搬家到內布拉斯加州，在那之前，他也常跟我們這夥人往來。我們那時在我的房間裡無所事事，他在我衣櫃裡那箱漫畫書的底下找到一捆手稿。**這**是什麼？瑞奇問。沒什麼，我說著想要搶回來。瑞奇拿著紙不讓我搆著……我得承認，我搶得不是很認真。我想要他讀，同時又不想讓他看，我的心情忐忑，既驕傲又害羞，而每次有人想看，我這一點始終沒有什麼改變。我的寫作過程是偷偷摸摸的，就像手淫——喔，我有個朋友會在書店或是百貨公司的櫥窗裡寫作，可是這個人的膽子大到可以包天，他是那種在沒有人認識你的城市裡、而你不巧心臟病發作時，會願意有他在你身邊的人。至於我呢，總像是滿腦子想著跟人上床卻總是失望，總是像青少年躲在浴室裡鎖上門打手槍的人。

那天，瑞奇大半個下午就坐在我的床尾讀我寫的那些東西，其中大多數都受到害文恩作惡夢的那種漫畫書的影響。他看完之後，用一種陌生又全新的眼光看我，讓我覺得我很特別，好像他被迫重新評估我這個人。他說：你滿厲害的！為什麼不拿給克里斯看？我說不行，我不想讓別人知道。瑞奇說：為什麼？又不娘。你不是怪胎，我是說，又不是寫**詩**。

我還是要他發誓不會說出去，而他當然說了，不過他們大多喜歡讀我寫的東西，而我寫的主要是被活活燒死；或是什麼死而復活的罪犯，回來用十二種有趣的方式屠殺判他有罪的陪審團員；或是某個瘋子抓狂了，把一大堆人砍成了肉排，然後英雄柯特·坎農「把這個次

37. 譯註：埃維爾·柯尼佛（Evel Kneivel, 1938-2007）是美國特技演員。在他的職業生涯中曾嘗試過七十五次以上的摩托車飛越障礙特技。

人類、叫得像殺豬一樣的瘋子轟成馬蜂窩，一彈匣一彈匣地打，他的點四五自動手槍冒著煙」的故事。

在我的故事裡，總是彈匣。**從來不是**子彈。

不過有個故事不一樣，叫勒迪歐故事系列。勒迪歐是法國的一個小鎮，一九四二年一班疲憊的美國步兵要從納粹手上奪回小鎮（兩年後我才發現，同盟軍直到一九四四年才登陸法國）。他們奮戰不懈，一條街一條街戰鬥，大約共有四十篇故事，我從九歲寫到十四歲。泰迪愛死了勒迪歐系列，我最後的十來篇故事大概就是為他而寫的——那時我已經受夠了勒迪歐，受夠了用法文寫**上帝啊**和**搜尋德國仔！**和**把門關上！**勒迪歐的法國農夫總是向美國大兵嘶聲說：**把門關上！**可是泰迪卻俯身看得入迷，瞪大眼睛，額頭冒出汗珠，五官扭曲，有時候我幾乎能聽見氣冷式布朗寧機槍和八八砲在他的腦子裡呼嘯。他吵著要讀更多的勒迪歐故事，這讓我既高興又害怕。

現在寫作成了我的工作，那份樂趣也多少減少了，越來越多時候，那種愧赧的、手淫的歡悅在我的腦海中，是跟冷酷的人工授精的印象結合在一塊的——我根本是按照出版合約上的條款和規定射精。雖然不會有人稱呼我是這個時代的湯瑪斯．沃爾夫[38]，我也很少覺得自己名不符實，畢竟我每一次都是全力以赴。但說來也怪，少寫一點就等於是變娘了，那是我們那個年代的意涵。讓我驚怕的是，這些日子寫作的愉悅感變得刺心的時候增多了。當年，我有時會因為寫作的感覺有多**美妙**而覺得噁心，而現在，有時我看著這台打字機，忍不住想它幾時會敲不出漂亮的文字來？我不想要這種情形發生。我猜只要我不會寫不出漂亮的文字來，我就還能保持冷靜，你懂吧？

「是什麼故事？」文恩緊張兮兮地問：「不是鬼故事吧？高弟，我可不想聽鬼故事，我現在沒心情。」

「不是啦，不是鬼故事。」克里斯說。「真的很好玩。很噁爛，可是很好笑。說啊，高弟。快點。」

「是勒迪歐的故事嗎？」泰迪問。

「不是，不是勒迪歐，大變態。」克里斯說，打了他的後腦勺一拳。「是吃派比賽。」

「嘿，我都還沒寫下來呢。」我說。

「對，就說給我們聽啊。」

「你們想聽嗎？」

「想。」泰迪說。「說啊。」

「那，這是一個虛構的小鎮，我叫它葛瑞特納，緬因州的葛瑞特納。」

「**葛瑞特納**？」文恩撇撇嘴，「這是什麼鬼名字？緬因州才沒有**葛瑞特納**呢。」

「閉嘴啦，笨蛋。」克里斯說。「他不是說是虛構的嗎？」

「對啦，可是**葛瑞特納**聽起來好矬喔……」

「很多真正的小鎮都很矬。」克里斯說。「我是說，那緬因州阿福瑞呢？或是緬因州薩口呢？或是耶路薩冷地呢？或是他媽的城堡岩呢？這裡根本就沒有城堡。大多數的小鎮名字都很矬，你不這麼覺得是因為你聽習慣了。對不對？高弟。」

「沒錯。」我說道，可私底下我卻覺得文恩說得很對，葛瑞特納的確是個滿矬的小鎮名的。我只是想不出還能用什麼名字。「反正就是，他們在慶祝一年一度的拓荒者節，就跟城

38. 譯註：湯瑪斯・沃爾夫（Thomas Wolfe, 1900-1938）是美國文學史上的傳奇人物，以《天使望鄉》一書一舉成名。

堡岩一樣……」

「對，拓荒者節，那可熱鬧到爆。」文恩起勁地說。

「我把全家都關進他們那種有輪子的監獄，就連混蛋比利都一樣。上次只有半小時，卻花了我全部的零用錢，可是很值得，光是知道那個混帳王八蛋被……」

「拜託你閉嘴讓他說好嗎？」泰迪大喝一聲。

文恩眨眨眼。「好，好，沒問題。」

「說啊，高弟。」克里斯說。

「其實沒有多……」

「哎呀，我們也沒有期待你這隻弱雞有多厲害，」泰迪說，「說就是了。」

我清個喉嚨。「好。就是拓荒者節，最後一個晚上他們有三場活動，一個是給小孩子玩的滾蛋比賽，一個是給八、九歲孩子玩的套袋競走，還有一個就是吃派比賽。故事的主角是這個沒有人喜歡的胖小子，叫大維・霍根。」

「就像查理・霍根的弟弟，如果他有的話。」文恩說完，克里斯又打了他的後腦勺一下，他連忙向後縮。

「這個小孩跟我們一樣大，可是他是個胖子，體重大概快要八十二公斤了，他老是挨打、被排擠。別的孩子不叫他大維，反而叫他肥屁股霍根，一有機會就欺負他。」

他們都一本正經地點頭，對「肥屁股」表示同情，不過如果城堡岩真的有這麼一號人物，我想我們也都會捉弄他、欺負他。

「所以他決定要報仇，因為他就是受夠了，知道吧？他只參加了吃派比賽，可是那是拓荒者節的最後一個活動，大家都會參加，獎品是五塊錢……」

「所以他贏了，跟每個人比中指！」泰迪說。「太棒了！」

「不是，結果更精采。」克里斯說。「閉上嘴，乖乖聽就對了。」

「肥屁股心裡想，五塊錢，算什麼？要是有人在未來的兩週會記得什麼，一定就只是他媽的霍根吃贏了每一個人，哼，想也知道。我們到他家去修理他一頓，讓他屁滾尿流，不過現在我們不叫他肥屁股了，改叫他派屁股。」

他們又點頭，都認為大維·霍根想得很周到。我也漸漸對自己的故事有了興致了。

「可是人人都等著他參加比賽，就連他媽媽和爸爸也是。嘿，他們差不多已經把那五塊錢花在他身上了。」

「對。」克里斯說。

「所以他就在考慮，而且覺得這件事很討厭，因為胖又不是他自己願意的，其實是因為他有種奇怪的可惡腺體之類的……」

「我表姐就是那樣！」文恩興奮地說。「真的！她差不多有一百三十七公斤！聽說是甲狀腺有問題。我是不知道她的甲狀腺怎樣了啦，可是哇，她整個人都腫起來了，不蓋你，她的樣子就像是感恩節火雞，有一次……」

「拜託你閉嘴好不好？文恩。」克里斯兇巴巴地喊。「最後一次警告你！真的！」他喝完了可樂，這時把沙漏形的綠色瓶子上下顛倒拿著，在文恩的頭頂上揮舞。

「好、好，對不起。請繼續，高弟。這個故事非常棒。」

我莞爾一笑。我其實並不介意文恩打岔，不過我當然不能跟克里斯這麼說，因為他自己封自己是藝術的守護者。

「所以比賽之前的一週，他就在心裡想啊想的。學校裡的學生一直來跟他說：嘿，肥屁股，你會吃幾個派？你要吃十個嗎？二十個？他媽的**八十個**？而肥屁股說：我怎麼知道，我連是**什麼**派都不知道。看，比賽有一點滿有趣的，因為冠軍是一個大人，名字叫，呃，就比爾．崔納吧。這個崔納根本一點也不胖，其實他瘦得跟一條菜豆一樣，可是他吃派就像風捲殘雲一樣，去年他五分鐘內就吃掉了六個派。」

「**整個**派嗎？」泰迪問，敬佩不已。

「答對了。而肥屁股是參加比賽的人裡面年紀最小的。」

「加油，肥屁股！」泰迪興奮地喊：「把那些派都吞下去！」

「跟他們說說其他參加比賽的人。」克里斯說。

「好。除了肥屁股霍根和比爾．崔納之外，還有凱爾文．司畢爾，鎮上最胖的大胖子，他開了一家珠寶店……」

「葛瑞特納珠寶。」文恩說著，暗自竊笑。克里斯白了他一眼。

「還有一個傢伙，他在路易斯頓的電台當DJ，不算胖，只是有點嬰兒肥。最後一個叫休柏特．葛瑞特納三世，是肥屁股霍根的校長。」

「他要跟他的**校長**比吃派？」泰迪問。

克里斯抱緊膝蓋，開心地前後搖晃。「**厲害**吧？繼續說，高弟！」

我吸引住他們的注意力了。他們全都向前傾，我感到一股醉人的權力感。我把空了的可樂瓶拋進樹林裡，調整坐姿讓自己舒服一點。我記得我又聽見了山雀在叫，在樹林裡，離我們比較遠，向著天空唱出牠單調冗長、沒有盡頭的曲子：**滴**、**滴**、**滴**、**滴**……

「後來他想到了一個點子。」我說。「是小孩子所能想出的最厲害的報仇點子。大日子來臨了，就在拓荒者節的最後一晚。吃派比賽比完之後才會放煙火，葛瑞特納的大街封路了，讓大家可以在街上漫步，路中心還立起了一個大平台，掛著彩旗，前面擠滿了人。報社有攝影師來，要為滿臉都是藍莓的優勝者拍照，因為那一年的派是藍莓派。還有，我差點忘了，他們必須要兩手綁在背後吃派。好，比賽開始，他們走到平台上……」

16

〈「肥屁股」霍根復仇記〉高登・拉辰斯著，原刊登於一九七五年三月之《騎兵雜誌》。承蒙許可轉載。

他們走到平台上，一個接一個，立在一張鋪著亞麻桌巾的長三腳桌後面。桌子靠近平台邊緣，桌上堆滿了高高的派。上頭吊著一串一百瓦燈泡，飛蛾和夜間昆蟲輕輕地撞擊燈泡，籠罩在光暈中。平台上方掛起了一幅大牌子，沐浴在燈光下，寫著：**一九六〇年葛瑞特納吃派大賽！**牌子的兩邊都掛著破舊的擴音喇叭，那是由「大戴家電行」的查克・戴提供的。來衛冕的比爾・崔維斯就是查克的表弟。

每位參賽者在上台之後，兩手就被反綁，解開了襯衫的前襟，活像是要上絞架的雪尼・卡頓[39]。恰波諾鎮長會用查克的擴音器宣布參賽者姓名，然後在他的脖子上綁一條白色長圍兜。凱爾文・司畢爾只得到了零零星星的掌聲，因為他的肚子雖然有二十加侖的水桶那麼大，卻沒有人看好他，認為他最後只贏得了小霍根（大多數人都認為霍根只是陪榜的，覺得他年

39. 譯註：這是英國作家查爾斯・狄更斯的名著《雙城記》中的人物。

紀太小、沒有經驗，今年的比賽也吃不了多少）。

司畢爾之後就是巴伯．柯米爾。柯米爾是個DJ，在路易斯頓的WLAM主持一個受歡迎的午後節目。他贏得的掌聲較多，觀眾中還有少女尖叫，她們覺得他很「俊俏」。緊接著是葛瑞特納小學的校長約翰．魏金斯，較年長的觀眾給予他熱烈歡迎，而他的學生群裡則零零落落傳來倒喝采聲。魏金斯勉強露出慈父般的笑容，同時皺眉嚴厲地瞪著底下的觀眾。

接著，恰波諾鎮長介紹了肥屁股。

「今年的葛瑞特納吃派大賽有了一位生力軍，我們非常看好他會是明日之星……年輕的**大維．霍根先生！**」鎮長幫他把圍兜繫上時，底下觀眾熱烈鼓掌，在掌聲逐漸變小後，就在一百瓦燈泡外有一幫彩排過的希臘合唱隊異口同聲地大喊：「**吃垮他們，肥屁股！**」

台下有摀著嘴的歡樂尖叫聲、跑步聲，有幾道陰影沒有人辨認得出是誰（或是願意去辨認），有人緊張地笑，有人不以為然地蹙眉（眉頭皺得最緊的是恰波諾鎮長，他是最具代表性的權威人士），肥屁股本身倒像是完全不放在心上。仍然雙眉緊鎖的鎮長幫他繫好圍兜時，叫他不要理會觀眾群中的傻瓜（彷彿鎮長能夠理解肥屁股霍根遭受過多少次這些殘忍傻瓜的戲弄，而且在他像納粹虎式坦克的一生中還得繼續忍受下去），他肥厚的嘴唇上掛著淡淡的笑，雙下巴也文風不動，但鎮長的呼吸暖洋洋的，帶著啤酒味。

最後一名參賽者登上了用彩旗裝飾的舞台，引起了最響亮、最持久的掌聲。傳奇的比爾．崔維斯，一百九十六公分，瘦瘦高高的，如狼似虎。崔維斯在本地的鐵路站場旁的阿莫科加油站當技師，他的人緣很好。

鎮上的人都知道葛瑞特納吃派大賽並不僅僅是為了爭奪五元獎金而已——至少對崔維斯是如此——通常有兩個原因：首先，鎮民總是在崔維斯贏得比賽之後，順路到加油站去恭喜他，而來恭喜他的人大多會把油箱加滿。比賽之後，兩個修車間有時會整整一個月都客滿，鎮民會過來換個消音器，或是給輪軸軸承上油，而且他們會坐在挨著牆根排列的戲院椅上（椅子來自寶石戲院，一九五七年拆除時被加油站的老闆傑瑞·馬陵搶救了下來），喝著販賣機買的可樂和活力飲品（Moxie），跟比爾聊著比賽，而他則一面換火星塞或是躺在滑板上鑽在某人的「萬國收割機」卡車底下，尋找排氣管上的漏洞。比爾總是樂於跟人聊天，所以他在葛瑞特納才會人緣那麼好。

鎮民會爭論傑瑞·馬陵有沒有因為比爾的年度大餐（你想要的話，也可以改為年度大吃）為他引來的生意給他紅利，還是直接給他加薪？但無論是哪一種，崔維斯比別的小鎮黑手過得要好，那是絕對不用懷疑的。他在沙巴塔斯路那裡有一棟漂亮的二樓牧場屋，有些人還會酸溜溜地說那是「用派蓋出來的房子」。這麼說或許是誇張了，可是比爾的房子卻是靠另一種錢蓋出來的——這也是我們認為對崔維斯而言，比賽不僅僅是五元獎金的第二個理由。

吃派大賽在葛瑞特納可是火熱的賭博活動，可能大多數的人只是為了好玩來的，但是也有一些人會順便押點賭注。參賽者會被這些人品頭論足，激動得就像是賽馬場上品評純種馬的賭客。莊家會和參賽者的朋友、親戚，甚至是點頭之交搭訕，挖出參賽者的飲食習慣等種種細節。每年的比賽派必定引起廣泛的討論——一般咸認蘋果派是「重量級」，杏子則是「輕量級」（不過參賽者在吞下三、四個杏子派之後也得要快走個一、兩天才行）。這一年的比賽派是藍莓，公認是介於兩者之間。當然了，下注的人特別感興趣的是，他們押的人有多大的胃能容納一盤盤的藍莓派？他平常怎麼吃藍莓蛋糕？他是偏好藍莓果醬勝過草莓蜜餞嗎？有人知道他的早餐麥片裡是不是加了藍莓？或是只限於香蕉加奶油？

此外還有別的問題。比如他是一開始吃很快，漸漸變慢的人呢？還是一開始吃得慢，等氣氛一熱烈就漸漸加速的？還是從頭到尾保持一定速度的老饕？他在聖多明尼克棒球場看一場貝比．魯斯的比賽，能吃下多少熱狗？他很愛喝啤酒嗎？是的話，一個晚上他通常會喝掉多少啤酒？他容易打嗝嗎？據信懂得打嗝的人在漫長的苦戰中比較難落敗。

這一切以及其他的資訊都篩查過，賠率公布，賭注押下。吃派大賽後的一週左右究竟有多少賭金換手，我是沒辦法知道的，可如果你拿槍抵著我的頭，硬要我猜的話，我會說是將近一千塊——聽起來或許是相當微不足道的數量，可是十五年前在這麼小的鎮上這是一大筆錢。

而且比賽公平公開，時間限制又是很明確的十分鐘，沒有人反對參賽者押注在自己身上，所以比爾．崔維斯年年都賭自己贏。據說，一九六〇年的那個夏日夜晚，他朝觀眾點頭微笑，他又押了不少錢在自己身上，而今年他的賠率來到了五賠一。如果你不賭博，那我這麼跟你解釋好了：他為了要賺五十元得投入兩百五十元的本錢。雖然一點也不划算，但這是勝利的價錢——而他站在那裡，浸淫在掌聲之中，笑得輕鬆，一點也不擔心的樣子。

「接著是來衛冕冠軍寶座的，」恰波諾鎮長大聲宣布，「葛瑞特納在地的**比爾．崔維斯！**」

「耶，比爾！」

「你今晚要吃多少？比爾。」

「要吃十個嗎？比爾小子。」

「我押了兩塊錢賭你贏，比爾！別讓我輸了，孩子！」

「留個派給我，小崔！」

比爾．崔維斯又是點頭又是微笑，表現得很是謙遜，讓鎮長為他繫上圍兜，隨即坐到桌子的最右邊，靠近鎮長會站立的地方。所以從右至左的參賽者分別是比爾．崔維斯、「肥屁股」大維．霍根、巴伯．柯米爾、約翰．魏金斯校長，而坐在最左邊凳子上的是凱爾文．司畢爾。

恰波諾鎮長介紹了席薇雅．達吉，她比比爾．崔維斯還要身經百戰。她擔任葛瑞特納婦聯會會長的時間長到大家都記不得了（小鎮上一些說話風趣的人說，是從第一次馬納沙斯之役[40]之後），而且也是由她來監督每年的比賽派烘焙作業的，每一個派都經過她嚴格的品管，其中一道手續是在「自由市場」用班西切克先生的肉秤來公開秤重——這是為了確保每一個派的重量都在一盎斯的誤差之內。

席薇雅對著底下的觀眾微笑，有如女王一般，藍色的頭髮在電燈泡下閃閃發光。她發表了簡短的演說，說她有多高興這麼多的鎮民來紀念他們篳路藍縷的拓荒先民，因為有那些前輩，國家才如此偉大，而不僅僅是在基層上，恰波諾鎮長會帶領本地的共和黨在十一月再次贏得小鎮的執政權，至於在全國的層面上，尼克森和洛奇也會從備受敬愛的偉大將軍[41]手中接下並高舉自由的火炬……

凱爾文．司畢爾的肚子咕嚕響，底下有人哈哈笑，還有人鼓掌。席薇雅．達吉勉強微笑，紅著臉，同時表情憤怒，她非常清楚凱爾文是民主黨兼天主教徒（分開來的話還可以原諒，但二者皆備那就絕不可救了）。她清清喉嚨，對著觀眾中的每一個男孩、女孩諄諄教導，要他們時時刻刻都要高舉著那面紅、白、藍的旗幟，舉在手上，也舉在心中，同時記住抽菸是骯髒、邪惡的習慣，會害你咳嗽。觀眾群中的男生、女生（大多數會在八年之後佩戴著和平章，抽著大麻而不是駱駝香菸）不耐煩地交錯左右腳，等著比賽開始。

「少說話，多吃派！」後排有人大喊，立刻爆出一陣掌聲，這一次更熱烈。

40. 譯註：馬納沙斯之役（the First Manassas）也稱第一次奔牛河之役，發生於一八六一年，是南北戰爭中的重要戰役。
41. 譯註：指的是美國第三十四任總統艾森豪。他在二次大戰中是五星上將，擔任歐洲盟軍的最高指揮官。

恰波諾鎮長遞給席薇雅一只碼錶和一支銀色的哨子，她會在十分鐘結束之時吹哨，恰波諾鎮長屆時就會站到前面來，舉起勝利者的手。

「準備好了嗎？」鎮長的聲音隆隆響起，擴音喇叭把他的聲音送到了大街的盡頭。

五位參賽人都說準備好了。

「要**開動**了嗎？」鎮長再次詢問。

參賽者大吼說要開動了。街道的尾端有個男孩放了一串鞭炮。

恰波諾鎮長舉高一隻又短又胖的手，往下一揮。「**開始！**」

五個人一齊埋頭大吃五盤派，聲音就像是五隻大腳同時踩進泥巴裡。宜人的夜空中響起了濕答答的吞嚥聲，下注的人和支持者開始為選手加油，而第一個派都還沒被掃光，大多數的人就明白了結果可能會讓人跌破眼鏡。

由於肥屁股霍根的年紀以及欠缺經驗，是個一賠七、無人看好的選手，卻吃得像餓鬼附身。他的下巴動得跟機關槍一樣快（比賽規定只需要吃上層的派皮，不必吃掉下層的），派皮一消失，只聽見極響亮的一聲咻，內餡就被他一口氣吸光了，他簡直跟工業級的吸塵器一樣厲害。然後他整顆頭消失在派盤裡，十五秒後就把盤子舉高，表示他吃完了。他的兩頰和額頭都沾上了藍莓汁，他就像「黑人走唱秀」[42]裡的臨時演員。他吃完了，而傳奇的比爾・崔維斯的第一個派才只吃了**一半**。

鎮長檢查了肥屁股的派盤，宣布過關，驚愕的掌聲立刻響了起來。他把第二個派掃進盤子裡的速度之快讓人都來不及計時，肥屁股在僅僅四十二秒之內就把一個法定尺寸的派吞進了肚子裡，創下了比賽的新紀錄。

而他吃第二個派的速度甚至還更快，只見他一個腦袋上下亂動，吞下軟軟的藍莓餡，比爾・崔維斯要第二盤時還擔憂地瞅了他一眼。他後來跟朋友說，他覺得自己從一九五七年之後就沒有這麼認真比賽過，那一年喬治・嘉馬胥四分鐘內吞下了三個派，立刻就昏厥倒地。他不得不想，他說，他是在和一個男孩子對敵，還是在跟魔鬼對敵。他想到了他賭上的錢，立刻加倍努力。

可如果崔維斯加倍了速度，那肥屁股就是加快了三倍。藍莓從他的第二個派盤上飛出來，弄髒了他四周的桌巾，簡直就像是傑克遜・波洛克[43]的畫。他的頭髮上有藍莓，圍兜上有藍莓，額頭上有藍莓，就彷彿在專心致志之際，他真的流出了**藍莓汗**。

「**吃完！**」他大喊，抬起了頭，而比爾・崔維斯才剛吃完第二個派的派皮。

「最好吃慢一點，孩子。」鎮長喃喃說。恰波諾本人在比爾・崔維斯身上押了十塊錢。「你得要小心步調才能持久。」

肥屁股卻好像充耳不聞。他像瘋子一樣盯上了第三盤派，下巴移動的速度快如閃電。然後……

我得先暫停，我要先說說肥屁股霍根家的藥櫃裡有個空瓶子。早先，這個瓶子還裝滿了四分之三的珍珠黃蓖麻油，這可能是親愛的上帝以祂浩瀚無邊的智慧，允許在這個地表上可以存在的最惡名昭彰的液體了。肥屁股喝光了這瓶油，喝光了每一滴，還把瓶口都舔乾淨了，嘴巴扭曲，肚子裡酸酸的，腦袋裡充滿了復仇的快感。

肥屁股迅速幹掉第三盤派時（凱爾文・司畢爾連第一個派都還沒吃完，果然不負眾望，是最後一名），還刻意用陰森恐怖的幻想來折磨自己。他吃的根本就不是派，他是在吃牛糞，

42. 譯註：黑人走唱秀（the minstrel show）是由白人表演者把臉抹黑，模仿黑人苦力的滑稽表演。

43. 譯註：傑克遜・波洛克（Jackson Pollock, 1912-1956）是美國抽象派畫家，尤以獨創的滴畫聞名於世。

他是在吃大塊大塊油膩膩的金花鼠內臟，他是在吃切成一段段的土撥鼠腸子，配上藍莓醬汁。**臭酸的**藍莓醬汁。

他吃完第三盤派，又要了第四盤，現在超前傳奇的比爾・崔維斯一整個派了。見風轉舵的觀眾覺察到有新的冠軍崛起了，開始熱情地為他加油。

可是肥屁股既不希望贏，也沒有贏的意願。他沒辦法以目前的速度繼續下去，就算獎品是他母親的生命也一樣。贏對他來說就是輸，復仇才是他一心想得到的獎品。他的肚子因為蓖麻油而呻吟，他的喉嚨難受地開開合合。他吃完第四盤派，又要了第五盤，最後的一個──這麼說吧，藍莓變成了伊萊克特拉[44]，復仇之神。他埋頭就吃，咬穿了派皮，鼻子埋入藍莓餡中，藍莓掉在他的襯衫上。他胃裡的東西突然變得沉重，他咀嚼黏呼呼的派皮，吞下去，然後他吸入藍莓。

說時遲那時快，他復仇的時刻到了。他的胃負載過度造反了，就如一隻強壯有力的手戴上了滑溜的橡皮手套，下死勁地一抓。他的咽喉打開了。

肥屁股抬起了頭。

他露出藍色的牙齒，朝比爾・崔維斯咧嘴笑。

嘔吐物湧上了他的喉嚨，就像六噸重的彼得比爾特汽車（Peterbilt）從隧道疾衝而出。大塊大塊的藍和黃從他的口中噴吐出來，熱烘烘的，還冒著熱氣呢。他把比爾・崔維斯吐了個滿頭滿臉，但比爾只來得及發出一個毫無意義的聲音，聽來就像是「**咕！**」，隨即觀眾群中的婦女開始尖叫。凱爾文・司畢爾掛著呆滯驚訝的表情看著這個突如其來的意外，朝桌子俯身，像是要向張口結舌的觀眾解釋是怎麼回事，卻一張口就吐在鎮長太太瑪格麗特・恰波諾的頭上。她尖叫，連忙後退，兩手亂抓頭髮，這時她的頭頂已經被咬碎的藍莓、烤豆子和消化了一半的法蘭克福香腸覆滿了（後兩樣是凱爾文・司畢爾的晚餐）。她轉向她的好友瑪麗亞・賴文，吐在了瑪麗亞的鹿皮外套上。

就像鞭炮劈哩啪啦地響，連鎖效應出現了。

比爾・崔維斯噴出了大量的——而且好像是超負載的——嘔吐物，噴到了前兩排的觀眾，他驚愕的表情像在對大家說：**天啊，我不敢相信我會這樣**。

查克・戴接收到不少比爾・崔維斯送的禮物，吐在他自己的Hush Puppies鞋子上，然後眨著眼睛，非常清楚這種東西沾上了鹿皮是**絕對**洗不掉的。

葛瑞特納小學的約翰・魏金斯校長張開了有一圈藍莓醬的嘴巴，不悅地斥責：「真的實在是……**噁！**」不愧是個有教養、有地位的人，他吐在自己的派盤裡。

恰波諾鎮長發現自己莫名其妙變成在監督一間腸病毒醫院病房，而不是吃派大賽。他正要開口宣布比賽暫停，卻一瞬間吐在麥克風上。

「**神啊！救救我們！**」席薇雅・達吉呻吟著說，然後她被激怒的晚餐——炒蛤蜊、包心菜沙拉、奶油砂糖玉米（還是兩穗），還有一大份的穆瑞爾・哈靈頓餐廳的巧克力蛋糕——沖出了逃生門，濕淋淋地落在鎮長羅伯特・霍爾（Robert Hall）的外套背上。

肥屁股霍根，這時站上了他年輕人生中的最高點，對著觀眾眉開眼笑。到處都是嘔吐物，鎮民像喝醉一樣踉踉蹌蹌，按著喉嚨，發出虛弱的呀呀聲。某人的北京狗衝過舞台，瘋狂地吠叫，有個穿牛仔褲和西部絲襯衫的男人吐在狗身上，幾乎淹死牠。衛理教會的布拉克威牧師娘發出長長的低沉打嗝聲，緊接著就吐出了一堆烤牛肉和馬鈴薯泥和蘋果派，看蘋果派的

44. 譯註：伊萊克特拉（Electra）是希臘神話中的人物，因為她的母親聯合情人謀殺了她的父親，而一心一意要為父報仇。

樣子，剛出爐的時候一定讓人垂涎三尺。傑瑞．馬陵本來是來看他的當紅技師橫掃全場的，這下決定要離這一群瘋子越遠越好，但才走開了十四米，就絆到了某個孩子的紅色小貨車，並發覺自己摔進了一灘熱熱的膽汁裡。傑瑞嘔吐在他自己的大腿上，後來他告訴鎮民，他只感謝上帝那天他穿的是連身工作服。還有諾曼小姐，她在葛瑞特納綜合中學教授拉丁文和基礎英文，噁心得想吐又遍尋不著好地方，急得只好吐在她的皮包裡。

肥屁股霍根把一切都看在眼裡，一張大臉極為平靜，笑意盈盈。他的胃突然安定了下來，像是服了一劑溫暖的止痛藥，很可能是空前絕後的一次——這味藥是一種徹頭徹尾的滿足感。他站起來，從恰波諾鎮長的手中把微微黏手的麥克風拿過來，說……

17

「『我宣布這次比賽平手。』說完他就把麥克風放下，從舞台的後方下去，直接就回家了。他母親在家裡，因為她找不到人來幫她照顧肥屁股才兩歲的小妹妹。他一進門，全身都沾滿了嘔吐物和派餡，圍兜也沒解開，她就說：『大維，你贏了嗎？』可是他一句話也沒說，就只是上樓到房間去，鎖上了門，躺在床上。」

我喝掉了克里斯最後的一口可樂，把瓶子拋進樹林裡。

「嗯，很酷，然後呢？」泰迪心急地問。

「不知道。」

「什麼意思，你**不**知道？」泰迪問。

「意思是結局就是那樣。不知道後面的事，就是結局了。」

「**嗄？**」文恩大喊。他的臉上掛著沮喪、懷疑的神情，好像他以為他是在托普仙園遊會上玩一分錢的賓果被詐騙了。「這爛東西有什麼好笑的？最後**到底**是怎樣了？」

「你得用想像力。」克里斯耐心地說。

「不，我才不必！」文恩生氣地說：「**他**才應該要用**他的**想像力！是他編出來的爛故事！」

「對啊，那傢伙怎麼了？」泰迪也不肯罷休。「說啊，高弟，告訴我們。」

「我想是他爸爸也去看吃派大賽了，等他回來，他就把肥屁股打了個半死。」

「對，對。」克里斯說。「一定就是這樣子。」

「而且，」我說，「別的小孩繼續叫他肥屁股，不過有些人也開始叫他嘔吐王了。」

「這種結局真爛。」泰迪難過地說。

「所以我才不想說啊。」

「你可以編成他開槍打死了他爸爸，然後逃家去當德州騎警了。」泰迪說。「這樣如何？」

克里斯和我互看了一眼。克里斯一邊肩膀聳了聳，但是動作極小，幾乎看不出來。

「也可以吧。」我說。

「嘿，高弟，你有沒有新的勒迪歐故事？」

「現在沒有。以後可能會想到。」我不想惹泰迪生氣，可我也不是很有興趣去看勒迪歐有什麼事情。「可惜你沒有更喜歡這一個故事。」

「不會啦，這個故事很棒。」泰迪說。「從頭到尾都很棒。嘔吐的那一段真的很酷。」

「對，很酷，很噁心。」文恩也附和。「可是泰迪說結局不好是真的，有點騙人。」

「對。」我嘆了口氣。

克里斯站了起來。「我們再走一段路吧。」他說。這時的日光仍然很亮，天空是炎熱、鋼鐵一樣的藍，可是我們的影子漸漸拉長了。我記得小時候，九月的白天總是好像很短，一不留神就天黑了——而我在心裡期待永遠是六月，都快晚上九點半了日光仍在天空中逗留不去。「幾點了?高弟。」

我看了手錶，訝然發現已經五點多了。

「好，走吧。」泰迪說。「可是要在天黑以前紮營，才能撿木頭那些。我也餓了。」

「六點半紮營。」克里斯答應了。「你們覺得可以嗎?」

可以。我們又開始走路了，現在是走在鐵軌旁的煤渣上，河流很快就被我們拋在後面，連流水聲都聽不見了。蚊子嗡嗡叫，我拍掉了脖子上的一隻。文恩和泰迪走在前面，商量著什麼複雜的漫畫書交易。克里斯走在我旁邊，雙手插進口袋裡，襯衫拍打著他的膝蓋和大腿，像條圍裙。

「我有一點溫斯頓。」他說。「從我老爸的矮櫃裡偷來的。每人一根，晚餐以後抽。」

「是喔?太好了。」

「飯後來根菸，快樂似神仙。」克里斯說。「晚餐之後。」

「對。」

我們默默走了一會兒。

「那個故事真的很精采。」克里斯忽然說。「他們只是有點太笨，沒聽懂。」

「沒有那麼精采啦，只是胡說八道。」

「你每次都這樣說，少跟我來這一套。你會寫下來嗎?這個故事?」

「大概吧，可是暫時不會寫。我不能在跟他們說了之後立刻寫下來，這樣會受影響。」

「文恩說的話嗎?說結局騙人?」

「嗄？」

克里斯哈哈笑。「**人生就是**騙局，知道嗎？我是說，你看我們。」

「才沒有，我們玩得很開心。」

「是啊。」克里斯說。「一直都很開心，廢柴。」

我笑了，克里斯也笑了。

「它們就像汽水會冒出氣泡一樣從你腦袋裡冒出來。」他過了一會兒說。

「什麼東西？」其實我知道他指的是什麼。

「故事。這個真的讓我想不通。就好像你可以說一百萬個故事，可是還是能想出新的來。你以後會是一個了不起的作家，高弟。」

「不，我不覺得。」

「會，你一定會。搞不好你會寫我們這些人，要是你有一天真的缺題材的話。」

「那得真的很缺才會。」我用手肘拐了他一下。

又一陣沉默，然後他突然問：「你準備好去上學了嗎？」

我聳聳肩。誰會準備好？想到回學校，看見朋友，你會有一丁點興奮；你會好奇新老師是什麼樣子，是漂亮又年輕，剛從師範學院畢業，可以讓你戲弄的，還是從阿拉莫戰役[45]後就在教書的老江湖？好玩的是，你甚至對漫長拖宕的課程也會覺得興奮，因為暑假將近尾聲，你有時會無聊到相信自己可以學習點什麼。可是夏天的無聊跟上課的無聊是沒法比的，開學以後第二週你就會覺得無聊，等到第三週開始，你就忙著**真正**的事情了：能不能趁著老

45. 譯註：阿拉莫戰役（the Alamo）發生於一八三六年，是德州脫離墨西哥獨立的關鍵一役。

師在黑板上寫南美洲主要出口品的時候，用你的橡皮擦打中臭費斯克的後腦勺？如果你的兩手真的很多汗，有沒有辦法在上過清漆的桌面上弄出夠大聲的噪音？換衣服上體育課時，誰會在更衣室裡放最響的響屁？午餐時間你能找到幾個女生玩「套鹿角」（Who Goosed the Moose）？這些可是更高階的學習。

「中學。」克里斯說。「知道嗎？高弟，六月一到，我們就會都切了。」

「你在說什麼啊？怎麼會**那樣**？」

「因為它不像升學學校，這就是原因。你會念升學班，我跟泰迪和文恩，我們會念技藝班，跟其他的智障一塊玩牌、做菸灰缸和鳥屋，文恩搞不好還得上資源班。你會遇見一大堆新朋友，聰明的朋友。事情就是這樣，高弟，他們早就都安排好了。」

「你的意思是遇見一大堆的娘娘腔吧？」我說。

他抓緊我的胳臂。「不是，不要這樣說，連想都不要這樣想。他們會聽懂你的故事，不像文恩和泰迪。」

「去他的故事。我才不要跟一堆娘娘腔一起上學。絕不可能。」

「你不去就是個蠢蛋。」

「我想跟你們做朋友，蠢蛋就蠢蛋。」

他若有所思地看著我，彷彿在決定是否該告訴我什麼事。我們慢了下來，文恩和泰迪幾乎與我們拉開了半公里的距離。陽光現在更低了，射過枝葉糾纏的樹木，照在我們身上，那霧濛濛的光束讓萬物披上了金光，但那卻是一種俗麗的金色，一種廉價商店的金色，如果你懂的話。延伸在我們前方的鐵路就要會合了，它幾乎像閃著光，這裡、那裡亮起點點星光，好像某個發神經的有錢人假扮成普通的工人，決定要每隔五十五米就在鐵軌上嵌入鑽石。氣溫仍高，我們汗水直流，流滿了全身。

「要是你被朋友拖下水就是蠢蛋。」克里斯終於說。「我了解你和你爸媽，他們不關心你，你哥才是他們的心肝寶貝。跟我爸一樣，從法蘭克被丟到波茨茅斯坐牢開始，他就看我們這些孩子不順眼，一天到晚打我們。你爸不會打你，可是搞不好這樣更糟，因為他對你就跟夢遊一樣。你可以跟他說你要去念他媽的技藝班，而你知道他會怎麼樣嗎？他會把報紙翻到下一頁，說：喔，不錯啊，高登，去問你媽晚餐吃什麼。你別想否認，我見過他。」

我沒有要否認。發現有個人，即使是朋友，卻對你的情況那麼的了解，是很嚇人的。

「你只是個孩子，高弟……」

「唉唷，謝謝你喔，爸。」

「我真他媽的希望**我是**你父親！」他生氣地說。「要是我是你爸，你就不會開口閉口說什麼要去念技藝班！上帝給了你什麼？你編的故事，祂說：這是我們給你的，孩子，可別弄丟了。可是小孩子**一定會**弄丟東西，除非有個人幫他們注意，要是你爸媽糟糕到做不到，那也許應該由我來做。」

他的表情像是等著我朝他揮拳，在綠金色的午後光線下既堅定又不快樂。他打破了那年頭孩子間的基本規定——你可以說某個小孩的壞話，你可以把他貶低到一文不值，可是你**絕不能**說他的爸爸媽媽一句不好。這是不成文的規定，就像不能邀請你的天主教徒朋友週五來家裡吃飯一樣，除非你先問清楚那天是不是吃肉。要是有別的孩子說你爸媽的壞話，你就得要送他幾拳。

「你說的那些故事，只對你一個人有好處，高弟。要是你繼續跟我們在一起，只因為你不願意這一夥人散了，那你最後就會變成另一條落水狗，每一科都吃大丙，只為了能配合我們。你會上中學，然後跟其他的落水狗上一樣的技藝班，丟橡皮擦、打手槍、被留校察看、被他媽的**停學**。不用多久你就只會關心到哪裡去弄輛車子，好載你的醜馬子去酒吧或是去他媽的雙橋客棧，然後你會弄大她的肚子，後半輩子都耗在工廠或是奧本的哪家鞋店裡，甚至是到希奎斯特去拔雞毛。而你那個吃派的故事永遠也不會寫下來，**什麼**也不會寫下來，因為你會變成另一個腦袋很聰明卻什麼屁也沒幹的人。」

克里斯．錢伯斯跟我說這番話時才十二歲，可是他說話時擰著眉，露出皺紋，顯得超齡老成。他說話的語調平平，不慍不火，然而每一個字都將恐懼敲入我的內心。他說話的語氣，就彷彿他已經活了一輩子那種他們跟你說要把握機會、踩動命運之輪，那麼命運之輪就會轉動順暢，讓踩踏板的人不停地踩，然後再掉在兩個零的那一格，莊家通吃、人人都輸了的生活；他們給了你自由通行證，然後他們打開了下雨機器，滿好笑的吧？這一點就連文恩．泰修都能聽懂。

他抓住我的胳臂，手指收緊，掐入了我的肌膚，揪住了我的骨頭。他的眼皮半垂，眼睛沒有生氣——簡直就像死人！真的，說他是從棺材裡掉出來的我也信。

「我知道鎮上的人是怎麼說我家的，我知道他們是怎麼說我的，我知道他們都等著要看我的好戲。那次根本就沒有人來**問**我有沒有偷拿牛奶錢，我就放了三天假。」

「你**拿**了嗎？」我問。我一直沒問過他，要是你跟我說我會問，那我一定會罵你瘋了，但現在這句話卻像顆乾巴巴的子彈一樣射出來。

「有，」他說，「是我拿了。」他沉默了一下，看著前方的泰迪和文恩。「你知道我拿了，泰迪知道。**大家**都知道。就連文恩也知道吧。」

我開口要否定，又閉上了嘴巴。他說得對，儘管我跟我爸媽說除非是鐵證如山，否則就應該要無罪推定，可是我心裡很明白。

「可是可能後來我覺得我錯了，就想還回去。」克里斯說。

我瞪著他，眼睛張得很大。「你想還回去？」

「我說的是**可能**，只是**可能**。我可能把錢拿給老西蒙斯太太，跟她承認了，也可能錢一直都在，可我還是被放了三天假，因為錢不見了，而可能下週老西蒙斯太太來學校的時候就穿了一條新裙子。」

我瞪著克里斯，驚恐得啞口無言。他朝我微笑，卻抿著嘴唇，眼中也沒有笑意。

「只是**可能**。」他說。可是我記得那條新裙子——淡褐色的佩斯利花紋裙，滿高級的。我記得我還覺得老西蒙斯太太穿那條裙子變年輕了，幾乎可以說是變漂亮了。

「克里斯，牛奶錢有多少？」

「差不多七塊。」

「克里斯。」我低聲說。

「所以就這樣說吧，**我**偷了牛奶錢，可是後來老西蒙斯又從**我**這裡偷走了。你想想，我把這件事說出去，我耶，克里斯．錢伯斯，法蘭克．錢伯斯和『眼珠』錢伯斯的弟弟，你覺得會有人相信嗎？」

「不可能。」我低聲說。「天啊！」

他露出那種冷肅的、恐怖的笑容。「那你覺得如果換成是住在『風光』那邊的有錢小鬼拿了錢，那個臭女人敢這樣子嗎？」

「不敢。」我說。

「對，如果是他們，西蒙斯就會說：好，好，我們這次就算了，可是我們要狠狠地打你的手心，你要是敢再犯，我們就要打**兩隻**手了。可是**我**……哼，搞不好她早就盯上那條裙子了。反正，她看到機會來了，就抓住了。是我自己太笨，還想把錢還回去。可是我沒想到……我沒想到當**老師**的……哼，誰鳥你啊，對不對？我幹嘛還說出來？」

他憤怒地拿胳臂擦眼睛，我這才明白他快哭了。

「克里斯，」我說，「你為什麼不念升學班？你夠聰明。」

「他們在辦公室都決定好了，還有他們開的會。老師們，圍著這張大圓桌，只會說是、是，對、對。他們只在乎你在升學學校乖不乖、鎮上對你們家的看法，他們只關心你會不會污染了那些要升學的有錢家的小鬼。不過我可能會白手起家，雖然我不知道會不會成功，可是我大概會試一試。因為我想離開城堡岩去上大學，再也不要看到我老爸或是我哥哥了。我要到別的地方去，沒有人認識我，我也沒有什麼黑紀錄。可是我不知道我能不能做得到。」

「為什麼不能？」

「人。別人會把你拖下水。」

「誰？」我問，想著他指的一定是老師們，或是像西蒙斯小姐一樣的妖怪大人，為了一條新裙子；也可能是他哥哥「眼珠」，跟「王牌」和比利、查理之流的廝混；也可能是他的爸媽。

可是他說：「你的朋友會把你拖下水，高弟。你不知道嗎？」他指著文恩和泰迪，他們站在那兒等我們追上去。他們在為什麼而哈哈笑？其實，文恩就快笑破肚皮了。「你的朋友會。他們就像是溺水的傢伙，拚命抱住你的腿，但你救不了他們，你只能跟他們一塊淹死。」

「快點啊，慢吞吞的烏龜！」文恩大喊，仍笑個不停。

「來了！」克里斯喊回去。我還沒能開口，他已經拔腿就跑。我也跑，可是還沒能追上他，他已經先追上他們了。

18

我們又走了一公里路，決定要紮營過夜。雖然還有一些餘暉，可是沒有人想再走下去，因為經歷了垃圾場那一幕以及火車棧橋的驚險經驗，我們疲倦不堪。不過不僅如此，我們現在是在哈羅、在樹林中，前方某處有個死掉的孩子可能血肉模糊、渾身蒼蠅，到這時恐怕還長蛆了。夜晚來臨了，誰也不想太靠近他。我在哪裡讀到——大概是阿爾吉農．布萊克伍德[46]的故事吧——鬼魂會在屍體四周遊蕩，直到得到了適當的基督徒葬禮。我無論如何都不想半夜醒來，面對雷伊．布勞爾發著光的透明鬼魂在暗夜和沙沙作響的松林中飄浮，咿咿哀哀、咕嚕咕嚕地叫。停在這裡，我們跟他至少還隔了十來公里路，而且我們四個人當然知道這世上是沒有鬼的，可萬一大家的知識都錯了，十來公里路的距離應該也夠了。

文恩、克里斯、泰迪去撿木頭，在煤渣地上生起了小小的營火。克里斯繞著營火扒乾淨了一塊地，因為木頭乾得像粉塵，他可不想發生失火意外。他們在忙的時候，我則削尖木棍，做我哥丹尼以前說的「拓荒者雞腿」，把漢堡肉都推到綠色樹枝的尖端烤。他們三個人一面笑一面為他們的技術鬥嘴（其實他們的技術差不多等於零，雖然城堡岩有童子軍，可是在我們空地上混的孩子大都覺得只有娘砲才會加入那種組織），爭論是用火烤還是用煤炭烤比較好（大家各執一詞，爭不出個所以然來。我們太餓了，沒辦法等燒出煤炭來），因為乾的苔

46. 譯註：阿爾杰農．布萊克伍德（Algernon Blackwood, 1869-1951）是英國小說家。鬼故事的產量在同類型作家中名列前茅。

蘚能不能拿來點火？要是火柴全用光了還生不起火來該怎麼辦？泰迪宣稱他可以摩擦兩根樹枝起火，克里斯則說他滿口屁話。不過用不著勞動他們，文恩擦燃了第二根火柴就點燃了那一小堆的樹枝和乾苔蘚。今天沒有風，所以火不會被吹熄，我們都輪流給小小的火苗添柴，加入我們從三十米遠的樹林裡的枯木上掰下來的一塊塊的木頭，火勢也越來越旺。

等火焰稍微變小之後，我把插著拓荒者雞腿的樹枝插在土裡，伸在火上烤。我們圍坐著看漢堡肉閃著微光，滴著油脂，最後變成褐色。我們的胃都咕嚕咕嚕響，在飯前聊起來了。

等不及完全烤熟，我們各拿了一根，插成一排，扯掉棍子中間的烤肉，烤得外焦內生，好吃極了。我們狼吞虎嚥，用手臂擦掉嘴邊的油。克里斯打開他的背包，拿出一個ＯＫ繃錫盒（手槍在背包的最底下，因為他沒跟文恩和泰迪說，所以我想這是我們兩個人的秘密）。他打開錫盒，給了我們每人一根破破爛爛的溫斯頓菸。我們拿燃燒的樹枝點菸，然後向後一靠，心滿意足地看著煙飄入柔和的暮光之中。我們都沒有把菸吸進肺裡，因為那可能會害我們咳嗽，我們就會被其他人嘲笑個一、兩天。再說，光是吸了就吐出來，對著火堆吐口水，聽滋滋叫的聲音就夠愉快的了（就是這年夏天，我學到了如何分辨出誰是剛學抽菸的人：如果是新手，口水會吐得很多）。我們感覺很舒服。我們抽著溫斯頓菸，一直抽到只剩菸屁股，這才丟進火堆裡。

「飯後來根菸才叫作享受。」泰迪說。

「Ａ級享受。」文恩附和。

蟋蟀也在綠蔭中唧唧叫。我抬頭看著鐵道上方的一線天空，看出藍色變濃，快變成紫色了。看見了暮光的前導景象讓我覺得既傷心又平靜，勇敢卻又不是真的勇敢，孤寂得很自在。

我們在路堤邊的灌木叢裡踩平了一塊地方，鋪好了鋪蓋捲。然後，大概有一個小時吧，我們給營火添柴，聊東聊西，聊的那些話題是等你過了十五歲，發現了女孩子後，你就不會記得的話題。我們談著城堡岩誰最會開牽引機，波士頓今年也許不會是最後一名，還有剛過去的夏季。泰迪說著他在布倫斯維克懷特沙灘的時光，有個小孩從浮台上往下跳時撞到了頭，差點淹死。我們花了滿長的時間討論現在的老師，一致認為布魯克斯老師是城堡岩小學最娘的娘砲——如果你把他嗆回去，他就會露出一副快要哭的樣子。跟他相反的是寇迪老師，她大概是上帝創造出最卑鄙陰險的人類了。文恩說他聽說兩年前她打了一個小孩，出手之狠，差點就把那個小孩子打瞎了。我看著克里斯，不知他會不會說西蒙斯小姐什麼，可是他什麼也沒說，也沒看見我看著他——他正看著文恩，嚴肅地點頭。

夜色漸深，我們沒有談雷伊．布勞爾，可是我心裡想著他。黑暗籠罩樹林的樣子帶著點恐怖又迷人的味道，黑暗的來臨並沒有因為車燈或街燈或萬家燈火或霓虹而變得柔和，大概是少了母親叫孩子們立刻回家的呼喚聲。要是你習慣了鎮上，樹林中的黑夜降臨就會更像是自然災禍，而不是自然現象，它就像城堡河在春天氾濫一樣。

而我在這種光線中——或是沒有光線中——想著雷伊．布勞爾的屍體。我的心情不是噁心或恐懼，怕他會突然出現在我們的面前，綠油油地咕嚕怪叫，想要把我們嚇回去，以免我們打擾了他的——**它的**——寧靜。我感覺到的是突如其來的憐憫，憐惜他在黑暗中這麼孤單、這麼無助，而這份黑暗也漸漸瀰漫了我們這一邊了。如果有什麼東西想吃他的屍體，就一定會吃，他的母親不會在這裡阻止那種事發生，他的父親也不會，耶穌基督就算帶著所有的聖人也不會。他死了，他孤零零的，從鐵軌上飛進了水溝裡，而我發覺要是我不趕緊阻止自己想下去，我就要哭了。

所以我說了一個勒迪歐的故事，臨時編造的，不算精采，結局就跟別的勒迪歐故事一樣：一個孤單的美國大兵對著哀傷睿智的排附，吐出臨死前最後一句愛國宣言以及對家鄉那個女孩子的愛。在我心裡，我看見的不是城堡岩或是懷特河渡口看見的什麼照片，而是那個年輕很多的男孩，他已經死了，閉著眼睛，五官苦惱，左邊嘴角到下巴上有一條血流。而在他的後方，不是我的勒迪歐鎮虛構風景中的商店和教堂的斷瓦殘垣，我看見的只有漆黑的森林以及用煤渣鋪成的鐵道路基，龐大的身影襯著星光點點的夜空，像是史前的古墓。

19

我在半夜醒來，分不清東南西北，不明白臥室為什麼這麼冷，是誰把窗子打開的？可能是丹尼。我夢到丹尼，夢到他在哈里遜州立公園沖浪，可那是四年前的事了。

這裡不是我的房間，而是別的地方。有人熊抱我，另一個人貼著我的背，還有影影綽綽的第三個人蹲在我旁邊，歪著頭像在傾聽。

「怎麼搞的？」我問，真的是完全搞不清楚狀況。

回答我的是長長的一聲呻吟，像文恩的聲音。

這下子我忽然清醒，我記得我在哪裡了……可是大家半夜三更不睡覺是在幹什麼？還是說我只睡了幾秒鐘？不，不可能，因為細細長長的月亮就掛在墨黑色的天空中央。

「別讓它來抓我！」文恩咕嚕亂叫。「我發誓我會乖乖的，我不會做壞事，我尿尿以前會把馬桶座掀起來……我會……我會……」我略覺驚愕，這才明白我聽見的是禱告——至少是文恩．泰修版的禱告。

我猛地坐了起來，嚇到了。「克里斯？」

「閉嘴，文恩。」克里斯說。蹲在旁邊聽的人是他。「根本什麼也沒有。」

「有，有。」泰迪說道，語調駭人。「有東西。」

「**什麼**事？」我問。我仍然睡眼惺忪、頭腦混沌，分不清時空。我嚇壞了，我居然對於情勢的發展這麼遲鈍？那我哪能及時防護自己呢？

接著，彷彿是在回答我的問題，一聲漫長空洞的尖叫懶洋洋地從樹林中傳來——那種聲音會讓你以為是有個女人在極端的痛苦和恐懼中奄奄一息。

「喔，親愛的上帝！」文恩哀哀叫，聲音高亢，充滿了哭意。他又一次熊抱住我，剛才我就是這樣被吵醒的，害得我呼吸不過來，也增添了我的恐懼。我拚命扳開他，可是他立刻就又黏上來，像隻找不到地方躲的小狗。

「是那個布勞爾男生。」泰迪沙啞地低喃。「他的鬼魂出來了，走在樹林裡。」

「上帝啊！」文恩尖叫，顯然一點也不喜歡這種說法。「我保證我不會再從達利超市裡偷黃色小說！我保證我不會再把我的胡蘿蔔拿去餵狗！我……我……我……」他不知所措，想拿一切來賄賂上帝，但是在極度的驚駭之中卻又想不出什麼來。「**我不會再抽沒有濾嘴的香菸！我不會罵髒話！我不會把我的火箭砲放進奉獻盤！我不會……**」

「閉嘴，文恩。」克里斯說著，但是在他通常極富權威的強悍口吻之下，我聽出了隆隆的敬畏。我忍不住想，他的胳臂、背、肚子是不是也跟我一樣僵硬、爬滿了雞皮疙瘩？他後頸上的汗毛是不是也像我一樣根根倒豎？

文恩把聲音壓低成耳語，繼續擴充他計畫要執行的改革，只要上帝能讓他活著度過今晚這一關。

「是不是鳥叫？」我問克里斯。

「不是。至少我不覺得。我覺得是山貓，我爸說牠們在準備交配的時候叫得跟殺人一樣。

聽起來像是女人，對不對？」

「對。」我說。我的聲音在半途中向上拔高，頓了頓，像兩個小冰塊裂開來。

「可是沒有女人能叫那麼大聲。」克里斯說，接著又無助地加了一句：「對不對？高弟。」

「是他的鬼魂。」泰迪又低聲說。他的眼鏡反射出月光，像模糊的污漬。「我要去找它。」我不認為他是認真的，可是我們可不願冒險。他一作勢要起來，克里斯跟我就把他又往下拖。我們可能是對他太粗魯了一點，可是我們的肌肉因為恐懼而變成緊縛的電纜了。

「讓我起來，豬頭！」泰迪氣呼呼地說，一面掙扎。「我就要去、就要去！我要看！我要看他的鬼魂！我要看……」

狂野的、哽咽的聲音又響了起來，像刀刃是水晶的刀子一樣劃破了天際，嚇住了我們按著泰迪的手──如果他是旗子，我們看起來就會像是占領硫磺島的陸戰隊的那幅相片了。尖叫聲攀高，輕輕鬆鬆就高了一階又一階，最後升到了可以打破玻璃的高度，盤旋了一會兒後隨即陡降，低到不可思議的程度，像是一隻蜜蜂妖在嗡嗡叫，緊接著爆出了像瘋子一樣的大笑……隨即又萬籟俱寂。

「救苦救難的上帝。」泰迪低聲道，不再說要跑進樹林裡去看尖叫聲是誰發出來的了。我們四個抱在一起，我想到要逃跑，但我想恐怕不止我一個人有這個念頭。要是我們在文恩家後面露營──我們的父母**以為**我們是──我們大概**就會**逃跑。可是城堡岩太遠了，而想到要摸黑跑過那座火車棧橋，我的血液就結冰了。要是朝哈羅跑，會更接近雷伊．布勞爾的屍體，這同樣讓人想都不敢想。我們困住了。要是樹林裡有幽靈──我爸管它叫「咕殺楞」──而它想要抓我們，那它大概就會抓到我們。

克里斯提議輪流守夜，大家都同意。我們對了時間，文恩站第一班，我則是最後一班。

文恩盤腿坐在營火旁，其他人都躺了下來，我們像綿羊一樣擠在一起。

我很肯定睡覺是不可能的，可是我真的睡著了，但我睡得很淺、很不安，就像潛水艇伸出了潛望鏡，在無意識之海中掠過。我半夢半醒作的夢裡到處是山貓，可能是真的，也可能是出自我自己的想像。我看見了——也可能是我自以為看見了——什麼白白的東西，形狀不明，偷偷在樹林中穿梭，像是一張會動的詭誕床單。

最後，我滑入了什麼，但我知道那是一場夢。克里斯跟我在懷特沙灘游泳，本來是布倫斯維克的一個碎石坑，後來挖石工挖到了水脈，就變成了一個迷你湖。泰迪就是在這裡看到那個小孩撞到頭，險些淹死的。

在我的夢裡，我們的頭露出水面，慵懶地划著水，頭頂上七月的驕陽輻射著熾熱的陽光。在我們後面，從浮台上傳來喊叫聲、大笑聲，孩子們爬上去再跳進水裡，或是爬上來卻被推下水。我能聽到支持浮台的空煤油桶碰撞的聲音，那倒是滿像教堂鐘聲的，非常地莊嚴，也深奧得空洞。在沙子和碎石灘上，抹著防曬油的人臉朝下躺在毛毯上；小孩子拿著水桶蹲坐在水邊，或是開心地用塑膠鏟把泥沙鏟進頭髮裡；而青少年一群一群聚集，露出壞壞的笑容，盯著三三兩兩的年輕女生來回漫步，但她們沒有人落單，身體嚴實地包裹在詹臣（Jantzen）的一件式泳裝裡。人們用腳跟走在熱燙的沙子上擠眉弄眼，走向點心吧後再帶著洋芋片、巧克力蛋糕、「紅球」冰棒回來。

寇迪老師坐著充氣式橡膠筏從我們面前經過，她仰天而躺，穿著那件常年穿的典型制服：灰色兩件式套裝，搭配一件厚毛衣，而不是襯衫，平得像洗衣板的胸部上一邊別著一朵花，腿上的厚彈性襪是加拿大金幣的顏色。她的黑色老太太高跟鞋劃過水面，劃出小小的V字型。她的頭髮染成藍色，跟我媽一樣，而且燙成了彈簧似的捲子，散發出藥水味。她的眼鏡在陽光下反射著強光。

「別亂踢，孩子。」她說。「別亂踢，不然我就把你們打瞎。我做得到，我得到了校長的授權。好，錢伯斯先生，《修牆》[47]，背出來。」

「我有把錢還回去。」克里斯說。「老西蒙斯說可以，可是她把錢**吞**了！妳聽見了嗎？她把錢**吞**了！現在妳打算怎麼辦？妳要不要把**她**打瞎？」

「《修牆》，錢伯斯先生，麻煩你，背出來。」

克里斯丟給我絕望的一眼，彷彿是在說**我不是說過會這樣嗎？**接著就開始踏水。他開口說：「有一樣東西不喜歡有牆壁，使牆下冰凍的地面隆起……」接著他把頭鑽到水裡，背誦的嘴巴進了水。

他的頭又伸出來，大喊：「救命，高弟！救命！」

然後他又被拖下去了。我看著清澈的湖水，看到兩具腫脹赤裸的屍體抓住了他的腳踝。一個是泰迪，一個是文恩，兩人睜著茫然、沒有瞳孔的眼睛，就像希臘雕像。他們青春期之前還未發育成熟的陰莖從他們膨脹的肚子上軟綿綿地向上飄浮，活像是兩條得了白化症的海帶。克里斯的頭又破水而出，他向我舉出一隻無力的手，發出尖厲、女人似的叫聲，聲音一再拔高，在熾熱晴朗的夏日空氣中鳴囀。我慌張地看著岸邊，卻沒有人聽見。救生員懶散地高踞在粉刷過的十字形木塔中，展示著一身古銅色肌膚和健壯的體格，一個勁兒對著一個穿著大紅泳衣的女孩微笑。克里斯的尖叫變成了咕嘟咕嘟的吞水聲，兩具屍體又把他拖了下去。他們把他往黑水裡拖時，我能看見他波動的、扭曲的眼睛向上翻，痛苦地向我求救；我能看見他像白色海星的手無助地想去搆閃著陽光的水面。可我沒有潛下去救他，我反而發瘋似地往岸上游，或是往水不會淹沒我頭頂的地方游。在我游到之前——在我甚至都還隔著老遠之前——我感覺到一隻軟軟的、腐爛的、不依不饒的手抓住了我的小腿，開始拉扯。尖叫聲在我的胸口凝聚……我還沒能放聲尖叫，夢境就幻化成粗糙的現實摹本。是泰迪按著我的腿把我搖醒，該我守夜了。

我仍然半夢半醒，幾乎是說夢話，我渾渾噩噩地問：「你沒死啊？泰迪。」

「不，我死了，而你是黑鬼。」他沒好氣地說，一句話驅散了殘餘的夢。我在營火邊坐起來，而泰迪躺下進入夢鄉。

20

下半夜大家都睡得很沉，我也迷迷糊糊的，一會兒打盹、一會兒清醒，然後又打盹。黑夜一點也不安靜，我聽到了貓頭鷹撲翅，叫得得意，還有某種小動物的細細叫聲，可能是就要被吃掉了，另外有某個比較大的東西在林下植被間跌跌撞撞地走。而在這種種的聲響之中，還有蟋蟀的叫聲，但不再有尖叫聲。我打盹又清醒，清醒又打盹，我想要是我在勒迪歐這樣子站崗被逮到，我可能會被軍事審判、被槍斃。

我從最後一次打盹中醒過來，這次神智比較清楚，發現好像有哪裡不一樣了，但我愣了一、兩分鐘才想通：雖然月亮不見了，我卻還是能看見放在牛仔褲上的兩隻手，我的手錶指著四點四十五分。黎明了。

我站起來，聽見自己的脊椎吱嘎響。我走了七米遠，離開我那些睡成一團的朋友，對著一叢漆樹小便。我漸漸甩掉了那種夜晚的緊張不安，感覺到恐懼的心情有所消退，現在是一

47. 譯註：《修牆》（Mending Wall）是美國詩人Robert Frost的一首詩，以簡明的語言敘述對於牆的兩種不同的態度。

種舒服的感覺。

我爬上了煤渣堤到鐵軌那兒，坐在軌道上，漫無目的地拋著兩腿間的煤渣，一點也不急著把大家叫起來。這一刻，新的一天實在是太美好了，不獨享就太可惜了。

早晨飛快來臨，蟋蟀的叫聲漸漸停息，樹木和灌木叢下的陰影也像大雨後消失了的水窪。空氣中有那種奇特的淡淡的味道，預告了連續幾天的酷熱之後還有一天高溫。昨晚也許跟我們一樣瑟縮了一晚的小鳥，也得意洋洋地啁啾起來，一隻鷦鷯停在昨晚我們取木生火的倒木上，理理毛，隨即飛走。

我不知道在鐵軌上坐了多久，看著一抹紫色就跟昨晚偷偷遮蔽了天空一樣，無聲無息地變色。我已經坐到屁股跟我抗議了，我正要起來，頭往右邊一動，就看見了一頭鹿立在鐵路路基上，距離我大概十米。

我的一顆心跳到了嗓子眼，像是只要我把手伸進嘴巴裡，就能摸到心臟那樣。我從胃裡湧出了一股又熱又乾的興奮。我動也不動，其實就算我想動也動不了。牠的眼睛不是褐色的，而是很暗的、帶點淺灰的黑色——就是襯在珠寶底下的那種天鵝絨；牠的小耳朵像磨損的絨面革。牠平靜地看著我，頭微微低垂，我覺得牠是好奇，看見了一個頭髮亂得像稻草人的小孩，額頭上的頭髮亂翹，穿著褲腳翻邊的牛仔褲、一件棕色卡其襯衫，手肘有補丁，衣領按照當時的流行豎立著。我看見的是某種禮物，像草率送出手的，但令人生畏。

我們對看了好久好久……我**覺得**好久好久，然後牠轉身走向鐵軌的另一邊，白色短尾巴漫不經心地抖動。牠找到了青草，吃了起來。我不敢相信，牠居然**吃**了起來！牠沒回頭看我，也不需要，我整個人像塊石頭一樣。

然後，我屁股底下的鐵軌震動，不出幾秒鐘，鹿抬起了頭，歪向城堡岩的方向。牠立在那兒，黑色的鼻子嗅著空氣，輕輕動著。然後牠跑了三大步就消失在樹林裡，一點聲響也沒有，只聽見一根枯朽的樹枝喀地一聲響起，很像是田徑賽的起跑槍聲。

我坐在那裡，著迷地看著牠剛才站的地方，直到運貨火車的聲音穿透了寂靜，我這才滑下路堤到大家睡覺的地方。

貨車開得不快，轟隆隆通過，吵醒了大家，他們打哈欠的打哈欠、伸懶腰的伸懶腰。大家又開玩笑又緊張地談了談「會尖叫的鬼」，這是克里斯給的名字，可是說的並不多。青天白日之下，我感覺到的不是有趣而是荒唐，甚至讓人難為情，我想最好還是忘了這件事比較好。

我正要告訴他們看見了鹿，又把話吞了回去，這件事我決定自己放在心裡，直到今天才寫下來。我得跟你們說，這種無關緊要的事似乎不值得寫出來，但是對我而言，那是那段旅程中最美好、最澄淨的一刻，每當我遇見無奈人生中的煩惱時刻——例如我第一天到越南叢林裡作戰，有個一手摀著鼻子的傢伙走進了我們所在的空地，當他拿開手時，我只看見一個洞，因為他的鼻子被槍射掉了；又或者醫生說我們最小的兒子可能患有腦積水（感謝上帝，結果他只是長了個大頭）；還有我母親逝世之前那漫長慌亂的幾週。這些時候，我會發現自己的思緒回到那天早晨，我想起牠磨損的絨面革耳朵、白色的尾巴。但地球另一端那些八億中國人才不管呢，對不對？最重要的事通常最難說出口，因為說出口就減損了它的意義。要讓陌生人在乎你生命中的美好事物，原本就不是容易的事。

21

鐵軌現在彎向西南，穿過一叢叢的次生林蕨類和茂密的灌木。我們從這些灌木上採擷了藍莓當作早餐，可是莓果是吃不飽的，你的胃只會安分個半小時後就又開始咕嚕咕嚕叫了。我們回去走鐵道——那時快八點了——然後休息了一下。我們的嘴染成了暗紫色，赤裸的上身也被黑莓的刺割傷了。文恩悶悶不樂地大聲說，真希望早餐能是兩個炒蛋加培根。

這是今年夏天最後一個大熱天，但我也覺得是最炎熱的一天。早晨疾掠而過的雲消失了，九點時，天空是一片蒼白的青灰色，光看就讓人覺得好熱。汗水從我們的前胸後背流下，在煤灰和沙塵越積越多的皮膚上，留下一條條的痕跡。蚊蚋在我們的頭頂上盤旋，密得像烏雲。知道還有好幾里路要走並不會讓我們感覺比較好，可是對這件事的執迷驅策著我們，讓我們在高溫中走得比做別的事都還要快。我們巴不得看到那個男孩的屍體——這是最誠實的說法了，至於這件事是不是無害、是不是會變成一百個血肉模糊的夢謀殺了睡眠，我們也不管了，我們就是想要看。我覺得我們漸漸認定自己理當要看，因為這是**欠**我們的。

大約九點半，泰迪和克里斯看見前方有水，他們立刻朝文恩跟我大喊。我們跑到他們所站之處，克里斯哈哈笑，笑得很愉快。「看那邊！河狸弄的！」他指著說。

沒錯，是河狸弄的。在鐵路路堤下方前面一點有個大涵洞，河狸在右邊的開口築出一個用樹枝、木棍、樹葉、小枝枒、乾泥巴黏合的小小水壩。河狸真的是很忙碌的動物。水壩後面是清澈閃亮的一池水，映照著亮麗的陽光。池水有好幾處可以看到河狸的家隆起在水面上，那看起來就像是木頭冰屋。一條涓涓小溪流入水池的另一端，而圍繞著水池的樹木有近一米高的樹皮都被啃光了。

「鐵路局很快就會來清理。」克里斯說。

「為什麼？」文恩問。

「這裡不能有水池。」克里斯說。「會破壞寶貴的鐵路，所以一開始才會裝那個涵洞。

他們會射死一些河狸，把其餘的嚇跑，然後打掉牠們的水壩，這裡就會變回濕地，跟以前大概一樣。」

「好爛喔。」泰迪說。

克里斯聳聳肩。「誰在乎河狸啊？大南緬因和西緬因鐵路公司是絕對不會在乎的。」

「你覺得水夠深可以游泳嗎？」文恩問道，飢渴地看著水池。

「想知道只有一個辦法。」泰迪說。

「誰先下去？」我問。

「我！」克里斯說。他跑向岸邊，一面踢掉運動鞋，手一抖就解開了綁在腰上的襯衫，拇指一勾就把長褲連內褲都脫掉了。他維持平衡，先抬一隻腳，再抬另一隻腳，脫掉了襪子，然後撲進水裡，站起來搖搖頭，甩掉眼睛裡的水。「太爽了！」他大喊。

「有多深？」泰迪喊回去。他一直是旱鴨子。

克里斯站在水裡，肩膀露出水面。我看見了在他的一邊肩膀上有東西——黑黑的、灰灰的。我判斷是泥巴，就不管它了。要是我仔細看，以後只怕就不必作那麼多的惡夢了。「來啊，膽小鬼！」

他轉身，笨手笨腳游著蛙式，翻過來，向後划水。那時我們已經都脫掉衣服了。文恩先跳，接著是我。

碰到水真是棒透了——乾淨清爽。我游向克里斯，愛死了一絲不掛卻被水包圍的絲滑感覺。我站起來，我們兩個面面相覷，笑嘻嘻的。

「爽！」我們異口同聲地說。

「爽斃了。」他說，往我臉上潑水，游向另一邊。

我們在水裡玩了將近半小時才發覺水池裡充滿了吸血蟲。我們潛水，在水底下游泳，互相閃躲。我們無憂無慮。然後文恩游到比較淺的地方，扎到水裡，用手倒立。他的腿顫巍巍地伸出水面，做出V字型，我才看到他的腿上布滿了黑灰色的東西，就跟我在克里斯肩上看到的東西一樣。那是鼻涕蟲——大隻的。

克里斯的下巴掉了下來，我感覺全身的血都變得像乾冰那麼冷，泰迪則尖叫，臉色刷地變白。然後我們三個都手忙腳亂地往岸上游，使出了吃奶的力氣。我現在對於淡水蛞蝓的知識比當年要多了，可我雖然知道大多數的蛞蝓是無害的，卻絲毫無法減緩從那天在河狸池開始就感受到的那種無理性的恐懼。水蛭的異形唾液裡有麻醉劑和抗凝血劑，也就是說宿主被吸附的時候會完全無感，要不是碰巧看見了，水蛭會一直吸血，吸到整個身體腫起來，噁心的身體掉下來，吃飽喝足，或是一直吸到爆裂。

我們爬上岸，泰迪整個歇斯底里發作，低頭查看自己，把水蛭從他赤裸的身體上拔掉，一面尖叫。

文恩從水裡冒出來，看著我們，大惑不解。「你們是哪根筋不……」

「水蛭！」泰迪尖叫，從發抖的大腿上拔掉兩條，丟得遠遠的。「髒死人的**吸血蟲**！」

說到最後他的聲音分岔。

「**媽喔媽喔媽喔媽喔！**」文恩大叫著手腳亂划，跌跌撞撞上岸。

我還是冷，白天的熱氣暫時消失了。我一直叫自己要冷靜，不要尖叫，不要變孬。我扯掉了胳臂上的六條水蛭，但胸膛上還有更多。

克里斯背對著我。「高弟，還有沒有？有的話幫我拔掉，拜託，高弟！」**還有**，大概五、六條吧，從他的背部往下溜，像詭異的黑鈕釦。我把軟軟的、無骨的水蛭拔下來。

我拔掉了腿上更多的水蛭，然後叫克里斯幫我拔背上的。

我正覺得放心了一點，但就在這時我俯視自己，看見水蛭都掛在我的下體上，身體已經腫脹成四倍大，黑灰色的皮變成了像瘀血一樣的紫紅色。我就在這個時候失去了控制——並不是外在，相信如果有也不是很明顯——而是在內在，內在才最重要。

我用手背把那個黏答答的東西拂掉，我想再來一次，卻無論如何沒有那個勇氣。我轉向克里斯，想說話，卻發不出聲音，所以我用指的。他的臉頰已經變成灰白色的了，現在變得更白。

「我沒辦法拔掉。」我從麻痺的嘴唇硬擠出這句話。「你……能不能……」

可是他往後退，一個勁搖頭，嘴唇扭曲。「我不行，高弟。」他說著，無法挪開視線。「對不起，我不行。不行，喔，不行。」他轉身走開，彎著腰，一手按著肚子，像是音樂喜劇中的管家，然後到一叢杜松那兒去嘔吐。

你得保持冷靜，我心裡想，看著水蛭垂吊在我的身上，像瘋狂的鬍子。牠的身體仍然膨脹得很明顯。**你得保持冷靜，把牠弄掉。堅強起來。最後一條了。最、後、一、條。**

我又伸出手，把牠拔掉，而牠在我的指間爆裂。我自己的鮮血流在我的手心和手腕內側上，暖烘烘的。我哭了起來。

我一面哭一面走去穿衣服。我想不哭，可我好像就是沒辦法把眼淚的水龍頭關掉。接著我發起抖來，更是雪上加霜。文恩跑上來，仍然一絲不掛。

「還有沒有？高弟。有沒有？有沒有？」

他在我面前轉身，像在嘉年華舞台上發了狂的舞者。

「有沒有？嗄？嗄？還有沒有？」

他的眼睛一直掠過我，又大又白，就像是旋轉木馬上的灰泥馬。

我只是點頭，仍哭個不停，看起來我的新事業好像就是哭泣了。我把襯衫塞進褲腰裡，扣好鈕釦，一路扣到脖子底下。我穿上襪子和運動鞋。漸漸地，眼淚變少了，最後只剩下一點嗚咽和呻吟，然後連嗚咽和呻吟也停住了。

克里斯走向我，拿一把榆樹葉擦嘴巴。他瞪著大眼，默然道歉。

等我們都穿好衣服後，我們只是站在那裡看著彼此，過了一會兒，我們就又往鐵路路堤爬。我回頭看了一眼那躺在被我們又叫又跳踩扁的灌木上而爆裂的水蛭，扁扁的……可是仍然像兇神惡煞。

十四年後我賣出了第一本小說，第一次到紐約。「會有三天的慶祝活動。」我的新編輯在電話上跟我說。「抹黑唱衰的人會被就地槍決。」但是當然最後那是整整三天的批評非難。

我去紐約時，我想做所有非紐約客會做的事情——到廣播城音樂廳看舞台劇，到帝國大廈的頂樓（去他的世貿中心！金剛在一九三三年攀爬的大樓，在我心目中絕對是最高的大樓），夜遊時代廣場。我的編輯凱思似乎非常樂意帶我參觀他的城市。最後一件旅遊活動是搭乘史坦頓島渡輪，我倚著欄杆，低頭一看，就看到了幾十個用過的保險套漂浮在波浪中。而我在那一瞬間幾乎完全回想起來，也可能是來了趟時空旅行——無論是何者，我在一瞬間真的**置身**過去，停在路一半的地方，回頭看著那條爆裂的水蛭：牠死了、扁了……卻仍像兇神惡煞。

凱思一定是看見了我的什麼表情，因為他說：「不怎麼美觀，對吧？」

我只是搖頭，想告訴他不需要道歉，想告訴他不必到大蘋果來搭渡輪才能看到使用過的橡皮套子，我想要說的是：**作家寫作的唯一理由是可以了解過去，為未來的死亡做準備；所以故事中的每個動詞都是過去式，凱思，好兄弟，連那些賣出幾百萬本的平裝小說都是。唯**

二有用的藝術形式就是宗教和故事。

我那晚喝多了，你大概也猜著了。

我真正跟他說的話是：「我只是想到了別的事情。」最重要的事，通常是最難說出口的。

22

我們沿著鐵道向前走，我不知道走了多遠，但我開始想：**好，沒問題，我受得了的，反正到處都是，只是一堆水蛭，有什麼大了不的**。我正這麼想著，霍地眼前一片白，我就跌倒了。

我一定是摔得很重，可是跌在枕木上就像是摔進了一床溫暖的羽毛被上。有人把我翻過來，手的碰觸模糊微弱，他們的臉孔就像是沒有形體的氣球，從幾里之外俯視我，他們的表情就像裁判在斷定誰被打傻了，目前正因被擊倒而休息十秒鐘。他們說的話飄飄蕩蕩的，我感覺左耳進右耳出。

「……他？」

「……都……」

「……是不是太陽……」

「高弟，你……」

然後我一定是說了什麼囈語，因為他們的表情**真的**擔憂起來了。

「喂，我們最好把他抬回去。」泰迪說，然後又是一片空白。

白色消散之後，我好像沒事了。克里斯蹲在我旁邊，說道：「你聽得見嗎？高弟，你在嗎？」

「在。」我說著坐了起來，眼前立刻爆開了點點黑斑，但馬上就消失了。我等著看黑斑會不會又回來，在確定沒有之後，我爬了起來。
「你把我嚇死了，高弟。」他說。「要不要喝水？」
「要。」
他把水壺給我，只剩一半了，我喝了三大口，讓暖暖的水流進喉嚨。
「你怎麼會昏倒？高弟。」文恩焦急地問。
「可能是我不應該看你的臉。」我說。
「噫噫噫！」泰迪怪笑。「混蛋高弟！討厭鬼！」
「你真的沒事嗎？」文恩追問。
「真的，只是……一下子不舒服。我想到了那些水蛭。」
他們都嚴肅地點頭。我們在樹蔭下休息了一會兒，又繼續前進，我跟文恩走在鐵軌一邊，克里斯和泰迪走另一邊。我們覺得一定是快到了。

23

結果我們並沒有自己估算的那麼接近，要是我們有那個腦袋先查一查鐵路地圖，我們就會知道原因了。我們知道雷伊．布勞爾的屍體一定是在後哈羅路附近，這條路到了皇家河就是死路，GS&WM鐵路從又一條棧橋渡河。所以我們是這麼想的：接近皇家河之後，就等於是接近了後哈羅路，那個比利和查理停車發現了男孩屍體的地方。而皇家河距離城堡河只有十來公里，我們覺得我們輕輕鬆鬆就能走到。

可是十來公里是直線距離，而鐵道在城堡河和皇家河之間卻不是直線，而是繞了一個小小的彎，避開了一個多山、易崩塌的叫「斷崖」的地區。要是我們看過地圖，就會看到這個彎，然後算出我們不是要再走十來公里，而是二十幾公里。

中午來了又走，克里斯起了疑竇，而皇家河卻仍不在眼前。我們停下來，讓他爬上一棵高高的松樹瞭望一番。他下來後給我們的報告很簡單：我們走到皇家河起碼要下午四點了，而且還得要趕路才行。

「喔，**靠**！」泰迪大喊。「那我們現在要怎麼辦？」

我們看著彼此疲倦、汗濕的臉。我們都餓了，脾氣都不好，大冒險變成了漫長艱苦的跋涉與骯髒污穢，而且有時還很嚇人。況且，爸爸媽媽也一定在惦記我們了，要是米洛・普瑞斯曼還沒有報警，過橋的那列火車的司機恐怕也聯絡警察了。我們本來計畫要搭便車回城堡岩的，可是四點距離天黑只有三個小時，誰也**不會**在天黑之後在荒僻的鄉道上載四個小孩子的。

我努力召喚那頭鹿的冷靜影像，吃著早晨的綠草，可就連這個畫面都顯得朦朧，一點作用也沒有，反而像是某人的狩獵小屋壁爐架上的標本，眼睛噴上了漆，散放出造假的生氣。

最後克里斯說：「往前走還是比較近。走吧。」

他轉身就沿著鐵軌向前走了，運動鞋髒兮兮的，低著頭，影子只是腳下的一團黑。大概一分鐘後，我們也跟了上去，自成一路縱隊。

24

從那時到寫下這份回憶錄之間的幾年中，我極少去想九月的那兩天，至少不會有意識地去回想。回憶喚起的聯想極不愉快，就如大砲把淹死幾週的屍體給轟上水面一樣。所以，我從沒有真的質疑過我們沿著鐵路走下去的決定。這樣說吧，我偶爾懷疑過我們是決定了**什麼**，而從沒懷疑過是如何做到的。

可是現在，一個更簡單的想法從我心裡浮現。我敢說當時要是**有**人提出這個點子，應該會被拒絕——套用從前的說法，沿著鐵道走是比較乾脆、比較**帥**，可要是有人提出這個點子卻沒有被反對的話，那後面發生的事情就不會發生了，也許克里斯、泰迪、文恩今天就會還活著。不，他們並沒有死在樹林裡或是鐵軌上，在這個故事裡誰也沒死，只有一些水蛭和雷伊・布勞爾，但嚴格說起來，雷伊・布勞爾在故事開始之前就已經死了。可是有一件事是真的，當我們四個擲硬幣決定是誰去佛羅里達超市買補給時，只有那個去跑腿的人今天仍活著。如今三十四歲的老水手說故事，而各位讀者，你們扮演的就是婚禮賓客的角色[48]（這個時候你不是該翻翻照片，看是不是被我的目光震懾住？）。要是你察覺到我有些輕佻，那你猜對了！可是也許我是有理由的。在一般認為我們四個人當總統都太年輕、不夠成熟的年紀時，有三個人已不在人世了。如果小小的事件會隨著時間出現得到越來越大的迴響，那麼，要是我們做了最簡單的事情，搭便車進哈羅，那他們今天就還會活著。

我們是可以搭便車，一路從七號高速公路到示羅教會，教會就在高速公路和後哈羅路的交叉口（至少在一九六七年之前是，後來教會就被流浪漢丟的菸屁股給燒成平地了）。運氣好的話，我們可以在前一天的日落之前抵達屍體倒臥之處。

可是這個點子卻沒有成型。它不會被獲得強力支持的爭論和辯論修辭射倒，而是會被嘟囔、皺眉、放屁、豎中指射倒。討論的語言部分會伴隨著有光有熱的「放屁」、「爛透了」以及那句可靠的備用句：你媽生的孩子有活著的嗎？

沒有說出口的點子是——或許是太基本了，不必說出口——這是一件**大**事，這不是在拿著鞭炮惡作劇，或是在哈里遜州立公園的女生廁所後面的小洞裡偷窺。這件事就跟第一次炒飯一樣，或是入伍，或是買第一瓶合法的酒，我們會跳著舞進商店，挑一瓶上好的威士忌，把你的徵兵卡和駕照秀給店員看，然後笑嘻嘻地走出去，手裡握著褐色紙袋，變成某俱樂部的一員，比我們的老錫皮屋頂樹屋要多一些權利和特權。

一切基本的事件都有崇高的儀式、傳承的儀式，讓變化發生的奇幻走廊。例如買保險套、站在牧師面前舉起手來發誓，或者是沿著鐵道走到半途去見一個和你同齡的傢伙，就像要是克里斯來我家，我會走到松樹街一半的地方去跟他會合，或是我要去泰迪家，他會走到蓋茨街的半途來找我。這麼做似乎才對，因為傳承的儀式**是**一條神奇的走廊，所以我們總是提供通道——你在結婚時走的那條走道，你下葬時他們抬著你走的那條走道。我們的走廊是這條鐵軌，而我們走在其間，跳躍著向前，走向它所代表的任何意義。或許，像這樣的事情你是不會搭便車的，也或許我們覺得旅途變得比預計中來得艱難是應該的。圍繞著我們的步行所發生的事情把這件事轉變成了我們一直在懷疑的東西：正經的大事。

我們徒步繞過「斷崖」時**不**知道的是比利．泰修、查理．霍根、傑克．馬吉特、「小迷糊」諾曼．布拉科維策、文斯．戴賈赫丹、克里斯的哥哥「眼珠」，還有「王牌」梅若自己也在路上，準備去看屍體——說來也詭異，雷伊．布勞爾出名了，而我們的秘密變成了眾人皆知的公路秀了。他們塞進王牌的五二年福特改裝車和文斯的粉紅色五四年斯圖貝克，就在我們開始最後一段路程之時。

比利和查理把他們天大的秘密守住了大約三十六小時，然後查理就在打撞球時洩漏給王

48. 譯註：作者在此套用英國詩人Samuel Tayler Coleridge的著名詩作《古舟子詠》。老水手攔住一名婚禮賓客向他述說因他莽撞射死一隻信天翁而為整船水手帶來厄運的故事。

牌，而比利則與傑克．馬吉特在布姆路橋釣鱒魚的時候說給他聽。王牌和傑克都以他們的母親之名鄭重發誓不會說出去，結果他們那一夥裡的每一個人在中午之前就全都知道了。我想你也能猜得出那幫混蛋對他們的母親有多少尊重。

他們全在撞球場集合，「小迷糊」布拉科維策提出了一套理論（你們聽過了，讀者們），說他們可以全部都當英雄——別提立馬就可以在廣播和電視上露臉了——因為「發現」了屍體。小迷糊主張他們只需要開兩輛車，後車廂裡放釣魚用具。等發現屍體之後，他們的說法會滴水不漏：我們只是想去皇家河抓一點小梭魚，警官。嘿嘿嘿，看我們找到了什麼。

我們終於快接近的時候，他們正在城堡岩到後哈羅區的馬路上狂飆。

25

兩點左右，天空上的雲漸漸變多了，但一開始我們誰都不在意。從七月初開始就沒下過雨，怎麼可能現在下呢？可是南邊天空的雲越來越多，而在高高的天空上，雷雨雲頂有如巨柱，紫得像瘀血，開始緩緩朝我們這邊移動。我密切注意雲層，留意底下有沒有出現薄膜，有的話就表示三十公里或八十公里外已經下雨了。可是雨滴還沒落下來，雲層仍在累積。

文恩的腳跟磨出水泡了，我們停下來休息，讓他往左腳運動鞋的後跟填塞從老橡樹樹皮上剝下來的苔蘚。

「會下雨嗎？高弟。」泰迪問。

「我覺得會。」

「倒楣！」他說，嘆了口氣。「倒楣的好日子加上倒楣的結束。」

我哈哈笑，他對我眨眨眼。

我們繼續前進，但顧慮到文恩吃痛的腳，我們現在的速度稍微放慢。在兩點到三點之間，日光開始改變，我們知道鐵定是要下雨了。氣溫仍是一樣高，甚至更潮濕，可是我們就是知道，小鳥也知道。小鳥好像就憑空冒了出來，掠過天際，吱吱喳喳，彼此尖聲聒噪。還有光線似乎從穩定的、搏動的亮度演化為篩過的、幾乎珍珠色的色調。我們的影子又開始拉長了，也變得朦朦朧朧的，太陽漸漸在變厚的雲層中忽隱忽現，南方的天空變成了古銅色。我們看著雷雨雲頂越來越近，竟被它的規模之大和默然的威脅迷住了。時不時雲層裡像是有個龐大的燈泡爆裂，把帶紫色的、瘀青似的顏色暫時變成淺灰色。我看見一支分叉的閃電從最近的雲層直竄而下，明亮得足以在我的視網膜印下藍色的刺青。隨之而來的是漫長的、震天撼地的一聲雷。

我們你一言我一句地抱怨會困在雨中，但完全是因為這是預料中的事，我們當然都很期待。雨水冰涼又爽快……而且不會有水蛭。

三點半再過一會兒，我們從樹木間隙中看見了流水。

「到了！」克里斯歡天喜地地說：「皇家河到了！」

我們加快了腳步，忽然間精神百倍。暴風雨也快接近了，空氣產生了變化，氣溫像是在幾秒之內就下降了十度。我低下頭，看見我的影子完全消失了。

我們現在倆倆一塊走，各自注意著鐵道路基的一側。我口乾舌燥，全身緊繃，覺得有點不舒服。日頭躲到了另一道雲牆後面了，這次躲進去就不出來了。一時間，那道雲牆的邊緣鑲著金光，就像《舊約聖經》裡的插畫，然後酒紅色的腆著大肚子的雷雨雲頂把所有陽光都遮擋住了。白天變得黑壓壓的，雲層以極快的速度吞吃掉了最後的藍天。我們能極其清楚地嗅到河水的味道，彷彿我們化身為嗅覺靈敏的馬，但也或許是雨的味道瀰漫在空氣中。我們的頭頂上有海洋，只靠一片薄薄的囊膜阻擋，隨時都可能會破裂，放出洪水來。

我繼續用力盯著灌木叢，可是我的眼睛一直被波詭雲譎的天空拉回去。天空逐漸加深的色彩能讓你讀出你想得到的各種惡事：水、火、風、雹。清涼的微風漸漸加緊，吹得冷杉颯颯響，突然一道閃電劃破天空，似乎是從頭頂上打下來的，嚇得我叫了起來，用兩手摀住了眼睛。上帝幫我照了相，一個小孩把襯衫綁在腰上，光裸的胸膛泛起雞皮疙瘩，兩腮黏著煤渣。我聽見不到六十米外一棵大樹倒落，緊接著的一聲霹靂嚇得我瑟縮。我想在家裡、在安全的地方讀著一本好書……比方說在馬鈴薯窖裡。

「天啊！」文恩以高亢、暈眩的聲音尖叫。「喔，我的耶穌基督，看**那個！**」

我朝文恩指的方向看去，看到了藍白色的火球沿著左手邊的G S & W M鐵軌上滾過來，像一隻被燙到的貓一樣嘶嘶叫。火球匆匆掠過我們，我們都轉身看著它走，目瞪口呆，生平第一次知道這種東西居然真的存在。它在我們前方六米處突然——**啵！**一聲——就這麼消失無蹤了，只留下了油膩膩的臭氧味道。

「我來這裡是中邪了嗎？」泰迪嘟囔著說。

「太屌了！」克里斯開心地高聲叫，仰臉向上。「實在是太屌了，誰也不會**相信！**」不過我和泰迪在一起，仰頭看天讓我有一種不舒服的暈眩感，更像是凝視什麼神秘的大理石深谷。又一道閃電竄下來，嚇得我們抱頭閃躲。這一次臭氧的味道更熱、更密集，緊接著就是打雷聲，一點間隙也沒有。

我的耳朵仍嗡嗡響，就聽見文恩得意地吱吱叫：「**那裡！他在那裡！就在那裡！我看到了！**」

我願意的話，可以在此時此刻看見文恩——我只需要往後坐一點，閉上眼睛。他站在左邊鐵軌上，像個探險家站在船首，一手護眼，遮蔽剛射下來的銀色閃電，另一手指著前方。

我們跑到他旁邊，望著他指的方向。我自己在心裡想：**文恩的想像力又脫韁了，就是這樣。吸血蟲、高溫，現在又加上暴雨……他眼花撩亂了，就是這樣。**可是根本就不是這麼一回事，雖然有那麼電光石火的一瞬間我希望是這樣子。在那一瞬間，我知道我從來不想看屍體，連被輾斃的土撥鼠都不想看。

我們所立之處，早春的雨沖刷掉了部分的路堤，留下了一片近兩米的礫石坍方。鐵路的維修人員要不是還沒能駕著黃色柴油維修車過來處理，就是坍方是最近才發生的，還沒有人通報。在這塊坍方的底部有一片泥濘的三角形林下灌叢散發出臭味，而有一隻蒼白的手從黑莓叢裡伸出來。

我們有人呼吸嗎？我是沒有。

微風變成了嚴峻、刺眼的大風，不知來自何方的狂風對著我們吹，飛旋跳躍著拍打我們汗濕的皮膚和張開的毛孔。我幾乎沒注意到。我想一部分的我在等泰迪大喊：**傘兵跳傘！**而我心裡想著要是他喊了，我可能會抓狂。如果一次看見一整具屍體還好，可是卻只有一隻無力的手，白得嚇人，五指軟軟地張開著，像是浮屍的手。它告訴了我們整件事的真相，也解釋了世界上為何會有墳場。每當我聽見或是讀到什麼暴行，那隻手就會浮現在我心中。而連接著那隻手的其他部分隱藏在某處，那是雷伊．布勞爾的屍體。

閃電破空，雷聲緊緊跟著每一道閃光，就彷彿我們的頭頂上展開了一場短距加速賽車。

「靠……」克里斯說道，但說出的不是髒話，不是鄉下人在罵人，不是機器被一根修長的貓尾草莖弄得故障時罵的話——而是沒有音調的一聲長音，沒有意義，只是一聲喟嘆，碰巧通過了聲帶而已。

文恩在舔嘴唇，那是不由自主的動作，彷彿嚐到了什麼不知名的新滋味，是霍華．強生的第二十九種口味，是西藏香腸捲或星際蝸牛，某種詭奇到讓他既興奮又噁心的東西。

泰迪只是站著看。風把他油膩、凝結的頭髮從耳朵邊吹開，再吹回來。他的臉孔一片茫然。我能告訴你我從他臉上看見了什麼，或許是真的看見了……不過不在當時，而是在以後。

那隻手上有許多黑色螞蟻爬來爬去。

鐵軌兩邊的樹林裡逐漸揚起了耳語的聲音，好似森林剛剛發現我們在這裡，正在批評。雨下起來了。

豆大的雨點打在我的頭上和胳臂上、打在路堤上，一時間路面變得黑漆漆的，然後顏色又因為貪婪的乾涸土壤把水分都吸收了，最後又變回來了。

肥大的雨點滴了大約五秒鐘就停了。我看著克里斯，他朝我眨眼。

緊接著暴雨大作，就像是天空上的蓮蓬頭被扯斷了，耳語聲開始變成了洪亮的爭吵，我們就如同為了我們的發現而受到痛斥，實在非常嚇人。誰也沒跟你說過這種可悲的謬論，直到你上大學……而即使在那時，我也注意到只有徹頭徹尾的呆子才會完全相信它是謬論。

克里斯從坍方處一躍而下，他的頭髮已經濕透著貼住頭皮。我第二個跳，文恩和泰迪緊接在後，可是是克里斯跟我先趕到雷伊．布勞爾的屍體旁。他臉朝下。克里斯凝視我的眼睛，表情果決嚴厲，就像是成人的臉孔。我微微點頭，彷彿他把話說出了口。

我想他會身體相對完整地躺在下面這裡，而沒有躺在鐵軌之間身首異處、血肉模糊，那是因為火車撞上來時他曾想要閃避，結果被撞了個頭下腳上，落地時頭對著鐵軌，胳臂高舉過頭，像潛水員正要跳水。他掉落在這片濕軟的凹地上，後來這裡慢慢變成了小沼澤。他的頭髮是帶紅的黑色，空氣的濕度讓他的髮梢微微捲曲。頭髮中有血，不很多，不是大量失血，螞蟻還比較噁心。他穿了一件深綠色T恤和藍色牛仔褲，光著腳，但在他身後幾米處，我看到一雙污穢的低筒Keds卡在高高的黑莓叢裡。我暫時有點想不通他為什麼會在這裡，而他的網球鞋卻在那邊？然後我明白了，而這個煩惱就像是我肚子挨了一記悶棍一樣。我的太太、我的孩子、我的朋友——他們都覺得擁有像我這樣的想像力一定很不錯！撇開賺錢不說，我可以在覺得煩悶時自己在心裡來齣電影，其實他們的想法大致正確，可是三不五時它卻會掉過頭來，用長長的牙咬掉一塊肉，那些牙磨得尖尖的，就和食人族的牙一樣。你會看見你寧可沒看見的東西，那些害你睜著眼到天亮的東西。我現在就看見了，清晰肯定地看見它。他的網球鞋是被撞飛的，火車把他的鞋撞飛了，同時也把生命從他的軀體中撞了出來。

我終於恍然大悟，這個孩子死了。這個孩子不是生病了，不是在睡覺。這個孩子再也不會在早晨起床，或是因為吃太多蘋果而猛跑廁所，或是被有毒的常春藤刺到，或是在困難的數學考試上用光了他的二號六角形黃桿鉛筆頭上的橡皮擦。這個孩子死了，而且死透了。這個孩子永遠不會在春天跟朋友一起肩上扛著麻袋，去撿融雪底下的可回收空瓶；這個孩子不會在今年的十一月一日半夜兩點醒來，跑進浴室，吐出一堆廉價的萬聖節糖果；這個孩子不會在教室裡拉女孩子的辮子；這個孩子不會把別人打得流鼻血，或是被人打得流鼻血；這個孩子**不能**、**不會**、**不該**、**不行**、**不可能**。他是電池末端顯示陰極的那一頭，是你得要放進一分錢的保險絲，是老師桌邊總是散發著削鉛筆以及午餐柳橙皮味道的字紙簍，是鎮外那幢窗戶被砸破，院子裡**禁止進入**的牌子被偷走，閣樓與地窖住滿了老鼠的鬼屋。這個孩子死了，先生，女士。我可以說個不停，卻無論如何解釋不清他在地上的光腳和掛在灌木叢中的骯髒

49.譯註：霍華・強生（Howard Johnson, 1897-1972）是美國企業家，酷愛冰淇淋，在他的連鎖餐廳中可以買到二十八種口味的冰淇淋。

網球鞋之間的距離。大約是七十幾公分，卻是一古戈爾[50]的光年。這個孩子跟他的網球鞋分家了，毫無復合的希望。他死了。

我們把他翻過來面對著傾盆大雨，面對著閃電，面對著霹靂雷鳴。

他的臉孔和脖子上都是蟲子，從他T恤的圓領進進出出。他睜著眼睛，卻一點也不對稱，很可怕——一隻眼珠太往眼角鑽，我們只看到一丁點的虹膜；另一隻眼珠則筆直瞪著暴雨。他的嘴巴和下顎有乾掉的血泡，我猜是流鼻血的緣故，而他的右臉撕裂，瘀血嚴重。不過，我心裡想，他的樣子還不算太恐怖。有一次我哥丹尼斯沒把門關好，害我撞到，我那次的瘀傷比這個男孩的還可怕，甚至**還加上**流鼻血，可是當天晚上，我還是吃了雙份的晚餐。

泰迪和文恩站在我們後面，如果那隻朝上看的眼睛還殘存一點視力，我猜我們在雷伊・布勞爾的眼裡就像是恐怖片裡的抬棺人。

他的嘴巴裡跑出一隻甲蟲，爬過他無毛的臉頰，跨到一株蕁麻上，飛走了。

「你們看到了嗎？」泰迪以一種奇怪的、高亢的、暈眩的聲音說。「我敢說他身體裡一定全部都是蟲！我敢說他的**腦子**……」

「閉嘴，泰迪。」克里斯說道，而且泰迪也乖乖聽令，表情鬆弛下來。

天空中閃現叉狀閃電，也把男孩的獨眼照亮了。你幾乎能相信他很高興自己被發現，被他同齡的孩子發現。他的軀體腫脹，而且他散發出臭味，像是陳年的屁味。

我轉身走開，確定自己要吐了，可是我的胃卻乾乾硬硬的。我忽然用兩根手指頭去挖喉嚨，想要**強迫**自己嘔吐。我需要這麼做，好像吐一吐就能擺脫這件事，可是我的胃只是稍稍翻騰了一下，隨即又穩定了下來。

滂沱大雨以及伴隨而來的雷聲完全掩蓋了後哈羅路上汽車接近的聲音，那邊距離這片沼澤地只不過幾米，但也同樣遮掩住他們在馬路盡頭停車、跌跌撞撞穿過樹叢走過來的聲音。

我們知道他們來了還是因為聽到了「王牌」梅若拉高嗓門在暴雨中說：「哎呀呀，看看我們發現了什麼？」

26

我們全都嚇得跳了起來，像是我們的屁股上被踢了一腳，文恩甚至大喊了一聲——他後來承認，他以為，只是以為了一下下，是死掉的男孩在說話。

在沼澤地的另一端，樹林遮擋住馬路的盡頭，「王牌」梅若和「眼珠」錢伯斯站在一起，他們在灰色的雨幕中的身影不是很清楚，兩人都穿著紅色的尼龍高中夾克，那種夾克一般學生都可以到辦公室去買，各運動校隊學生也可以免費得到一件。他們的貓王髮型被大雨淋得濕透，黏貼在頭皮上，「維他里斯」（Vitalis）髮油也混著雨水流下來，活像兩道人造眼淚。

「媽勒！」眼珠說。「那是我弟！」

克里斯瞪著眼珠，嘴巴張開。他的襯衫又濕又黑，仍綁在瘦巴巴的腰上。他的背包被雨水染成了較深的綠色，撞著他赤裸的肩胛骨。

「你們走開，理察。」他以發抖的聲音說：「是我們找到他的。我們有權利。」

「去你的權利，我們要去報警。」

「給你們去才怪。」我說。我突然很生他們的氣，在最後一分鐘闖出來。要是我們仔細

50. 譯註：一古戈爾（googol）等於十的一百次方。

想過，我們就會知道一定會發生這樣的事情……可是這一次，我們不會讓年紀比我們大、體型比我們壯的男生偷走我們的功勞——只要他們願意就能搶走，這好像是上天給他們的特權，好像他們那種撿現成的作法是正確的、唯一的方法。他們可是**開車**來的啊！我覺得這是最讓我生氣的地方。他們是**開車**來的。「我們有四個人，眼珠。你可以試試。」

「哈，我們**會**試，你放心好了。」眼珠說著，這時他和王牌後方的樹木搖動，查理・霍根和文恩的哥哥比利走了出來，一邊咒罵、一邊抹掉眼裡的雨水。我覺得肚子裡像有個鉛球往下墜，而且鉛球越來越大，因為傑克・馬吉特、「小迷糊」布拉科維策、文斯・戴賈赫丹都出現在查理和比利的後面。

「我們到齊了。」王牌笑得很壞。「那你們就……」

「**文恩！**」比利・泰修大喊，聲音可怕、指控，像是審判來臨了。他亮出了兩隻濕淋淋的拳頭。「你這個王八蛋！你躲在門廊底下！你這個陰險小人！」

文恩身體縮了一下。

查理・霍根幫他闡釋得更抒情：「你這個偷窺鑰匙孔的混帳！我應該把你打得屁滾尿流！」

「哼，有種就來啊！」泰迪冷不防地叫起來，滿是雨水的鏡片後，一雙眼睛亮起了瘋狂的光芒。「來啊，我替他跟你打！來啊！來啊！來啊，大傢伙！」

比利和查理不需要他再說一次，兩人一齊往前衝，文恩又嚇得瑟縮起來，無疑是看見了過去挨打的鬼魂以及即將來到的痛揍。他瑟縮……卻沒有退讓。他是跟他的朋友在一起，我們經歷了一連串辛苦，而且我們可不是坐著**汽車**來的。

可是王牌只是輕點了比利和查理的肩膀，就把他們兩個攔住了。

「你們幾個聽好了。」王牌說。他很有耐心，彷彿我們並不是站在滂沱大雨中。「我們的人數比你們多，我們比較高大，我們會給你們一個機會，讓你們滾。我不在乎你們滾到哪兒去，就像樹葉被風吹走一樣就行。」

克里斯的哥哥咯咯笑，小迷糊拍王牌的背，很欣賞他的機智，像是不良少年中的席德．西澤[51]。

「因為他是**我們**的。」王牌笑得溫和，你可以想像他拿撞球桿打破某個口沒遮攔的大老粗的腦袋之前，也露出相同的微笑。「如果你們走開，他就是我們的。如果你們不走，我們就把你們打得鼻青臉腫，然後他還是我們的。再說了，」他又補上一句，想給他們的惡行鍍上一層公道的外衣，「是查理和比利發現他的，所以是他們的權利。」

「他們是孬種！」泰迪反嗆回去。「文恩都跟我們說了！他們從頭到腳都是孬種！」他的五官皺起來，模仿哭哭啼啼的查理．霍根，但是模仿得很糟。「『真後悔昨天晚上去偷車！真希望我們沒有去後哈羅路打手槍！喔，比利，我們該怎麼辦？喔，比利，我覺得我剛把我的內褲變成了奶油軟糖工廠了！喔，比利……』」

「夠了！」查理說著又衝了過來，他因為憤怒又陰沉的難堪而五官打結。「小子，不管你叫什麼名字，下次要擤鼻涕的時候，都等著到你的喉嚨裡去找鼻子吧。」

我慌張地俯視雷伊．布勞爾，他平靜地以獨眼凝視著雨，雖然是躺在地上，卻超脫了一切。雷聲仍響個不停，但是雨勢開始有緩和的趨勢。

「你怎麼說？高弟。」王牌問。他輕輕抓著查理的胳臂，像是經驗老道的訓練師抓著一

51. 譯註：席德．西澤（Sid Caesar, 1922-2017）是美國喜劇演員。他的節目嘲諷真實事件與人物，被視為引領喜劇風格的前衛人物。《紐約時報》讚譽他為早期電視界喜劇演員中的翹楚。

條惡犬。「你哥哥的理性你一定至少也有一點，叫這些傢伙撤退。我會讓查理把那個四眼田雞稍微修理一下，然後我們就各幹各的事，你怎麼說？」

他不應該提到丹尼的。我本想跟他理論，指出王牌心知肚明的事情，就是我們有每一分權利拿走比利和查理的權利，因為文恩親耳聽到他們自己把權利交了出去。我想跟他說，文恩跟我差一點就在城堡河上的那條棧橋上被火車撞到；說米洛．普瑞斯曼跟他無懼的——卻是愚蠢的——副手，「超能狗斧頭」；也說水蛭的事。我猜我只是想要告訴他：好了，王牌，凡事要講公平，你也知道。可是，他卻非把丹尼扯進來不可。於是，我從自己嘴巴裡聽到的不是精采的理論，而是我自己的死亡警告：「舔我的肥屁股吧！卑鄙無恥的小流氓。」

王牌的嘴巴形成了驚訝的O形，這個表情是那麼的嬌滴滴，如果換作是別的情況，一定會讓大家笑得前俯後仰。這裡的每一個人——沼澤兩邊的陣營——都瞪著我，張口結舌。

接著泰迪興高采烈地尖叫：「說得好，高弟！喔耶！太酷了！」

我麻木地杵在那兒，難以置信，就好像是哪個失心瘋的替補演員，偏偏挑在最緊要的關頭衝上了舞台，搶著說出了自己寫的台詞。叫別人舔你的屁股，只比問候別人的媽媽要好一點！我用眼角看到克里斯放下了背包，慌張地亂掏亂摸，可我沒看懂——至少在當下沒看懂。

「好吧。」王牌輕聲說。「那就給他們好看。除了拉辰斯以外，別傷害了其他人，我要打斷他的兩隻狗爪子。」

我全身變冷。我並沒有像在棧橋上尿在褲子裡，但要不是我的膀胱是空的，我一定會嚇得尿褲子。他不是在撂狠話，你知道的。從那時到現在，多年的歲月讓我改變了許多想法，但在這件事上則否。王牌說他要打斷我的兩隻胳臂，那他絕對不是在唬我。

他們開始在變小的雨中走向我們。傑克．馬吉特從口袋裡掏出了一把彈簧刀，打開來，十五公分長的鋼刃彈了出來，在午後的陰暗光線下呈現深灰色。文恩和泰迪突然在我兩邊擺出了戰鬥的姿勢，泰迪巴不得開打，而文恩的臉上則露出孤注一擲、後無退路的怪相。

大孩子們成一橫排逼近，腳下水花噴飛，沼澤被暴雨弄成了泥濘的大水池。雷伊．布勞爾的屍體躺在我們腳下，像浸水的大桶。我準備好要戰鬥了……說時遲那時快，克里斯找到了他從他老爸衣櫃裡偷來的手槍。

咔—砰！

哎呀，簡直就是天籟！查理．霍根一下子蹦得老高，「王牌」梅若本來是直勾勾瞪著我的，也霍地一轉身，看著克里斯，嘴巴又成了一個O，眼珠則是驚呆了。

「嘿，克里斯，那是老爸的。」他說。「你等著被揍……」

「跟你比起來只是小意思。」克里斯說道，臉孔白得嚇人，整個人的生氣似乎都被向上吸進了眼睛裡，兩隻眼睛像探照燈那麼亮。

「高弟說得對，你們只是一群卑鄙的流氓。查理跟比利放棄了權利，你們明明都知道。要不是他們不要了，我們也不會走這麼遠到這裡來。他們只是跑到別的地方，把事情吐出來，然後讓王牌梅若幫他們動腦筋。」他拉高嗓門，像在尖叫。「**可是他不是你們的，聽到了嗎？**」

「喂，聽著。」王牌說。「你最好把槍放下，免得你把自己的腳射掉。你連開槍射土撥鼠都不敢。」他又邁步向前，露出那種溫和的笑容。「你只是一個小不啦嘰的矮冬瓜，我會讓你把那把該死的槍**吃**下去。」

「王牌，你要是再走一步，我就要開槍了。我發誓。」

「你會去**坐—牢**喔。」王牌用誘哄的語氣說，腳下仍不遲疑。他仍在微笑，其他人則緊盯著他，既驚恐又著迷……我跟泰迪、文恩也差不多是這樣子盯著克里斯。「王牌」梅若是方圓幾里之內最壞的傢伙，我不認為克里斯能嚇退他。所以呢？王牌不相信一個十二歲的小混蛋真的敢開槍打他？我覺得他錯了，我覺得克里斯寧可開槍也不會讓王牌把他父親的手槍從他手上奪走。在那短短的幾秒之內，我很確定會有大麻煩，我從沒見過的大麻煩，也許還是殺人的大麻煩。而這一切，只為了一具屍體是屬於誰的。

克里斯話說得很輕，像是帶著無限的懊悔。「你想打哪裡？王牌，胳臂還是腿？我沒辦法選，你幫我選。」

然後王牌停住了。

27

他的臉耷拉下來，我看見瞬間出現的恐懼。我覺得那是因為克里斯的聲調，而不是他說的話吧？但對於情況由壞再轉為更壞，我感到衷心的懊悔。如果這是虛張聲勢，大概也是我平生見過最高明的。其他的大孩子深信不疑，他們的五官都皺在一起，彷彿是某人剛用火柴點燃了一個引信很短的櫻桃炸彈。

王牌緩緩恢復了自制，臉部肌肉又繃緊了，嘴唇抿成一線看著克里斯，像是生意人看著提出了嚴肅建議的對方——跟你的公司合併，或是處理你的信用額度，或是射掉你的命根子。那是一種等待的表情，幾乎是好奇的表情，讓你知道恐懼不是消散了，就是牢牢地壓抑住了。王牌計算了不中槍的機率，斷定自己不像想像中那麼占上風，可是他仍是個危險人物——說不定比以前還更危險。從那之後，我就覺得那是我見過最赤裸裸的邊緣政策：兩個人都沒有吹牛，都一本正經。

「好吧。」王牌柔聲說，說給克里斯聽。「可是我知道你會有什麼下場，小王八蛋。」

「你不會知道。」克里斯說。

「你這個王八蛋！」眼珠大聲說。「你的麻煩大了！」

「有種咬我啊。」克里斯說。

眼珠憤怒地一聲大吼就要往前衝，克里斯一槍打在他面前三米的水裡，濺起水花。眼珠嚇得往後跳，嘴巴還不乾不淨地咒罵。

「好吧，再來呢？」王牌問。

「你們這些傢伙回去開車，回城堡岩去，再來要幹什麼我管不著，可是你們不會帶走他。」他以一隻濕透的運動鞋鞋尖輕碰了一下雷伊．布勞爾，幾乎是帶著敬意。「懂了嗎？」

「你早晚會落在我們手裡。」王牌說，又露出笑容了。「你難道不知道？」

「有可能。也不見得。」

「我們會讓你好看。」王牌笑著說。「我們會打扁你，我不相信你居然會不**知道**。我們會讓你去住院，讓你的全身骨頭都斷掉。真的。」

「喔，你幹嘛不回家再去幹你老媽？我聽說她愛死了你那一套呢。」

王牌的笑容僵住。「我會為這句話宰了你，誰也不能罵我媽。」

「我聽說你媽為了錢幹那種事。」克里斯繼續說，王牌的臉色變了，快要像克里斯的臉一樣白得像鬼，然後克里斯又說：「事實上，我聽說她為了幾個小錢就幫人吹簫，我聽說……」

接著暴雨又回來了，驚天動地，只是這一次不是雨，而是冰雹。樹林不再耳語或說話，反而像響起了低成本電影中矯揉造作的叢林鼓，整個活了過來，有大塊大塊的冰雹撞擊著樹幹。我的肩膀像被一連串的小石頭打中，感覺像是什麼有知覺的惡毒力量丟擲出來的。更糟的是，冰雹也擊打雷伊・布勞爾朝天的臉孔，啪啪啪地響，讓我們又想到了他，想到了他可怕的、無止境的耐性。

文恩第一個投降，他哭喊了一聲就往路堤逃，邁著大步、腳步蹣跚。泰迪多撐了一分鐘，隨即追上文恩，雙手抱頭。而在他們那邊，文斯・戴賈赫丹慌慌張張地退到附近的樹下，「小迷糊」布拉科維策也跟他一起，但是其他人仍在原地不動，王牌又露出奸笑。

「別走開，高弟。」克里斯以低沉、發抖的聲音說。「別走開，兄弟。」

「我哪兒也不會去。」

「走啊。」克里斯跟王牌說，而且不知是靠什麼魔法，他的聲音一點也沒發抖，聽起來反倒像是在指示一個愚蠢的嬰兒。

「你遲早會落在我們手上。」王牌說。「今天的事我們是不會忘記的，你沒指望了。這可不是小事一樁，寶貝。」

「隨便，以後隨便你愛怎麼囂張。」

「我們他媽的會埋伏起來等你，錢伯斯。我們會……」

「**滾！**」克里斯大聲尖叫，舉起了手槍。王牌向後退。

他又看了克里斯一會兒，點點頭，隨即向後轉。「走了。」他對其他人說，又扭頭看了克里斯和我一眼。「後會有期。」

他們回頭走入沼澤和馬路之間的樹林裡。雖然冰雹毫不留情地擊打著我們，克里斯跟我文風不動，讓冰雹打紅了我們的皮膚，堆積在我們的腳邊，像是夏季的雪。我們站著聆聽，在冰雹擊打樹幹的凌亂聲響中，我們聽見了兩輛汽車發動。

「待在這裡。」克里斯告訴我，邁步越過沼澤。

「克里斯！」我驚慌了起來。

「我一定得去。待在這裡。」

他好像去了好久好久，我越來越相信不是王牌就是眼珠埋伏在後面，抓住了他。我堅守崗位，除了雷伊．布勞爾之外，沒人作伴，同時等待著某人——任何人——回來。過了一會兒，克里斯回來了。

「我們辦到了。」他說。「他們走了。」

「你確定？」

「對，兩輛車。」他兩手高舉過頭，十指交扣，把手槍包在中間，然後揮舞兩隻拳頭，解嘲似地做出勝利的手勢。接著他放下手，對我微笑，我覺得那是我見過最悲哀最驚駭的笑容。「『舔我的肥屁股』——是誰跟你說你有肥屁股的？拉辰斯。」

「四個郡裡面最大的。」我說。我從頭到腳都在發抖。

我們親熱地看著彼此一秒，然後，可能是被自己看到的東西弄得不好意思，又一起看向地下。一陣恐怖的害怕感覺貫穿了我的全身，克里斯兩腳挪動，弄出潑啦潑啦的聲音，讓我知道他也看到了。雷伊．布勞爾的眼睛變得又大又白，沒有瞳孔，瞪著前方，像是希臘雕像的眼睛。只需一秒鐘就能理解出了什麼事，可理解並不能減輕恐懼。他的眼睛充滿了白色的冰雹，而冰雹正在融化，水從他的臉頰流下來，他好像在為他的奇特處境哭泣——他竟然成了一個破爛的獎品，任由兩幫笨鄉下小孩你爭我奪。他的衣服也被冰雹覆蓋住，他好像是躺在自己的裹屍布裡。

「喔，高弟，嘿。」克里斯顫巍巍地說。「嘿，他簡直是恐怖片。」

「我想他不知道……」

「搞不好我們聽見的是他的**鬼魂**在叫，搞不好他知道會發生這種事。真是他媽的恐怖片，不蓋你。」

我們後方傳出樹枝斷折聲，我猛地轉身，確信是他們來包抄我們了，可是克里斯幾乎只是漫不經心地看了一眼，就又回頭去看著屍體沉思。是文恩和泰迪，兩人的牛仔褲濕得變成了黑色的，貼著腿，兩個人都笑得像隻偷吃了雞蛋的狗。

「我們要怎麼辦？兄弟。」克里斯問。我覺得身體竄過一陣詭異的冷顫，他可能是在跟我說話，也可能是……可是他仍在俯視屍體。

「我們要把他帶回去，對吧？」泰迪問道，迷惘不解。「我們會變成英雄，對不對？」

他看看克里斯，又看看我，再回頭看克里斯。

克里斯抬起頭來，彷彿是從夢中驚醒。他彎起嘴唇，朝泰迪走了兩大步，兩隻手按住泰迪的胸口，粗魯地把他往後推。泰迪腳步不穩，兩條胳臂亂揮著想保持平衡，最後卻噗通一聲坐倒在泥水中。他眨著眼，抬頭看著克里斯，像是吃驚的麝鼠。文恩則提高警覺看著克里斯，彷彿是怕他發瘋了。說不定他還真猜了個八九不離十。

「你給我閉上你的鳥嘴。」克里斯對泰迪說。「傘兵跳傘個頭，你這個差勁的傢伙。」

「都是**冰雹**啦！」泰迪大喊，既生氣又羞愧。「不是因為那些傢伙，克里斯！我怕死了**暴風雨**！我不是故意的！我願意一個人打他們全部的人，我用我媽的名字發誓！可是我怕死了**暴風雨**！幹！我不是故意的！」他又哭了起來，就坐在水裡。

「那你呢？」克里斯轉向文恩質問：「你也是怕暴風雨嗎？」

文恩呆呆地搖頭，仍被克里斯的怒火嚇得手足無措。「嘿，我還以為我們大家都要跑呢。」

「那你一定是會讀心術，因為你是第一個跑的。」

文恩吞了兩次口水，一句話也沒說。

克里斯瞪著他，眼神陰沉狂野。接著他轉向我，「得幫他做個擔架，高弟。」

「都聽你的，克里斯。」

「對！就像童子軍。」他的聲調向上升，升到了一個奇異的、尖厲難聽的高度。「就跟他媽的童子軍一樣。用柱子和襯衫做一個擔架，像手冊裡寫的。對不對？高弟。」

「對。你要的話。可是萬一那些傢伙……」

「**那些傢伙可以去死！**」他尖叫。「**你們是一窩孬種！都去死吧，膽小鬼！**」

「克里斯，他們可以去叫警察，回頭來找我們。」

「**他是我們的，我們會把他帶走！**」

「那些傢伙為了陷害我們，什麼話都說得出來。」我告訴他。我的話聽來薄弱、愚蠢，患了流感似的。「他們什麼謊話都說得出來，而且還會互相幫腔。你也知道說謊可以給別人帶來多少麻煩，就像那筆牛奶……」

「**我不管！**」他尖叫，舉著拳頭撲向我，可是一隻腳被雷伊．布勞爾的肋骨絆住，砰的一聲，屍體晃動，他跌倒了，摔在地上。我等著他站起來，也許打我的嘴巴一拳，可是他只是躺在那裡，頭朝著路堤的方向，兩條胳臂舉到頭的上方，像是準備跳水的潛水伕，跟我們發現雷伊．布勞爾時的姿勢一模一樣。我慌亂地看著克里斯的腳，確定他仍穿著鞋子。然後他開始又哭又尖叫，身體在泥濘的水中扭動，把水潑得到處都是，不斷捶打拳頭，頭轉來轉去。泰迪和文恩瞪著他，興奮期待，因為從來就沒有人看過克里斯．錢伯斯哭。一會兒之後，我走回路堤，爬上去，坐在鐵軌上。泰迪和文恩也跟著我，我們坐在雨中不說話，像在廉價商店和總是像在倒店邊緣的低俗禮品店裡販賣的三隻「三不猴」[52]。

28

二十分鐘後克里斯才爬上路堤，跟我們坐在一塊。烏雲漸漸散開了，一束束陽光從雲縫中射下來，樹叢似乎在四十五分鐘之內變成了三種更深的綠色。克里斯的身體兩側全都是泥巴，頭髮也像泥濘的倒椿，他身上唯一乾淨的地方是兩隻眼睛周圍。

「你說得對，高弟。」他說。「誰也沒得到最後的權利。從頭到尾都是古徹，對吧？」

我點頭。五分鐘過去了，誰也沒說話，我忽然有個想法——萬一他們真的去找班納曼呢？我回到路堤底下，走向克里斯剛才所站之處。我跪下來，開始用手指在泥水和沼澤草裡仔細梳理。

「你在幹嘛？」泰迪問，他也走過來了。

「大概是在你的左邊。」克里斯說道，還用手比。

我看著那邊，一、兩分鐘之後，我找到了兩個彈殼，彈殼在清新的陽光下閃爍。我交給了克里斯，他點頭，塞進牛仔褲口袋裡。

「可以走了。」克里斯說。

「嘿，拜託！」泰迪叫嚷，真的很心痛。「我要帶他走！」

「聽著，笨蛋，」克里斯說，「要是我們把他帶回去，我們可能都會被關到感化院裡。就像高弟說的，那些傢伙會胡說八道。萬一他們說是**我們**殺死他的呢？你想過嗎？」

「我才不管。」泰迪悶悶不樂地說。然後他看著我們，滿懷荒謬的希望。「再說，我們也可能只會坐兩個月的牢嘛。只是從犯。我是說，我們才十二歲啊，他們不會把我們丟進裘山的啦。」

克里斯輕聲說：「你要是有前科，就不能從軍了，泰迪。」

我相當肯定這句話是臉不紅氣不喘的謊言，但現在不是戳穿他的時候。泰迪只是看了克里斯很久，嘴唇發抖，最後他終於細著嗓子說：「你沒騙我？」

「問高弟啊。」

他抱著希望看著我。

「他說得對。」我說，覺得自己像個大混蛋。「他說得對，泰迪。你自願入伍的時候，他們第一個就會到前科局去查你的紀錄。」

「我的媽啊！」

「我們現在要回去棧橋那邊。」克里斯說。「然後我們離開鐵路，從另一個方向回城堡岩。要是有人問我們去了哪裡，我們就說去磚廠山那邊露營，結果迷了路。」

「米洛．普瑞斯曼會知道是假的。」我說。「那個佛羅里達超市的壞蛋也是。」

「那，我們就說米洛把我們嚇壞了，所以我們才決定到磚廠山去。」

我點頭。這樣或許行得通，只要文恩和泰迪能記得住。

「要是我們的爸媽都湊在一起呢？」文恩問。

「你愛這樣擔心就去擔心好了。」克里斯說。「我爸會還是醉茫茫的。」

「那就走吧。」文恩說，打量著介於我們和後哈羅路之間的樹林，活像是以為班納曼會

52. 譯註：三不猴是三隻用雙手遮住眼睛、嘴巴、耳朵的猴子雕像。美國的教會學校等會用三不猴來教導學生不要看猥褻的事物，不要聽與性相關的謠傳，不要說虛假與下流的言詞。

帶著一雙尋血獵犬，隨時闖過來。「趁現在快點走吧。」

我們都站了起來，準備出發。小鳥叫得像瘋子一樣，很高興下雨又出太陽，蚯蚓也都跑了出來，還有對其他大大小小的事情都歡欣雀躍。我們都向後轉，彷彿是被繩子牽引著，都看著雷伊．布勞爾。

他躺在那裡，又是一個人，剛才我們翻動了他，所以他的兩條胳臂落了下來，現在有點像是老鷹展翅，彷彿是在歡迎陽光。一開始倒沒什麼，比葬儀社為了一屋子來瞻仰遺容的賓客準備的死亡場面更自然，但接著你就看到了瘀血，臉腮上和鼻子底下乾涸的血液，還有屍體開始腫脹的模樣。你看到了青蠅隨著陽光飛出來，圍繞著屍體嗡嗡響。你想起了那種瓦斯味，有點噁心，像密閉房間裡有人放屁。他是一個跟我們同齡的男生，他死了，我排斥了那種更自然的想法，驚恐地把它推開。

「好了。」克里斯說道，本想說得乾脆俐落，可是聲音衝出喉嚨卻像是一把乾燥的小掃帚上的鬃毛。「快點走吧。」

我們幾乎是用小跑步往回走的。我們沒交談，我不知道別人怎麼樣，可是我太忙著思索，沒空說話。雷伊．布勞爾的屍體有什麼地方讓我始終難以釋懷——當時就這樣，現在還是這樣。

他側臉上的嚴重瘀傷，頭皮撕裂，鼻子流血。就這樣，至少沒有其他明顯的外傷。有人在酒吧打架傷勢還比這嚴重，都直接就又去喝酒了。火車**一定是**撞到了他，不然他的運動鞋為什麼會飛掉？而且火車司機為什麼會沒看到他？有沒有可能火車雖然把他撞飛了，可是並沒有撞死他？我覺得，要是各種條件結合得很湊巧，很可能會是這種結果。會不會是他正想從鐵軌上逃開，就被火車擦撞到？他被撞得向後飛，一個觔斗翻過了那處下凹的路堤？他會不會是清醒地躺在那裡，在黑暗中發抖了幾個小時，不僅是因為迷路了，也因為神智不清，與現實脫節了？說不定他是嚇死的。有一次我捧著一隻尾羽被壓扁的小鳥，牠也是嚇死的。牠的身體一直抖，微微顫動，鳥喙打開合上，幽暗明亮的眼睛瞪著我。然後，顫動停止了，鳥喙張開一半，黑色眼睛變得毫無光澤了。雷伊・布勞爾也可能是同樣的情況，他會死掉可能是因為他就是太害怕了，沒法再活下去。

可是還有別的問題，我覺得是最讓我想不通的地方：他是出門去採莓果的，我依稀記得新聞報導說他帶著一個罐子去裝莓果。我們回去後，我到圖書館去查報紙，我只是想確定一下，結果我沒記錯。他是去採莓果的，而且帶著一個桶子，或是罐子等諸如此類的，可是我們沒找到桶子。我們發現他時，找到了他的運動鞋，他一定是把桶子丟在錢伯蘭和哈羅那片沼澤地之間了。他很可能在剛開始把桶子抱得緊緊的，彷彿那是聯繫他和家以及安全的錨，可是他越來越害怕，而且感覺天地間只有他一個人孤零零的，毫無獲救的希望，只能靠他自己，而真正的冰冷恐怖就在這時滲入，他可能就把桶子丟到鐵路的一側，幾乎沒發覺桶子不見了。

我一直想要回去找桶子——你覺得變不變態？我一直想要開我幾近全新的福特廂型車去後哈羅路的盡頭，在某個明亮的夏日清晨解決掉這件事，就我一個人，而我的妻兒遠在另一個世界裡，只要打開開關，就會有光線照亮黑暗。我一直想像那種情形。我把我的背包從後座拿出來，放在廂型車客製的後擋泥板上，而我仔細地脫下襯衫，綁在腰際，用Muskol防蟲液塗抹胸口和肩膀，接著穿入林間，到那塊沼澤地去，到我們發現他的那個地點。那邊的草會是黃色的，照著他的屍體形狀長嗎？當然不會，那裡不會有痕跡可尋，可你仍然忍不住亂想，而你會了解你的理性外表——那個燈芯絨外套的肘部有補丁的作家——跟童年時那個興奮雀躍的蛇髮女妖傳說之間其實只隔著一層薄薄的膜。然後我爬上路堤，現下已長滿了雜草，我緩緩走在生鏽的鐵軌以及腐朽的枕木邊，往錢伯蘭的方向。

愚蠢的幻想。為了尋找一隻二十年前的藍莓桶，它說不定已深埋在林中或是被漫生的雜草和灌木叢吞沒了，而這半畝土地因為要建造住宅，而叫來挖土機整地，被埋進土裡了。可是我覺得桶子還在那裡，沿著斷線的GS&WM舊鐵道。有時去尋找的衝動幾乎成了一股狂熱，往往一大早就竄了出來，那時我遠在波士頓，太太在沖澡、孩子們在看三十八台的《蝙蝠俠》和《史酷比》卡通，而我感覺就像是那個曾在地表上走動，青春期發動前的高登・拉辰斯，說話走路偶爾像爬蟲類一樣在地上爬行。那個男孩**是**我，我覺得。而緊接著像當頭潑了我一盆冰水的想法是：**你指的是哪個男孩啊？**

呷著一杯茶，看著太陽光從廚房窗斜射進來，聽著屋子另一頭的電視聲以及另一頭的洗澡聲，感覺到耳後的脈搏跳動（表示我昨晚啤酒喝太多了），我覺得很肯定能找得到。我會在鐵鏽間看見清晰的金屬閃光，亮麗的夏日陽光會把桶子反映到我的眼中。我會從路堤下去，推開長高了、糾纏著水桶握柄的雜草，然後我會……怎樣？咦，當然是把它從時間之流中拔出來啊。我會把桶子翻來覆去，驚異於它的觸覺，驚嘆著最後一個摸過桶子的人早已在墳墓中沉睡多年了。假設桶子裡有紙條？**救命，我迷路了**。當然是沒有的事——男孩子出去採藍莓是不會帶著紙筆的——不過那只是假設。在我的想像中，我感覺到的那份敬畏會像日蝕一樣晦暗。不過，我猜，主要是雙手捧著那個水桶——這是我活著而他死了的象徵，證明了我真的知道是哪個男孩子——我們五個男生中的某一個捧著它，從桶身上的鏽以及褪色的亮度上讀出它每一年的風霜。感覺它盡力了解照耀著它的太陽，打落在它身上的雨水，覆蓋住它的冰雪，並且猜想它孤孤單單落在這裡，飽經風吹雨打時，我在哪裡？我在做什麼？我在愛著誰？我過得怎麼樣？我捧著它，解讀它，感覺它……然後看著它能夠反照出我自己的臉孔。你懂嗎？

29

我們回到了城堡岩，時間是週日早晨剛過五點，正好是勞動節的前一天。我們走了一整晚。誰也沒埋怨，雖然我們的腳都磨出了水泡，也都餓得要死。我的頭像有人在打鼓，痛得要裂開了；我的腿覺得扭曲了，累得像火燒。我們有兩次得手忙腳亂跑下路堤，躲避貨運火車。有一列跟我們同方向，可是移動得太快，我們跳不上去。等我們趕到橫跨城堡河的棧橋時，東方已經出現魚肚白了。克里斯看著橋、看著河，再回頭看著我們。

「管他的。我要走過去，要是我被火車撞了，那剛好，我就不必時時刻刻小心混蛋王牌梅若了。」

我們全都走了過去，或許用舉步維艱來形容更適當。沒有火車過來。到了垃圾場後，我們攀爬籬笆（沒看見米洛和斧頭，時間太早了，何況又是週日早晨），直接走向水泵。文恩打水，我們輪流把頭伸到冰冷的水流下，把水潑向身體，大口痛飲，直到喝不下為止。然後我們得再次穿上襯衫，因為早晨似乎滿冷的。我們一瘸一瘸地走路回鎮上，在空地前的人行道上站了一會兒，看著我們的樹屋，這樣才不必看著彼此。

「那，」泰迪最後說，「週三學校見了。我覺得我要一直睡到那天。」

「我也是。」文恩說。「我累得動不了了。」

克里斯從齒縫間吹了一聲口哨，一點調子也沒有，但是沒說話。

「嘿，兄弟。」泰迪彆扭地說：「別記恨，好嗎？」

「好。」克里斯說，突然嚴肅疲憊的臉綻開了甜美燦爛的笑容。「我們辦到了，對不對？

我們辦到了。」

「對。」文恩說。「你最棒。現在該比利修理**我**了。」

「那又怎樣？」克里斯說。「理察要修理我，還有王牌可能會修理高弟，還有別人會修理泰迪。可是**我們**辦到了。」

「沒錯。」文恩說，可是他的口氣還是不開心。

克里斯看著我。「我們辦到了，對不對？」他輕聲問。「很值得，對吧？」

「那還用說。」我說。

「去他的。」泰迪說道，用他那種乾乾的「我快沒興趣了」的口吻。「聽你們講得像是〈與媒體見面〉[53]似的。打起精神來，我要高高興興回家去，看我媽有沒有報警，讓我登上十大通緝要犯榜。」

我們全都哈哈大笑，泰迪給了我們他那個吃驚的「喔媽呀」的表情，我們都跟他擊掌。然後他和文恩朝他們的方向走，我應該要往我的方向走的……可是我猶豫了一秒。

「我陪你走。」克里斯提議。

「喔好。」

我們走了一條街，中間沒有交談。城堡岩在第一道曙光乍現時靜謐得令人敬畏，而我經歷到一種幾乎神聖的「疲憊在流逝」之類的感覺。我們醒著，而整個世界在睡覺，我幾乎以為轉過街角就會看見我的鹿站在卡賓街的另一頭，就是ＧＳ＆ＷＭ鐵路通過紡織場進貨區的地方。

最後克里斯說：「他們會說出去的。」

「那是一定的，可是不會是今天或明天，如果你是擔心這個的話。他們會到很久以後才說出來，我覺得。可能是幾年以後吧。」

他看著我，表情訝然。

「他們嚇壞了，克里斯。尤其是泰迪，他怕軍隊不肯收他。文恩也嚇到了。他們晚上會作惡夢，而且今年秋天他們就會忍不住想告訴別人，可是我覺得他們不會說。以後呢……你知道嗎？聽起來很瘋狂，可是……我覺得他們會幾乎忘掉這件事曾發生過。」

他慢吞吞地點頭。「我倒沒有這樣想。你可以看透別人，高弟。」

「嘿，我還真希望我可以呢。」

「你可以。」

我們又默默走了一條街。

「我永遠也離不開這裡的。」克里斯說著，還嘆了口氣。「等你去念大學放暑假回來，你就會在蘇奇客棧看到我、文恩、泰迪，在七點到三點的班結束以後在那裡鬼混。如果你想看的話。只不過你可能根本就不想看。」他哈哈笑，笑聲讓人毛骨悚然。

「不要再洩自己的氣了。」我說，想要讓語氣更嚴厲一點——我在想在樹林的情景，想克里斯說的話：**我可能把錢拿給老西蒙斯太太，跟她承認了，也可能錢一直都在，可我還是被放了三天假，因為錢不見了，而可能下週老西蒙斯太太來學校的時候就穿了一條新裙子……**那個表情，他眼裡的表情。

「不洩氣，老爸。」克里斯說。

我用食指揉挲拇指。「這是世界上最小的小提琴在拉〈我的心為你分泌紫尿〉。」

「他是**我們的**。」克里斯說，眼睛在晨光中變暗。

53. 譯註：〈與媒體見面〉（Meet the Press）是美國國家廣播公司製作的新聞訪談節目，從一九四一年首播，持續至今。

我們走到我家那條街的轉角了，我們停下了腳步。現在是六點十五分了。回望著鎮上我們能看到週日《電訊報》的卡車停在泰迪叔叔的文具店前面，一個穿藍色牛仔褲和T恤的男人把一捆報紙丟下車。報紙上下顛倒，在人行道上彈跳，露出了彩色的漫畫（第一頁永遠是狄克．崔西和伯朗黛）。然後卡車開動，駕駛專心一志把外在世界送進這條線上的其他小鄉鎮——歐提斯菲爾、諾威勺斯巴黎斯、華特堡、史東漢。我想再跟克里斯說什麼，卻又不知道該怎麼說。

「來，擊個掌。」他說著，語氣疲憊。

「克里斯……」

「來。」

我跟他擊掌。「再見。」

他嘻嘻笑，那甜美、燦爛的笑。「除非是我先見到你，豬頭。」

他走開了，仍在笑，走得輕鬆優雅，彷彿他並不像我一樣全身都痛，不像我一樣雙腳起水泡，也沒有像我一樣被蚊子、沙蚤、黑蠅咬得全身是包。彷彿他無憂無慮，彷彿他是要去什麼真正高級的地方，而不是一個只有三房的家（用違建來形容更貼切），沒有室內廁所，破窗戶以塑膠布遮覆，還有一個哥哥可能就埋伏在前院等著打他。即使我知道該說什麼，我可能也不會說。言辭會摧毀愛的功用，我覺得——作家這麼說很不應該吧，可是我相信這是實話——要是你跟一頭鹿說你沒有惡意，牠會動動尾巴就一溜煙跳走了。話語就是傷害。愛不是像洛德．麥昆[54]那種混帳詩人要你相信的那樣。愛有牙齒，會咬人，而且傷口永遠不會癒合。沒有言語，無論是結合什麼言語，能夠讓愛咬出的傷口痊癒。可笑的是，恰好相反，若是傷口乾了，言語也會隨之死亡。相信我吧！我這輩子就是靠言語吃飯的，我知道。

後門上鎖了，所以我只能從踏腳墊底下把備用鑰匙拿出來，自己開門進去。廚房空蕩蕩的、寂靜無聲，乾淨得要命。我打開電燈，聽見水槽上方的螢光燈在響。我比我母親早起床，這個真是幾年前才會有的事，我甚至記不得上一次是何時。

我脫掉襯衫，放在洗衣機後面的塑膠洗衣籃裡。我從水槽底下找了一條乾淨的布，沾上水擦拭全身——臉、脖子、腋窩、肚子，然後我解開褲子，擦拭胯下——尤其是我的睪丸——直擦到皮膚會痛，都還感覺像是怎麼擦都不夠乾淨，儘管水蛭留下的紅色傷痕迅速褪色了。直到現在還裡還是有一個小小的新月形傷疤，我太太有一次問起來，雖然我並沒有刻意要騙她，卻對她說了謊。

我擦完之後，就把布丟掉了。因為真的很髒。

我拿出蛋，炒了六顆。蛋液在鍋裡半凝固了，我又配了一小盤碎鳳梨和半公升牛奶。我剛坐下要吃，我媽就走進廚房了，灰髮在腦後紮了個髻，穿著褪色的粉紅色浴衣，抽著駱駝菸。

「高登，你跑哪兒去了？」

「露營啊。」我邊說邊吃了起來。「我們本來在文恩家的田裡，後來又跑到磚廠山了。文恩的媽媽說她會打電話跟妳說，她沒打嗎？」

「她大概是跟你父親說的。」她說著從我旁邊飄過，走到水槽前。她就像是一隻粉紅色的鬼。螢光燈狠狠地照亮了她的臉，讓她的膚色幾乎是蠟黃色的。她嘆氣……近乎哽咽。「我在

54. 譯註：洛德・麥昆（Rod McKuen, 1933-2015）是美國詩人、詞曲創作者及演員，也是一九六〇年代晚期極享盛名的一位詩人。

早上想丹尼斯想得最厲害。」她說。「我老是去看他的房間，老是空空的，高登。每次都一樣。」
「對，真糟糕。」我說。
「他老是睡覺開窗，毯子……高登？你說了什麼嗎？」
「沒什麼重要的，媽。」
「……毯子拉到下巴。」她說完了，然後她只是背對著我瞪著窗外。我繼續吃。我全身都在發抖。

31

這件事一直沒有傳出去。
喔，我的意思並不是說雷伊．布勞爾的屍體一直沒人發現，最後有人發現了。不過功勞不是我們這一夥的，也不是他們那一夥的。到頭來，王牌必然決定了匿名電話是最安全的辦法，因為警方就是這樣知道陳屍地點的。我的意思是，我們的父母都沒發現我們在勞動節的那個週末做了什麼事。
克里斯的爸爸仍泡在酒缸裡，就跟克里斯說的一樣；他媽媽去路易斯頓找她姐妹，每次錢伯斯先生流連醉鄉，她差不多就會這樣。她一個人離家，叫眼珠照顧其他弟妹，而眼珠盡責任的方式就是跟王牌和他的不良少年兄弟鬼混，任由九歲的薛爾登、五歲的艾默里、兩歲的黛伯拉自己去玩水或是淹死。
泰迪的媽在第二晚擔心了起來，並打電話給文恩的媽。文恩的媽也絕不是什麼頭腦靈光的人，她說我們仍在文恩的帳篷裡，她會知道是因為她昨晚還看到裡頭有光。泰迪的媽說她希望可沒有人在裡頭偷抽菸，文恩的媽則說她覺得是手電筒的光，再說了，她相信文恩或是比利的朋友沒有一個人會抽菸。

我爸委婉地問了我幾個問題，對我避重就輕的回答微微露出煩惱的表情，又說我們改天一塊去釣魚，就這樣。要是這幾家的父母在這一週或是未來的兩週內碰面，我們可就穿幫了……但是並沒有。

米洛．普瑞斯曼也什麼都沒說，我的猜測是他考慮過了，我們四個人對他一個人，而且我們一定會發誓他放斧頭來咬我。

所以這件事並沒有傳出去——但是事情並沒有到此結束。

32

快到這個月底時，我放學正走回家的路上，一輛黑色一九五二年份的福特就切到我面前的路邊。錯不了，就是這輛車。幫派分子的白色車身和輪圈蓋，加高的鍍鉻擋泥板，方向盤上有人造螢光樹脂球形把手，還鑲嵌了一朵玫瑰。後車蓋上漆了一張騎士和一張兩點，下方以羅馬哥特體寫著**王牌**。

車門倏地打開，「王牌」梅若和「小迷糊」布拉科維策下了車。

「卑鄙無恥的小流氓，是嗎？」王牌說，露出他的招牌笑容。「我媽愛死了我那一套，是嗎？」

「我們要拆了你的骨頭，小寶寶。」小迷糊說。

我把書包丟在人行道上，拔腿就跑。我使出了吃奶的力氣，可還沒跑到街尾，就被他們逮到了。王牌飛過來擒抱我，我就整個人倒在路面上。我的下巴撞到了水泥，何止是眼冒金星，我甚至看到了整個星系，全部的星雲。他們把我揪起來時我已經在哭了，但不是因為手肘和膝蓋都擦傷流血，甚至不是因為恐懼——而是無能為力的憤怒。克里斯說得對！他是我們的。

我又扭又踢，差一點就掙脫了，但是小迷糊用膝蓋撞我的褲襠，痛得我受不了，簡直沒有辦法形容，痛苦指數從水平的一條線直衝破錶。我放聲尖叫，尖叫似乎是我最好的機會。

王牌打了我的臉兩拳，又重又猛的兩拳。第一拳打得我的左眼睜不開，要等到四天之後我才能再用這隻眼看東西；第二拳打斷我的鼻子，啪的一聲，就像咀嚼脆片時腦袋瓜裡的聲音一樣。這時老查默思太太出來站到門廊上，患有痛風的一隻手緊緊握著拐杖，嘴巴一角啣著 Herbert Tareyton 香菸，對著他們吼叫：「嘿！嘿，那邊的！住手！警察！警察！」

「別讓我再看到你，蠢貨。」王牌面帶微笑地說。他們兩個放開了我，撤退了。我坐起來，隨即俯身捧住我受傷的下體，很確定我就要嘔吐，死在當場了。我還在哭，可是小迷糊又開始繞著我走，一看見他打著鉚釘的牛仔褲腿罩在他的機車靴上端，我的怒火就又燒了起來。我一把抓住他，使出了吃奶的力氣打他的小腿。小迷糊也小聲尖叫起來，開始單腳跳來跳去，而且不可置信的是，他居然有臉罵我沒有運動家精神。我看著他單腳亂跳，而就在這時，王牌重重往我的左手踩下去，踩斷了我兩根指頭。我聽到骨頭斷裂聲，那不像脆片，而像蝴蝶餅。然後王牌和小迷糊走回王牌的五二年汽車，王牌雙手插在後口袋裡，大搖大擺地，小迷糊則用一隻腳跳，一面扭頭咒罵我。我蜷縮在人行道上哭，艾薇．查默思阿姨從她家的走道上過來，拐杖忿忿敲地，問我需不需要看醫生？我坐起來，大致止住了哭聲，跟她說不需要。

「胡說。」她大喝一聲——艾薇阿姨的耳朵有點聾，說話都是用吼叫的。「我看到那些惡霸打了你哪裡。孩子，你的小棒槌會腫得跟玻璃罐一樣大。」

她把我帶進她家裡，給我一條濕布擦鼻子——這時我的鼻子已經像是夏天的南瓜了——再給了我一大杯嚐起來像藥味的咖啡，不過那很有撫慰的作用。她一直對我吼叫，說她應該要叫醫生來，我一直跟她說不用。最後她放棄了。我走路回家，走得非常慢。我的睪丸還沒有腫得跟玻璃罐一樣大，不過已經腫起來了。

我爸媽一看見我就非常激動——說真的，我還滿意外的，他們居然會注意到。是誰打的？你能從一排嫌犯中指認出來嗎？這是我爸說的，他從不錯過任何一集《不夜城》（Naked City）和《鐵面無私》（The Untouchables）。我說我沒辦法從一排嫌犯裡指認出他們來，我說我累了。事實上，我覺得我是處於震驚之中——震驚！而且也因為艾薇阿姨給我喝的咖啡，讓我好像有一點點醉，我猜咖啡裡一定有至少百分之六十的白蘭地陳釀。我說我覺得是別的鎮的人，或者是「城裡」來的——誰都知道「城裡」指的是路易斯頓－奧本。

他們用旅行車載我去看克拉克森醫生——他今天還健在，年紀大到幾乎可以和上帝平起平坐了。他接上了我的鼻子和手指，給我母親一張止痛劑藥單，然後他找了個藉口把他們請出診療室，他頭朝前，拖著腳走向我，像是布利斯．卡洛夫在接近伊戈爾[55]。

「是誰打你的？高登。」

「我不知道，醫生。我……」

「你騙人。」

55. 譯註：布利斯．卡洛夫（Boris Karloff, 1887-1969）是英國演員，以一九三一年《科學怪人》一片中的科學怪人而聞名。伊戈爾（Igor）則是科學怪人的創造者的駝子助手。

「沒有，醫生，沒有。」

他凹陷的臉頰浮上了血色。「你為什麼要保護那些打你的白痴？你覺得他們會因此而尊敬你？他們只會大笑，罵你是笨蛋！他們會說：『喔，我們前天打著玩的那個笨蛋來了。哈哈！呵呵！哈哈哈哈！』」

「我不認識他們，真的。」

我能看出他巴不得抓著我大搖特搖，可是他當然不能那麼做。所以他讓我走出診間，雪白的頭不以為然地搖著，喃喃說什麼不良少年。那晚他無疑會抽著雪茄喝著雪莉酒，跟他的老朋友上帝說。

我不在乎王牌和小迷糊和其他混蛋是會尊敬我還是笑我笨，還是壓根就不把我放在心上。可是我得替克里斯著想。他哥哥眼球打斷了他的胳臂，打斷了兩處，還打得他的臉像是加拿大的日出，醫生得打鋼釘才能把他的手肘接上。住在那條馬路的麥金太太看見克里斯一邊肩膀軟趴趴的，搖搖晃晃走在路上，兩隻耳朵都出血，讀著一本《小富豪瑞奇》（Richie Rich）漫畫書。她把他帶到社區醫療中心的急診室去，克里斯跟醫生說他在黑暗中從地下室的樓梯摔了下去。

「對。」醫生說道，厭惡死了克里斯這樣，就跟克拉克森醫生厭惡我一樣，然後他就去打電話給班納曼警長。

醫生去辦公室打電話時，克里斯就緩緩走到走廊，按著胸口上暫時的吊帶，避免胳臂晃動又摩擦斷骨，然後掏出口袋裡的五分鎳幣，打電話給麥金太太——他後來跟我說這是他第一次打對方付費電話，他怕死了她不肯付費——但是她接了。

「克里斯，你還好吧？」她問。

「是的，謝謝。」克里斯說。

「抱歉沒在那裡陪你，克里斯，可是我正在烤派……」

「沒關係的，麥金太太。」克里斯說。「妳有沒有看到我們院子裡的別克？」別克是克里斯的媽媽開的汽車，十年的老車，引擎一熱就會有鞋子著火的味道。

「有啊。」她謹慎地說。最好是別太摻和錢伯斯家的事情。窮困的白人垃圾，住破房子的愛爾蘭人。

「妳可以去我家叫我媽媽到樓下把地下室的燈泡拔掉嗎？」

「克里斯，我真的，我的派……」

「叫她，」克里斯執拗地說，「立刻就去。除非她想要我哥去坐牢。」

一陣極其漫長的沉默過後，麥金太太同意了。她沒有多問，克里斯也沒有多說。班納曼警長真的去了錢伯斯家一趟，但是理察．錢伯斯並沒有去坐牢。

文恩和泰迪也挨打了，只不過不像我和克里斯那麼慘。文恩回家時比利在等著他，他用一根柴火打他，只四、五下，就把他打昏過去了。文恩雖然是嚇壞了，可是比利更怕可能把他打死了，就停手了。泰迪則是某天下午從空地走路回家的途中，被他們那一幫裡的三個人截住，他們痛揍了他一頓，打破了他的眼鏡，但他也不甘示弱，可是他們後來發覺他就像個瞎子在黑暗中亂摸，就不跟他打了。

我們在學校裡守在一塊，就像是韓戰突擊隊的殘兵敗將。誰也不知道究竟是怎麼回事，可是人人都了解我們是跟大孩子起了衝突，而且表現得像個男子漢。有些說法傳開來，但全都錯得離譜。

石膏拿掉、瘀血也癒合之後，文恩和泰迪就跟我們日漸疏離了。他們找到了另一群同伴，可以由他們當老大。他們大多數都是真正的窩囊廢——長疥癬、個子矮的五年級混蛋——可是文恩和泰迪一直把他們往樹屋帶，指使得他們團團轉，像納粹將軍一樣神氣。

克里斯跟我越來越少去樹屋了，再過一陣子後，樹屋就在我們默認的情況下變成他們的了。我記得一九六一年的春天還爬上去過一次，但在發現樹屋的味道就像乾草堆裡的糞坑後，我就再也沒去過了。泰迪和文恩漸漸變成了在走廊上或是三點半留校處罰的學生中的兩張面孔，我們會點頭說嗨，就這樣。世道就是這樣，你這一生中的朋友來了又去，像是餐廳裡收拾碗盤的雜工，你會去注意嗎？可是我想到那個夢，水下的屍體頑固地拖拽我的腿，就感覺這樣子是對的。有的人終究是會沉下去的。不公平，但世道就是如此。有些人會沉下去。

33

文恩．泰修在一九六六年死於路易斯頓的一場公寓大火中——在布魯克林和布朗克斯區，那種公寓建築我想是叫作貧民窟公寓。消防局說，火勢大約是從半夜兩點開始的，到黎明之前，整棟建築燒得只剩下地下室裡的煤渣。公寓居民有一大票喝醉的，文恩就是其中之一。某人在臥室裡睡著了，香菸卻沒熄滅。文恩可能夢著他的錢，迷迷糊糊睡著了。他們靠牙齒辨認出了他和另外四人的身分。

泰迪則是慘死於車禍。那是一九七一年吧，也可能是一九七二年年初。我長大成人的階段常聽到一種說法：「一個人出去就是英雄，帶著人就是狗熊。」泰迪從會許願開始就一心一意想從軍，卻因體檢不合格被空軍拒絕了。看過他的眼鏡和助聽器的人都知道，這是必然的結果，唯獨泰迪沒有自知之明。中學念低年級時，他因為罵就業輔導員是一袋撒謊的大便而被罰停課三天。原因是，就業輔導員時常看見泰迪差不多每一天都跑進來查看求職公布欄，找新的從軍資料，於是他跟泰迪說，也許他應該要思考別的職業，結果泰迪就大發雷霆。

他因為缺課過多、學習遲緩、不及格等等而留級一年，但是他**真的**畢業了。他有了一輛雪佛蘭 Bel-Air，經常開到從前王牌、小迷糊跟那幫人鬼混的地方：撞球場，舞廳，現在歇業了的蘇奇客棧，還有現在仍在營業的「柔和的老虎」。他最後在城堡岩公共事務課找到了一份差事，用瀝青修補坑洞。

車禍發生在哈羅。泰迪的雪佛蘭載滿了他的朋友（兩個是他和文恩在一九六〇年使喚的那票人），大家都輪流抽著大麻，喝伏特加。他們撞上了電線杆，把電線杆撞斷了，而雪佛蘭翻滾了六次。有個女生命大，在中緬因綜合醫院的護士和看護口中的 C＆T——也就是包心菜和蕪菁——病房裡住了半年，直到不知道哪個慈悲的幽靈拔掉了她的呼吸器。泰迪．杜尚死後被追贈「年度大狗熊」獎。

克里斯中學第二年念了升學班——他跟我都知道再拖下去就太遲了，他會追不上進度。聽見這件事的人都驚掉下巴：他的父母覺得他只是在裝裝樣子，他的朋友大都把他當怪胎，就業輔導員不相信他有那個本事，最主要是老師們對這個梳著貓王頭、穿皮夾克和工程靴的傢伙毫無預警就出現在他們的教室裡不敢苟同。你可以看出來，那雙靴子和拉鍊很多的夾克讓他們一看就不順眼，跟那些需要高度智慧的科目像是代數、拉丁文、地球科學等格格不入。對他們而言，這類裝扮只能去念技藝班。克里斯坐在那些穿著入時、活潑迷人的男生女生裡，他們是來自城堡風光和磚廠山的中產家庭，而他則像一隻沉默寡言、憂心忡忡的妖怪，隨時都可能會變臉，發出恐怖的吼叫，像是雙管玻璃消聲器，大口大口吞吃他們，將便士樂福鞋、彼得潘衣領、帶釦佩斯利花紋襯衫，全部都囫圇吞下肚。

那一年他有十來次想打退堂鼓，尤其他父親不肯放過他，責罵克里斯自以為比他的老子強，責罵克里斯想要「去念大學，害得我破產」。他還有一次拿瓶子砸在克里斯頭上，害得克里斯又進了急診室，縫了四針才修補好他的頭皮。他的老朋友們，大多數都是主修抽菸的，他們在街上噓他。至於就業輔導員跟他討價還價，要他至少修**一點**技藝課程，才不會全部學科都被當掉。當然，最糟的是這個：他頭七年的義務教育整個都是混過來的，這會兒代價可狠狠地找上門來了。

我們幾乎每晚都一起念書，有時一連念六個小時。每次念完我總是筋疲力盡，有時候我還會害怕——害怕他匪夷所思的憤怒，憤怒這個代價是那麼地高。在他還沒弄清楚基礎代數之前，他得重新學習五年級的分數（那時他和文恩、泰迪都在打手槍）。在他能了解 Pater noster qui est in caelis[56]之前，他得先學什麼是名詞、介詞和受詞。在他的英文文法課本裡，整整齊齊寫著**動名詞幹**。他的作文構思不錯，組織得也不壞，但是文法很差，而且標點符號像是亂槍打鳥。最後他的文法課本都翻壞了，又到波特蘭的書店去買了一本——這是他真正擁有過的第一本精裝書，後來有點像是他的《聖經》。

可是到了中學二年級，他就被大家接受了。我們的成績都不到最優等，但我是第七名，而克里斯是第十九名。我們都獲得緬因大學錄取，但是我去了奧羅諾校區，而克里斯則去了波特蘭校區。念法律，你能相信嗎？有更多拉丁文。

我們兩個念中學都約會，可是卻沒讓女生影響了我們的友誼。聽起來像是我們變玻璃了嗎？聽在我們大多數的老朋友耳裡可能是，包括文恩和泰迪。可是那只是為了生存，我們在深水中緊緊依附彼此。我大概跟克里斯解釋過吧，但我會緊緊依附他的理由比較難說清楚。他想脫離城堡岩和紡織廠的陰影的決心，在我來說是我最好的理由，我不能看著他沉下去或是自己一個人游。要是他沉下去了，我的另外一面也會跟著沉下去。

將近一九七一年底，克里斯進了一家波特蘭的「雞樂」餐廳，去外帶三塊雞的「點心桶」。排在他面前的兩個人為了誰先來吵了起來，一個抽出了刀子，而克里斯一向是我們之中最會排難解紛的，他挺身而出，卻被刺中喉嚨。揮刀的人曾在四座監獄服過刑，上週才剛從裘山監獄出獄。克里斯幾乎當場死亡。

我從報上知道了噩耗——克里斯正在修研究所二年級的課。我呢，我結婚一年半了，正在教中學英語。我太太懷孕了，而我正在寫書。我讀到標題——學生在波特蘭餐廳被刺身亡——我跟我太太說我要出去買奶昔。我開車出城，停好車，為他哭泣，哭了大約有半個小時吧。我不能當著我太太的面哭，儘管我非常愛她，但那樣太娘了。

34

我嗎？

我說過，我現在是作家了，雖然許多批評家認為我寫的東西是個屁。很多時候我覺得他們說得對……可是申請信用卡或是在醫生的診間填寫表格時，要在職業欄中寫下「自由作家」四個字，對我還是很驚悚。我的故事太像童話了，他媽的太荒唐了。

我把書賣了，後來書還改編成電影，電影叫好又叫座。這一切發生在我才二十六歲時。第二本書也改編成電影，第三本也一樣。我跟你說——他媽的太荒唐了！同時，我太太似乎不介意我成天在家裡，現在我們有三個孩子了。我覺得每一個都很完美，而大多數的日子我

56. 譯註：這是天主教《主禱文》中的句子，意思是：我們在天的父。

都過得很開心。

可是我說過，寫作不像從前那麼輕鬆好玩了。電話響個不停，有時我會頭痛，痛得很厲害，然後我就得走進一間昏暗的房間躺下來，直到頭痛消失。醫生說我的頭痛並不是真正的偏頭痛，他說那叫「壓力痛」，叫我要放緩步調。我有時會擔心自己，那真是個愚蠢的習慣……可我似乎改不了。而且我會懷疑我做的事究竟有什麼意義，在這個可以靠「假裝」致富的世界裡，我該有什麼看法。

但說來好笑，我又遇見了「王牌」梅若。我的朋友死了，王牌卻活著。上次我帶孩子回家鄉去看我爸，就看到他在三點的哨音響後，從紡織廠的停車場開出來。

五二年的福特換成了七七年份的福特旅行車，褪色的擋泥板貼紙上寫著雷根／布希一九八○。他的頭髮剪成了小平頭，人也胖了，在我記憶中那線條分明的英俊五官被埋在雪崩似的肥肉下。我把孩子留在家裡，自己進小鎮裡買報紙。我站在大街和卡賓街的街角，等著過馬路，他經過時瞄了我一眼。這個在某一段時間打斷我的鼻子的三十二歲男人的臉上，並沒有露出看見故人的表情。

我盯著他駕駛福特旅行車進了「柔和的老虎」旁邊的停車場，下車，扣好褲子，走了進去。我能想像短短的一段西部片情節，他打開門，尼克啤酒和甘喜啤酒的酒味飄出來，其他的常客大聲招呼他，他關上門，大屁股坐在同一張高腳凳上，而這張凳子恐怕每天至少都要支撐住他三個小時——週日例外——打從他二十一歲起。

我心裡想：**原來王牌現在是這個樣子**。

我看著左邊，看到紡織廠後的城堡河，現在不那麼寬了，但是稍微乾淨一點，仍然流淌在連接城堡岩與哈羅的橋下。上游的棧橋沒有了，但是河還在。跟我一樣。

A WINTER'S TALE

冬天的故事

獻給彼得和蘇珊·斯卓伯

呼吸法則

I 俱樂部

我承認，那個下雪、風大的嚴寒晚上，我著裝的速度比平時都要快。那是一九七幾年的十二月二十三日，我猜俱樂部的其他成員應該也跟我一樣。紐約的計程車在暴風雪的日子裡是出了名的難等，所以我預先叫了個人計程車，在五點半時約好八點來接我——對於此事，我太太挑高了一道眉，卻沒多說什麼。七點四十五分，我站在東五十八街的公寓大樓遮陽棚下（我和愛倫從一九四六年起就住在這裡），但計程車遲到了，我發現自己不耐煩地來回踱步。

計程車在八點十分抵達，我坐上車，很高興終於能躲開寒風，所以也沒對司機發火。這天的風是昨天從加拿大掃過來的一道冷鋒，這可不是鬧著玩的，它在計程車周邊呼嘯嗚咽，偶爾壓過了車上收音機播放的騷莎音樂，吹得車身搖搖晃晃。許多商店仍在營業，可是人行道上幾乎少有在最後關頭購物的人。那些在室外的人一臉不舒服，有的甚至是一臉痛苦的表情。

雪斷斷續續下了一整天，現在又下了起來，最初是薄薄的一片片雪花，但很快就在我們眼前的馬路上扭轉成龍捲風的形狀。那晚我回到家，只要想到雪、計程車和紐約市的交織混合體，就會感到極大的不安……不過我那時當然還不知道。

到了第二街和第四十街的交叉口，一個用金箔製作的大聖誕鐘像幽靈一樣往後飄去。

「真不吉利。」司機說。「明天太平間恐怕會多出二十幾具屍體：凍死的酒鬼，再加上凍死的女遊民。」

「大概吧。」

司機沉思了一會兒，「哼，死得好。」他最後說。「省一點福利金，對吧？」

「你的聖誕精神……」我說，「真是教人驚嘆。」

司機又沉思了一會兒。「你是那種濫好人自由派？」他最後問道。

「有鑑於我的回答會有連累自己的可能，因此我拒絕作答。」我說。司機發出一種「我怎麼老是載到自以為聰明的傢伙」的哼聲，不過他選擇閉上嘴。

他讓我在第二街和第三十五街的街口下車，剩下一半的路我是步行到俱樂部的，我彎著腰抵擋呼嘯的狂風，戴著手套的一隻手緊緊按著帽子。幾乎是在一瞬間，一股生氣似乎就深深貫注到我體內，就像一團如煤氣爐火一樣大小的藍色火焰。七十三歲的人其實對寒冷非常敏感，這樣的人就應該待在家裡的壁爐前……再不濟也該窩在電暖爐前；七十三歲的人對於熱血沸騰甚至早已不復記憶，更像是一種學術報告說說而已。

剛才的大雪減緩了，可是乾得像沙子的雪花仍吹打著我的臉。我很高興看見249B門口的樓梯鋪上了沙子，那一定是史蒂文斯弄的。史蒂文斯深諳衰老的基本煉金術：不是變鉛為金，而是把骨頭變成玻璃。我每次想到這些事情，就深深相信上帝的思考方式可能極類似於格魯喬・馬克斯[57]。

57. 譯註：格魯喬・馬克斯（Groucho Marx, 1890-1977）是美國喜劇演員，機鋒詼諧，咸認是美國最偉大的喜劇演員之一。

然後我看見史蒂文斯就站在那兒守著門，一分鐘後我就進屋子裡去了。走在桃花心木鑲板走道上，對開門正要向內關上，僅露出四分之三的開口，我一穿過去就進了圖書室兼閱讀室兼酒吧的空間。房間一片黑暗，偶爾才有閱讀檯燈提供的光圈照明。一盞較亮且更有韻味的燈照亮了橡木條鑲花地板，我能聽見大壁爐裡的樺木燒得嗶剝作響，熱氣向房間的每個角落輻射出去——還有什麼能比壁爐裡的火更熱情地歡迎訪客呢？紙張聲沙沙響起，有種乾燥、微微不耐的感覺，想來那一定是約翰生正拿著《華爾街日報》。十年了，只要聽見他在看股票就能知道他來了。這真的很有意思……另一方面，也很令人驚嘆。

史蒂文斯幫我脫下大衣，喃喃說著今晚的天氣實在不好，WCBS也早就預告早晨之前會下大雪。

我同意天氣實在夠壞了，隨即再次回望有著挑高天花板的大房間。天候惡劣的晚上、熊熊燃燒的爐火……此外還有一個鬼故事。我說過在七十三歲時，熱血沸騰已經是過去式了嗎？或許吧，可是我覺得聽到此，我的胸口竟暖烘烘的……那不是爐火引起的，也不是史蒂文斯可靠、莊重的歡迎引起的。

我想，那是因為輪到麥凱仁說故事了。

我造訪東三十五街249B這棟褐石屋已經有十年之久了——頻率幾乎是固定的，但也不全然如此。在我心裡，我把它當作是「紳士俱樂部」，那種好玩的前格洛麗亞．斯泰納姆[58]古董。可即使是現在我也不能確定它真的是男士俱樂部，或是它怎麼會變成這種俱樂部的。

艾默林．麥凱仁說起「呼吸法則」故事的那一夜，大概有十三名會員，不過只有我們六個人還冒著大風雪的夜晚過來。我記得有些年的正式會員可能僅有八個，但有些年擁有至少二十個。

我想史蒂文斯可能會知道來龍去脈，因為我能確定的一件事就是，史蒂文斯打從一開始就在了，無論那是多少年以前……而且我深信史蒂文斯其實比他的外表還要老邁，而且老邁很多。他微帶布魯克林口音，除此之外，他就像是第三代的英國管家般一絲不苟、嚴謹精準。他的內斂是他經常令人惱怒的魅力之一，而且史蒂文斯淡淡的笑容就像一道上了閂的門，難以窺探究竟。我沒見過有俱樂部紀錄——如果有的話；我沒收到過一張會費收據——並沒有會員費；我沒接到過俱樂部秘書的電話——根本沒有秘書；東三十五街249B沒有電話，也沒有裝著白色彈珠和黑色球的盒子，而且俱樂部——若它是俱樂部的話——也一直沒有名字。

我第一次來俱樂部（我還是要用這個稱呼）是應喬治．華特豪思之邀。我從一九五一年起就在華特豪思的法律事務所工作，那是紐約三家最大的法律事務所之一，但我在公司裡往上攀升的過程雖然穩定卻極其緩慢。我是個苦幹實幹、勤勉頑固的人，有點像是在金屬上打個凹點，以便別人知道該在哪裡打洞的工匠……可是我並沒有真正的才華。我看過在我升遷時剛進公司的人跨著大步前進，而我繼續邁著小碎步，對於這一點我並不怎麼詫異。

每年十月參加公司舉辦的餐會時，華特豪思總會跟我寒暄幾句，再來就很少有交集了。但是一九六幾年的某年秋天，就在十一月月初的某一天，他大駕光臨到我的辦公室來。

這件事極為不尋常，害我有些不祥的想法（被解雇），同時也有些飄飄然的奢望（意外

58. 譯註：格洛麗亞．斯泰納姆（Gloria Steinem, 1934-）是美國二十世紀六〇年代後期及七〇年代的婦女解放運動的代表人物。

獲得升遷）。總之，這件事很令人費解。華特豪思倚著門，斐陶斐榮譽學會[59]的鑰匙在他的背心上散發著圓潤的光芒。他和藹可親地與我閒聊，但他說的話似乎一點內容也沒有。我一直在等他結束這段言不及義的閒談，直接切入主題，例如：「說到這宗凱西案」或是「我們被要求研究市長指定的沙科維茨……」但好像根本沒有什麼案子。他瞧了瞧手錶，說他和我聊得很愉快，可是他得走了。

我仍然眨著眼，搞不清楚狀況，卻只見他轉過頭來，漫不經心地說：「我經常在週日晚上去一個地方，像俱樂部之類的地方。那裡大多是些老笨蛋，不過有些人相處起來倒還是很愉快。要是你懂鑑賞的話，他們那兒有個極佳的酒窖，每隔一段時間還會有人說故事。改天何不一起來呢？大衛，來當我的客人。」

我結結巴巴地回答，直到今天我也不知道自己究竟說了什麼。我被他的提議弄糊塗了，感覺上像是臨時起意，可是他的眼神又絲毫不像，就像藍色的盎格魯撒克遜冰，藏在兩道白色臥蠶眉底下。我不記得自己是如何回答的，那完全是因為我突然很肯定他的提議——語意不清、模稜兩可——但那就是我一直在等他說的主題。

那晚愛倫的反應既好笑又著惱。我在「華特豪思、卡爾登、羅頓、弗瑞吉爾、艾芬漢」法律事務所待了差不多十五年了，很顯然我升到現在這個中階的職位，已經算是升到頭了，而她認為這是公司精打細算過的替代方案，總比買只金錶給我便宜。

「老傢伙談戰爭故事，打打牌。」她說。「享受個一晚，你就應該乖乖待在閱讀室裡，等著他們讓你領退休金吧……喔，我幫你冰了兩瓶貝克啤酒。」她熱情地吻我。我猜她應該是從我的臉上看出了什麼，畢竟我們在一起這麼多年了，她對我簡直是瞭如指掌。

但幾週過去了，什麼事也沒有發生。我的心思一轉到華特豪思的奇怪邀請上——這個人我一年見不到十二次面，而且一年只在三次派對上會見到，包括十月的公司派對，而他居然會邀請我——我猜我大概是誤會了他的眼神，他真的只是隨口說說，說過就忘了，或是說過就後悔了。唉！後來有一天，下班前他來找我。他是個年近七十的人，仍然寬肩挺腰，就像運動員的體格。我正要穿上大衣，公事包就夾在兩腳間。他說：「如果你仍然願意到俱樂部來喝一杯，何不今晚就去？」

「呃……我……」

「好。」他往我手裡塞了一張紙。「地址在這兒。」

當天傍晚他在樓梯底下等著我，史蒂文斯為我們等門。那裡的酒果然像華特豪思說的那麼香醇，但是他並沒有幫我向其他人介紹的意思——我認為那應該是勢利，但後來又打消了這個想法——但是有兩、三個人來向我自我介紹。其中一個就是艾默林·麥凱仁，他當時已經年近七十歲。他伸出手，我禮貌性地握了一下就放開了。他的皮膚乾燥粗糙，像皮革似的，幾乎像是烏龜皮。他問我是否打橋牌？我說我不會打。

「很好的玩意。」他說。「這個天殺的好東西在本世紀取代掉那些意圖賣弄的飯後閒聊之多，我想不起還有什麼東西能比得上。」發表完這句話，他就又走回昏暗的圖書室。那裡頭的書架直排到天花板上，多不勝數。

我轉頭想找華特豪思，可是他消失了。由於覺得稍微有點不自在，就像誤闖禁區一樣，我晃到了壁爐前。我相信我剛才說過，那壁爐非常龐大，特別是在紐約，像我這樣的公寓居

59. 譯註：斐陶斐榮譽學會（Phi Beta Kappa）成立於一七七六年十二月五日，是美國歷史最悠久的學會，只有在藝術與科學上表現最傑出的大學生能夠參加。

民很難想像這麼大的壁爐除了弄爆米花和烤麵包之外，還能有什麼作用。東三十五街249B的壁爐大到能烤整頭牛。它沒有壁爐架，上方只彎著一道粗壯結實的石拱，石拱的中央微微凸出了一塊拱頂石，跟我的眼睛齊高。雖然光線昏暗，但我還是能輕易看見鐫刻在上面的文字：重點是故事本身，而不是說故事的人。

「你在這裡啊，大衛。」華特豪思在我的手肘邊說話，我嚇了一跳。說到底，他並沒有丟下我，只是走開去某個不知名的地方弄酒回來。「威士忌加蘇打水，對吧？」

「對，謝謝，華特豪思先生……」

「叫我喬治。」他說。「在這裡就是喬治。」

「那，喬治。」我順著話說，不過直呼他的名字似乎有點瘋狂。「這裡是什麼……」

「乾杯。」他說。

我們喝酒。

「史蒂文斯照顧這酒吧，他調的酒很不錯。他老愛說這是一種雖然小卻很關鍵的才能。」

威士忌沖淡了我的茫然失措和彆扭不安（只是沖淡了，但感覺仍在——我花了將近半小時的工夫瞪著衣櫃，不知道該選什麼服裝，而我最後挑選了暗褐色長褲和一件還算能搭配的粗呢外套，暗自祈禱著不會走進一群穿著晚禮服或是牛仔褲搭配法蘭絨襯衫的人……結果我在衣著方面似乎沒出大錯）。新的地方和新的情況會讓人極其知覺到每一種社交行為，無論有多微小，而在這一刻，飲料在手也完成了我義務上的敬酒，但我非常想確認我並沒有忽略掉任何的娛樂設施。

「我應該在來賓簿上簽名嗎？」我問。「諸如此類的？」

他微露詫異。「我們沒有那種東西。」他說。「至少，我不覺得我們有。」說著，他瞄了眼昏暗、安靜的室內。約翰生的《華爾街日報》簌簌作響，我看到史蒂文斯經過房間另一頭的門洞，他一身白色緊身短上衣，像幽靈似的。喬治把酒放在一張茶几上，丟了一塊木頭到爐火裡，只見點點火星竄上了漆黑的煙道口。

「那是什麼意思？」我問，邊指著拱頂石上的刻文。「你知道嗎？」

華特豪思仔細地看了看，彷彿是第一次看見，重點是故事本身，而不是說故事的人。

「我大概知道。」他說。「你可能也知道，要是你會再來的話。對，我會說你可能知道一二。假以時日，好好享受吧！大衛。」

他走開了。雖然聽起來古怪，但是被丟在一個陌生的環境裡任由自生自滅，我真的滿享受的。我一向就愛看書，而這裡有一座寶山可以任我搜揀。我沿著書架緩步而行，在微弱的燈光中定睛查看書背，不時抽出一本來，還暫時停在一扇窄窗前，眺望著第二大道的十字路口。我站在那兒，透過結霜的玻璃看著十字路口的號誌燈由紅變綠，再變黃，又變回紅色。冷不防間，我感覺到最怪異——然而我卻非常歡迎——的寧靜感冒了出來。它並不是泉湧而出，倒像是一點一點滲透的。是喔，我能聽見你在說，真是太有道理了，看著紅綠燈讓每個人都有寧靜感。

好吧，是說不通，我承認，可就是有那種感覺。它讓我多年來第一次想到我小時候住在那棟威斯康辛農舍的冬夜，樓上房間有穿堂風，我躺在床上，注意著戶外一月的風聲呼嘯，雪花乾得像沙子，堆積出幾里的雪牆，跟我躺在兩床被子底下身體所創造出的熱氣，形成對比。

那裡也有些法律書籍，卻很是奇怪：我記得的一本是《英國法律下二十件肢解案及其結果》，《寵物訟案》則是另一本。我翻開了這一本，可想而知那是一本學術巨著，剖析司法（這裡是美國法律）對於寵物方面若干重大的判決——諸如家貓繼承了大筆金錢，或是豹貓扯斷鍊子重傷了郵差等，無所不包。

還有一套狄更斯、一套笛福、一套幾乎可說族繁不及備載的安東尼・特洛普勒[60]；此外也有一套小說——總共十一本——作家是愛德華・葛雷・賽維爾。那是一套漂亮的綠色皮面書，出版社的名字以燙金字印在書背上，是斯代德亨父子公司。我沒聽過賽維爾這位作家，也沒聽過有那家出版社。他的第一本書——《這些是我們的兄弟》——的出版年份是一九一一年，最後一本《違法者》則是一九三五年。

賽維爾的套書再隔兩個書架，有一本大對開本，內容詳盡說明組合模型的各個步驟。旁邊是另一本大對開本，記載了知名電影的著名場景，每一幀圖片都占滿一整頁，而在另一頁上則寫著自由體詩，內容不外是描述場景，或是有感而發，填滿了頁面。那本書不算多出色，可是被引用的詩人卻都是出色的詩人，其中有羅伯・佛洛斯特、瑪麗安・摩爾、威廉・卡洛斯・威廉斯、華利斯・史蒂文斯、路易斯・朱科夫斯基、艾芮卡・鍾。我翻到一半發現了阿爾吉農・威廉斯的一首詩，就擺在著名的瑪麗蓮・夢露站在地鐵柵格上方把裙子往下壓的相片旁。那首詩的名稱是「鐘聲」，頭幾句如下：

裙子的形狀是
……依我們看……
鐘的形狀
雙腿是鐘錘……

以下省略。詩寫得不算壞，但絕不是威廉斯的力作，甚至跟他頂尖的作品還差得遠了。

我覺得我有資格這麼想是因為多年來我讀了不少阿爾吉農．威廉斯的作品，不過我卻想不起他這首寫瑪麗蓮．夢露的詩（錯不了，即使沒有圖片佐證，在詩的最後威廉斯也寫了：我的腿敲出我的名字：／瑪麗蓮，我的美人）。從那之後，我就一直在找這首詩，但始終沒有結果……當然，這種事不值得惦記就是了。詩並不像小說或是法律見解，更像是被吹落的枯葉，而無論是哪一本選集被標上「某某全集」的書名，那都是唬人的。詩很容易就會消失在沙發底下，這就是詩歌的一種魅力，也是詩歌長存的一個理由。可是……

不知何時史蒂文斯送來了第二杯威士忌（那時我已經挑了張椅子坐下，讀著一本艾茲拉．龐德[61]），這一杯的滋味就跟第一杯一樣香醇。我慢慢啜飲，看見兩個人——喬治．葛瑞哥森和哈利．司坦因（艾默林．麥凱仁跟我們說呼吸法則那個故事時，哈利已經過世六年了），從一道特別的門離開房間。那道門不到一百零七公分高，是一扇愛麗絲鑽進兔子洞的門——要是真有這種東西的話。他們沒把門關上，而在他們離開圖書室後不久，我就聽見了隱隱約約的撞球聲。

史蒂文斯走過來問我是否還想再來一杯威士忌，我謝絕了，而且真心遺憾。他點頭。「好的，先生。」他的神情不變，但是我卻隱隱感覺到我做了件讓他高興的事。

過了一會兒，一陣笑聲驚擾了我的閱讀。某人往壁爐裡丟了包化學粉末，火焰暫時變成七彩的顏色。我又想到了童年……卻絲毫沒有悠然神往、懷舊感傷的味道。我覺得有股需要強調這一點，天知道是為了什麼。我想到了小時候我也做過這種事情，可是回憶很清晰、愉

60. 譯註：安東尼．特洛普勒（Anthony Trolope, 1815-1882）是英國維多利亞時代的長篇小說家，著作等身。
61. 譯註：艾茲拉．龐德（Ezra Pound, 1885-1972）是美國著名的旅外詩人、早期現代詩運動的健將，也是意象主義詩歌的代表人物。

快、不帶一絲悔恨。

我看到其他人大多把椅子拉到壁爐前圍成了半圓，史蒂文斯則變出一大盤熱氣蒸騰的香腸。哈利．司坦因從那扇鑽進兔子洞的門回來，向我匆匆自我介紹，但語氣和悅；喬治．葛瑞哥森仍留在撞球間，聽那聲音應該是在練習擊球。

我遲疑了一下，也加入了他們。有人在說故事，但那不是什麼輕鬆小品。說故事的人是諾曼．斯岱特，我並無意在此重複，不過那故事說的是一個在電話亭裡淹死的人，這下子你大概就知道我為什麼說這故事不是輕鬆小品了。

斯岱特——現在也已作古了——說完後，某人說：「你應該留在聖誕節說的，諾曼。」有人發笑，我當然不懂為什麼。至少，當時還不懂。

華特豪思自己也在那時開口，我就算作夢一千年也想像不到會看到這樣的華特豪思。他是耶魯畢業生、斐陶斐榮譽學會會員，他有滿頭銀髮，穿著三件式套裝，是一間大到更像個企業的法律事務所的老闆——這一個華特豪思說了一個故事，內容是某個老師受困在廁所裡。那間廁所位在老師執教的教室後方，是個兩個洞的簡陋結構，而那天她的屁股竟嵌入其中一個洞裡。不巧的是，那間廁所因為安尼斯頓郡要贊助「新英格蘭生活特展」使用的緣故，廁所被排定在那天要搬到波士頓的保德信大廈。當廁所被搬上平板卡車後面時，這位女老師全程一聲不吭，華特豪思說，因為她既難堪又驚恐，整個人都呆掉了。而當卡車在交通尖峰時段開上一二八號公路，廁所門竟突然鬆開飛走了……

還是就此打住吧，連同後續引發的其他故事也都省略了吧，這些不是我今晚的故事。史蒂文斯不知何時拿來了一瓶白蘭地，那豈止是佳釀，簡直可以算是陳年精釀了。酒瓶傳了一輪，約翰生舉杯敬酒——甚至可以說是在敬這一句話：重點是故事本身，而不是說故事的人。

我們都乾杯了。

不久之後，大家漸漸散去。時間其實並不晚，還不到午夜，不過我注意到從五十幾歲邁向六十幾歲，擁有晚上的時間就變得越來越短。我看見華特豪思將兩臂滑入史蒂文斯為他撐開的大衣裡，就斷定這應該是給我的信號。我覺得奇怪，華特豪思居然連說都不說一聲就要自己溜掉（他擺明了就是這樣打算的，我相信要是我遲個四十秒才把龐德放回書架上去，他大概早就走了），可是再奇怪也不會比今天晚上發生的其他事情奇怪。

我就跟在他後面走出去，華特豪思環顧了一眼，彷彿看到我很意外，而且幾乎就像是他從打盹中被驚醒一樣。「一起搭計程車吧？」他問道，好像我們是碰巧在這條風大且無人的街上遇見的。

「謝謝。」我說。我的謝謝有很多種涵義，不僅是感謝他提議共乘，而且我相信我的語調正確無誤地表達了我的意思，可他只是點了個頭，彷彿我只是為了搭車這件事而感謝他。一輛亮著「空車」燈號的計程車緩緩開進了街道——像喬治·華特豪思這樣的人，似乎連在嚴寒或下雪的紐約夜裡也有幸運女神眷顧，而如果是你，你絕對會認定整個曼哈頓島的計程車都打烊了——他招手攔車。

坐進溫暖安全的車子裡，計程表咔嗒響著，我跟他說我有多喜歡他的故事。我從十八歲起就沒有這麼開懷笑過了，我跟他說：我並不是在拍馬屁，只是陳述事實。

「喔？你太客氣了。」他的聲音有禮得冷冽。我洩了氣，覺得雙頰緋紅，一陣尷尬就像不需要聽見砰然巨響也能知道門關上了那樣直接。

計程車停在我的公寓前，我又謝過他，這一次他的話稍稍多了點溫度。「這麼臨時通知你而你還能來，真謝謝你。」他說，「你願意的話可以再來，不必等人邀請，在249B我們沒那麼拘禮。週四是聽故事最好的時間，不過俱樂部每晚都是開放的。」

那我可以假設自己是會員了嗎？

這個問題呼之欲出。我有意要問，感覺也似乎有**必要**問。我正在沉吟，在腦子裡傾聽（是我討厭的律師通病），斷定我的措詞是否正確，是不是太過坦率了？華特豪思下一秒卻吩咐司機開車，接著計程車就往公園大道駛去。我杵在人行道上一會兒，大衣的下襬拍打著我的小腿，心裡想著：**他知道我要問這個問題——他知道，而他故意在我開口之前叫司機開走。**然後我罵自己莫名其妙，甚至有疑心病。那是疑心病沒錯，不過也是真有其事。我愛怎麼想都行，反正改變不了基本上的現實。

我緩緩走向公寓大門，走了進去。

我在床上坐下來脫鞋子，愛倫睡得迷迷糊糊。她翻了個身，喉嚨深處發出模糊的詢問聲，我則叫她繼續睡。

她又發出那種咕噥聲，這一次大概是等於「怎麼樣？」的意思。

我愣了愣，襯衫釦子解到一半。我有一瞬間異常清醒，心裡想：**要是我說了，就再也沒機會看到那扇門的後面了。**

「還不錯。」我說。「老頭子在說打仗的事。」

「就說嘛。」

「可是還不壞。我可能會再去，對我在公司裡會有好處。」

「公司。」她微微挖苦。「你還真是隻老禿鷹啊，親愛的。」

「所以才會娶到妳啊。」我說道，但這時她已經又睡著了。我寬衣沐浴，擦乾身體，換上睡衣……然後，我沒上床睡覺（那時已經超過午夜一點了），我套上袍子又喝了一瓶貝克啤酒。我坐在廚房裡，慢條斯理地喝，望著窗外麥迪遜大道上方的寒冷一線天，細細思索著。我的腦袋有點遲鈍，因為晚上的酒精攝取量對我而言已經超量了，但是我並不感覺討厭，也沒覺得會有宿醉那樣的頭痛。

愛倫問我晚上的情況時，我心裡的想法就跟計程車開走時我對喬治．華特豪思的想法一樣荒唐——跟太太說我在老闆的古董男士俱樂部裡度過了十足無害的一晚又怎麼了？就算跟她說**不**妥當，誰又會知道我說了？沒錯，就跟之前的胡思亂想一樣，全都荒謬可笑又疑神疑鬼……可是，我的心卻跟我自己說，我想的每一件事都是千真萬確的。

隔天，我在會計室和閱讀室之間的走道上遇見了喬治．華特豪思。遇見他？說是擦肩而過可能更精準。他朝我的方向點點頭，繼續往前走，一言不發……這就是他多年來的作派。我的胃痛了一整天，就是這個原因讓我相信昨晚的事不是假的。

三週過去了。四週……五週，華特豪思沒有對我做出第二次邀請。說來說去，我不是正確的人，壓根不適合。起碼我是這麼告訴自己的。這個想法令人沮喪、令人失望，但我認為假以時日它會漸漸被淡忘，不再傷人，一切的失望到頭來都是這樣的。可是我總在最奇特的時刻裡想到那一晚——圖書室中一圈圈的檯燈燈光，那麼寂靜安寧，讓人覺得書香味濃厚；華特豪思荒謬有趣的女教師困在廁所中的故事；狹窄書架上的濃厚皮革味。我想得最多的是站在窄窗邊，看著霜的結晶從綠色變黃色變紅色，我還想到了我感覺到的那份平靜。

而在這五週裡，我去圖書館借了四本阿爾吉農．威廉斯的詩集（我自己有另外三本，已經都仔細查找過了），其中一本還號稱是全集。我重讀了一些我喜歡的詩，卻遍尋不著那首

〈鐘聲〉。

在去紐約市立圖書館的那一次，我還查看了索引卡，找一個叫愛德華．葛雷．賽維爾的作家寫的小說，但一無所獲，最接近的是一位叫露絲．賽維爾的女作家寫的一本懸疑小說。

你願意的話可以再來，不必等人邀請……

不用說，我仍在等人邀請。我母親老早就教過我不要主動相信別人滿口說什麼「隨時光臨」，或是「我家的大門永遠為你而開」等等的話。我不覺得我需要穿制服的門房用鍍金盤子托著一張燙金卡片來我的公寓，可是我確實需要個**什麼**，即使是隨口的一句話：「哪個晚上過來？大衛，不會是我們讓你無聊了吧？」諸如此類的。

可是我連一句話也沒等到，因此我開始更認真地思考再回去——說到底，有時候有的人**真的**想要你隨時光臨，我猜某些地方的門**確實**是永遠打開的，而且母親說的話未必每次都對。

……**不必等人邀請**……

反正，結果就是那樣。那年的十二月十日，我發現自己又換上了粗呢外套和暗褐色長褲，一邊在找我那條略暗的紅領帶。我記得那晚我還滿注意自己的心跳的。

「喬治．華特豪思終於不擺架子，又邀請你了？」愛倫問。「回到那個豬窩，跟其他那些男性沙文主義笨蛋廝混？」

「沒錯。」我說道，心裡想著這一定是至少十二年來我第一次對她說謊……然後我又想起來，在我第一次去俱樂部之後，我也用謊言回答了她的詢問。老頭子在說打仗的事，我當時這麼說。

「那，說不定還**真的**會升遷了。」她說……但是不帶多少希望。也難為她了，竟沒怎麼挖苦我。

「更奇怪的事也發生過呢。」我說著，給她一吻道別。

我走出門時，她笑著學了兩聲豬叫。

這一夜的車程似乎非常漫長；天氣很冷，萬籟俱寂，星光熠熠。我搭乘的計程車是奇克（Checker）公司的，坐在裡頭讓我感覺自己變得非常渺小，就像個孩子第一次到大都市的感覺一樣。計程車最後停在褐石屋前，我感到一股興奮——就是單純的興奮，然而卻也是從頭到腳的興奮。這種單純的興奮似乎是生命中那種消失時幾乎不會引人注意的東西，而在年紀變大又重新發現它時，總教人詫異，像是滿頭白髮多年之後，竟在梳子上找到了一、兩根黑髮。

我付了車資，下車，走向門口的四級樓梯。我拾級而上，興奮感凝固成全然的驚懼（老人家對這種感覺可能更為熟悉）。我究竟是來做什麼的？

那扇門是厚重的鑲板橡木，在我看來就和城堡主樓的門一樣結實。我看不到門鈴，上面沒有門環，屋簷下的陰影中沒有架設閉路電視攝影機，而且當然也沒有華特豪思等著我。我停在樓梯底下左右張望，東三十五街瞬間變得更黑、更冷、更懾人。褐石屋總是帶點神秘感，彷彿隱藏了教人最好不要深究的秘密。褐石屋的窗戶就像是兩隻眼睛。

在這些窗戶的後面，說不定就有個男人或是女人在籌劃謀殺，我心裡想。我的背上湧起一陣冷顫。**在籌劃……或是在執行**。

然後，突然間，門開了，史蒂文斯立在門口。

我頓時鬆了好大一口氣。我並不是一個想像力太豐富的人，起碼在正常的情況下我覺得我不是，但是我剛才的想法卻有一種教人發毛的先知般的雪亮。要不是先瞧見了史蒂文斯的眼睛，我可能就會胡言亂語。他的眼睛不認識我。他的眼睛一點也不認識我。

接著又是那種令人發毛的、先知般的雪亮：我鉅細靡遺地看見了我這一整晚的時光。三個小時在安靜的酒吧裡；三杯威士忌（也可能是四杯）用來沖淡傻到跑來一個不需要我來的地方的尷尬。我母親的忠告意在讓我不要自取其辱，而恥辱往往是伴隨著知道自己越界而來的。

我看見自己微醺著回家，心情卻不好；我看見自己只是坐在計程車裡，而不是像孩子般透過興奮期待的眼睛在張望；我聽見自己對愛倫說：**過一陣子就不新鮮了……華特豪思說了同一個故事，說什麼靠打牌來決定誰贏得第三營的丁骨牛排寄售權……還有他們玩紅心，一點一塊錢，妳相信嗎？……再去？……大概吧，不過可能不會了。**而這件事就這麼結束了，只除了我不時想到自己的恥辱。

我在史蒂文斯茫然的眼神中看見了這一切，然後那雙眼睛熱絡了起來。他淡淡一笑，說：「埃德利先生！請進。我來幫你拿大衣。」

我上了台階，史蒂文斯穩穩地關上門。一旦你是在溫暖的這一邊，一扇門給你的感覺還真是天壤之別啊！他接下了我的外套後消失不見，我立在門廳一會兒，看著自己在穿衣鏡中的倒影：一個六十三歲的人，臉孔憔悴得太快，冒充不了中年人。然而，我卻看得很高興。

我進了圖書室。

約翰生在裡頭讀他的《華爾街日報》，而在另一圈燈光中，艾默林·麥凱仁正和彼得·安筑斯對弈。麥凱仁一直是個形容枯槁的人，鼻子又窄又薄；而安筑斯則龐大、斜肩、性情暴躁，一撮薑黃色的大鬍子披散在背心上。兩人面對面，中間是鑲嵌在桌面上的棋盤，棋盤上分布著象牙和烏木棋子，他們就像是印第安圖騰：老鷹和熊。

華特豪思也在，皺眉讀著今天的《紐約時報》。他往上瞄了一眼，向我點個頭，毫不意外，隨即又埋首報紙中。

史蒂文斯為我端來了一杯威士忌，連問都不用問我一聲。

我把酒帶到書架前，又到了那本令人費解的綠皮書前。我在那晚讀起了愛德華·葛雷·賽維爾，我從第一本《這些是我們的兄弟》開始讀。後來我把每一本都讀過了，我相信那是本世紀最好的十一本小說。

這一晚告終之前有人說故事——只有一個人——史蒂文斯又送上了白蘭地。故事說完後，大家紛紛起身準備離開，史蒂文斯則從連接走道的那扇門前出聲說話，聲音低沉愉快：

「那麼，誰要為我們說聖誕節傳奇？」

大家都停下了動作，環顧四周。接著的是一陣低沉、愉悅的交談，還爆出一陣笑聲。

史蒂文斯面帶笑容卻正經八百，拍了兩次手掌，就像學校的教師在命令吵鬧的學生安靜。「好了，先生們……誰會準備傳奇？」

彼得·安筑斯——就是那個斜肩、留鬍子的人——清了清喉嚨，「我有一個人選，我想了很久，不知道是不是合適。就是，萬一……」

「沒關係。」史蒂文斯打斷了他的話，引起更多笑聲。有人和善地拍了拍安筑斯的背，接著眾人陸續離開，只剩穿堂風吹過走道。

然後史蒂文斯就立在那兒，彷彿是有什麼魔法，為我拿著大衣。「晚安，埃德利先生。非常歡迎。」

「你們真的在聖誕節晚上聚會？」我一邊問，一邊扣鈕釦。我有點失望自己會錯過安筑斯的故事，可是我們已經計畫好要駕車到斯克奈塔第去和愛倫的妹妹過節。

史蒂文斯露出既震驚又好笑的表情。「當然不是。」他說。「聖誕節是男人和家人共度的日子，也必須如此。您不覺得嗎？先生。」

「當然是。」

「我們總是在聖誕節前的週四聚會。其實，每年的這一晚我們幾乎一定會有很多人出現。」

他並沒有用**會員**這個說法，我注意到了——是碰巧，抑或是刻意迴避？

「許多傳奇都是在主廳說的，埃德利先生，各式各樣的故事，有滑稽的、有悲傷的、有諷刺的，也有催淚的。不過在聖誕節前的週四一定是神秘的傳奇，這是不成文的規定，至少就我的記憶所及是如此。」

這起碼能解釋我在第一次來時聽到的話，當時有人說諾曼應該把他的故事留到聖誕節再說。其他問題在我的口邊徘徊，但是我在史蒂文斯的眼中看見了謹慎，倒不是他在警告我說他不會回答問題，反倒是在警告我連問都不應該問。

「還有別的事嗎？埃德利先生。」

我們現在單獨在門廳，別人都已經離開了。突然間門廳變得比較暗，史蒂文斯的長臉更蒼白、嘴唇更紅。壁爐裡爆出火星，紅光暫時照亮了打磨得很光滑的拼貼地板。我覺得我聽見了在那些尚未探索的房間外有什麼滑溜的碰撞聲，但我不喜歡那種聲音。一點也不喜歡。

「沒有。」我的聲音不是很穩。「應該沒有。」

「那就晚安了。」史蒂文斯說著，而我跨過了門檻。我聽見厚重的門在我身後關上，然後是上鎖聲。接著我走向第三大道的街燈，沒有回頭，總覺得有點害怕回頭，好像我可能會看見什麼恐怖的惡魔跟著我走，或是瞥見什麼不要看見比較好的秘密。我走到街角，看見一輛空的計程車，就招手攔車。

「更多打仗的故事？」愛倫那晚這麼問我。她跟菲利普·馬羅[62]在床上，他是她唯一的外遇。

「是有一、兩個戰爭故事。」我說著，把大衣掛起來。「不過我主要是坐著看書。」

「在你不當沙豬的時候。」

「對，沒錯，在我不當沙豬的時候。」

「你聽：『**我第一次看到泰瑞．雷納斯時，他醉在「舞者」露台外的勞斯萊斯「銀色幽靈」裡。**』」愛倫讀道：「『**他的長相年輕，頭髮卻雪白。從他的眼睛能看出他爛醉如泥，除此之外，他就像是個正常的年輕人，穿著晚宴外套，花太多錢在廉價酒吧裡，而這種酒吧就是為了掏空你的口袋存在的。**』不錯吧？這是……」

「《漫長的告別》。」我說，脫掉了鞋子。「妳每三年就會讀這一段給我聽，這是妳的生活週期。」

她朝我皺鼻子，學豬叫。

「謝謝。」我說。

她回頭繼續看小說，我則到廚房去拿一瓶貝克啤酒。我回來後，她把《漫長的告別》攤開來放在床單上，定睛看著我。「大衛，你要加入這個俱樂部嗎？」

「可能會……如果他們邀請我的話。」我覺得渾身不自在，因為又對她說了謊。如果東三十五街249B有會員制的話，那我已經是會員了。

「那很好。」她說。「你一直都需要什麼，但我想你自己都沒發覺，可是你真的需要。我有救濟委員會和女權委員會和戲劇社，可是你卻缺少了些什麼。我想，大概是一些跟你一起變老的人吧。」

我上了床，坐在她身邊，拿起了《漫長的告別》。這是一本亮眼的、新出版的平裝書。

62. 譯註：菲利普．馬羅（Philip Marlowe）是美國推理小說家雷蒙．錢德勒（Raymond Chandler, 1888-1959）創造的冷硬派私家偵探。

我還記得我買了第一版的精裝本給愛倫當生日禮物，就在一九五三年。「我們老了嗎？」我問她。

「我想是的。」她說道，對我嫣然一笑。

我放下了書，摸她的乳房。「做這個也太老了？」

她像個矜持的淑女把被子拉下來……接著，咯咯笑，用腳把被子踢到了床底下。「給我節奏，爹地，」愛倫說，「一小節八拍[63]。」

換我學豬叫，然後我們兩個人都哈哈大笑。

聖誕節之前的週四到了，這一晚跟其他夜晚大致相同，只有兩個地方例外：人更多，可能有十八個人之多，而且空氣中瀰漫著一種犀利、無以名狀的興奮。約翰生只匆匆瀏覽了一遍《華爾街日報》就加入了麥凱仁、休．畢哥曼跟我。我們坐在窗邊東拉西扯，最後熱烈地——而且常常是哄笑地——討論起戰前的汽車來。

現在回想起來，還有第三個不同的地方，那就是史蒂文斯調出了可口的蛋酒。那酒入口滑順，但也因蘭姆酒和香料而帶著辛辣味，被裝在漂亮的沃特福德玻璃碗裡，樣子就像冰雕。而隨著蛋酒喝得越多，人們的交談聲就越熱絡。

我瞧了那扇通往撞球間的小門一眼，震驚地看見華特豪思和諾曼．斯岱特正拿棒球卡往一頂真正的海狸高頂帽裡投，兩人的笑聲震天響。

一小圈的人聚了又散、散了又聚，直到時間越來越晚……然後，通常在大家會從前門溜走的時候，我看見了彼得．安筑斯坐在壁爐前，一手拿著一小包沒有標記的袋子，約莫是裝種子的信封那樣的大小。他拆也不拆就全丟進了壁爐裡，一分鐘後火焰散發出七彩的顏色——而且我發誓，有的顏色不是光譜上能見到的顏色——隨後才恢復為黃色。這時椅子都被拉了過來，我從安筑斯的肩膀往後看到拱頂石上雕刻著的話：**重點是故事本身，而不是說故事的人。**

史蒂文斯如幽靈般在我們之間走過，收走蛋酒酒杯，換上白蘭地杯。有人喃喃說「聖誕快樂」和「佳節愉快，史蒂文斯」，而且我第一次在這裡看到現金——有人不知不覺掏出一張十元鈔票，那邊有張像是五十元的鈔票，而另一張椅子上的人拿出了百元大鈔。

「謝謝，麥凱仁先生……約翰生先生……畢哥曼先生……」安靜、有教養的低語聲。

我在紐約住的日子不算短了，知道聖誕節是大家大方給小費的節日，給肉販、給麵包師傅、給做蠟燭的工人——當然還有門房、管理人以及每週二、週五來打掃的清潔婦。我這個階級的人都認為這是必要的麻煩事，可是這個晚上我卻一點也不覺得勉強。這個錢我掏得心甘情願，甚至還唯恐掏得落於人後……而突然間，什麼理由也沒有（置身於249B似乎就是容易莫名其妙想起什麼），我想到《小氣財神》故事中在倫敦的聖誕節，在冷冽靜寂的清晨中去找小氣財神的男孩子說：「啥？跟我一樣大的火雞？」而小氣財神樂得幾乎要發狂，咯咯笑著說：「**好孩子！好孩子！**」

我拿出錢包，就在後面的隔層，就在我放愛倫相片的後面，總是有一張五十元鈔票，是緊急事件的備用金。史蒂文斯把白蘭地給我，我就把鈔票塞進他手裡，一點也不覺得可惜……即使我並不是個有錢人。

「聖誕快樂，史蒂文斯。」我說。

「謝謝，先生。聖誕快樂。」

63.譯註：這是美國搖擺樂及布基烏基鋼琴演奏家Fredie Slack（1910-1965）創作的歌曲。

他送完了白蘭地，收拾好他的謝禮，退下了。我在彼得．安筑斯的故事說到一半時又瞧了四周一眼，只看見他站在門邊，隱隱約約的一道人影，僵直沉默。

「各位大多知道我現在是個律師。」安筑斯喝了一口酒，清清喉嚨，再喝了一口酒，這才開口。「我在公園大道上有辦公室，已經二十二年了，但在那之前，我在首府的一家事務所當法律助理。七月的一天晚上，上頭要我加班完成引用案件的索引，那是為了跟這故事一點關係也沒有的簡報要用的。可後來有個人進來了──他是當時國會山莊中最家喻戶曉的一位參議員，後來幾乎當上總統──他的襯衫沾滿了血，兩眼暴突。

「『我得找喬，』他說。喬也就是喬瑟夫．伍茲，事務所的老闆，華盛頓最有影響力的私部門律師之一，同時也是這位參議員的密友。

「『他幾個小時前就下班了。』我說。我嚇壞了，我跟你們說，他那個樣子就像是發生了可怕的車禍，甚至是跟別人械鬥過。而看著他的臉──我在報紙上和在《與媒體見面》節目上看見過──他的臉上沾著血污，一隻眼睛狂暴地瞪著，底下的臉頰不停地抽搐，我又驚又怕。『我可以幫你打給他……』我已經在摸找電話了，巴不得趕緊把這個突如其來的責任推出去。我看著他身後，看見他在地毯上留下了一個個帶血的腳印。

「『我現在就得跟喬談一談。』他又說一遍，彷彿沒聽見我的話。『我的後車廂裡有東西……我在維吉尼亞那地方發現的。我射殺了它，還刺了它幾刀，可是我殺不死它。它不是人，我殺不死它。』

「他說著說著就咯咯笑起來……然後變成哈哈大笑……最後就放聲尖叫。他還在尖叫時，我終於接通了電話，並且請伍茲先生立刻趕來……」

我並不想說完彼得．安筑斯的故事，老實說，我不確定自己有沒有那個膽子說出來。這麼說吧，那個故事太陰森恐怖了，之後的幾週我都會夢到。愛倫有一次在吃早餐時看著我，問我為什麼半夜三更突然大喊：「他的頭！他的頭還在土裡說話！」

「大概是作夢吧。」我說。「作過就忘了。」

可我立刻垂下眼皮看著咖啡杯，而我猜愛倫那次也知道我在說謊。

隔年八月某一天，我在閱讀室裡工作時，電話響了。是喬治．華特豪思，他要我到他的辦公室去。到了之後，我看見羅勃特．卡爾登也在，還有亨利．艾芬漢，一時間我很肯定我會因為某件極其愚蠢或無能的錯誤而被訓斥。

卡爾登繞過桌子，對我說：「喬治決定是該讓你成為初級合夥人的時候了，大衛。我們也都同意。」

「這有點像是全世界最老的青年會會員，」艾芬漢帶笑說，「不過這道程序是一定要過的，大衛。運氣好的話，到聖誕節之前你就能升為正式的合夥人了。」

那晚我沒作惡夢。愛倫跟我去吃大餐，喝了不少，我們又去了將近六年沒去的爵士歌廳，聽藍眼睛的黑人戴克斯特．高登吹奏喇叭，直到將近半夜兩點才回家。翌晨醒來，我胃裡像有東西在振翅，我的頭也很痛，我們兩個都還無法真的相信我升遷了。我的薪水攀升到一年八百元，這是我們早就多年前就拋棄了的收入能夠大增的奢望。

那年秋天，公司派我去哥本哈根出差六週，等我回來就發現 249B 的一位常客約翰．韓拉恩死於癌症，眾人為他的遺孀募款，一同為她的淒楚晚年略盡棉薄之力。我也給拉進去湊數——只能用現金——然後再把捐款轉成支票。總額是一萬多元，我把支票交給了史蒂文斯，他大概最後將之郵寄出去了。

好巧不巧，約翰的遺孀阿琳．韓拉恩跟愛倫參加了同一個戲劇社，愛倫後來跟我說阿琳收到了一張匿名支票，面額是一萬零四百元，而支票存根上只簡短地寫了：您過世的先生約翰的朋友。

「這麼了不起的事，你這輩子聽過嗎？」愛倫問我。

「沒有，」我說，「不過這一定可以排在十大善行裡。還有沒有草莓啊？愛倫。」

幾年過去了，我在249B樓上找到了一堆錯綜複雜的房間——一間辦公室，一間供客人偶爾過夜之用的臥室（不過，在我聽過那聲「砰」的碰撞聲之後——或是自以為聽見——我相信我個人是寧可去找一間好飯店過夜的），一間麻雀雖小但五臟俱全的健身房，一間三溫暖，還有一個有整棟樓那麼長的狹長房間，裡頭甚至有兩個保齡球道。

而在這幾年之中，我又重讀了愛德華．葛雷．賽維爾的小說，發現了一位驚才絕豔的詩人——也許能媲美艾茲拉．龐德和華萊士．史蒂文斯——他的大名是諾伯特．諾森。從書架上他三本作品中的一本書背來看，他是一九二四年出生的，後來死於二次大戰時的義大利安濟奧登陸戰。他的這三本書都是由紐約及波士頓的斯代德亨父子公司出版的。

我記得在那幾年的某一年春天（我忘了是哪一年了）的某個晴朗下午，我回到紐約市立圖書館，去查找二十年份的《文學市集》（Literary Market Place），這本年鑑有大城市電話簿黃頁那麼厚，而參考室的圖書管理員也恐怕覺得我有點煩，可是我堅持不懈，一本一本仔細地找。雖然《文學市集》應該要羅列美國全部的出版商，無論大小，也應該包括經紀人、編輯、圖書俱樂部員工，但是我卻找不到斯代德亨父子公司。一年之後——也可能是兩年之後——我跟一位古文物書商交談，問他是否知道斯代德亨父子公司，但他說他從沒聽說過這間出版社。

我想要去問史蒂文斯——看見了他眼中的警告光芒——就把問題又吞回肚子裡了。

多年來，總是有故事。

傳奇故事——我借用史蒂文斯的說法。有趣的傳奇故事、愛情失而復得的傳奇故事、懸疑的傳奇故事。沒錯，甚至也有一些戰爭故事，不過完全不像愛倫心裡想的那種故事。

我記得最清楚的是傑拉德．托茲曼的故事——一處美軍的行動基地在一戰結束前四個月被德軍的砲擊直接命中，全軍覆沒，只有托茲曼一個人倖存。

砲彈落下時，拉斯羅普．柯魯索斯將軍就立在一幅前線地圖前，正在說明又一次的瘋狂側翼行動，而這項行動能夠成功的關鍵，全繫於柯魯索斯策劃的其他行動能否同步實施：如此一來就能打造新的局面，可就是天大的成功了。只不過在當時，大家都已經認定他徹底失心瘋了（他那時已經造成了一萬八千人傷亡——生命和軀體被隨意丟棄，就跟你我隨手往點唱機裡投一枚硬幣一樣）。

塵埃落定之後，暈頭轉向又耳聾的傑拉德．托茲曼鼻子、耳朵、眼睛流著血，下體也因為震波而腫脹，但在摸索著要逃離這個幾分鐘前仍是總部的屠場時，他看到了柯魯索斯的屍體。他看著將軍的屍體……接著就又是尖叫、又是大笑，他被震波震聾的耳朵聽不見，卻能通知醫務兵在這一片狼藉之中還有人活著。

柯魯索斯並沒有在砲擊中被炸斷腿與手……至少，托茲曼是這麼說的，不像多年前的那場大戰中的士兵們所認為的那樣殘破——胳臂炸斷、缺了腿、少了眼睛、肺被氣爆榨乾。不，他說，完全不是那麼回事。他的屍體，那人的母親想必一眼就能認出來，可是那張作戰地圖……

……砲彈落下時，柯魯索斯正拿著他的指揮棒立在地圖前……

結果居然那根指揮棒竟**插進了他的臉**。托茲曼發現自己正瞪著一張陰森可怕的刺青死亡面具——拉斯羅普．柯魯索斯凸出的眉骨上是布列塔尼崎嶇的海岸線、他的左腮上有一條藍色疤痕的萊茵河、他的下巴上橫陳著世上首屈一指的葡萄酒產地、他的喉嚨上圍著薩爾河，像絞刑的繩套……而印在一隻暴凸眼睛上的是**凡爾賽**三個字。

這就是我們一九七幾年的聖誕節故事。

我還記得別的，但不適合在這裡說。嚴格說來，托茲曼的也不適合……可那是我在249B聽到的第一個「聖誕節傳奇」，我實在忍不住。後來，今年感恩節過後的週四，史蒂文斯拍手要大家注意，問誰願意為大家說聖誕傳奇，艾默林．麥凱仁就粗著嗓子說：「我大概有個還能聽的故事，再不說也沒機會說了，因為上帝再不用多久就會讓我永遠閉嘴了。」

我到249B的這些年，從沒聽過麥凱仁講故事，興許是這個緣故我才會叫計程車那麼早來，也是因為這樣在史蒂文斯送蛋酒給我們六個甘冒嚴寒而來的人時，我才會那麼地興奮。而且興奮的人不止我一個，我在多張臉上看見了與我同樣的心情。

麥凱仁像一張又老又乾的皮革，坐在爐火邊的大椅子上，粗糙的手拿著一小包粉末。他把小袋子丟進火堆裡，我們看著火焰變幻，色彩令人目不暇給，最後又恢復成常色。史蒂文斯為我們送上白蘭地，我們則把聖誕謝禮給他。有一次，在這個一年一度的儀式上，我聽見了銅板的聲音；還有一次，我在火光中瞥見了一張一千元的鈔票。但無論是哪一次，史蒂文斯的低喃都始終如一，低沉、體貼、挑不出一絲毛病。十年了，從我跟喬治．華特豪思來249B開始，少說也有十年了，外在的世界儘管多有變化，這裡卻沒有絲毫改變，而且史蒂文斯似乎一點也沒變老，一天也沒變老。

他回到陰影中，有一會兒室內安靜得我們能聽見壁爐裡的柴火發出水氣蒸發的嘶嘶聲。艾默林．麥凱仁注視著爐火，我們都順著他的視線望過去。這晚火焰似乎格外地狂放，幾乎讓我目眩神迷——我猜我們的祖先山頂洞人，也曾在定居的北方洞穴外寒風呼嘯時，像這樣對著火焰心神恍惚。

最後，麥凱仁仍凝視著火焰，微微彎身，前臂擺在大腿上，十指交叉著垂在腿間，開口說話了。

II 呼吸法則

我快八十歲了，也就是說我是世紀初出生的。我這輩子都跟一棟建築物息息相關，那棟建築物幾乎就在麥迪遜花園廣場的正對面，像一間灰色大監獄——《雙城記》裡的玩意——但其實那是一家醫院，你們大概都知道，那是海莉葉．懷特紀念醫院。這個海莉葉．懷特是我父親的第一個太太，中央公園的綿羊草原還有綿羊在吃草的時候，她就在當護士了。她的雕像就立在醫院前庭的基座上，但如果你們見過，你們一定會奇怪臉孔這麼嚴峻強硬的一個人，怎麼會從事這麼需要愛心的工作？雕像底座刻著的銘文，在脫掉那些沒用的拉丁外衣後，甚至比她的臉孔更讓人不舒服：**沒有痛苦就沒有舒適，因此我們認為救贖須在受苦中獲得**。這是小加圖[64]說的，如果你們喜歡的話……當然不喜歡也行！

64. 譯註：小加圖（Cato the younger, 95BC-46BC）是羅馬共和國末期的政治家，畢生奉行斯多噶學派哲學。為人堅忍固執、剛毅清廉。

我是一九〇〇年三月二十日，在那棟灰石大樓出生的，一九二六年我又回去當習實醫生。二十六歲才要在醫界起步算是晚了，但是我在法國實習過，那時是一次大戰末期，我忙著把破裂的內臟塞回被炸開了個大洞的肚子裡，我也去黑市弄嗎啡，那種嗎啡常常加了很多無關的成分，有時甚至很具危險性。

跟二次大戰之後的醫生世代一樣，我們是實戰經驗豐富的外科醫生，而在一九一九年到一九二八年之間的醫學院紀錄裡，退學人數也是極少。我們年紀較大，經驗比較多也更穩定，所以我們更聰明嗎？很難說……不過我們絕對是更加憤世嫉俗的。我們可不像通俗醫療小說裡的那些胡說八道，什麼第一次解剖會暈倒或是嘔吐。在見識過貝洛林苑[65]之後誰還會那樣？在那兒，母老鼠有時會在戰死於荒郊野外的士兵氣爆腸子裡養活一整窩小崽子，我們早在那時就嘔吐過了。

海莉葉．懷特紀念醫院在我當實習醫生九年之後，也在另一方面聲名大噪——而這就是今晚我要跟各位說的故事。這不是該在聖誕節說的故事，我想你們會這麼說（不過故事的最後一幕倒是發生在聖誕夜），不過，雖然很是恐怖，但是我覺得也同時表達了我們這個可惡的、在劫難逃的物種的驚人力量。我在故事裡看見了我們的意志力的偉大……同時它也是可怕的、陰暗的力量。

生產本身……各位先生，對許多人就是一件恐怖的事情。現在的流行趨勢是，做父親的應該要在孩子出生時在場，雖然這個趨勢讓許多男人多了一份我認為不該有的罪惡感（有些女人也知道，因此會用這個來拿捏丈夫，而且殘酷無情到了幾乎有先見之明的道行），但整體而言卻像是件健康有益的事情。不過，我見過男人臉色慘白、身體搖搖晃晃地離開分娩室，我也看過他們像小女生一樣暈倒，被哭喊聲和血腥嚇到。我記得有個父親倒是挺住了……不過卻在他健康的兒子推擠著到世上報到的時候，開始歇斯底里地尖叫。嬰兒睜著眼睛，讓人感覺他在東張西望……然後他的眼睛盯住了他父親。

生產是很奇妙的事，各位先生，可我從來就不覺得美，不管再怎麼想像也沒辦法。我認為生產太殘暴了，沒辦法變美。女人的子宮就像是一部引擎，一旦受孕之後，引擎就啟動了。起初它差不多是怠速……可是創造的週期接近生產的高潮，引擎就會拚命加速。低沉的怠速聲變成了穩定的奔馳聲，接著是轟隆響，最後則是驚人的一聲怒喝。當引擎啟動了，每個準媽媽都了解她的性命也岌岌可危，她要不是趕緊把孩子生出來，讓引擎關掉，就是讓引擎越轉越快、越轉越吵，最後爆炸，讓她死於鮮血和痛苦之中。

這是一個生產的故事，各位先生，就在那個我們慶祝了將近兩千年的那次生產的前夕。

我在一九二九年開始行醫，事實上這一年無論做哪一行都不吉利。我祖父借給我一小筆錢，所以我比許多同事都要幸運，可是在往後的四年裡，我主要還是得靠我自己的機智過活。

到一九三五年，情況就改善了一些，我有了穩固的病人群，也從懷特紀念醫院得到不少的轉診病人。那年四月，我有個新病人，那是個年輕的女人，我就叫她珊卓拉．斯丹斯菲爾吧——我猜，這個名字跟她的真實姓名很接近了。她是個年輕的女性，白人，自稱二十八歲。為她檢查過後，我猜她的真實年齡應該比她說的還小個三、五歲。她金髮，身材苗條，在當時算是高個子——約莫有一七三公分。她相當漂亮，但是很低調，幾乎帶點生人勿近的感覺。

65. 譯註：貝洛林苑（Belleau Wood）是一次大戰時，第二次馬恩河戰役的交戰地。協約國軍隊挫敗了德軍的氣焰，轉守為攻，最終贏得勝利。

她的五官分明，眼神聰慧……而她的嘴就跟海莉葉．懷特的雕像一樣堅毅果決。她在表格上填寫的姓名不是珊卓拉．斯丹斯菲爾，而是珍．史密斯。我的檢查結果是她懷孕快滿兩個月了，但是她手上沒有戴婚戒。

在初步的檢查完成之後——這時她的驗孕結果還沒有出來——我的護士艾拉，戴維森說：「昨天那個女孩子？珍．史密斯？那要不是假名，我就是瞎子。」

我也同意。不過，我還是滿欣賞她的。她並沒有像平常人一樣優柔寡斷、坐立不安、臉紅流淚，她反而開門見山，像談生意似地，即使她用化名也像是出於實際需要，而不是出於羞恥心。她並無意自稱是「貝蒂．拉寇豪斯」，讓假名多一點逼真，或是隨口亂編什麼「特妮娜．德維爾」之類的。掛號單上需要寫名字，她似乎是這麼說的，**因為是法律規定。好，那麼就給你一個名字。不過與其相信一個我不認識的人會遵守職業道德，我還寧願相信我自己。如果你不介意的話。**

艾拉吸吸鼻子，批評了兩句——「現代的女孩子」和「膽大無恥」。可是她是個好女人，我不認為她除了表表態之外，真的在苛責什麼。她跟我一樣清楚，我的新病人無論是誰，都不是什麼眼神滄桑、人盡可夫的流鶯。不，「珍．史密斯」只是一個極度嚴肅、極度果斷的年輕女性——如果這兩種特質都能夠用這麼寡淡的「只是」來形容的話。這種情況很不愉快（各位可能會記得通常這叫作自食惡果，這年頭許多年輕女性為了跳出自食惡果的處境，會再吞下一枚惡果），而她準備要用她能有的優雅與尊嚴來面對這件事。

她初診過後一週又來了。那天真是非常美好，是真正和煦的春日，空氣不冷不熱，天空是柔柔的、乳狀的藍色，微風中還有一股溫暖的味道，但說不上來是什麼，好像是大自然在說它也進入了生產週期一樣。那樣的日子會讓你想遠離工作，坐在自己的可愛女人的對面——

也許是在康尼島，或是在哈德遜河對面的帕利塞茲公園，一條格紋布上放著野餐籃，而這位嬌美的女士戴著白色寬邊帽，穿著無袖裙裝，跟春天一樣美麗。

「珍．史密斯」的衣服有袖子，但差不多就像春天一樣美：白色的亞麻衣，鑲上了褐色滾邊。她穿褐色包頭鞋，戴白手套和一頂微退流行的鐘型帽——我就是從這裡看出來，她絕不是個富有的人。

「妳懷孕了。」我說。「我想妳自己也知道了，對吧？」

要是會流淚的話，我心裡想，那就是現在了。

「對。」她十足鎮定地說。她的眼眸裡一絲淚光也沒有，就像那天的地平線上一丁點雨雲也沒有。「我的經期非常準。」

她說完，我們兩個人都停頓了一下。

「我的預產期是何時？」她接著問，幾乎無聲地輕嘆了一聲，而那種嘆息聲就像是彎腰要舉起重物前發出的那種。

「這會是個聖誕寶寶。」我說。「我推算是十二月十日，但可能會提早或是推遲兩週。」

「好。」她稍微遲疑，隨即開門見山地說：「你會照顧我嗎？即使我未婚？」

「會。」我說。「但是我有一個條件。」

她皺眉，在那一刻她的臉孔更像海莉葉．懷特。不會有人想到一個年約二十三歲的女性皺眉會特別令人凜然生畏，但是這一個就會。她作勢要走，而儘管她得要跟另一個醫生重複這種極其難堪的過程，顯然也嚇阻不了她。

「請問是什麼條件？」她以不慍不火的禮貌問道。

這下子輪到我想要低眉躲避她咄咄逼人的榛色眼眸了，不過我撐住了。「我要知道妳真正的姓名。如果妳願意的話，我們可以用現金支付交易醫療費用，我也可以繼續請戴維森太太在收據上使用珍・史密斯這個名字。可是如果我們要一起度過接下來的七個月，那麼我想要用跟了妳一輩子的名字來稱呼妳。」

我結束了這個僵硬得近乎荒唐的小小演說，盯著她的反應。我滿肯定她會站起來，為耽誤了我的時間而道謝，然後一去不回頭。但要真是這樣的話，我會覺得很失望。我喜歡她，更重要的是，我喜歡她明快直爽的態度，換作是別的女人遇上她今天的問題，一百個裡面會有九十個用沒有效果、沒有尊嚴的謊言來隱瞞，既被生理時鐘嚇慌了手腳，又因自身的處境羞愧難當，想要擬定任何合情合理的解決方案，但那一切都是徒勞無功。

我想現今的許多年輕人會覺得這樣的心態可笑又醜陋，甚至是難以置信。現在的人太急著要展現他們的寬宏大量，所以沒戴婚戒的懷孕婦女反而容易得到雙倍的呵護。在座的各位想必記得另一種情況——以前正直和偽善會結合起來，讓一個害自己「自食惡果」的女性的日子更加難過。那種時候，已婚婦女懷孕散發著光輝，對自己的地位很篤定，很驕傲完成了上帝創造她的功能；而未婚婦女懷孕在世人的眼中就是個蕩婦，在她自己的眼中也會是蕩婦。她們，套用戴維森太太的說法是「水性楊花」，而在當時的時空背景下，「水性楊花」是無法輕易被忘記的。這種女人會偷偷躲到其他城鎮去生孩子；有人服藥自盡，或是跳樓自殺；有人私下去找雙手骯髒的屠夫墮胎，或是乾脆自己來。我當醫生的年代，曾見過四個女人因為失血而死在我的面前，死因都是子宮被刺穿，其中一個是用打破的飲料瓶綁在小掃帚柄上。現在來看，應該很難相信會有這種事情，可那卻是千真萬確的，各位，那些都是實實在在發生過的事情。簡單來說，這種事是一個健康年輕的女人能遇上的最糟糕的情況。

「好吧。」她最後說。「滿公平的。我的名字是珊卓拉・斯丹斯菲爾。」說著，她伸出手。

我挺訝異的，也伸出手和她交握。我倒是慶幸艾拉．戴維森沒看見這一幕，雖然她是不會說什麼，不過我想我接下來一週喝到的咖啡會很苦。

她微笑——笑我的好笑表情吧——並且坦率地看著我。「我希望我們能做朋友，麥凱仁醫生。我現在需要朋友。我很害怕。」

「我了解，我也會盡量當妳的朋友，斯丹斯菲爾小姐。現在還有什麼是我能做的嗎？」

她打開皮包，掏出了一本廉價商店買來的簿子和一枝筆，然後打開簿子，作勢要寫字，再抬頭看著我。在驚恐的一瞬間，我相信她是要問我該去找誰墮胎，但我只聽見她說：「我想知道吃什麼最好。我是說，為了寶寶。」

我笑了出來，只見她略帶驚訝地看著我。

「請原諒我，只是妳的樣子好正經。」

「大概吧。」她說。「這個寶寶現在就是我的正經事，對吧？麥凱仁醫生。」

「對，當然對。我有一份檔案，我會發給每一位懷孕的病人，上頭註明了飲食、體重、喝酒、抽菸等等的事項。看的時候請不要笑，否則會害我傷心，因為那是我自己寫的。」

那真的是我寫的，雖然是一本小冊子而不是檔案，而且後來就擴充為我的書《懷孕與分娩的實際指南》。當年我對婦產科滿有興趣的——現在仍然是——儘管在當年那並不是值得專門研究的一科，除非你在上城交遊廣闊。不過即使你的人面很廣，想要在這方面經驗老道，也得熬上個十年、十五年才行。因為參戰的關係，我年紀老大了才掛牌執業，也沒有多少時間可以浪費。我覺得在行醫的這段時間能夠見到許多快樂的準媽媽，能為許多寶寶接生，我就感到心滿意足了。而實際上也是這樣，我接生過的嬰兒超過了兩千個，大概足夠坐滿五十間教室了。

我一直留意各種新式分娩方法的文獻紀錄，以期運用在一般執業的其他領域上。因為我對自己的意見有強烈的信念，因此我會自己寫冊子，而不是照本宣科，就像當時的年輕母親往往滿腦子裝著陳腐的教條一樣。我不會一一條列那些陳穀子爛芝麻，否則今晚大家就別想走了，不過我還是會舉出兩個例子。

第一個是，懷孕的母親必須盡量不要使用雙腳，而且絕對不能走遠路，以免流產或是「傷到胎兒」。生產是個極辛苦的力氣活，這類的建議等於是叫足球員坐著為重大比賽熱身，以免把自己累壞了！而另一個更天才的建議，是很多醫生都會告訴病人，稍微過重的準媽媽應該要抽菸……**抽菸**哪！其中的基本道理可以用當時的一句廣告詞做代表：「來根幸運，別吃糖。」相信進入二十世紀就進入了一個醫學光明與理性的時代的人，根本不了解醫學有時候是多麼地瘋狂。不過說不定這也無妨，否則他們的頭髮大概會嚇得變白。

我把我的檔案交給了斯丹斯菲爾小姐，她翻閱了一下，聚精會神了大約五分鐘。我請她允許我抽菸斗，她漫不經心地同意了，頭也不抬。等她終於抬頭，她的唇上掛著淡淡的笑。「你是激進派啊？麥凱仁醫生。」她問道。

「妳怎麼會這麼說？因為我建議準媽媽多走動去辦事，而不是搭乘煙霧瀰漫、顛簸不已的地鐵嗎？」

「『產前維他命』，不管那是什麼……推薦游泳……還有呼吸練習！什麼呼吸練習？」

「那是後面的事情，還有，不，我不是激進派，我還差得遠了。此外，我已經耽誤下一個病人五分鐘了。」

「喔！對不起。」她立刻就站了起來，把厚檔案塞進皮包裡。

「沒關係。」

她穿上了輕薄的外套，用那雙榛色眼睛坦率地看著我。「對，」她說。「你一點也不激進。我猜你其實滿……自在的？我這麼說對嗎？」

「希望是對的。」我說。「我喜歡這個字眼。妳去找戴維森太太，她會給妳一份預約單，我想要妳下個月月初再來。」

「你的戴維森太太並不喜歡我。」

「喔，絕不是這樣的。」但是我一向不擅長說謊，因此我們之間的暖意倏忽消失。我沒陪她走到診間門口，但我開口了，「斯丹斯菲爾小姐？」

她轉向我，面帶詢問。

「妳打算要留下孩子嗎？」

她考慮了一下就露出笑容，那是一種神秘的笑容，我深信只有懷孕的婦女才能意會。「是啊。」她說完就走出去了。

那天下班之前我治療了一對症狀相同的雙胞胎，兩人都被有毒常春藤刺到，劃開感染處放膿；我幫一名焊接工摘掉眼睛上的金屬鉤；我還把一位跟著我最久的病人轉介到懷特紀念醫院治療癌症。那時我已經忘了珊卓拉．斯丹斯菲爾了，還是艾拉．戴維森的話讓我想起她的。

她說：「她可能壓根就不是妓女。」

我正在看最後一名病人的病歷，聞言抬起頭來。我剛才看著病歷，心裡浮現出無能為力的討厭感覺，跟大多數醫生知道自己束手無策的時候一樣。我心裡想，我應該要有個橡皮圖章，專門用來蓋這類病歷的，只不過不是什麼**應收帳款**或**全額付清**或**病人轉移**，而是簡簡單單的**死刑執行**。說不定上面刻個骷髏頭和交叉的骨頭之類的，就像毒藥瓶上的標籤。

「妳說什麼？」

「你的珍．史密斯小姐。她今天早上看診以後做了一件很特別的事情。」戴維森太太的頭和嘴巴的角度，清楚表明這個特別的事情是她贊同的。

「是什麼事呢？」

「我把預約單給她，她請我把費用都算好。**所有**的費用，包括分娩和住院。」

嗯，這倒是滿特別的。那時是一九三五年，別忘了，斯丹斯菲爾小姐給人的印象是，她是個自力更生的女人。難道說她生活無虞，甚至是生活優渥？我不認為。她的衣著、鞋子和手套都很靚麗，但是她沒戴珠寶，甚至連一樣假珠寶都沒有。還有她的帽子，那絕對是一頂過時的寬邊帽。

「那妳算了嗎？」我問。

戴維森太太看著我，彷彿我昏了頭了。「**我算了嗎？當然啊！**而且她還付清了，付現金。」最後一點顯然是最讓戴維森太太驚訝的（當然是極度欣喜的驚訝），卻絲毫沒讓我吃驚。這世上化名珍．史密斯的人，唯一不能做的事情就是開支票。

「她從皮包裡拿了本銀行存摺出來，打開來，就在我的桌子前把鈔票數好。」戴維森太太往下說。「然後她把收據放進存摺裡，把存摺又放回皮包，跟我說再見。還挺不賴的，尤其是我們有時候還得追著那些所謂的『可敬』的人，要他們付帳！」

我不知為何覺得惱怒，我不高興這位斯丹斯菲爾小姐做了這件事，不高興戴維森太太因為這件事那麼地開心得意，也不高興我自己。當時我說不上來是怎麼回事，現在仍是解釋不清。但總之，這件事害我覺得自己像個小人。

「可她現在不該付住院費用，對不對？」我問。用這種小事藉題發揮非常荒唐，但當時我只能如此表達我的不悅以及半好玩、半挫折的心情。「畢竟，我們誰也不知道她會住多久。」

還是說妳讀了水晶球？艾拉。」

「我也是這麼跟她說的，而她問我一般順利生產之後都住幾天？我說六天。不是這樣嗎？麥凱仁醫生。」

我不得不承認是這樣。

「她說那她就先付六天的錢，要是住得更久，她再付差額，而要是……」

「……要是更短，我們可以退費。」我疲憊地說完，心裡想的卻是：**可惡的女人！**然後我笑了。她真有膽量，誰也不能否認。她有膽有識。

戴維森太太也露出笑容……我現在是老迷糊了，要是我怦然心動，願意相信我對於人類同胞已經全盤了解，我就會想起那抹笑容。在那天之前，我會拿身家性命打賭絕不會看到戴維森太太——我認識的女性中最「懂體統」的人——在想到一個未婚懷孕的女孩子時會愛憐地微笑。

「膽子？我不知道，醫生。可是她的想法非常堅定，那個孩子很有主見。」

一個月過去了，斯丹斯菲爾小姐準時來看診，神不知鬼不覺地從紐約市的蒼茫人海中冒了出來。她穿了一件清新的藍色裙裝，把衣服穿出了一種原創的獨樹一格的味道，儘管這件衣服顯然是她從架上的幾十件相同的衣服裡挑出來的。她的包頭鞋和衣服並不搭，就是上次她穿的那雙褐色鞋子。

我仔細地檢查，發現她在各方面都很正常。我跟她說了，她很高興。「我找到產前維他命了，麥凱仁醫生。」

「是嗎？那很好。」

她的眼睛調皮地閃著光。「藥師建議我不要吃。」

「真受不了那些搗藥的。」我說著，而她用手搗著嘴咯咯笑。那姿態很像小孩子，毫不做作，讓人心生好感。「我從來就沒見過哪個藥師不是失意的醫生或不是共和黨的。產前維他命是新東西，所以他們會懷疑。妳接受他的建議了嗎？」

「沒有，我接受了你的建議。你是我的醫生。」

「謝謝。」

「不客氣。」她直率地看著我，現在不笑了。「麥凱仁醫生，我到什麼時候就看得出來了？」

「依我看要到八月。九月的話，如果妳選擇的衣服……呃，很寬鬆……」

「謝謝。」她拿起了皮包，卻沒有立刻起身。我以為她想說話，只是不知該如何啟齒。

「妳在上班吧？」

她點頭。「對，我在上班。」

「我可以請問是在哪裡嗎？如果妳寧可我不……」

她笑了，是一種乾笑，跟剛才的咯咯笑截然不同。「百貨公司。不然的話，未婚女性在這個城市裡還能到哪兒上班？我賣香水給胖太太，她們用它潤絲頭髮，然後再用手指捲成小小的波浪捲。」

「妳還會做多久？」

「做到我的狀況被發現為止。我猜到時我就會被開除了，以免我惹那些胖太太們不快。接受一個沒戴婚戒的孕婦服務，可能會把她們的頭髮都嚇直掉。」

冷不防，她的眼睛蒙上了淚水，嘴唇開始顫抖，我伸手去摸手帕。但是她的眼淚沒流下來──連一滴都沒有。她淚汪汪了一會兒，然後把眼淚眨了回去；她緊抿著嘴……隨即放鬆。她決定不要情緒失控……而她也做到了，真是了不起！

「對不起。」她說。「你對我很親切，我不會用一個非常普通的故事來回報你的親切。」

她站起來要走，我也站了起來。

「我願意傾聽，」我說，「我也有時間。我下一個病人取消了預約。」

「不，」她說。「謝謝你，可是不了。」

「好吧。」我說。「不過還有一件事。」

「什麼事？」

「我並沒有要我的病人──**任何**病人──預付費用的規定。我希望妳……就是，如果妳覺得妳寧可……或是有必要……」我不知該怎麼說下去。

「我來紐約四年了，麥凱仁醫生，而我天性就很節儉。八月之後……或是九月，我就得靠存款過日子了，直到我能再去上班為止。這不是很大一筆錢，主要是有時候在夜裡，我會很害怕。」

她用那雙奇妙的榛色眼睛，直直地看著我。

「我覺得先為寶寶付錢比較好，這樣比較保險。這件事是第一優先，因為寶寶現在是我的優先考量，而以後把這筆錢花掉的誘惑會變得非常大。」

「好吧。」我說。「不過請記住，我認為這筆錢是在結帳之前先付的，如果妳需要用錢，只管開口。」

「再把戴維森太太心裡的那頭火龍招惹出來？」頑皮的閃光又出現了。「我看還是免了。對了，醫生……」

「妳打算工作到不能再上班為止？絕對要那麼久？」

「對，我不得不這麼做。怎麼了？」

「我想在妳走之前，我還要再嚇妳一下。」我說。

她的眼睛微微睜大。「不要。」她說。「我已經夠害怕的了。」

「所以我才非說不可。坐下，斯丹斯菲爾小姐。」看她還是站著，我又說：「拜託。」

她很心不甘情不願地坐了下來。

「妳目前的處境很特別，也很棘手。」我跟她說著，往我的辦公桌角一坐。「而妳相當處變不驚。」

她張口欲言，但是我舉起手來阻止她。

「這樣很好，我向妳致敬，可是我很不願意看到妳因為擔心經濟不穩而傷害了寶寶。我有個病人，儘管我苦口婆心，她懷孕後還是月復一月穿著緊身衣，肚子越大就綁得越緊。她是個虛榮、愚蠢、討厭的女人，我也不相信她真的想要孩子。我不認同近日在麻將桌上討論的那許多潛意識理論，但是如果我認同，那我會說她——或是部分的她——是想殺死她的胎兒。」

「她成功了嗎？」她的表情一點也沒有改變。

「沒有，可是孩子生出來有智能障礙。反正孩子會有智能障礙的可能性也非常高——我這並不是在說反話，而是我們對於這類事情的起因幾乎是一無所知，這也**可能**是她自己造成的。」

「我懂你的意思。」她以低沉的聲音說。「你是不要我……不要我把自己綁得那麼緊，讓我可以再多工作個一個月或是六週。我承認，我是有過這種想法，所以……謝謝你的驚嚇。」

這一次我陪她走向門口。其實我想問她，她的存簿裡究竟還剩多少錢？她的戶頭有多快就會見底？但是她絕對不會回答的，我心知肚明。所以我只是跟她道別，拿她的維他命開玩笑。她走了，但接下來的一個月，我發現自己有空閒的時候就會想著她，而且……

約翰生在這時打斷了麥凱仁。他們是老朋友了，我想他因此而有權利問出掠過我們每個人腦海的那個問題。

「你愛她嗎？艾默林，所以你才會說這些，說她的眼睛、她的笑容，還有你『有空閒的時候就會想著她』？」

我以為麥凱仁會因為他打岔而不高興，但是並沒有。「你有權問這個問題。」他說道，頓了頓，轉而凝視著爐火，看這樣子他好像會看著看著就睡著了。忽然間，一塊木頭上的木節爆開來，火星旋轉著衝上了煙囪，麥凱仁環顧四周，先看約翰生，再看向我們。

「沒有，我沒有愛上她。我描述她的話聽起來像是戀愛中的男人會注意到的地方——她的眼睛、她的穿著、她的笑聲。」他用他隨身攜帶的一個打火機點燃了菸斗，不停吸氣，直到菸斗鍋裡變成了一片緋紅，接著他把打火機關掉，塞回外套口袋裡，吹出一縷煙，讓煙緩緩圍繞著他的頭，就像有香味的薄膜。

我欣賞她。就是這樣。而且我的欣賞也隨著她每一次的看診更加增長。我猜你們有些人以為這是個苦命鴛鴦的故事，那你們就大錯特錯了。她的故事在往後的時間裡會透露出一星半點來，而等你們各位聽見了，我想你們都會同意她就像她自己說的那麼普通。她就跟幾千個被吸引到紐約來的女孩子一樣，來自一個小鎮……

……在愛荷華或是內布拉斯加，也可能是明尼蘇達——我記不清了。她在小鎮裡參加過很多高中戲劇公演和社區劇團，並贏得了當地每週一次的劇評誇讚——這位劇評家是考－西利吉大專英語系畢業的——然後她就來到紐約，想在表演這一行裡試試運氣。

不過她並沒有自欺欺人。雖然她懷著一個不實際的夢想，但是她能有多實際就有多實際。她來到紐約，她跟我說，因為她不相信電影雜誌中暗示的觀點——好像隨便哪個女孩子去到好萊塢都會變成明星；好像她某天在舒瓦伯藥店喝蘇打水，隔天就能和克拉克．蓋博或是弗瑞德．麥克莫瑞演起對手戲來。她來到紐約，她說，是因為她覺得這裡比較容易讓她敲開大門……而我認為，是因為有口碑的劇場比有聲電影更讓她感興趣。

她在一家大百貨公司找到了推銷香水的工作，也到表演班去註冊。她聰明，而且堅毅果斷，意志力就像純粹的鋼鐵一樣，從頭到腳都是。可她也是個凡人，她也寂寞，而那種寂寞可能只有剛從中西部小鎮來的女孩子才能了解。鄉愁並不總是一種模糊的、緬懷的、幾乎稱得上美麗的情緒，雖然我們在心裡總是這麼裝扮它的。它可能是一把利刃，這不僅僅是比喻上的說法，也可能是實際的東西。它能夠改變一個人看世界的眼光，你在街上看見的臉孔不僅是冷漠、無動於衷，更是醜陋的，甚至是不懷好意的。鄉愁是真正的疾病，那是一種失根之痛。

斯丹斯菲爾小姐儘管讓人欣賞、儘管性情剛毅，卻也無法免疫。而接下來的事就自然而然發生了，毋須我贅述。她的表演班裡有個年輕人，兩人約會了幾次。她並不愛他，可是她需要朋友。在她發現他不是朋友，也永遠不會是朋友之前，已經發生了兩次。兩次床事後，她發現自己懷孕了，她告訴了那名年輕人，年輕人說會支持她，並「做該做的事」。一週後，他搬出了寄宿處，沒留下任何聯絡地址。她就是那個時候來看診的。

斯丹斯菲爾小姐懷孕四個月時，我介紹給了她呼吸法——今天稱之為拉梅茲呼吸法。那個年頭，各位應該知道，拉梅茲先生的大名還沒人聽說過呢。

「那個年頭」——這個說法時不時就冒出來，我注意到了。我為此道歉，可是我身不由己，因為我要告訴各位的故事會是那樣的故事，就是因為它發生在「那個年頭」。

好……「那個年頭」，四十五年之前，進入任何一家大型美國醫院的分娩室，聽在你們的耳裡就會像是造訪瘋人院一般。女人放聲哭泣，高聲尖叫說恨不得自己死了，高聲尖叫說她們痛得受不了了，她們哭喊基督，請祂原諒她們的罪惡，再尖聲吐出一連串咒罵，她們的丈夫和父親打死也不敢相信她們知道那麼多髒話。這一切都是可以被接受的，儘管世上大多數女人都在幾近完全的沉默中生產，只發出使勁的悶哼聲，我們會將之聯想成是別種的辛苦勞動。

很遺憾，我得說這種歇斯底里，其實醫生也脫不了干係。另外，懷孕婦女從有過生產經驗的朋友親戚那兒聽說的事情，也助長了這種歇斯底里。相信我，要是你聽說有些事會很痛，就**一定**會很痛。大多數的痛楚是心理層面的，而女人一旦吸收了分娩會痛到無以復加的這種想法——她從她的母親、姐妹、已婚的朋友，**以及**她的醫師那兒得到這種資訊——那她就在心理上準備要承受這莫大的痛苦。

即使只執業了六年，我也已經習慣了看著女人設法面對一個兩難的問題：其一是她們懷孕了，必須為新生兒做準備；其二是——大多數女人也**認為**這是事實——**她們走進了死亡幽谷**。很多人真的著手把各項事務安排得井井有條，以防萬一她們**真的**死了，她們的先生能夠繼續過日子。

現在無論是時間或地點都不是上產科課的時機，但是各位應該知道在「那個年頭」之前的一段漫長歲月裡，分娩本身在西方國家中**確實是**風險極高的事情。直到一九〇〇年開始的醫學程序改革，才讓分娩過程變得更加安全，但是僅有少得可憐的醫師會告訴準媽媽們這一點，天知道是為了什麼。可是有鑑於此，大多數的分娩室聽起來就像是貝爾尤[66]的第九號病房也就不足為奇了。這些可憐的女人，生產的時候終於到了，但她們要經歷的一種過程，由於那個時代的維多利亞禮教關係，全都是以最含糊其辭的描述跟她們解釋的，而這些女人最後終於體驗到生產的引擎全速運轉的經驗。她們既敬畏又驚異，而她們立時就把它詮釋為難以承受的痛苦，而大多數的人覺得她們很快就會死得很慘。

我在閱讀懷孕文獻時，發現了沉默分娩的原理以及呼吸法的點子。尖叫會浪費力氣，還不如把力氣保留在娩出胎兒上面；尖叫會導致產婦換氣過度，而換氣過度會使身體處於緊急戒備狀態——腎上腺素會全面飆升，呼吸和脈搏加速——而這些完全是不必要的。呼吸法應該可以幫助產婦專注在分娩上，並且統合身體的各種運作來處理疼痛。

那時印度和非洲就廣泛運用這種方法，在美洲的肖肖尼族、基奧瓦族、密克馬克族印第安人也都運用這個方法，愛斯基摩族也一直都使用這個方法。可是，你們可能也猜出來了，大多數西方醫生對呼吸法卻興趣缺缺。我的一位同事——那是個聰明的人——在一九三一年秋天把我的懷孕手冊打字稿寄回給我時，就用紅線把呼吸法的那一整段劃掉了。他在空白處草草寫道，他要是想知道「黑鬼的迷信」，他就會到隨便一家報攤去買一份《詭麗幻譚》（Weird Tales）雜誌！

唔，我並沒有聽他的建議，把那一段從小冊子裡刪除，但是我用呼吸法得到了差參不齊的結果——我最多也只能這麼說。有些產婦運用呼吸法成效卓著，有的似乎把握住了原則，可是一旦宮縮變得猛烈，就把練習都拋到九霄雲外了。在這些案例裡，我發現主要是因為立意良善的朋友和親人們，他們壓根就沒聽說過呼吸法，也就不相信會有用，因此而破壞並推翻整個概念。

呼吸法的基本理念是：產婦的分娩過程細究起來雖然不盡相同，但是整體上是相當類似的，共可分為四個階段：子宮收縮、娩出期陣痛、胎兒出生以及產後的胎盤排出。子宮收縮是腹部以及骨盆區的肌肉完全絞緊，而產婦通常會在懷孕第六個月時感覺到。許多第一次懷孕的婦女以為這會是什麼恐怖的事情，像是腸絞痛，但是我聽說沒有那麼嚴重，就像是一種強烈的身體感覺，可能會深化為像抽筋一樣的痛。使用呼吸法的孕婦在感覺到子宮收縮時會先短促、穩定地吸氣吐氣，每一次呼吸都會噴出一口氣，好像迪吉．葛拉斯彼[67]在吹小號那樣。

而在娩出期陣痛時，大約每隔十五分鐘就會有更痛的宮縮，產婦就換成吸一口長氣再吐一口長氣——馬拉松選手在最後的衝刺階段也是這樣呼吸的。宮縮得越緊湊，吸氣、吐氣就越長。在我的小冊子裡，我稱這個階段是「駕馭波浪」。

最後階段我們需要注意我所說的「火車頭」，也就是今天的拉梅茲指導員經常稱之為「噗噗」的階段。最後階段的疼痛經常用「沉重」和「呆滯」來描述，產婦會不由自主地想推擠……把胎兒分娩出來。這個時候，各位，就是那具奇妙的、驚人的引擎達於巔峰的時候了。子宮頸充分擴張，胎兒開始了通過產道的短暫旅程，如果你直視產婦的雙腿間，你會看到胎兒的

66. 譯註：貝爾尤醫院（Bellevue Hospital）創立於一七三六年，是美國最古老的公立醫院。該醫院的一區專門治療精神病患。
67. 譯註：迪吉．葛拉斯彼（Dizzy Gillespie, 1917-1993）是美國爵士小號手，在一九四〇年代是現代爵士樂的重要人物。

囟門跟外面的空氣只有幾吋之隔。這時產婦開始用嘴唇短促急遽地吸氣、吐氣，不求讓肺葉擴張，不是過度換氣，可是幾乎像喘氣，以完全在控制中的方式喘氣。那個聲音，就像是小孩子在模仿蒸汽火車頭。

而這一切對身體是有益處的。由於產婦的含氧量一直很高，生理系統不會處於緊急狀態，她本人也保持清醒，能夠提問和回答問題，也能夠接受指導。不過當然了，呼吸法的**心理**效果更加重要。產婦覺得她積極參與了分娩的過程——她多少算是主導了分娩的過程，她也覺得駕馭了這個經驗……駕馭了痛苦。

你們應該能了解，這整個過程徹底維繫在病人的心態上。呼吸法極其脆弱、極其細膩，要是我失敗過許多次，我會這麼解釋——病人從醫師這裡聽信了什麼，可她一跟親戚說，他們就會舉高雙手，驚恐地譴責這個呼吸練習是異想天開，於是這名病人也就失去了信心。

而在這一點上，斯丹斯菲爾小姐至少是個理想病人。只要她相信這個方法，她也沒有親戚朋友來破壞她對呼吸法的信心（不過，持平而論，我得說一旦她拿定了主意，就是十頭牛也拉不回來）。而後來，她確實相信了。

「有點像自我催眠，對吧？」她在我們第一次真正討論時這麼問我。

我同意她的說法，覺得滿開心的。「一點也沒錯！不過妳絕不能以為那是在耍花樣，或是一旦情況變得辛苦就會失敗。」

「我一點也沒有這麼想。我非常感激你，我會持之以恆地練習，麥凱仁醫生。」呼吸法就是為她這樣的女性發明的，而她說她會勤加練習，她就是在實話實說。我沒見過有誰像她這樣全心全意接受一種理念的……不過，話說回來，呼吸法也正好適合了她的個性。這個世界上溫馴的男女有幾百萬人，有些是非常好的人，可有些人巴不得能掐住他們自己的生命，斯丹斯菲爾小姐就是這種人。

我說她徹底接受呼吸法，我是說真的……而我認為她在百貨公司賣香水和化妝品的最後一天，就證實了我的看法。

她不能再上班賺取薪水的那天終於在八月下旬來臨了。斯丹斯菲爾小姐是個苗條的年輕女郎，身體狀況極佳，而這個當然是她的頭一胎。別的醫生都會說這樣的女人一般在五個月、甚至六個月時都還看不出來……但是有一天，紙包不住火了。

她在九月一日回來做固定檢查時，她懊惱地笑笑，跟我說她發現了呼吸法還有一個用途。

「什麼用途？」我問她。

「某個人快把你氣瘋了的時候，這比數到十還管用。」她說。那對榛色眼眸在跳舞。「不過當你在吐氣、吸氣的時候，別人會當你像瘋了一樣地看著你。」

她挺爽快地把經過告訴了我。她上週一照常去上班，而我卻在想她從一名窈窕年輕的女郎忽然就變身為懷孕的年輕女子，只在一個短短的週末裡發生，而這樣的變化確實可以像是在一夕之間出現，就像熱帶地方的白晝變成黑夜一樣突然，但這也可能是她的上司終於認定她的懷疑不再僅僅是懷疑了。

「妳休息的時候到我的辦公室來。」這個叫凱利太太的女人冷冷地說。她之前對斯丹斯菲爾小姐滿友善的，還給她看兩個念高中的孩子的相片，有一次兩人甚至還交換食譜。凱利太太總是問她有沒有遇上「好男人」，但是那份和藹親切此時卻消失無蹤。斯丹斯菲爾小姐在休息時間進入了凱利太太的辦公室，她跟我說她知道那會是什麼情況。

「妳有麻煩了。」這位之前很和氣的女人說得很乾脆。

「對。」斯丹斯菲爾小姐說。「有些人是這麼說的。」

凱利太太的臉頰漲成了有如舊磚頭的紅色。「少跟我耍嘴皮子，小姐。」她說。「看妳的肚子，妳已經太自作聰明了。」

她在跟我敘說時，我能想像得出兩個女人的樣子——斯丹斯菲爾小姐直率的榛色眼眸盯著凱利太太，十足鎮定，不肯垂下眼皮、哭泣，或是表現出羞愧；她的上司雖然有兩個就快長大成人的孩子，還有個值得尊敬的丈夫開了自己的理髮店，並投票給共和黨。但是我相信，斯丹斯菲爾小姐比她的上司還要清楚她的麻煩有多少。

「我得說妳欺騙了我，可是妳還真是一點慚愧的樣子都沒有！」凱利太太脫口說道，語氣很酸。

「我沒有欺騙妳，在今天之前我沒提過我懷孕的事。」她好奇地看著凱利太太。「妳怎麼能說我騙妳？」

「我帶妳回家！」凱利太太大喊。「我請妳吃飯……甚至跟我的**兒子**同桌。」她以徹底的嫌惡看著斯丹斯菲爾小姐。

斯丹斯菲爾小姐就是在這個時候突然冒出火氣來。她跟我說這輩子沒有這麼生氣過，她沒想到在她的秘密揭穿的時候，會得到這種反應。各位先生都可以見證，學術理論和實際應用上的差異有時確實是大得驚人。

斯丹斯菲爾小姐緊緊握著兩隻手，放在大腿上說：「妳如果是在暗示我曾經，或是想要勾引妳的兒子，那妳這種想法就太污穢、太齷齪了。」

凱利太太的頭向後仰，彷彿是挨了一耳光，她臉頰上的紅顏色唰地退盡，只留下發高燒似的兩團紅暈。兩個女人冷冷地隔桌對視，桌上散布著香水樣品，房間裡微帶花香味，但斯丹斯菲爾小姐說那樣的一刻，感覺上比實際時間還要長。

然後凱利太太猛地拉開抽屜，拿出一張淺黃色的支票，上頭用迴紋針別著一張亮粉紅色的資遣單。她露出牙齒，每個字都好像被她惡狠狠地咬上一口，說道：「這個城市裡還有上百個正正當當的女孩子在找工作，我不認為我們需要雇用像妳這樣的娼妓，親愛的。」

她跟我說，是最後那句鄙視的「親愛的」讓她的怒火一發不可收拾。她雙手緊緊交握，像是被鐵鍊綁住，緊到她把自己的手都握出瘀血來了（我在九月一日看見她時，她的瘀血正在消退，但是仍非常清晰）。一會兒之後，斯丹斯菲爾小姐咬緊牙關，開始像火車頭一樣「噗噗噗」，凱利太太的下巴幾乎掉了下來，雙眼圓睜。

這個故事可能並不好笑，可是一想到那個畫面，我卻噗哧一聲笑了出來，就連斯丹斯菲爾小姐也跟著我一起笑。戴維森太太探頭進來看——大概是想確認我們並沒有聞了笑氣——然後就又離開了。

「我當時只想得到那樣做。」斯丹斯菲爾小姐一邊說，一邊仍笑個不停，還拿出手帕擦眼淚。「因為在那一刻，我看見自己伸出手把香水樣品瓶——一個都不少——全部掃出她的桌子，掃到地上，而那是沒鋪地毯的水泥地。我不光是心裡這麼想，我還**看見**了！我看見瓶子砸碎，房間滿是各種恐怖的臭味，最後非把消毒人員叫來處理不可。

「我正打算動手，感覺什麼也阻止不了我。然後我開始做『火車頭』，結果一切都穩定了下來。我能夠接下支票跟那張資遣單，站起來、走出去。我當然沒辦法謝她，因為我還在當火車頭！」

我們又哈哈大笑，接著她開始變得嚴肅。

「現在都過去了，我甚至還能為她覺得難過。我這麼說會不會有點傲慢？」

「怎麼會？我覺得妳能有這種感覺還真是了不起。」

「我連同資遺單一起帶來了一樣東西，可以給你看看嗎？麥凱仁醫生。」

「好啊。」

她打開皮包，掏出一個小扁盒。「我在當舖買的。」她說。「花了兩塊錢。這是在這整場惡夢裡我唯一覺得慚愧齷齪的，這樣是不是很奇怪？」

她打開盒子放到我桌上，讓我可以看見盒子裡的東西。我並不驚訝，那是一只樸素的黃金婚戒。

「該做的事我就會做。」她說。「我住在凱利太太絕對會說是『可敬的寄宿屋』裡，我的女房東一直很和氣……可是凱利太太也一直很和氣。我想她現在隨時都可能會要我搬出去，要是我敢提什麼欠我的房租，或是我搬進來時付的押金，她大概只會當面嘲笑我。」

「我的好小姐，那是違法的，有得是法院和律師願意幫助妳解決這類的……」

「法院是男士俱樂部，」她冷靜地說，「而且也不會破例來扶助我這種情況的女人。也許我能把錢要回來，也許不能。不管怎麼樣，打官司的費用和麻煩和……不愉快……似乎不值得為了四十七元這麼做。我本來也沒有要跟你說的意思，畢竟事情還沒有發生，也許根本不會發生。總而言之，我打算從現在開始要非常實際。」

她把戒指戴在左手的第三指上，略微嫌惡地嘛嘴，我想她並沒有自覺。「好了，我現在是斯丹斯菲爾太太了，我先生是卡車司機，從匹茲堡送貨到紐約途中車禍去世，實在是很不幸。不過我不再是個水性楊花的小婊子，我的孩子也不再是私生子了。」

她抬頭看我，眼中又出現了淚光。我盯著她看，一滴眼淚溢出了眼眶，滾了下來。

「拜託。」我說道，覺得焦慮苦惱，伸手越過桌面握住她的手。她的手非常、非常冷。「別哭，親愛的。」

她把手——她的左手——翻過來，看著戒指。她微笑著，笑容苦澀，就像吞了膽汁和醋一樣，各位。另一滴眼淚落下來——真的就只有一滴。

「我要是聽見憤世嫉俗的人說這世上早就沒有魔法和奇蹟的話，我就會知道他們其實是被騙了，對不對？麥凱仁醫生。你能在當舖裡用兩塊錢買一只戒指，而且那枚戒指還能立刻抹殺掉放蕩無恥和私生子的身分，除了魔法之外，你還能怎麼形容它？這根本就是廉價的魔法。」

「斯丹斯菲爾小姐……珊卓拉，如果我……如果妳需要協助，如果有什麼我能幫……」

她抽開了手——要是我握住的是她的右手而不是左手，或許她也不會抽回去了。我並不愛她，我跟你們說過了，可那一刻我是可以愛上她的，我已經在愛上她的邊緣了。或許，我要是握住了她的右手，而不是那隻戴著戒指的手，而且她允許我握久一點，讓我的手能夠溫暖她……也許那時我真應該那麼做。

「你是個親切的好人，為我和我的寶寶做了太多了……而且你的呼吸法比這只可怕的戒指更擁有神奇的魔法。說到底，它讓我沒有因為蓄意破壞而被丟進牢裡，對吧？」

她沒多久後就離開了，我走到窗前，看著她朝第五大道走。天啊，我那時可真是欣賞她！她好輕盈、好年輕，而且肚子好明顯——但是她渾身上下都沒有一絲一毫怯懦或是猶豫的味道，她的步態就像是她有十足權利走在人行道上。

她離開我的視線後，我也回去辦公桌前坐下，然而就在這時，牆上掛著的文憑旁邊的那幀照片吸引了我的目光，我突然全身有如電擊，我全身的皮膚，甚至是額頭上和手背上都冒出了雞皮疙瘩。我這一生中最令人窒息的恐懼像一床裹屍布一樣落在我身上，我發現自己大口喘氣。我預見到了未來，各位。我不去爭論這種事情是真是假，但我知道那是真的，因為就發生在我身上。就那麼一次，在那個炎熱的九月初下午，我向上帝祈禱不會再有下一次。

那張相片是我母親在我醫學院畢業那天拍攝的，我立在懷特紀念醫院的前面，背著手，笑得像個得到允許可以在帕利塞茲公園玩一天的小孩子。我左邊是海莉葉．懷特的雕像，相片雖然只照到了雕像的小腿，但是基座和冷酷的銘文——**沒有痛苦就沒有舒適，因此我們認為救贖須在受苦中獲得**——卻清晰可見。就是在我父親的第一位妻子的雕像腳底下，就在這句銘文下方，珊卓拉．斯丹斯菲爾會死掉，在不到四個月之後，死於一場毫無道理的意外，就在她抵達醫院要生下孩子的時候。

她那年秋天很焦慮，生怕我沒辦法在她分娩時在場，例如怕我會去度聖誕節，或是不值班。她部分是怕她會被交給別的醫生，而他會忽略她的願望，不讓她使用呼吸法，反倒讓她吸笑氣或是給她脊髓麻醉。

我極盡所能安撫她，說我沒有理由出城，聖誕節我也沒有親人要探望。我母親兩年前就過世了，除了加州的一位老處女姨媽之外沒有別的親人……再者，火車時間也沒辦法配合我，我跟斯丹斯菲爾小姐這麼說。

「你不會寂寞嗎？」她問。

「有時候，但通常我都保持忙碌。好了，收下這個。」我草草在名片上寫下了我的家用電話，交給了她。「如果妳陣痛開始之後是答錄機接的，就打這個電話。」

「喔，不，我不能……」

「妳是想用呼吸法呢，還是想遇上哪個外科醫生，一看妳開始當『火車頭』就覺得妳瘋了，給妳吸乙醚？」

她淡淡一笑。「好吧，你說動我了。」

可是秋意越來越濃，第三大道上的肉販也開始打廣告，推銷他們的「汁多肉嫩公火雞」每一磅的價格，而情況也越來越明顯，她仍不覺得心安。她沒料錯，她被轟出了我第一次遇見她時她住的地方，搬到了格林威治村。不過，這一點倒是塞翁失馬、焉知非福，她甚至還找到了工作。有個經濟上頗過得去的盲婦人雇用她做點輕鬆的家事，然後讀金・史崔頓－波特[68]和賽珍珠[69]的書給她聽。她跟斯丹斯菲爾小姐住在同一棟樓房裡，她住一樓。斯丹斯菲爾小姐也和一般進入懷孕最後三個月的健康孕婦一樣，臉龐煥發出豔麗、玫瑰紅的光芒，可是她的表情卻有陰影。我會跟她談，而她回答得遲疑……有一次，她根本就不回答，我放下正在寫的筆記，抬起頭來，只見她看著我文憑旁的那幀照片，眼神奇異，作夢似地。我又感覺到那種森冷……還有她的反應，跟我的問題一點關係也沒有，也沒能讓我舒服一點。

「我有一種感覺，麥凱仁醫生，有時感覺滿強烈的，我覺得我死定了。」

這真是傻氣又誇張的話！然而，各位先生，我險些就脫口而出的反應卻是：**對，我也感覺到了**。我當然咬牙把話吞了回去，畢竟一個醫生說出這種話來，那他就應該立刻把器具和醫學書籍打包拍賣，到水電或是木工這一行去探索他的未來。

我跟她說她不是第一個會有這種感覺的孕婦，也不會是最後一個。我告訴她這種感覺確實非常普遍，醫師們都開玩笑地叫它是蔭谷症候群，我相信我今晚已經提過一次了。

斯丹斯菲爾小姐點頭，極其認真，我記得她那天的模樣有多年輕，她的肚子有多大。「我

68. 譯註：金・史崔頓－波特（Gene Stratton Porter, 1863-1924）是一位自學成才的美國女作家暨自然攝影家。
69. 譯註：賽珍珠（Pearl Buck, 1892-1973）是美國旅華作家，以小說《大地》（The Good Earth）成為榮獲普立茲獎及諾貝爾獎的第一位女作家。

知道。」她說。「我也感覺到了。可是那個……這一種感覺滿不同的，這一種感覺像是有什麼威脅在漸漸接近。我沒辦法描述得更好。聽起來很傻，可是我就是怎麼也甩不掉那種感覺。」

「妳一定得甩掉。」我說。「這種想法可不好，對……」

但是她的心思不在我這裡了。她又看著照片。

「那是誰？」

「艾默林·麥凱仁。」我想說個笑話，聽起來卻格外蹩腳。「內戰之前，那時他很年輕。」

「不，我當然認得出你。」她說。「那個女的，只能從裙子和鞋子看出來是個女人。她**是誰？**」

「她叫海莉葉·懷特。」我說，而心裡想的是：**妳去生孩子的時候，她的臉會是妳看見的第一張臉孔**。森冷的感覺又回來了，那種恐怖的、飄忽不定的、無形的冷冽感。她的石頭臉。

「雕像的底座寫了什麼？」她問，眼睛仍像作夢一樣，幾乎失了神。

「我不知道。」我說謊。「我的拉丁文沒那麼好。」

那晚我作了畢生最可怕的惡夢——我醒來時驚恐不已，要是那時我已婚，我想我一定會把我可憐的太太嚇死。

在夢中，我打開診間的門，發現珊卓拉·斯丹斯菲爾在裡面。她穿著褐色包頭鞋，那件有褐色滾邊的漂亮白色亞麻裙裝，戴著那頂不夠時尚的鐘形帽。不過帽子是在她的胸前，因為她把她的頭捧在手上。白色亞麻布沾滿了血污，鮮血從她的頸間噴出來，濺污了天花板。

然後她的眼睛抖啊抖地張開來——那雙奇妙的榛色眼睛——盯住了我的眼睛。

「死定了。」她的頭顱跟我說。「死定了。我死定了。救贖並不在受苦之中。那是廉價的魔法，可是我們也只有這個。」

我就是在那時尖叫著驚醒的。

她的預產期十二月十日來了又走，我在十二月十七日幫她檢查，因為這個孩子有九成九會在一九三五年出生，我不再期待這個孩子會在聖誕節之前呱呱墜地。斯丹斯菲爾小姐坦然接受了我的意見，她似乎拋開了籠罩住她整個秋天的陰影。雇用她做點輕鬆家事、讀書給她聽的吉伯斯太太滿喜歡她的——喜歡到跟朋友說起這個年輕勇敢的寡婦，儘管才剛剛喪夫又身懷六甲，卻一點也不懷憂喪志，反而堅定地面對自己的未來。因此，這位盲婦人的幾個朋友都表示願意在她產後雇用她。

「我會接受她們的好意。」她跟我說。「為了寶寶。不過我只做到能自力更生，找到別的工作為止。有時我覺得這件事——發生的種種——最糟的地方就是改變了我對人的看法。有時我自己想：『明知道妳欺騙了那個可愛的老婦人，妳晚上怎麼睡得著？』然後我會想：『要是讓她知道了，她會把妳轟出去，就跟別人一樣。』無論如何，我都在說謊，而且有時候我也感覺到良心不安。」

那天她在離開前從皮包裡掏出一個包裝得很喜氣的小包裹，害羞地滑過桌面給我。「聖誕快樂，麥凱仁醫生。」

「妳太破費了。」我說著，拉開抽屜，拿出了我自己的禮物。「不過我也準備了……」她看著我一會兒，表情詫異……然後我們齊聲失笑。她送我的是一支銀領帶夾，上頭是雙蛇杖。我送她一本相簿，可以存放寶寶的相片。我一直留著那支領帶夾，你們看，我現在就戴著。至於相簿的下落嘛，我就不曉得了。

我送她到門口，快走到時，她轉向我，雙手按著我的肩膀，踮著腳尖，吻了我的嘴。她的嘴唇清涼緊實。那不是激情的一吻，各位，不過也不像是姐妹或姨媽給你的吻。

「再次謝謝你，麥凱仁醫生。」她微微喘不過氣似地說。她臉頰的顏色很紅，榛色眼睛光彩熠熠。「非常非常感謝你。」

我有點不自在地笑了，「瞧妳說得好像我們不會再見了似的，珊卓拉。」我相信這是我第二次，也是最後一次直呼她的閨名。

「喔，我們會再見的。」她說。「我一點也不懷疑。」

而她說得對——雖然我們兩個都無法預見最後一次見面時的恐怖情形。

珊卓拉．斯丹斯菲爾的陣痛從聖誕夜開始，就在晚上六點過後。那時，下了一天的雪又夾帶了雨水，不到兩小時以後她進入生產第二階段，那時候紐約的街道已經結冰，變得危險了。六點半時，斯丹斯菲爾小姐小心翼翼下樓，敲了吉伯斯太太的房門，進了這位盲婦人寬敞的一樓住家，問她是否能借用電話叫計程車。

「是要生了嗎？親愛的。」吉伯斯太太問道，她已經慌亂起來了。

「對。陣痛才剛開始，可是這種天氣我不敢冒險，搭計程車會很久。」

她打了電話叫車，再打給我。那時，六點四十分，陣痛間隔大約是二十五分鐘。她跟我說因為天候惡劣，所以她什麼都提早了。「我不要在計程車的後座生孩子。」她語氣異常鎮定地說。

計程車來晚了，斯丹斯菲爾小姐的陣痛間隔越來越短，超過了我的預期——不過我說過，沒有孕婦的生產過程是一樣的。司機看出他的乘客是要生孩子，攙扶著她步下滑溜的台階，不時提醒她要小心。斯丹斯菲爾小姐只能點頭，一陣宮縮又襲來，她忙著做她的深呼吸和吐氣。雪雨敲在街燈和車頂上，在計程車的黃色頂燈上融化成放大的雨點。吉伯斯太太後來跟我說年輕的計程車司機比她「可憐的、親愛的珊卓拉」還要緊張，而那可能就是導致意外的原因。

另一個原因幾乎可以肯定是呼吸法。

司機駕車在滑溜的馬路上穿行，緩慢躲過各種小擦撞，一寸寸挪過堵塞的十字路口，慢慢接近醫院。他在車禍中受傷不重，我也到醫院問過他，他說後座傳來的穩定沉重呼吸聲害他很緊張；他一直看後照鏡，想知道她是「快死了還是怎樣」。他說要是她發出的是健康的吼叫聲，像別的孕婦一樣，那他可能還不會那麼緊張。他問過她一、兩次她是不是還好？她只是點頭，繼續「駕馭波浪」，深深吸氣、深深吐氣。

距離醫院還有兩、三條街，但她一定是感覺到最後階段來了。她坐進計程車已經一個小時了——交通完全打結——可是對生第一胎的婦女來說仍然是快極了。司機注意到她呼吸的方式變了。「她開始像熱天的狗一樣喘氣，醫生。」他這麼跟我說。她開始當「火車頭」了。

幾乎就在同時，計程車司機看見了如牛步的車流中出現了一個缺口，他油門一踩就鑽了過去，通往懷特紀念醫院的道路現在暢通無阻，就在前方不到三條街的地方。「我能看到雕像。」他說。因為急著擺脫這位喘著氣的懷孕乘客，他又踩油門，計程車就向前飛躍，輪子在冰面上打滑，沒有多少抓地力。

我是步行到醫院的，而我抵達的時間碰巧和計程車同時，那完全是因為我低估了路況有多糟。我以為我會在樓上發現她，這時她已是合法入院的病人，簽好一切文件、完成產前的檢查，正穩定地熬過娩出期陣痛。我正踏上階梯就看見四道大燈冷不防間匯聚在一起，工友還沒來得及鋪上煤渣的結冰路面上反射著燈光。我才轉身，就看見了整個事發經過。

一輛救護車從急診室的坡道開出來，而斯丹斯菲爾小姐的計程車卻朝醫院開過來。計程車的車速過快導致停不下來，司機一時間慌了手腳猛踩煞車，而非該有的連續輕踩。計程車打滑，接著就側翻，救護車閃動的車頂燈在現場留下一條條、一點點血紅色的光，而詭譎的是，其中一道光照亮了珊卓拉．斯丹斯菲爾的臉。那就是在我夢中的那張臉，就是我在她的斷頭上看到的那張臉，同樣鮮血淋漓，同樣瞪大眼睛。

我大喊她的名字，兩大步就下了階梯，但腳下一滑就摔了個大跤。我的手肘當場就摔得麻掉了，不過我還是握著我手上的黑袋子。我躺在地上看見接下來的事，腦袋裡嗡嗡響，手肘劇痛。

另一邊，救護車踩下煞車，可是也開始甩尾，車尾撞上了雕像基座，救護車後的兩扇門撞開來，掉出一個擔架，就像舌頭一般凸出來，接著上下顛倒地撞在馬路上，輪子轉個不停。幸好救護車上沒人。人行道上有個年輕的婦女在尖叫，想在兩輛汽車對撞前跑開，但才邁開兩步腳就軟了，仆地摔倒，皮包脫手而飛，像彈珠台裡的小鐵球一樣落在結冰的人行道上。

計程車轉了一百八十度，現在在倒退，我能清楚地看見司機瘋狂地轉著方向盤，就像在開碰碰車的小孩子。救護車撞上海莉葉．懷特雕像後又向外彈……正好撞上了計程車側面。計程車被撞得轉了很小的一圈，然後一頭撞上雕像底座。它黃色燈光上的字仍在閃爍，然後「砰」地一聲爆炸。計程車的左側像衛生紙一樣撞得稀巴爛，過了一會兒之後，我看見不僅是左側，由於計程車撞擊雕像基座的力道過猛，竟把車身撞成了兩半。玻璃飛落到滑溜的冰面上，像鑽石一樣，而我的病人被拋出了解體計程車的右側窗戶外，像個破碎的拼布娃娃。

我已經站起身來了卻不自知，我從結冰的台階飛奔而下時腳又滑了一下，但是我抓住了欄杆，繼續前進。我只知道斯丹斯菲爾小姐躺在海莉葉．懷特雕像投射出的陰影之中，距離救護車只有六米左右，而救護車的閃光燈仍然以紅光刺穿黑夜。我覺得她躺在地上的身形不太對勁，可是我真的不相信自己知道那是怎麼回事，直到我的腳踢到一個重重的東西，砰的一聲，幾乎又害我仰天摔倒。被我踢開的東西掠過冰面，就像那年輕女人的皮包一樣，它是滑開而不是滾開的。直到我看見她的頭髮——雖然上面滿是鮮血，但仍看得出來那是金色的，而且沾滿了碎玻璃——我才明白那是什麼。她在車禍中已經被切斷頭顱、身首異處，而剛剛被我踢進結了冰的水溝裡的正是她的頭。

我這時震驚得完全呆滯了，我走向她的屍體，把她翻過來。我想我一把她翻過來，一看到她，我就差點尖叫出來。但就算我叫了，我也沒辦法發出聲音，我發不出聲音來。知道嗎？各位，這個女人仍然在呼吸，她的胸口上下起伏，又快又淺。冰雪不停飄落在她敞開的大衣和被血浸透的裙裝上，我能聽到一聲高亢尖薄的哨音，消消長長，像沸騰不了的茶壺，那是空氣被抽入她切斷的氣管再送出來，但空氣通過聲帶，卻沒有了嘴巴來發聲。

我想要跑，可是我沒力氣；我跪在她的身邊，一手捂著嘴。過了一會兒，我才知覺到她的裙底透出了新鮮的血液……而且有動靜。驀然間，我瘋狂地相信我仍有機會能挽救胎兒。

我相信在我把她的裙子往上扯的時候我就開始笑了，我相信我瘋了。她的身體仍然溫暖。我記得，我記得她的身體隨著她的呼吸起伏。一名救護車的隨車人員過來，喝醉了似地迂迴前進，一隻手按著頭，指縫間流出鮮血。

我仍在笑，仍在摸索，我的兩隻手找到了她充分擴張的產道。

救護員瞪著大眼俯視珊卓拉．斯丹斯菲爾的無頭屍體，我不知道他是否明白這具屍體仍在呼吸。或許他認為那只是神經抽動，一種最後的反射動作。但要是他這麼想，那他開救護車的經驗一定不是很豐富。雞頭切掉之後，雞還能再走一會兒，但是人的話……頂多只會抽動個一、兩下。

「別再瞪著她了，幫我拿條毯子來。」我厲聲命令他。

他走開了，卻不是往救護車走，而像是朝時代廣場而去，就這麼走入了雨雪霏霏的夜裡。我不清楚他後來怎麼了。我回頭照顧這個還沒斷氣的女人，只遲疑了一下，就脫掉了我的大衣，然後我抬起她的臀部，讓我能鑽到下面。我仍然能聽見她的無頭身體在做「火車頭」呼吸。各位，有時我還是能聽見，在我的夢裡。

請你們了解，這一切都發生在極短促的時間裡──我會覺得時間比較長，那是因為我的感知提升到了極活躍的一個高點。這時，醫院裡的人才紛紛跑出來看見了現場，我後面有個女人一看到被切斷的頭顱滾落在馬路邊，就開始放聲尖叫。

我把我的黑袋子扯開，感謝上帝，我在摔倒時沒把袋子弄丟，我立刻掏出了一把短手術刀。我把刀子打開切割她的內衣，撕開來。這時救護車駕駛走過來，但他走到離我們五米內的距離就猛然止步了。我瞧了他一眼，仍想要毯子，不過我看得出來我是沒辦法要他去拿的，因為他瞪著在呼吸的屍體，眼珠子差不多都快掉出來了，像是只接著幾束視覺神經，如同恐怖的溜溜球。然後他跪在地上，握緊雙手，高高舉起。他是想禱告，我滿肯定的。剛才那名救護員可能不了解他目睹的是不可能的奇蹟，但是這一個人了解。然而下一分鐘，他就昏死過去了。

我那晚在袋子裡裝了鉗子，我也不懂為什麼。我有三年沒用過這種器具了，從我看見一位醫生──他的名字我就不說了──用這種可怕的工具刺穿了一個新生兒的太陽穴，刺穿了嬰兒的腦袋。結果嬰兒當場死亡，但嬰兒屍體「不見了」，死亡證明上記載的是「死胎」。

但是，不知道為什麼，那晚我帶了鉗子。

斯丹斯菲爾小姐的身體下部縮緊，她的肚子收緊，從肌肉變成了堅硬的石頭。胎兒露出了頭，我看著胎兒的頭一會兒，它血淋淋的、覆著薄膜，正在搏動。在**搏動**。它活著，絕對是活著的。

石頭又變成了肌肉，胎兒的頭又縮了進去，我後面有個人說：「我能幫什麼忙？醫生。」那是一位中年護士，這類女士常常是我們這一行的頂梁柱。她的臉色白得像牛奶，但是儘管她俯視仍在呼吸的詭異屍體時，表情帶著驚怖和某種迷信的敬畏，卻絲毫沒有恍惚的震驚，使她成為一個無法與我共事的危險人物。

「妳可以幫我拿條毯子來，快點。」我說得草率。「我想我們還有機會。」我聽見在她後面可能有二十多個人站在台階上，卻不肯再靠近。他們看到了多少？我完全無法確定。我只知道之後好幾天我就像瘟神一樣人見人躲（有些人還從此不再搭理我），而沒有一個人，包括這位護士，跟我再提起這件事。

她這時轉身走回醫院。

「護士！」我大喊。「沒時間了，去救護車上拿，孩子**就要**出來了。」

她改變路線，白色膠底鞋在雪泥地上又滑又溜。我又回頭處理斯丹斯菲爾小姐。

她的火車頭呼吸不但沒有減緩，反而還加速了……接著她的身體又變硬，緊繃鎖死，胎兒又露出了頭。我等著它滑回去，但是它沒有，反而一直向前推。鉗子終究是派不上用場了，胎兒幾乎是**飛**進我手裡的。我看見雨雪打在他血淋淋的赤裸身體上——他是個男孩子，性徵很明顯。我看見他的身上冒出蒸汽，漆黑冰冷的夜奪走了他母親最後一絲的體熱，而他沾滿鮮血的拳頭軟弱地揮動，發出了細細的哭聲。

「**護士！**」我放聲大喊。「**給我滾過來，臭女人！**」我的遺詞用字可能是不可原諒的，可那一刻我感覺又回到了法國，不出幾分鐘砲彈就又會在頭頂上呼嘯，就像毫不留情的雨雪滴滴答答落下。機關槍又會開始噠噠響，德軍會從黑暗中衝出來，奔跑摔跤咒罵，死在泥巴與煙霧之中。**廉價的魔法**，我心裡想，看見屍體扭動翻滾摔落。**可是妳說得對，珊卓拉，我們也只有這個**。那是我最接近失心瘋的一次，各位。

「**護士，看在上帝的份上！**」

嬰兒又哭了——那麼小、那麼失落的聲音！——然後他就不再哭了。從他皮膚上冒出來的蒸汽減少了，像一條條的緞帶。我用嘴罩住了他的臉，嚐到血味和平淡的、潮濕的胎盤的香味。我吹氣到他的口裡，聽見他抖了抖、沙沙響，再次恢復了呼吸。然後護士回來了，抱著毯子。我伸手去接。

她正要把毯子給我，又縮了回去。「醫生，萬一……萬一他是妖怪呢？是什麼怪物呢？」

「把毯子給我。」我說。「現在就給我，否則我就把妳的屁股踢到妳的肩胛骨上去。」

「是，醫生。」她說道，語氣十足地鎮定（我們一定得祝福這個女人，各位，常常不假思索就能了解你的意思），把毯子給了我。我把嬰兒包裹好，交給了她。

「妳要是失手摔了孩子，我會給妳好看。」

「是，醫生。」

「這是他媽的廉價魔法，不過上帝也只給我們留下這個了。」

「是，醫生。」

我看著她抱著孩子半走半跑回去醫院，而台階上的人為她讓開了路。我這才站起來，從屍體旁退開。它的呼吸就跟寶寶的一樣，猛吸一口……停止……再吸一口……停住……

我開始退後，腳卻卡住了什麼，我一轉身，發現是她的頭。我像在服從外面的人的指示，單膝跪下，把頭轉過來。她的眼睛是睜開的——那雙坦率的榛色眼眸，總是充滿了生氣和果斷，但現在仍然充滿了果斷。各位，**她在看我**。

她的牙齒咬緊，嘴唇微微分開。我聽見快速的吸氣吐氣聲從那兩片唇間以及咬緊的牙齒間透出來，她在做「火車頭」。她的眼珠移動，微微轉向左邊，好把我看清楚一些。她的嘴唇分開，無聲地說了一句話：**謝謝你，麥凱仁醫生**。我**聽見**了，各位，卻不是從她的口中聽見的，而是從六米外傳來的，從她的聲帶發出的。因為她的舌頭、嘴唇、牙齒，我們用來說話的器官，都在這裡，只發生統一的抑揚頓挫。但是這句話一共八個字，八個不同的音，在這句話中有八個音節，**謝謝你，麥凱仁醫生**。

「不客氣，斯丹斯菲爾小姐。」我說。「妳生了個男孩。」

她的嘴唇又移動，而在我後方，細薄地、幽靈似地，傳出了一個聲音：**男孩**……

她的眼睛失去了焦點和果斷，這時好似盯著我後方的什麼，說不定是漆黑、下雨雪的天空，然後眼睛閉上了。她又開始當「火車頭」……然後她就這麼停住了。無論發生了什麼事，現在都結束了。護士看見了一部分，救護車駕駛可能在昏倒前也看見了一部分，有些旁觀者可能有所懷疑，但是全都結束了，百分之百結束了。外頭這裡只剩下一場淒慘的車禍……和醫院裡的一個新生兒。

我抬頭看著海莉葉．懷特的雕像，它仍矗立在那兒，面無表情看著對面的花園，彷彿並沒有發生過什麼特別的事，彷彿在這個世上像這樣果敢剛毅的決心一點意義也沒有……甚至更糟的是，這可能是唯一**有意義**的事，唯一有差異的事。

我記得我跪在雪地裡，跪在她的斷頭前，哭了起來。我記得，一位實習醫生和兩名護士把我攙扶起來，扶進醫院裡，但我還在哭。

麥凱仁的菸斗抽完了。

他用那個打火機再點燃，而我們全都靜默地坐著，誰也沒喘氣。外頭，風聲呼嘯呻吟。他關上了打火機，抬起頭來，似乎微覺意外，我們居然還在這兒。

「就這樣。」他說。「這就是結局！你們還在等什麼？火戰車嗎？」他從鼻子噴氣，然後像是內心交戰了一會兒。「我自掏腰包支付了她的喪葬費用，她一個親人也沒有，你們知道吧？」他淡淡地笑了笑。「喔……還有艾拉．戴維森，我的護士，她堅持要湊個二十五元。其實她的財力負擔不起，可是戴維森一旦打定了主意……」他聳聳肩，笑了笑。

「你有把握不是反射動作嗎？」我聽見自己忽然這麼問。「你有**相當的**把握……」

「我很確定。」麥凱仁泰然自若地說。「第一次的宮縮，可能是。但是她的分娩不是幾秒鐘的事情，而是幾分鐘。而我有時候想，若是有需要的話，她可能還能撐得再久一點。但感謝上帝，事情還不至於如此。」

「那孩子呢？」約翰生問。

麥凱仁吸著菸斗。「送人領養了。」他說。「你們也知道，即使是在那個年頭，領養紀錄也都會盡可能保密。」

「對，可是孩子怎麼了？」約翰生又問，而麥凱仁乾笑了兩聲。

「你就是愛打破砂鍋問到底，是不是？」他問約翰生。

約翰生搖頭。「有些人是從慘痛經驗中學到教訓的。孩子呢？」

「唉，既然你們都聽了這麼久，那也許你們也能了解我對這個孩子的下落自然也有權利知道，或者是我感覺我有權利，反正兩者都一樣。我確實追蹤了他的下落，現在仍是。有一對年輕夫妻——他們不姓哈里遜，不過也很接近了。他們住在緬因州，因為自己不能生育，就領養了孩子，他們叫他……嗯，約翰就滿好的，對吧？約翰這名字你們各位可以接受吧？」

他吸著菸斗，但是菸斗早就熄了。我隱隱感覺到史蒂文斯在我後面徘徊，知道我們的大衣都會準備妥當。很快我們就會又套上大衣……回到各人的生活。就如麥凱仁所言，又一年的故事說完了。

「我在那晚接生的孩子現在是國內最富盛譽的兩、三所私立大學其中一所的英文系系主任。」麥凱仁說。「他還不到四十五歲，很年輕。現在說還太早，但是總有一天他會坐上那所學校的校長寶座。我一點也不懷疑，因為他英俊有為、聰明又有魅力。

「有一次，我找了個藉口，跟他在教職員俱樂部裡吃飯。那晚一共有四個人。我話說得很少，所以有機會能觀察他。他有他母親的剛毅果斷，各位……

「……以及他母親的榛色眼眸。」

III 俱樂部

史蒂文斯一如往常送我們出門，拿著大衣，祝福大家有最快樂的聖誕假期，並感謝他們的慷慨大方。我故意最後一個走，史蒂文斯不露一絲意外之色地聽我說話。

「如果你不介意的話，我有個問題想問。」

他淺淺一笑。「我就猜你會想問。」他說。「聖誕節是問問題的好時節。」

我們左邊的走廊——我從沒去過——有只老爺鐘渾厚地滴答響，那是歲月流逝的聲音。我能聞到老皮革和上油的木頭香，還有比這兩種味道都還要淡的，是史蒂文斯的鬍後水的味道。

「可是我要先知會你一聲，」史蒂文斯又補上一句，而此時外面的風聲大作，「最好不要問太多，除非你不想再來了。」

「問太多的人曾被拒於門外？」**拒於門外**並不是我想用的確切說法，不過我只想得出這說法。

「沒有。」史蒂文斯說道，聲音一如平常一般低沉有禮。「他們是自行決定不再來了。」我回應他的凝視，覺得背上泛起一陣冰冷的酥麻感，就彷彿有一隻冰冷的隱形大手按在我的脊梁上。我發現自己想起了那天晚上我聽到樓上傳來怪異的碰撞聲，不由得好奇（我不止一次這麼好奇過）這裡**究竟**有多少個房間。

「如果你還是有問題，埃德利先生，也許你最好問出來。今晚差不多結束了……」

「而你要去搭長途火車？」我問道，但是史蒂文斯面無表情地看著我。「好吧。」我說。「這裡的圖書室裡有些書我到處都找不著，紐約市立圖書館沒有，我問過的古董書商的目錄裡也沒有，當然更不在《出版品目錄》上。『小室』裡的撞球台是諾德的，我沒聽過這家公司，所以我就打給國際商標委員會，他們有兩家諾德，一間製造越野滑雪板，另一間製造木頭廚房配件。長室裡有個『席弗朗』點唱機，但國際商標會有『席伯格』，卻沒有『席弗朗』。」

「你的問題是什麼？埃德利先生。」

他的聲音如往常一樣溫和，但是他的眼神卻瞬間變得可怕……不，憑良心說，不只是他的眼神，連我周遭都瀰漫著一股恐怖的氣氛。左邊走道傳來的穩定答答聲不再像老爺鐘的鐘擺，而是劊子手看著死囚走向絞架時的頓足聲。皮革與油的味道變得苦澀迫人，外頭的風又一陣呼嘯，我有片刻感覺大門會被吹開，而門外不是三十五街，反而是瘋狂的克拉克·阿什頓·史密斯[70]筆下的風景，樹木扭曲變形，荒涼的地平線上魅影幢幢，而在地平線下則有兩個太陽散發著駭人的紅光。

喔，他知道我想問什麼，我從他的灰眸裡看得出來。

那些東西是打哪兒來的？我是想這麼問。**喔，我非常清楚你是哪裡來的，史蒂文斯，那個口音不是X次元的，而是道地的布魯克林口音。可是你去了哪裡？是什麼讓你的眼神和臉孔看不出歲月的痕跡？還有，史蒂文斯……**

……這一秒我們是在哪裡？

可是他等著我發問。

我張開了口，問出來的問題卻是：「樓上有很多房間嗎？」

「喔，是的，先生。」他說道，眼睛始終盯著我。「有很多，會搞得你迷路呢。事實上，**真的**有人迷路過，有時我甚至覺得房間和走廊似乎延伸了幾里遠。」

「有入口和出口嗎？」

他的眉毛微微挑高。「有啊，入口和出口。」

他等著，可是我問夠了，我覺得我瀕臨了很可能把我逼瘋的什麼邊緣。

「謝謝你，史蒂文斯。」

「不客氣，先生。」他遞出我的大衣，我套了上去。

「以後還會有傳奇嗎？」

「先生，在這裡**一定**會有更多傳奇。」

那一晚已經是一段時間以前的事了，我的記性從那時起也沒改善（到了我這個年紀，越來

70. 譯註：克拉克・阿什頓・史密斯（Clark Aston Smith, 1893-1961）是一位美國作家，早年以寫詩出名，他患有廣場恐懼症。

越差還比較有可能），可是我清清楚楚記得史蒂文斯把橡木門打開時，竄過我心頭的恐懼——我以為我會看到地獄般的恐怖景象，有兩個太陽放射血紅光芒，當太陽落下後則會換上無以言喻的黑暗，持續一個小時，或是十個小時，或是一萬年。那感覺我說不上來，可是我告訴你，那個世界**真的**存在——我有把握，就跟艾默林．麥凱仁肯定珊卓拉．斯丹斯菲爾的斷頭仍然繼續呼吸一樣。我以為在那個無止無盡的一秒鐘裡，大門會打開，而史蒂文斯會把我丟進那個世界裡，然後我會聽到後方的關門聲……大門永遠關上。

結果，我看見的是三十五街，有一輛計程車停在路邊，吐出廢氣。我頓時感到一陣徹底地、近乎令人腳軟地放心。

「對，一定有更多傳奇。」史蒂文斯重複說。「晚安，先生。」

一定有更多傳奇。

確實是，而且說不定哪天我會再說一個給你們聽。

後記

雖然「你的點子是哪裡來的？」這種問題我經常聽到（你可以說這是排名第一的問題），接下來的問題一定是這個：「你**只**寫驚悚的東西嗎？」我說不是，很難講問的人是覺得放心呢，或是失望。

在我的第一本小說《魔女嘉莉》出版之前，我接到了我的編輯比爾．湯普遜的信，建議我們該思索一下再來要寫什麼（你可能會覺得有點奇怪，第一本書都還沒出版就在想第二本書了？可是因為小說出版前的時程幾乎就和電影的後製時程一樣長，其實我們在那時早已經和《魔女嘉莉》共度了許多時光了，幾乎是一年）。我立馬就寄了兩本小說的草稿給比爾，一本叫「Blaze」，一本叫「Second Coming」。前一本是緊接在《魔女嘉莉》之後寫的，寫了六個月，那時《魔女嘉莉》的初稿正擺在抽屜裡熟成；後者則是在《魔女嘉莉》像烏龜一樣一寸一寸地挪向出版的那一年裡寫的。

《Blaze》是個通俗故事，主角是一個體格龐大卻幾近智能障礙的罪犯，他綁架了一個嬰兒，計畫要向孩子的富有雙親勒索贖金，最後卻愛上了孩子。《Second Coming》也是個通俗故事，說的是吸血鬼占領了緬因州的一個小鎮。兩本都是仿作，《Second Coming》模仿《德古拉》，《Blaze》模仿約翰．史坦貝克的《人鼠之間》。

我想兩份草稿裝在同一個大袋子裡寄達時，比爾一定會驚訝得合不攏嘴（《Blaze》有幾頁是打在牛奶帳單的背面，而《Second Coming》則散發著啤酒味，因為三個月前有人在除夕夜的派對上，把一壺黑標啤酒灑在上頭），像個希望收到一束花的女人，卻發現她的先生去幫她買了一間溫室。總之，這兩份草稿加起來大約是五百五十頁。

他在接下來的兩週讀了一遍——編輯真的是聖人——而我更從緬因州去紐約慶祝《魔女嘉莉》出版時（一九七四年四月，我的朋友兼鄰居藍儂還活著，尼克森仍在當總統，而這個小子的鬍子還沒變灰），順便討論這兩本書中的何者應是下一本……抑或者兩者都不是。

我在紐約住了兩天，我們討論了三、四回，最後決定則是在公園大道和四十六街的街角做下的。比爾跟我站在那兒等紅綠燈，看著計程車駛入霉臭的隧道（管他是什麼），反正就是筆直穿過泛美大廈的那一條，然後比爾說道：「我覺得應該是《Second Coming》。」

嗯，我自己也比較喜歡這一本，可是他說話的語氣很不乾脆，所以我瞅了他一眼，問他哪裡覺得不對勁。「我顧慮的是，如果你寫了一個女孩子可以靠念力移動東西，後來又接一本與吸血鬼有關的書，那你就會被定型。」他說。

「定型？」我問道，真的有點摸不著頭緒，我可看不出吸血鬼和特異能力之間有什麼共通點。「**哪**一型？」

「恐怖小說家。」他說，語氣更不情願了。

「喔。」我說著，鬆了好大一口氣。「就**這樣**啊！」

「過個幾年，」他說，「再看你是不是覺得沒什麼。」

「比爾，」我說道，心裡覺得有點好玩，「在美國，沒有人可以只靠恐怖故事維生。洛夫克拉夫特[71]在普羅維登斯挨餓，布洛克[72]也放棄了去寫懸疑小說和**不知名**類型的玩意。《大法師》是前無古人後無來者的，你以後就會知道了。」

號誌燈變了，比爾拍拍我的肩膀。「我覺得你會非常成功，」他說，「可是我覺得你根本分辨不出什麼是狗屎、什麼是鞋油。」

他比我更清楚事實，後來事實證明了，在美國**是**有可能靠恐怖故事維生的。《Second Coming》最後更名為「撒冷地」，並且賣得很好，它出版的時候我和家人住在科羅拉多州，我正在寫一本鬧鬼旅館的小說。有一次去紐約，我跟比爾在一家叫「賈斯伯」的酒吧裡坐了大半夜（有一隻灰霧色的大公貓顯然是點唱機的主人，你得把牠抬起來才能看到歌單），我把情節告訴他，結果說到最後，他的兩隻手肘架在他的波本酒兩邊，雙手抱著頭，像個偏頭痛痛到快死掉的人。

「你不喜歡。」我說。

「我很喜歡。」他的聲音空洞。

「那麼，有什麼不對？」

「第一本是一個有念力的女孩子，然後是吸血鬼，現在又是鬧鬼的旅館跟一個能心電感應的小孩。你一定會被定型的。」

這一次我稍微認真地想了想，然後我想到那些被定型為恐怖作家的人，多年來給了我莫

71. 譯註：洛夫克拉夫特（Howard Philips Lovecraft, 1890-1937）是美國恐怖、科幻、奇幻小說家。史蒂芬・金推崇他是二十世紀最偉大的古典恐怖故事作家。

72. 譯註：布洛克（Robert Albert Bloch, 1917-1994）是美國小說家，以《驚魂記》系列聞名。

大的樂趣——洛夫克拉夫特、克拉克・阿什頓・史密斯、法及克・貝爾克內普・隆、弗里茨・萊伯、羅伯特・布洛克、李察・麥森、雪莉・傑克森（對，就連她都被定型是恐怖作家）。於是我就在賈斯伯酒吧，旁邊的貓咪睡在點唱機上，我的編輯抱著頭坐在我旁邊，我決定了加入他們的行列也不差。比方說，我可以當個像約瑟夫・海勒一樣的「重要」作家，每七年左右出版一本小說；或是像約翰・加德納一樣的「才子」作家，寫些晦澀難懂的書給那些吃著健康食品、開舊紳寶汽車，而後面擋泥板上貼著已經褪色但仍可辨識的總統選吉恩・麥卡錫牌子的聰明學者。

「沒關係，比爾，」我說，「如果讀者真的這樣想，那我就當恐怖作家好了，沒關係。」

此後，我們再也沒討論過這件事。比爾仍在當編輯，而我仍在寫恐怖故事，我們兩個都不去分析了。這樣很好。

所以我被定型了，但我不怎麼在意，畢竟我是名副其實……至少**大部分**時間是。可是我**只**寫恐怖小說嗎？要是你讀過前面的故事，你就知道不是……可是恐怖的元素卻在每篇故事中出現，不僅僅是〈呼吸法則〉，〈屍體〉中的水蛭也是滿噁心的，〈納粹學徒〉裡的夢境也差不多。無論早晚，我的心思似乎總是往這個方向飄移，但天知道那是為什麼。

這些偏長的故事都是在完成一本小說之後立刻寫的，就好像大工程結束後，我總是還留了點油在油箱裡，足夠我寫出一個篇幅適中的短篇小說來。〈屍體〉是最早的故事，緊接在《撒冷地》之後動筆；〈納粹學徒〉耗時約兩週，在《鬼店》之後（而在〈納粹學徒〉之後我有三個月時間一個字也沒寫，因為我累壞了）；《麗泰·海華絲與裘山的教贖》是在寫完《死亡禁地》之後寫的；而最新的一篇〈呼吸法則〉則接在《燃燒的凝視》之後[73]。

這些故事之前都沒有出版過，甚至也沒有提交給出版社過。為什麼？因為每一篇都在兩萬五千字到三萬五千字之間——也許數字不是那麼精準，不過也滿接近了。我得說，兩萬五千字到三萬五千字這種字數，連最勇敢堅定的小說家聽到都會發抖。小說和短篇故事並沒有什麼明確的界定——至少在字數上沒有——也不應該有，可是作家寫到了兩萬這個數目，他就會知道他快突破短篇故事的界線了。同樣地，等他通過了四萬這個目標，他就要進入小說的國度了。這兩個較有秩序的區域的界線是混沌不明的，但是到了某個時候，作家會猛然驚醒，領悟到他來到了，或是說即將來到一個真正恐怖的地方，一個處處混亂的文學之地，那叫作「短篇小說」（或是中篇小說，不過我覺得這個名詞太過矯揉造作）。

就藝術上來說，短篇小說並沒有什麼不對。當然了，馬戲團的怪人也沒有什麼不對，只是你極少在馬戲團之外看到他們。重點是，有些短篇小說極其精采，但是傳統上只能賣到「文類市場」（這是客氣的說法，不客氣的說法是「貧民市場」，這樣說或許比較正確）。你可以把一篇很好的神秘短篇小說賣給《艾勒里·昆恩推理雜誌》或是《麥克·謝恩推理雜誌》，把科幻短篇小說賣給《拍案驚奇》（Amazing）或是《類比》（Analog），甚至是《包羅萬象》（Omni）或是《志怪科幻小說雜誌》（The Magazine of Fantasy and Science Fiction）。但

73.作者註：還有一件事，我剛剛發現：每一本書都是在不同的房子裡寫的——三本在緬因州，一本在科羅拉多州圓石市。

諷刺的是，恐怖短篇小說也有市場：上述的《志怪科幻小說雜誌》就是其一；另一本是《迷離境界》（Twilight Zone），還有許多原創恐怖小說選集，像是由達伯岱公司出版、查爾斯・L・葛蘭特編輯的《影子》（Shadows）系列。

可說到只能用「主流」這個詞（幾乎和「文類」一樣令人沮喪）來形容的短篇小說……我的媽呀，一說到銷售量，那你的麻煩就大了。你看著你的兩萬五千字至三萬五千字的原稿，垂頭喪氣、扭開啤酒瓶蓋，你似乎還能在腦子裡聽到一個帶著濃濃西班牙口音、有點諂媚的聲音說：「**早安，先紳！**搭乘革命航空還愉快嗎？你應該似滿喜番的吧，**夕吧？**歡迎來到短篇小說，先紳！你會滿喜番的，我結得！來根便宜雪茄吧！來張噁心的相片吧！腳抬起來，先紳，我結得你的故事會在這裡待很久、**很久……怎麼樣**？啊哈哈哈哈！」

簡直讓人情緒低落。

從前（他嘆氣）這類故事真的有市場，譬如有些真的很不錯的雜誌，像是《週六晚郵報》、《科利爾雜誌》和《美國水星》等，小說無論長短，都是這些雜誌以及其他雜誌的主要內容。如果故事太長了，一期刊登不完，那就會分成三期、五期、九期連載。那時還不受那種「濃縮」或「摘錄」小說的觀點毒害（都怪《花花公子》和《柯夢波丹》推波助瀾，把這種猥褻的觀點弄成了一門有毒的學問，結果現在你可以在二十分鐘之內看完一整本的小說！），一篇故事該占多少版面就會有多少版面。我想可能只剩下我還記得，從前我會花一整天等郵差來，因為新一期的《週六晚郵報》要發行了，而且會刊登雷・布萊伯利[74]的一篇新短篇故事，或是克雷倫斯・布丁頓・凱蘭德[75]最新系列作品的最後一集。

（我的焦慮讓我特別容易被戲弄——當郵差終於姍姍來遲，揹著皮革袋輕快地走來，穿著夏季短褲、戴著夏季頭盔，我會到小徑路口去迎接他，兩隻腳跳來跳去，就好像急著上廁所那樣，一顆心提到了嗓子眼。他壞壞地一笑，把電費單交給我。就這樣，我的心臟就像掉到了谷底。最後他才大發慈悲，把《週六晚郵報》拿給我，封面是諾曼．洛克威爾畫的笑嘻嘻的艾森豪，裡面有一篇彼特．馬丁論蘇菲亞．羅蘭[76]的文章，還有帕特．尼克森執筆的〈我說他是個好傢伙〉——她說的是誰呢？對，你猜對了，那當然是她的先生理察．尼克森。當然還有很多故事，長篇的、短篇的，以及凱蘭德系列小說的完結篇。謝天謝地！）

而且這種事還發生過不止一次，是**可惡的每週**！每當《郵報》寄來的那一天，我猜我就是全東岸最快樂的孩子。

現在還有一些雜誌會刊登長篇小說——《大西洋月刊》和《紐約客》這兩本雜誌格外同情交出（我們不說「生產」，那實在太接近「非婚生」這個詞了）三萬字短篇小說的作家所面臨的出版問題。不過這兩本雜誌都沒有特別青睞我的東西，我的東西太過平淡簡單，不怎麼像文學，而且有時候（不過要承認這一點我還是心痛得要命）極其拙劣。

在某種程度上，我會猜就是這種特質——儘管讓人不敢領教——也是我的小說會成功的原因。大多數平淡的小說，就是給平凡的人看的，就等於是麥當勞的大麥克和大薯條一樣。我是看得出高雅的文體，也能有所反應的，但我卻發現自己寫不出來，就算寫得出來也很勉

74. 譯註：布萊伯利（Ray Bradbury, 1920-2012）是美國科幻、奇幻、恐怖小說家，作品有《華氏四五一度》。
75. 譯註：凱蘭德（Clarence Budington Kelland, 1881-1964）是美國作家，曾自稱是「美國最好的二流作家」，後擔任電影編劇，作品有《富貴浮雲》。
76. 譯註：蘇菲亞．羅蘭（Sophia Loren, 1934-）是好萊塢著名女星。影史上第一位以外語片贏得奧斯卡影后的義大利籍演員。

強（我大多數的成熟作家偶像都是硬漢型小說家，文風從恐怖到零都有，像西奧多・德萊塞[77]和法蘭克・諾瑞斯[78]）。把小說家筆法中的優雅刪減掉，你就會發現你只剩下一條好腿可以站立，而那條腿是很有分量的，所以我總是盡全力拿出分量來。換個說法就是，要是你發現自己沒辦法跑得像純種馬那麼快，那麼你還是可以利用你的頭腦（一個聲音從陽台傳來：「**什麼**頭腦？金。」哈哈，真好笑，老兄，你可以走了）。

這一切的結果就是，談到你剛讀過的短篇小說，我發現自己的位置令人困惑。我掙到了今天的地位，大家都說只要金願意的話，他的洗衣單都能拿去出版（還有批評家說這八年來我就已經是這樣了），可是我不能出版這些故事，你要是懂我的意思的話就會知道，因為長的故事截不短、短的故事又不夠長。

「**夕**，**先紳**，我懂！脫掉鞋子！來點便宜的蘭姆酒！『平庸革命鋼鼓樂隊』馬上就要過來了，他們會演奏難聽的卡利普索民歌！你會粉喜番，我結得！而且你有時間，**先紳**！你還有時間，因為我結得你的故事會……」

……在這裡很長一段時間，對，對呀，好極了，你何不到別的什麼地方去，去推翻哪個傀儡帝國主義民主政權？

所以我終於決定要看我的精裝書出版商「維京」，和平裝書出版商「新美國文學」，是不是願意出版我以下幾本書，這些故事有另類的逃獄、有老頭子和男孩困在根植於互相寄生的恐怖關係中、有四個鄉村男孩踏上追尋之旅、有年輕女子決心要不計代價把孩子生下來的不尋常故事（這故事也可能是關於那家不是俱樂部的怪異俱樂部）。出版商說好，所以我才能把這四篇長故事從短篇小說的混亂文學之地裡救出來。

我希望你們會喜歡，各位先生、各位女士。

喔，在我停筆之前還有一件關於類型轉換的事。

我跟我的編輯談話——不是比爾．湯普遜，這位是我的**新**編輯，一個大好人，叫艾倫．威廉斯，他聰明、機智、能幹，可是經常在紐澤西深處盡他的陪審員義務——那是大約一年前。

「我愛《狂犬庫丘》。」艾倫說（這本小說是真正毛茸茸的狗故事，編輯工作已經完成），「你想到下一本要寫什麼了嗎？」

似曾相識的場景。我有過這種對話。

「嗯，有。」我說。「我有一點想法……」

「說來聽聽。」

「你覺得一本有四篇短篇小說的書如何？大多數，也可以說全部都是些普通的故事，你覺得怎麼樣？」

「短篇小說啊。」艾倫說。他的風度很好，但是聲音卻透露了他今天的快樂可能稍微消失了一些。他的聲音說明他覺得剛贏得了兩張革命航空機票，飛往可疑的混亂文學之地。「你是說長篇故事吧？」

「對，沒錯。」我說。「我們可以叫這本書『四季』之類的，讓大家有個概念，知道那不是什麼吸血鬼或鬧鬼的旅館的故事。」

77. 譯註：德萊塞（Theodore Dreiser, 1871-1945）開啟了美國文學的自然主義風格，是美國現代小說的先驅。

78. 譯註：諾瑞斯（Frank Norris, 1870-1902）是美國自然主義派作家，但他的作品在二十世紀末到本世紀初的評價不高，論者認為他在種族和性別上充滿了歧視。

「下一本會是吸血鬼嗎？」艾倫充滿希望地問。

「不，應該不是。你覺得呢？艾倫。」

「那會不會是鬧鬼的旅館？」

「不是，我已經寫過了。**四季**，艾倫，聽起來滿好的，你不覺得嗎？」

「聽起來確實很順耳，史蒂芬。」艾倫說道，嘆了口氣。這是一個很有風度的人的嘆氣，他剛坐上了革命航空最新型飛機——洛克希德三星——的經濟艙，看到了第一隻蟑螂在他前面的座椅上忙忙碌碌地移動。

「我就希望你會喜歡。」我說。

「我猜，」艾倫說，「我們可以有一篇恐怖故事吧？就一篇？一種……**類似**的季節？」

我撇了撇嘴角——如此而已——想著珊卓拉．斯丹斯菲爾和麥凱仁醫生的呼吸法。「我大概可以湊出個什麼來。」

「好極了！還有新小說……」

「鬧鬼的汽車如何？」我說。

「**太**好了！」艾倫大喊。我有種感覺，我好像把他送回了他的編輯會議裡，而且他心情愉快。我也心情愉快，因為我**愛**我的鬧鬼汽車，而且我認為那會讓很多人在天黑後過街時緊張兮兮的。

可是我也愛這幾篇故事，而且部分的我始終都愛著它們。我希望你們也會喜歡，各位讀者，我希望這些故事能像所有好的故事一樣，讓你們能稍微遺忘壓在你們心上的真正重負，帶你們到一個沒去過的地方。這是我所知的最親切愉快的魔術。

好了，該告別了。下次再見前，保持清醒，讀點好書，當個有用的人，快快樂樂的。

誠心祝福大家

史蒂芬・金

一九八二年一月四日

緬因州班戈市

國家圖書館出版品預行編目資料

四季/史蒂芬・金（Stephen King)著；王瑞徽、趙丕慧譯. -- 初版.-- 臺北市：皇冠, 2020.08面；公分. --（皇冠叢書；第4867種；史蒂芬金選；43）
譯自：Different Seasons
ISBN 978-957-33-3559-7（平裝）

874.57　　109010105

皇冠叢書第4867種
史蒂芬金選 43

四季
Different Seasons

作　　者—史蒂芬・金
譯　　者—王瑞徽、趙丕慧
發 行 人—平雲
出版發行—皇冠文化出版有限公司
台北市敦化北路120巷50號
電話◎02-27168888
郵撥帳號◎15261516號
皇冠出版社(香港)有限公司
香港上環文咸東街50號寶恒商業中心
23樓2301-3室
電話◎2529-1778　傳真◎2527-0904
總 編 輯—許婷婷
責任編輯—張懿祥
美術設計—王瓊瑤
著作完成日期—1982年
初版一刷日期—2020年8月

法律顧問—王惠光律師
有著作權・翻印必究
如有破損或裝訂錯誤，請寄回本社更換
讀者服務傳真專線◎02-27150507
電腦編號◎508043
ISBN◎978-957-33-3559-7
Printed in Taiwan
本書定價◎新台幣580元/港幣193元